Karl-May-Weltkarte, Amerika
Die Ziffern bezeichnen die Handlungsorte der Karl-May-Bände 1-70
Mercator Projektion

KARL MAY'S
GESAMMELTE WERKE

BAND 33

WINNETOUS ERBEN

KARL-MAY-VERLAG BAMBERG

WINNETOUS ERBEN

REISEERZÄHLUNG

VON

KARL MAY

954. TAUSEND

KARL-MAY-VERLAG BAMBERG

Die vorliegende Reiseerzählung, die 1909 geschrieben wurde,
spielt im Jahre 1908

Die auf Seite 6 beigefügte Kartenskizze veranschaulicht das Gebiet des Mount Winnetou und seiner für die Handlung wichtigen Umgebung

Herausgegeben von Roland Schmid

Satz und Druck: Pfälzische Verlagsanstalt GmbH, Landau/Pfalz

ISBN 3/7802/0033/3

INHALT

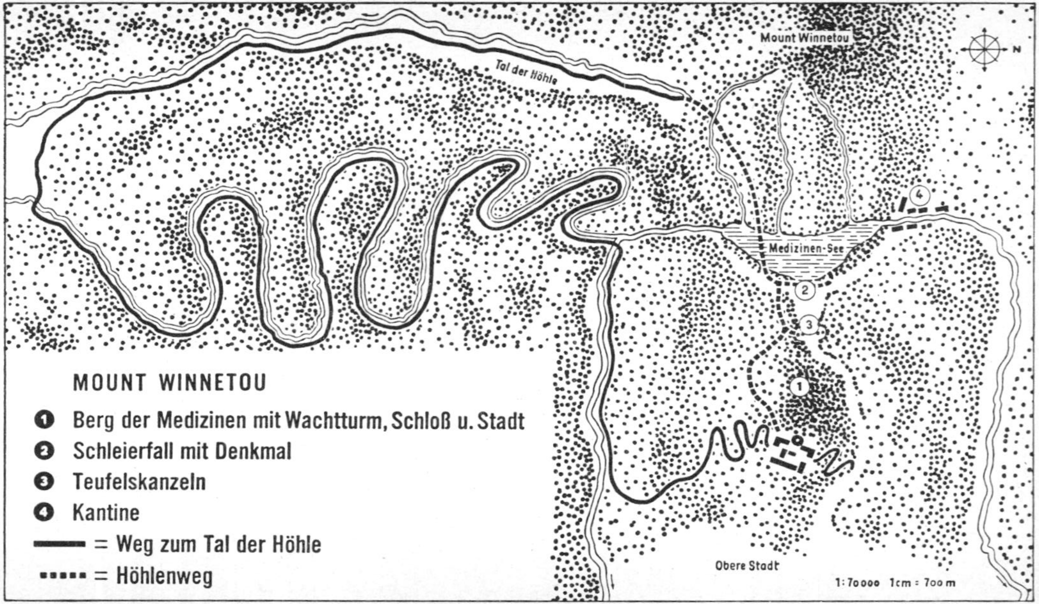
Mount Winnetou
N
Tal der Höhle
Medizinen-See
Obere Stadt
1:70000 1cm = 700 m
MOUNT WINNETOU
1 Berg der Medizinen mit Wachtturm, Schloß u. Stadt
2 Schleierfall mit Denkmal
3 Teufelskanzeln
4 Kantine
= Weg zum Tal der Höhle
= Höhlenweg

VORZEICHEN

Es war in der Frühe eines schönen, warmen, hoffnungsreichen Frühlingstages. Ein lieber, lieber Sonnenstrahl schaute mir zum Fenster herein und sagte „Grüß dich Gott!“ Da kam das ‚Herzle‘ aus ihrem Erdgeschoß herauf und brachte mir die erste Morgenpost, die soeben vom Briefträger abgegeben worden war. Sie setzte sich mir gegenüber, wie alltäglich mehrere Male, und öffnete die Briefe, um mir den Inhalt vorzulesen. Aber noch ehe sie damit beginnen kann, höre ich die Frage klingen: „Wer ist das ‚Herzle‘? So heißt doch eigentlich niemand. Das muß ein Kosename sein.“

Ja, es ist allerdings ein Kosename. Er stammt aus dem ersten Band meiner ‚Erzgebirgischen Dorfgeschichten‘.[1] Da kommt ein ‚Musterbergle‘, ein ‚Musterdörfle‘, ein ‚Mustergärtle‘ und ein ‚Musterhäusle‘ vor, in dem das ‚Herzle‘ mit ihrer Mutter wohnt. Dieses ‚Herzle‘ ist der, wenn auch nicht körperliche, aber doch seelische Abglanz meiner Frau, und wenn ich das Porträt, indem ich an ihm arbeitete, so lieb gewann, daß ich es ‚Herzle‘ nannte, so versteht es sich wohl ganz von selbst, daß dieser Name so nach und nach auch auf das Original überging. Doch nicht für alle Fälle! Nämlich wenn Wolken am Himmel stehen, an denen ich aber immer nur selbst schuld bin, so sage ich ‚Klara‘. Sind diese Wolken im Verschwinden, so sage ich ‚Klärchen‘. Und sind sie weg, so sage ich ‚Herzle‘. Meine Frau aber sagt zu mir niemals anders als nur ‚Herzle‘, weil sie eben niemals Wolken macht.

Sie hat, während das Obergeschoß meine Zimmer enthält, das ganze Erdgeschoß des Hauses inne. Da waltet sie als unermüdlicher, fleißiger Wirtschaftsengel, empfängt die immer zahlreicher werdenden Besuche meiner Leser

[1] Das in der ersten Buchausgabe (1903) einbändige Sammelwerk umfaßt heute die Bände 43/44 der Ges. Werke; die Erzählung ‚Das Geldmännle‘, auf die hier Bezug genommen ist, befindet sich in Bd. 44, ‚Der Waldschwarze‘.

und beantwortet die vielen Briefe, deren eigenhändige Erledigung mir selbst unmöglich ist. Vorgelesen aber werden sie mir alle, wobei sie derart zu verfahren pflegt, daß die besonders wichtigen einstweilen beiseite gelegt und bis zum Schluß der Vorlesung aufgehoben werden.

So auch heute. Als alles andere erledigt war, blieben zwei Sachen, die uns gleich beim ersten Blick als Besonderheiten erschienen und darum ausgeschieden worden waren, nämlich ein Brief aus Amerika und ein anthropologisches Fachblatt aus Österreich. Im letzten war die Überschrift eines längeren Artikels durch Blaustrich hervorgehoben. Sie lautete: „Das Aussterben der indianischen Rasse in Amerika und ihr gewaltsames Verdrängen durch die Kaukasier und Chinesen." Ich bat das Herzle, den Artikel sogleich vorzulesen, denn ich hatte zufällig Zeit dazu. Sie tat es. Der Verfasser war ein wohlbekannter, hervorragender Universitätsprofessor. Er schrieb mit großer Herzenswärme, und alles, was er über die ‚Roten' sagte, war nicht nur wohlwollend, sondern auch gerecht. Ich hätte ihm dafür die Hand drücken mögen. Aber er beging einen Fehler, der ebenso allgemein wie unbegreiflich ist. Nämlich er verwechselte die Indianer der Vereinigten Staaten mit der ganzen Rasse, die über Nord- und Südamerika ausgebreitet liegt. Er verwechselte ferner den seelischen Schlaf der Rasse mit ihrem körperlichen Tode. Und er schien die Hauptaufgabe des Menschengeschlechtes in der Entwicklung der völkerschaftlichen Sonderheit und Individualität zu suchen, nicht aber in der sich immer mehr ausbreitenden Erkenntnis, daß alle Stämme, Völker, Nationen und Rassen sich nach und nach zu vereinigen und zusammenzuschließen haben zur Bildung des einen, einzigen, großen, über alles Animalische hoch erhabenen Edelmenschen. Erst dann, wenn die Menschheit sich von innen, also aus sich selbst heraus, zu dieser harmonischen, von Gott gewollten Persönlichkeit geboren hat, wird die Schöpfung des wirklichen ‚Menschen' vollendet sein und das Paradies sich uns, den bisher Sterblichen, von neuem öffnen.

Der Brief aus Amerika war höchstwahrscheinlich im ‚Fernen Westen' zur Post gegeben worden, aber wo, das war an dem ungeöffneten Umschlag nicht zu ersehen, denn beide Seiten zeigten so viele Stempel und mit der Hand geschriebene Ortsnamen, daß alles unleserlich geworden war. Nur die Adresse hatte, wohl infolge ihrer echt indianischen Kürze, ihre ursprüngliche Deutlichkeit behalten. Sie bestand nur aus drei Worten und lautete:

May.
Radebeul. Germany.

Wir öffneten den Umschlag und zogen ein Stück Papier heraus, das sichtlich mit einem großen Messer, wahrscheinlich einem Bowieknife, beschnitten und dann zusammengefaltet worden war. Es enthielt folgende Zeilen in englischer Sprache, die ich natürlich verdeutsche; sie waren von einer schweren, ungeübten Hand mit Bleistift geschrieben:

„An Old Shatterhand.

Kommst Du zum Mount Winnetou? Ich komme ganz gewiß. Vielleicht sogar auch Avaht-Niah, der Hundertjährige. Siehst Du, daß ich schreiben kann? Und daß ich in der Sprache der Bleichgesichter schreibe?

Wagare-Tey,
Häuptling der Schoschonen."

Als wir das gelesen hatten, schaute ich das Herzle überrascht an, und sie mich ebenso. Nicht etwa das verwunderte uns, daß wir einen Brief aus dem fernen Westen bekamen, und zwar von einem Indianer. Das geschieht sehr oft. Aber daß dieser Brief von dem Häuptling der Schlangen-Indianer kam, der mir noch nie geschrieben hatte, das ließ mich erstaunen. Sein Name Wagare-Tey bedeutet so viel wie ‚Gelber Hirsch'. Ich bitte, über ihn in meinem Buch ‚Weihnacht'[1] nachzulesen. Damals, also vor nun über dreißig Jahren, war er noch jung und ziemlich unerfahren, aber ein guter, ehrlicher Mensch und meinem Winnetou und mir ein treuer, zuverlässiger Freund gewesen. Sein Vater Avaht-Niah war über sechzig Jahre alt, ein Ehrenmann durch und durch, und hatte den großen Einfluß, den er besaß, stets nur zu unseren Gunsten in Anwendung gebracht. Wegen dieses seines hohen Alters und weil ich nie wieder von ihm hörte, hatte ich ihn dann für tot gehalten. Nun aber ersah ich aus dem Brief, daß er noch lebte und sich in guter körperlicher und geistiger Verfassung befand. Denn wäre dies nicht der Fall gewesen, so hätte der Schreiber unmöglich sagen können, daß der oberste Kriegsanführer der Schoschonen vielleicht auch mit nach dem Mount Winnetou kommen werde.

Zwar hatte ich nicht die geringste Ahnung, wo dieser Berg lag. Ich wußte nur, daß die Apatschen sich mit den ihnen befreundeten anderen Stämmen dahin einigen wollten, irgendeinen nach seiner Lage, seinen Eigenschaften und seiner Wichtigkeit ausgezeichneten Berg nach dem Namen ihres geliebtesten Häuptlings zu nennen. Davon, daß dies geschehen sei, hatte ich nichts gehört, und noch viel weniger war mir mitgeteilt worden, auf welchen Berg die Wahl gefallen war. Doch so viel konnte ich mir denken, daß es nicht einer war, der außerhalb des Bereichs liegt, in dem die Apatschen sich bewegen. Und weil die Schlangen-Indianer ihre Lager- und Weideplätze viele Tagesritte davon im Norden haben, so war es gewiß ein außerordentlicher Fall, daß ein Mann, der hundert Jahre zählte, sich zutraute, diese Reise machen zu können, nicht von der Not, sondern nur von seinem jung gebliebenen Herzen dazu getrieben.

Und warum wollte er mit seinem Sohn so weit nach Süden kommen? Das wußte ich nicht. Ich fand auch durch

[1] Ges. Werke Band 24

kein noch so scharfes Nachdenken eine einwandfreie Antwort auf diese Frage. Ich konnte nichts tun, als warten, ob sich auch von anderer Seite dergleichen Zuschriften einstellen würden. Den Brief zu beantworten, war unmöglich, weil ich den jetzigen Aufenthaltsort der beiden Häuptlinge nicht kannte. Auf alle Fälle aber war es kein unwichtiger Grund, der sie veranlaßte, das ihnen so fern liegende Gebiet der Apatschen aufzusuchen. Ich nahm an, daß dieser Grund sich nicht auf enge, rein persönliche Verhältnisse bezog, sondern eine allgemeinere Bedeutung hatte, und da meine Adresse da drüben bekannt ist und ich mit vielen, dort lebenden Personen, von denen ich in meinen Büchern erzählt habe und noch erzählen werde, im Briefwechsel stehe, so durfte ich wohl hoffen, bald weiteres zu erfahren.

Und wie gedacht, so geschehen! Kaum zwei Wochen später kam ein zweiter Brief, aber von einer Seite, von der ich am allerwenigsten ein Lebenszeichen oder gar eine Zuschrift erwartet hätte. Das Kuvert zeigte genau dieselbe Adresse, und der englisch geschriebene Inhalt lautete, in die deutsche Sprache übersetzt, wie folgt:

„Komm an den Mount Winnetou zum großen, letzten Kampf! Und gib mir endlich Deinen Skalp, den Du mir schon zwei Menschenalter lang schuldig bist! Dieses läßt Dir schreiben

To-kei-chun,

der Häuptling der Racurroh-Komantschen."

Und nur eine Woche später erhielt ich, auch wieder unter derselben Adresse, folgende Zuschrift:

„Hast Du Mut, so komm herüber zum Mount Winnetou! Meine einzige Kugel, die ich noch habe, sehnt sich nach Dir!

Tangua,

ältester Häuptling der Kiowas.

Geschrieben von Pida, seinem Sohn, dem jetzigen Häuptling der Kiowas, dessen Seele die Deinige grüßt."

Diese beiden Briefe waren im höchsten Grade aufschlußreich, und zwar nicht nur psychologisch. Fast schien es, als ob sie von To-kei-chun und Tangua am gleichen Ort und unter dem gleichen Einfluß diktiert worden seien. Beide haßten mich noch genauso unversöhnlich wie ehedem. Ganz eigenartig war es, daß der Sohn Tanguas mich trotz dieses Hasses grüßte, doch fiel es mir nicht schwer, diese Dankbarkeit zu verstehen. Aber wichtiger, viel wichtiger als das alles war, daß auch die Feinde der Apatschen hinauf nach dem Mount Winnetou wollten. Es wurde da von einem ‚großen letzten Kampf' gesprochen. Das klang außerordentlich gefährlich. Ich begann, ernstlich besorgt zu werden. Oder gab es da drüben jemand, etwa einen alten, früheren Gegner, der sich jetzt, in meinen alten Tagen, den Spaß machen wollte, mich zu foppen und zu einer Einfaltsreise nach Amerika zu bewegen? Aber nach der Hälfte eines Monats erhielt ich folgenden Brief, der in Oklahoma aufgegeben war und für mich ein Dokument bildete, dem ich vollen Glauben schenken durfte:

„Mein lieber, weißer Bruder!

Der große, gute Manitou in meinem Herzen gebietet mir, Dir zu sagen, daß ein Bund der alten Häuptlinge und ein Bund der jungen Häuptlinge nach dem Mount Winnetou berufen ist, um über die Bleichgesichter zu Gericht zu sitzen und über die Zukunft der roten Männer zu entscheiden. Du wirst kommen, und ich werde kommen. Meine Seele freut sich auf die Deinige. Ich zähle die Tage, Stunden und Minuten, bis ich Dich sehen werde!

Dein roter Bruder
Matto Schahko
Häuptling der Osagen."

Auch dieser Brief war englisch geschrieben, und zwar von seinem Sohn, dessen Handschrift ich kannte, weil ich im Briefwechsel mit ihm stehe. Zudem hatte Matto

Schahko sein ledernes Totem beigelegt, wie er immer tat, wenn es sich um etwas Wichtiges handelte. Ich konnte also die Vermutung einer Fopperei fallen lassen. Die Sache war Wirklichkeit, war Ernst. Der Gedanke, hinüberzugehen, begann, mich lebhaft zu beschäftigen. Freilich aber war es, um diesen Gedanken zum Entschluß zu bringen, nötig, vorher erst noch Näheres und Bestimmteres zu erfahren. Und das ließ nicht lange auf sich warten. Ich erhielt einen großbogigen, wie amtlich zusammengelegten Schreibebrief, der eine Einladung sein sollte, aber seines Tons wegen schon richtiger als eine ‚Zufertigung' zu bezeichnen war. Ich gebe ihn in deutscher Übersetzung wieder:

„Sehr geehrter Herr!

In den vorjährigen Versammlungen der Häuptlinge wurde einmütig beschlossen, den hierzu geeignetsten Berg des Felsengebirges forthin mit dem Namen Winnetous, des berühmtesten Häuptlings aller Nationen zu bezeichnen. Es wurde hierzu die höchstwahrscheinlich auch Ihnen wenigstens geographisch bekannte Kulmination gewählt, auf die sich der geheimnisvolle Medizinmann Tatellah-Satah *(Thousand Years)* zurückgezogen hat. Am Fuße bzw. auf den Stufen dieses Berges sollen um die Mitte des heurigen September folgende Versammlungen abgehalten werden:

1. Das Campmeeting der alten Häuptlinge.
2. Das Campmeeting der jungen Häuptlinge.
3. Das Campmeeting der Häuptlingsfrauen.
4. Das Campmeeting aller außerdem berühmten roten Männer und roten Frauen.
5. Das Schlußmeeting unter der Leitung des hier unterzeichneten Komitees.

Es wird in Ihr Belieben gestellt, sich hierzu persönlich einzufinden und bei dem Vorsitzenden oder dessen Stellvertreter zu melden, wobei Ihnen der Gegenstand aller dieser Beratungen bekannt gegeben wird. Zugleich werden Sie darauf aufmerksam gemacht, daß diese Meetings ebenso wie sämtliche Vorbereitungen dazu vor den Angehörigen anderer Rassen geheimzuhalten sind. Wir verpflichten Sie hiermit zur strengsten Diskretion und fühlen uns berechtigt, anzunehmen, daß wir Ihre ehrenwörtliche Versicherung, zu schweigen, bereits bekommen haben. Nummernmarken für die bei unseren Zusammenkünften anzuweisenden Plätze haben Sie sich bei dem unterzeichneten Schriftführer persönlich abzuholen. Sämtliche Reden zum Beratungsgegenstand sind des besseren Verständnisses wegen in englischer Sprache zu halten.

Hochachtungsvoll

Das Komitee.

Simon Bell (Tscho-lo-let),
Professor der Philosophie,
als Vorsitzender.

Edward Summer (Ti-iskama),
Professor der klass. Philologie,
als Stellvertreter des Vorsitzenden.

William Evening (Pe-widah),
Agent, als Schriftführer.

Antonius Paper (Okih-tschin-tscha),
Bankier, als Kassierer.

Old Surehand,
Partikulier, als Direktor."

Ganz unten am Rande dieses Schriftstücks stand eine von Old Surehand selbst geschriebene Privatbemerkung:

„Ich hoffe, daß Du auf alle Fälle kommst. Betrachte mein Haus als das Deinige, auch wenn wir nicht daheim sind. Ich bin als Direktor jetzt leider stets unterwegs. Es gibt für Dich eine ungeheuer freudige Überraschung. Du wirst entzückt sein über die Leistung unserer beiden Jungens.

Dein alter, treuer Old Surehand."

Ich füge zu diesem langen Brief gleich den folgenden, kürzeren, der bei mir eintraf. Er lautete:

„Mein Bruder!

Ich weiß, daß Du eingeladen bist. Versäume ja nicht, Dich einzustellen! Ich freue mich unbeschreiblich auf Dich. Die beiden Boys werden Dir noch besonders schreiben.

Dein Apanatschka,
Häuptling der Pohonim-Komantschen."

Diese ‚beiden Boys' oder, wie Old Surehand sich ausgedrückt hatte, ‚unsere beiden Jungens', schrieben mir hierauf folgende Zeilen:

„Hochverehrter Herr!

Als Sie uns einst von unserem falschen, niedrigen Kunstweg so streng hinüber nach dem höheren, ja allerhöchsten wiesen, versprachen wir Ihnen, nur erst dann an die Öffentlichkeit zu treten, wenn wir imstande seien, durch wirkliche und unanfechtbare Meisterwerke zu beweisen, daß die rote Rasse in keiner Weise weniger begabt ist, als irgendeine der anderen Rassen, auch in Beziehung auf die Kunst. Wir erbten unsere Begabung von unserer Großmutter, die, wie Sie wissen, eine Vollindianerin war. Wir sind bereit, den von Ihnen verlangten Beweis nun zu führen. Sie versprachen uns, wenn diese Zeit gekommen sei, sich trotz der weiten Entfernung hier bei uns einzustellen, um unsere Werke zu prüfen. Wir sind der Meinung, daß wir diese Prüfung nicht zu fürchten haben, und erwarten Sie um die Mitte des September am Mount Winnetou, um Sie willkommen zu heißen. Wir haben erfahren, daß Sie eingeladen sind, an diesen verschwiegenen und hochwichtigen Beratungen teilzunehmen, und hegen die feste Überzeugung, daß Sie sich durch nichts abhalten lassen werden, zur rechten Zeit am angegebenen Ort zu erscheinen. In größter Hochachtung sind wir Ihre ganz ergebenen

Young Surehand.

Young Apanatschka."

Diese Zuschrift hatte Hand und Fuß. Sie machte mir Freude, obgleich sie von den beiden ‚Jungens' nur zu dem Zweck, mir einen tüchtigen Rippenstoß zu versetzen, in dieser Weise verfaßt worden war. Wer meine Reiseerzählung ‚Old Surehand' gelesen hat, kann sich sehr leicht denken, wer diese beiden Boys sind. Wer sie noch nicht gelesen hat, den muß ich bitten, dies nachzuholen, um den vorliegenden Band verstehen zu können, der zu gleicher Zeit auch der vierte Band von ‚Old Surehand' und ‚Satan und Ischariot' ist[1].

Wie man sich erinnern wird, hatte sich herausgestellt, daß Old Surehand und Apanatschka Brüder waren, die man ihrer Mutter, einer körperlich, seelisch und geistig hochbegabten Indianerin, unterschlagen hatte. Um diesen Raub aufzuklären, hatte sie, als Indianer verkleidet, unter dem Namen Kolma Puschi viele Jahre lang die Städte des Ostens, die Savannen und Urwälder durchforscht, ohne dieses Ziel zu erreichen, bis es Winnetou und mir gelang, die von ihr gesuchten Spuren und infolgedessen dann auch die beiden Söhne zu entdecken, den einen als hochberühmten Westmann und den andern als nicht weniger berühmten Komantschenhäuptling, zwei außerordentlich wertvolle Menschen, deren Freundschaft

1 ‚Old Surehand' (heute Ges. Werke Band 14/15) umfaßte in der ersten Buchausgabe drei Bände; die im Mittelteil enthaltenen Erzählungen wurden später aus dem Rahmen gelöst und bilden heute Band 19 der Ges. Werke ‚Kapitän Kaiman'. Die Bemerkung Karl Mays, daß das vorliegende Werk (in der ersten Buchausgabe ‚Winnetou IV' betitelt), den Abschluß auch zu ‚Old Surehand' und ‚Satan und Ischariot' (Ges. Werke Bd. 20—22) bilde, ist allgemein zu verstehen: der Dichter wollte mit ihm gewissermaßen a l l e seine Reiseerzählungen, die im Wilden Westen spielen und deren Kernpunkt die genannten Titel bilden, abschließen. Darüber hinaus bestehen zwischen ‚Winnetous Erben' und etwa ‚Satan und Ischariot' keinerlei unmittelbare Beziehungen in der Handlung.

mir treugeblieben ist, trotz aller Wandlungen, die sowohl ihr als auch mein Leben seit damals durchzumachen hatte.

Beide heirateten später ein schönes, intelligentes Schwesternpaar aus dem besonderen Stamme Winnetous, dem der Mescalero-Apatschen, und jedem von ihnen war sodann die Freude beschert, einen Sohn zu besitzen, auf den alle Begabungen Kolma Puschis in noch vermehrtem Grade vererbt worden waren. Sie hatten die Mittel, diese Gaben ausbilden zu lassen. Young Surehand und Young Apanatschka wurden nach dem Osten gebracht, um Künstler zu werden, der eine Architekt und Bildhauer und der andere Maler und Bildhauer. Die auf sie gesetzten Hoffnungen erfüllten sich. Sie gingen später auf einige Jahre nach Paris, um dort die berühmtesten Ateliers zu studieren, dann nach Italien und endlich gar nach Ägypten, wo sie sich die Aufgabe stellten, sich dort mit den Gesetzen der einstigen Gigantenkunst vertraut zu machen. Auf dem Rückweg kamen sie über Deutschland, um mich aufzusuchen. Sie waren mir sehr sympathisch. Ich hatte meine Freude an ihnen, und zwar nicht allein deshalb, weil sie meinen unvergleichlichen Winnetou fast wie einen Halbgott verehrten. Auch ihr künstlerisches Wollen und Können war hervorragend und schien noch wachsen zu können. Leider aber war es in echt amerikanischer Weise auf den Abweg des ‚Business' hinübergeleitet worden, und so geschah es, daß sie von mir anstatt eines Lobes eine sehr ernste Warnung zu hören bekamen, die sie mir, wie ich aus ihrem Brief ersah, bis heute noch nicht vergeben und vergessen hatten. Dies war wohl auch der Grund, daß ich weder von ihren Vätern noch von ihnen selbst über ihre Zukunftspläne und ihr jetziges künstlerisches Schaffen unterrichtet worden war. Ganz besonders schweigsam gegen mich aber verhielt man sich über die Gründe, die die beiden jungen Leute veranlaßt hatten, gerade die Kolossaldarstellungen der alten Ägypter zu studieren. Das hatte Geheimnis bleiben sollen. Jetzt aber begann ich zu ahnen, daß die ‚Meisterwerke', zu deren Begutachtung ich eingeladen war, hierzu in Beziehung standen.

Ich kann ganz und gar nicht behaupten, daß die Briefe, die in so schneller Folge bei mir anlangten, mir Freude bereiteten. Warum sagte man mir nicht gleich offen und ehrlich, um was es sich eigentlich handelte? Wozu diese heimliche Campmeeting-Spielerei? Große und fruchtbare Gedanken werden in heiliger, unberührter Einsamkeit geboren, nicht aber in langen Reden, die doch nur auf kurze Erfolge berechnet sein können! Warum diese Trennung der alten Häuptlinge von den jungen? Wozu noch eigens die roten Frauen? Wer waren die ‚außerdem berühmten roten Männer und roten Frauen'? Etwa die Herren dieses mir so sonderbar, ja sogar verdächtig vorkommenden Komitees? Sie wollten das Schlußmeeting leiten, also die Beschlüsse sämtlicher Versammlungen beeinflussen und korrigieren! Die Namen der beiden Professoren, geborener Indianer, kannte ich. Sie hatten einen guten Klang. Aber den Ton, in dem sie an mich schrieben, hätte sich kein Sam Hawkens, kein Dick Hammerdull und kein Pitt Holbers gefallen lassen. Der Schriftführer und der Kassierer waren mir vollständig fremd. Und Old Surehand als Direktor? Was sollte das heißen? Wozu hier ein besonderer ‚Direktor'? Etwa um die moralische und finanzielle Verantwortung auf ihn zu werfen? Old Surehand war ein Westmann allerersten Ranges gewesen; aber ob er auch imstande war, es mit der geschäftlichen ‚Smartness' eines geriebenen, amerikanischen Pfiffikus aufzunehmen, das wußte ich leider nicht. Die Sache kam mir um so bedenklicher vor, je länger und intensiver sie mich beschäftigte. Auch meiner Frau gefiel sie nicht. Und weil ich sie hierbei mit erwähne, so sei zugleich gesagt, daß auch sie ein Schreiben bekam, nämlich folgendes:

„Meine liebe, weiße Schwester!

Nun werden meine Augen Dich endlich, endlich sehen; meine Seele sah Dich schon längst. Der Gebieter Deines Hauses und Deiner Gedanken wird nach dem Mount Winnetou kommen, um mit uns über Großes und Schönes zu beraten. Ich weiß, er wird diese Reise nicht tun, ohne daß Du ihn begleitest. Ich bitte Dich, ihm zu sagen, daß ich das beste unserer Zelte für Dich und ihn bereit halten werde und daß ich Dein Kommen vorempfinde als einen lieben, warmen Strahl der Sonne, die meinem Leben unbekannt gewesen ist bis nun, da es zum Scheiden gehen will. So komm also und bring mir Deine Menschenliebe, Deine Herzensgüte und — Deinen Glauben an den großen, gerechten Manitou, den ich gern ebenso deutlich fühlen möchte, wie Du, meine Schwester, ihn fühlst.

Kolma Puschi."

Ich muß erwähnen, daß das Herzle mit Kolma Puschi in Briefwechsel stand und heute noch steht und daß diese Zuschrift nicht ohne Einfluß auf unsere Entschließungen war. Wenn ich wirklich ging, so verstand es sich nun von selbst, daß ich diese Reise nicht allein unternahm. Es liefen noch mehrere Brief ein. Ich wähle unter ihnen nur noch einen aus, weil er mir als der wichtigste von allen erscheint, die ich über diesen Gegenstand bekam. Er war von einer geradezu kalligraphisch geübten Hand auf sehr gutes Papier geschrieben und in das große Totem dessen, der ihn diktiert hatte, gehüllt. Dieses Totem bestand aus papierdünnem Antilopenleder, das durch eine Behandlung, die nur die Indsmen kennen, die Weiße des Schnees und die Glätte des Porzellans erhalten hatte. Die einpunktierten Charaktere waren mit Zinnober und einer anderen, mir unbekannten Farbe rot und blau gefärbt. Der Inhalt lautete:

„Mein weißer, älterer Bruder!

Ich fragte Gott nach Dir. Ich wollte wissen, ob Du

noch unter denen weilst, von denen man sagt, daß sie leben. Die Antwort kam durch die Benachrichtigung, daß man Dich eingeladen habe, an den September-Beratungen hier in meinen Bergen teilzunehmen, deren heilige Stille und Ruhe für immer vernichtet werden soll. Sei um aller derer willen, die Du einst hier liebtest und vielleicht noch heute liebst, gebeten, diesem Ruf Folge zu leisten. Eile herbei, wo Du auch seist, und rette Deinen Winnetou! Man will ihn falsch verstehen, und man will auch mich nicht begreifen. Du hast weder mich, noch habe ich Dich jemals gesehen. Wie ich nie einen Laut Deiner Stimme vernahm, so hörtest auch Du niemals den Klang der meinigen. Heute aber schreit meine Angst weit über das Meer hinüber zu Dir, so laut, so laut, daß Du es hören wirst und unbedingt kommen mußt.

Niemand weiß, daß ich Dich rufe. Nur der dies schreibt, mußte es erfahren. Er ist meine Hand; er schweigt. Wende Dich, bevor Du hier erscheinst, nach dem Nugget Tsil. Die mittelste der fünf großen Blaufichten wird zu Dir sprechen und Dir sagen, was ich diesem Papier nicht anvertrauen kann. Ihre Stimme sei Dir wie die Stimme Manitous, des großen, ewigen und alliebenden Geistes! Ich bitte Dich noch einmal: Komm, o komm und rette Deinen Winnetou! Man will ihn Dir erwürgen und erschlagen!

Tatellah-Satah,
der Bewahrer der großen Medizin."

Was den in diesem Brief erwähnten Nugget Tsil betrifft, so versteht man unter Nuggets die mehr oder weniger großen, gediegenen Goldkörner, die von den Goldsuchern entweder einzeln, zuweilen aber auch in ganzen, reichhaltigen Nestern gefunden werden. Tsil bedeutet in der Apatschensprache so viel wie Berg. Nugget Tsil heißt also etwa ‚Goldkörnerberg'. Auf diesem Berge sind bekanntlich der Vater und die Schwester meines Winnetou von einem gewissen Santer ermordet worden. Später, kurz vor dem Tode Winnetous, den er im Innern des Hancockberges fand, teilte er mir mit, daß er sein Testament für mich auf dem Nugget Tsil vergraben habe, und zwar zu Füßen seines dort bestatteten Vaters; ich werde da viel Gold zu sehen bekommen, sehr viel Gold. Als ich hierauf nach dem Nugget Tsil ritt, um das Testament zu holen, wurde ich dabei von diesem Santer überrascht und von einer Schar von Kiowa-Indianern, bei denen er sich befand, gefangengenommen. Anführer dieser Schar war der damals noch jugendliche Pida, der mich jetzt, nach über dreißig Jahren, in dem Brief seines Vaters, des ältesten Häuptlings Tangua, aus seiner ‚Seele' grüßte. Santer stahl das Testament und entfloh mit ihm, um das Gold zu holen, dessen Fundstelle in der letztwilligen Verfügung Winnetous beschrieben war. Ich machte mich von den Kiowas frei und eilte ihm nach. Ich kam an Ort und Stelle an, als er den Schatz soeben gefunden hatte. Das Versteck lag auf einem hohen Felsen am Ufer des einsamen Bergsees, den man ‚Das dunkle Wasser' zu nennen pflegt. Als er mich sah, schoß er auf mich. Was dann geschah, das ist im letzten Teil von ‚Winnetou', Band III, zu lesen.

In Beziehung auf Tatellah-Satah, den ‚Bewahrer der großen Medizin', muß ich gestehen, daß es stets einer meiner Herzenswünsche gewesen war, diesen geheimnisvollsten aller roten Männer einmal zu sehen und zu sprechen; nie aber hatte eine Gelegenheit bereit gestanden, mir dieses wirklich herzliche Verlangen zu erfüllen. Tatellah-Satah ist ein Name, der der Taos-Sprache angehört und wörtlich übersetzt ‚Tausend Sonnen' heißt, in seiner Anwendung aber ‚Tausend Jahre' bedeutet. Sein Träger hatte also ein so ungewöhnliches, ja außerordentliches Alter, daß man es unmöglich bestimmen konnte. Ebenso wenig wußte man, wo er geboren worden war. Er gehörte keinem einzelnen Stamm an. Er wurde von allen roten Völkern und Nationen gleich hoch verehrt. Was Hunderte und Aberhunderte von einzelnen Medizinmännern im Lauf der Zeit an Geistesgaben und Kenntnissen besessen hatten, das sprach man ihm, dem Höchstgestiegenen, in voller Summe zu. Um zu begreifen, was das heißt, muß man wissen, daß es grundfalsch ist, sich einen indianischen ‚Medizinmann' als einen Kurpfuscher, Regenmacher und Gaukler vorzustellen. Das Wort Medizin hat in dieser Zusammensetzung nicht das geringste mit der Bedeutung zu tun, die es bei uns besitzt. Es ist für die Indianer ein fremder Ausdruck, dessen Sinn sich bei ihnen derart verändert hat, daß wir uns dabei gerade das Gegenteil von dem zu denken haben, was wir uns bisher dabei dachten.

Als die Roten die Weißen kennen lernten, sahen, hörten und erfuhren sie manches, was sie gewaltig beeindruckte. Am meisten aber erstaunten sie über die Wirkung unserer Arzneimittel, unserer Medizinen. Die Sicherheit und Nachhaltigkeit dieser Wirkung war ihnen unbegreiflich. Sie erkannten die unendliche Größe der göttlichen Liebe, die sich in diesem Geschenk des Himmels an das Geschlecht der Menschen offenbarte. Sie hörten das Wort Medizin zum erstenmal, und sie verbanden mit ihm den Begriff des Wunders, des Segens, der göttlichen Liebe und des für die Menschen unbegreiflichen Geheimwirkens in heiligster Verborgenheit. Kurz, der Ausdruck ‚Medizin' wurde für sie gleichbedeutend mit dem Wort Mysterium. Sie nahmen ihn in alle ihre Sprachen und Dialekte auf. Alles, was mit ihrer Religion, ihrem Glauben und ihrem Forschen nach ewigen Dingen in Beziehung stand, wurde als ‚Medizin' bezeichnet. Ebenso auch alle diejenigen Tatsachen europäischer Wissenschaft und europäischer Zivilisation, die sie nicht begreifen konnten, weil sie weder ihre Anfänge noch ihre Entwicklungen kannten. Sie waren aufrichtig und ehrlich genug, unumwunden zuzugeben, daß die Vorzüge der Bleichgesichter zahlreicher und größer seien als diejenigen der roten Männer. Sie trachteten, den Weißen nachzueifern. Sie nahmen von ihnen vieles Gute, leider aber auch vieles Böse an. Sie waren so kindlich und so naiv, so manches, was bei den Weißen nur auf der Stufe des Gewöhnlichen oder gar des Niedrigen stand, für ungewöhnlich, für hoch, für heilig zu halten und sich für immer anzueignen, ohne vorher zu prüfen und ohne zu fragen, welche Folgen das bringen werde. So nahmen sie auch das Wort ‚Medizin' bei sich auf und bezeichneten damit ihr Allerhöchstes und Allerheiligstes, ohne zu wissen, daß sie gerade dieses Höchste und Heiligste damit beleidigten und entwürdigten. Denn zu der Zeit, als sie dies taten, hatte der Ausdruck Medizin nicht etwa den guten, ehrenden Klang wie heute. Er besaß den starken Beigeschmack von Hokuspokus, Quacksalberei und Windbeutelei, und als die Indianer in ihrer Unbefangenheit die Träger ihrer allerdings noch bei den Anfängen stehenden Theologie und Wissenschaft als ‚Medizinmänner' bezeichneten, ahnten sie nicht, daß sie damit den bisherigen guten Ruf dieser Leute für immer vernichteten.

Wie hoch diese standen, ehe sie Gelegenheit hatten, die ‚Zivilisation' der Weißen kennen zu lernen, ersehen wir heutigentags erst nach und nach, indem wir unsere Forschung tiefer und tiefer in die Vergangenheit der amerikanischen Rasse hinuntersteigen lassen. Diese Vergangenheit zeigt uns zahlreiche Punkte, auf denen die Völker Amerikas auf gleicher Stufe mit den Weißen standen. Alles, was bei jenen Völkern und in jenen Reichen Gutes, Großes und Edles geschah, entsprang jenen geistigen Quellen und den Köpfen jener Männer, die von ihren Nachkommen später als ‚Medizinen' und ‚Medizinmänner' bezeichnet wurden. Hiermit sind Theologen, Politiker, Strategen, Astronomen, Tempelbaumeister, Maler, Bildhauer, Quipu-Entzifferer, Professoren, Ärzte, kurz, alle diejenigen Personen und Stände zusammengefaßt, durch die sich die intellektuellen und ethischen Potenzen jener Zeiten betätigten. Es gab unter diesen später als ‚Medizinmänner' bezeichneten Koryphäen ebenso berühmte und hochberühmte Namen wie in der Entwicklungsgeschichte der asiatischen und europäischen Rassen, und sie sind nicht für immer, sondern nur für einstweilen verschollen, weil unsere Kenntnis und unser Verständnis noch nicht so weit vorgeschritten ist, jenes geschichtliche Dunkel zu erleuchten. Wenn die Medizinmänner der Gegenwart nicht mehr die Medizinmänner der Vergangenheit sind, so trägt der Indianer gewiß nicht allein die Schuld daran. Die geistige Elite der Inkas, der Tolteken und Azteken, also die ‚Medizinpflegerschaft' der Peruaner und Mexikaner, stand gewiß nicht auf einer niedrigeren Kulturstufe als die Abenteurer eines Cortez und Pizarro, und wenn diese damalige Höhe sich infolge der spanischen Invasion zur heutigen Tiefe neigte, so daß wir jetzt die Indianer einfach und kurzerhand als ‚Wilde' bezeichnen, so brauchen wir uns nicht darüber zu wundern, daß auch ihre Medizinmänner mit herabgekommen sind. Sie waren gezwungen, diesen Niedergang mitzumachen.

Trotzdem aber sind sie noch lange nicht das, wofür wir sie halten. Ich habe noch keinen Weißen kennen gelernt, der von einem Medizinmann in seine Geheimnisse und Anschauungen eingeweiht worden ist oder der wenigstens die Symbolik der betreffenden Gebräuche derart begreift, wie sie begriffen werden muß, ehe man behaupten kann, über sie sprechen oder gar schreiben zu dürfen. Ein wirklicher Medizinmann, der es ernst mit seinem Amt und seiner Würde nimmt, gibt sich nie zu Schaustellungen her. Die sogenannten Medizinmänner der von Zeit zu Zeit hier bei uns herumvagabundierenden Völkerwiesenindianer sind alles andere, aber nur keine wirklichen Medizinmänner; an diesen Verrenkungen, Sprüngen und sonstigen Possen würde ein solcher gewiß ebensowenig teilnehmen, wie zum Beispiel bei uns ein ernstgesinnter Gottes- oder Weltgelehrter auf den Gedanken kommen könnte, auf einem Jahrmarkt oder Vogelschießen für Geld und öffentlich einen Schuhplattler oder einen Purzelbäumler zu tanzen.

Ich bitte meine Leser, diese Ausführungen ja nicht für langweilig oder gar für überflüssig zu halten. Ich mußte das sagen, denn es gilt, von nun an gerecht zu sein und von den bisherigen Fehlern, die wir in der Psychologie der roten Rasse begingen, endlich einmal abzulassen. Wenn wir in Tatellah-Satah einen jener alten, hochstehenden Medizinmänner der Vergangenheit kennen lernen, die wie Säulen im Bild eines Tagesscheidens stehen, so war ich als gewissenhafter und wahrheitstreuer Zeichner verpflichtet, den forschenden Blick auf die Betrachtung dieses Gemäldes vorzubereiten.

Der geheimnisvolle Mann, von dem ich mit so großer Hochachtung spreche, war nicht etwa mein Freund gewesen, o nein! Aber ja auch nicht mein Feind! Er war überhaupt keines Menschen Feind. Sein Denken und Fühlen war absolut gerecht und absolut human, sein Handeln ebenso. Aber wie er zu mir stand, das war noch schlimmer und noch niederdrückender, als wenn er mein Feind gewesen wäre. Ich war nämlich für ihn gar nicht vorhanden. Er übersah mich vollständig. Warum? Weil er mich seit dem Tage, an dem Vater und Schwester meines Winnetou ermordet worden waren, als ihren eigentlichen Mörder betrachtete. Sie war aus eigenem Wunsch und auf Wunsch ihres ganzen Stammes zu meiner Frau bestimmt gewesen, ich aber hatte sie abgewiesen. Sie hieß Nscho-tschi, und sie trug diesen Namen mit Recht. Nscho-tschi heißt auf deutsch ‚Schöner Tag‘, und als sie starb, ging eine helltagende, schöne Hoffnung der Apatschen mit ihr aus dem Leben, besonders eine liebe, große Hoffnung des alten Medizinmanns Tatellah-Satah. Sie war für ihn die schönste und beste Tochter sämtlicher Apatschenstämme, und er behauptete, daß sie damals nicht erschossen worden wäre, wenn ich mich nicht abweisend, sondern entgegenkommend verhalten hätte. Ich gab dies zwar unumwunden zu, fühlte mich aber von jedem Selbstvorwurf so vollständig frei, als ob die liebe, aufopferungsvolle Freundin heute noch lebte. Sie hatte nach dem Osten gewollt, um sich eine höhere Bildung anzueignen, und war unterwegs mit Intschu tschuna, ihrem Vater, erschossen worden, um beraubt zu werden. Nie war es Winnetou, ihrem Bruder eingefallen, deshalb, weil sie diese Reise meinetwegen unternommen hatte, auch nur den Schatten einer Anklage gegen mich zu richten; Tatellah-Satah aber hatte mich dafür aus seinem Leben und aus allen seinen Berechnungen gestrichen, und zwar für immer und ewig, wie es schien. Er wohnte seit Menschengedenken in größter Einsamkeit hoch oben im Gebirge. Nur Häuptlinge dürfen sich ihm nahen, und auch das so selten wie möglich. Es mußte sich um Angelegenheiten von höchster Wichtigkeit handeln, ehe jemand die Erlaubnis bekam, zu ihm emporzusteigen. Nur Winnetou, sein ganz besonderer Liebling, durfte kommen, sooft es ihm beliebte. Ihm wurde jeder Wunsch erfüllt, dessen Erfüllung überhaupt möglich war, aber nur der eine nicht, den er oft vergebens äußerte, mich einmal mitbringen zu dürfen.

Und nun, nach so langer Zeit, auf einmal diese dringende Einladung! Das konnte nur sehr ernste und sehr gewichtige Gründe haben, Gründe, die keine gewöhnlichen und alltäglichen Ziele verfolgten, sondern sich auf Besseres und Wertvolleres bezogen, als ich jetzt, da ich seinen Brief soeben erst erhalten hatte, zu durchschauen vermochte. Aber es stand nun fest, daß ich hinüberging und daß ich zur rechten Zeit auf dem Nugget Tsil eintreffen würde, um die mir bezeichnete Blaufichte zu mir sprechen zu lassen. Und ebenso bestimmt war es, daß das Herzle mich begleitete.

Als sie das hörte, jubelte sie nicht etwa auf, sondern sie zeigte mir ganz im Gegenteil ihr ernsthaftestes Gesicht. Sie dachte an die Anstrengungen einer solchen Reise und an die Gefahren eines solchen Ritts durch den Westen. Denn daß die von nah und fern herbeieilenden vielen Häuptlinge sich nicht der Eisenbahn bedienen würden, verstand sich ganz von selbst; das war überhaupt schon durch die Heimlichkeit, mit der alles zu geschehen hatte, ausgeschlossen. Aber sie dachte, wenn sie von diesen Anstrengungen und Gefahren sprach, nicht an sich selbst, sondern nur an mich. Es gelang mir jedoch sehr leicht, sie zu überzeugen, daß man jetzt zwar noch von einem ‚Westen', aber schon längst nicht mehr von einem ‚wilden Westen' sprechen könne, und daß ein solcher Ritt für mich nur eine Erholung, nicht aber eine Beschwerde sei. Was sie selbst betrifft, so war sie gesund, mutig, geschickt, ausdauernd und bedürfnislos genug, um mich begleiten zu können. Sie beherrschte die englische Sprache und hatte durch das fleißige Zusammenstudieren und Zusammenarbeiten mit mir sich so ganz nebenbei auch eine Menge indianischer Worte und Redensarten angeeignet, die ihr zustatten kommen mußten. Auch was das Reiten betrifft, so war ihr unser letzter längerer Aufenthalt im Orient[1] eine gute Lehrzeit gewesen. Sie hatte sich da ganz geschickt benommen und nicht nur Pferde, sondern auch Kamele gut zu behandeln gelernt.

Und wie stets und überall, so zeigte sie sich auch hier als klug berechnende, wirtschaftlich vorausschauende Hausfrau. Ich hatte von einigen amerikanischen Verlagsbuchhändlern Anfragen erhalten, die sich auf die Herausgabe meiner Werke in englischer Sprache für da drüben

1 Die große Orientreise Karl Mays, auf der ihn Frau Klara mit ihrem ersten Mann Richard Plöhn († 1901) teilweise begleitete, fand 1899/1900 statt. Näheres darüber findet der Leser in Bd. 34 ‚ICH'.

bezogen. Diese Herren sollte ich, so meinte das Herzle, bei dieser Gelegenheit persönlich aufsuchen, um, falls sie auf meine Bedingungen eingingen, mit ihnen bequemer abschließen zu können, als es aus der Ferne und brieflich möglich war. Um Muster für Deckelbilder vorzeigen zu können, machte sie sich von den Originalen photographische Kopien im Großformat, die ihr sehr gut gelangen, denn das Herzle versteht das Photographieren viel, viel besser als ich. Am besten gelang ihr der Sascha Schneidersche zum Himmel aufstrebende Winnetou. Von demselben Künstler besitze ich auch zwei prächtige, ergreifende Porträts von Abu Kital, dem Gewaltmenschen, und Marah Durimeh, der Menschheitsseele. Auch diese beiden, die für die nächsten Bände bestimmt sind, wurden photographiert, und zwar nicht auf Karton, sondern unaufgezogen, also so dünn, daß sie im Koffer fast gar keinen Raum einnahmen und zusammengerollt oder zusammengebrochen in die Rocktasche gesteckt werden konnten[1].

Ich bitte, auch diese scheinbar rein geschäftlichen Bemerkungen nicht für langweilig oder gar für überflüssig zu halten. Man wird im Verlauf der Erzählung sehen, daß diese Bilder eine nicht gewöhnliche Wichtigkeit in der Kette der Ereignisse erhielten. Wer mich kennt, der weiß, daß es für mich keinen ‚Zufall' gibt. Ich führe alles, was geschieht, auf einen höheren Willen zurück, mag man diesen Willen als Gott, als Schicksal, als Fügung oder sonst irgendwie bezeichnen. Diese Fügung waltete auch hier, davon bin ich überzeugt. Die Buchhändler-Offerten

1 Sascha Schneider (1870—1927), langjähriger Freund im Hause Karl Mays, schuf in den Jahren 1904-10 Zeichnungen zu den Werken des Dichters, die für eine Sonder-Reihe der ersten Buchausgabe als Deckelbilder verwendet wurden. Während der Niederschrift des vorliegenden Buches wurde gerade die Buchausgabe der Bände 31/32 der Ges. Werke vorbereitet, auf denen dann das erwähnte Porträt Marah Durimehs erschien. Heute ist dieses Bild wie auch die beiden anderen hier genannten Zeichnungen zusammen mit allen weiteren Gemälden Sascha Schneiders, die sich auf Karl Mays Werk beziehen, in Bd. 2 der ‚Beiträge zur Karl-May-Forschung' wiedergegeben: KARL MAY UND SASCHA SCHNEIDER von Hansotto Hatzig.

verliefen und zerrannen später zu nichts; ich fand gar keine Zeit, diese Herren aufzusuchen. Ihr Zweck war nur, den Anstoß zu dem Gedanken zu bilden, die Buchdeckel zu kopieren und diese Abzüge mitzunehmen.

Noch klarer und noch deutlicher trat dieser Schicksalszweck bei einem anderen Verlagsangebot hervor, das mir aber nicht schriftlich, sondern mündlich gemacht wurde, und zwar auffälligerweise genau zu derselben Zeit und auch von einem Amerikaner. Besonders beachtenswert sind hierbei die Nebenumstände, durch die der Gedanke, es nur mit einem Zufall zu tun zu haben, vollständig ausgeschlossen wurde.

Ich habe hier in Dresden einen Freund, der ein viel in Anspruch genommener Arzt und Psychiater ist. Besonders auf dem letzteren Gebiet hat er ganz bedeutende Erfolge errungen. Er wird da als Autorität bezeichnet und von Fremden nicht weniger als von Einheimischen zu Rate gezogen. Dresden ist bekanntlich eine vielbesuchte Fremdenstadt.

Bei einem Besuch, den dieser Freund uns machte, nicht etwa Sonntags, wo er frei war, sondern mitten in der Woche, und zwar abends spät, also zu einer Zeit, in der wir noch niemals von ihm aufgesucht worden waren, kam die Rede auf unseren Entschluß, mit dem Norddeutschen Lloyd nach New York zu fahren.

„Etwa um Nuggets zu holen?" fragte er so schnell, als ob er nur auf diese unsere Mitteilung gewartet hätte.

„Wie kommen Sie gerade auf Nuggets?" antwortete ich.

„Weil ich heute eins gesehen habe. Es war so groß wie ein Taubenei und wurde, als Berloque gefaßt, an der Uhrkette getragen", antwortete er.

„Von wem?"

„Von einem Amerikaner, der mir übrigens noch viel interessanter war als dieses sein Klümpchen Gold. Er sagte mir, er sei nur für zwei Tage hier, und erbat sich mein Gutachten in einer Angelegenheit, die für jeden Psychologen, also auch für Sie, mein lieber Freund, ein ‚Fall‘ allerersten Ranges ist.“

„Wieso?“

„Es handelte sich um den in einer Familie sich vererbenden Zwang zum Selbstmord, einen Zwang, der unbedingt sämtliche Glieder der Familie ergreift, ohne auch nur ein einziges zu verschonen, und bei dem einzelnen ganz leise, leise beginnt, um nach und nach an Stärke zu wachsen, bis er unwiderstehlich wird.“

„Ich hörte schon von solchen Fällen und lernte einen derart Belasteten sogar persönlich kennen. Es war noch dazu ein Schiffsarzt, mit dem ich von Suez nach Ceylon fuhr. Wir verbrachten eine ganze, helldunkle Sternennacht auf dem Oberdeck mit psychologischen Fragen. Da gewann er Vertrauen zu mir und teilte mir mit, was er sonst keinem sagte. Ein Bruder und eine Schwester hatten sich bereits das Leben genommen; der Vater ebenso. Die Mutter war vor Gram und Angst gestorben. Eine zweite Schwester schickte ihm jetzt während seiner Auslandsreise Briefe nach, daß sie dem unglückseligen Drang unmöglich länger widerstehen könne, und er selbst war nur deshalb Arzt geworden, um, falls kein anderer helfen könne, vielleicht selbst den Weg der Rettung zu finden.“

„Was ist aus ihm und seiner Schwester geworden?“

„Das weiß ich nicht. Er versprach mir, zu schreiben und mir seine heimatliche Adresse anzugeben, hat dies aber nicht getan. Stand es mit Ihrem Amerikaner ebenso traurig?“

„Ob mit ihm selbst, kann ich nicht sagen. Er nannte keine Namen, auch den seinigen nicht, und tat so, als ob er nur von Bekannten spreche, nicht aber von seiner eigenen Familie. Aber der Eindruck, den er auf mich machte, war so, daß ich ihn für persönlich beteiligt halte. Er hatte so unendlich traurige Augen. Er schien ein guter Mensch zu sein, und es tat mir wirklich aufrichtig leid, ihm keine sichere Hilfe in Aussicht stellen zu können."

„Aber doch wenigstens Trost?"

„Ja, Rat und Trost. Aber denken Sie sich so eine Fülle von Unheil: Die Mutter hatte Gift genommen. Der Vater war spurlos verschwunden. Von fünf Kindern, die lauter Söhne waren, leben nur noch zwei. Sie alle sind verheiratet gewesen, aber von ihren Frauen verlassen worden, weil bei ihren Kindern der Drang zum Selbstmord schon im Alter von neun oder zehn Jahren eingetreten ist und sich derart schnell entwickelt hat, daß nur ein einziges von ihnen das Alter von sechzehn Jahren erreichte."

„Sind sie also alle tot?"

„Ja, alle. Nur die erwähnten beiden Brüder leben noch. Aber sie kämpfen mit dem Mordzwang Tag und Nacht, und ich glaube nicht, daß einer von ihnen so stark sein wird, diesen Dämon in sich zu besiegen."

„Schrecklich!"

„Ja, schrecklich! Aber ebenso rätselhaft wie schrecklich! Dieser unglückselige Drang existiert nämlich nur erst in der zweiten Generation; vorher war er nicht vorhanden. Leider konnte mir nicht gesagt werden, bei wem er sich zuerst äußerte, ob bei der an Gift gestorbenen Mutter oder bei dem verschollenen Vater. Auch erfuhr ich nicht, ob diese Krankheit etwa seit irgendeinem Ereignis hervorgetreten ist, das mit großen oder unheilvollen seelischen Erschütterungen verbunden war. Das würde doch wenigstens einen Anhalt geben. So aber mußte ich mich darauf beschränken, anstrengende Arbeit für Körper und Geist anzuraten, treue Pflichterfüllung, die mit heiterer, aber ja nicht niedriger Zerstreuung abzuwechseln hat, und vor allen Dingen fortwährende Übung und Weiterstählung der Charakter- und Willenskräfte, auf die es hier in diesem Fall am meisten ankommt."

„Haben Sie den Stand dieser unglücklichen Familie erfahren?"

„Ja. Das war ja eine der Hauptfragen, die ich vorzulegen hatte. Der verschollene Vater war Westmann, Squatter, Trapper, Goldsucher und sonst alles derartige gewesen und hat von Zeit zu Zeit das, was er dabei erübrigte, heimgebracht. Das sind oft ganz ansehnliche Summen gewesen. Er hat die Manie gehabt, Millionär werden zu wollen. Das wurde zwar nicht erreicht, aber reich, ziemlich reich ist die Familie doch geworden. Die fünf Brüder vereinigten sich zu einem Großgeschäft in Pferden, Rindern, Schafen und Schweinen —"

„Sie hatten also wohl viel mit den großen Schlächtereien zu tun?" unterbrach ich ihn.

„Allerdings."

„Das konnte bei dieser Veranlagung nur schädlich sein, sehr schädlich!"

„Unbedingt! Massentötung von Schlachtvieh! Warmer Blutdunst! Immerwährender Fleisch- oder gar Kadavergeruch! Hieraus folgend Verhärtung des Mitgefühls! Förmliche Auffütterung und Anmästung jenes innerlichen Dämons! Ich habe das dem Amerikaner ganz offen gesagt und ihn gewarnt. Da teilte er mir mit, daß er das wohl gefühlt habe und darum für die beiden Brüder der Ratgeber und Helfer gewesen sei, das Geschäft zu verkaufen. Das sei im vorigen Jahr geschehen, doch ohne daß sich hierauf eine Veränderung oder gar Verringerung des Leidens eingestellt habe. — Doch, da unterhalte ich Sie noch am späten Abend mit Dingen, die Ihnen und mir nur die Nachtruhe verderben können. Ich bitte um Verzeihung und bin so pfiffig, mich, um nicht von Ihnen fortgewiesen zu werden, jetzt selbst hinauszuwerfen. Schlafen Sie wohl!"

Er brach so kurz ab und entfernte sich so schnell, wie es sonst gar nicht seine Art war. Genau ebenso verhielt es sich überhaupt mit seinem heutigen Kommen. Es war, als habe er uns so ganz außerhalb der gewohnten Zeit nur deshalb aufgesucht, um uns auf diesen Amerikaner aufmerksam zu machen. Das Herzle hatte dasselbe Gefühl wie ich.

„Er ist mir heute gar nicht wie ein besuchender Freund, sondern wie ein Bote vorgekommen", sagte sie. „Sollte es mit diesem Yankee irgendeine Bewandtnis haben, die auch uns angeht? So darf ich freilich nur dich fragen, nicht aber andere, die es für selbstverständlich halten würden, mich auszulachen!"

Ich gab ihr recht. Und siehe da: Am nächsten Vormittag, zur Besuchszeit, gegen elf Uhr, saß ich bei der Arbeit. Da hörte ich die Hausglocke. Es wurde jemand eingelassen. Ich hatte gesagt, daß ich heute absolut für niemanden zu sprechen sei. Dennoch kam das Herzle nach einiger Zeit zu mir herauf, legte eine Visitenkarte vor mich hin und sagte:

„Verzeih! Ich kann nicht anders; ich muß dich doch unterbrechen! Es ist zu sonderbar — du wirst dich wundern."

Ich warf einen Blick auf die Karte. „Hariman F. Enters" stand darauf, nur dieser Name, weiter nichts. Ich sah das Herzle erwartungsvoll an.

„Ja, es ist wirklich erstaunlich", nickte sie. „Er hat das taubeneigroße Nugget an der Uhrkette."

„Wirklich? — Wirklich?"

„Ja! Und die ganz auffallend traurigen Augen sind auch da!"

„Und was will er?"

„Mit dir reden."

„Ich habe keine Zeit. Hast du ihm das gesagt? Er mag wiederkommen!"

„Er muß noch heute fort, sonst versäumt er das Schiff. Er sagt, er gehe nicht, ohne mit dir gesprochen zu haben. Er bleibe sitzen, bis du kommst. Du sollst ihm sagen, was die Zeit kostet, die du dadurch versäumst; er werde sofort bezahlen."

„Das ist amerikanischer Unsinn! Hat er dir gesagt, was er ist?“

„Verlagsbuchhändler. Er scheint kein Wort Deutsch sprechen zu können. Er will dir den ‚Winnetou‘ abkaufen.“

„Hast du ihm hierauf vielleicht schon Bescheid gegeben?“

„Ich teilte ihm mit, daß wir schon ähnliche Angebote von drüben bekommen haben und nächstens mit dem Lloyd hinübergehen werden, um das zu erledigen.“

„Du, Herzle, das war nicht sehr gescheit von dir!“

„Warum nicht?“

„Wer nach dem ‚Westen‘ gehen will, der hat sich vor allen Dingen in der Schweigsamkeit zu üben, ganz gleich, ob es da drüben noch ‚wild‘ zugeht oder nicht.“

„Aber wir sind ja noch gar nicht drüben!“

„Ich habe gesagt: schon wenn man hinüber will; verstanden: will! Übrigens brauchen wir, um schweigsam sein zu müssen, gar nicht erst hinüber, denn er ist schon hier hüben bei uns.“

„Wo?“

„Unten bei dem Amerikaner. Dieser Mr. Hariman F. Enters ist der amerikanische Westen.“

„Meinst du?“

„Gewiß! Du wirst bald sehen, daß dies richtig ist. Mag er sein, wer er will, und mag er wollen, was er will, wir spielen jetzt Amerika. Er ist gekommen, sich bei uns anzuschleichen. Drehen wir den Spieß um! Geh jetzt hinab und sag, daß ich kommen werde; aber teile ihm nicht mehr mit. Sprich mit ihm überhaupt so wenig wie möglich!“

Sie ging, und ich folgte ihr nach einiger Zeit nach. Mr. Enters war ein wohlgebauter, glattrasierter Mann im Alter von ungefähr vierzig Jahren. Er machte einen wohlwollenerweckenden Eindruck, ohne gerade das Benehmen eines hochgebildeten Mannes zu zeigen. Er trat bescheiden auf, war aber trotzdem dabei auch ein wenig Protz. Das von den traurigen Augen stimmte. Lachen schien er gar nicht zu können, und wenn er einmal lächelte, so machte das mehr den Eindruck der Qual als der Heiterkeit. Meine Frau stellte uns einander vor. Wir verbeugten uns und saßen uns dann gegenüber. Ich bat ihn, mir zu sagen, womit ich ihm dienen könne. Er antwortete, indem er fragte:

„Ihr seid Old Shatterhand?“

„Man nannte mich so“, erwiderte ich.

„Auch jetzt noch?“

„Höchstwahrscheinlich.“

„Ihr geht nächstens wieder hinüber?“

„Ja.“

„Wohin? Bis wie weit?“

„Weiß ich noch nicht.“

„Mit welchem Schiff?“

„Ist noch unbestimmt.“

„Auf wie lange?“

„Das wird sich erst drüben entscheiden.“

„Ihr besucht alte Bekannte?“

„Vielleicht.“

„Werdet Ihr Euch mehr nach dem Norden oder nach dem Süden der Staaten wenden?“

Da stand ich von meinem Sitz auf, verbeugte mich, drehte mich um und ging zur Tür.

„Wohin wollt Ihr, Mr. May?“ rief er da hastig hinter mir her.

Ich blieb stehen und antwortete:

„Wieder an meine Arbeit. Ich habe Euch aufgefordert, mir mitzuteilen, was Ihr von mir wünscht. Anstatt dies zu tun, legt Ihr mir eine ganze Reihe von Fragen vor, zu denen Euch nicht das geringste Recht gegeben ist. Hierauf zu antworten, habe ich keine Zeit!“

„Ich habe Mrs. May gesagt, daß ich sofort bezahle, was das kostet“, warf er ein.

„Das könnt Ihr nicht. Ihr seid zu arm dazu, viel zu arm!“

„Glaubt Ihr? Mache ich wirklich einen so armen Eindruck? Ihr irrt Euch, Sir!“

„Gewiß nicht. Denn selbst wenn Ihr Euch im Besitz von tausend Milliarden befändet, so wärt Ihr trotzdem außerstande, sogar dem allerärmsten Teufel auch nur eine Viertelstunde der ihm von Gott gegebenen, unersetzlichen Lebenszeit zu bezahlen!“

„Wenn Ihr das so betrachtet, so mag es sein. Bitte, setzt Euch wieder nieder! Ich werde mich so kurz wie möglich fassen.“

Er wartete, bis ich diesen seinen Wunsch unter scheinbarem Zögern erfüllt hatte, und fuhr dann fort:

„Ich bin Verlagsbuchhändler. Ich kenne Euren ‚Winnetou‘ —“

„Sprecht und lest Ihr Deutsch?“ unterbrach ich ihn.

„Nein“, antwortete er.

„Wie könnt Ihr da diese Erzählung kennen? Sie ist meines Wissens noch nicht ins Englische übersetzt.“

„Sie wurde in einer mir befreundeten Familie, in der auch deutsch gesprochen wird, gelesen und mir zuliebe gleich während des Lesens übersetzt. Was ich da hörte, fesselte mich derart, daß ich einen jungen, stellenlosen Deutsch-Amerikaner zu mir nahm, um sie mir in voller Muße nach und nach derart vorlesen zu lassen, daß ich alles verstand und mir die notwendig erscheinenden Notizen machen konnte.“

„Ah, Notizen! Wozu Notizen?“

Ich bemerkte, daß diese Frage ihn in Verlegenheit brachte. Er versuchte, dies zu verbergen, und antwortete:

„Natürlich nur rein literarische, als Buchhändler, selbstverständlich! Ich habe dann auf meinen weiten Ritten durch den Westen diese Notizen bei mir gehabt und alles, was in Euern drei Bänden steht, nachgeprüft. Darum bin ich imstande, Euch sagen zu können, daß alles stimmt, alles, sogar oft die geringste Kleinigkeit."

„Danke!" sagte ich kurz, als er mich hierbei ansah, ob dieses Lob einen Eindruck auf mich machen werde.

„Nur zwei Orte", fuhr er fort, „konnte ich noch keiner Prüfung unterziehen, weil ich sie noch nicht aufzufinden vermochte."

„Welche, Sir?"

„Den Nugget Tsil und das ‚Dunkle Wasser', in dem Santer sein wohlverdientes Ende fand. Werdet Ihr vielleicht auf Eurer jetzigen Reise an diese Stellen kommen?"

„Vielleicht, vielleicht auch nicht. Aber ich höre, daß Ihr schon wieder überflüssige Fragen bringt, anstatt mir zu sagen, was Ihr wollt — !"

Ich machte Miene, wieder aufzustehen.

„Bleibt sitzen, bleibt sitzen!" rief er schnell. „Ich bin ja sofort wieder bei der Sache, oder vielmehr, ich habe mich von ihr noch gar nicht entfernt. Ich wollte Euch nur zeigen, daß ich Eure Bücher geprüft und der Übersetzung in die englische Sprache für wert gefunden habe."

„Geprüft? Dazu gehören lange Jahre!"

„Haben es auch, haben es auch!" nickte er eifrig, ohne zu bemerken, daß jetzt ich der Anschleichende war. „Es hat eine sehr lange Zeit gedauert, ehe ich alle die Orte berühren konnte, um die es sich da handelt."

„Vertrug sich das mit Eurem Geschäft?"

„Gewiß, gewiß. Wir hatten damals ein Großunternehmen in Pferden, Rindern, Schweinen und Schafen und trieben uns bei unseren Einkäufen sehr viel im alten Westen herum."

„Ihr sagt ‚wir'. Also Kompagnons?"

„Ja, aber keine Fremden, sondern brüderliche Kompagnie. Wir waren fünf Brüder, sind aber jetzt nur noch zwei. Führen noch immer gemeinsames Geschäft, aber nicht mehr in Pferden und Rindern, sondern in Büchern. Wir wollen Euch Euren ‚Winnetou' abkaufen —"

„Nur ihn?" fiel ich ihm in die Rede.

„Ja, nur ihn", erwiderte er.

„Warum nicht auch die anderen Bücher, die doch ebenfalls Reiseerzählungen sind?"

„Weil sie uns nicht interessieren."

„Ich denke, es kommt hierbei mehr darauf an, was die Leser interessiert?"

„Mag sein; bei uns aber ist das anders. Wir wollen nur den ‚Winnetou', weiter nichts."

„Hm! Wie denkt Ihr Euch dieses Geschäft?"

„Sehr einfach: Ihr verkauft ihn uns mit allen Rechten, ein für allemal, und wir bezahlen ihn Euch ein für allemal."

„Wann geschieht die Zahlung?"

„Sofort. Ich bin imstande, Euch eine Anweisung an jede beliebige Bank zu geben. Wieviel verlangt Ihr?"

„Wieviel bietet Ihr?"

„Je nachdem! Wir dürfen drucken, so viel wir wollen?"

„Wenn wir einig werden, ja."

„Oder auch, so wenig wir wollen?"

„Nein."

„Wie? Was? Nicht?"

„Natürlich nicht! Ich schreibe meine Bücher, damit sie gelesen werden, nicht aber damit sie verschwinden."

„Verschwinden?" fragte er unter einer Bewegung der Überraschung. „Wer hat Euch gesagt, daß sie verschwinden sollen?"

„Gesagt wurde es allerdings noch nicht; aber Ihr erwähntet doch, daß auch so wenig gedruckt werden darf, wie Euch beliebt."

„Natürlich. Wenn wir sähen, daß die Bücher im Englischen keinen Anklang finden, so würden wir eben darauf verzichten, sie zu drucken. Das versteht sich doch wohl von selbst!"

„Ist das Euer Ernst?"

„Ja."

„Sagt, hat Eure Reise nach Deutschland und Dresden noch andere Zwecke?"

„Nein. Ich habe keinen Grund, Euch zu verheimlichen, daß ich nur dieser Eurer drei Bücher wegen herübergekommen bin."

„So tut es mir leid, daß Ihr diese Reise vergebens gemacht habt. Ihr bekommt die Bücher nicht."

Ich war während dieser Worte aufgestanden. Auch er erhob sich von seinem Stuhl. Er war nicht imstande, die völlig unerwartete, große Enttäuschung zu verbergen, die ihn ergriff. Sein Blick wurde ängstlich, und seine Stimme vibrierte, als er fragte:

„Verstehe ich Euch da recht, Sir? Ihr wollt den ‚Winnetou' nicht verkaufen?"

„Wenigstens nicht an Euch. Ich gebe meine Bücher nicht einzeln zur Übersetzung. Wer eins oder nur einige wünscht, der ist gezwungen, sie alle zu nehmen."

„Aber wenn ich Euch nun für diese drei Bände so viel zahle, wie Ihr für alle verlangt?!"

„Auch dann nicht."

„Seid Ihr denn gar so reich, Mr. May?"

„Nein, keineswegs. Von Reichtum ist bei mir keine Rede. Ich habe nichts als mein gutes, für mich und meine Zwecke gerade zureichendes Auskommen, mehr nicht. Aber das genügt mir vollständig. Und wenn Ihr meine Erzählung ‚Winnetou' wirklich kennt, so wißt Ihr, daß ich überhaupt nicht nach Reichtum trachte, sondern nach höherstehenden, wertvolleren Gütern, mit denen ich meine Leser erfreuen und segnen will. Dazu ist notwendig, daß meine Bücher den richtigen Verleger finden, und daß Ihr der nicht sein könnt, davon habt Ihr mich soeben überzeugt."

Meine Frau sah und hörte es mir an, daß an diesem meinem Entschluß nicht zu rütteln war. Der Yankee tat ihr leid. Er stand mit einer Miene und in einer Haltung vor uns da, als ob ein nicht wieder gutzumachendes Unheil über ihn hereingebrochen sei. Er zögerte, meinen Bescheid als mein letztes Wort zu betrachten. Er machte Einwendungen. Er brachte Gründe. Er gab Versprechungen, doch vergeblich. Schließlich, als gar nichts helfen wollte, sagte er:

„Ich gebe die Hoffnung trotz alledem nicht auf, daß ich den ‚Winnetou' doch noch von Euch bekomme. Ich sehe, daß Mrs. May dieser Sache viel weniger abgeneigt ist, als Ihr. Beratet Euch mit ihr und gebt mir Zeit, inzwischen mit meinem Bruder, der doch mein Teilhaber ist, zu reden."

„Wollt Ihr dann etwa wieder herüberkommen? Das würde ebenso nutzlos sein wie Eure jetzige Reise", erklärte ich.

„Herüber zu kommen, habe ich nicht nötig, weil Ihr ja, wie ich höre, baldigst hinübergeht. Gebt mir irgendeine Adresse da drüben an und bestimmt mir einen Tag, an dem Ihr dort zu treffen seid, so stelle ich mich ein."

„Auch das hätte keinen Erfolg!" versicherte ich.

„Könnt Ihr das jetzt schon wissen? Ist es nicht möglich, daß ich Euch nach der Besprechung mit meinem Bruder ein Anerbieten machen kann, das Euren Zwecken und Wünschen besser entspricht als das heutige?"

Ich fühlte, daß er innerlich davor zitterte, auch noch hiermit abgewiesen zu werden. Auch ich hatte Mitleid, aber ich durfte diesem Gefühl nicht die Herrschaft über meine Entschlüsse einräumen. Das Herzle überschüttete mich mit bittenden Blicken, und als dies nicht schnell genug wirken wollte, ergriff sie meine Hand. Da sagte ich:

„Gut, so mag es sein. Geben wir uns Zeit zum Überlegen! Meine Frau war noch niemals mit drüben. Sie erwartet ganz besonders, den Niagarafall zu sehen. Wir werden also von New York aus mit dem Hudson-Dampfer nach Albany fahren und von da mit der Bahn nach Buffalo, von wo aus es bis zu den Fällen nur noch eine Stunde ist. In Niagara-Falls wohnen wir auf der kanadischen Seite, und zwar im Clifton-Hotel, wo ich —"

„Das kenne ich; das kenne ich sehr gut!" unterbrach er mich. „Da ist man sehr gut aufgehoben. Ein Hotel allerersten Ranges, still, vornehm, mit allen Errungenschaften der Neuzeit ausgestattet und —"

„Well!" fiel nun ich ihm in die Rede, um ihm dieses Lob, mit dem er nur sich selbst ins Licht stellen wollte, abzuschneiden. „Wenn Ihr es kennt, so ist es ja gut. Also dort sind wir zu finden."

„Wann?"

„Das weiß ich jetzt noch nicht. Am besten ist es, Ihr setzt Euch mit der Verwaltung dieses Hauses in Verbindung, daß sie Euch von unserer Ankunft sofort Nachricht gibt."

„Richtig! Das ist das beste, und das werde ich tun!"

Dabei blieb es. Es gab noch einige höfliche Abschiedsworte, dann war dieser Besuch beendet, der viel größere Wichtigkeit besaß, als selbst ich jetzt dachte.

Das Herzle konnte nicht ganz mit mir zufrieden sein. Sie ist sehr zum Mitleid und Erbarmen geneigt, und der ängstliche, quälende Blick dieses Mannes wollte ihr noch tagelang nicht aus dem Sinn kommen. Sie meinte, daß ich nicht höflich genug und zu abweisend mit ihm verfahren sei.

„Warum tatest du das?" fragte sie.

„Weil er mich belog", antwortete ich. „Weil er nicht offen und ehrlich war. Weißt du, wer er ist?"

„Ja."

„Nun, wer?"

„Einer der beiden übriggebliebenen Söhne jener unglücklichen Familie, deren Glieder alle durch Selbstmord sterben."

„Ja, das ist er allerdings, aber zugleich auch etwas anderes. Er heißt nicht Enters."

„Du glaubst, er führt einen falschen Namen? Hältst ihn also für einen Schwindler, einen Hochstapler?"

„Nein. Gerade weil er ein ehrlicher Mann ist, trägt er nicht seinen eigentlichen, richtigen Namen. Er schämt sich dessen. Ich vermute sogar, daß er nur infolge meiner drei Bände ‚Winnetou' auf diesen Namen verzichtete."

Sie war so erstaunt hierüber, daß sie mich weiterzufragen vergaß. Darum fuhr ich unveranlaßt fort:

„Hältst du es für möglich, daß ich überzeugt bin, seinen wirklichen Namen zu wissen?"

„Sage ihn!" forderte sie mich auf.

„Dieser Mann heißt nicht anders als Santer."

Da warf sie mir im höchsten Erstaunen die atemlose Frage hin:

„Welchen Santer meinst du? Den Mörder von Winnetous Vater und Schwester?"

„Ja. Der Mann, der bei uns war, ist sein Sohn."

„Unmöglich, unmöglich!"

„Gewiß, gewiß!"

„Beweise es!"

„Das ist eigentlich gar nicht nötig. Du müßtest es ebenso schnell und leicht erraten haben wie ich."

„Wirklich? Bis jetzt erkenne ich nur das eine, daß du ihn für einen Lügner hältst, weil er sich Enters anstatt Santer nennt."

„Wie falsch von dir, wie falsch! Wüchsen meine Folgerungen nur aus diesem einen Punkt heraus, so wäre ich ein außerordentlich schlechter Fährtenleser, ein Greenhorn, ein Hans Tapps, und hätte mich meiner Logik rot und blau zu schämen. Ich bitte dich aber, zum Beispiel daran zu denken, daß er sich eigens einen Vorleser anstellte, um sich sofort Notizen machen zu können. Wie lange ist es wohl her, daß er dies tat?"

„Eine ganz beträchtliche Reihe von Jahren. Das sagte er ja selbst."

„Schön! Und wozu hat er sich diese Notizen gemacht?"

„Aus rein literarischen Gründen, zu Buchhändlerzwecken. Auch das sagte er selbst."

„Ganz richtig! Und hier liegt die Lüge, bei der die Fährte beginnt, die zu seinem richtigen, wirklichen Namen führt. Er selbst hat zugegeben, daß er damals Großhändler in allerlei Schlachtvieh war, und du weißt sehr genau, wann er aufgehört hat, dies zu sein. Oder nicht?"

„Doch! Dieses Geschäft wurde erst im vorigen Jahr verkauft. Das hat er gestern beim Arzt gesagt."

„Und dennoch schon vor so langen Jahren bereits rein ‚buchhändlerische' Notizen? Glaubst du das?"

„Nein! Jetzt nicht mehr! Du, jetzt fange auch ich an, klar zu sehen. Vielleicht ist es gar nicht einmal wahr, daß er jetzt Buchhändler ist!"

„Fällt ihm gar nicht ein! Aber mit diesem Gedanken hast du dich neben mich auf die richtige Fährte gestellt! Überlege folgendes: Kaum hat er bei einem Bekannten von meinem ‚Winnetou' gehört, so stellt er sich einen besonderen Mann zum Übersetzen und Vorlesen dieser Erzählung an. Ist etwa anzunehmen, daß er bei diesem Bekannten dem Vorlesen aller drei Bände beigewohnt hat?"

„Gewiß nicht."

„Das ist auch meine Meinung. Er hat nur einiges wenige gehört. Wenn er sich sofort hierauf einen besonderen Privatübersetzer nahm, um das ganze Werk unter vier Augen kennen zu lernen, so muß dieses wenige von außerordentlicher Wichtigkeit für ihn gewesen sein, muß irgendeinen Punkt seines tiefsten Seelenlebens gepackt und ergriffen haben. Oder glaubst du, daß diese Wichtigkeit vielleicht doch schon eine ‚rein literarische, buchhändlerische' gewesen ist?"

„Nein.“

„Oder eine geschäftliche?“

„Ebensowenig. Sie war, wie du ganz richtig vermutest, eine psychologische, eine seelische.“

„Das heißt mit anderen Worten, daß sie sich auf sein Innenleben, auf sein Privatleben, auf sein Familienleben, also auch auf seine Familienverhältnisse bezog. Er machte während der Vorlesungen Notizen. Warum und wozu? Doch nicht etwa nur, um nichts zu vergessen! Was einen so tief in der Seele packt, das merkt man sich gewiß auch ohne Notizen. Er hat zugegeben, daß diese Notizen ihm als ‚notwendig‘ erschienen seien und ihm auf seinen Nachforschungen im Westen jahrelang als Führer gedient haben —“

„Etwa nach dem verschollenen Vater?“ fiel da das Herzle schnell ein.

Da nickte ich ihr zu und antwortete:

„Du, das war fein, sehr fein! Ja, allerdings nach dem verschollenen Vater! Ich wollte noch einige andere Folgerungen und Schlüsse herbeiziehen, um mich dir begreiflich zu machen; da du mir aber gleich mit diesem Hauptergebnis kommst, so ist das, wenigstens für einstweilen, nicht mehr nötig. Ich habe nur noch auf die Dringlichkeit zu zeigen, mit der er die Lage der beiden Orte zu erfahren suchte, die er, wie er sich ausdrückte, ‚noch nicht aufzufinden vermochte‘. Ich meine den Nugget Tsil und das ‚Dunkle Wasser‘.“

„Muß sich diese Dringlichkeit nur auf Santer beziehen?“

„Ja.“

„Nicht auf irgendeine andere Person? Und auch nicht auf die Nuggets?“

„Nein. Von Personen käme nur ich allein in Betracht, denn alle anderen sind unwichtig oder gar tot, und anzunehmen, daß er gerade meinetwegen jahrelang den Westen durchforscht habe, wäre lächerlich. Er hat ja durch seinen heutigen Besuch bewiesen, daß er sehr wohl weiß, wie schnell und wie leicht ich zu finden bin. Und was die Nuggets betrifft, so hat er ja gelesen, daß sie für immer verloren sind und von keinem Menschen mehr gefunden werden können. Also: Von den Ereignissen am Nugget Tsil und am ‚Dunklen Wasser' kommen nur zwei Personen in Betracht, nämlich Santer und ich; alle anderen sind unendlich nebensächlich, sind verschwunden; ich aber habe auszuscheiden; folglich bleibt nur noch Santer. Und nun, paß auf, Herzle, kommt noch ein Hauptgrund, auf den ich mich stütze! Dieser sogenannte Mr. Enters will meinen ‚Winnetou' kaufen. Wozu? Etwa um ihn übersetzen, drucken und verbreiten zu lassen?"

„Nein, sondern um zu verhindern, daß die Erzählung da drüben in englischer Sprache erscheint. Da hattest du recht. Das hörte man den Worten dieses Mannes an, besonders auch dem Schreck, den er nicht verbergen konnte, als er gegen alle seine Erwartung hörte, daß er die Bücher nicht bekommt. Man soll da drüben die Vergangenheit und die Taten seines Vaters nicht kennen lernen."

„Ja. Zwar wollte ich das erst folgern, und du kommst meinem logischen Schluß zuvor; aber das ist für mich eine Tatsache, an der ich nicht im geringsten zweifle. Er hat geglaubt, mich mit einer Tasche voll Dollars übertölpeln zu können, obwohl er aus dem ‚Winnetou' wissen mußte, daß ich auf solchen Köder nicht gehe. Dieser sein Besuch bei mir und sein Antrag war eigentlich eine Beleidigung, die ich ganz anders hätte beantworten sollen, als ich sie beantwortet habe."

„So zürnst du mir nun wohl?"

„Zürnen? Wofür?"

„Dafür, daß ich dich veranlaßt habe, ihn nicht ganz endgültig abzuweisen und ihm noch eine Zusammenkunft zu gewähren."

„O nein! Ich lasse mich selbst von dir nicht dazu bestimmen, irgendein höheres, vielleicht gar ethisches Gut für niedriges Geld zu verkaufen, und du, du würdest ganz gewiß die allerletzte sein, mir so etwas zuzumuten. Ich bin auf das Wiedersehen am Niagara eingegangen, weil es sehr triftige Gründe dafür gibt, die beiden Brüder Enters oder Santer von nun an nicht wieder aus dem Auge zu lassen. Du weißt ja, daß es eine Gewohnheit jedes erfahrenen Westmanns ist, sich niemals gefährliche Leute in den Rücken kommen zu lassen."

„Gefährlich?" fragte sie. „Ich halte diesen Enters, obwohl er ein Santer zu sein scheint, doch für einen guten Menschen."

„Ich auch. Aber kann nicht selbst die personifizierte Güte einmal obstinat werden? Liegt in der Niedergeschlagenheit und, ich möchte fast sagen, in dem krankhaften Tiefsinn dieses Mannes nicht etwas Explosives, vor dem man sich zu hüten hat? Und kennen wir seinen Bruder? Du weißt, Geschwister brauchen nicht von gleichem Charakter und gleichem Temperament zu sein. Ich bin überzeugt, daß wir ihn in Niagara kennen lernen werden, und dann wird es sich ja finden, wie wir uns zu beiden zu stellen haben, um sie nicht zu zwingen, in die Fußstapfen ihres Vaters zu treten. Der Doktor sprach gestern von einem Dämon in ihnen. Dieser Dämon hat uns hier aufgefunden, hat uns entdeckt. Es ist der Santersche Zwang zum Mord. Du siehst, unsere Reise beginnt, hochinteressant zu werden, noch ehe wir die ersten Schritte tun."

„Siehst du Gefahr voraus?"

„O nein! Ich sehe nur, daß wir hinüber müssen, um den Mount Winnetou und Tatellah-Satah, den ‚Bewahrer der großen Medizin', kennenzulernen. Er schreibt mir, daß ich meinen Winnetou ‚retten' soll. Habe ich das zu tun, so gibt es für mich keine Gefahr. Etwa für dich?"

„Für mich ebensowenig. Ich gehe fröhlich mit!"

„Dann vorwärts also zur glücklichen Fahrt!" —

INS LAND DER INDIANER

An den großen Fällen

Und nun waren wir bei den Niagarafällen. Wir wohnten im Clifton-House, unweit der kanadischen Mündung der Hängebrücke. Man hat von diesem Hotel aus einen geradezu unvergleichlichen Blick auf das grandiose Schauspiel der stürzenden Wassermassen. Die besten Zimmer liegen in der ersten Etage, den Fällen zugewandt. Sie münden alle auf eine lange, vielleicht acht Schritte breite Plattform, die ein gemeinschaftliches Säulendach überragt. Wer vom Korridor aus seinen Raum betritt, ihn quer durchschreitet und sich durch die gegenüberliegende Tür hinaus auf die Plattform begibt, der hat beide Fälle, den geraden und den hufeisenförmigen, besonders eindrucksvoll vor Augen.

Wenn das Hotel in Deutschland läge, so würde man die Gemeinschaftlichkeit dieses Altans für alle Bewohner dieser Zimmereihe als einen Übelstand empfinden, der durch Zwischenwände schleunigst zu beseitigen wäre. Da drüben aber hat jeder Gast eine zwar unsichtbare aber so hohe und so starke Mauer um sich gezogen, daß gar keine hölzernen Scheidewände nötig sind, um jedermann gegen Zudringlichkeiten und Indiskretionen zu sichern. Dennoch freute ich mich darüber, daß, als wir kamen, gerade die den Fällen nächstgelegene Ecke dieser Zimmerreihe frei geworden war, so daß wir also anstatt zwei nur einen einzigen Nachbarn haben konnten. Und dieser eine war ein Paar, und dieses Paar hieß — Hariman F. Enters und Sebulon L. Enters.

Ich hatte geahnt, daß die Brüder nicht warten, sondern sich hier einquartieren würden, um bei unserer Ankunft sofort anwesend zu sein. Aber daß unsere beiden Wohnungen aneinander stießen, das war ein Umstand, den man mit einer Ahnung wohl kaum hätte erreichen können. Ich muß gestehen, daß es mir keineswegs unlieb war, gerade diese beiden neben mir zu haben.

Ein jeder neu eingetretene Gast des Clifton-Hotels hat sich sofort in der Office einzutragen. Das ist die einzige Auskunft, die man von ihm verlangt. Ich schrieb uns als ‚Mr. Burton und Frau' in das Buch. Dieses Pseudonym war deshalb notwendig, weil man mich verpflichtet hatte, den eigentlichen Grund, der mich hinüberführte, geheimzuhalten. Ich war also gezwungen, auf meinen wirklichen Namen, den man da drüben sehr wohl kennt, für jetzt zu verzichten.

Unsere Wohnung bestand aus drei Räumen. Das Zimmer meiner Frau lag nach dem Hufeisenfall, war größer als das meinige, hatte aber keinen Balkon. Das meinige hatte die Aussicht nach dem Vereinigten-Staaten-Katarakt, war kleiner, öffnete sich dafür aber nach der großen Plattform, auf der ich mich so häuslich einrichten konnte, wie es mir nur immer beliebte. Zwischen diesen beiden Zimmern lag der Garderobe- und Toilettenraum, der sie in amerikanisch praktischer Weise vereinigte. Als uns diese Wohnung angewiesen und gezeigt wurde, fragte ich den Kellner, wer neben uns wohne.

„Zwei Brüder", antwortete er. „Sie sind Yankees und heißen Enters. Aber sie wohnen eigentlich nur halb in unserem Hause. Sie schlafen nur hier; sie speisen anderswo. Sie gehen früh fort und kommen erst abends wieder, wenn es keine Tafel mehr gibt."

Er machte dabei ein so eigenartiges Gesicht, daß ich mich erkundigte:

„Warum tun sie das?"

Er zuckte die Achseln und antwortete:

„Unser Clifton-House ist ein Hotel ersten Ranges. Wer diesem Rang nicht angehört, der wird wohl hier schlafen, nicht aber auch hier speisen und mit den anderen Gästen verkehren können. Er versucht es vielleicht einmal, fühlt sich dabei aber derart schnell erkannt und abgestoßen, daß er den Versuch gewiß nicht wiederholt."

Das war sehr aufrichtig gesprochen! Wenigstens sechzig Prozent der dortigen Kellner sind Deutsche oder Österreicher. Dieser aber war ein kanadischer Engländer; daher der ebenso selbständige wie selbstbewußte Ton. Als er mich dabei schon mehr taxierend als forschend betrachtete, sagte ich ihm, daß ich zu der Klasse gehöre, in der man den Betrag der Trinkgelder teilt. Die eine Hälfte gibt man sofort bei der Ankunft, um zu zeigen, daß man gern zufriedengestellt sein will, und die andere Hälfte entrichtet man dann bei der Abreise, oder man zahlt sie auch nicht, um zu zeigen, ob man zufriedengestellt worden ist oder nicht. Bei diesen Worten drückte ich ihm die erste Hälfte in die Hand. Er betrachtete die Note sehr ungeniert, um zu sehen, wie viel sie betrug; dann aber machte er eine Verbeugung, wie kein Deutscher und kein Österreicher sie hochachtungsvoller hätte machen können, und sprach:

„Zu jedem Befehl bereit! Werde das auch der Chambermaid[1] anempfehlen! Sind diese beiden Enters vielleicht unbequem, Mr. Burton? Wir quartieren sie sofort aus!"

„Bitte, sie zu lassen; sie stören uns nicht."

Er verneigte sich ebenso tief wie vorher und ging dann, vor lauter Respekt und Wohlwollen strahlend, ab. Als sich uns hierauf, damit wir sie kennen lernen sollten, die ‚Chambermaid' vorstellte, sahen wir ihr an, daß sie von der Teilung des Trinkgeldes bereits unterrichtet war, und ermöglichten ihr einen ebenso wirkungsvollen Abgang wie dem Kellner. Das taten wir natürlich nicht, um mit unserem Geld zu prahlen, und noch viel weniger erzähle ich es hier aus diesem oder einem ähnlichen Grunde. Ich habe ja bereits gesagt, daß ich keineswegs reich bin, sondern nur mein Auskommen habe. Aber die Wirkungen dieser Art und Weise, den Bediensteten nicht erst dann,

1 Zimmermädchen

wenn es zu spät ist, zu zeigen, daß man Einsicht und Dankbarkeit besitzt, stellten sich sehr bald ein, und aus ihnen mag man erkennen, warum ich so handelte.

Wir waren am Nachmittag angekommen und machten gleich noch an diesem Tage die zwei bekannten Fahrten, die jeder Besucher der Niagarafälle unbedingt gemacht haben muß. Es ist das eine Bahn- und eine Dampfbootfahrt. Das Gleis der Bahn geht hart am kanadischen Ufer des Niagara hinab und dann drüben am Vereinigten-Staaten-Ufer wieder herauf. Tief, tief unten kocht und brodelt der Strom; die Felsen steigen vollständig senkrecht in die Höhe, und die Schienen der Bahn liegen oft höchstens zwei Meter von der Kante des Abgrundes entfernt. An diesem rast man mit der Schnelligkeit des Fluges dahin, und man hat, da man nur den geöffneten Schlund und das jenseitige Ufer sieht, vom Anfang bis zum Ende dieser Fahrt das Gefühl, als ob man direkt in die Luft hinausfahre, um dann in die Tiefe hinabzuschmettern. Die Bootsfahrt macht man auf der wohlbekannten und beliebten ‚Maid of the Mist‘[1], die kühn bis in die nächste Nähe der Fälle steuert und am geeigneten Ort diejenigen Touristen landet, die daheim von sich rühmen wollen, daß sie sogar ‚hinter dem Wasser‘ gewesen seien.

Später aßen wir bei den Klängen eines ausgezeichnet spielenden doppelten Streichquartetts das Abendbrot in dem großen, im Erdgeschoß des Hotels liegenden Speisesaal und zogen uns dann in unsere Wohnung oder, richtiger gesagt, auf meinen freien Altan zurück, der uns den unbeschreiblichen Genuß gewährte, die Fälle vom geheimnisvollen Schimmer des Mondes besucht und verklärt zu sehen. Hierbei war es ungefähr elf Uhr geworden, als das Zimmermädchen eiligst herbeigehuscht kam und uns meldete:

„Die Enters sind da.“

1 ‚Nebeljungfrau‘

„Wo?“ fragte das Herzle.

„Noch unten in der Office. Sie pflegen allabendlich, wenn sie kommen, im Buch nachzuschlagen und gehen dann auf ihr Zimmer.“

„Zu welchem Zweck schlagen sie nach?“

„Um zu sehen, ob ein deutsches Ehepaar hier angekommen ist, ein Mr. May mit seiner Frau. Erst fragten sie. Jetzt aber schlagen sie nach, weil sie fühlen, daß man sie hier für überflüssig hält. Auch ich spreche nicht mit ihnen.“

Sie entfernte sich, und wir verließen die Plattform, um nicht gesehen zu werden. Diese Mitteilung war die erste Frucht des vorausgezahlten Trinkgelds. Zur Erläuterung ihrer Nützlichkeit für uns muß ich die Tür beschreiben, durch die meine Stube von der Plattform getrennt wurde. Jeder Besucher des Clifton-House weiß, daß alle diese Türen, die auf den freien Altan münden, die gleiche Konstruktion besitzen. Sie sind angelegt, die Wohnungen vollständig abzuschließen, so daß niemand von draußen hereinsehen kann, aber doch gerade so viel Luft und Licht hereinzulassen, wie die Bewohner wünschen. Darum sind sie sowohl mit Fensterscheiben wie auch mit Jalousieklappen versehen. Diese können beliebig geöffnet und geschlossen und dazu noch mit Vorhängen verhüllt werden. So kann man also zu jeder Zeit hinausschauen und hinaushören, ohne selbst gesehen und gehört zu werden. Wir brannten darum kein Licht an, blieben in meinem Zimmer und öffneten die Jalousie. Denn wir erwarteten mit Bestimmtheit, daß die Brüder nicht in ihrem Raum bleiben, sondern auf den Altan kommen würden.

Und wie gedacht, so geschehen: Es dauerte gar nicht lange, so erschienen sie. Der Mond stand noch am Himmel. Wir erkannten den einen, der bei uns gewesen war, sofort. Sie sprachen miteinander und gingen dabei auf und ab. Später setzten sie sich, und zwar gerade an den

Tisch, der draußen in unserer Ecke stand. Ich hatte ihn mir hinstellen lassen, um daran schreiben zu können. Wir hörten und verstanden jedes Wort, doch war der Gegenstand ihres Gesprächs zunächst für uns gleichgültig. Später aber trat eine Pause ein, die der von ihnen, den wir noch nicht kannten, also Sebulon, durch den Ausruf beendete:

„Unangenehm! Höchst unangenehm, daß wir so lange hier sitzen müssen! Das kann noch Wochen dauern, ehe sie kommen!"

„Gewiß nicht!" antwortete Hariman. „Sie kommen doch schon hierher, ehe sie die Verleger besuchen. Jeder Tag kann sie bringen."

„Und du bleibst bei deinem Vorsatz?"

„Ja. Ehrlich sein. Dieser Mann hat mich zwar nicht sehr gut behandelt, aber wir kommen mit Unehrlichkeit nicht gegen ihn auf; das ist der Eindruck, den er mir mitgegeben hat. Und von seiner Frau kann ich fast sagen, daß ich sie liebgewonnen habe. Es würde mir geradezu weh tun, nicht rechtschaffen gegen sie sein zu dürfen."

„Pshaw! Nicht rechtschaffen! Was heißt rechtschaffen! Rechtschaffen hat man zunächst doch gegen sich selbst zu sein. Und wenn wir ein Geschäft machen wollen, das uns, klug angefangen —"

„Pst! Still!" warnte ihn der andere.

„Warum?"

„Der Alte könnte es hören."

Bei diesen Worten deutete er nach unserer Tür.

„Der Alte?" fragte Sebulon. „Du weißt doch, daß der täglich bis Punkt Mitternacht unten im Lesezimmer sitzt und dann noch bis ein Uhr hier oben in seiner Stube liest. Es brennt kein Licht; er ist also noch unten."

„Trotzdem! Und zudem bin ich müde. Ich gehe jetzt schlafen. Morgen früh nach Toronto und erst übermorgen zurück. Wir müssen ausgeruht haben. Komm!"

Sie standen vom Tisch auf und gingen in ihren Raum.

Es war nicht viel, was wir erfahren hatten, aber wir wußten nun doch wenigstens so viel, daß Hariman F. Enters es ehrlich mit uns meinte. Und wir waren überzeugt, daß Sebulon L. Enters, sein Bruder, wohl auch noch zu durchschauen sein werde.

Als wir am nächsten Morgen zum Frühstück hinuntergingen, sagte uns der Kellner, daß unsere beiden Nachbarn das Hotel schon zeitig verlassen und die Weisung gegeben hätten, wenn Mrs. und Mr. May hier ankämen, ihnen zu sagen, daß die Gebrüder Enters nach Toronto gefahren seien und erst morgen am Abend wiederkommen könnten. Er machte eine geringschätzende Handbewegung und fügte hinzu:

„Rowdies, diese beiden Enters! Haben sich hier beinahe unmöglich gemacht. Diese Mrs. und Mr. May aus Germany, die nach solchen Leuten suchen, passen wohl nicht für uns. Werden keine Zimmer bekommen!"

Wie gut, daß ich einen anderen Namen eingetragen hatte! Auch diese Äußerung des Kellners mahnte zur Vorsicht, obgleich ein Rowdy zwar ein roher, aber immerhin noch kein schlechter Mensch zu sein braucht.

Es gibt im Clifton-House nur Einzeltische, keine große, gemeinschaftliche Tafel. Am besten sitzt und speist man in einer langen, an den großen Saal stoßenden Veranda, die so schmal ist, daß nur zwei Reihen von Tischen Platz finden. Es gibt von da aus eine prächtige Aussicht nach den Fällen. Wir hatten uns einen dieser Tische gewählt und beschlossen, ihn für uns zu belegen. Als wir den Kellner fragten, ob man das könne, antwortete er:

„Gewöhnlich nicht, aber Mrs. und Mr. Burton können das. Ich werde es besorgen. Der beste Tisch wäre allerdings nicht dieser, sondern der hinterste, weil man da nur von einer Seite aus gesehen, gehört und belästigt werden kann. Den aber haben schon zwei Gentlemen in Beschlag genommen. Man schlug ihnen diesen Wunsch nicht ab."

Das hatte er im üblichen Gesprächston gesagt. Mit gesenkter Stimme aber fügte er hinzu:

„Sie bezahlen nämlich alles nur mit Nuggets! Sie haben eine ganze, schwere Tasche mit gediegenen Goldkörnern in Verwahrung gegeben!"

Viele, die kamen und nach diesem Tisch gingen, um dort Platz zu nehmen, wurden abgewiesen, bis wir fast am Schluß der Frühstückszeit zwei Männer eintreten sahen, die sofort aller Augen auf sich zogen. Sie standen ungefähr im gleichen Alter und waren Indianer. Das sah man beim ersten Blick. Hoch und breitschultrig gebaut, mit scharf, aber edel geschnittenen Zügen, gingen sie, scheinbar ohne jemanden anzusehen, langsam und würdevoll zu dem erwähnten Tisch und setzten sich dort nieder. Sie waren nicht indianisch gekleidet, sondern trugen feine Stoffanzüge nach gewöhnlicher Fassung, und ihr Haar war genauso verschnitten wie anderer Leute Haar; aber man konnte unbesorgt die höchste Wette darauf eingehen, daß sie im Sattel, auf der Savanne und zwischen den Kolossen des Felsengebirges wohl noch gebieterischer erscheinen würden als hier. Trotz der tiefen Sonnenbräune ihrer Gesichter zeigte sich auf ihnen eine sichtbare Spur jenes eigenartigen Hauches, den es nur bei Leuten gibt, die viel nachgedacht haben und gewohnt sind, dieses Nachdenken auf höhere Pfade zu lenken. Man pflegt bei solchen Personen von durchgeistigten Gesichtern, von durchgeistigten Zügen zu sprechen, und der Eindruck dieses Durchgeistigtseins ist um so größer, um so tiefer und um so dauernder, wenn dabei der Blick des Auges jene tiefe Schwermut, jene seelische Trauer bekundet, die verschwindenden Jahren, zu Ende gehenden Tagen und sterbenden Völkern eigen ist. Diese stille, aber doch laut sprechende, unbeschreibliche Elegie des Auges war hier bei den beiden Indianern vorhanden.

„Das sind die Gentlemen", sagte der Kellner. „Feine Leute, wenn auch nur Indianer! Hochfein!"

Er schnippste dabei mit Daumen und Mittelfinger, um seinem Lob Nachdruck zu geben.

„Woher sind sie?“ fragte ich.

„Weiß es nicht genau. Der eine von weither, sehr weit, der andere von näher. Kamen beide über Quebec und Montreal den Fluß herauf.“

„Ihre Namen?“

„Mr. Athabaska und Mr. Algongka. Schöne Namen, was? Klingen fast wie Musik! Ist aber auch Musik: Zahlen nur mit Nuggets!“

Das war nun so sein Maßstab, und er scheute sich nicht im geringsten, ihn auch in unserer Gegenwart anzulegen. Er sagte uns noch, daß die beiden ‚Gentlemen‘ auch oben in der von ihm bedienten Zimmerreihe wohnten und da die größten und teuersten Räume hätten, die es gebe. Dann bekam er anderweit zu tun.

‚Mr. Athabaska und Mr. Algongka‘ frühstückten sehr langsam und sehr mäßig, und zwar in einer Weise, als ob sie in Hotels von Range des Clifton-House aufgewachsen seien. Es war eine Lust, ihnen zuzusehen. Das taten wir natürlich so unauffällig wie möglich. Das Herzle freute sich besonders über die Würde, die in jeder, auch der geringsten Bewegung dieser hochinteressanten Männer lag, und über ihre Bescheidenheit. Es war bei ihnen kein Ring, keine Uhrkette und kein sonstiger Gegenstand zu sehen, der auf Wohlhabenheit oder gar Reichtum schließen ließ. Das war so recht nach dem Geschmack meiner Frau, die ich ja fast zwingen muß, sich einen neuen Hut oder ein neues Kleid zu kaufen! Meine besondere Aufmerksamkeit richtete sich auf einen anderen Umstand, nämlich auf den, daß sie sich, der gewöhnlichen indianischen Schweigsamkeit ganz entgegengesetzt, sehr lebhaft unterhielten und dabei sehr fleißig Einträge in zwei Bücher machten, die sie mitgebracht hatten, jeder eins, sein eigenes. Das schienen Notizbücher zu sein, aber sehr, sehr wichtige, denn sie wurden mit einer Vorsicht und

Liebe behandelt, als ob sie der beste und teuerste Besitz seien, den es für ihre Eigentümer gab. Die Einträge, die gemacht wurden, geschahen mit einer Geläufigkeit und Sicherheit, die auf volle Schreibübung schließen ließ. Man sah, daß diese Leute nicht etwa nur den Tomahawk und das Jagdmesser, sondern auch Feder und Bleistift zu führen verstanden und durchaus gewöhnt waren, sich geistig zu beschäftigen.

Im Clifton-House wird nach jeder Mahlzeit, die man einnimmt, das Trinkgeld sofort bezahlt. Als wir dies jetzt nach dem Frühstück taten, erkundigte sich der Kellner, dem unser Interesse für die Indianer nicht entgangen war:

„Wünschen Mrs. und Mr. Burton vielleicht den Tisch neben den beiden Gentlemen?"

„Ja", antwortete das Herzle schnell.

„Für alle Tafelzeiten?"

„Für stets!"

„Well! Werde das besorgen!"

Als wir dann zum Mittagessen kamen, waren die Häuptlinge schon da. Auch alle anderen Tische, außer dem von uns bestellten, waren schon besetzt. Unser Kellner stand schon wartend da und teilte uns mit, daß die Direktion uns bitte, für immer hier an diesem Platz zu sitzen. Wir befanden uns nun also so nahe bei den zwei Indsmen, daß wir, wenn sie sprachen, jedes ihrer Worte hörten. Sie hatten ihre Bücher wieder bei sich und machten besonders in den Pausen zwischen den einzelnen Gängen zahlreiche Notizen, oft aber auch gleich während des Essens, indem sie Messer und Gabel einstweilen weglegten. Und man denke sich mein Erstaunen, als ich hörte, daß sie sich in der Sprache meines Winnetou unterhielten und sich die Aufgabe gestellt hatten, das innige Verwandtschaftsverhältnis aller athabaskischen Zungen, zu denen auch das Apatsche gehört, zu ergründen und festzustellen! Für Athabaska war das eine Beschäftigung mit den verschiedenen Abarten seiner Muttersprache, für

Algongka aber nicht. Dieser schien vom kanadischen Stamm der Krih zu sein und machte im Lauf der sehr regen Unterhaltung die für mich hochinteressante Bemerkung, daß er mehrere große Wörterverzeichnisse des Nahuatl, also der alten Aztekensprache, besitze, die mit seiner Muttersprache verwandt sei. Das für mich wichtigste Ergebnis unserer allerdings nur zuhörenden Teilnahme an ihrem Gespräch aber war eine nur so hingeworfene Beifügung, aus der ich entnahm, daß auch sie nach dem Mount Winnetou wollten und sich jetzt ausschließlich in der Mundart der Apatschen unterhielten, um am Ziel ihrer Reise nicht ungeübt zu sein oder gar als unwissend zu erscheinen. Welche Sprachkenntnisse mußten diese beiden Männer besitzen! Ja, sie waren Häuptlinge, ganz gewiß! Aber sie waren jedenfalls noch mehr, viel mehr als das! Doch was? Mit dieser Frage brauchte ich mich jetzt nicht zu beschäftigen. Sie hatten ja dasselbe Reiseziel wie ich, und ich war überzeugt, daß ich sie dort gewiß näher kennenlernen würde, als jetzt hier am Niagara möglich war.

Am Nachmittag fuhren wir nach Buffalo, um auf dem dortigen Forest Lawn Cemetery[1] Grab und Statue des berühmten Häuptlings Sa-go-ye-wat-ha zu besuchen und ihm einige Blumen zu bringen. Ich habe eine ganz besondere Zuneigung und Hochachtung gerade für diesen großen Mann, den man noch heutigentags als den ‚strong and peerless orator'[2] aller Seneka-Indianer bezeichnet. Der ‚Gottesacker' ist schön, fast einzig schön. Überhaupt besitzt der Amerikaner in Beziehung auf die Anlage von Friedhöfen eine, beinahe möchte ich sagen, Genialität. Er überwindet auch künstlerisch den Tod, indem er keine Hügel duldet, die doch weiter nichts als Aus-

1 Waldfriedhof

2 Gewaltigen und unvergleichlichen Redner. — Band 34 ‚ICH' enthält eine Bildtafel, die Karl May am Grabmal des Häuptlings (1756-1830) zeigt und während der Amerika-Reise 1908 aufgenommen wurde, die zu dem vorliegenden Buch anregte.

rufezeichen der Verwesung sind. Er verwandelt den Tod vielmehr in das Leben, indem er als Beerdigungsstätte für die Verstorbenen gern ein auf- und absteigendes, also reich bewegtes Gelände auswählt, das er als lichten, sonnenklaren, froh grünenden Park behandelt, dessen nicht eng, sondern weitverteilte Denkmäler in die Ferne hin den Auferstehungsgedanken predigen. Und es herrscht auf diesen Friedhöfen eine geradezu rührende Gleichbehandlung aller derer, die verstorben sind. Da ist der Arme der Gast des Reichen; der Ungelehrte ruht mit im Grabe des Gelehrten, und der Niedrigstehende bekommt ganz unentgeltlich ein Ruhebett unter der Marmorplatte hochgestellter Patrizier. Ein armer, unbekannter, namenloser Mensch wird überfahren. Er ist tot. Ein Millionär kommt dazu. Er bleibt stehen. Er fragt, ob man den Verunglückten kenne. Die Antwort lautet „nein". „So gehört er zu mir," sagt der Millionär, nimmt den Toten mit sich heim und gibt ihm einen Platz in seinem Familiengrab. Das tut der Yankee. Wer tut es noch?

Es war ein schöner, klarer, sonnenwarmer Tag. Als wir die Blumen an dem Häuptlingsstein niedergelegt hatten, setzten wir uns auf die unterste Kante des Postaments, auf dem sein Standbild bis hoch in die Wipfel der umstehenden Bäume ragt. Wir sprachen von ihm, und zwar fast leise, wie man an Gräbern zu sprechen pflegt, wenn man an die Auferstehung und an ein anderes Leben glaubt. Darum wurden wir von denen, die sich hinter uns dem Denkmal näherten, nicht gehört. Und ebenso wenig wurden sie von uns gehört, weil weiches Gras rundum den Boden deckte und das Geräusch ihrer Schritte dämpfte. Auch sehen konnten sie uns nicht eher, als bis sie um die Ecke des Postaments getreten waren, das uns ihnen verbarg. Dann sahen sie uns, und wir sahen sie. Und wer waren sie? Die beiden Indianerhäuptlinge aus dem Clifton-House! Auch sie hatten den berühmten Seneka-Redner besuchen wollen und bemerkten nun, daß wir von demselben Gedanken herbeigeführt worden waren. Aber sie taten nicht, als ob sie uns bemerkten. Sie schritten langsam weiter, an den Steinen hin, die man an der Vorderseite des Denkmals für ihn und die einzelnen Glieder seiner Familie in die Erde gesenkt hat. Da lagen unsere Blumen. Als sie diese sahen, blieben sie stehen.

„Uff!“ sagte Athabaska. „Hier hat jemand in der Sprache der Liebe gesprochen! Wer mag das gewesen sein?“

„Ein Bleichgesicht jedenfalls nicht“, antwortete Algongka.

Er bückte sich nieder und hob einige der Blumen auf, um sie zu betrachten. Athabaska tat dasselbe. Beide wechselten einen schnellen, überraschten Blick.

„Sie sind noch frisch, vor noch nicht einer Stunde abgeschnitten!“ meinte Athabaska.

„Und vor noch nicht einer Viertelstunde hierhergelegt“, stimmte Algongka bei, während er die Spuren unserer Füße, die im Grase noch deutlich zu sehen waren, betrachtete. „So sind es also doch Bleichgesichter gewesen!“

„Ja, diese hier! Sprechen wir mit ihnen?“

„Wie mein Bruder will. Ich überlasse es ihm.“

Die Häuptlinge hatten ganz richtig vermutet. Wir hatten die Blumen nicht von Niagara mitgebracht, sondern sie waren von hier, und zwar ganz frisch geschnitten. Das Herzle hatte zwei davon zurückbehalten, für sich eine und für mich eine. Die bisherigen, kurzen Sätze der beiden Indianer waren im Apatsche gesprochen worden. Jetzt legten sie die Blumen sehr zart und vorsichtig wieder dahin, wo sie gelegen hatten, und Athabaska wandte sich in englischer Sprache an uns:

„Wir glauben, daß ihr die Spender dieser Blumen seid. Ist das richtig?“

„Ja“, antwortete ich, wobei ich mich höflich von meinem Sitz erhob.

„Für wen sollen sie sein?“

„Für Sa-go-ye-wat-ha.

„Warum?“

„Weil wir ihn lieben.“

„Wen man liebt, den soll man kennen!“

„Wir kennen ihn. Und wir verstehen ihn.“

„Verstehen?“ fragte Algongka, während er seine Augen ein ganz klein wenig verkleinerte, um seinen Zweifel anzudeuten. „Habt ihr seine Stimme gehört? Er ist längst tot! Es ist schon fast acht Jahrzehnte her, daß er starb.“

„Er ist nicht tot. Er ist nicht gestorben. Wir hörten seine Stimme sehr oft, und wessen Ohren offen sind, der kann sie heute noch ebenso deutlich hören wie damals, als er zur ‚Gemeinschaft der Wölfe‘ seines Stammes sprach. Sie hörten ihn leider nicht!“

„Was hätten sie hören sollen?“

„Nicht den oberflächlichen Klang seiner Worte, sondern ihren tiefen, vom großen Manitou gegebenen Sinn.“

„Uff!“ rief Athabaska aus. „Welchen Sinn?“

„Daß kein Mensch, kein Volk und keine Rasse Kind und Knabe bleiben darf. Daß jede Savanne, jeder Berg und jedes Tal, jedes Land und jeder Erdteil von Gott geschaffen wurde, um zivilisierte Menschen zu tragen, nicht aber solche, denen es unmöglich ist, über das Alter, in dem man sich nur immer schlägt und prügelt, hinauszukommen. Daß der allmächtige und allgütige Lenker der Welt einem jeden Einzelnen und einer jeden Nation sowohl Zeit als auch Gelegenheit gibt, aus diesem Burschen- und Bubenalter herauszukommen. Und daß endlich ein jeder, der dennoch stehen bleibt und nicht vorwärts will, das Recht verliert, noch weiter zu existieren. Der große Manitou ist gütig, aber er ist auch gerecht. Er wollte, daß auch der Indianer gütig sei, besonders gegen seine eigenen roten Brüder. Als aber die Indsmen nicht aufhören wollten, sich untereinander zu zerfleischen, sandte er ihnen das Bleichgesicht —“

„Um uns noch schneller umbringen zu lassen!" fiel mir Algongka in die Rede.

Beide sahen mich in sichtlicher Spannung an, was ich auf diesen Einwurf antworten werde.

„Nein, sondern um euch zu retten", entgegnete ich. „Sa-go-ye-wat-ha hat das begriffen, und er wünschte, daß sein Volk, seine Rasse es ebenso begreife; aber man wollte ihn nicht hören. Es wäre zu dieser Rettung sogar heute noch Zeit, wenn der Kind gebliebene Indianer sich aufraffte, Mann zu werden."

„Also Krieger?" fragte Algongka.

„O nein! Denn selbst bei der Rasse ist gerade das Krieger- und Indianerspielen der sicherste Beweis, daß sie kindisch geblieben ist und von höherstrebenden Menschen ersetzt werden muß. Mann werden, heißt nicht, Krieger werden, sondern Person werden. Das hat der große Häuptling der Senekas, an dessen Grab wir hier stehen, tausendmal gesagt. Laßt es nicht meine, sondern seine Stimme sein, die es euch jetzt abermals sagt. Tut ihr das, so ist er auch für euch nicht gestorben, sondern er lebt und wird in euch weiterleben!"

Ich grüßte mit dem Hut, um mich zu entfernen. Da ergriff zu meiner Verwunderung auch das Herzle das Wort. Sie sagte:

„Und nehmt diese beiden Blumen! Sie sind nicht von mir, sondern von ihm! Die Blumen der Einsicht, der Güte und der Liebe, die er einst seinem Volk reichte, sind nur äußerlich verwelkt, ihr Duft aber ist geblieben. Seht, wie der Sonnenstrahl sich langsam, leise nähert, um die Namen, die da in Stein gegraben sind, zu beleuchten und zu erwärmen! Und hört das Flüstern der Blätter, aus denen der Schatten flieht! Auch dieses Grab ist nicht tot. Wir gehen."

Sie gab jedem eine der Blumen.

„Geht nicht, sondern bleibt!" bat Athabaska.

„Ja, bleibt noch hier!“ schloß Algongka sich ihm an. „Wenn ihr ihn liebt, so gehört ihr hierher!“

„Jetzt nicht,“ antwortete ich. „Ich bin sein Freund; ihr aber seid seine Brüder. Dieser Platz gehört euch. Wir haben Zeit.“

Wir gingen. Als wir uns, ohne uns einmal umzudrehen, weit genug entfernt hatten, um nicht mehr gesehen zu werden, fragte das Herzle:

„Du, haben wir keinen Fehler gemacht?“

„Nein“, antwortete ich. „Warum?“

„Du hast ihnen gleich sofort eine lange Rede gehalten. Und ich habe sie, die uns doch vollständig Fremden, sogar mit Blumen beschenkt. Ist das wohl ladylike?“

„Wahrscheinlich nicht. Aber gräme dich nicht darüber! Es gibt Augenblicke, in denen derartige Fehler das beste sind, das man tut. Und ich bin überzeugt, jetzt war so ein Augenblick. Freilich, anderen Leuten hätte ich ganz gewiß keine ‚Rede‘ gehalten; aber ich glaube, die Indianer zu kennen, und außerdem berücksichtigte ich die vorliegenden Verhältnisse, die mir nicht nur erlaubten, sones mir sogar zur Pflicht machten, mehr zu sagen, als ich in jedem anderen Falle wahrscheinlich gesagt hätte. Übrigens zeigt uns ja der Erfolg, wie richtig das war, was wir taten. Sie luden uns ein, zu bleiben! Bedenke wohl! An diesem Grab zu bleiben! Bei ihnen, den Häuptlingen! Das ist eine Auszeichnung, und zwar eine sehr große! Wir haben uns nach ihren Begriffen also sehr gut benommen. Einen Fehler gemacht? Gewiß nicht!“

Daß ich da recht hatte, zeigte sich gleich bei unserer Heimkehr, die erst gegen Abend erfolgte, weil wir nicht mit der Bahn, sondern mit dem Boot zurück nach Niagara gefahren waren. Kaum hatte der Kellner gehört, daß wir wieder da seien, so stellte er sich bei uns ein und begrüßte uns mit einer womöglich noch tieferen Verbeugung als bisher.

„Verzeihung, daß ich sogleich störe!“ sagte er. „Es ist

etwas Großes, etwas ganz Ungewöhnliches, was ich zu melden habe!"

„Nun, was?" fragte ich.

„Mr. Athabaska und Mr. Algongka speisen heute abend nicht unten, sondern oben bei sich selbst!"

Er sah uns hierauf an, als ob er uns etwas Welterschütterndes mitgeteilt oder noch mitzuteilen habe.

„So?" machte ich. „Ist das vielleicht etwas, was uns angeht?"

„Das will ich meinen! Ich bin nämlich mit dem Auftrag beehrt worden, Mrs. und Mr. Burton hierzu einzuladen!"

Das war allerdings etwas ganz Unerwartetes. Ganz selbstverständlich aber tat ich so, als ob es uns nicht einfallen könne, hierüber auch nur im geringsten zu erstaunen, und erkundigte mich in gleichgültigem Ton:

„Für welche Zeit?"

„Neun Uhr. Die beiden Gentlemen werden sich erlauben, die Herrschaften persönlich abzuholen. Ich aber habe möglichst bald zu melden, ob die Einladung angenommen wird oder nicht."

„Hierüber hat Mrs. Burton zu entscheiden, nicht ich."

Als er seinen fragenden Blick infolgedessen auf meine Frau richtete, gab diese den Bescheid:

„Wir nehmen die Einladung an und werden pünktlich sein."

„Danke! Werde es sofort melden. Die Gentlemen lassen bezüglich der Kleidung bitten, als Freunde betrachtet zu werden, die nicht auf den Anzug schauen."

Diese letzte Bemerkung war uns lieb, und zwar nicht um unseretwillen, sondern weil wir wünschten, daß die Häuptlinge keine Unbequemlichkeit auf sich nehmen möchten, die uns ebenso wie ihnen als unnötig erscheinen würde. Sie stellten sich Punkt neun Uhr bei uns ein, um uns abzuholen. Das war ein Schritt von ihnen, der deutlicher sprach, als Worte hätten sprechen können. Sie waren über den Korridor des Innenhauses zu uns gekommen, baten uns aber, den Weg zu ihnen über die Plattform zu nehmen, auf die sich ihre Wohnung ebenso öffnete wie die unsere. Als wir durch die Tür hinaus auf den Altan traten, schien der Mond noch klarer als gestern abend. Die beiden Fälle lagen wie ein Märchenwunder vor unseren Augen, und ihr Brausen drang wie die Stimme eines ewigen Gesetzes zu uns herüber, dem ein jeder verfallen ist, auch wenn er es nicht beachtet. Da zögerten die beiden Häuptlinge, weiter zu gehen. Sie blieben stehen, und Athabaska sagte:

„Nicht nur die Weißen, sondern auch die Roten wissen jetzt, daß alles, was die gegenwärtige Welt uns bietet, weiter nichts als nur ein Gleichnis ist. Eines der größten und gewaltigsten Gleichnisse, die Manitou uns predigt, liegt hier vor unseren Augen."

Er trat mit Algongka bis an den Rand der Plattform vor. Ich folgte ihnen mit dem Herzle, die ihren Arm in den meinen gelegt hatte und mir durch einen leisen Druck ein Zeichen gab, das ich sehr wohl verstand. Wir haben fast immer einen und denselben Gedanken miteinander. Auch jetzt fühlte sie ebenso wie ich den Grund, weshalb der Häuptling gerade diese Worte sprach. Er beabsichtigte, uns zu prüfen, wenn auch nur durch eine einzige Frage. Der Erfolg dieser Prüfung sollte entscheiden, wie wir zu behandeln waren, ob als gewöhnliche, ganz alltägliche Menschen oder nicht. Denn das, was ich am Grab des großen Seneka-Redners gesagt hatte, konnte ich irgendwo gelesen oder sonstwie aufgeschnappt und mir gemerkt haben, um es bei passender Gelegenheit mit Vorteil an den Mann zu bringen. Das war es, was meine Frau mir durch den Druck ihres Arms sagen wollte, und dadurch, daß ich dieses ihr Zeichen durch einen ebenso leisen Druck erwiderte, teilte ich ihr mit, daß ich sie verstanden hatte und auf die Prüfung vorbereitet war.

Wir standen wohl einige Minuten lang still an der

Balustrade. Da hob Algongka seinen Arm und zeigte über den Abgrund hinüber nach den stürzenden Fluten.

„Das ist ein Bild des roten Mannes. Ob wohl ein Weißer das begreift?“

„Warum sollte er es nicht begreifen?“ fragte ich.

„Weil es nicht sein eigenes, sondern ein fremdes Schicksal betrifft.“

„Glaubt Ihr, daß wir Weißen nur eigene, nicht aber fremde Dinge begreifen?“

„Nun, könnt vielleicht Ihr mir dieses Rätsel lösen?“

„Rätsel lösen? Ihr habt nicht von einem Rätsel, sondern von einem Gleichnis gesprochen. Gleichnisse aber werden nicht gelöst, sondern gedeutet.“

„Nun, so deutet es, bitte!“

„Gern! Wir sehen hier die stürzende, die zerschellende und zerstäubende Flut. Aber den großen See, aus dem sie kommt, sehen wir nicht. Und auch der See, in den sie sich ergießt, ist uns unsichtbar. Beide sind unserem Auge verborgen.“

„Wohl! Das ist das Gleichnis“, nickte Athabaska ernst. „Aber die Deutung?“

„Die Gegenwart sieht nur den schweren, tiefen, erschütternden Fall der roten Rasse. Sein Brausen ist die Summe der Todesschreie aller derer, die da untergegangen sind und noch untergehen werden. Wo haben wir das große, das mächtige, das herrliche Volk zu suchen, dessen Kinder diese Zerschmetterten und noch zu Zerschmetternden sind? In welchem Land gab es dieses Volk? Und in welcher Zeit? Wir wissen es nicht, und wir sehen es nicht! Wir sehen nur, wie der eine, stürzende Strom da unten in der Tiefe in hundert und aberhundert Völker, Stämme, Herden, Rotten und Banden zerfällt, deren einer oder eine oft kaum mehr als hundert Personen zählt. So wirbelt und treibt der Fall sie weiter und weiter, bis sie verschwunden sind! Und wir hören nur die unzähligen kleiner und immer kleiner werdenden Zungen, Sprachen,

Idiome, Mundarten und Dialekte, in die der stürzende Strom im Wirbel des Abgrunds zermalmt, zersplittert, zermahlen, zerknirscht, zerpulvert und zerrieben wird, so daß der Sprachforscher, der sich kühn in diesen Strudel wirft, in die Gefahr kommt, ganz ebenso zugrunde zu gehen wie die, nach denen er sucht! Und wo ist das noch größere, das noch mächtigere, das noch herrlichere Volk zu finden, dem die zersprengten, zerrissenen und zerstäubten Fluten dieses sprachlichen und ethnographischen Niagara zuzuströmen haben, um sich wieder zu einem Ganzen zu vereinigen und wieder zu Ruhe und gesegneter Gesetzlichkeit, zum Beginn einer neuen, besseren Entwicklung zu kommen? In welchem Land wird es dieses Volk geben? Und in welcher Zeit? Wir wissen es nicht, und wir sehen es nicht. Wir können von dem hier niederstürzenden Fluß, der uns als Gleichnis dient, nur sagen, daß er sich aus dem Erie-See in den Ontario-See ergießt. Genau ebenso wissen wir von der hier zerstäubenden roten Rasse nur, daß sie aus der Zeit und aus dem Lande des Gewaltmenschen stammt und der Zeit und dem Lande des Edelmenschen entgegenfließt, um dort in neuen Ufern neue Vereinigung zu finden. Dies, Gentlemen, ist das Gleichnis, und dies ist seine Auslegung!"

Sie waren still. Wir standen noch einige Zeit, bis wir den Kellner unter der offenstehenden Tür ihrer Wohnung erscheinen sahen. Da nahm Athabaska den Arm des Herzle in den seinen und schritt mit ihr dieser Tür zu, ohne ein Wort zu sagen. Ich folgte ihm mit Algongka, der sich ebenso schweigsam verhielt.

Die beiden Häuptlinge bewohnten wie wir mehrere Räume. In dem größten von ihnen war angerichtet. Ich muß zu ihrem Lob sagen, daß keine Spur von dem Bestreben, zu prahlen oder uns zu imponieren, vorhanden war. Es gab nichts anderes als nur dieselben Gerichte, die wir im Speisesaal vorgesetzt bekommen hätten. Vor unseren Gedecken stand Wein, vor den ihren aber Wasser.

Das Herzle erklärte aufrichtig, daß wir daheim viel lieber Wasser als Wein beim Essen tränken; da bekam der Kellner einen Wink, die Flaschen zu entfernen. Aber jeder von ihnen hatte in einer kleinen, mit Wasser gefüllten Vase die ihm von meiner Frau geschenkte Blume vor sich stehen, wofür sowohl ihr als auch mir je eine einzige, aber ausgesucht schöne Rose beschieden war. Hierüber wurde kein Wort verloren.

Gesprochen wurde nur in den Pausen, während des Essens nicht. Sie sagten kein Wort über sich und fragten mit keinem Wort nach uns und unseren Verhältnissen. Es gab nur einen einzigen Gegenstand, mit dem unsere Fragen und Antworten sich beschäftigten, nämlich die Vergangenheit und die Zukunft der Indianer, also das Schicksal der roten Rasse. Und da muß ich der Wahrheit die Ehre geben, indem ich gestehe, viel, sehr viel von diesen beiden Männern gelernt zu haben, trotz ihrer Einsilbigkeit und trotz der Kürze der Zeit, die wir bei ihnen zubrachten. Denn aus ihrem Munde kam kein einziges Wort, das nicht seinen besonderen Wert besaß. Oft hatte ein einziger Satz den Wert einer ganzen, vollen Lebenserfahrung. Diese beiden Häuptlinge glichen Giganten, die große, vielzentnerschwere Gedanken aus den Felsenbergen brechen und hinab in die Ebene rollen lassen, damit die dortigen kleinen Menschen daran Arbeit für ihre feineren Werkzeuge finden. Es war ein sehr schöner, wenn auch sehr ernster Abend, der unser Denken, Fühlen, Wissen und Wollen bereicherte und uns gewiß, solange wir leben, im Gedächtnis bleiben wird.

Es war Mitternacht, als wir uns trennten. Wir hatten nicht etwa die ganze Zeit bis dahin im Zimmer gesessen, sondern uns einen Tisch mit Stühlen auf die Plattform stellen lassen. Da saßen wir nach dem Essen, um dem vor unserem Auge niederstürzenden Niagara einen seiner Gedanken nach dem anderen zu entringen. Erst im letzten Augenblick, als wir uns verabschieden wollten, erfuhren wir, daß Athabaska und Algongka schon morgen abreisen würden und uns also ihren letzten Abend geschenkt hatten. Daran war das Herzle mit ihren Blumen schuld!

Keiner von beiden ahnte, daß wir Deutsche waren, noch weniger aber, daß wir dasselbe Reiseziel hatten wie sie. Sie fragten nicht nach unserer Adresse; sie schwiegen darüber, ob sie ein Wiedersehen wünschten oder nicht. Aber als ich ihnen meine Hände reichte, wurden diese von ihnen länger festgehalten, als eigentlich gebräuchlich ist. Dann trat Athabaska so nahe an meine Frau heran, wie möglich war, ohne ihre Gestalt zu berühren, legte beide Hände an ihren Kopf, zog ihn noch näher an sich und drückte seine Lippen auf ihr Haar.

„Athabaska segnet Euch!" sagte er.

Algongka folgte diesem Beispiel und sprach dabei dieselben Worte, die aus dem Herzen kamen. Das hörte man den beiden Männern an, und das ersah man auch aus der Schnelligkeit, mit der sie dann in ihrer Wohnung verschwanden.

Diese Wohnung lag so ziemlich in der Mitte der Zimmerreihe, die unsere aber, deren Tür wir offen gelassen hatten, am Ende. Wir mußten also, um nach dorthin zu kommen, an dem neben uns liegenden Raum der Gebrüder Enters vorüber. Als wir uns näherten, sahen wir, daß er erleuchtet war. Zwar stand die Tür nicht offen wie die unsere, aber die Klappen der Jalousie waren geöffnet, und es drang nicht nur das Licht heraus, sondern auch der laute Klang zweier Stimmen, die sich gerade in diesem Augenblick in Erregung zu befinden schienen. Die Brüder waren schon heute zurückgekehrt. Sie schritten, sich zankend, in ihrer Stube auf und ab. Wir gingen selbstverständlich nicht vorüber, sondern blieben an ihrer Tür stehen und hörten, was Hariman soeben sprach:

„— also wiederhole ich: Schrei nicht so! Wir wohnen bekanntlich nicht allein in diesem Hotel!"

„Der Teufel hole dieses Clifton-House! Kein Mensch nimmt uns für voll! Übrigens bezahlen wir dieses Zimmer, und ich kann also hier schreien, so laut es mir beliebt! Der Alte kann es nicht hören; er ist fort. May aber ist noch immer nicht da. Das paßt mir schlecht! Wie lange soll man da warten! Jetzt wo wir heute wieder hörten, wie sehr es mit der Devils pulpit[1] eilt! Kommen wir auch nur einen halben Tag zu spät, so verlieren wir Summen, deren Höhe sich jetzt gar nicht bestimmen läßt!"

Der so sprach, war Sebulon. Hariman antwortete:

„Das befürchte ich allerdings auch. Aber können wir fortgehen, ohne die Ankunft dieses für uns hochwichtigen deutschen Ehepaars abgewartet zu haben?"

„Warum nicht? Wenigstens einer von uns beiden kann fort, um Kiktahan Schonka[2] festzuhalten, bis der andere ihm folgt! Aber das ist es doch gar nicht, was mich so erregt, sondern mich ärgert deine sogenannte Ehrlichkeit, die mir in unseren Verhältnissen so wahnsinnig vorkommt, daß es mir unmöglich ist, sie zu begreifen! Ja, wir wollen und müssen den Nugget Tsil und das ‚Dunkle' oder meinetwegen auch ‚Finstere Wasser' kennen lernen, und dieser Deutsche ist der einzige, der imstande ist, uns diese Orte zu zeigen. Aber das ist noch lange kein Grund, ihm so, wie du willst, mit ganz besonderer Liebe zugetan zu sein!"

„Wer hat hiervon gesprochen? Ich nicht! Ich habe nur Ehrlichkeit verlangt, keine besondere Liebe!"

„Pshaw! Ehrlichkeit gegen den Mörder unseres Vaters!"

„Das ist er nicht! Vater war selbst daran schuld, daß er in dieser Weise zugrunde ging! Und er holt uns nach, uns alle, uns alle! Nur wir beiden sind noch übrig. Und wenn wir nicht ehrlich sind, geht es mit uns in doppelter Eile zu Ende! Ich hoffe und hoffe noch immer auf Rettung! Die aber ist nur dann möglich, wenn das Geschehene

[1] Teufelskanzel [2] Siouxdialekt: ‚Der wachende Hund'

Verzeihung findet. Und auch hier ist der Deutsche der einzige, der sie gewähren kann; die anderen sind ja tot! Siehst du das nicht ein?"

Sebulon antwortete nicht gleich. Es wurde für kurze Zeit still. Wir hörten ein Räuspern, das aber schon mehr wie Schluchzen klang. Von wem kam das? Von Hariman? Von Sebulon? Dann sagte der letztere, aber mehr klagend als erregt:

„Es ist fürchterlich, geradezu fürchterlich, wie das innerlich schreit und lockt, wie es treibt und schiebt, wie es drängt und drängt, immer weiter, immer weiter! Ich wollte, ich wäre schon tot!"

„Ich auch, ich auch!"

Wieder trat eine Pause ein, nach der wir Sebulon sagen hörten:

„Es rechnet in mir, es rechnet! Unaufhörlich! Bei Tag und bei Nacht! Wenn wir den Schatz, der mit dem Vater in das Wasser ging, doch heben könnten! Und wieviel würde Kiktahan Schonka zahlen, wenn wir ihm den Deutschen ans Messer lieferten! Wie viele, viele Beutel voller Nuggets, vielleicht eine ganze Bonanza, ein ganzes Placer!"

„Um Gottes willen!" rief Hariman erschrocken aus. „Diesen Gedanken laß ja fallen!"

„Kann ich? Der Gedanke kann wohl mich fallen lassen, aber nicht ich ihn! Er kommt; er kommt! Und wenn er kommt, ist er da, viel stärker und viel mächtiger als ich mit dem bißchen Kraft, das ich noch besitze! Und jetzt — jetzt überkommt mich ganz plötzlich eine Angst, eine Angst! Was das nur ist? Steht vielleicht jemand da draußen vor der Tür, um uns zu belauschen—?!"

Da nahm ich meine Frau am Arm und zog sie schleunigst in mein Zimmer, das gleich daneben lag, hinein. Wir nahmen uns gar nicht Zeit, die offenstehende Tür zuzumachen, sondern huschten durch den ganzen Raum hindurch bis in den Ankleideraum, wo wir stehen blieben und lauschten. Wie gut war es, daß wir die Tür offengelassen hatten! Die Brüder kamen heraus. Sie standen an unserer Tür.

„Es ist niemand da", sagte Hariman. „Du hast dich getäuscht."

„Wahrscheinlich", antwortete Sebulon. „Es war auch nur in mir. Gehört habe ich nichts, gar nichts. Aber diese Tür! War sie schon offen, als wir kamen?"

„Ja. Der Alte ist fort, und man hat sie offen gelassen, um zu lüften."

„Ich gehe doch einmal hinein!"

„Unsinn! Wäre ein Horcher da drin, so hätte er die Tür hinter sich zugemacht; das ist doch gewiß!"

„Wenigstens wahrscheinlich."

Er kam aber doch herein, ging einige Schritte vorwärts und stieß dabei an einen Stuhl.

„Mach keinen Lärm!" warnte Hariman.

Da wandte sich der andere zurück und ging hinaus. Sein Bruder schob die beiden Flügel der Jalousietür zusammen, daß sie nun geschlossen war, und dann verschwanden sie wieder in ihrer Stube. Wir aber gingen in das Zimmer meiner Frau, wo wir, weil es nach der anderen Seite lag, Licht machen konnten, ohne daß die Enters es bemerkten.

Das Herzle war sehr erregt.

„Dich ans Messer liefern!" sagte sie. „Denke dir! Wer ist dieser Kiktahan Schonka, von dem sie sprachen?"

„Wahrscheinlich ein Sioux-Häuptling. Ich kenne ihn nicht, habe nie von ihm gehört. Du bist besorgt, Herzle. Dazu hast du keine Veranlassung, gar keine!"

„So? Man will dich ans Messer liefern! Dich also abschlachten! Das nennst du keine Veranlassung?"

„Da ich es weiß, wird es nicht geschehen. Auch ist es noch gar nicht etwa eine beschlossene Sache, sondern nur erst ein Gedanke, mit dem der arme Teufel kämpft. Und drittens: Selbst wenn es Ernst wäre, würde man doch sicher nicht eher etwas gegen mich unternehmen, als bis man sich an dem See befindet, in dem Santer damals ertrunken ist. Bis dahin bin ich meines Lebens vollständig sicher. Es ist das alles gar nicht so schlimm, wie es klingt."

„Auch das mit der Teufelskanzel? Schreckliches Wort!"

„Schrecklich finde ich es nicht, sondern höchstens romantisch. ‚Teufelskanzeln' gibt es in diesem Land ebensoviele, wie es drüben bei uns in Deutschland Orte mit dem Namen Breitenbach, Ebersbach oder Langenberg gibt. Wo die Devils pulpit liegt, die hier gemeint war, werde ich morgen früh im Prospect-House erfahren."

„Was ist das für ein Haus?"

„Ein Hotel, in dem ich heute nacht schlafe."

„Schlafen? Du?" fragte sie überrascht. „In einem anderen Hotel?"

„In einem anderen Hotel!"

„Ich erstaune!"

„Ich aber nicht! Und in einer guten, glücklichen Ehe kommt es bekanntlich nur darauf an, ob der Mann erstaunt ist oder nicht! Ich glaube kaum, daß ich dir alle möglichen Gründe erst vorzulegen und mühsam zu erklären habe. Ich gehe jetzt nach dem Prospect-House, esse etwas, lasse mir ein Zimmer geben und schicke zwei oder drei Zeilen hierher an Mr. Hariman F. Enters, um ihm zu sagen, daß ich in Niagara-Falls angekommen bin und im Fremdenbuch des Clifton-House gelesen habe, daß er da wohne. Hierauf sei ich aus guten Gründen nach dem Prospect-House gegangen, wo ich morgen früh von acht bis zehn Uhr für ihn und seinen Bruder zu sprechen sei, später aber nicht, weil ich mich dann mit meiner Frau zu beschäftigen habe, die noch nicht angekommen sei. Bist du einverstanden?"

„Hm, das muß ich wohl sein!" lächelte sie. „Die Gründe brauchst du mir natürlich nicht einzeln aufzuzählen. Meine Erlaubnis zum Umzug sei dir hiermit erteilt. Aber geht das denn? So spät in der Nacht?"

„Hier geht alles!“

„Auch ohne Koffer? Soll ich dir nicht wenigstens ein Paket machen? Du wirst ungeheuer ärmlich aussehen, wenn du so ohne alles und mit vollständig leeren Händen im Hotel erscheinst!“

„Das wird nur Eindruck machen, weiter nichts! Ich habe nur noch eine Bitte, die eigentlich überflüssig ist, an dich: Laß dich ja nicht etwa sehen!“

„Allerdings sehr überflüssig!“ gab sie zu. „Darf ich dich ein Stück begleiten? Vielleicht nur bis hinunter vor die Tür?“

„Danke! Du hast unsichtbar zu bleiben! Wir trennen uns hier oben!“

Unten in der Halle war man noch wach; aber niemand achtete auf mich. Ich ging hinaus, spazierte über die Brücke nach der anderen Seite des Ortes, wo ich eine Viertelstunde später im Prospect-House ein Zimmer besaß, ein Billett an Mr. Hariman F. Enters schickte, zu Abend speiste und mich dann, mit meinem Tagewerk zufrieden, zur Ruhe niederlegte. Ich hatte mich natürlich auch hier als Mr. Burton eingetragen.

Als ich am anderen Morgen halb acht in den Salon trat, um Kaffee zu trinken, saßen die beiden Enters schon da. Hariman beeilte sich, mir Sebulon vorzustellen, und teilte mir mit, daß sie zunächst sehr erfreut gewesen seien, zu hören, daß ich angekommen sei, dann aber hier ganz enttäuscht, weil kein Mensch im Hotel von einer Mrs. May und einem Mr. May etwas gewußt habe.

„Ich reise pseudonym, unter dem Namen Burton.“

„Well!“ nickte Hariman. „Der Leser wegen, die Euch nicht in Ruhe lassen würden, Sir, wenn sie Eure Anwesenheit erführen.“

„Allerdings.“

„Und Mrs. Burton? Man sieht sie nicht.“

„Sie ist noch nicht mit hier. Ihr werdet sie später sehen. Vielleicht morgen oder übermorgen. Ich war natürlich zuerst im Clifton-House. Da aber standen eure Namen im Buch. Darum wandte ich mich hierher. Ich hoffe, das ist euch recht?"

„Gewiß, gewiß! Was aber Mrs. Burton betrifft, die wir sehr gern gleich heute begrüßt hätten, so müssen wir, wenn sie noch nicht da ist, leider darauf verzichten, ihr morgen oder übermorgen zu begegnen. Wir reisen nämlich heute schon ab."

„So? Dann ist es ja genauso, wie ich euch vorausgesagt habe: Auch die jetzige Unterredung kat keinen Erfolg."

„Das kann man nicht behaupten. Wir hoffen ganz im Gegenteil, mit Euch zum Abschluß zu kommen, Mr. Burton."

„Welcher Umstand ist es, der euch diese Hoffnung gibt?"

„Eure Klugheit, Eure Einsicht. Aber sprechen wir später hiervon! Ich sehe, hier ist nicht der Ort dazu."

Da hatte er allerdings recht. Der Salon war voller Kaffee-, Tee- und Kakaotrinker, und man hatte sich also zu hüten, etwas Vertrauliches zu besprechen. Ich beeilte mich darum, mein Frühstück zu beenden, und dann machten wir einen kurzen Spaziergang längs des Stroms, um uns auf einer der am Ufer stehenden Bänke niederzulassen. Da konnten wir alles mögliche besprechen, ohne daß uns irgend jemand hörte. Hariman war noch so, wie ich ihn im ersten Kapitel beschrieben habe. Sebulon besaß dieselben ‚traurigen' Augen, schien aber ein mehr verbissener und dabei unzuverlässiger Charakter zu sein. Was mich selbst betrifft, so war ich entschlossen, nicht viel, wie man sich auszudrücken pflegt, ‚Federlesens' mit ihnen beiden zu machen, sondern mich so kurz wie möglich zu fassen. Als wir uns niedergesetzt hatten, begann Hariman sofort:

„Ich habe Euch gesagt, daß wir auf Eure Einsicht und

auf Eure Klugheit rechnen, Sir. Dürfen wir mit dem Geschäftlichen beginnen?"

„Ja", antwortete ich. „Doch muß ich mich bei euch erkundigen, mit wem ihr überhaupt zu sprechen habt, mit dem Westmann oder mit dem Schriftsteller?"

„Mit dem Westmann vielleicht später, zunächst aber nur mit dem Schriftsteller."

„Well! Sie stehen euch beide zur Verfügung; jeder für sich aber höchstens nur eine Viertelstunde. Meine Zeit ist mir nämlich nur sehr sparsam zugemessen."

Ich zog meine Uhr, zeigte ihnen das Zifferblatt und fügte hinzu:

„Es ist, wie ihr seht, jetzt genau acht Uhr. Ihr könnt also bis Viertel nach acht mit dem Schriftsteller und bis halb neun mit dem Westmann reden; dann ist unsere Zusammenkunft zu Ende."

„Aber", warf Sebulon ein, „Ihr habt uns doch geschrieben, daß Ihr zwei volle Stunden für uns haben werdet!"

„Allerdings! Ich hatte da anderthalb Stunden für den ‚Freund' gerechnet. Da ihr aber nur mit dem ‚Schriftsteller' und nur vielleicht auch mit dem ‚Westmann' reden wollt, so bleibt es eben bei der halben Stunde."

„Wir hoffen aber, daß wir Freunde werden. In diesem Falle dürfen wir auf zwei Stunden rechnen?"

„Sogar auf noch mehr. Also, beginnen wir! Von der ersten Vierstelstunde sind bereits drei Minuten vorüber —"

„Ihr habt eine eigentümliche Art, Geschäfte zu besprechen!" rief Sebulon ärgerlich.

„Nur dann, wenn ich schon abgelehnt habe und dennoch gezwungen werde, von neuem Zeit für die erledigte Angelegenheit zu opfern. Also — bitte — !"

Da nahm Hariman das Wort:

„Es handelt sich um Eure drei Bände ‚Winnetou', die wir Euch abkaufen wollen —"

„Um sie drucken zu lassen?" fiel ich ihm in die Rede.

„Kauft man etwa Bücher, um —"

„Bitte, keine Ausflüchte! Kurze Antwort! Ja oder nein! Wollt Ihr sie übersetzen und drucken lassen?"

Sie schauten einander verlegen an. Keiner antwortete. Da fuhr ich fort:

„Da ihr schweigt, will ich an eurer Stelle antworten: Ihr wollt sie nicht drucken, sondern verschwinden lassen, und zwar aus Rücksicht auf euren eigentlichen Namen und auf euren toten Vater."

Da sprangen beide zu gleicher Zeit von der Bank auf und warfen mir Ausrufe und Fragen zu, denen ich mit einer energischen Armbewegung ein Ende machte.

„Still, still! Ich bitte zu schweigen! Den Schriftsteller könntet ihr vielleicht täuschen, den Westmann aber nicht. Euer Name ist Santer. Ihr seid die Söhne jenes Santer, der mich leider zwang, so viel Häßliches von ihm zu erzählen. Ich hoffe, daß ich von euch besseres berichten kann als von ihm!"

Sie standen zunächst unbeweglich, wie Bildsäulen aus Holz. Dann setzten sie sich wieder nieder, einer nach dem andern, als ob ihnen die Kraft fehle, stehen zu bleiben. Sie sahen vor sich nieder und sagten nichts.

„Nun?" fragte ich.

Da wandte sich Hariman an Sebulon:

„Ich sagte es dir voraus, du aber glaubtest es nicht. Ihm darf man nicht in dieser Weise kommen! Soll ich reden?"

Sebulon nickte. Da drehte sich Hariman mir wieder zu und fragte:

„Seid Ihr bereit, uns die Erzählungen zu verkaufen, um sie verschwinden zu lassen?"

„Nein."

„Um keinen Preis?"

„Um keinen, sei er auch noch so hoch! Aber nicht etwa aus Rachsucht oder Halsstarrigkeit, sondern weil ein solcher Kauf euch überhaupt nichts nützen würde. Was ich geschrieben habe, kann nicht mehr verschwinden. Es sind viele tausend deutsche Exemplare des ‚Winnetou' hier in den Vereinigten Staaten verbreitet, und nach den hiesigen Gesetzen bin ich als Verfasser ungeschützt. Jedermann hat das Recht, zu übersetzen oder nachzudrucken, soviel ihm nur beliebt. Das weiß jeder Buchhändler, und Ihr habt mir durch Euer Angebot also schon drüben, als Ihr bei mir wart, bewiesen, daß Ihr keiner seid. Ich könnte Euer Geld einstecken und hinter Euch herlachen. Wollt Ihr das?"

„Hörst du es?" fragte Hariman seinen Bruder. „Er ist ehrlich!"

Da stand Sebulon von seinem Platz wieder auf und stellte sich gerade vor mich hin. Seine Augen brannten, und seine Lippen bebten.

„Mr. Burton", sagte er, „zeigt mir Eure Uhr!"

Ich erfüllte ihm diesen Wunsch.

„Nur noch zwei Minuten; dann ist die Viertelstunde zu Ende!" nickte er. „Ihr seht, ich gehe auf Eure Zeiteinteilung ein. Ich mache es genauso kurz, wie Ihr es wollt. Die Folgen aber kommen dann nicht über uns, sondern über Euch und Euer Gewissen! Ja, wir heißen Santer, und unser Vater war der, den Ihr kennt. Verkauft Ihr uns den ‚Winnetou'?"

„Nein!"

„Fertig mit dem Schriftsteller! Die Zeit ist vorüber, genau bis auf die Sekunde. Nun fünfzehn weitere Minuten für den Westmann! Ich frage Euch: Was haben wir Euch dafür zu zahlen, daß Ihr uns beide nach dem Nugget Tsil und dem ‚Dunklen Wasser' führt?"

„Ich tue das überhaupt nicht; ich bin kein Fremdenführer."

„Aber wenn man es gut, sehr gut bezahlt?"

„Auch dann nicht. Ich tue niemals etwas für Geld."

Da fragte Sebulon seinen Bruder:

„Soll ich? Darf ich?"

Nun nickte dieser, und Sebulon fuhr, zu mir gewandt, fort:

„Ihr werdet es dennoch tun, wenn auch nicht für Geld; darauf könnt Ihr Euch verlassen! Kennt Ihr die Sioux?"

„Ja."

„Und die Apatschen?"

„Welche Frage! Wenn Ihr meinen ‚Winnetou' wirklich gelesen habt, so wißt Ihr ebenso gut wie ich, wie überflüssig sie ist!"

„So hört, was ich Euch sage! Für die Wahrheit dieser meiner Worte legen wir beide unsere Hände ins Feuer. Nämlich die Häuptlinge der Sioux sind von den Häuptlingen der Apatschen eingeladen. Weshalb und wozu, das weiß ich nicht; ich habe nur gehört, es solle Friede sein zwischen ihnen. Nur Häuptlinge sollen erscheinen, niemand weiter. Die Sioux aber haben beschlossen, diese Gelegenheit zu benutzen, sich mit sämtlichen Gegnern der Apatschen zu vereinigen, um diese zu vernichten. Glaubt Ihr das?"

„Man muß es prüfen", antwortete ich kalt.

„So fahre ich fort: Es ist ein Ort bestimmt, an dem sich die Feinde der Apatschen zusammenfinden, um den Kriegs- und Vernichtungsplan zu besprechen. Ich kenne diesen Ort."

„Wirklich?"

„Ja."

„Woher? Von wem?"

„Das ist Geschäftssache; Euch aber will ich es sagen, weil ich annehme, daß Ihr mir dann dankbar seid. Ich kenne die Sioux, und sie kennen mich. Unser Beruf als Pferde- und Rinderhändler hat uns häufig zu ihnen geführt. Jetzt haben sie uns ein Geschäft angeboten, das so groß und gewinnbringend ist, wie niemals eins zuvor. Wir sollen die Beute, die sie bei den Apatschen machen, übernehmen. Versteht Ihr, was ich meine?"

„Sehr wohl."

„Und Ihr glaubt also, daß wir gut unterrichtet sind?"

„Das hat sich erst noch zu zeigen!"

„Es soll zum Kampf kommen, zu einem beispiellosen Blutvergießen. Ich weiß, daß Ihr ein Freund der Apatschen seid. Ich will Euch Gelegenheit geben, die Pläne ihrer Feinde zunichte zu machen. Ich will Euch an den Ort bringen, an dem diese Feinde sich beraten. Ich will auf allen Gewinn, der uns in Aussicht gestellt worden ist, verzichten. Und ich verlange dafür nur das eine, daß Ihr uns zu den beiden Orten führt, die ich Euch bezeichnet habe. Nun sagt, ob Ihr das wollt! Aber sagt es schnell, bestimmt und deutlich heraus! Wir haben keine Zeit!"

Er hatte sehr rasch gesprochen, um möglichst wenig Zeit zu verbrauchen. Das klang doppelt ängstlich und doppelt eindrucksvoll. Ich erkundigte mich trotzdem in langsamer, gemächlicher Weise:

„An den Ort, wo die Beratung stattfindet, wollt Ihr mich führen? Wohin geht dieser Weg?"

„Hinauf nach Trinidad."

„Welches Trinidad meint Ihr? Es gibt mehrere."

„In Colorado."

In diesem Trinidad wohnte ein alter, guter Bekannter von mir, namens Max Pappermann, einst ein sehr brauchbarer Präriejäger, jetzt aber Besitzer eines sogenannten Hotels. Er war von deutscher Abstammung und hatte die Eigentümlichkeit, seinen Namen für die Quelle alles Unheils, das ihn traf, zu halten. Er sprach seinen Vornamen nicht englisch, sondern noch deutsch aus, konnte aber infolge eines Sprachfehlers mit dem x nicht fertig werden; sein Max wurde daher stets zum Maksch. Obgleich er sich hierüber tief unglücklich fühlte, kam es ihm doch nicht in den Sinn, das zu tun, was jeder andere an seiner Stelle getan hätte, nämlich diesen Namen möglichst zu vermeiden; er ließ ihn ganz im Gegenteil bei jeder Gelegenheit hören und wurde darum aus diesem und noch einem anderen Grunde von jedermann ‚der blaue Maksch' genannt. Er hatte nämlich auf einem seiner Streifzüge durch den Westen das Unglück gehabt, sich die linke Seite des Gesichts durch explodierendes Pulver zu verbrennen. Dabei war ihm zwar kein Auge verloren gegangen, aber die vom Pulver getroffene Hälfte des Gesichts hatte sich für immer blau gefärbt. Er war ein lieber, prächtiger, treuer und aufopferungsvoller Kamerad gewesen, mit dem ich einige Male für kurze Zeit zusammengetroffen war, — einer von den Westmännern, die ich wirklich und herzlich liebgewonnen hatte.

Zur Vervollständigung will ich hinzufügen, daß dieses Trinidad die Hauptstadt des County Las Animas im nordamerikanischen Staat Colorado ist, den Knotenpunkt mehrerer Bahnen bildet und noch heutigentags einen nicht unbedeutenden Viehhandel treibt. Dieser Umstand war wohl auch die Ursache, daß auch die beiden Enters sowohl die Stadt als auch ihre Umgegend sehr gut kannten. Sebulon fuhr in seiner Auskunftserteilung fort, indem er mich fragte:

„Seid Ihr schon einmal da oben in Trinidad gewesen, Mr. Burton?"

Ich antwortete ausweichend:

„Muß mich erst besinnen. Bin an so vielen Orten gewesen, daß ich nicht wenige von ihnen aus dem Gedächtnis verloren habe. Also da oben liegt der Treffpunkt aller Feinde der Apatschen?"

„Ja, aber nicht etwa in Trinidad selbst, sondern ein bedeutendes Stück von da in die Berge hinein."

„So?! Ihr scheint mich für einen Abc-Schützen zu halten, weil Ihr mir zumutet, anzunehmen, daß die Roten, deren Absichten doch wohl geheimbleiben sollen, eine so belebte Stadt zum Stelldichein wählen. Diese Eure Ansicht über mich ist wohl nicht geeignet, mich zu einem Anschluß an Euch zu bewegen. Ich will nun nur noch fragen, wann man da oben einzutreffen hätte."

„Wir reisen schon heute von hier ab, weil wir einen ganzen Tag in Chicago und zwei volle Tage in Leavenworth zu tun haben. Ihr könntet nachkommen. Die Beratung soll genau heute in zehn Tagen sein. Wir würden Euch aber drei volle Tage vorher in Trinidad erwarten."

„Gebt die Stelle näher an! Oder ist Trinidad so klein, daß ihr uns, wenn wir kommen, sofort sehen müßt?"

„Fragt nach dem Hotel des alten Pappermann, den man den ‚blauen Maksch' zu nennen pflegt. Da bleiben wir über Nacht. Haben uns dort schon angemeldet. Aber, Sir, es sind schon elf Minuten vorüber. Wir haben also nur noch vier Minuten. Besinnt Euch schnell, und gebt uns Bescheid, sonst wird es zu spät!"

„Habt keine Sorge! Wir werden genau mit fünfzehn Minuten zu Ende sein."

„Hoffentlich! Das liegt ja noch viel mehr in Eurem eigenen Interesse, als in dem unseren!"

„Wieso?"

„Weil Ihr ohne uns die Apatschen nicht retten könntet!"

Jetzt mußte mein Trumpf kommen, mit dem ich ihre Ansprüche und überhaupt ihre Selbstüberschätzung herunterzustimmen hatte. Ich schaute ihm also wie belustigt ins Gesicht und sprach:

„Irrt ihr euch da nicht vielleicht? Glaubt ihr wirklich, daß es mir so schwer fallen würde, den Häuptling Kiktahan Schonka an der Devils pulpit zu finden?"

Das schlug ein! Und zwar sofort und äußerst wirkungsvoll! Hariman fuhr jetzt auch von seinem Sitz in die Höhe und rief erschrocken aus:

„Heavens! Er weiß es schon! Seid Ihr allwissend, Sir?"

„Ja, seid Ihr allwissend?" fragte auch Sebulon.

Sie standen nebeneinander vor mir wie zwei Knaben, die beim Äpfelstehlen erwischt worden sind. Ich nahm meine Uhr heraus, sah auf das Zifferblatt und antwortete:

„Allwissend ist kein Mensch, kein einziger; aber da ich

in diesem Augenblick nicht mehr Schriftsteller, sondern Westmann bin, versteht es sich ganz von selbst, daß ich meine Augen offen halte. Was ihr für ein Geheimnis hieltet, kannte ich schon, ehe ihr es mir jetzt sagtet. Ihr seid also auf einem vollständig falschen Weg, wenn ihr meint, daß ich euch eure Mitteilungen mit dem Nugget Tsil und dem ‚Dunklen Wasser' zu bezahlen habe. Das Verhältnis liegt vielmehr gerade umgekehrt: Ihr könnt nicht durch die Sioux, sondern nur durch die Apatschen etwas gewinnen, und nur ich würde es sein, der euch diesen Gewinn besorgt."

Nun stand auch ich von meinem Platz auf und fuhr fort:

„Ich werde heute in sieben Tagen in Trinidad sein, in dem Hotel, das ihr mir bezeichnet habt. Von diesem Tage an werde ich euch prüfen: Besteht ihr diese Prüfung, so bekommt ihr den Nugget Tsil und das ‚Dunkle Wasser' zu sehen, sonst aber nicht! Haltet zu den Sioux oder haltet zu den Apatschen, ganz wie es euch beliebt; die Folgen aber kommen nicht, wie ihr vorhin sagtet, über mich, sondern über euch! — So! Auch diese fünfzehn Minuten sind zu Ende, genau auf die Sekunde. Lebt wohl, Mesch'schurs! Und auf Wiedersehen beim alten Pappermann in Trinidad!"

Ich steckte die Uhr wieder ein und entfernte mich, ohne mich auch nur einmal nach ihnen umzusehen. Sie machten keinen Versuch, mich zurückzuhalten. Sie sagten kein Wort; sie waren vollständig verblüfft. Ich ging direkt nach dem Clifton-House, wo niemand ahnte, daß ich während der Nacht fortgewesen war. Wer mich jetzt überhaupt beachtete, mußte annehmen, daß ich von einem Morgenspaziergang zurückkehrte.

Das Herzle hatte ihr Zimmer, seit ich fortgewesen war, nicht verlassen, also noch gar nicht gefrühstückt. Ich ging mit ihr hinab an unseren Tisch, damit sie das Versäumte nachholen konnte. Die beiden Häuptlinge waren schon abgereist; auf ihren Plätzen saßen andere. Ich berichtete meine Zusammenkunft mit den beiden Enters Wort für Wort und erntete die mir als Eheherrn auf jeden Fall gebührende Anerkennung. Das Fenster, an dem wir saßen, lag, wie bereits gesagt, nach dem Flusse zu. Man sah von ihm aus die Personen, die über die Brücke kamen. Eben hatte ich meinen Bericht beendet, so bemerkten wir das Brüderpaar, das von drüben herüber nach dem Hotel kam. Der Kellner sah sie auch und sagte, nach ihnen deutend:

„Das sind die Nachbarn! Sie gingen heute sehr zeitig fort. Haben einen Brief bekommen. Sind nie am Tage zu sehen gewesen; heute aber kehren sie zurück. Werde nachschauen, was das für eine Bewandtnis hat!"

Nichts konnte uns lieber sein als diese seine Neugier. Er ging hinaus. Schon nach einigen Minuten kam er wieder herein und meldete:

„Sie gehen! Sie reisen ab! Jetzt nach Buffalo und von da aus mit dem nächsten Zug nach Chicago. Ganz so, wie die beiden Gentlemen heute früh, die auch nach Chicago gingen. Schade, jammerschade um sie! Bezahlten nur mit Nuggets!"

Nach kurzem sahen wir die Gebrüder Enters das Hotel verlassen und wieder über die Brücke hinübergehen. Das Gepäck, das sie trugen, bestand aus je nur einer Ledertasche. Mich etwa noch nachträglich zu erkundigen, wo und wie sie tagsüber ihre Zeit verbracht hatten, dazu gab es für mich keinen Grund; ich war, wenigstens für einstweilen, mit ihnen fertig.

„Nun reisen wohl auch wir bald ab?" fragte meine Frau.

„Ja, morgen früh", antwortete ich.

„Bis wie weit?"

„Hm! Wäre ich allein, so würde ich gleich durch bis Trinidad fahren."

„Du glaubst, ich halte das nicht aus?"

„Es ist eine Anstrengung, Herzle!"

„Für mich nicht! Wenn ich will, so will ich! Warte, ich werde nachsehen."

Sie ging nach der Office, um sich die betreffenden Fahrpläne zu holen. Wir schauten nach und rechneten. Es galt, uns weder in Chicago noch in Leavenworth sehen zu lassen. Das war nicht schwer, zumal wir gar nicht über Leavenworth, sondern über das ihm allerdings ziemlich naheliegende Kansas City kamen. Von da aus gab es allerdings noch eine gewaltige Strecke bis Trinidad, aber bei der Einrichtung der amerikanischen Eisenbahnwagen, die alles bieten, was an Bequemlichkeit überhaupt erreichbar ist, war dies gewiß nicht allzu schwer zu überwinden.

„Wir machen es!" sagte das Herzle. „Wir fahren ununterbrochen! Ich selbst werde die Fahrkarten besorgen!"

Wenn sie in diesem bestimmten Ton spricht, dann weiß sie, was sie will, und so saßen wir denn schon am nächsten Morgen im telegraphisch vorausbestellten Abteil des Pullmancar und dampften dem ‚fernen Westen' und den uns dort erwartenden, hoffentlich nicht gefährlichen Ereignissen entgegen. —

‚Westmänner'

Ich hatte das Herzle darauf aufmerksam gemacht, daß wir von dem Augenblick an, in dem wir in Trinidad den Eisenbahnwagen verlassen würden, für längere Zeit auf einen nicht unbeträchtlichen Teil der ‚Zivilisation' verzichten müßten. Es stellte sich heraus, daß ich da sehr recht gehabt hatte. Trinidad sah zwar keineswegs mehr so aus wie damals, als ich es zum erstenmal zwischen Prärie und Gebirge liegen sah, aber zu wünschen gab es doch noch vieles. Als ich mich auf dem Bahnhof nach Mr. Pappermann und seinem Hotel erkundigte, antwortete der betreffende Beamte kurz:

„Gibt es nicht mehr!"

„Was?" fragte ich. „Ist es mit dem Hotel aus?"

„Nein. Es existiert noch."

„Aber Mr. Pappermann ist tot?"

„Nein. Er lebt noch."

„Aber Ihr sagtet doch soeben, daß es beide nicht mehr gebe!"

„Beide zusammen, ja! Aber beide einzeln sind noch da! Sie sind nur auseinander!"

Der Mann freute sich unendlich über seinen billigen Witz, belachte ihn eine ganze Weile und fuhr dann fort:

„Mr. Pappermann hat verkauft, hat verkaufen müssen! Sein unglückseliger Name ist schuld!"

Damit ging der Mann, noch immer lachend, von dannen.

Das Hotel verdiente nicht, so genannt zu werden. Ein deutscher Dorfgasthof pflegt einladender und besser auszusehen; aber wir waren nun einmal hierhergewiesen, und außerdem wäre ich schon um meines alten Kameraden willen in kein anderes Haus gegangen. Wir bekamen zwei nebeneinander liegende Stuben, die zwar klein und fast ärmlich ausgestattet, aber sauber waren. Diese sogenannten ‚Zimmer' hatten, wie man ganz besonders hervorhob, den großen Vorzug, daß ihre beiden Fenster hinaus nach dem ‚Garten' gingen. Als wir in diesen Garten schauten, sahen wir ein von vier halb verfallenen Mauern eingefaßtes Quadrat, auf dem sich folgende Gegenstände befanden: zwei alte Tische mit je drei noch älteren Stühlen; einen fast ganz blätterlosen Baum, der sich die allergrößte Mühe gab, entweder eine Linde oder eine Pappel zu sein; vier Sträucher, die mir völlig unbekannt waren, zumal sie ihre eigenen Namen wahrscheinlich selbst nicht wußten; zuletzt und endlich einige Dutzend Grashalme, denen man wohl schon seit Jahren vergeblich zugemutet hatte, irgendeine Art von Rasen zu werden. An dem einen Tisch saß ein Mann, und an dem anderen Tisch saß auch ein Mann, beide so, daß wir ihre Gesichter von der Seite sahen. Der eine hatte ein Bierglas in der Hand; aber er trank nicht, denn es war leer. Der andere hatte eine Zigarre in der Hand; aber er rauchte nicht, denn sie war ausgegangen. Beide sahen einander nicht an, sondern kehrten sich den Rücken zu. Beide waren Wirte. Der eine mit dem leeren Glas war, wie wir später erfuhren, der neue Wirt. Und der mit der ausgelöschten Zigarre war, wie wir sogleich dachten, der alte Wirt. Beide sahen nicht sehr glücklich aus, sondern machten den Eindruck, als ob beide den Handel bereuten und nun sehr eifrig darüber nachdachten, in welcher Weise dabei noch etwas herauszuschlagen sei.

„Du", sagte das Herzle, „der da rechts scheint dein Freund Pappermann zu sein. Soeben drehte er sich einmal halb um, und da sah ich die linke Seite seines Gesichts; sie ist blau."

„Ja, er ist es", antwortete ich. „Alt geworden, alt und grau! Sieht aber noch ziemlich kräftig aus. Paß einmal auf! Ich bringe ihn in Trab, aber wie! Nur laß dich nicht sehen!"

Ich näherte mich dem Fenster noch mehr, doch so, daß ich im Schutz der Wand blieb, steckte den Zeigefinger in den Mund und ahmte das gellende Kriegsgeschrei der Sioux nach. Die Wirkung erfolgte auf der Stelle. Beide Wirte schnellten von ihren Stühlen auf, und der ‚blaue Maksch' rief aus:

„Hallo, hallo, die Sioux kommen, die Sioux!"

Beide schauten sich nach allen Seiten um, und weil sie keinen einzigen Menschen entdeckten, sahen sie sich selber an.

„Die Sioux?" fragte der neue Wirt. „Möchte doch wissen, woher die hier kommen sollten, mitten in der Stadt!

Und so viele Tagereisen von der Gegend entfernt, in der es noch welche gibt!"

„Es war einer!" behauptete Pappermann.

„Unsinn!"

„Oho! Ich mache keinen Unsinn! Ich weiß sogar, von welcher besonderen Nationalität! Es war ein Siou Ogellallah!"

„Laß dich nicht auslachen! Wenn so ein —"

Er sprach nicht weiter, denn ich ließ das Geheul zum zweitenmal hören.

„Na, horch! Wenn das kein wirklicher Ogellallah ist, so soll man mir am Marterpfahl die Haut zu Riemen schneiden!"

„So sag mir doch, wo er steckt!"

„Weiß ich es? Es kam, wie es scheint, von oben, hoch über uns!"

„Ja, von unten, tief unter uns, kann es nicht gut kommen, das ist richtig! Es ist ein Schabernack, weiter nichts!"

„Nein, es ist Ernst! Zwar kein Kriegsruf, sondern ein Zeichen, ein wirkliches Zeichen!"

Ich wiederholte den Schrei noch einmal.

„Hörst du!" rief Pappermann. „Das ist kein alberner Scherz! Der Mann ist entweder wirklich ein Sioux Ogellallah oder ein alter Westläufer meines Schlags, der es versteht, das Schlachtgeheul der Roten nachzuahmen, um sie selbst zu täuschen. Das ist ein alter Kamerad, der mich hier sitzen sah und mir sagen will, daß —"

Er wurde unterbrochen, denn von der Hintertür des Hauses her ertönte eine Frauenstimme:

„Schnell herein! Ich weiß nicht, was ich kochen soll!"

„Kochen? Man will nicht bloß trinken?"

„Nein! Auch essen! Und sogar wohnen!"

„So ist ein Fremder da?"

„Sogar zwei!"

„Gott sei Dank! Endlich, endlich wieder einmal! Wo sind sie denn?"

„In Nummer drei und vier! Ein Ehepaar!"

Da fiel Pappermann schnell ein:

„Nummer drei und vier? Die liegen nach hinten! Nach hier heraus! Die Fenster stehen offen! Jetzt weiß ich, wo geheult worden ist!"

„Abermals Unsinn!" widersprach der neue Wirt. „Seit wann hört man denn Ehepaare heulen?!"

„Sehr oft! Aber hier hat natürlich nicht die Frau geheult, sondern der Mann! Er ist ein Kamerad von mir! Dabei muß es bleiben, oder man soll mich teeren, federn, lynchen und —"

„So kommt doch nur endlich herein!" wurde er von der weiblichen Stimme unterbrochen. „Die Fremden wollen essen, und ich habe doch kein Fleisch und auch kein Geld!"

Sie verschwanden unten im Haus. Das Herzle aber sagte mit lachendem Munde:

„Du, da sind wir in eine äußerst glänzende Wirtschaft geraten! Dein alter Pappermann aber ist kein dummer und auch kein übler Kerl! Er beginnt schon jetzt, mir zu gefallen, und ich —"

Da klopfte es laut und kräftig an die Tür.

„Herein!" rief sie, sich selbst unterbrechend.

Wer trat ein? Natürlich Pappermann!

„Pardon!" entschuldigte er sich. „Ich hörte da unten den Kriegsschrei der Sioux Ogellallah und wollte — und da dachte — und da schien es mir — und — und — Mr. Shatterhand, Mr. Shatterhand — hallo, welcome, welcome!"

Er hatte seine Rede fließend begonnen, dann aber, als er mich erblickte, gestockt und wieder gestockt, bis er mich erkannte und jubelnd auf mich losstürzte. Er breitete die Arme aus, als ob er mich umfassen und küssen wolle, besann sich aber, daß dies wohl nicht angängig sei, und faßte nur meine Hände. Die aber drückte er in einem fort, zog sie an sein Herz, an seine Lippen, erging sich in allen möglichen Ausrufungen der wahrsten, herzlichsten Freude, betrachtete mich dazwischen mit tränenden Augen wieder und immer wieder; kurz, es war, als ob er sich vor Entzücken nicht lassen könne. Man sagt, daß man einen Menschen nicht mit einem Tier vergleichen soll; hier aber war es wirklich wie die Liebe und unsägliche Freude eines treuen Hundes, der seinen Herrn wiedersieht, ihn jauchzend umspringt und gar nicht weiß, was er vor lauter Wonne tun soll. Dem Herzle traten vor Rührung die Tränen in die Augen, und auch ich mußte mich zusammennehmen, um scheinbar ruhig zu bleiben.

„Nicht wahr, Ihr habt geheult, Ihr, Ihr, Mr. Shatterhand?“ fragte er, als der erste, innere Sturm vorüber war.

„Ja, ich war es“, gab ich zu.

„Wußte es! Wußte es! Das konnte nur so einer sein wie Ihr!“

„Ja, nur ich“, lachte ich. „Nicht aber hier meine Frau, wie Ihr ganz richtig zu Eurem Kollegen sagtet.“

„Eure Frau? ’s death — Tod und Teufel, da habe ich ganz vergessen, mein Kompliment zu machen! Es ist doch in jeder Prärie und in jeder Savanne gute Sitte, daß man zunächst die Frau und erst dann den Mann begrüßt! Pardon! Ich hole das hiermit nach!“

Er versuchte, eine sehr devote und sehr elegante Verbeugung zu machen; da bemerkte ich ihm in seiner und meiner Muttersprache:

„Sie können deutsch mit ihr reden, lieber Pappermann; sie ist eine Deutsche.“

„Deutsch? Auch das noch! Da küsse ich ihr gar die Hand! Oder lieber gleich alle beide!“

Er tat es, aber freilich mit der Grazie eines Bären, doch war es gut gemeint. Dann wollte er sofort meine Schicksale erfahren, um mir hierauf die seinigen zu erzählen.

Darauf ging ich allerdings nicht ein, denn zu solchen Dingen muß man die nötige freie Zeit und die richtige Stimmung besitzen. Ich lud ihn ein, mit uns zu speisen, und bat ihn, unten zu sagen, daß wir wünschten, im Garten zu essen, und zwar erst nach Verlauf einer Stunde. Bis dahin würde ich mit meiner Frau einen Spaziergang unternehmen, damit sie die Stadt kennen lerne, in der einer meiner alten Kameraden dieses schöne Hotel besitze.

„Nicht besitzt, sondern besessen hat", verbesserte er mich. „Ich werde Ihnen das erzählen."

„Aber nicht jetzt, sondern später einmal! Hieran schließe ich die Bitte, auch in Beziehung auf mich so wenig wie möglich zu sprechen. Es soll hier niemand wissen, wie ich heiße und daß ich ein Deutscher bin —"

„Schade! Jammerschade!" unterbrach er mich. „Ich wollte soeben hier von Ihnen erzählen —"

„Ja nicht, ja nicht!" fiel ich ihm in die Rede. „Ich würde sofort gehen und Sie nie wieder ansehen! Sie mögen meinetwegen sagen, daß auch ich ein alter Westmann bin —"

„Und zwar ein berühmter, ein sehr berühmter!"

„Nein, keinesfalls! Ich habe meine guten Gründe zur Schweigsamkeit. Ich heiße jetzt Burton, und Sie sind viel, viel berühmter gewesen als ich. Verstanden?"

„Ja."

„Wir reden also auch kein Deutsch mehr miteinander. Machen Sie mir ja nicht etwa Fehler!"

„Keine Sorge! Ich heiße Maksch Pappermann, und wenn es darauf ankommt, bin ich stumm und taub. Ich vermute, es handelt sich um irgendeins Ihrer alten oder vielmehr nun wieder neuen Abenteuer?"

„Möglich! Vielleicht vertraue ich mich Ihnen an, aber nur dann, wenn ich mich überzeuge, daß Sie wirklich schweigsam sind. Jetzt gehen Sie!"

Er machte eine zweite Verbeugung und entfernte sich,

den ihm gewordenen Auftrag auszuführen. Wir aber unternahmen den beabsichtigten Rundgang durch die Stadt, von dem wir pünktlich zur angegebenen Zeit heimkehrten. Wir gingen da zunächst nach unseren Zimmern. Von dort aus sahen wir, daß neue Gäste gekommen waren, nämlich ein halbes Dutzend junger Menschen, die auch im ‚Garten' essen wollten. Für uns war bereits gedeckt, für sie aber nicht. Man hatte ihnen eine Art Tafel mit Stühlen herausgestellt. Da saßen sie nun vor einer Flasche Brandy und vollführten einen Heidenlärm, weil das einzige weiße Tuch, das der Wirt besaß, über unseren Tisch gebreitet war, nicht über den ihren. Auch verlangten sie das für uns soeben fertig gewordene Essen. Sie hatten Pappermann gezwungen, sich zu ihnen zu setzen und mit ihnen zu trinken, und er war so klug gewesen, sich ihnen zu fügen. Nun schrien sie alle auf ihn ein. Sie wollten ihn nicht nur ärgern, sondern auch foppen; er aber zeigte sich dabei so ruhig und unberührt, wie es ihm als altem Wald- und Savannenläufer geziemte. Der von ihnen, der das größte Wort führte, hieß, wie wir später erfuhren, Howe. Eben als wir in unsere Räume, deren Fenster noch offen standen, getreten waren, hörten wir ihn sagen:

„Wer ist denn eigentlich dieser Mr. Burton, der uns das alles voraushaben soll?"

Pappermann warf einen Blick nach unseren Fenstern. Er sah mich stehen. Da nickte er leise vor sich hin und antwortete.

„Er ist Musikant."

„Musikant? Was soll das heißen?"

„Er bläst die Ziehharmonika, und seine Frau spielt die Gitarre dazu."

„Bläst — bläst die Ziehharmonika! Warum bläst da seine Frau die Gitarre nicht auch?"

Ein johlendes Gelächter belohnte diesen billigen Witz.

„Warum redet er so dumm?" zürnte das Herzle.

„Laß ihn!" bat ich. „Er hat seine Absicht. Und die ist gut. Ich vermute, es entspinnt sich da unten eine jener Szenen, an denen der Westmann immer eine große Freude hat, nämlich die Zurechtweisung von Menschen, die ihn für albern oder sonstwie minderwertig halten."

„Sind diese Menschen etwa Rowdies?"

„Ich glaube nicht, aber sie gebärden sich wie solche. Darum verdienen sie eine gute Lehre noch viel mehr, als wenn sie wirklich welche wären. Ich vermute — ah, diese Pferde! Die scheinen ihnen zu gehören!"

„Sind sie gut?"

„Gut! Dieses Wort sagt viel zu wenig!"

„Also wertvoll?"

Ich zögerte, zu antworten, weil meine Aufmerksamkeit jetzt ganz ausschließlich auf die Tiere gerichtet war, denen diese Frage galt. Durch die hintere Gartenmauer nämlich öffnete sich eine Tür auf ein von Gebäuden freies Ödland, das vorhin bei unserer Ankunft vollständig leer gewesen war; jetzt aber gab es da einige Peone[1], die beschäftigt waren, ein Zelt zu errichten. In ihrer Nähe bewegten sich zwei Gruppen von Pferden, die meine ganze Aufmerksamkeit in Anspruch nahmen. Die eine Gruppe bestand aus neun Pferden und vier Maultieren. Die ersteren waren das, was man ‚gute' Pferde nennt, nicht mehr und auch nicht weniger; die letzteren stammten jedenfalls aus Mexiko und gehörten jener ganz vorzüglichen Züchtung an, die man dort mit dem Wort ‚Nobiliario'[2] bezeichnet. Die andere Gruppe zählte nur drei Pferde, aber was für welche! Sie waren Fliegenschimmel, doch nicht etwa schwarz und weiß, sondern schwarz und rostbraun gefleckt, eine ganz einzige, höchst vornehme Farbe, die nur durch langwierige, mühevolle Zucht zu erreichen ist. Körperbau, Haltung und Gebaren erinnerten mich an die berühmten Rapphengste meines Winnetou, zugleich

1 Diener, Pferdeknechte
2 Adelig

aber auch an jene ausdauernden Dakota-Traber, die es jetzt nicht mehr gibt. Sie wurden von einigen nördlichen Indianerstämmen gezüchtet und erreichten durch ihre ununterbrochene Stetigkeit mehr, als man selbst mit dem besten Renner erzielt.

So dachte ich jetzt, einstweilen, denn um Gewisses sagen und behaupten zu können, mußte man hingehen, um sie in der Nähe zu betrachten und zu untersuchen. Aber daß diese drei Fliegenschimmel besten Blutes waren, ergab sich auch schon daraus, daß sie sich abgesondert hielten und zärtlich miteinander waren. Sie leckten und liebkosten einander; sie jagten einander hin und her und schmiegten sich dann wieder so eng zusammen, daß man sie unbedingt für Geschwister oder doch wenigstens für nahegeborene Gespielen halten mußte, die noch nie voneinander getrennt worden waren.

In der Nähe des Zeltes lag ein Haufen von Decken und anderen Reise- und Lagergegenständen. Auch viele Sättel gab es, wohl mehr als zwanzig Stück. Es waren auch einige Damensättel darunter. Wozu? Gehörten zu den sechs überlauten, jungen Männern vielleicht auch einige Frauen, die man jetzt noch nicht sah? Und bestand die Gesellschaft aus soviel Personen, wie Sättel vorhanden waren, also aus über zwanzig? Bis jetzt sah man nur die sechs und die drei Peone. Jedenfalls hatte ich mich vorhin nicht geirrt, als ich annahm, daß diese Leute keine Rowdies seien, aber so ziemlich aus dem Häuschen waren sie jedenfalls, und wahre Bildung, also Herzensbildung, besaßen sie nicht; das bewiesen sie durch die Art und Weise, wie sie den früheren Wirt behandelten und hierauf auch uns selbst zu behandeln wagten. Sie konnten auch etwas noch schlimmeres als nur Rowdies sein! Ich nahm meine beiden Revolver aus dem Koffer, lud sie und steckte sie zu mir.

„Um Gottes willen! Was tust du da?“ fragte das Herzle.

„Nichts, was deine Besorgnis erregen müßte", antwortete ich.

„Aber du willst schießen!"

„Nein! Und selbst wenn ich schieße, so doch nicht auf Menschen."

„Trotzdem! Wir wollen doch lieber hier oben essen!"

„Willst du mich in deinem eigenen Innern beschämen?"

„Nein!" sagte sie entschlossen. „Komm!"

Wir gingen hinab und setzten uns, ohne zu grüßen, an unseren Tisch. Es trat eine kurze Stille ein. Man betrachtete uns; man schätzte uns ab. Pappermann stand drüben von ihrer Tafel auf und kam herüber zu uns, weil wir ihn eingeladen hatten, mit uns zu essen. Da steckten sie die Köpfe zusammen, und aus der Art und Weise, in der sie miteinander sprachen, war zu ersehen, daß es sich um irgendeinen Streich handelte, den sie an uns verüben wollten.

„Sie sind Künstler", sagte Pappermann, während er sich bei uns niedersetzte.

„Welcher Art?" fragte ich.

„Maler und Bildhauer. Sie wollen nach dem Süden, zu den Apatschen, sagen sie."

„Ah! Was wollen oder sollen sie dort?"

„Weiß es nicht. Sie sagten mir nichts; ich schließe es nur aus ihren Worten. Sie scheinen eingeladen zu sein. Sie wollen schon morgen früh wieder fort. Haben tausend Teufel im Leibe. Keiner von ihnen ist dreißig Jahre alt. Grüne Jungens. Tun aber, als ob ihnen die Gescheitheit gleich schaufelweise in den Kopf geworfen worden sei. Habt Ihr gehört, was sie fragten?"

„Ja."

„Und was ich ihnen sagte, wer Ihr seid?"

„Auch das?"

„War es richtig?"

„Weder richtig noch falsch. Was diese Leute von mir denken, ist gleichgültig."

„Oh, vielleicht doch nicht! Sie ärgern sich über euch. Ich ahne irgendeine Teufelei!"

„Mögen sie kommen!"

Kaum hatte ich das gesagt, so gingen die Worte in Erfüllung. Howe stand auf und kam langsam zu uns herüber.

„Es geht los!" warnte Pappermann.

„Ist mir nur lieb", antwortete ich. „Laßt mich nur machen, und redet mir nicht herein!"

Da hatte Howe uns erreicht, machte mir eine ironische Verbeugung und fragte:

„Mr. Burton, wenn ich mich nicht irre?"

„Ja", nickte ich.

„Ihr blast die Harmonika?"

„Warum nicht? Für Euch ganz besonders gern."

„Und das ist Mrs. Burton?"

Er deutete dabei auf das Herzle.

„Gewiß", antwortete ich.

„Sie spielt auf der Gitarre?"

„Wünscht Ihr vielleicht, sie zu hören?"

„Jetzt noch nicht, vielleicht aber später. Jetzt brauchen wir nur erst das."

Er zog uns das weiße Tuch vom Tisch, trug es fort und breitete es drüben auf die Tafel.

„Das ist stark! Das ist sogar unverschämt!" zürnte Pappermann.

Das Herzle verzog keine Miene.

„Nur ruhig bleiben!" sagte ich. „Wir lassen uns alles gefallen, alles!"

Da kam der neue Wirt, um uns selbst zu bedienen. Er brachte zunächst die Teller und Bestecke. Kaum hatte er uns den Rücken gekehrt, so kam Howe, nahm uns diese Sachen weg und trug sie hinüber. Hierauf brachte der Wirt die Suppe. Er sah, wie die Sache stand, blieb aber still und stellte die Terrine zu uns auf den Tisch. Sofort wurde sie hinübergeholt und geleert. Dann brachte man sie uns wieder herüber. So ging es nicht nur mit der Suppe, sondern auch mit den übrigen Speisen, bis zuletzt auf die Früchte. Die vollen Teller, Schüsseln und Schalen wurden uns genommen, und geleert brachte man sie uns wieder. Dabei gab es ein immerwährendes Spotten und Lachen sondergleichen.

„Das sind keine Nigger!“ sagte Pappermann. „Das sind auch keine Indsmen! Sondern das sind Weiße! Was sagt Ihr dazu, Sir?“

„Das werdet Ihr wahrscheinlich sehr bald hören“, antwortete ich.

„Ich bestelle natürlich sofort anderes Essen für uns!“

„Nein, jetzt noch nicht! Erst muß diese Posse hier zu Ende gespielt worden sein. Wann werden diese Gentlemen ihr Essen bekommen?“

„Das kann wohl noch ein ganzes Stündchen dauern. Meine alte, gute Köchin ist fort, und die neue Wirtin, die selbst kocht, nimmt sich gewaltig Zeit. Ehe die eine junge Henne rupft, verfließen gewiß drei Monate, denn sie holt jedes Federchen einzeln heraus. Die Bande hat sich nämlich Hühnersuppe bestellt; es gab aber nur noch eine alte, sechsjährige Henne. Bis die gerupft ist, können, wenn ich mich nicht ganz und gar verrechne, fünf bis sechs Monate vergehen. Nun fragt Euch selber, wann diese ‚Gentlemen‘ ihr Essen bekommen werden!“

„Vortrefflich! Herzle, hast du Lust, Gitarre zu spielen?“

„Wie meinst du das?“ erkundigte sie sich.

„Das wirst du später erfahren. Sage jetzt nur, ob du Lust hast! Die Ziehharmonika und die Gitarre stecken in meinen Taschen.“

„Ach, die Revolver?“

„Ja.“

„Ist es gefährlich?“

„O nein, ganz und gar nicht!“

„So spiele ich mit!“

„Schön! Ich glaube, der zweite Akt der Posse beginnt. Der Vorhang hebt sich bereits."

Howe kam nämlich wieder zu uns herüber, stellte sich mit weit gespreizten Beinen vor uns hin und sprach:

„Ich komme mit einer Bitte. Wir sind nämlich Maler. Wir wünschen Mrs. und Mr. Burton abzukonterfeien, auch Mr. Pappermann mit."

„Also ihr alle sechs?" fragte ich.

„Ja."

„Uns alle drei?"

„Ja. Werdet Ihr uns das erlauben?"

„Sehr gern, sehr gern. Ich mache nur eine einzige Bedingung."

„Welche?"

„Daß wir genauso bleiben können, wie wir jetzt sitzen."

„Well! Wollten euch zwar gern in anderer Stellung haben, in ganz anderer, geben uns aber auch hiermit zufrieden. Aber sitzt so, daß ihr euch so wenig wie möglich bewegt, sonst wird nichts wahrhaft Künstlerisches fertig! Es kann beginnen!"

Sie zogen Papier und Bleistifte aus den Taschen und fingen an zu zeichnen. Da sahen wir jemand von weit draußen her nach dem Einödplatz kommen. Er war indianisch gekleidet und trug auf dem Rücken eine in Leder gebundene Last, die nicht leicht zu sein schien. Er ging gebückt und langsamen Schrittes. Er war außerordentlich ermüdet. Bei den Pferden blieb er stehen und betrachtete sie. Dann ging er weiter. Als er so nahe gekommen war, daß sein Gesicht uns deutlich wurde, sahen wir, daß er vielleicht zwei- oder dreiundzwanzig Jahre zählte. Seine Züge waren sehr sympathisch. Er hatte sein Haar, ganz wie einst Winnetou, in einem Schopf gebunden und ließ es dann weit über den Rücken hinunterhängen. Er schien die Örtlichkeit zu kennen, denn er kam gerade und genau auf die Tür zu, die von draußen herein in den ‚Garten' führte.

„Egad, er ist's!" sagte Pappermann.

„Kennt Ihr ihn?" fragte ich.

„Ja. Es ist der ‚junge Adler'. Er kam vor nun vier Jahren vom Gebirge herab, nicht zu Pferde, sondern zu Fuß, genau wie heute. Er blieb zwei Tage bei mir, um sich auszuruhen. Er hatte außer dem Anzug, den er trug, noch einen neuen, besseren mit. Den gab er mir, als er ging, in Aufbewahrung. Er sagte, wenn er nicht sterbe, werde er in einigen Jahren wiederkommen, um ihn abzuholen. Er hatte kein Geld bei sich, sondern Nuggets, aber nicht viel; es war kaum für drei- bis vierhundert Dollars. O weh, er sieht matt und angegriffen aus!"

„Er hat Hunger!" fügte ich hinzu.

„Glaubt Ihr?"

„Ich glaube es nicht nur, sondern es ist wirklich so. Ich sehe es ihm an."

„Auch ich fühle es!" sagte das Herzle. „Er ist ganz erschöpft! Er schwankt! Er soll mit uns essen! Ich sage es ihm. Holt schnell noch einen Stuhl heraus, Mr. Pappermann!"

Der Genannte eilte fort, um diesen Wunsch zu erfüllen. Das Herzle stand auf, ging zur Tür, auf die der junge Indsman zugeschritten kam, öffnete sie, empfing ihn dort, nahm ihn bei der Hand, führte ihn nach unserem Tisch und bat ihn, unser Gast zu sein. Und da brachte Pappermann auch schon den Stuhl. So ermüdet der Indianer war, er setzte sich nicht sofort, sondern er blieb noch stehen, seine großen dunklen Augen auf das Gesicht derjenigen richtend, die sich in so unherkömmlicher Weise seiner angenommen hatte.

„Ganz wie Nscho-tschi, die stets Erbarmen war!" sagte er; dann sank er auf den Sitz und schloß die Augen.

Er war so ermüdet, daß er gar nicht daran gedacht hatte, die Last, die er trug, erst abzulegen. Wir nahmen sie ihm vom Rücken, indem wir die Riemen lösten. Es war ein langer, schwerer, in festes Leder gebundener Pack, dessen Gewicht wohl zwischen dreißig und vierzig Kilo betrug. Das mußte Eisen sein! Wir legten diese Last neben dem Stuhl nieder. Pappermann ging nach der Tafel hinüber und bat um ein Glas Brandy.

„Für wen?" wurde er gefragt.

„Für den Indianer dort, wie ihr seht!" antwortete er.

„Der Brandy ist nicht für Rote, sondern für Weiße, nicht für ihn, sondern für uns! Macht Euch fort von hier!"

Der alte Westmann war wütend über diese Zurückweisung; ich beruhigte ihn mit der Versicherung:

„Ärgert Euch nicht! Sie werden es uns bezahlen! Lauft in die Küche, und holt einen Teller Suppe, mögt Ihr sie hernehmen, woher Ihr wollt! Das ist besser als all Euer Brandy!"

Er gehorchte dieser Weisung. Der Indianer hatte meine Worte gehört. Er hielt zwar die Augen noch geschlossen, aber er sagte leise:

„Nicht Brandy! Niemals Brandy!"

Er hatte den Namen Nscho-tschi genannt, der Schwester meines Winnetou. War er vielleicht ein Apatsche? Pappermann brachte die Suppe.

„Nur Bouillon von der alten Henne", sagte er. „Ist aber trotzdem gut!"

Er setzte sie vor den Indsman hin; der aber rührte sich nicht. Da griff das Herzle zum Löffel und begann, ihrem Gast die Suppe einzuflößen. Darüber gab es drüben an der Tafel ein allgemeines Gelächter.

„Die Hühnerbrühe ist eigentlich unser!" sagte Howe. „Aber um des schönen Bildes willen wollen wir auf sie verzichten. Das Sujet heißt nun: ‚Die dreifach heilige Barmherzigkeit oder der verhungerte Indianer'. In fünf Minuten fertig! Wer längere Zeit braucht, zahlt eine Flasche Brandy!"

Da flogen die Stifte, und noch waren die fünf Minuten nicht vorüber, so wurden uns die sechs Karikaturen vorgelegt. Es waren aber gar nicht einmal Karikaturen, sondern ganz ordinäre Schmierereien. Man hatte angenommen, daß wir uns über sie ärgern und dadurch zu irgendeiner Albernheit verleiten lassen würden; wir aber taten ganz im Gegenteil, als ob wir uns über das, was uns in Zorn bringen sollte, freuten.

„Prächtig!" sagte ich. „Wirklich prächtig! Wieviel kostet so ein Bild?"

„Bild, Bild!" lachte Howe. „Ein Bild nennt er so etwas! Nichts kostet es, nichts! Wir schenken es Euch!"

„Umsonst?" fragte ich.

„Ja."

„Alle sechs?"

„Ja doch, ja!"

„Danke!"

Ich legte die Blätter zusammen, steckte sie ein und fuhr dann fort:

„Aber ich bin ein anständiger Kerl. Ich lasse mir nichts schenken, ohne mich erkenntlich zu zeigen. Kann mich vielleicht einer von euch zu Pferde zeichnen? Es soll mir auf drei, vier oder fünf Dollars nicht ankommen, die ich dafür zahle."

„Fünf Dollars? The devil, das ist ja ein Vermögen! Ich laufe, ich renne, ich eile! Ich hole sogleich ein Pferd!" rief einer von ihnen.

Er ging fort, und die anderen folgten ihm, um das allerschlechteste auszusuchen.

„Habt Ihr irgendeine Absicht dabei?" fragte mich Pappermann.

„Natürlich! Jetzt kommt die Strafe! Lauft schnell zum Wirt hinein und sagt ihm, daß ich zwei bis drei gute, vollgültige Zeugen brauche, womöglich Polizisten oder sonst Leute von der Stadtbehörde. Die mögen hinauf in unsere beiden Zimmer gehen, wo sie alles, was geschehen wird, sehen und hören können."

„Well, well! Wird besorgt, sofort!"

Er eilte fort und war, als man das Pferd brachte, schon wieder da. Howe verlangte die fünf Dollars im voraus. Ich bezahlte sie. Dann durfte ich aufsteigen. Ich tat, als ob ich noch niemals auf dem Rücken eines Pferdes gesessen hätte, und setzte dreimal an, ohne hinaufzukommen. Beim viertenmal war dann der Schwung, den ich mir gab, zu stark, so daß ich nicht nur hinaufkam, sondern drüben gleich wieder hinunterfuhr. Das gab ein dröhnendes Lachen. Schließlich hob man mich hinauf und gab mir die Zügel in die Hand. Dann begann das Zeichnen von neuem.

„Es wird großartig, wirklich großartig!" rief einer der ‚Künstler' aus. „Mr. Burton sitzt hoch und stolz zu Pferde wie ein Held und Rittersmann, der jedes Turnier gewinnt!"

Natürlich war gerade das Gegenteil der Fall.

„Ist das wahr? Ist das wahr?" fragte ich hocherfreut und stolz.

„Gewiß, gewiß! Man sieht, daß keiner von uns es Euch im Reiten gleichzutun vermag!"

„Wirklich?"

„Ja, wirklich!"

„So sagt, was kostet so ein Pferd?"

„Wollt Ihr eins kaufen?"

„Vielleicht mehrere! Wenn ihr sagt, daß ich ein so vorzüglicher Reiter bin, so wäre ich doch dumm, wenn ich mit der teuren Bahn weiterführe! Das Reiten ist doch wohl billiger! Oder nicht?"

„Natürlich viel billiger! Wir haben einige übrig. Vielleicht verkaufen wir Euch eins davon."

Sie blinzelten einander zu. Das sollte heimlich sein; ich sah es aber doch.

„Nur eins?" fragte ich. „Ich brauche fünf oder sechs!"

„Oho! Für wen?"

„Für mich und Mrs. Burton —"

„— die Gitarre spielt?" fiel Howe spottend ein.

„Ja. Und es kommen noch einige gute Bekannte dazu —"

„— die auch Musikanten sind?"

„Wenn es euch Vergnügen macht, ja. Am liebsten würde ich drei Pferde und drei Maultiere nehmen und die nötigen Sättel dazu. Was kostet das?"

Sie waren zunächst verblüfft. Sie sahen mich an, sie sahen einander an; dann fragte Howe prüfend:

„Drei Pferde und drei Maultiere? Welche denn?"

Ich deutete auf die Maultiere und antwortete:

„Von den Pferden möcht ich die nehmen, die sich jetzt gelegt haben, dort, rechts, mit den langen Ohren."

Da verlor sich der Ernst auf ihren Gesichtern sofort wieder. Ich aber fuhr fort, wobei ich auf die drei Fliegenschimmel zeigte:

„Und die Maultiere dort gefallen mir ebenso. Ich zahle jeden Preis!"

Das Lachen erscholl von neuem.

„Die Maultiere dort! Und die Pferde dort! Das ist köstlich, köstlich, unübertrefflich!"

So riefen sechs Stimmen durcheinander, und als die Heiterkeit etwas nachgelassen hatte, fragte Howe:

„Ihr zahlt jeden Preis? So? Wieviel Geld habt Ihr denn eigentlich bei Euch, Sir?"

„Volle zweihundertfünfzig Dollar!" brüstete ich mich. „Das ist doch gewiß bedeutend mehr, als eure ganze Reiterei kostet!"

Jetzt wurde das Gelächter schmetternd. Sie steckten die Köpfe zusammen, um einen Plan auszuhecken, der auf alle Fälle für mich nur vorteilhaft war. Sie dachten gar nicht mehr an mein Konterfei zu Pferde, sondern sehr wahrscheinlich nur noch daran, meine zweihundertfünfzig Dollar in die Hände zu bekommen.

„Steigt wieder ab!“ forderte Howe mich auf. „Ihr gefallt uns außerordentlich, ja außerordentlich, Mr. Burton! Ihr sollt die Pferde und die Maultiere haben, und auch die Sättel dazu! Ihr könnt das alles sogar umsonst haben, wenn Ihr wollt!“

„Umsonst? Wieso?“ fragte ich.

„Wir möchten Euch reiten sehen, reiten! Auf den Pferden und auch auf den Maultieren! Wir satteln sie Euch jetzt, alle sechs! Ihr steigt da draußen auf und reitet im Galopp hier herein, aber nicht etwa durch die Tür, sondern über die Mauer!“

„Also im Sprung?“ fragte ich.

„Ja. Getraut Ihr Euch das?“

„Warum nicht? Ihr habt ja selbst versichert, daß ich ein sehr guter Reiter sei! Kann man denn etwa herunterfallen, wenn man die Füße in den Steigbügeln hat und die Zügel in den Händen?“

„Nein, gewiß nicht!“ lachte er, und die anderen wieherten mit. „Also jedes Pferd und jedes Maultier, das Ihr im Galopp glatt über die Mauer hereinbringt, ohne daß es den Hals bricht und ohne daß Ihr abgeworfen werdet, ist Euer!“

„Darf ich dabei den Hut absetzen und den Rock ausziehen?“

Da brüllten seine Kumpane förmlich vor Vergnügen; er aber beherrschte sich und antwortete:

„Ihr dürft ausziehen oder meinetwegen auch anziehen, was Euch beliebt. Selbst wenn Ihr Euch dabei als Harlekin oder als dummer August kleiden wolltet, hätten wir nichts dagegen. Nun aber kommt der Hauptpunkt, auf dessen Erfüllung es ankommt, ob aus dem Handel etwas wird oder nicht. Ihr habt nämlich die zweihundertfünfzig Dollar sofort zu erlegen. Gelingen Euch die sechs Sprünge, so bekommt Ihr sie zurück und die Pferde und Maultiere dazu. Mißraten sie Euch aber, so bekommt Ihr nichts, und auch das Geld ist unser. Ihr seht doch wohl ein, daß das gar nicht anders geht?“

„Natürlich! Ihr setzt eure Pferde, und so habe ich selbstverständlich auch etwas zu setzen. Mein Geld ist zwar mehr wert, als alle eure Pferde, aber ich will der Noble sein!“

Wieder lachten sie alle; dabei antwortete Howe:

„Ganz recht, ganz recht! Und da wir Euch die Pferde und Maultiere augenblicklich stellen, so seid Ihr verpflichtet, auch Euer Geld sofort zu erlegen.“

„Ja, sofort, sobald der Vertrag gemacht worden ist.“

„Vertrag?“ fragte er.

„Gewiß! Vertrag. Ich habe gehört, daß die Pferdehändler die pfiffigsten Leute sind, die es gibt, und daß man sich bei ihnen in jeder Weise vorzusehen und sicherzustellen hat.“

„Aber wir sind doch keine Pferdehändler, sondern Künstler!“

„Trotzdem! Es ist ein Pferdehandel, ganz gleich, wer oder was wir sind!“

„Well! Bin einverstanden. Papier her!“

„Und ich diktiere!“ sagte ich.

Dabei stieg ich vom Pferd, und zwar in einer Weise, die mehr eine Rutschpartie als ein guter Absprung war. Howe setzte sich. Ich sagte ihm den Wortlaut an, und er schrieb ihn nach, ohne eine Silbe daran zu ändern. Er war ja vollständig überzeugt, alles mögliche unterschreiben zu können, ohne üble Folgen davon zu haben, weil es für ihn feststand, daß ich gleich bei den ersten Schritten des ersten Ritts aus dem Sattel fliegen würde. Ich diktierte mit erhobener Stimme, denn ein Blick nach unseren Fenstern hinauf zeigte mir die gewünschten Zeugen, die jedes Wort zu hören und zu verstehen hatten. Ich fügte hinzu, daß ich mein Geld einem Unparteiischen zu übergeben hätte, daß er und kein anderer die Pferde und Maultiere satteln müsse und daß dieser Unparteiische Mr. Pappermann sei. Howe zeigte sich ebenso wie seine Kameraden seiner Sache so gewiß, daß er so unvorsichtig war, auch auf diese Bedingungen einzugehen. Dann wurde von ihnen allen unterschrieben, zuletzt auch von mir. Ich gab dem alten Westmann den Vertrag, und er steckte ihn ein. Von diesem Augenblick an durfte ich die sechs prächtigen Tiere als mein Eigentum betrachten. Ich zog die Brieftasche und fügte die vereinbarte Summe mit Vergnügen bei. Auch das Herzle lächelte. Sie nickte mir heimlich zu. Der bei ihr am Tisch sitzende Indsman hatte sich inzwischen so weit erholt, daß er dem Vorgang mit Aufmerksamkeit folgte. Sein Auge hing mit prüfendem Blick an mir, und dieser Blick verriet, daß er das Kommende ahnte.

„Und nun hinaus zum Satteln!" gebot Howe.

Er stürmte mit seinen Kumpanen zur Tür hinaus, der alte Pappermann hinter ihnen her. Ich folgte ihnen in bedächtiger Langsamkeit und beobachtete sie dabei. Sie teilten den Peonen mit, was sich jetzt ereignen sollte. Peone sind Pferdeknechte, sind Diener, sind Untergebene. Gewöhnlich wählt man Mexikaner niedersten Standes dazu; diese hier aber waren ganz entschieden Yankees, und zwar ganz erfahrene Patrone, auch nicht mehr jung, sondern gewiß schon über vierzig Jahre hinaus. Als sie jetzt mit den ‚Künstlern' sprachen, standen sie nicht wie ihre Dienstboten, sondern schon mehr wie ihre Herren vor ihnen. Das fiel mir auf. Doch schienen sie mit dem schlechten Witz, dessen Opfer ich werden sollte, einverstanden zu sein, denn sie stimmten schließlich in das Gelächter der anderen ein. Als Howe sich mit zweien von ihnen entfernte, um zu den Fliegenschimmeln zu gehen, rief ihnen der dritte in heiterem Ton nach:

„Schade, daß Sebulon und Hariman nicht dabei sind! Würden sich krank lachen!"

Man kann sich denken, wie diese beiden Namen auf mich wirkten! Also die beiden Enters! Denn daß die gemeint waren, verstand sich für mich von selbst. Auch die Reihenfolge, in der die Namen genannt wurden, stimmte: Sebulon voran. Er paßte zu diesen Menschen viel besser als Hariman, sein Bruder, und würde sich über den beabsichtigten Streich gewiß auch mehr freuen. Aber ich hatte jetzt keine Zeit, diesen Gedanken weiter auszuspinnen, denn ich war bei dem Sattelzeug angekommen und hatte auszuwählen, was mir gefiel. Ob ich es dann auch wirklich brauchte, war im Augenblick Nebensache, doch hegte ich schon jetzt gewisse Absichten, die sich zwar einstweilen nur auf Vermutungen stützten, sich dann aber als richtig erwiesen. Meine Wahl fiel auf einen Frauensattel und die fünf besten Reitsättel. Von diesen hatte ich, falls ich recht vermutete, später zwei Stück gegen zwei Packsättel umzutauschen.

Von jetzt an war es mir klar, daß diese sechs Personen weder Künstler noch sonst etwas Anständiges waren, und es tat mir fast leid, ihnen gegenüber die Rolle eines beinahe Minderwertigen gespielt zu haben, während sie es doch waren, denen es, mochten sie sein, was sie wollten, an der gewöhnlichsten Intelligenz gebrach. Denn daß ich aus einem Haufen von zwanzig Sätteln gerade die fünf besten auszusuchen verstand, mußte ihnen ganz unbedingt sagen, daß ich nicht der Tolpatsch war, für den sie alle mich hielten. Sie waren aber derartig blind dafür, daß mir der eine Peon sogar seine großen Sporen brachte, um sie mir anzuschnallen. Ich ließ das ruhig geschehen.

Pappermann sattelte zunächst die drei Maultiere, sodann die Fliegenschimmel. Diese ließen es sich gefallen, duldeten aber dann nicht, daß sich ihnen jemand von der Seite her näherte. Ich mußte erfahren, ob dies nur die linke, also die Aufstiegseite, betraf oder auch die rechte. Ich tat also, als ob ich auch von dieser her nahe an sie herantreten wolle, doch wendeten sie sich dabei stets so, daß sie mich vor sich behielten. Auch von hinten ließen sie niemand heran. Sie flitzten da geradezu lebensgefährlich mit den Hufen aus, und zwar alle drei. Nun wußte ich genug. Mit diesen drei Hengsten war es viel leichter, über die Mauer zu kommen, als mit den Maultieren, von denen es sich erst zu zeigen hatte, ob sie Schule besaßen oder sich nur zum Lasttragen eigneten.

„Jetzt los, Mr. Burton!" forderte Howe mich auf. „Es wird Zeit! Laßt uns nur erst noch nach dem Garten zurück, damit wir Euch sehen und bewundern können, wenn Ihr angesaust kommt!"

„So helft mir nur erst hinauf!" bat ich, zu einem der Maultiere tretend.

Man hob mich hinauf und eilte dann lachend dem ‚Garten' zu. Die Peone aber blieben im Freien, Pappermann auch. Er wich ihnen nicht von der Seite und sagte mir durch ein heimliches Nicken, daß ich mich hier auf ihn verlassen könne. Er war der umsichtige, alles überlegende Mann geblieben, als den ich ihn vor Jahren kennengelernt hatte.

Nun setzte ich das Maultier in Bewegung. Es sah ganz so aus, als ob es aus eigenem Willen vorwärts gehe, erst langsam, dann etwas schneller. Es lief geradeaus, nach links, nach rechts, scheinbar ganz nach Belieben. Es drehte sich um, machte einen Bogen, wendete wieder, trottete weiter und versuchte sogar einen Trab. Ich rutschte hin und her. Ich schuckerte. Ich verlor zuweilen die Zügel, und ich fuhr hier und da aus den Bügeln. Das sah alles so urgemütlich aus und war doch in Wirklichkeit ein scharfes, sehr scharfes Examen, das ich mit dem Maultier unternahm. Es geschah kein einziger Schritt ohne meinen Willen, und ich bemerkte sehr bald, woran ich war. Das prächtige Geschöpf besaß die beste mexikanische Schulung. Als ich es leise, ganz leise zum Sprung zusammennahm, gehorchte es so genau und so schnell, daß ich kaum Zeit fand, diese Aufforderung durch Gegendruck zu widerrufen. So näherten wir uns der Gartenmauer mehr und mehr, bis wir uns nur noch vier oder fünf

Schritte von ihr befanden. Drüben gab es ein höhnisches Gelächter. Man war überzeugt, daß das Maultier mit mir nur so spazierengegangen sei.

„Nun, herüber, herüber, Mr. Burton! Herüber!“ rief Howe mir zu.

„Ja, soll ich denn wirklich?“ fragte ich.

„Natürlich!“

„So nehmt es mir dann aber auch nicht übel!“

„Fällt mir nicht ein! Also kommt!“

„Salto! Alto! Elevado!“

Während ich diese drei, beim Sprung gebräuchlichen Worte rief, schnellten wir hoch empor, über die Mauer hinüber und standen dann so unbeweglich und ruhig drüben, als ob wir uns gar nicht von der Stelle bewegt hätten. Mein erster Blick war auf den Indsman gerichtet. Seine Augen leuchteten.

„Donnerwetter!“ fluchte Howe.

Seine Kameraden ergingen sich in ähnlichen Ausrufen.

„Nun?“ fragte ich ihn. „Bin ich jetzt hüben oder noch drüben?“

„Hol Euch der Teufel!“ schrie er mich zornig an. „Wie es scheint, könnt Ihr dennoch reiten?“

„Scheint? Dennoch? — Habe ich etwa behauptet, nicht reiten zu können?“

Ich glitt aus dem Sattel herab, führte das Maultier aus dem ‚Garten‘ in den Hof und band es dort an.

„Warum schafft Ihr das Vieh da hinaus?“ wurde ich gefragt.

Ich antwortete nicht, nickte dem Herzle fröhlich zu und ging, um das nächste Maultier zu holen. Dieses tat den Sprung ganz ebenso wie das erste.

„Da habt ihr es!“ schrie Howe. „Der Kerl kann reiten! Er hat gelogen!“

Ich ließ diese Beleidigung ungerügt und schaffte das Maultier ebenso in den Hof wie das vorige. Dann bat ich das Herzle:

„Bitte, laß, während ich das dritte hole, meinen Koffer herunterbringen, hierher auf unsern Tisch!"

Als ich dann an die Stelle kam, wo die Peone warteten, sagte der eine von ihnen zu mir:

„Sir, es scheint, Ihr wollt Euch einen Spaß mit uns machen?"

„Wenn dies der Fall wäre, so hätte ich nur ganz dieselbe Absicht wie Ihr!" antwortete ich.

„Nehmt Euch in acht, daß nicht etwa Ernst daraus wird!"

„Bei mir wird jeder Spaß zum Ernst. Ist das bei Euch etwa anders?"

Da trat er hart an mich heran und drohte:

„Ich warne Euch!"

„Pshaw!" machte ich wegwerfend.

„Ja, ich warne Euch! Aber aus einem ganz anderen Grunde, als Ihr denkt. Pferde sind keine dummen Maultiere. Es werden Euch entweder die Knochen zerschmettert, oder Ihr brecht den Hals!"

„Das wartet ruhig ab!"

Ich hielt es nun nicht mehr für nötig, mich zu verstellen. Ich schwang mich auf das Maultier, das Poppermann am Zügel hielt.

„Wie wird es mit den Pferden?" fragte er mich leise.

„Ganz ebenso!" antwortete ich.

„Aber sie lassen doch niemand an sich heran!"

„Habt keine Sorge! Ich komme nicht nur heran, sondern auch hinauf!"

Nach diesen Worten flog ich über den Platz und über die Mauer hinüber. Als ich den Mulo[1] in den Hof brachte, stand dieser schon fast ganz voller Menschen. Die Sache war bekannt geworden, und die Leute kamen herbei, ihr beizuwohnen. Dem Wirt war das lieb, weil

[1] Maultier

er dadurch Gäste bekam. Auch die benachbarten Höfe und ‚Gärten' hatten begonnen, sich mit Zuschauern zu füllen.

Mein Koffer war da. Das Herzle war selbst mit oben gewesen. Sie sagte mir, daß vier Zeugen an unseren Fenstern ständen, drei Polizisten und ein Herr, den man ihr als Corregidor bezeichnet habe.

„Das heißt so viel wie Bürgermeister. Die Leute mexikanischer Abstammung pflegen sich dieses spanischen Ausdrucks zu bedienen", erklärte ich ihr.

„Er ist erst nachträglich gekommen. Er wurde nämlich von einem der Polizisten geholt, und zwar aus einem mir unbekannten Grunde. Er war sehr höflich. Brauchst du etwas aus dem Koffer?"

„Ja. Zunächst meinen Beratungsrock."

Ich öffnete den Koffer und entnahm ihm das bezeichnete, aus weißem Leder gefertigte Kleidungsstück, dessen Nähte mit Skalplocken verziert sind.

„Uff!" verwunderte sich der Indsman in halblautem Ton. „Das darf nur ein Häuptling tragen! Aber auch nur am Beratungsfeuer und bei Stammesfestlichkeiten!"

Ich zog meinen Rock aus und legte dafür dieses indianische Gewand an.

„Warum?" fragte das Herzle. „Hörst du, wie die Burschen darüber lachen und spotten?"

„Laß sie es tun. Es kommt sogar noch der Häuptlingsschmuck dazu. Es ist der Pferde wegen. Sie haben indianische Dressur. Sie lassen außer ihrem Herrn kein Bleichgesicht zu sich heran, und auch ich käme, ohne mich umzukleiden, gewiß nicht in den Sattel."

„Ah! Darum die Bedingung, dich aus- und anziehen zu können, ganz wie es dir beliebt?"

„Ja. Du siehst, daß jedes Wort erwogen war, obgleich auch du selbst nicht wußtest, warum und wozu."

Als ich den Häuptlingsschmuck aus seiner Hülle rollte,

stieß der Indsman einen zweiten Ruf der Verwunderung aus:

„Uff, uff! Das echte Gefieder des Kriegsadlers, den es jetzt nicht mehr gibt! Sind es fünfmal zehn Federn?"

„Noch mehr", antwortete ich.

Da stand er ehrerbietig auf und sprach:

„So muß ich meinen Gruß und meine Bitte um Verzeihung —"

„Still, still!" unterbrach ich ihn. „Wir sind hier nicht am Beratungsfeuer, und nur um zu den köstlichen Pferden zu gelangen, enthülle ich diese Heimlichkeit, deren Bedeutung man glücklicherweise hier wohl nicht kennt."

Zu der Art von Schmuck, um die es sich hier handelt, durften nur die zwei äußersten Schwungfedern des Kriegsadlers genommen werden. Der meinige reicht hinten vom Kopf bis auf die Erde herab, ist von sorgfältigster, indianischer Arbeit und hat seine eigene, sehr ergreifende Geschichte. Als ich ihn aufsetzte, begannen zwei oder drei von den sechs von neuem zu lachen. Da aber fuhr Howe sie zornig an:

„Schweigt! Seht ihr denn nicht, was es nun geben wird! Er kennt das Geheimnis der drei Hengste! Da gibt es nichts zu lachen! Aber ich hoffe, er bricht trotzdem noch den Hals!"

Ich ging mitten zwischen ihnen hindurch, hinaus zu den Pferden. Da standen die Peone. Keiner von ihnen sagte ein Wort; aber wenn Blicke die Wirkung von Büchsenkugeln besäßen, so wäre ich unter den ihren sofort zusammengebrochen. Die Fliegenschimmel hielten sich noch eng beisammen. Ich schritt langsam auf sie zu. Sie betrachteten mich, ohne sich zu bewegen. Ihre rötlichen Nüstern blähten sich. Ihre kleinen Ohren begannen zu spielen. In ihre langen, prächtigen Schwänze kam Bewegung. Zwei von ihnen ließen mich heran; der dritte aber schnaubte. Er wich zurück, doch ohne nach mir zu schlagen oder zu beißen. Der war der Klügste. Den hob ich mir auf bis zuletzt. Er hatte eine kleine, hellweiße Mouche grad über der Nase, kaum so groß wie ein Pfennig, ein tiefklares und gesundes Auge, ein charaktervolles, trockenes Köpfchen, eine seidenglänzende Haut und einen so tadellosen Bau, daß ich schon jetzt, wo er mir noch gar nicht gehörte, beschloß, ihn für mich selbst zu nehmen. Jetzt aber schwang ich mich auf einen der beiden andern. Er ließ sich das ohne jeden Widerstand gefallen, trug mich zweimal im Galopp im Kreise herum und flog dann mit mir über die Mauer, als ob sie nur eine niedrige Stufe sei. Lauter Beifall erscholl in den Höfen. Die sechs ‚Künstler' aber waren still. Ich brachte das Pferd bei den Maultieren unter und ging dann hinaus, um das zweite zu holen. Auch das gelang. Als ich dann zum letztenmal hinaus zu den Peonen kam, trat der von ihnen, der mich schon einmal angesprochen hatte, auf mich zu und sagte:

„Sir, Ihr gebt doch wohl zu, daß Ihr darauf ausgegangen seid —"

„Euch eine Lehre zu erteilen?" unterbrach ich ihn. „Ja, das wollte ich allerdings."

„Nun gut! Es ist geschehen. Dabei soll und muß es aber nun sein Bewenden haben! Wir machen nicht mehr mit!"

„Ich auch nicht! Ist überhaupt gar nicht nötig! Wir werden ja gleich fertig sein!"

„Noch nicht ganz. Denn auf dieses Pferd kommt Ihr nicht!"

Er ging von vorn auf den Hengst zu, um ihn am Zügel zu fassen; ich aber war schneller als er. Das Pferd, das ihn kommen sah, dachte, er wolle in den Sattel. Es wandte ihm Kopf und Brust zu und schnaubte ihm drohend entgegen. Das benutzte ich. Mit einigen schnellen Schritten kam ich von hinten — ein kräftiger Ansatz, ein Sprung, ein Schwung, und ich saß oben. Nun aber schnell in die Bügel und an die Zügel! Da ging der Schimmel auch schon mit allen Vieren in die Luft. Der Peon war gezwungen, auf die Seite zu springen, um nicht von den Hufen getroffen zu werden.

„Hund!" brüllte er mich an. „Das sollst du mir büßen!" Und zu seinen Kameraden gewendet, fügte er hinzu: „Kommt schnell hinein in den Hof! Die Abmachung darf nichts gelten! Er muß sie alle wieder herausgeben, alle!"

Er rannte mit ihnen fort. Da ich nun einmal auf dem Pferde saß, konnten sie mich nicht mehr daran hindern, nun auch noch den letzten Sprung auszuführen. Es galt also nur noch, mich um den wohlverdienten Ertrag meiner Mühe zu bringen. Darum beeilten sie sich, mir womöglich noch vorauszukommen. Sie waren nämlich überzeugt, daß dieses letzte Pferd mir nicht so willig gehorchen werde wie die beiden andern. Aber da irrten sie sich. Nun ich einmal fest im Sattel saß, unternahm es keinen Versuch, mich abzuwerfen. Das war die Wirkung der indianischen Kleidungsstücke, deren Aussehen und Geruch es täuschte. Aber es hatte mich doch wiedererkannt. Es wußte, daß ich kein Roter, sondern ein Weißer war, und darum zögerte es. Ich hütete mich, es durch die Sporen zu zwingen. Ich gab vielmehr gute Worte. Weil ich der Ansicht war, daß es einer Dakotakreuzung entstamme, versuchte ich es erst in dieser Sprache, und zwar mit den bei den Dakotastämmen gebräuchlichen Anfeuerungsworten für Pferde:

„Schuktanka tehike, waschteh! Amani-wo, tokiye-wo — sei gut, sei gut, liebes Pferd! Lauf, lauf; geh weiter!"

Diese Aufforderung war ohne allen Erfolg. Ich setzte den Versuch also im Apatsche fort:

„Intschu, arkugo! Tatischah, nakate elkhantasch — sei lieb; sei gut! Lauf, lauf!"

Es spitzte die Ohren und wehte mit dem Schwanz. Es kannte also diese Worte, die aber noch nicht die richtigen waren. Darum probierte ich es nun mit dem Komantsche:

„Miaro, namachzo — geh weiter; schnell —"

Ich hielt mitten in diesem Zuruf inne. Ich hatte nicht nötig, ihn zu vollenden, denn der Hengst stieß einen tiefen Ton der Freude aus und begann sofort, mit allen Hufen zu spielen. Und da kam mir eine Idee, die eigentlich weit hergeholt erschien, sich aber dann später als wahr erwies. Es fiel mir nämlich der edle, dunkle Rotschimmel ein, den mein Freund Apanatschka, damals noch Häuptling der Naiini-Komantschen, mit großer Vorliebe geritten hatte. Ich habe dieses Pferd in ‚Old Surehand' Band I erwähnt und beschrieben. Und ich wußte, daß sowohl Apanatschka wie auch Old Surehand sich große Mühe gegeben hatten, diesen schönen Komantschenschlag mit Winnetous Lieblingen und besten Dakota-Trabern zu vereinen, um Pferde zu ziehen, in denen die Vorzüge dieser drei Rassen zusammenflossen. Dieses Vorhaben war gelungen. Sie besaßen nun beide mehrere große Züchtereien, deren bedeutendste drüben am Bijou Creek lag, der ein Nebenfluß des südlichen Platte ist. Dort hatte Old Surehand sich zu den Wirtschaftsgebäuden ein Wohnhaus bauen lassen, in dem er einige Monate des Jahres zuzubringen pflegte. Dieser mit sehr gutem Geschmack eingerichtete Landsitz war gemeint, als er mir in seiner Mitteilung schrieb: „Betrachte mein Haus als das Deinige, auch wenn wir nicht daheim sind." Sollten die drei Fliegenschimmel von dorther kommen? Vielleicht auch die Maultiere? Sollten die sechs sogenannten ‚Künstler' samt ihren Peonen Pferdediebe sein? Unmöglich war das keineswegs. Trinidad ist seines Pferdehandels wegen weithin bekannt und für derartiges Gesindel ein ebenso bequemer wie gesuchter Ort, die geraubte Ware an den Mann zu bringen.

Das alles fuhr mir jetzt blitzschnell durch den Kopf, ohne daß ich aber Zeit hatte, den Gedanken festzuhalten und weiter zu bewegen. Der Rappschimmel begann, wie bereits gesagt, mit allen vier Hufen zu tänzeln und zu spielen. Seine beiden Freunde und Verwandten waren fort. Er wollte ihnen nach, wollte zu ihnen. Ich nahm ihn fest zusammen und legte ihn dann in Galopp, aber nur bis an die Mauer. Da blieb ich halten. Er bat in tiefknurrenden Tönen, ihn doch hinüber zu lassen. Das hatte ich hören wollen. Er war nicht stumm; er sprach! Nun erfüllte ich seinen Wunsch. Die Mauer wurde, wie der Reiter vom Fach sich auszudrücken pflegt, von dem Hengst ‚mit höchster Eleganz genommen'.

„Gewonnen, gewonnen! Die Pferde sind sein, sind sein!" ertönte ein vielstimmiger Ruf.

Pappermann war schleunigst hinter mir hergerannt. Ich übergab ihm das Pferd, um es zu den andern in den Hof schaffen zu lassen.

„Halt! Dableiben!" rief Howe ihm befehlshaberisch zu. „Der Hengst gehört uns, und die andern alle auch. Sie müssen wieder herein, hierher, zu uns!"

Er griff nach den Zügeln. Da trat ich zu ihm heran und antwortete:

„Hand ab vom Gaul! Ich zähle bis drei: Eins — zwei — drei —!"

Er ließ nicht los. Darum stieß ich ihm bei ‚drei' die Faust in die Seite, daß er mitten unter seine Kameraden hineinflog und dann zur Erde stürzte. Er wollte sich augenblicklich aufraffen, um mir diesen Stoß schleunigst zu vergelten, brachte dies aber nicht fertig. Er konnte sich nur langsam wieder erheben, und ehe dies geschah, hatte sich schon ein anderer seiner Sache angenommen, nämlich der Peon, von dem ich ‚Hund' genannt worden war. Er kam mit geballten Fäusten auf mich zu und schrie:

„Schlagen, schlagen willst du auch? Das soll dir wohl nicht gut —"

Er kam nicht weiter. Er wurde von dem neuen Wirt unterbrochen, der soeben in den ‚Garten' trat, gefolgt von einigen robusten, muskelstarken Männern, die er sich schnell zusammengewinkt hatte, um gerade im entscheidenden Augenblick mit ihnen dazwischen zu treten.

„Still, still! Haltet den Schnabel!“ überschrie er den Peon. „Hier kommt das Essen! Die Suppe! Macht eure Sache aus, wenn gegessen worden ist! In meinem Hotel ist es nicht erlaubt, sofort mit allen Fäusten dreinzuschlagen! Sondern hier heißt es, erst die Henne und dann das Geschäft!“

Der Mann war pfiffig. Um den Peon zu beruhigen, warf er die Schuld zunächst auf mich, winkte mir dabei aber mit den Augen die Bitte zu, mir das ‚sofort mit allen Fäusten dreinschlagen‘ nicht etwa zu Herzen zu nehmen. Während die anderen hinter ihm die Teller und Bestecke brachten, trug er die Terrine mit der Hühnersuppe. Er griff während seiner Worte hinein, zog die alte, ausgekochte Henne an einem Bein heraus und hob sie so hoch empor, daß jedermann sie sehen konnte. Was er so klug berechnet hatte, das geschah. Aus den anliegenden Höfen und ‚Gärten‘ scholl ein lautes Gelächter zu uns herüber, und eine Menge von lustigen Stimmen rief durcheinander:

„Ganz richtig! Ganz richtig! Erst die Henne und dann das Geschäft! Vivat die Henne! Sie lebe hoch!“

Das wirkte.

„Well!“ rief der Peon. „Es sei! Erst die Henne und dann die Pferde! Setzt euch! Wir essen! Dieser Mr. Burton kann warten, bis wir fertig sind!“

„Nein! Er soll nicht warten!“ entgegnete Howe, der nach seinem Stuhl hinkte, um sich zu setzen. „Er soll uns Musik machen! Tafelmusik! Er bläst die Ziehharmonika, und Mrs. Burton spielt Gitarre!“

„Ja, das soll er, das soll er!“ stimmte der Peon ihm bei, während er mir gebieterisch winkte. „Her mit der Ziehharmonika! Und her mit der Gitarre!“

„Sogleich!“ antwortete ich. „Sogleich!“

Ich trat zum Herzle, nahm die Revolver aus den beiden Außentaschen des vorhin abgelegten Rockes und fragte sie:

„Kannst du dir denken, was jetzt kommen muß!"

„Ja", antwortete sie.

„Und hast du Mut?"

„Ich denke es!"

„So komm!"

Ich spannte beide Revolver und gab ihr den einen in die Hand. Bis jetzt hatte ich so gestanden, daß man die Waffen nicht sehen konnte. Nun aber drehte ich mich um und ging auf die Tafel zu, das Herzle folgte mir sogleich. Die rechte Hand mit dem Revolver hebend, sagte ich:

„Hier meine Ziehharmonika!"

„Hier meine Gitarre!" drohte das Herzle.

„Das Spiel beginnt!" fuhr ich fort. „Wer von euch nach der Waffe greift, bekommt auf der Stelle eine Kugel! War unser Essen vorhin für euch, so ist das eure nun für uns! Bitte, Mr. Pappermann, greift zu! Hinüber zu uns mit dem Tafeltuch! Hinüber mit Besteck und Geschirr! Und hinüber mit der Henne!"

Einige Augenblicke lang herrschte rundum tiefes Schweigen. Ich sah, daß der Revolver in der Hand meines Herzle leise bebte. Sie griff mit der anderen Hand nach meinem Arm, um fest zu sein. Aber die Drohung wirkte. Keiner der ‚Künstler' und Peone wagte, sich zu rühren. Und nun brach rundum jubelnder Beifall los.

„Hinüber auch mit der Henne!" rief, schrie, lachte und spottete alles, was eine Stimme besaß. „Hinüber, hinüber! Mit der Henne, mit der Henne!"

Pappermann griff zu, meine Weisung auszuführen, und niemand hinderte ihn, es zu tun. Da entstand ein Gedränge draußen im Hof. Es wollte jemand von dort heraus in den ‚Garten'.

„Der Corregidor kommt!" hörte ich sagen. „Der Corregidor!"

Also der Herr Bürgermeister selbst! Und hinter ihm die drei Polizisten. Also unsere Zeugen. Aber sie kamen nicht nur als Zeugen, sondern aus einem noch ganz anderen, viel gefährlicheren Grunde. Der Corregidor wandte sich, als er uns erreichte, zunächst an mich:

„Steckt die Revolver ein, Mr. Burton! Sie haben ihren Dienst getan und sind nun, da ich mich der Angelegenheit selbst annehme, nicht mehr nötig. Die Pferde und Maultiere sind Euer. Kein Mensch kann sie Euch nehmen. Und auch Euer Geld gehört Euch wieder!"

„Oho!" rief der schon wiederholt erwähnte Peon, der unsere Waffen nicht mehr auf sich gerichtet sah. „Dazu gehören wir wohl auch!"

„Allerdings gehört Ihr auch dazu! Besonders Ihr! Es verlangt mich sehr, Euren Namen zu erfahren! Aber nicht etwa einen falschen, sondern nur den richtigen!"

„Meinen Namen?" fragte der Peon. „Warum? Falsche Namen führe ich überhaupt nicht!"

„Ich kenne wenigstens zehn bis elf, die Ihr bisher brauchtet, um Euch zu verstecken. Euer wirklicher Name ist Corner. Unter dem letzten falschen Namen wurdet Ihr wegen Raub und Pferdediebstahl unten in Springfield verurteilt, seid aber ausgerissen!"

„Das ist nicht wahr! Das ist eine Lüge! Das ist eine Schändlichkeit! Ich bin ein ehrlicher Mann und habe niemals einen anderen Menschen auch nur um den Wert eines Cent gebracht!"

„Wirklich? — Wollt Ihr jemand sehen, der das Gegenteil nicht nur behauptet, sondern auch beweist?"

„Her mit ihm!"

„Da ist er!"

Der Beamte tat bei diesen Worten einen Schritt zur Seite, so daß der bisher hinter ihm stehende Polizist zu sehen war. Dieser nickte dem Peon ironisch zu und sagte:

„Ihr kennt mich wohl, Mr. Corner? Ich war es, der Euch in Springfield verhaftete und wiederhole das nun heute mit großem Vergnügen. Bin inzwischen hier in Trinidad angestellt worden!"

Kaum hatte der Peon diesen Polizisten gesehen und seine Worte gehört, so rief er aus:

„Dieser Schurke ist hier, dieser Schurke! Hole Euch alle der Teufel! Kommt!"

Während er diese letzte Aufforderung an seine Kumpane richtete, tat er einen Sprung, der ihn aus unserer Nähe brachte, und rannte spornstreichs davon, aus dem Garten auf das Ödland hinaus und der Stelle zu, wo die Pferde standen.

„Ihm nach! Er will fliehen!" befahl der Corregidor, während er gleich in eigener Person hinter ihm her rannte. Aber der Peon floh nicht allein. Seine sämtlichen Kumpane waren aufgesprungen und folgten seinem Beispiel mit einer Schnelligkeit und Gewandtheit, aus der zu sehen war, daß sie in Beziehung auf derartige Vorkommnisse bedeutende Übung besaßen. Auch ich bin gewohnt, sehr schnell zu handeln, wenn es einmal zu handeln gilt. Ich griff also so rasch wie möglich zu, aber es gelang mir nur, den letzten von ihnen noch zu erwischen und festzuhalten. Er wollte sich zwar wehren und losreißen, aber Pappermann, der überaus kräftig war, nahm ihn mir aus den Händen, warf ihn zu Boden und kniete ihm derart auf die Brust, daß er sich nicht mehr rühren konnte.

Nun sah man sie laufen, alle, alle. Die Fliehenden erreichten ihre Pferde, schwangen sich auf und jagten davon, wobei sie das vierte Maultier und auch das Pferd ihres von uns überwältigten Kameraden mitnahmen.

„Schurken!" rief dieser zornig aus, als er das sah. „Was wird nun aus mir!"

„Das kommt auf dich an", antwortete ich.

„Wieso?" fragte er.

„Warte!"

Meine Aufmerksamkeit wurde nämlich durch die fast drollige Szene, die sich jetzt da draußen entwickelte, angezogen. Es hatten sich nicht etwa nur einige, sondern alle Anwesenden an der Verfolgung beteiligt. Ausgenommen waren nur Pappermann, der Wirt mit seinen Leuten, der Indianer, meine Frau und ich. Auch die Nachbarn mit ihren Zaun- oder vielmehr Mauergästen waren herübergesprungen und den Flüchtlingen nachgerannt. Es fiel ihnen jetzt, da diese davonritten, gar nicht etwa ein, stehen zu bleiben oder umzukehren, sondern wir hörten den Corregidor rufen:

„Schnell zu den Corrals! Und dann hinter ihnen her!"

Corrals sind umzäunte, freie Plätze, in denen man die Pferde unterbringt. Solche Plätze gab es für die Bewohner von Trinidad mehrfach. Ihnen eilte man jetzt zu, um sich schleunigst auch beritten zu machen und dann den Spuren der so schnell Verschwundenen zu folgen. Nun waren wir allein, und ich wandte mich an den Gefangenen, der von Pappermann noch immer festgehalten wurde:

„Steh auf, Bursche! Und höre, was ich dir sage!"

Da ließ Pappermann ihn halb los, so daß er sich erheben konnte. Ich fuhr fort:

„Wenn du mir meine Fragen aufrichtig und wahr beantwortest, geben wir dich frei."

„So daß ich fort kann, wohin ich will?" fragte er schnell.

„Ja."

Er sah mich prüfend an.

„Ihr seht nicht wie ein Lügner aus. Ich hoffe, daß Ihr Wort halten werdet. Also gebt mir an, was Ihr wissen wollt!"

„Von wem sind die drei Schwarzschimmelhengste?"

„Von der Farm eines gewissen Old Surehand."

„Und die Maultiere?"

„Von eben daher."

„Gestohlen?"

„Nein, eigentlich nicht. Es war nur Betrug, ein kleiner, allerliebster Betrug. Corner hatte erfahren, daß die besten Pferde und Maultiere Old Surehands für einen Deutschen bereitgestellt waren, der mit seiner Frau erwartet wurde.

Auch erwartete man einige junge Maler und Bildhauer, die ausgerüstet werden sollten —"

„Ausgerüstet? Wozu?" unterbrach ich ihn.

„In das Apatschenland zu einer großen Schaustellung zu reiten. Der junge Surehand hatte sie dazu eingeladen, war aber, ebenso wie sein Vater, längst vorangereist. Da stellten wir uns ein. Es gab eine Art von Maskerade, von Fastnachtsspiel. Der Verwalter glaubte uns und gab alles her, was wir verlangten."

„Ah! Darum seid ihr auch jetzt noch Bildhauer und Maler gewesen!"

„So ist es!" lachte er. „Fragt weiter!"

„Ich bin fertig. Wenn ich weiter in eure Geheimnisse eindränge, würde es mir wohl sehr schwer oder gar unmöglich sein, mein Wort zu halten. Ich mag also weiter nichts wissen."

„Und ich darf fort?"

„Ja."

„Ich danke! Ihr seid ein Ehrenmann, Sir! Aber ich bin ohne Pferd!"

„Das kann ich nicht ändern."

„Könnt Ihr mir nicht wenigstens eins der Maultiere geben?"

„Gestohlenes Gut? — Nein!"

„Aber wo Ihr nun wißt, daß die Tiere eigentlich gar nicht unser sind, dürft auch Ihr sie nicht behalten!"

„Will ich auch nicht. Ich kenne Old und auch Young Surehand. Ihr könnt euch darauf verlassen, daß er wiederbekommt, um was er von euch bestohlen worden ist, wenigstens so viel, wie ich retten konnte. Auch das Zelt behalte ich."

„Well! Mir gleich! Aber ohne Pferd kann ich nicht fort. Ihr werdet heute erfahren, daß hier irgendwo und irgendwem eins abhanden gekommen ist. Wird das Euer Gewissen nicht beschweren?"

„Nicht im geringsten. Denn es fällt mir nicht ein, es mit dem zu belasten, was andere tun."

„Gut! Fertig! Lebt wohl!"

Er wandte sich, zu gehen. Da trat ihm der Wirt, der zugehört hatte, in den Weg.

„Wenn Ihr unbedingt ein fremdes Gewissen zu Rate ziehen wollt, so stelle ich Euch das meinige zur Verfügung. Ich werde sofort dafür sorgen, daß heute und hier kein Pferd abhanden kommt! Nicht irgendwo und auch nicht irgendwem! In zehn Minuten wird die ganze Stadt es wissen, daß Ihr uns ausgerissen seid und Pferde stehlen wollt. Fort mit Euch!"

Schon wollte der Mensch dieser Weisung Folge leisten, da nahm Pappermann ihn noch einmal beim Arm und sprach:

„Noch auf ein Wort! Diese beiden Gentlemen, die Euch laufen lassen wollen, haben die Hauptsache vergessen. Ihr habt doch Geld?"

„So viel, wie ich brauche, ja."

„Wo?"

„Hier in der Tasche."

Er zog einen wohlgefüllten Beutel heraus, um ihn uns prahlerisch zu zeigen, und fügte hinzu: „Warum fragt ihr nach meinem Geld?"

„Der Zeche wegen!" antwortete Pappermann, wobei er ihm ins Gesicht lachte. „Ich heiße nämlich Maksch Pappermann und lasse mich von solchen Kerls, wie ihr seid, nicht an der Nase führen! Ihr werdet die Zeche zahlen, für Euch und Eure Genossen!"

„Für mich meinetwegen! Aber nicht für die anderen; fällt mir nicht ein!"

„Das wird Euch schon einfallen müssen! Her mit dem Beutel!"

Er riß ihn ihm aus der Hand, gab ihn mir schnell und sagte:

„Habt Ihr die Güte, zu bezahlen, Sir! Ich halte den Halunken einstweilen fest."

Wie gesagt, so getan. Der neue Wirt machte die Rechnung; ich bezahlte sie und gab dem Mann dann den Beutel mit dem übrigen Geld zurück. Hierauf verschwand er, zwar fluchend und wetternd, aber doch so schnell wie möglich. —

Aschta

Nachdem sich der Pferdedieb entfernt hatte, gab ich den Häuptlingsschmuck und die Revolver in den Koffer zurück. Dann konnten wir endlich, endlich essen. Der ‚junge Adler' hatte wieder Lebensfarbe bekommen. Es war ihm sichtlich höchst unangenehm, daß wir Zeugen seiner Schwäche gewesen waren. Es lag ihm daran, von uns geachtet zu werden. Darum teilte er uns mit, daß ihm vor nun fast vier Tagen unten am Carriso Creek sein Pferd gestohlen worden sei, und zwar mit dem ganzen Inhalt der Satteltaschen. Unterwegs gab es zu seiner Nahrung nur einige eßbare Wurzeln oder Beeren, weiter nichts. Er hatte sein schweres Paket nun selbst zu tragen, und so war es kein Wunder, daß er in so großer Übermüdung hier eingetroffen war. Er erfuhr, daß sein Lederanzug unangetastet bereit für ihn liege. Jetzt aß er mit uns, langsam und in der Weise eines Mannes, der sich in gebildeten Kreisen bewegt. Das Herzle sieht es außerordentlich gern, wenn es ihren Gästen schmeckt. Ihr Gesicht strahlte vor Vergnügen.

Ich hatte meine eigenen Gedanken über ihn, sagte aber nichts. Auch Pappermann hätte wohl gar zu gern etwas Näheres über ihn erfahren; aber der Indianer machte trotz seiner Jugend einen derartigen Eindruck auf ihn, daß er nicht wagte, ihn mit Fragen zu belästigen. Aber meine Frau, meine Frau! Der ist jede Unklarheit zuwider! Die muß in allen Dingen genau wissen, woran sie ist. Von indianischer Geduld und Zurückhaltung ist sie äußerst wenig entzückt. Sie beobachtete den ‚jungen Adler'. Ich sah es ihr an, daß er ihr außerordentlich gefiel. Und wehe dem, der ihr gefällt! Sie klopft ihm an das Herz, und was da drin ist, muß heraus, er mag wollen oder nicht. Nicht etwa, daß sie neugierig oder gar zudringlich wäre; nicht im geringsten. Aber wenn sie jemand in Verlegenheit sieht und ihm helfen will, so hat sie eine ganz eigene Art, zu erfahren, in welcher Art und Weise das am besten zu geschehen vermag. So auch hier! Wir waren der alten Henne, die man uns auch mit vorgesetzt hatte, noch nicht bis auf das Gerippe gekommen, so hatte der ‚junge Adler' meiner Frau schon gesagt, und zwar ganz ohne ihr Zutun, daß ihm seine Waffen gestohlen worden seien, daß er kein Geld mehr habe und daß er nach dem Süden wolle; wohin, das gab er aber doch nicht an. Hierauf warf sie mir einen Blick zu, den ich verstand. Ich sollte ihn einladen, mit uns zu reiten. Und das war ja gerade der Grund gewesen, weshalb ich drei Pferde und nicht nur zwei hatte haben wollen. Ich legte ihm die betreffende Frage vor. Da ging ein frohes Leuchten über sein Gesicht. Er sprang auf, setzte sich aber sogleich wieder nieder, denn ein Indianer soll weder Freude noch Schmerz so offen zeigen. An diesem Aufleuchten seines Gesichts sah ich, daß er, obwohl er mich nie gesehen hatte, doch vermutete, wer ich war.

„Ich bin Apatsche", antwortete er. „Ich wollte zunächst nach dem Nugget Tsil."

Während er dies sagte, sah er mich nicht an, sondern schaute vor sich nieder; aber ich fühlte förmlich, wie gespannt er darauf lauschte, was ich hierauf antworten werde.

„Wir auch", erwiderte ich unbefangen, als ob ich gar nicht daran dächte, ihn zu beobachten und zu durchschauen. Und mich an Pappermann wendend, fragte ich:

„Kennt Ihr vielleicht die Devils pulpit, die hier in der Nähe liegen soll?"

„Ja", antwortete er. „Und der ‚junge Adler' kennt sie auch, denn er sagte mir damals vor vier Jahren, daß er von da oben herunter gekommen sei. Wollt Ihr hin?"

„Ja."

„Soll ich Euch führen?"

„Wenn Ihr wollt?"

„Welche Frage! Ob ich will! Ich habe nur eine Bedingung, eine einzige."

„Welche?"

„Ich getraue mich kaum, sie Euch zu sagen."

„Nur heraus damit! Alte Kameraden dürfen aufrichtig miteinander sein!"

„Auch wenn sie Pappermann heißen? Maksch Pappermann? Verteufelt unglückseliger Name! Sprecht ihn doch einmal englisch aus! Da klingt er noch viel schlimmer! Alle Welt lacht über ihn!"

„Heißt, wie Ihr wollt, doch redet von der Leber weg!"

„Well! So sei es gewagt! Also, ich führe Euch nach der Devils pulpit, wenn Ihr mir erlaubt, dann noch weiter mit Euch zu reiten!"

Da fiel das Herzle schnell ein:

„Er erlaubt es — er erlaubt es!"

„Oho, oho!" warf ich in strengem, widerstrebendem Ton ein.

„Oho, oho!" lachte sie. „Laßt Euch ja nicht abschrecken, Mr. Pappermann! Er hat Euch gern, sehr gern, und ich auch. Und er hat drei Pferde und drei Maultiere, also mehr, als wir brauchen. Und vor allen Dingen, wenn er Euch nicht mitnehmen will, so muß er allein reiten, denn ich bleibe hier sitzen und weiche und wanke nicht von Eurer Seite!"

Da wurden die Augen des alten, guten Menschen feucht. Er reichte ihr seine Hand hinüber und sagte:

„Gott segne Euch, Mrs. Burton! Wie dankbar bin ich

Euch! Er muß mich nun schon deshalb mitnehmen, weil ich mich verpflichtet fühle, für Euch durch jedes Wasser und jedes Feuer zu gehen!"

„Aber Euer Hotel hier — Euer Hotel?" fragte ich.

„Geht mich nichts mehr an! Habe weder etwas darunter liegen, noch etwas darauf stehen. Bin überhaupt abgebrannt, vollständig abgebrannt. Bin ärmer, als eine Kirchenmaus. Und nun so alt, so alt! Ja, wenn ich anders hieße! Nicht Pappermann! Das ist ja der Grund, der einzige Grund, daß ich stets nur durch Pech und Elend waten mußte! Nehmt mich mit, bitte ich, nehmt mich mit! Noch bin ich nicht ganz unbrauchbar geworden, und meine letzte Kraft und mein letztes bißchen Leben soll Euch gehören, Mr. Shatterhand —"

Er hatte sich von seinem Herzenswunsch fortreißen lassen; er war zu weit gegangen; er hielt erschrocken inne. Da ging ein liebes, sonniges und gerührtes Lächeln über das Gesicht des jungen Indianers, und er sagte:

„Nicht erschrecken, nicht erschrecken! Es ist kein Verrat. Ich wußte es. Und ich hätte es nicht verschwiegen, daß der Bruder unseres großen Winnetou und der beste Freund meines Volkes von mir erkannt worden ist. Ich war verpflichtet, ihm dies zu sagen."

Da schlug das Herzle die Hände hoch zusammen und rief aus:

„So wird es ja, wie ich wünsche! Sie dürfen beide mit, beide?"

„Ja", antwortete ich. „Der ‚junge Adler' wird den dritten Schwarzschimmel reiten. Unser Pappermann bekommt die drei Maultiere mit dem Zelt. Er wird unser Majordomo. Er führt die Aufsicht über die Hauswirtschaft und natürlich auch über die Frau!"

Wie glücklich der alte Westmann war! Er erging sich in allen möglichen Ausdrücken der Dankbarkeit. Der Indianer aber war still, ganz still, um so tiefer aber grub sich das Glück in sein Inneres ein.

Nach dem Essen sorgten wir zunächst dafür, daß das Zelt wieder abgebrochen, zusammengeschnallt und mit allen dazugehörenden Gegenständen von dem freien Platze herein ins Haus geschafft wurde; da war es mir sicherer als draußen. Während dies geschah, zeigte Pappermann hinaus nach dem erwähnten Platz.

„Schaut da hinaus! Was kommt dort gelaufen?"

„Das Maultier, das vierte Maultier!" antwortete meine Frau.

„Ja! Es ist den Spitzbuben entkommen! Es ist widerspenstig geworden! Es hat sich losgerissen! Es wollte zu seinen Kameraden zurück! Ich hole es herein, sogleich — sogleich!"

Hierdurch gewannen wir eine Kraft zum Tragen des Gepäcks mehr, und die Zahl der Tiere, die man Old Surehand gestohlen hatte, war nun wieder voll.

Später ging ich noch einmal in die Stadt, um für den ‚jungen Adler' ein Gewehr und einen Revolver zu kaufen; sein Messer hatte er noch. Dann diktierte ich dem guten Pappermann einen Brief, den ich nicht gern selbst schreiben wollte. Er war an Hariman F. Enters gerichtet und lautete:

„Habe Wort gehalten und mich hier eingestellt. Lernte Eure Freunde Corner und Howe kennen. Bin darum weit eher fort, als ich eigentlich wollte. Trotzdem bleibt, was ich versprach. Wenn Ihr ehrlich seid — aber nur eben dann — werde ich wieder zu Euch stoßen und Euch nach den beiden Orten führen, die Ihr sehen wollt.

Burton."

Es war keine Kleinigkeit für Pappermann, diesen Brief zu schreiben. Er schwitzte dabei wie ein Holzhacker. Gegen drei Stunden dauerte es, bis er fertig war, denn er mußte wegen Fehlern, Fettflecken und Klexen, die er machte, so oft wieder neu anfangen, daß er schließlich wütend ausrief:

„Ist das eine Plage! Und ist das eine Qual! Einmal und nie wieder! Lieber sterben und verderben, als weißes Papier mit Tinte so schwarz machen müssen, daß man es dann lesen kann! Ich bin wahrhaftig zu allem bereit für Euch und für Eure Frau, zu solcher Marter aber nicht; nehmt es mir nicht übel!"

Daß ich mich unter den jetzt gegebenen Umständen nicht nach Trinidad setzte, um die Ankunft der Brüder Enters abzuwarten, verstand sich ganz von selbst. Wir hatten Besseres und Wichtigeres zu tun. Wie mein Name verschwiegen worden war, so sagten wir auch keinem Menschen, wohin wir von hier aus gingen. Auch der Wirt erfuhr es nicht.

Am Abend kehrten die Verfolger der Pferdediebe heim; sie hatten keinen einzigen von ihnen erwischt. Und der, den wir freigelassen hatten, schien doch nicht gleich wieder zum Dieb geworden zu sein, denn wir hörten nichts davon, daß irgend jemandem ein Pferd weggekommen sei. Schon am nächsten Morgen verließen wir die Stadt, um in westlicher Richtung zunächst hinauf nach dem sogenannten Parkplateau zu kommen. Nicht einmal einen ganzen Tag waren wir in Trinidad gewesen. Und doch, so kurz dieser Aufenthalt, so bedeutend waren seine Folgen für uns. Das wenigste davon war, daß wir nun zu vieren anstatt nur zu zweien ritten und daß wir nun infolge des Zeltes und seiner Ausstattung imstande waren, uns die Reise bequemer zu machen, als dies uns vorher möglich erschienen war. Die Verteilung der Tiere war so, wie ich schon angegeben habe. Meine Frau, ich und der ‚junge Adler' hatten die Rappschimmel, während Pappermann das beste der Maultiere ritt und die drei anderen zum Tragen des Zeltes und des Lederpaketes des Indianers verwendete. Was für Dinge oder was für einen Gegenstand dieses Paket enthielt, das wußten wir nicht. Wir fragten auch nicht danach. Dem Gewicht nach schien es Eisen zu sein, aber kein gewöhnliches, sondern sehr wertvolles Eisen. Das schlossen wir aus der Sorgfalt, die der Eigentümer während des Auf- und Abladens auf das Paket verwandte.

Hier muß ich erwähnen, daß ich die erste Gelegenheit benützte, Erinnerungen mit dem alten Westläufer auszutauschen. Ich war vor langen Jahren zum letztenmal im Westen gewesen, und so war es nicht verwunderlich, daß ich über das Schicksal vieler meiner ehemaligen Gefährten nicht mehr im Bilde war. Wohl stand ich mit einigen wenigen noch in brieflicher Verbindung, aber man kennt den Inhalt der Briefe von Schreibungewohnten nur zu gut: meistens allgemeine, nichtssagende Bemerkungen und wenig oder gar keine Einzelheiten.

Über das Schicksal einiger Hauptpersonen wußte ich allerdings Bescheid.

Old Firehand zum Beispiel hatte schon längst sein Haupt in Frieden zur Ruhe gelegt, und zwar in Saint Louis, wohin er sich nach der Ausbeutung der Mine am Silbersee zurückgezogen hatte. Das war mir bekannt. Dagegen war über das Schicksal von Harry, seinem Sohne aus der Ehe mit Ribanna, der Tochter der Assiniboins, leider nichts Genaues zu erfahren gewesen. Der Junge hatte zu früh gelernt, auf eigenen Füßen zu stehen, als daß er noch daran Geschmack gefunden hätte, sich unter den Fittichen des Vaters zu bergen. Zu unruhigen Geistes, als daß er sich bei irgendeiner Beschäftigung lange aufgehalten hätte, führte er ein unstetes Jägerleben. Seine Rache für die grausame Ermordung seiner Mutter und seines kleinen Schwesterchens hatte sich durch die in ‚Winnetou II' geschilderten Ereignisse keineswegs abgekühlt. Er war und blieb der erbittertste Feind der Sioux-Ogellallah, in deren Reihen seine unfehlbare Büchse bei hundert Gelegenheiten Tod und Verderben sandte. Und eine dunkle Ahnung, die sich allerdings auf reiche Erfahrung gründete, sagte mir, daß sein Leben kein friedliches Ende nehmen würde.

Die Tante Droll war schon wenige Monate nach den im ‚Ölprinz' geschilderten Abenteuern durch die Kugel eines Mörders, auf dessen Fährte ihn sein Spürsinn gebracht hatte, gefallen — Westmannslos!

Und wo sind sie geblieben, die Helden des Westens alle, die ganze große Schar berühmter Westmänner? Von den meisten ist jede Spur verloren gegangen. Vielleicht deckt ein hastig aufgeworfener Hügel irgendwo in der Savanne oder im Felsengebirge ihren Körper. Oder ihre Gebeine bleichen im glühenden Sand des Llano estacado oder im kühlen Abgrund irgendeiner der vielen, dem Fuß des Menschen unzugänglichen Schluchten des Grand Cañon — Westmannslos!

Das Lebensschifflein nur weniger ist in stillem Hafen gelandet. So weiß ich zum Beispiel vom dicken Jemmy, daß er am Ontariosee unter seinem bürgerlichen Namen Jakob Pfefferkorn einen ruhigen Lebensabend genießt. Und der Hobble-Frank widmet heute noch als alternder Rentner seinem Freunde Droll ein wehmütiges Gedenken — der Geist der Savanne hat ihn nie mehr dazu vermocht, auch nur für kurze Zeit sein behagliches Heim am Ufer der Elbe mit den ‚finsteren und blutigen Gründen' zu vertauschen....

Es ist mir für das, was ich zu erzählen habe, leider nur der Raum eines einzigen Bandes gestattet, während ich mit diesen Ereignissen doch recht gut vier oder auch fünf Bände füllen könnte, ohne meine Leser zu ermüden. Darum muß ich so kurz wie möglich sein und so manches auslassen, was ich nur ungern übergehe. Dahin gehört vor allen Dingen die ausführliche Beschreibung des Weges, den wir nahmen. Ich muß mich darauf beschränken, zu sagen, daß es hinauf nach dem Ratongebirge ging, hinter dem sich das herrliche Tal des Purgatorio niedersenkt, um es von den gigantischen Massen des ‚spanischen Pik' zu trennen.

Es war ein großes, ein herrliches Gebirgspanorama,

dem wir entgegenritten. Wir kamen ihm von Stunde zu Stunde näher, bis wir es erreicht hatten und uns dann immerfort inmitten von landschaftlichen Schönheiten befanden, die kein Ende nehmen wollten, sondern sich im Gegenteil stetig vermehrten und vergrößerten. Meine Frau, die jetzt zum erstenmal mit drüben war und stets gelächelt hatte, wenn ich der Meinung gewesen war, daß die Schönheiten des Harz, des Schwarzwaldes, ja sogar der Schweiz sich unmöglich mit den landschaftlichen Wundern der Vereinigten Staaten vergleichen könnten, sah sich jetzt gezwungen, diese Zweifel fallen zu lassen. Sie wurde still, ganz still. Und wenn sie das wird, so störe ich sie nicht, denn ich weiß, daß diese Wortlosigkeit bei ihr die Stille der Anbetung ist.

Es war um die Mittagszeit des dritten Tages, als wir an einem klar fließenden Wasser Halt gemacht hatten. Da sprach ich mit ihr über die Unterschiede der landschaftlichen Schönheiten der Ebene und der Berge. Der ‚junge Adler' hörte nach seiner Gewohnheit bescheiden zu. Pappermann gab zuweilen ein treffendes Wort dazu, denn er hatte sehr viel gehört und sehr viel nachgedacht und war trotz der Niedrigkeit seines Lebensweges durchaus nicht unbegabt. Jetzt sagte er:

„Diesen Unterschied werdet ihr morgen in einem sehr sprechenden Beispiel vor Augen haben. Da kommen wir an einen ‚See der Ebene', der aber zwischen himmelhohen Bergen liegt."

„Kenne ich ihn?" fragte ich.

„Weiß nicht", antwortete er. „Es ist der Kanubisee."

„Von dem habe ich gehört. Sein Ebenbild oder vielmehr sein Urbild liegt im Staat Massachusetts. Ich bin von Lawrence aus dort gewesen. Dieser Kanubisee spielt in der Vergangenheit einiger Indianerstämme, besonders der Senekas eine sehr wichtige Rolle. Seine im Sonnenschein funkelnden Wasser, seine weit und schön ausgebuchteten, mit sattem Grün geschmückten Inseln und

Ufer waren so recht geeignet, der friedlichen Entwicklung des Stammeslebens als Unterlage zu dienen. Ich konnte mich von dem Anblick dieses Sees kaum trennen. Ich weiß, daß man einem hier oben liegenden Bergsee denselben Namen gegeben hat, und bin neugierig, zu sehen, ob er ihn verdient."

„Wahrscheinlich verdient er ihn", sagte Pappermann. Er holte dabei tief, tief Atem.

„Wart Ihr mehrmals da?" fragte ich.

„Wie oft! — Wie oft!"

Wieder tat er einen tiefen Atemzug. War dieser See vielleicht eine Stätte trüber Erinnerungen für ihn? Ich schwieg, um ihm nicht weh zu tun. Er sah lange, lange vor sich hin, dann begann er selbst damit:

„An diesem See habe ich jenen niederträchtigen Schuß in das Gesicht bekommen, der mich für das ganze Leben entstellte und verbitterte."

„Von wem?" fragte ich.

„Von einem gewissen Tom Muddy. Habt Ihr vielleicht jemals von diesem Schurken gehört?"

„Nein."

„Er hieß wohl eigentlich nicht so, sondern anders. Seinen eigentlichen Namen habe ich nicht erfahren."

„Seid Ihr ihm wieder begegnet?"

„Niemals, niemals, leider, leider! Obgleich ich ein ganzes Menschenleben lang nach ihm gesucht habe, wie der Bettler nach dem ersparten Dollar, den er verloren hat. Ich spreche nicht gern davon; aber wenn es mich überkommt, wie stets, wenn ich den See erblicke, so erzähle ich es Euch vielleicht heute abend. Für jetzt will ich Euch nur sagen, daß das mit den Senekas richtig ist."

„Was?"

„Daß sie da unten in Massachusetts am Kanubisee wohnten. Wißt Ihr ihren eigentlichen Namen? Wie sie eigentlich heißen?"

„Ja. Senontowana."

„Das stimmt. Der Name Seneka ist ihnen von den Weißen gegeben und aufgezwungen worden. Einer ihrer größten Häuptlinge hieß Sa-go-ye-wat-ha. Er liegt in Buffalo begraben. Man hat ihm da ein großes Denkmal gesetzt —"

„Obgleich er vor seinem Tode gebeten hat, ihn nur unter seinen roten Brüdern zu begraben, nicht etwa bei Bleichgesichtern!" fiel meine Frau da ein.

„So kennt Ihr ihn? Habt von ihm gehört?" fragte er sie.

„Wir waren an seinem Grab", antwortete sie.

„Gott segne Euch dafür! Ich meine nämlich, wenn Ihr ein Grab besucht, so tut Ihr das nicht aus Neugier, sondern weil Euch das Herz dazu treibt. Und ich habe eine ganz besondere Vorliebe gerade für das Volk der Senekas."

„Aus welchem Grunde?"

„Weil — weil — weil — hm! Ich werde es euch heute abend erzählen, nicht jetzt. Herunter muß es nun doch einmal, weil diese alte Saite begonnen hat, zu klingen und zu zittern, und gewiß nicht eher wieder aufhört, als bis wir den See im Rücken haben. Für jetzt aber erlaubt, daß ich schweige!"

Der Nachmittag führte uns immerwährend bergan, bis wir eine Höhe erreichten, von der aus wir über eine weite, unter uns liegende, sich nach Westen dehnende Hochebene blickten. Die Sonne war im Sinken. In ihrem Strahl leuchtete aus der Mitte der Ebene ein großer funkelnder Diamant zu uns herauf, der rundum von einem weiten Kranz grüner Smaragde eingefaßt schien, deren Konturen flimmerten und glühten.

„Das ist der Kanubisee", sagte Pappermann. „So nahe er uns zu liegen scheint, so weit ist er entfernt. Drei Stunden sind es von hier aus, bis man ihn erreicht. Darum lagern wir hier. Und zwar, wenn es euch recht ist, an demselben Ort, an dem ich schlief, als ich zum erstenmal in diese Gegend kam."

Er führte uns nach einer auf drei Seiten ganz und auf der vierten auch noch halb eingeschlossenen Stelle, die sehr guten Schutz gegen den hier oben sehr kühlen Nachtwind bot. Ein Wasser war in der Nähe. Futter für die Pferde gab es auch. So konnten wir uns also keinen besseren Lagerplatz wünschen. Das Zelt wurde schnell errichtet und ein Feuer angebrannt. Das Zelt war immer nur für meine Frau. Wir Männer zogen es vor, im Freien zu schlafen. Es war jetzt die wundersame Zeit des Indianersommers, in der man es selbst auf solcher Höhe des Nachts außerhalb des Zeltes aushalten kann.

Während des Essens wurde es Abend. Der Mond ging auf. Er stand im ersten Viertel. Die Luft war ohne Nebel, vollständig rein und klar. Wir konnten weit sehen, fast so weit wie am Tage, nur daß die Konturen jetzt unbestimmter waren und ineinander flossen. Der leuchtende Diamant war jetzt zur weißsilbernen Perle geworden. Pappermann begann, ohne von uns aufgefordert worden zu sein, zu erzählen.

„Genauso wie heute", sagte er, „lag der See damals vor meinen Augen. Es zog mich zu ihm hinab. Ich wachte sehr zeitig auf und setzte mich aufs Pferd, um fortzureiten, ohne eigentlich ausgeschlafen zu haben. Es war in der Morgenfrühe kühl. Darum ritt ich ziemlich rasch und erreichte gerade mit Sonnenaufgang den See. Ich sah im Grase Spuren von Menschen, von Indianern. Ich nahm mich also in acht, versteckte mein Pferd und ging den Spuren vorsichtig nach. Sie führten durch die Büsche an das Wasser. Dort angekommen, sah ich Hütten stehen, oder vielmehr Häuser. Nicht halbwilde Wigwams oder Zelte, sondern wirkliche Häuser, aus Balken, Bohlen, Planken und Schindeln hergestellt, genauso wie die Gebäude, aus denen früher, ehe die Weißen kamen, die Städte und Dörfer der Indianer bestanden. Mehrere

Boote lagen am Ufer. Fischernetze waren zum Trocknen aufgehängt. Außerordentliche Sauberkeit überall. Nirgends ein Schmutz, eine Waffe, ein blutiger Rest eines Wildes, ein Zeichen von Jagd und Tod. Tiefes Schweigen rings umher. Nichts regte sich. Die Türen waren geschlossen. Man schlief noch, und zwar ganz ohne Sorge, denn einen Wächter sah ich nicht. Es schien heute ein Ruhetag zu sein.

Ich schlich mich näher, bog um eine Ecke des Gebüsches und sah — sah — sah das schönste Mädchen, ja bei Gott, das schönste, das allerschönste Mädchen, das meine alten Augen, solange ich lebe, jemals erblickten! Ich bitte, es mir zu glauben! Sie saß auf einem hohen Steinblock des Ufers und schaute nach Osten, wo die Sonne soeben erschien. Sie war in weiche, weißgegerbte Tierhaut, mit roten Fransen verziert, gekleidet, und ihr langes, dunkles Haar hing, mit Blumen und Kolibris geschmückt, weit über den Rücken herunter. Als die Kolibris im ersten Strahl der Sonne zu funkeln begannen, erhob sie sich von ihrem Sitz, breitete die Arme aus und sagte im Ton der Andacht und Bewunderung:

‚O Manitou, o Manitou!'

Weiter sagte sie nichts. Dann faltete sie die Hände. Aber ich sage euch, daß ich niemals in meinem Leben ein besser gemeintes und aufrichtigeres Gebet gehört habe, als diese einzigen zwei Worte. So stand sie lange, lange, in die Sonne schauend. Ich blieb nicht stehen. Sie zog mich an wie ein Magnet, dem man nicht widerstreben kann. Ich schritt auf sie zu, aber langsam, zögernd, leise, in beinahe heiliger Scheu. Da sah sie mich. Sie erschrak nicht etwa. Sie bewegte keinen Fuß, keinen Finger, kein einziges Glied. Sie sah mich nur an. Aber mit so großen, offenen, erwartungsvollen Augen! In diesen Augen lag dieselbe Sonne, die dort im Osten aufgegangen war. Vor so viel Seltenheit und Schönheit wurde ich zum Dummkopf, zum Tölpel. Ich vergaß, zu grüßen. Heute kann ich mir wohl denken, wie klug und wie geistreich ich damals ausgesehen habe! Ich wußte und bemerkte nur das eine, nämlich daß sie erwartete, von mir angesprochen zu werden. Das tat ich denn auch. Aber anstatt höflich zu sein und zu grüßen, beging ich die größte Unhöflichkeit, indem ich sie fragte: ‚Wie heißt du?' Sie antwortete: ‚Ich heiße Aschta!' Das kam mir zunächst wie ein Kosename vor; später aber erfuhr ich, daß Aschta ein wirkliches Indianerwort ist und soviel wie ‚Güte' bedeutet. Also, sie hieß ‚die Güte', und das war sie auch. Ich habe sie niemals anders als still, fromm, wohltätig, rein und gütig gesehen. Kein Flecken war je an ihrem Gewand, und kein unlauteres Wort ist je über ihre Zunge gekommen. Ich kann euch sehr wohl sagen, daß ich damals sehr oft am Kanubisee gewesen bin und mich monatelang in seiner Nähe herumgetrieben habe. Ich bin stundenlang und tagelang an ihrer Seite gewesen, habe aber nicht ein einziges Mal etwas von ihr gesehen und gehört, wovon ich sagen konnte, daß es nicht schön, nicht gut war. Darum war ich auch nicht etwa der einzige, dem sie so ausnehmend gefiel. Wer da kam, der wollte nicht wieder fort, allein nur ihretwegen. So auch Tom Muddy und — der Siou Ogellallah."

Er machte eine Pause. Das benutzte meine Frau, ihn auf eine Unterlassungssünde aufmerksam zu machen:

„Aber, Mr. Pappermann, Ihr habt doch noch gar nicht gesagt, wem die Häuser am See gehörten und wer ihr Vater war!"

„Habe ich noch nicht? Hm! Ja, ganz richtig. Sie kommt bei mir immer voran, und dabei vergesse ich alles andere. So war es schon damals. Ihr Vater war ein Medizinmann der Senekas. Nicht etwa einer jener Quacksalber und Possenreißer, die sich heutzutage Medizinmänner nennen lassen, sondern ein wirklicher und berühmter! Der hatte, von den Weißen wegen seines großen Einflusses auf die Roten verfolgt und bedrängt, mit noch einigen gleichermaßen edelgesinnten Indianern seine Heimat verlassen, um sich nach dem ‚wilden Westen‘ zu retten. Er kam in diese Gegend. Er sah diesen See. Er war entzückt über seine Ähnlichkeit mit dem heimatlichen, schönen Wasserbecken. Er blieb da, mit seinen Begleitern. Sie bauten sich Häuser, ganz in der alten Weise ihres Stammes, und nannten den See so, wie der in der Heimat geheißen hatte, nämlich Kanubisee. Diese neue Ansiedlung wurde sehr bald unter den weißen und roten Jägern des Westens bekannt und viel besucht. Sie bildete eine Friedensstätte für sie, an der sich Rot und Weiß, Freund und Feind treffen durften, ohne den Ausbrüchen des Hasses unterworfen zu sein. Denn es war zur Gewohnheit, ja, zum Gebot geworden, daß jede Feindschaft zu schweigen und nur Liebe und Friede zu walten habe.“

Er hielt für einige Augenblicke inne, holte tief Atem und sagte versonnen:

„Es war eine liebe, schöne Zeit! Die einzige Zeit meines Lebens, in der ich einmal wirklich Mensch gewesen bin, und zwar ein guter Mensch. Ich bitte euch, mir das zu glauben!“

Dann fuhr er in seiner Erzählung fort:

„Zu den Weißen, die am Kanubisee verkehrten, gehörte Tom Muddy, und zu den Roten ein junger Medizinmann der Ogellallah-Sioux, der zu dem Vater von Aschta gekommen war, um sein Schüler zu sein und die Geheimwissenschaften der roten Rasse bei ihm zu studieren. Wo er eigentlich wohnte, wußte niemand. Er verschwieg es, um in der tiefen Einsamkeit, die er für seine Studien brauchte, nicht gestört oder gar von einem Feind belästigt zu werden. Aber ich vermutete, daß er sich unten an einem Nebenwasser des Purgatorio seine Hütte errichtet hatte, die er nur verließ, um zu seinem Lehrer hinaufzusteigen und neue Anweisungen zu holen. Er war ein schöner, junger Mann, in allen Waffen geübt, und dennoch so friedlich gesinnt, als ob es auf der ganzen

Erde überhaupt noch nie eine Waffe gegeben habe. Daß Aschta ihn allen anderen, die da kamen, vorzog, war gar kein Wunder. Ich aber wußte hiervon nichts, sondern erfuhr es erst durch Tom Muddy.

Der war weder ein schöner noch ein häßlicher Kerl, aber zudringlich und roh. Niemand wollte etwas von ihm wissen. Er hatte ein Auge auf Aschta geworfen, oder sogar alle zwei; sie aber wich ihm auf Schritt und Tritt aus und vermied soviel wie möglich alle Gelegenheit, mit ihm sprechen zu müssen. Das ärgerte ihn gewaltig. Denn er hatte es sich wirklich in den Kopf gesetzt, daß sie seine Frau werden sollte. Ich glaube gar, er liebte sie nicht nur, sondern er haßte sie auch, eben weil sie ihm ihre Abneigung so offen und ehrlich zeigte. Das stritt und kämpfte in seinem Innern. Am liebsten verkehrte er mit mir. Warum, das weiß ich eigentlich heute noch nicht. Wahrscheinlich weil ich der wertloseste von allen war und es nicht über das Herz brachte, mich von ihm derart zurückzuziehen, wie die anderen es taten. Ich hütete mich natürlich sehr, ihn merken zu lassen, daß auch in meinem Herzen eine herrliche, große und von allen Sünden reine Liebe aufgegangen war und daß ich mein Leben tausendmal hingegeben hätte, um der schönen Indianerin dies beweisen zu können. Zuweilen kam mir freilich der Gedanke, sie stehe mir zu hoch, aber in gewissen Stunden, in denen ich mich selbst betrachtete, faßte ich doch eine Art von Mut. Da sagte ich mir, daß ich doch kein so ganz übler Bursche sei und mich mit manchem anderen sehr wohl vergleichen und messen könne. Das waren die Augenblicke, in denen ich mir vornahm, offen und ehrlich mit ihr zu reden. Aber sobald ich dann in ihre Nähe kam, sank mir das Herz wieder vor die Füße, und es fiel mir kein einziges Wort von alledem ein, was ich ihr hatte sagen wollen.

Da kam ich eines schönen Tages von einer längeren Jagdstreife zurück und erfuhr von Tom Muddy, daß der

Siou-Ogellallah bei dem Vater von Aschta um sie geworben und die Erlaubnis erhalten habe, sie des Nachts zu rauben —"

„Zu rauben?" wurde er von meiner Frau unterbrochen. „War das notwendig?"

„Nicht nur notwendig, sondern auch schicklich. Ich habe mir sagen lassen, daß alle diese Gebräuche einen tiefer liegenden Grund und ihre eigene Bedeutung haben. Vater und Mutter haben ihr Kind, ihre Tochter erzogen, unter tausend schlaflosen Nächten, unter noch mehr Sorgen und Opfern. Da kommt ein fremder Mensch und nimmt sie von ihnen weg. Er raubt den Eltern den größten Teil des Herzens ihres Kindes, und dieses folgt ihm gern, ohne zu fragen, ob er es auch verdient. Diese inneren Vorgänge sollen durch die indianischen Verlobungsbräuche äußerlich dargestellt werden. Die Tochter ist bereit, sich rauben zu lassen; aber die Eltern geben sich alle Mühe, dies zu verhüten. Sie wird eingesperrt, sehr wohl versteckt und scharf bewacht. Der Geliebte gibt sich ebenso große Mühe, die Eltern zu überlisten, und hilft das nicht, so greift er gar auch zur Gewalt. Es gibt da einen hochinteressanten Kampf zwischen dem gegenseitigen Scharfsinn, und der ganze Stamm befindet sich in Spannung, die einzelnen Phasen dieses Kampfes zu erfahren oder wohl gar daran teilzunehmen. Man hilft der einen oder der anderen Partei. Es kommt dabei zu Taten der Schlauheit und des persönlichen Mutes, durch die der Werbende zeigt, was der Stamm dann später im öffentlichen Leben, in Krieg oder Frieden von ihm erwarten darf.

Als ich diese Neuigkeit von Tom Muddy erfuhr, war es mir, als ob ich von ihm einen schweren Faustschlag gegen die Stirn bekommen hätte. Ich fühlte mich zunächst ganz dumm im Kopf. Tom Muddy aber war wütend. Er schwor das Blaue vom Himmel herunter, daß der Siou das Mädchen nicht entführen werde; es sei dafür gesorgt, daß ihm das nicht gelingen könne. Als ich ihn fragte, wodurch er das zu verhindern gedenke, verlangte er von mir einen Schwur, seinen Plan nicht zu verraten; dann solle ich ihn erfahren. Ich leistete den Schwur, doch natürlich nur, um die Ausführung dieses Plans zu verhüten. Da zeigte er mir seine Pistole. Sie war bis oben herauf mit Pulver geladen. Dieses Pulver sollte dem Siou in die Augen geschossen werden, um sein Gesicht zu entstellen und ihn zu blenden, für immer blind zu machen. ‚Dann fällt es ihr gewiß nicht ein, seine Squaw zu werden!' fügte er hinzu, bevor er sich entfernte. Aber noch ehe er ging, erinnerte er mich an meinen Schwur. Sollte ich ihn etwa verraten, so werde er nicht nur den Siou blenden, sondern auch mich."

„Der ist ja gar kein Mensch gewesen, sondern ein Teufel!" rief das Herzle aus.

„Wenn kein Teufel, so aber doch ein Schurke, dem nichts zu schlecht war, wenn es nur zum Ziel führte", antwortete Pappermann. „Ich hielt es natürlich für meine Pflicht, die Missetat zu verhüten. Freilich, verraten durfte ich nichts. Doch hätten einige andeutende Worte gewiß genügt, den Siou die Gefahr, in der er sich befand, wenigstens ahnen zu lassen. Aber er war ja weder zu sehen noch zu sprechen. Von dem Augenblick an, an dem er die Erlaubnis erhalten hatte, Aschta zu rauben, hatte er sich in die tiefste Heimlichkeit zu hüllen und sich so vorsichtig anzuschleichen, als ob es sein Leben gelte. Da verstand es sich von selbst, daß er nicht am Tage kommen konnte und daß ich mir die Nächte hindurch alle Mühe gab, ihn irgendwo zu erwischen. Das war gar nicht ungefährlich für mich, denn ich wußte, daß Tom Muddy genau dieselben Anstrengungen machte, an ihn heranzukommen. Ich hatte also die Doppelaufgabe, den einen zu vermeiden, den anderen aber zu entdecken, und ich sage euch, daß es gar nicht so leicht war, die nötige Vorsicht zu entwickeln. Es gehörte Übung dazu. So ging es über eine Woche lang, ohne daß meine Anstrengungen das geringste Ergebnis hatten. Dann kam eine mond- und sternenlose, feuchte Nacht, in der es zwar nicht regnete, aber in einem fort nässelte. Trotzdem blieb ich nicht auf meinem warmen Lager, sondern kroch draußen herum, denn es war, als ob mir jemand sage, daß gerade in dieser höchst ungemütlichen Nacht etwas geschehen werde, was ich nicht versäumen dürfe. Ich kroch leise, leise an der Hinterseite des Hauses bis zur Ecke hin. Dort wollte ich liegen bleiben, um nach beiden Seiten hin lauschen zu können. Ich schob mich also, als ich die Ecke erreicht hatte, ein wenig vor und — Herrgott! Da lag schon einer! Drüben auf der anderen Seite! Wir stießen fast zusammen. Er sah mich ebenso wie ich ihn, trotz der Dunkelheit und trotz der dicken, feuchten Luft. Aber wie ich ihn nicht erkannte, so konnte auch er mich nicht erkennen. Wer war es? Der Siou oder Tom Muddy? Schon öffnete ich den Mund, um ein leises Wort zu sagen; da erhob der drüben den Arm. Er hatte etwas in der Hand. Ich konnte nur schnell das Gesicht zur Seite wenden, da krachte auch schon der Schuß. Ich bekam die ganze Ladung. Es ging kein Körnchen verloren. Doch glücklicherweise nicht in die Augen, sondern in die durch meine schnelle Bewegung dem Schurken zugewandte linke Seite des Gesichts. Ich hatte ihm zurufen wollen: ‚Schieß nicht, schieß nicht!' war aber nicht dazu gekommen und gab auch jetzt keinen Laut von mir, weil ich die Besinnung verloren hatte. Es war zwar nur ein armseliger, lumpiger Pistolenschuß, und zwar ohne Blei oder Kugel, aber doch so ganz und gar nahe abgeschossen, daß ich aus meiner kauernden Lage niederfiel wie ein Sack, den man umgestoßen hat, und leblos liegen blieb, bis man mich fand und in das Innere des Hauses trug, um mich ins Leben zurückzubringen.

Man hatte nämlich den Schuß gehört und war herausgeeilt, um seiner Ursache nachzuforschen. Der Medizinmann kam; seine Frau kam; Aschta, seine Tochter, kam, und andere kamen auch. Während sie alle um mich beschäftigt waren, kam noch ein anderer, nämlich der Siou-Ogellallah. Er kam geschlichen wie ein unhörbarer Windeshauch und war klug genug, die Situation sofort für sich auszunutzen. Als man mich ins Haus gebracht und dort niedergelegt hatte, erscholl draußen der laute Siegesruf der Ogellallahs. Man horchte auf. Man vermißte die Tochter. Man wußte, woran man war: die Entführung war gelungen. Der Siou brauchte sich nur mit Aschta zu entfernen, so war sie sein. Aber das tat er nicht; er hatte es nicht nötig. Er hatte sie geholt, und sie war ihm gefolgt, aus der Aufsicht der Eltern hinaus! Das genügte. Er brachte sie wieder herein und wurde von den Eltern als Sohn empfangen. So war durch den Schuß Tom Muddys also gerade das begünstigt und herbeigeführt worden, was er hatte verhüten sollen. Ich aber lag lange Zeit im Delirium und habe vor Schmerzen gepfiffen wie ein Hund, den irgendein ‚Vivi' lebendig zu Tode schindet. Dann habe ich mich, sobald ich wieder auf den Beinen war, aus dem Staub gemacht, ohne etwas zu verraten. Kein Mensch, als nur ich und Tom Muddy, kannte den Täter und den eigentlichen Grund des Schusses. Und dieser Schuft ist seit jener Nacht verschwunden, spurlos verschwunden, so heiß auch mein Verlangen gewesen ist, ihm wieder zu begegnen. Als ich dann nach einigen Jahren zum erstenmal wieder nach dem Kanubisee kam, fand ich die Häuser leer; sie waren verlassen. Die Senekas waren von einer Bande weißer Buschklepper überfallen und getötet worden bis auf den letzten Mann. Von ihnen allen lebte nur noch Aschta, weil sie den See verlassen hatte, um dem Siou-Ogellallah zu seinem Stamm zu folgen."

„Habt Ihr sie wiedergesehen?" fragte meine Frau.

„Nein, nie! Ich habe die Ogellallahs stets als Feinde der Weißen betrachtet und mich gehütet, viel mit ihnen in

Berührung zu kommen. Erkundigt habe ich mich freilich einige Male. Da erfuhr ich, daß die schöne Senekasquaw des Medizinmanns sehr glücklich sei. Er habe droben am Niobrara für sich und seine Schüler eine eigene Reservation gegründet und lebe dort nur für alte Totems und Wampums, die er sammle, und für die Bücher, die er sich von den Bleichgesichtern schicken lasse. Er sei sogar unter den Weißen ein sehr geehrter und sehr berühmter Mann."

Bei diesen letzten Worten Pappermanns fragte ich ihn schnell:

„Ihr kennt natürlich den Namen dieses Indianers?"

„Ja", nickte er.

„Heißt er Wakon?"

„Ja, nur Wakon."

„Es steht kein anderes Wort, kein anderer Name dabei?"

„Nur Wakon!" wiederholte er.

„So kenne ich ihn, obgleich ich ihn noch nie gesehen habe. Er hat sein ganzes Leben und seine ganze Kraft dem Studium der Geschichte der roten Rasse gewidmet und Werke über sie geschrieben, die leider noch nicht erschienen sind, weil er sie erst dann veröffentlichen will, wenn auch der letzte Band vollendet ist. Man ist auf dieses sein Lebenswerk mit Recht ungewöhnlich gespannt."

„Wie alt ist er jetzt?" fragte das Herzle.

„Das ist Nebensache", antwortete ich. „Wahrhaft große Männer pflegen nicht eher zu sterben, als bis sie wenigstens innerlich das erreicht haben, was sie erreichen wollten oder sollten. Die sogenannten Helden des Krieges und der Schlachtfelder sind hiervon natürlich ausgenommen. Seid Ihr müde?"

Diese Frage richtete ich an Pappermann, der sich in seine Decke zu wickeln begann, als wolle er sich niederlegen.

„Müde eigentlich nicht", antwortete er; „aber fast wie nochmals von dem Schuß Tom Muddys getroffen. Das ist die Erinnerung! Ich habe sie sehr lieb gehabt, diese Indianerin, sehr! Ich habe niemals, niemals wieder ein Frauenzimmer daraufhin angesehen, ob ich sie zum Weib haben möchte. Ich bin ein einsamer Mensch geblieben und werde wohl, wenn meine Stunde kommt, auch ebenso einsam sterben. — Ich will versuchen, zu schlafen. Gute Nacht!"

Wir erwiderten seinen Wunsch ‚gute Nacht', doch ging er nicht in Erfüllung, weder bei ihm noch bei uns. Er wälzte sich wohl zwei Stunden lang von einer Seite auf die andere; dann wickelte er sich wieder aus seiner Decke, stand auf und ging fort, um sich durch eine Wanderung zu beruhigen. Er war um Mitternacht noch nicht wieder da; da schlief ich ein. Aber schon vielleicht nach zwei Stunden wachte ich wieder auf. Da saß er an seiner Stelle; er war zurückgekehrt, hatte sich aber nicht niedergelegt. So setzte ich mich also auch auf. Und kaum hatte ich das getan, so richtete sich der ‚junge Adler' in die Höhe. Da erklang vom Zelt her die Stimme meiner Frau:

„Auch ich schlafe nicht! — Darf ich einen Vorschlag machen?"

„Welchen?" fragte ich.

Sie öffnete die Leinwandspalte, an der sie gestanden hatte, noch weiter, trat ganz hervor und antwortete:

„Wir wollen aufbrechen! Fort! Hinunter nach dem See! Wir schlafen doch nicht wieder ein! Das sind die Folgen so alter Geschichten!"

Da sprang Pappermann auf und stimmte bei:

„Well! Aufbrechen! Fort! Dann kommen wir genau zum Sonnenaufgang an, wie damals ich! Seid ihr es zufrieden?"

Ich stimmte bei, und der ‚junge Adler' natürlich auch. Das Zelt wurde abgebrochen. Dann ritten wir den breiten, bequemen Geländeabfall nach der Hochebene des Sees hinunter. Der Morgen begann leise zu grauen. Wir hatten gerade genug Dämmerlicht für die Augen unserer

Pferde, daß sie sahen, wohin sie traten. Dann wurde es heller und heller.

War es wirklich nur die Folge der Erzählung Poppermanns, daß wir nicht hatten schlafen können? Oder gab es irgendeine Bestimmung, die uns veranlaßt hatte, um soviel früher aufzubrechen, als erst in unserer Absicht gelegen hatte? Sonderbar!

Wir ritten still nebeneinander her. Wir erreichten die Ebene, auf der wir schneller vorwärts kamen. Der Morgen nahte. Es wurde Tag. Und eben als die Sonne aufging, erreichten wir den äußeren Rand des grünen Laub- und Blätterwaldes, der den See von allen Seiten umsäumte. Eine schmale, wiesenartige Lichtung führte in diesen Wald hinein. Sie wurde immer schmaler und bildete schließlich einen Weg von nur fünf oder sechs Metern Breite.

„Das ist derselbe Weg, den ich damals kam", sagte Pappermann. „Nur ist der Wald jetzt höher und dichter geworden. Hier fand ich die Spuren. Und nur eine kurze Strecke weiter sehen wir das Wasser des Sees."

Er ritt diese Strecke voran. Dann wandte er sich nach uns um, deutete aber vorwärts und sagte:

„Da sind die letzten Büsche. Und nun kommt der See und der hohe Stein, auf dem Aschta damals saß — mein Himmel!"

Er war um die erwähnten letzten Büsche gebogen, ritt aber nicht weiter, sondern blieb halten, stieß diesen Ausruf der Überraschung, des Erstaunens aus und starrte nach einem Punkt, der uns noch hinter dem Gesträuch verborgen war. Wir ritten schnell hin. Da sahen wir nun freilich, daß er sehr wohl Veranlassung hatte, zu erstaunen. Ja, unser Erstaunen war ebenso groß wie das seinige.

Wir hatten den See erreicht. Wir befanden uns an seinem östlichen Rande. Ja, er war es wert, mit dem gleichnamigen Kanubisee in Massachusetts verglichen zu werden. Doch hatten wir jetzt nicht Zeit, uns mit seiner Schönheit zu beschäftigen. Rechts von uns lagen die Überreste der einstigen Seneka-Häuser, vom ersten Gruß der Sonne überflutet. Vor uns die vom leisen Morgenhauch bewegte, durchsichtig grünblaue Wasserfläche, deren reich eingebuchtete Ufer sich wie Kulissen aus- und ineinander schoben, von üppigem Grün bewachsen, dessen Blätter wie eingetaucht in flüssiges Metall erschienen. Und links von uns, wo die Büsche bis ganz nahe an das Ufer traten, der hohe, weiße, glattgewaschene Stein, und auf ihm stehend — eine junge Indianerin, genau, ganz genauso, wie Pappermann sie uns gestern am Abend beschrieben hatte: Sie war in weiche, weißgegerbte Tierhaut, mit roten Fransen verziert, gekleidet, und ihr langes, dunkles Haar hing, mit Blumen und Kolibris geschmückt, weit über den Rücken herunter. Die Kolibris funkelten im Sonnenstrahl in allen Farben leuchtender Edelsteine; aber das Mädchen schaute nicht, wie damals, der Sonne entgegen, sondern ihr Angesicht war nach der Stelle gerichtet, an der wir ihr jetzt erschienen. Und dieses Mädchen war schön, sehr schön, sowohl von Angesicht, als auch von Gestalt. Sie bewegte sich nicht. Sie sagte kein Wort. Sie sah uns still und erwartungsvoll aus ihren großen, dunklen Augen entgegen.

Und, sonderbar! Pappermann glitt langsam von seinem Maultier herab, schritt ebenso langsam, ganz wie mechanisch auf sie zu, als ob ihn eine tiefe, heilige Scheu umfange, und fragte:

„Wie heißt du?"

„Ich heiße Aschta", antwortete sie, genau wie ihm damals geantwortet worden war.

„Und wie alt bist du?"

„Achtzehn Sommer."

Da strich er sich mit der Hand über das Gesicht und sagte, als ob er träume:

„Also nein! Das konnte ja gar nicht sein! Sie ist eine

andere, wenn auch ihr ähnlich, so ganz außerordentlich ähnlich!"

„Sprichst du von meiner Mutter?" fragte nun sie. „Man sagt, daß ich ihr überaus ähnlich sehe."

„Du hast eine Mutter?"

„Ja."

„Wie heißt sie?"

„Aschta, wie ich."

„Und dein Vater?"

„Heißt Wakon. Wir wohnen weit im Norden von hier, am Niobrarafluß."

Da schlug er die Hände zusammen und rief:

„Sie ist eine Tochter von ihr — eine Tochter!"

Da bog sie ihren Oberkörper weiter vor, als ob sie vom Stein herunterspringen wolle, und fragte:

„Du kennst meinen Vater und meine Mutter? Und die Hälfte deines Gesichts ist vom Pulver verbrannt! Sag, ist dein Name vielleicht Pappermann?"

„Ja, so heiße ich."

„Du warst zu derselben Zeit hier am Kanubisee, als Vater und Mutter einander kennen lernten?"

„Ja, zu derselben Zeit."

Da stieg sie vom Stein herab und bat:

„Reiche mir deine Hände!"

Er tat es. Sie ergriff sie, küßte sie ihm einmal, zweimal, zog dann seinen Kopf zu sich heran, küßte ihn einmal, zweimal auch auf die dunkle Wange und sprach:

„Du bist der Retter meines Vaters! Hast dich für ihn geopfert! Warum kamst du nie zu uns? Vater und Mutter haben niemals aufgehört, sich nach dir zu erkundigen, doch ohne zu erfahren, wo du weiltest!"

Der alte Westmann zitterte vor Aufregung und Rührung. Er weinte.

„Woher weiß dein Vater, daß jener Schuß nicht mir, sondern ihm gegolten hat?" fragte er. „Ich habe es nie verraten!"

„O doch! Aber ohne daß du es wolltest. Du hast es im Fieber erzählt. Vater hat jenen Menschen zweimal wieder gesehen, doch ohne ihn fassen zu können. Sein richtiger Name war nicht Muddy, sondern Santer. Als gestern abend euer Feuer wie ein ganz, ganz kleiner, flackernder Stern vom Berge leuchtete, sagte Mutter zu mir: ‚So leuchtete damals das Lagerfeuer unseres weißen Retters von genau da oben herab, am Abend, bevor ich ihn zum erstenmal sah."

„Deine Mutter ist hier?" erkundigte er sich schnell.

„Sie war hier, ist es aber nicht mehr", antwortete sie. „Es waren viele Frauen und Töchter hier, die aber mit dem Morgengrauen fortgeritten sind. Ich blieb allein zu rück — als Wache, als Kundschafterin."

„Als Kundschafterin?" fragte er lächelnd. „Wenn wir nun Feinde wären?"

„So hättet ihr mich nicht zu sehen bekommen."

„So hast du wissen wollen, wer wir sind?"

„Weil wir euer Feuer gesehen hatten, ja."

„Und woraus erkanntest du, daß wir nicht gefährlich seien?"

„Weil sich eine Squaw bei euch befand."

„Ah! Ganz richtig, ganz richtig! Nun mußt du wohl schnell von hier fort?"

„Ja, um die andern einzuholen. Doch werde ich diesen Ort nicht mehr verlassen, ohne von dir erfahren zu haben, wann und wo wir dich sehen und treffen können."

„Wohin reitet ihr?"

„Das darf ich nicht sagen."

Da stieg der ‚junge Adler' vom Pferd, trat hinzu und sagte:

„Du darfst! — Schau her! Ich bin dein Bruder."

Er trug den neuen Lederanzug, den Pappermann ihm aufgehoben hatte; den alten hatte er weggeworfen. In diesem neuen Anzug nahm er sich sehr stattlich aus. Er deutete auf die rechte Seite der Brust, wo ein kleiner, zwölfstrahliger Stern aus Perlen eingestickt war. Ich sah an ihrem Gewand an derselben Stelle ganz denselben Stern.

„Du bist ein Winnetou?“ fragte sie, ihn jetzt genauer betrachtend.

„Ja.“

„Und ich bin eine Winnetah. Wir tragen also beide den Stern des großen Winnetou und sind also Bruder und Schwester. Ich bin eine Siou-Ogellallah. Und du?“

„Ein Apatsche vom Stamm des Mescaleros.“

„Also von Winnetous Stamm. Ich bitte dich, mir deinen Namen zu sagen. Oder hast du noch keinen?“

„Ich habe einen“, lächelte er. „Man nennt mich den ‚jungen Adler‘.“

Da machte sie eine Bewegung der Überraschung.

„Man weiß, daß ein Lieblingsschüler des berühmten Tatellah-Satah diesen Namen trägt. Er bekam ihn schon in früher Jugend, wo andere noch lange Zeit ohne Namen sind. Kennst du ihn?“

„Ja.“

„Er war der allererste, dem Tatellah-Satah erlaubte, den Stern unseres Winnetou zu tragen. Weißt du, wo er sich jetzt befindet?“

„Ja. Er steht vor dir.“

„Du, du bist es? Du selbst, du selbst?“ fragte sie, während ein Glanz aufrichtiger Freude ihre Wangen überflog. „Man sagte, du seist verschwunden?“

„Man sagte die Wahrheit“, antwortete er.

„Um den heiligen Ton der Friedenspfeife zu holen?“

„Ja. Und noch Schwereres dazu.“

„Man erzählte, du habest dir selbst dabei eine schwere, sehr schwere Aufgabe gestellt?“

„Auch das ist wahr.“

„Ist dir die Lösung gelungen?“

„Sie gelang. Unser großer, guter Manitou hat mich geführt und beschützt. Seit ich den Mount Winnetou verließ, sind über vier Jahre vergangen. Nun kehre ich zurück. Du hast denselben Weg?"

„Ja."

„So will ich nicht fragen, wohin ihr heute reitet, denn ich weiß, daß ich dich wiedersehen werde."

„Wünschest du das?"

„Ja. Und du?"

„Ich auch."

„So gib mir, bitte, deine Hand!"

„Ich gebe dir beide!"

Sie reichte sie ihm und schaute ihm mit großen, offenen Augen in das männlich schön gezeichnete, ernste Gesicht. Er aber sah über den See hinüber, wie in eine weite, weite Ferne hinein. Es gab eine kurze Zeit des Schweigens. Dann sagte er:

„Die Enkelin des größten Medizinmanns der Senekas, die die Tochter Wakons ist, des Forschenden und Wissenden, und der Schüler des unerreichbaren Tatellah-Satah, bei dem die zertretene Seele der roten Rasse ihre einzige und letzte Zuflucht fand: das bist du, und das bin ich. Manitou ist es, der uns hier zusammenführte. Wir trennen uns nur zum Schein. Es soll ein Segen, ein großer Segen ausgehen von dem Ort, an dem wir uns wiederfinden. Sei gesegnet, du liebe, schöne Winnetah!"

Er küßte ihr beide Hände und fragte dann:

„Wann verläßt du diesen See?"

„Sofort", antwortete sie. „Aber ehe ich gehe, muß ich dich fragen, wohin euer Ritt von hier aus zunächst gerichtet ist."

„Nach der Devils pulpit. Kennst du sie?"

„Ja. Wie gut, daß ich dich fragte. Ich warne dich!"

„Vor wem?"

„Vor Kiktahan Schonka, dem alten Kriegshäuptling der Sioux-Ogellallahs."

„Vor deinem eigenen Häuptling?!"

„Pshaw!" rief sie stolz aus. „Aschta kennt keinen

Häuptling über sich. Es geht ein tiefer Riß durch die Dakota-Stämme. Die jungen Krieger sind für Winnetou, die alten aber gegen ihn. Nimm dich in acht! Ich weiß, daß Kiktahan Schonka nach der Devils pulpit kommt, um sich dort mit den Häuptlingen der Utahs zu treffen und zu beraten. Hüte dich, ihnen in die Hände zu fallen! Weißt du, daß man sagt, Old Shatterhand werde kommen?"

„Ich weiß es."

„Und glaubst du, daß dieses Gerücht begründet ist?"

„Ich glaube es."

„So werden wir ihn sehen, wenn es ihm gelingt, den Gefahren zu entgehen, die auf ihn lauern."

„Kennst du sie, diese Gefahren?"

„Nein. Ich weiß nur, daß man hofft, ihn, wenn er wirklich kommen sollte, zu ergreifen. Ihn am Marterpfahl sterben zu lassen, war der glühende Wunsch aller Feinde seines Bruder Winnetou. Man sagt, er sei sehr alt und grau geworden. Im Alter kommt die Kraft dem Körper und die Energie der Seele abhanden. Wie würde man jubeln, wenn dem Hochbetagten jetzt geschähe, was er in der Jugend so oft vereitelt hat! Wenn ich wüßte, wann und wo er kommt, so stellte ich Späher aus, um ihn warnen zu lassen."

„Sorge dich nicht um ihn, Aschta! Denn was deine Späher ihm sagen würden, das wurde ihm bereits gesagt."

„So ist er gewarnt?"

„Ja."

„Manitou sei Dank! Nun kann ich gehen. Warte! Nur einen Augenblick!"

Sie entfernte sich nach der Ruine des nächsten Hauses, hinter der, wie wir dann sahen, ihr Pferd verborgen war. Sie stieg dort auf, kam herbeigeritten und blieb bei uns halten, um dem ‚jungen Adler' die Hand zu reichen.

„Leb wohl!" sagte sie. „Wir sehen uns wieder!"

Dann fragte sie Pappermann:

„Weißt du auch, daß ich diesen Ort nicht eher verlassen werde, als bis ich weiß, wo wir dich treffen werden? Sag mir einen Ort, der dir beliebt. Wir kommen!"

Pappermann wußte nicht, was er antworten sollte, darum erwiderte er:

„Ich reite mit dem ‚jungen Adler'; wohin, das weiß ich jetzt noch nicht."

„Du wirst bei ihm bleiben?"

„Ja."

„Wie lange?"

„Solange es ihm gefällt."

„So bin ich zufrieden! Ich weiß, daß ich dich ganz bestimmt wiedersehen werde."

Hierauf wandte sie sich zu meiner Frau und mir. Sie reichte auch uns beiden die Hand und sprach:

„Es wurde mir nicht gesagt, wer ihr seid; darum ist es verboten, zu fragen. Lebt wohl!"

Dann ritt sie davon, an den Ruinen vorüber, um nach den Büschen einzubiegen, hinter denen sie verschwand. Pappermann und der ‚junge Adler' schauten ihr nach, bis sie fort war; dann folgte der Alte ihr langsam, wie ein Träumender. Der junge Indianer blieb noch eine Weile an derselben Stelle stehen; dann wandte er sich mit einem Ruck um, als ob es ihm Anstrengung verursache, sich von dem Eindruck ihrer Persönlichkeit loszureißen. Wir beide aber stiegen nun auch von den Pferden, und ich machte mich darüber, die Spuren derer, die hier gewesen waren, zu untersuchen. Das Herzle ging indessen an die Zubereitung des Morgenkaffees.

Früher hatten wir uns diesen Ritt natürlich ohne Kaffee und sonstige ähnliche Genüsse gedacht; aber da wir in Trinidad so ganz unerwartet zu Maultieren und einem sehr guten Zelt gekommen waren, so hatten wir uns vor unserer Abreise von dort mit einigen jener angenehmen und nützlichen Dinge versehen, die dem sogenannten zivilisierten Menschen sogar im ‚wilden Westen' beinahe unentbehrlich sind. Daß hierzu auch der Kaffee gehörte, versteht sich von selbst.

Ich ersah aus den Spuren, daß ungefähr vierzig Personen hier gewesen waren, unter ihnen nur zwei männliche, in denen ich die Führer vermutete. So etwas hätte früher nie stattfinden können; sie wären alle verloren gewesen. Allerdings waren sie lauter Indianerinnen und also, wenn auch nicht persönlich, so doch durch die Tradition, mit den Eigenheiten und den Anforderungen der Wildnis vertraut.

Als Pappermann wiederkam, meldete er, daß Aschta genau nach Süden geritten sei, wohin auch alle anderen Spuren führten; unser Ziel aber lag westlich von hier. Dann fragte er, während er sich zu uns niedersetzte:

„Ist das nicht ein Wunder, ein wahres Wunder? Genau wie damals, ganz genau. Und sie wissen es, daß der Schuß damals nicht mir gegolten hat! Und gesucht haben sie nach mir! Diese guten, guten Menschen! Heut ist der größte Feiertag meines Lebens! Wenn es Winter und Dezember wäre, so würde ich sagen: Heut ist Weihnacht für mich, und der Herrgott hat beschert. Ja, der Herrgott selbst, denn kein anderer kann so etwas geben, so ein Glück! So ein wirklich großes und wirklich wahres Glück!"

Hierauf wurde er still, sehr still. Denn je tiefer und reiner das Glück ist, desto weniger macht es Worte! Auch für mich hatte das Zusammentreffen mit dieser jungen, schönen Indianerin eine große Bedeutung, und zwar nicht nur eine rein äußerliche. Ich hatte von hier aus in die Zukunft, in die Ferne zu folgern und zu schließen. Besonders interessant mußten mir die zwei Perlensterne sein. Sie waren ein Erkennungszeichen. Der ‚junge Adler' sagte nichts hierüber; so fragte ich also auch nicht. Ich wußte ja auch ohne Frage und Antwort, woran ich war. Es handelte sich hier einfach um den großen Unterschied zwischen ‚Stamm' und ‚Clan' bei der roten Rasse.

Das ist ein Gegenstand von größter Wichtigkeit, obgleich es selbst ernsten Forschern noch nicht geläufig gewesen ist, ihm die Aufmerksamkeit zu widmen, die er ohne alle Frage verdient. Wie viele Menschen, besonders sogenannte Volks- oder gar Jugendschriftsteller, haben schon ‚Indianerbücher' geschrieben, ohne von dem Außen- und Innenleben der amerikanischen Rasse auch nur die geringste positive Kenntnis zu besitzen! Und das wird dann von anderen, die noch weniger wissen, gelobt und warm empfohlen! Ich wurde schon von vielen, sogar von sehr vielen ‚Indianerschriftstellern' besucht; aber es gab keinen, wirklich keinen einzigen unter ihnen, der von dem allerersten, was man da zu studieren hat, nämlich von den Clan-Verhältnissen, etwas wußte.

Wie in der Entwicklung der Menschheit im allgemeinen, so machen sich auch in der Entwicklung jeder einzelnen Rasse zwei einander entgegengesetzte Bestrebungen bemerkbar, nämlich der Zug nach Zerklüftung und der Zug nach Vereinigung, oder sagen wir, der Zug nach Einheit und der Zug nach Vielheit. Die Zerklüftung beginnt ihren Weg bei dem, was man als Menschengeschlecht bezeichnet, geht über die Rasse, die Nation, das Volk, die Stadt, das Dorf immer weiter herab und hört erst beim abgelegenen Einödhof auf, dessen Besitzer sich nur bei gewissen Gelegenheiten darauf besinnt, daß er auch mit zur Menschheit gehört. Das ist der Weg des Patriotismus, der Vaterlands- und Heimatliebe, aber auch der Weg der nationalen Selbstüberhebung, der politischen Rücksichtslosigkeit. Der andere Weg ist dem entgegengesetzt. Er führt zur Vereinigung aller einzelnen durch einen einzigen, großen Gedanken zu einem einzigen, großen Volk. Welcher von diesen beiden Wegen der Weg zum wirklichen, zum wahren Glück ist, das hat die Menschheit noch bis heute nicht erkennen wollen; also muß sie es durch bittere Erfahrung kennen lernen.

Wie schmerzlich, ja, wie grausam diese Erfahrung ist,

das zeigt sich bei keiner Rasse so deutlich wie bei der amerikanischen. Sie ist es, die die Zerklüftung, die Zerspaltung am allerweitesten getrieben hat. Nirgends, selbst im fernsten, dunkelsten Orient nicht, ist die einst mächtige Einheit in so kleine, winzige, ohnmächtige Brocken und Bröckchen zerrieben und zerkleinert worden wie bei den Indianern. Jeder dieser Brocken, jeder dieser vielen Stämme und jedes dieser unzähligen Stämmchen ist stolz auf sich selbst und stets bereit, aus lauter Selbstschätzung vollends zugrunde zu gehen. Diese Zersetzung hätte schon längst zur völligen Vernichtung geführt, wenn die großen Medizinmänner der Vergangenheit nicht bemüht gewesen wären, ihr entgegenzuarbeiten, und zwar in doppelter Weise, nämlich zunächst in theologischer und sodann in sozialer.

Der theologische Weg der Vereinigung lag in dem Gedanken ‚Großer Geist' oder ‚Großer, guter Manitou'. Die Forschung hat gezeigt und wird noch weiter zeigen, daß der echtblütige Indianer gläubiger Monotheist war und sich dabei glücklich fühlte, bis die zersetzende Vielgötterei sich von außen her tief in sein Inneres bohrte und den großen Niagarafall des Rassensturzes und der Rassen- und Sprachzerstäubung vorbereitete. Und der soziale Weg der Vereinigung wurde in dem Gedanken der Clans gegeben, durch die die äußerlich zerspaltenen Stämme innerlich wieder verbunden und zusammengehalten werden sollten. Freilich darf man das Wort Clan hier nicht im englischen bzw. schottländischen Sinne nehmen. Es wurde ein Clan der Wahrhaftigkeit, der Treue, der Wohltätigkeit, der Beredsamkeit, der Ehrlichkeit gegründet. Wer sich in der Beredsamkeit üben wollte, wer sich vornahm, das ganze Leben hindurch wohltätig zu sein, wer sich stark genug fühlte, niemals eine Lüge zu sagen, niemals untreu oder unehrlich zu sein, der konnte dem betreffenden Clan beitreten und sich durch Wort und Handschlag verpflichten, das betreffende Gebot zu erfüllen und lebenslang zu halten. Wer es auch nur einmal übertrat, der wurde ausgestoßen und galt als ehrlos für immer. Der leichteren Unterscheidung wegen und um ein sichtbares Erkennungszeichen zu ermöglichen, nahm jeder Clan den Namen irgendeines Tieres an, dessen Bild als Merkmal diente. So habe ich bereits gesagt, daß der große Redner der Senekas, dessen Grab wir in Buffalo besuchten, zum Clan der Wölfe gehörte. Es gab einen Clan der Adler, der Geier, der Hirsche, der Bären, der Schildkröten und so weiter.

In einem solchen Clan konnte ein jeder eintreten, welchem Stamm er immer angehörte. Selbst der Todfeind wurde angenommen und aus allen Kräften beschützt und unterstützt, wenn er die ihm auferlegte Bedingung treu und ehrlich erfüllte. So sehr zum Beispiel die Kiowas und die Navajos einander haßten und sich gegenseitig bis auf Blut und Tod verfolgten —, sobald sie sich als Mitglieder eines Clan erkannten, war diese Feindschaft augenblicklich und für stets vergraben. Man kann sich denken, wie segensreich diese Clans wirkten! Leider, leider aber hörte das auf, als die ‚Bleichgesichter' erschienen und ihnen gestattet wurde, auch beizutreten. Sie nützten die Clans nur für ihre persönlichen Zwecke aus und steckten die Vorteile ein, die ihnen daraus erwuchsen, ohne aber ihren Verpflichtungen nachzukommen. Dadurch büßten die Clans ihren guten Ruf, ihre moralischen Kredite ein und somit auch die großen, sozialen Wirkungen, auf die hin sie von ihren einstigen Gründern berechnet waren. Es blieb der Zukunft vorbehalten, ob sie überhaupt wieder aufleben würden oder nicht.

Immer waren die Clans nach Tieren benannt, niemals nach einem Menschen. Wenigstens ist es mir nicht erinnerlich, von einem solchen Fall gehört zu haben. Vielmehr war ein solches Beispiel jetzt soeben zum erstenmal an mich herangetreten: Ein Clan mit dem Namen Winnetou! Denn daß es sich um einen Clan handelte, verstand sich ganz von selbst, und das Erkennungszeichen für die Zugehörigen war der zwölfstrahlige Stern, den der ‚junge Adler' und Aschta an ihren Gewändern trugen. Wann war dieser Clan gegründet? Vor wenigstens vier Jahren. Denn so alt war der Anzug, den der ‚junge Adler' jetzt trug. Dieser junge Indianer war der allererste, der in den neuen Clan aufgenommen wurde, und zwar von Tatellah-Satah, der also der Gründer dieser Winnetou-Vereinigung war, deren männliche Mitglieder sich als ‚Winnetou', die weiblichen als ‚Winnetah' bezeichnen durften. Welchen höheren Zweck hatte dieser Clan? Und welche Verpflichtungen legte er seinen Mitgliedern auf? Ich fragte nicht, denn ich hoffte, es sehr bald zu erfahren. Daß seine Ziele friedlich waren, konnte man schon aus der Stammesangehörigkeit der beiden Mitglieder ersehen, die ich jetzt kannte: ein Apatsche und eine Siou-Ogellallah, also zwei Nationen angehörig, die sich unbedingt als Todfeinde zu betrachten hatten! —

Am ‚Ohr des Manitou'

Während des Kaffeetrinkens sagte uns Pappermann, daß wir heute abend die Devils pulpit erreichen würden. Er bat nur um eine Stunde Aufenthalt hier am Kanubisee, um sich da wieder einmal umsehen zu können. Dagegen hatten wir nichts. Wir hätten ihm sehr gern noch viel länger Zeit gegeben. Aber die Stunde war noch nicht vorüber, so kehrte er schon von seinem Rundgang zurück und sagte:

„Wollen aufbrechen, wenn es euch recht ist! Und wenn ich noch länger hier herumkrieche, so finde ich doch mehr Bitterkeiten als Süßigkeiten, und das brauche ich mir altem Kerl doch wohl nicht anzutun!"

Recht hatte er. Auch dieser Kanubisee war schön, sehr schön, aber seine Wasser hatten für uns keinen frohen, sondern einen mehr elegischen Schimmer, und so blieb er in unserer Erinnerung nur als der Ort einer kurzen Rast, auf die neue Wanderung zu folgen hatte. Wir ritten ins Tal des Purgatorio hinab und folgten dort einem schmalen, kristallklaren Wasser, das uns nach unserem Ziel zu führen hatte. Wir erreichten es, doch erst dann, als es bereits fast dunkel geworden war, so daß ich vorschlug, lieber heute noch außerhalb des Bereichs der ‚Teufelskanzel' zu bleiben, weil wir vor diesem Ort gewarnt worden waren und wegen der Dunkelheit keine Zeit mehr hatten, ihn vorher auf die Anwesenheit von feindlichen Indianern hin zu untersuchen.

„Well!" sagte Pappermann. „So führe ich euch nach einem Versteck, das wohl kein Roter, und habe er noch so gute Augen, ausfindig machen wird. Ich fand es nur durch Zufall und glaube nicht, daß es jetzt außer mir einen Menschen gibt, der es kennt."

„Das ist viel gesagt!" bemerkte ich.

„Aber jedenfalls richtig!" antwortete er. „Wir haben nur noch wenige Schritte zu reiten und dann einem kleinen Seitenwässerchen zu folgen, das aus einem stillen, verborgenen Weiher quillt. Dieser Weiher ist nicht groß. Hohe Felsen, die man nicht ersteigen kann, umgeben ihn. Diese Felsen haben keine Lücke; nämlich so scheint es. Aber wenn man gerade durch den Weiher bis zur gegenüberliegenden Seite reitet, macht man die Feststellung, daß es doch eine Seitenspalte gibt, die schief hindurchschneidet und nach dem eigentlichen Quell des Wassers führt, das nicht im Weiher entspringt, sondern weiter in den Felsen, eben da, wo wir übernachten werden."

„Ist die Lücke breit genug für unser Gepäck?" erkundigte ich mich.

„Ja", antwortete er. „Nur die Zeltstangen habe ich lang zu packen, anstatt quer."

„Und wie tief ist der Weiher?"

„Höchstens einen Meter."

„Damals!"

„Hm! Meint Ihr etwa, daß er tiefer geworden ist? Das habe ich in meinem Leben noch nicht gehört. Stehende Wasser pflegen mit der Zeit seichter zu werden, aber doch nicht tiefer. Doch halt! Da sind wir am Seitenwässerchen! Werde hier also umpacken. Dann reiten wir nach dieser Seite zwischen die Felsen hinein."

Wir halfen ihm, die Zeltstangen anders zu legen. Es war gerade noch so viel Tageslicht vorhanden, daß wir sehen konnten, wohin wir ritten. Wir kamen an den Weiher, der dunkel wie ein Rätsel erschien, ritten hindurch und sahen, drüben angekommen, daß es im Felsen allerdings eine von dichtem Grün verdeckte Lücke gab, der wir seitwärts folgen konnten. Dann ging es noch eine Strecke am Wässerchen steil aufwärts, bis wir seinen Quellpunkt erreichten, der in einem großen, kreisförmigen Felsenloch lag, dessen Wände sich, wie es schien, senkrecht und unersteigbar in die Höhe reckten.

„So! Das ist der Ort!" sagte Pappermann. „Da können wir hundert Jahre lang kampieren, ohne daß uns ein Mensch entdeckt."

„Aber feucht, sehr feucht?" fragte ich.

„Keineswegs! Die Feuchtigkeit fließt ja ab. Übrigens haben wir Indianersommer, schon wochenlang ohne eine Spur von Regen."

„Kann man da an den Wänden hinaufklettern?"

„Weiß nicht. Habe es damals nicht versucht. Bin niemals ein Kletterspecht gewesen."

„Und kann jemand von da oben herunterschauen?"

„Da müßte er erst von hier hinauf. Von draußen bringt es keiner fertig."

„So bin ich beruhigt. Machen wir also erst ein Feuer, um sodann das Zelt aufzuschlagen!"

Beides war in einer halben Stunde geschehen. Wir banden die Pferde und Maultiere nicht an, so daß sie sich bewegen konnten, wie sie wollten. Sie tranken sich erst tüchtig satt. Dann wälzten sie sich ebenso tüchtig im Moos, was sie gern tun, solange sie gesund in den Knochen und Gelenken sind. Und hierauf fanden sie soviel Blatt- und auch anderes Grün, daß wir getrost mehrere Tage hier bleiben konnten, ohne befürchten zu müssen, daß es ihnen an Futter mangle. Sie bedurften der Ruhe mehr als der Nahrung, denn der Ritt vom Kanubisee bis hierher war doch weiter und anstrengender gewesen, als wir nach Pappermanns Worten vermutet hatten. Auch wir selbst fühlten uns ermüdet. Darum dauerte es nach dem Abendessen gar nicht lange, bis wir uns niederlegten. Und das war heute abend ganz anders als gestern. Heute schliefen wir sofort ein, und ich muß zu meiner Schande gestehen, daß ich nicht eher aufwachte, als bis Pappermann mich weckte.

„Mrs. Burton ist bereits munter!" entschuldigte er sich. „Sie hat schon heißes Wasser bestellt, um — hört Ihr's? Sie mahlt den Kaffee im Zelt, um Euch nicht aufzuwecken. Sagt ihr ja nicht, daß ich es dennoch für richtig hielt, Euch einen Stoß zu versetzen! Der Mann sei doch immer Mann! Das ist er aber nicht, wenn er schläft!"

„So habt Ihr mich also nur um meines Ansehens willen geweckt?" lachte ich.

„Yes! Old Shatterhand, und schlafen, wenn seine Frau schon munter ist! Das geht auf keinen Fall!"

Jetzt betrachtete ich mir die Örtlichkeit. Sie bot allerdings ein besonders schönes Versteck. Es gab nirgends auch nur die geringste Spur, daß jemals ein Mensch an diesem Ort gewesen sei. Die Felswände waren überaus steil, aber nicht unersteigbar. Es gab Riesenbäume, die mehrere hundert Jahre alt waren und sich mit ihren Ästen und Zweigen so eng an das Gestein schmiegten, daß sie das Klettern erleichterten und unterstützten. Der ‚junge Adler' hatte kaum seinen Kaffee zu sich genommen, so begann er den Versuch, in die Höhe zu kommen. Es gelang ihm ohne Schwierigkeit. Kaum war er oben angelangt, so ertönte sein lauter Ruf:

„Uff, uff! Ich sehe ein Wunder, ein Wunder!"

„Nicht so laut!" warnte ich hinauf. „Wir wissen noch nicht, ob vielleicht doch Menschen in der Nähe sind!"

„Hier kann es keinen geben, der uns hört!" antwortete er herab. „Da ist ringsum nichts als nur Luft!"

„So hoch! Und was liegt unten?"

„Devils pulpit!"

„Die Teufelskanzel? Wirklich?"

„Ja."

„Das ist unmöglich, ganz unmöglich!" widersprach Pappermann.

„Warum?" fragte ich ihn.

„Weil ich es weiß. Und was Maksch Pappermann weiß, das weiß er ordentlich! Der Weg nach der Teufelskanzel führt tief nach links hinunter; wir aber sind rechts abgewichen. Und sie ist von allen Seiten von hohen, steilen Felsen umgeben, die kein Mensch erklimmen kann. Wie ist es da möglich, daß er sie sieht!"

„Er behauptet es aber!"

„Er irrt!"

„Ist es nicht auch möglich, daß Ihr Euch irrt?"

„Nein!"

„Daß der Weg von hier nach der Teufelskanzel Krümmungen macht, die Euch täuschen?"

„Es kann sich kein Mensch und kein Tier und kein Weg so sehr krümmen, daß er es fertig bringt, mich zu täuschen!"

Ich fragte den Indianer noch einmal, und er blieb bei seiner Behauptung, daß er die Devils pulpit sehe. Da auch er sie kannte, ergab das einen Widerspruch, der mich bestimmte, dem ‚jungen Adler' zu folgen. Meine Frau ist keine üble Kletterin. Sie besucht Gebirgsgegenden sehr gern und zeigt sich da zuweilen kühner, als ich ihr erlauben darf. Sie kam mir nach. Doch Pappermann blieb sitzen.

„Bin mein Lebtag keine Gemse gewesen", behauptete er, „und werde auch nun nicht erst eine werden. Ein ebener Weg, ein gutes Pferd und ein festgeschnallter Sattel; das ist es, was ich haben will. Steigt, so hoch ihr wollt; ich mache nicht mit!"

Als wir hinaufkamen, bot sich uns ein wunderbarer Anbick dar. Ich hatte die Teufelskanzel noch nie gesehen, war aber doch gleich beim ersten Anblick überzeugt, daß sie es war, die hier vor uns lag. Das rief ich dem alten Westmann hinab. Da stand er denn doch auf und begann, sich langsam und sehr vorsichtig in die Höhe zu kraxeln. Es dauerte ziemlich lange, bis er uns erreichte.

„So! Da bin ich!" sagte er. „Nun will ich einmal hinunterschauen, um zu sehen, welch ein unbegreiflicher Unsinn sich da —"

Er hielt mitten im Satz inne, vergaß aber den Mund zuzumachen.

„Welchen Unsinn meint Ihr?" fragte ich.

„Den Unsinn, daß, daß — Alle Teufel! Was ist mir da passiert!"

„Nun, ist es die Devils pulpit? Oder ist sie es nicht?"

„Sie ist es! O Pappermann, Maksch Pappermann, was bist du für ein Riesenschaf! Daran ist aber nur dieser unglückselige Name schuld! Denn nur, wer Pappermann heißt, kann sich eine so entsetzliche Blamage auf das Gewissen laden! Dieser Name, dieser Name! Der ist mein Unglück gewesen, solange ich lebe! Hätte mein Vater Müller oder Schulze oder Schmidt geheißen, meinetwegen auch Hanfstängel, Zuckerkant oder Pumpernickel, so wäre ich ebenso gut ein Glückskind gewesen wie andere Leute auch. Aber Pappermann, Pappermann, das ist das Schrecklichste, was es gibt! Das hat mich verfolgt bis hierher! Und das wird mich auch noch weiter verfolgen, bis es nichts mehr an mir gibt, was überhaupt verfolgt werden kann!"

Er fühlte sich in hohem Grad unglücklich. Handelte es sich doch um seine Westmannsehre, die ihm über alles ging. Eines derartigen Irrtums darf sich kein Berg-, Wald- und Savannenläufer schuldig machen, wenn er es nicht darauf ankommen lassen will, seinen guten Ruf aufs Spiel zu setzen. Glücklicherweise aber war niemand da, der Lust hatte, ihn bei diesem Fehler zu fassen, und als ich ihm versicherte, daß auch mir solch falsche Berechnungen schon wiederholt unterlaufen seien, begann er, sich zu beruhigen.

Man denke sich ein plattes Dach, dessen steinernes Geländer aus schweren Felsbrocken besteht. Dieses Dach ist mit Bäumen und dichtem Gebüsch besetzt, so daß man, wenn man da oben steht, von unten nicht gesehen werden kann. Tritt man an das Geländer heran und schaut hinab, so sieht man, daß die Felswand fast senkrecht in die Tiefe fällt. Auf diesem platten Dache befanden wir uns, und tief unter uns lag die Teufelskanzel.

Wer sich mit Geometrie beschäftigt hat, der weiß, was man unter einer Ellipse versteht. Weil aber nicht alle meine Leser Geometer sind, will ich mich hier nicht geometrisch, sondern als Laie ausdrücken, um leichter verstanden zu werden: Eine Ellipse ist ein Kreis, der so lang ausgezogen ist, daß er zu dem einen Mittelpunkt noch einen zweiten bekommen hat. Diese beiden Mittelpunkte werden auch Brennpunkte genannt. Wer einen Fischkessel in der Küche hat, der kennt die länglich runde Form einer solchen Ellipse. Und der Fischkessel mag zugleich auch ein Bild des länglich runden Bergkessels sein, zu dem sich unsere Felswand hinuntersenkte. Dieser Kessel bildete so genau eine Ellipse, als ob er nicht von der Natur, sondern von Menschenhand mitten in das gewaltige Kompakt der Bergmasse hineingebrochen worden sei. Wie ich dann später freilich sah, hatte die Natur zwar vorgearbeitet, die berechnende Kraft des Menschen aber nachgeholfen. Das war vor alten, ja uralten Zeiten geschehen und so lange her, daß die Felswände, die erst gewiß senkrecht und nackt gewesen waren, infolge der Verwitterung nun Risse, Sprünge, Ecken, Kanten, Höhlungen, Altane und andere Abweichungen von der lotrechten Linie zeigten, auf denen und in denen sich nach und nach ein kräftiger Baum- und Strauchwuchs nebst anderem Kräuter-, Stauden-, Gras- und Moosgrün angesammelt hatte. Auch der Boden des Kessels war mit grünender Vegetation bedeckt, doch machte ich diesbezüglich zwei wichtige Beobachtungen. Nämlich es schien hier ein Pflanzenwuchs ursprünglich nicht beabsichtigt zu sein, denn es gab da einen vollständig sterilen Untergrund, und der mußte mit voller Berechnung hergeschafft worden sein, denn soweit das Auge reichte, gab es nur fruchtbares Land. Die Bäume, die da unten auf dem Grunde des Kessels standen, hatten alle, so alt und so stark sie waren, keine Wipfel mehr. Und wo es noch welche gab, da waren sie vertrocknet. Das deutete darauf hin, daß sie sich nur von einer dünnen, angewehten Erdschicht nährten, mit den Wurzeln aber nicht in die Tiefe dringen konnten oder dort keine Nahrung fanden. Und in der Tat: Als ich später hinunterkam und nachschaute, fand ich, daß, soweit die Ellipse reichte, ihr ursprünglicher Boden so dicht, daß keine Pflanze einzudringen vermochte, mit starken Steinplatten belegt war, auf denen sich im Lauf der Zeit eine Schicht von Humuserde gebildet hatte, von der sich das später entstandene Baum- und Strauchwerk durch die Seitenwurzeln ernährte. Pfahlwurzeln gab es nicht. Daher die Verdorrung sämtlicher Wipfel.

Wozu einst dieses Belegen des Bodens mit Platten? Das war die erste Frage, die ein aufmerksamer und vorsichtiger Beobachter hier zu beantworten hatte.

Die andere Beobachtung war die, daß ein Drittel dieser Vegetation vollständig unberührt zu sein schien, während man es den anderen beiden Dritteln gleich beim ersten Blick ansah, daß da Menschen verkehrt hatten, und zwar nicht allzu selten. Die Scheidelinie zwischen dem größeren, berührten Teil und dem kleineren, unberührten war sogar auffällig scharf gezogen. Es sah so aus, als ob ein strenges Verbot herrsche, dieses sehr dicht bewachsene Drittel der Ellipse zu betreten.

Weshalb und zu welchem Zweck diese Unterscheidung? Das war die zweite Frage, der man nachzuspüren hatte, wenn man den Anspruch erhob, für einen scharfen und zuverlässigen Beobachter zu gelten.

Und nun kommt die Hauptsache, die für mich von allerhöchstem Interesse war. Es gab nämlich auf dem sonst vollständig ebenen, ellipsenförmigen Boden des Felskessels zwei ziemlich bedeutende, künstlich hergestellte Erhöhungen, die ganz das Aussehen hatten, als ob der Kessel einst in der Absicht hergestellt worden sei, ihn mit Wasser zu füllen und also eine Art von See zu bilden, aus dem die beiden Erhöhungen als Inseln hervorschauten. Im Lauf der Jahrhunderte hatte sich das zu- und abfließende Wasser so tief eingefressen, daß der Boden des Bassins erreicht und dieses einfach durch Auslaufen und späteres Versiegen des Wassers trocken geworden war.

Diese Beobachtung an sich hätte weiter nichts ergeben, als daß in uralter Zeit hier Menschen gewesen sein mußten, die in Beziehung auf ihre Bauwerke und infolgedessen auch anderweit bedeutend höher standen als die späteren Indianer, oder sagen wir richtiger, als die späteren Generationen. Aber diese beiden Erhöhungen — ich will dem Bilde treu bleiben und sie Inseln nennen — hatten die höchst auffällige Eigentümlichkeit, daß sie ganz genau in den zwei Brennpunkten der Ellipse lagen! Das konnte nicht Zufall, das mußte Berechnung sein. Da entstand nun sofort die Frage: Welches war der Zweck dieser Berechnung? Etwas Gewöhnliches, Alltägliches jedenfalls nicht. Ich dachte an die schwierigen, astronomischen Berechnungen, die dem Bau der ägyptischen Pyramiden zugrunde liegen, an die noch unaufgeklärten Geheimnisse der Teokalli und anderer Tempelwerke aus früherer Zeit, doch bin ich weder Fachmann noch Gelehrter und darf es unmöglich wagen, mich auf so schwierige, wissenschaftliche Spekulationen einzulassen. Aber ein Gedanke kam mir doch, wenngleich die Aufrichtigkeit mich zwingt, zu gestehen, daß er mir bedeutend kühner erschien, als sich ein einfacher Westmann, der nur die Absicht verfolgt, auf seine Sicherheit bedacht zu sein, gestatten darf. Aber er stellte sich wieder und immer wieder ein; er packte mich fester und fester und ließ mich nicht wieder los. Es war der Gedanke an jene im Altertum oft auch baulich behandelte Tatsache, daß man innerhalb einer gewissen geometrischen Figur an einem Punkte ganz deutlich das hört, was an einem anderen, entfernten Punkte leise gesprochen wird. Dieser Gedanke kam ohne mein Zutun, also ohne daß ich grübelte. Ich wies ihn ab. Aber er kehrte zurück, als der ‚junge Adler' zu sprechen begann, und wollte seitdem nicht wieder weichen. Der Indianer deutete nämlich von da oben, wo wir standen, hinab in die Tiefe und sagte:

„Das ist die Kanzel. Wir stehen auf dem höchsten Teil der Wand, von der sie umschlossen wird. Es gibt zwei Kanzeln. Die eine, nämlich diese hier, ist den Bleichgesichtern bekannt; von der anderen aber wissen sie nichts. Die eine wird von ihnen die Kanzel des Teufels genannt; die andere würden sie wohl als die Kanzel des guten Manitou bezeichnen. Die roten Männer aber nennen diese hier ‚Tscha Manitou'[1] und die andere ‚Tscha Kehtikeh'[2].

„Welchen Punkt bezeichnet Ihr als Kanzel?" fragte ich ihn. „Die längliche Runde dieses Felsenkessels erstreckt sich von Ost nach West. Es gibt eine Erhöhung im

[1] Ohr Gottes [2] Ohr des Teufels

östlichen und eine im westlichen Teil. Welche von beiden ist die Kanzel?"

„Die im westlichen Teil", antwortete er.

„So ist also die andere das Ohr?"

Er sah mich an und wußte nicht, was ich meinte. Da erklärte ich ihm:

„Von der Kanzel herab pflegt man doch zu sprechen. Und was der Redner spricht, soll gehört werden. Ihr aber erwähntet hier ein Ohr, das hört. Ihr nanntet es das ‚Ohr Gottes'. Wo liegt es?"

„Das weiß ich nicht. Jedenfalls ist derselbe Punkt gemeint, den die Weißen als Kanzel bezeichnen. Was ich hierüber weiß, das habe ich von Tatellah-Satah, meinem Lehrer, erfahren. An der einen Kanzel, nämlich an dieser hier, hört Gott, was der Teufel spricht, und verurteilt ihn zur Verdammnis. Und an der anderen Kanzel, die den Weißen noch unbekannt ist, hört der Teufel, was Gott spricht, und wird dadurch von der Verdammnis erlöst."

„Das ist ein tiefer, sehr tiefer Sinn, der jedenfalls hier irgendwo und irgendwie in ein äußeres Gewand gekleidet ist, nach dem ich suchen werde. Ihr seht doch, daß der östliche Teil des Kessels ein förmliches Pflanzendickicht bildet, während der westliche, größere Teil weit weniger bewachsen ist. Man scheint dort sogar zuweilen Holz niedergehauen zu haben, um Feuer zu machen."

„Das tut man stets, wenn man zur Beratung hier versammelt ist."

„Zur Beratung? Doch auch zur Jagd oder zu einem sonstigen Zweck?"

„Nein. Dieser Ort ist jedem roten Manne heilig. Er ist nur für große, wichtige Beratungen bestimmt, die zwischen verschiedenen Nationen abgehalten werden. Nie wird man hier über unwichtige Dinge beraten! Und nie wird ein roter Mann diesen Ort betreten, ohne daß es eine große Zusammenkunft zweier oder mehrerer Nationen gilt!"

„Ah! — Wirklich?"

„Ja", versicherte er. „Ich weiß das ganz genau! Und selbst bei großen Beratungen, wo viele, viele Krieger sich hier versammeln, wird es keiner von ihnen wagen, den östlichen Teil dieses Platzes zu betreten."

„Warum?"

„Man sagt, da wohne der böse Geist, der Teufel, nach dem man die Kanzel benennt."

„Höchst sonderbar und höchst unklar! Was man sich von diesen beiden Kanzeln erzählt, ist jedenfalls viele hundert Jahre alt. Da läßt sich wohl denken, wie sehr man die Wahrheit verwischte. Glaubt Ihr daran?"

„Ich glaube an den Kern dieser Wahrheit."

„Kennt Ihr ihn, diesen Kern?"

„Nein. Ich hoffe aber, ihn von Tatellah-Satah zu erfahren."

„Es fragt sich, ob er selbst ihn kennt. Wenn er ihm bekannt wäre, hätte er, als er hier von dieser Kanzel sprach, sich anders ausgedrückt. Er hätte nicht Kanzel und Ohr als denselben Punkt bezeichnet. Glaubt auch Ihr, daß sich dort im östlichen Teil des Platzes der böse Geist aufhält, der Teufel?"

„Ich achte den Brauch meiner Väter, ohne zu fragen, ob er sich auf Wahrheit gründet oder nicht."

„So werdet Ihr es also vermeiden, den heiligen Ort da unten zu betreten?"

„Wird Mr. Burton hinuntergehen?"

„Ja, ich gehe."

„Mrs. Burton vielleicht auch?"

„Ja, ganz bestimmt auch sie."

„So gehe ich sehr gern mit, wenn beide es wünschen. Ich war vier Jahre lang bei den Bleichgesichtern und habe bei ihnen gelernt, die Seele eines Dinges vom Ding selbst zu unterscheiden. Die Seele ist mir heilig; ihr sichtbares Kleid aber verehre ich nicht. Doch ich achte es und würde es nur dann verletzen oder gar zerreißen, wenn ich Grund hätte, es für böse, also für schädlich zu halten."

Wie dieser junge Indianer sprach! Wäre er mir nicht schon so sympathisch gewesen, er wäre es mir nun geworden. Jetzt fragte Pappermann, der sich bisher still verhalten hatte:

„Ich höre, Ihr wollt da hinunter?"

„Natürlich! Die Devils pulpit ist doch unser Ziel!" antwortete ich.

„Wann?"

„Sofort!"

„So müssen wir satteln."

„Ist nicht nötig. Wir laufen."

„Oho!" rief er verwundert aus. „Glaubt Ihr, daß Maksch Pappermann läuft, wenn er ein Pferd oder ein Maultier am Zügel hat?"

„Das glaube ich freilich nicht. Aber es hat Euch auch niemand zugemutet, zu laufen. Ihr bleibt nämlich hier."

„Ich — bleibe — hier — ?" fragte er erstaunt.

„Ja."

„Bin ich etwa nicht wert, mitgenommen zu werden?"

„Redet keinen Unsinn! Ich brauche Euch hier oben notwendiger als da unten. Wir wissen, daß die Feinde kommen. Aber leider wissen wir keine bestimmte Zeit. Jeder Augenblick kann sie uns bringen. Sie können sich gerade dann einstellen, wenn wir da unten sind und sie nicht kommen sehen. Eben darum beabsichtige ich ja, zu laufen, nicht zu reiten. Pferde machen deutlichere Spuren als Menschen. Und es könnte sich ereignen, daß wir wohl ganz glücklich entkommen könnten, uns aber, um dann auch sie zu retten, bloßstellen und in Gefahr begeben müßten —"

„Ah! Errate, errate!" unterbrach er mich.

„Nun, was erratet Ihr?"

„Daß ich hier oben bleiben soll, um Wache zu halten, um aufzupassen?“

„Allerdings!“

„So ist das etwas anderes! Ich tue es gern und bitte, mich zu unterweisen.“

„Das ist sehr schnell geschehen. Wir wissen, daß die Sioux und die Utahs kommen werden. Die ersten sind von Norden, die anderen von Westen her zu erwarten. Für beide Fälle liegt der Talkessel so, daß sie nicht von der Seite kommen können, von der wir gestern kamen, sondern von der entgegengesetzten. Und diese Seite liegt hier so deutlich und so ausführlich vor Euren Augen, daß Ihr die Roten schon lange, ehe sie kommen, bestimmt entdecken müßt. Da gebt Ihr uns ein Zeichen.“

„Was für eins?“

„Einen langen, scharfen Pfiff.“

„Etwa so?“

Er steckte den gekrümmten Zeigefinger in den Mund und ließ eine Probe hören.

„Ja, das genügt.“

„Schön! Aber wie steht es mit dem Weg hinunter zur Kanzel? Ihr seid noch nicht unten gewesen.“

„Ist auch nicht nötig. Der ‚junge Adler‘ kennt ihn ja. Und selbst wenn dies nicht der Fall wäre, glaubt Ihr doch nicht etwa, daß ich mich verlaufen würde, nachdem ich die Devils pulpit von hier aus so deutlich vor mir liegen sehe! Kommt!“

Wir stiegen wieder zum Lager hinab; nur Pappermann allein blieb oben. Ich nahm den zerlegten Henry-Stutzen aus dem Koffer und schraubte ihn zusammen.

„Willst du schießen?“ fragte das Herzle.

„Ängstige dich nicht. Ich denke nur an Wild“, beruhigte ich sie. „Der ‚junge Adler‘ wird sein Gewehr auch mitnehmen.“

Sie winkte verstohlen nach ihm hin. Mein Blick folgte dieser Richtung ebenso verstohlen. Ich sah, was sie meinte.

Es war rührend, mit welch einer andächtigen Spannung er den Stutzen betrachtete und jeden Griff beobachtete, den ich tat, während ich ihn lud.

„Uff!" sagte er. „Das ist er! Das also ist er! Wie oft hörte ich von ihm sprechen! Darf ich ihn einmal berühren?"

„Hier ist er!"

Er nahm ihn in die Hand, doch ohne sich zu erlauben, ihn zu untersuchen. Dann drückte er ihn wie in einer plötzlichen Aufwallung an sich und sagte:

„Wie oft wurde Winnetou durch ihn gerettet, wie oft! Ein einziges, ein einziges Gewehr!"

Bei diesen Worten gab er mir den Stutzen zurück. Ich nahm ihn und antwortete:

„So einzig, wie Ihr denkt, ist er längst nicht mehr. Ja, man hat mich ausgelacht, wenn ich von fünfundzwanzig Schüssen sprach. Es hat sogar kluge, sehr kluge Menschen gegeben, die mich dieses Gewehrs wegen einen Lügner und Schwindler nannten, obgleich sie von Handfeuerwaffen und vom Schießen so wenig verstanden, daß es mich geradezu erbarmte. Nun aber ist es schon lange her, daß ich nicht nur gerechtfertigt, sondern sogar übertroffen worden bin. In Italien erfand Major Cei-Rigotti ein fünfundzwanzigschüssiges Armeegewehr, und dem englischen Kriegsminister wurde sogar ein achtundzwanzigschüssiges, das 3100 Meter weit trägt, von einem schottischen Erfinder vorgelegt. Übrigens wird dieser Stutzen zu seiner Zeit genau denselben Weg gehen, den jetzt Winnetous Silberbüchse geht."

„Habt Ihr auch diese mit?" fragte er, während seine Augen leuchteten.

„Ja."

„Darf ich sie sehen?"

„Später. Jetzt müssen wir jeden Augenblick für die Untersuchung der Devils pulpit sparen, denn wenn die

Feinde angekommen sind, ist es zu spät dazu. Verlieren wir keine Zeit."

Als ich das sagte, hörten wir über uns ein Lachen. Pappermann war es. Er kam herabgestiegen. Er hatte uns schon fast erreicht; da sagte er:

„Ja, obenbleiben soll ich! Und laufen wollen diese drei klugen Leute! Werden aber doch reiten müssen! Und werden mich dazu brauchen, sogar sehr."

Als er das sagte, fiel mir ein, wie recht er hatte. Das Herzle aber fragte:

„Reiten? Und Euch dabei auch brauchen? Gewiß nicht! Wir gehen!"

„Nein, Ihr reitet!" lachte er fröhlich. „Werdet mir schon einmal gehorchen müssen, ganz gleich, ob Ihr wollt oder nicht! Oder will Mrs. Burton vielleicht nasse Füße haben, einen Schnupfen, einen Husten, einen Katarrh und andere schöne Dinge? Das Niesen gar nicht gerechnet!"

Das war allerdings sehr richtig. Ein Westmann fragt freilich nicht danach, ob er naß wird oder nicht, aber wenn er es vermeiden kann, so ist er einverstanden. Wir setzten uns also alle auf und ritten hinaus, über den Weiher hinüber. Dann schaffte Pappermann die Pferde wieder zurück. Wir aber folgten dem schmalen Wässerchen abwärts, bis wir die Stelle erreichten, an der wir gestern von der Richtung nach der Teufelskanzel abgewichen waren. Von da an hatte der größere Bach unser Führer zu sein, bis er allzu mutig wurde und sich in verschiedenen Sprüngen und Kaskaden direkt in die Tiefe stürzte. Das konnten wir nicht mitmachen. Wir stiegen also langsam und in bequemen Schlangenwindungen hinunter und machten dabei die Beobachtung, daß wir da nicht der geraden Richtung folgen konnten, sondern einen ganz ansehnlichen Bogen schlagen mußten, was Pappermann aber nicht mit berechnet hatte; eben dies hatte ihn zu der irrigen Ansicht gebracht, daß das, was der ‚junge Adler' sah, nicht die Teufelskanzel sein könne.

Unten in der Tiefe angekommen, sahen wir zunächst die schmale Spalte, die das Wasser in uralter Zeit fast senkrecht in den Felsen gefressen hatte. Es sah fast aus, als sei sie mit einer riesigen Säge hineingeschnitten. Ganz dasselbe hatte auch uns gegenüber am Ausgang des Kessels stattgefunden. Es war also erwiesen, daß er einen halb natürlichen, halb künstlichen See gebildet hatte und später, als der Wasserabfluß seinen Grund erreichte, vertrocknet war. Welchen Zweck hatten die beiden Inseln gehabt? Etwa den, überhaupt nur Inseln zu sein? Das wollte mir nicht einleuchten. Ebenso wichtg war mir die Frage: Wurde dieser Zweck mit Hilfe des Wassers erreicht, so daß nun, wo es kein Wasser mehr gab, auch er nicht mehr nachgewiesen werden konnte? Der Bach war freilich noch da. Er floß immer noch lang durch den ganzen Kessel. Aber er hatte die Steinplatten nicht durchdringen und sich keine tiefere Rinne bohren können, sondern sie bildeten seinen Grund, auf dem er sich durch angeschwemmtes Geröll seine eigenen Ufer gebaut und befestigt hatte. Wir wurden von ihm zunächst in den östlichen, dichter bewachsenen Teil des Kessels geführt, verweilten da aber nicht, sondern hoben ihn uns für später auf, weil es galt, zunächst den westlichen Teil des Geländes kennen zu lernen, weil von dieser Seite die Roten zu erwarten waren. Wir mußten vor allen Dingen dort fertig sein, wenn sie kamen.

In diesem westlichen Teil gab es einige Stellen, an denen unter der aufgewühlten Erde die Steinplatten hervorschauten. Die Bäume waren nicht hoch, und die Büsche nicht dicht. Sie hatten nur allzu oft Brennstoff zu Lagerfeuern liefern müssen. Die zwischen ihnen liegenden, zahlreichen, lichten Stellen waren so groß, daß Hunderte von Lagernden Platz finden konnten, ohne einander zu beengen. Die hier befindliche Insel war höher als der höchste Baum; was aber nicht viel sagen will, weil die Bäume ja keine bedeutende Höhe besaßen. Sie war nicht mit Grün bewachsen, sondern völlig kahl. Eine Reihe von Stufen führte hinauf. Oben gab es in der Mitte einen hohen, steinernen Sessel und rund um ihn einen Kreis von niedrigeren Sitzen. Das war die ‚Teufelskanzel', auf der die Häuptlinge zu beraten und das Ergebnis dann durch den Sprecher der unten versammelten Menge zu verkünden hatten.

Wir stiegen hinauf. Es war nicht das geringste zu sehen, was uns als beachtenswert erschienen wäre. Natürlich betrachtete ich von hier aus, doch ohne etwas davon zu sagen, die im östlichen Teil liegende andere Insel. Sie war genau ebenso hoch wie diese hier, doch umfangreicher und außerdem dicht bewachsen. Auch bis zu ihrer Oberfläche reichte keiner der Bäume hinauf, und wenn es sich wirklich, wie ich mehr und mehr vermutete, um ein akustisches Geheimnis handelte, so gab es auf unserer jetzigen Höhe rundum keinen Gegenstand, durch den die Schallwellen hätten aufgefangen oder unterbrochen werden können. Hierauf stiegen wir wieder hinab. Wir waren mit diesem Teil des Kessels fertig und schauten einmal zur Höhe empor, ob es wohl möglich sei, unseren Pappermann zu sehen. Jedenfalls beobachtete er uns; aber da er wahrscheinlich so klug war, sich nicht ganz vor an die Brüstung zu wagen, konnten wir ihn nicht entdecken.

Nun begaben wir uns nach dem anderen, dichter bewachsenen Teil der Ellipse. Ich steuerte da direkt auf die zweite Insel zu, hemmte aber schon bald meinen eiligen Schritt, denn ich stieß auf Spuren, doch glücklicherweise auf solche, die man gern, sehr gern zu sehen pflegt. Auch dem ‚jungen Adler' fielen sie sofort auf. Es sah fast so aus, als ob Kinder wiederholt durch die Brombeersträucher gebrochen seien. Wir waren zunächst still, aber als wir uns einmal rund um die Insel geschlichen hatten und nun wußten, woran wir waren, fragte ich:

„Herzle, hast du Appetit auf Bärenschinken oder Bärentatzen?"

„Mein Schreck!" antwortete sie schnell und sogleich erregt. „Gibt es etwa Bären hier?"

„Ja."

„Wohl gar Grizzlies?"

„Nein. So schlimm ist es nicht. Es ist ein ganz niederträchtig unschädlicher schwarzer Bär, der auf dem linken Hinterbein hinkt. Er scheint einmal verwundet worden zu sein und hat sich also die Gefährlichkeit abgewöhnen müssen. Ich vermute in ihm einen leidenschaftlichen Vegetarier, der sich nicht die geringste Mühe geben wird, dir als Menschenfresser zu erscheinen. Er steckt da oben auf der Insel."

„Da oben?" Sie schaute empor und fügte sofort hinzu: „Du hast recht! Ich sehe ihn! Da guckt er herunter! Da, da!"

Sie zeigte mit der Hand hinauf. Da hob der ‚junge Adler' auch schon sein Gewehr.

„Schießt nicht; schießt nicht!" bat sie. „Er macht ein gar zu liebes, albernes Gesicht!"

Aber ihr Wunsch kam zu spät. Der Schuß krachte. Die Kugel war in das Auge gezielt und drang direkt in das Gehirn. Der Bär hatte hart am Rand der Insel gelegen und, als er uns sah, eine Bewegung gemacht, sich aufzurichten. Nun sank er wieder nieder, wälzte sich unter der Wirkung des Schusses einmal nach vorn und kam dann heruntergerutscht, um tot vor unseren Füßen liegen zu bleiben.

„Wie schade, wie schade!" meinte das Herzle. „Wir konnten ihn leben lassen!"

„Zu seiner eigenen Qual?" fragte ich, während ich ihn untersuchte. „Schau her! Er war nicht verwundet, sondern hatte das Hinterbein gebrochen, und da ihn keine Universitätsklinik aufnehmen wollte, so schleppte er es hinterher, bis ihn unsere Kugel erlöste."

„Aber gebrochene Beine esse ich nicht!“ erklärte sie energisch.

„Ich auch nicht!“ stimmte ich ihr bei. „Sie müssen unbedingt erst eingerichtet und dann verbunden werden, natürlich in Gips. Hierauf spickt und bratet man sie, und dann werden sie gegessen!“

„Du bist ein lasterhafter Mensch!“ bestrafte sie mich, halb lachend und halb ernst. „Was wird nun mit dem Bären? Ich trage ihn nicht hinauf, wo wir wohnen.“

„So wird er von unserem Maksch geholt! Der Bär ist über vier Jahre alt und wiegt wohl einige Zentner, aber wir haben ja Maultiere, ihn zu tragen. Wir müssen alles fortschaffen, dürfen nichts von ihm hier lassen, der Indianer wegen, die wir erwarten. Jetzt ziehen wir ihm den Rock aus.“

Das ging sehr schnell. Der ‚junge Adler‘ half und zeigte sich als geschickt und sauber. Als wir das Wild dann wieder in sein eigenes Fell gewickelt hatten, setzten wir unsere unterbrochenen Nachforschungen fort. Auch hier führten Stufen hinauf, die aber von Ranken fast unwegsam gemacht worden waren. Zu beiden Seiten dieser Stufen gab es je eine große Steintafel mit ziemlich wohlerhaltenen Meißelarbeiten. Diese Tafeln waren jedenfalls erst dann angebracht worden, als das Bassin kein Wasser mehr hatte. Sie enthielten Abbildungen der Insel. Auf der ersten Tafel sahen wir eine männliche Figur, die hinaufsteigen wollte. Auf der zweiten erschien oben ein schreckliches Ungetüm, das diesen Kühnen verschlang, noch ehe er hinaufgelangt war. Also eine Warnung, die Insel zu betreten! Warum das? Es schien hier also doch etwas vorhanden gewesen zu sein, was niemand wissen durfte! Wir kletterten hinauf.

Oben angekommen, sahen wir, vom Gebüsch vollständig überwuchert, ein kleines, niedriges Gebäude, ungefähr einer Feldwächterhütte ähnlich, aber aus Steinplatten bestehend, sowohl die Wände als auch das Dach.

Gleich daneben hatte sich der Bär sein Lager hergerichtet. Drinnen hätte er es wohl bequemer gehabt, aber er hatte nicht hineingekonnt, denn die Tür war zu. Sie ging in einer steinernen Standangel, die in den Platten selbst angebracht war. Wir öffneten. Die Hütte war leer. Es konnten vier Personen da sitzen, mehr aber nicht. Für wen war dieses Häuschen bestimmt gewesen? Etwa für den Lauscher? Er saß hier versteckt und ungesehen. Auf der anderen Insel aber gab es weder ein solches Häuschen, noch verbergende Büsche. Er konnte also alles sehen; die aber, die er beobachtete, sahen ihn nicht.

Eine weitere Entdeckung war auch hier oben nicht zu machen, und zwar aus dem sehr triftigen Grunde, daß es überhaupt weiter nichts gab. Wenn das Geheimnis, nach dem ich suchte, wirklich vorhanden war, so fußte es ganz gewiß nicht auf scharfsinnigen, raffinierten Komplikationen, sondern auf der außerordentlich schlichten Anwendung eines einfachen Naturgesetzes. Ich war im höchsten Grade gespannt, hielt aber meine Gedanken jetzt noch geheim. Doch zögerte ich nicht, die entscheidende Probe zu machen. Ich bat meine Frau, mit dem ‚jungen Adler' nach der anderen Insel zurückzukehren und sich dort auf den großen Stuhl der Häuptlinge zu setzen.

„Wozu?" fragte sie.

„Es gilt eine Überraschung, die ich dir bereiten möchte."

„Eine gute?"

„Ja, eine gute. Wenn es gelingt, wirst du dich freuen! Oder willst du dich lieber schlimm überraschen lassen? Das kann ich auch!"

„Nein! Lieber gut! Aber, muß es denn sein?"

„Ja! Ganz unbedingt!"

„Du bist seit einiger Zeit so außerordentlich geheimnisvoll! Hoffentlich ist das nur vorübergehend! Ich werde gehorchen."

Sie entfernte sich mit dem Apatschen. Ich trat an den Rand der Insel und schaute ihnen nach. Ich sah sie beide über den Platz gehen, wobei sie miteinander sprachen, bis an die ‚Kanzel des Teufels'. Sie stiegen hinauf. Ich muß sagen, daß ich mich in großer Spannung befand. Ich lauschte.

Da erklang, nicht vor mir, also von da her, wohin ich schaute, sondern hinter mir die muntere Stimme meiner Frau:

„Er ruht nicht eher! Er wird es durchsetzen, hinter diese ‚Ohr'- und ‚Kanzel'-Sache zu kommen! Ich kenne ihn!"

Sie standen jetzt beide oben auf der Insel. Ich hatte das, was meine Frau sagte, erst von dem Augenblick an gehört, an dem sie auf der Höhe der Kanzel erschienen waren. Ich sah sie stehen, aber nicht deutlich. Die Gesichter konnte ich nicht erkennen; dazu war die Entfernung zu groß. Auch die Arm- und Handbewegungen waren für mich unsichtbar. Es trat nach dem letzten Wort eine Pause ein; dann hörte ich das Herzle wieder:

„Nein; ich habe keine Ahnung. Er hat ja noch keine Zeit gehabt, es mir zu sagen oder zu erklären."

Aus diesen Worten war zu schließen, daß der Apatsche auch etwas gesagt hatte, was meinem Ohr aber entgangen war. Wahrscheinlich stand ich falsch, nämlich so, daß mich die von seinem Munde ausgehenden Schallwellen nicht treffen konnten. Meine Frau war am Rand ihrer Insel stehen geblieben. So stand auch ich. Der ‚junge Adler' aber stand mehrere Schritte von ihr entfernt in der Mitte. Darum verließ auch ich den Rand und ging nach der Mitte zu. Die lag hier bei mir allerdings gerade da, wo das Häuschen stand, also tief im Gesträuch, und es fragte sich also, ob dieses Gebüsch die Schallwellen nicht auffangen und unhörbar machen werde. Das geschah aber nicht. Denn kaum hatte ich das Häuschen erreicht, so hörte ich meine Frau viel deutlicher als vorher:

„Leider habe ich noch keinen Bären gebraten. Ich muß mich da also ganz auf Euch verlassen. Sind die Tatzen wirklich das Beste? So delikat?"

Ganz ebenso deutlich hörte ich hierauf den jungen Apatschen antworten:

„Ohne allen Zweifel! Es gibt überhaupt nichts Delikateres!"

„Und müssen sie wirklich vorher so lange liegen, bis sie Würmer bekommen?"

„Eigentlich ja."

„Pfui!"

„Warum pfui? Man entfernt die Würmer. Man ißt sie doch nicht mit!"

„Aber sie waren doch da! Das ekelt!"

„So wartet man nicht so lange!"

Da machte ich mir den Spaß, mit lauter Stimme dazwischen zu rufen:

„Auf keinen Fall! Man hat unbedingt zu warten, bis die Würmer da sind! Dann werden die Tatzen gebraten; die Würmer aber verfüttert man an die Rotkehlchen und Nachtigallen!"

Gleich sofort hörte ich das Herzle lachend sagen:

„Das ist mein Mann, der Schalk! Er ist uns nachgeschlichen. Wo steckt er denn?"

Ich vermutete, daß sie sich nach mir umschaute. Sehen konnte ich sie nicht mehr. Darum rief ich:

„Hier bin ich — hier!"

„Wo denn?" fragte sie.

„Hier oben! Bei Maksch Pappermann!"

„Scherz! Sag es ernst!"

„Nun gut: Ich sitze da auf dem nächsten Baum!"

„Nichts als Allotria! Nimm doch Verstand an und sprich vernünftig!"

„Ganz wie du willst! Der ‚junge Adler' mag in seine linke Westentasche greifen. Da stecke ich!"

„Uff, uff!“ rief der Genannte. „Jetzt weiß ich es, jetzt, jetzt!“

„Was?“ fragte sie.

„Er ist gar nicht da, gar nicht hier! Seine Stimme klingt bald von oben, bald von unten, bald von rechts und bald von links. Er steht noch da, wo wir ihn verlassen haben; aber er hat die Fähigkeit entdeckt, uns seine Stimme bis hierher zu senden!“

„Sollte das wirklich sein?“

„Gewiß!“

„Dann wäre das wohl die Überraschung, von der er sprach?“

„Sehr wahrscheinlich. Ihr sagtet soeben, daß er nicht eher ruhen werde, als bis er hinter diese ‚Ohr‘- und ‚Kanzel‘-Sache gekommen sei. Nun kann er ruhen. Er hat es schon entdeckt!“

Da sprach ich hinein:

„Er hat recht. Ich ruhe!“

„Wo?“ fragte sie.

„Hier auf meiner Insel, ich stehe vor dem Häuschen.“

„Wirklich? Oder foppst du noch immer?“

„Nein. Jetzt bin ich ernst. Ich habe Bildung angenommen. Ich stehe wirklich hier am Inselhäuschen und höre euch ebensogut, wie ihr mich hört. Das ahnte ich. Ich werde euch den Sachverhalt erklären. Ich schickte euch nach der anderen Insel, um die Probe auf meine Vermutung zu machen. Sie ist gelungen. Sie stellt mich außerordentlich zufrieden.“

„Wenn das so ist, wie du sagst, so gleicht es fast einem Wunder!“ rief sie aus.

„Und das ist doch ganz und gar kein Wunder, sondern nur die kluge, sorgfältige Anwendung eines einfachen Naturgesetzes.“

„Da können wir doch von da aus, wo du jetzt bist, die Verhandlungen der Indianer belauschen!“

„Ja! Vom Anfang bis zum Ende! In aller Gemächlichkeit und Sicherheit!"

„Hörst du mich denn wirklich ganz deutlich?"

„Genauso, als ob du hier bei mir stündest!"

„Ich dich ebenso!"

„Schön! Aber machen wir trotzdem einmal eine Probe auf die Stärke oder Schwäche des Tons und auf den Punkt, auf dem man stehen muß, um ja kein Wort zu verfehlen!"

Auch diese Probe gelang sehr gut. Nur was geflüstert wurde, war nicht zu verstehen; es klang wie ein Hauch, der keine Worte hat. Und wenn man laut rief, so rollte es fast wie ein Donner. Man konnte fast darüber erschrecken. Dabei ging die Deutlichkeit um einen Teil verloren, doch nur um einen sehr geringen. Aber alles, was zwischen diesem Flüstern und diesem Donnern lag, klang genau so, als ob man sich nicht an zwei so entfernten Punkten, sondern an einem und demselben Ort befände.

Schließlich machte das vorsichtige und stets sichergehende Herzle den Vorschlag, unsere beiden Positionen einmal zu vertauschen.

„Du kommst hierher nach meiner Insel, und ich komme nach der deinen", sagte sie. „Unterwegs treffen wir einander. Du aber legst irgend etwas, was ich dir jetzt sage, in das Häuschen hinein, damit ich mich überzeuge, daß du dich jetzt wirklich dort befindest."

„So glaubst du jetzt immer noch, ich scherze?"

„Nein, denn hier bei uns bist du nicht, auch nicht in unserer Nähe. Wir würden dich sehen. Aber ich verstehe von eurer Akustik und euren Naturgesetzen so wenig, daß ich nur meinen Augen trauen kann, nicht aber der Wissenschaft oder gar deinem Schalk im Nacken!"

„So sag, was soll ich herlegen? Meine Uhr, mein Messer?"

„Nein, sondern etwas Poetisches!"

„Nun, was?"

„Einen Liebesbrief!"

„Oho! An wen?"

„An mich natürlich. Es ist ja keine andere da. Nimm also ein Blatt aus deinem Notizbuch und schreibe darauf, was ich dir jetzt diktiere!"

„Gut! Das Blatt ist da, der Bleistift auch. Nun sprich!"

Sie diktierte Folgendes:

„Mein teures Herzle! Ich liebe Dich und bleibe Dir treu bis in den Tod. Zu Deinem nächsten Geburtstag bekommst Du fünfzig Mark für das Radebeuler Krankenhaus. Ich halte Wort und unterschreibe es mit meinem eigenen Namen!"

„Nun unterschreib aber auch!" fügte sie hinzu.

„Ist hiermit geschehen!" meldete ich.

„So komm!"

Ich legte den Zettel in das Häuschen, stieg von meiner Insel hinunter und ging nach der ihrigen. Unterwegs trafen wir einander. Sie wollte mir wegen der fünfzig Mark einen triumphierenden Blick zuwerfen, brachte es aber nicht fertig. Sie reichte mir vielmehr die Hand, um sich zu bedanken, und ging dann mit dem ‚jungen Adler' weiter. Ich beeilte mich, schnell nach der anderen Insel zu kommen. Als dies geschehen war und ich dann oben stand, verhielt ich mich sehr still und lauschte. Da hörte ich sie kommen. Sie sprachen miteinander. Klärchen ging sofort nach dem Häuschen. Ich hörte sie sagen:

„Da liegt das Blatt! Wirklich, wirklich!" Sie las es und fuhr dann fort: „Genauso, wie ich es diktierte! Es kann also kein Zweifel mehr sein —"

„O doch!" unterbrach ich sie schnell.

„Ah, du bist auch schon dort?" fragte sie.

„Ja."

„Und zweifelst?"

„Ganz bedeutend. Ich muß auch eine Probe machen, um mich zu überzeugen!"

„Welche Probe?"

„Du hast doch wohl auch deinen Bleistift bei dir?"

„Ja."

„So nimm mein Blatt, und schreibe auf die andere Seite, was ich dir jetzt diktiere!"

„Schön! Ich habe das Blatt und den Stift. Es kann beginnen!"

Ich diktierte:

„Die gehorsamst Unterzeichnete gesteht hiermit vor der Staatsanwaltschaft des Königlich Sächsischen Landgerichts zu Dresden reumütig ein, daß sie sich auf der Devils pulpit des amerikanischen Staates Colorado einer raffinierten Erpressung von 50 Mark, sage und schreibe fünfzig Mark, schuldig gemacht hat und hierfür —"

„Halt, halt! Nicht weiter!" fiel mir ihre Stimme ins Wort. „Ich habe meine Sünden nur dir einzugestehen, nicht aber der Staatsanwaltschaft, die ich für alles, was auf der Teufelskanzel geschieht, für völlig unzuständig erkläre. Deine fünfzig Mark gehören von jetzt an meinen Kranken; dabei hat es zu bleiben! Wenn es noch weiterer Proben bedarf, so mache andere, aber nicht solche!"

„Ich verzichte!"

„So komm und bitte es mir ab! Was mich betrifft, so bedarf deine Entdeckung für mich keiner weiteren Beweise."

„So gehen wir jetzt nach unserem Lager zurück. Ich komme nicht erst zu euch, sondern wir treffen uns am Wasser, draußen vor dem Kessel."

Als ich dort ankam, waren sie noch nicht da. Es dauerte noch einige Zeit, bis sie sich einstellten.

„Wir mußten dich warten lassen", entschuldigte sich meine Frau. „Es galt doch, es dir so bequem wie möglich zu machen."

„Was?"

„Deinen Lauscherposten, das Häuschen, in dem du dich wohl stundenlang oder wohl gar noch länger aufhalten wirst. Es mußte gereinigt werden. Dann haben wir trokkenes Laub hineingeschafft, so viel, daß du es dir so behaglich machen kannst, wie die Verhältnisse es gestatten. Steigen wir jetzt nach oben?"

„Ja. Aber nur wir beiden. Der ‚junge Adler' kann hier bleiben und auf Pappermann warten, der den Bären zu holen hat. Das Tier ist zu schwer für einen; es gehören zwei dazu."

Der Apatsche war einverstanden. Er legte sich ins Moos, um auf den alten Westmann zu warten; wir beiden aber machten uns auf den Weg nach dem Lagerplatz hinauf.

Dort angekommen, erfuhren wir, daß Pappermann uns von Anfang bis Ende beobachtet hatte. Auch den Schuß hatte er gehört und sich gleich gedacht, daß er irgendeinem Wild gegolten habe. Aber was für ein Wild das gewesen war, das wußte er nicht. Nun freute er sich um so mehr darüber und machte sich schleunigst mit zwei Maultieren auf, um den Bären zu holen.

Da es der Sioux und der Utahs wegen galt, wachsam zu sein, und der bisherige Wächter sich entfernt hatte, so überzeugte ich mich zunächst, daß es den Pferden an nichts mangelte, und dann kletterten wir nach unserem hochgelegenen Lauscherposten hinauf. Von da oben aus hatten wir die Ellipse der Devils pulpit so deutlich überschaubar unter uns liegen, daß es mir nicht schwer wurde, meiner Frau geometrisch nachzuweisen und zu erklären, in welcher Weise es zustande kam, daß man an einem Brennpunkt alles, was an dem anderen gesprochen wurde, so deutlich hören konnte. Als dann der Bär gebracht wurde, übernahm der ‚junge Adler' die Wache hier oben, und wir stiegen wieder zum Zelt hinab, wo Pappermann dem Herzle ausführlich beschrieb, wie man Bärentatzen einzuschnüren und in die Erde zu graben hat, damit sie schnell mürbe werden, ohne daß Maden und Würmer sich einstellen. Die Schinken wurden sorgfältig von allem Fett befreit, in Asche gewälzt und dann auch eingeschnürt, um aufgehoben und mitgenommen zu werden. Die Vorderkeulen aber unterwarf der alte Westmann einer anderen, sehr anstrengenden Prozedur. Sie sollten zuerst verzehrt werden und wurden darum von ihm geklopft, wohl eine Stunde lang, mit einer kurzen, starken Keule, die er sich aus einem Ast schnitt. Ich aber suchte inzwischen die verschiedenen Kräuter zusammen, die ein jeder Kenner des ‚wilden' Westens für unerläßlich hält, wenn er sich über am Spieß oder unter heißen Steinen gebratenes Bärenfleisch lobend aussprechen soll. So hatte ein jeder zu tun, das Herzle aber am allermeisten, denn sie buk heute auch Brot, gleich für drei oder vier Tage, dazu einen leckeren Brombeerkuchen, zu dem die Beeren massenhaft in nächster Nähe unseres Zeltes standen. Hierdurch wurde die erste der von Trinidad mitgenommenen Mehlbüchsen leer, und das Herzle beeilte sich, sie mit dem zerlassenen Bärenfett zu füllen. Bärenfett ist nämlich im Westen ein wichtiger Artikel, der sehr vielseitig verwendet wird und jeden Braten, sogar jedes Backwerk, wie Kenner behaupten, schmackhafter macht. Diese Wichtigkeit besaß er schon in alter Zeit bei den Indianern, noch ehe die Weißen kamen. Fast jede Stadt und jedes Dorf besaß einen besonderen Stall oder Zwinger, in dem Bären gezüchtet, gefüttert und gemästet wurden, um dann geschlachtet zu werden. —

Die Sioux kamen heute und auch anderntags noch nicht. Der ‚junge Adler' und ich benutzten diese freie Zeit, den Wortschatz, den meine Frau in der Sprache und Ausdrucksweise der Apatschen besaß, möglichst zu vermehren. Sie hatte den Wunsch, besonders Kolma Puschi damit zu erfreuen.

Erst am dritten Tage stellten sich die Erwarteten ein, und zwar gegen Abend. Wir sahen sie schon von weit draußen her kommen, über einen fernliegenden, kahlen Bergesrücken. Sie ritten einzeln hintereinander, im sogenannten Gänsemarsch, ganz so, wie es früher geschah, als man den Westen noch als ‚wild' bezeichnete. In jener Zeit aber hätten sie sich gewiß sehr gehütet, ihren Weg über diesen nackten Berg zu nehmen, der ihnen so wenig Deckung bot, daß man sie sofort sehen mußte. Da es sich um keinen Kriegszug handelte, wenigstens jetzt noch nicht, so waren sie noch nicht mit den Farben des Krieges bemalt, an denen es möglich ist, die Stämme und Nationen genau voneinander zu unterscheiden. Dennoch gab es einige Kennzeichen, besonders in Beziehung auf ihre Lanzen und auf die Anschirrung, Ausschmückung und Halfterung ihrer Pferde, aus denen ich ersah, daß wir es da mit Utah-Indianern zu tun hatten, und zwar in sehr gemischter Zusammensetzung. Wir sahen — um mich eines gebräuchlichen Ausdrucks zu bedienen — wilde, halbwilde und zahme Utahs. Sie gehörten zu den Unterabteilungen der Pah-Utahs, der Tehsch-Utahs, der Kapote-, Wihminutsch- und Elkmountain-Utahs, der Yampa-, Pahwang- und sogar der Sempisch-Utahs. Unter den Kapote-Utahs sah ich einen alten, grauköpfigen Häuptling, bei dessen Anblick ich an Tusahga Saritsch[1] denken mußte, von dem ich in ‚Old Surehand' erzählt habe. Ich bitte, das nachzulesen. Aber die Entfernung war leider so groß, daß ich die Gesichtszüge nicht deutlich erkennen konnte. Später stellte es sich heraus, daß ich mich nicht geirrt hatte; es war Tusahga Saritsch, der mir bekannte Häuptling der Kapote-Utahs, der sich damals nur notgedrungen mit uns aussöhnte, jetzt aber, wo er am Rand des Grabes stand, wieder zu unseren Feinden gehörte.

Als die Utahs den Felsenkessel erreichten, ersahen wir aus ihrem Verhalten, daß dieser Ort auch für sie heilig war. Sie betraten ihn nur mit Scheu. Sie brachten sich sogar Feuerholz mit, um die Bäume und Sträucher der Devils pulpit schonen zu können. Und sie blieben nur im westlichen Teil; den östlichen, wo wir den Bären geschossen hatten, wagten sie nicht zu betreten. Und, was

[1] Utah-Sprache: ‚Schwarzer Hund'

für uns das wichtigste war, sie umlagerten die Teufelskanzel nur in weitem Kreise. Keiner nahte sich ihr, und noch viel weniger hatte einer von ihnen den Mut, sie zu ersteigen. Die Verhandlungen und Beratungen begannen jedenfalls erst nach dem Eintreffen der Sioux. Dann befanden sich ‚verschiedene Nationen' beisammen, und hierauf erst war es erlaubt, die Kanzel zu betreten. Was dann besprochen wurde, das wollten wir hören, Unwichtiges aber nicht. Darum verzichteten wir darauf, uns jetzt schon anzuschleichen und uns um bloßer Neugier willen in die Gefahr zu begeben, entdeckt zu werden, ohne daß wir irgendeinen Nutzen davon hatten. Wir blieben also in unserem Lager und nahmen uns vor, recht auszuschlafen, weil wir nicht wissen konnten, ob wir hierzu so bald wieder Gelegenheit hatten.

Am Abend sahen wir unten einige Feuer brennen, die aber so klein waren, daß sie für uns nicht ausreichten, die Gestalten der an ihnen sitzenden Indianer zu erkennen. Auch still ging es da unten zu, außerordentlich still. Es gab keinen Laut, der bis herauf in unsere Höhe drang. Wir schliefen gut. Nichts störte unsere Ruhe. Der nächste Tag verging, ohne daß die Sioux kamen. Aber am darauf folgenden Morgen sahen wir, daß die ausgestellten Posten sich einstellten, um das Erscheinen der Erwarteten zu melden. Diese kamen genauso im Gänsemarsch wie vorgestern die Utahs. Voran ritt ein sehr alter, sehr langer und sehr hagerer Häuptling, der sein Pferd von zwei gewöhnlichen Indianern führen ließ, daß es keinen Fehltritt tue. Er schien also nicht mehr gut bei Kräften zu sein. Daß er trotzdem einen so weiten Ritt unternahm, ließ darauf schließen, daß ihn der Gedanke, der ihn jetzt nach dem Süden führte, innerlich fanatisierte.

Er wurde von den Utahs mit großer Achtung empfangen. Als man ihn vom Pferd gehoben hatte, sah man erst, wie übermächtig lang, schmal und dünn er war. Wäre es nicht lichter Tag gewesen, so hätte man ihn für ein

Gespenst halten können. Das war, wie ich dann bald feststellte, Kiktahan Schonka, der ‚wachende Hund‘, der den Apatschen und allen ihren Freunden den Untergang geschworen hatte. Man breitete für ihn einige weiche Decken gegenüber dem Utah-Häuptling Tusahga Saritsch aus und setzte ihn da wie ein Kind nieder. Hinter ihm wurden einige Pfähle eingeschlagen, damit er sich daran lehnen möge. Ich betrachtete ihn nachdenklich durch das Fernglas. In solchen menschlichen Ruinen pflegen Haß und Rachgier sich länger zu erhalten als in gesunden, widerstandsfähigen Personen.

Nun war es Zeit für uns, unseren Lauscherposten zu beziehen. Das Herzle wäre gar zu gern mitgegangen; sie konnte mir aber nichts nützen, sondern mich nur hindern. Pappermann verzichtete darauf, mich zu begleiten.

„Was soll ich da unten?“ fragte er. „Wer die Indsmen belauschen will, muß ihre Sprache besser, viel besser kennen als ich. Ich heiße zwar Maksch Pappermann und bin mit dem Gewehr in der Hand wohl kein unebener Kerl; aber gerade da, wo die Sprachen und Dialekte anfangen, da hört meine Klugheit auf, vollständig auf! Ich bleibe also hier oben bei unserer Mrs. Burton und lasse mir von ihr einen neuen Brombeerkuchen backen. Oder nicht?“

Sie nickte.

So stieg ich also mit dem ‚jungen Adler‘ durch den Wald den Berg hinab. Wir nahmen unsere Gewehre mit, um für alle Fälle auch eine weittragende Waffe in der Hand zu haben. Es versteht sich von selbst, daß wir alle Vorsicht anwendeten, keine Spuren zu machen und nicht gesehen zu werden. Denn morgen war der Tag, den die beiden Santer uns bezeichnet hatten. Da kamen sie wahrscheinlich hier an. Es war aber auch möglich, daß sie sich eher einstellten und sich heimlich hier herumtrieben, um die Indianer zu belauschen, bevor sie sich vor ihnen sehen ließen. Wir stiegen also nur an solchen Stellen hinab, die jeder andere vermieden hätte, und taten, wie wir dann später bemerkten, sehr wohl daran. Unten angekommen, drangen wir sofort in das tiefste Dickicht ein, um so schnell wie möglich zu verschwinden.

Als wir unseren Lauscherposten und unser kleines Inselhäuschen erreicht hatten, sah ich, daß meine Frau uns da allerdings eine sehr bequeme Gelegenheit zum Sitzen und auch Liegen geschaffen hatte. Zunächst aber machten wir davon noch keinen Gebrauch, weil wir nun doch nahe genug waren, um uns die Roten genauer betrachten zu können, wenn auch nicht mit den bloßen Augen, sondern wiederum durch mein Fernglas, das ich mitgebracht hatte. Wir zählten genau vierzig Utahs und vierzig Sioux. Diese Zahl schien also vorher bestimmt worden zu sein. Jedenfalls handelte es sich nur um die Ober- und Unteranführer. Die gewöhnlichen Krieger, also die eigentlichen Truppen, von denen die Apatschen angegriffen werden sollten, waren nicht ganz bis hierher mitgenommen worden. Die beiden obersten Häuptlinge habe ich schon genannt. Außer ihnen gab es fünf Unterhäuptlinge der Sioux und fünf Unterhäuptlinge der Utahs. Die übrigen waren Leute, die sich in irgendeiner Weise hervorgetan hatten und darum das Vertrauen der Anführer besaßen. Was mir auffiel, das war, daß man nicht die Friedenspfeife sofort und allgemein im Kreise herumgehen ließ. Man hatte sich in ganz gewöhnlicher Weise begrüßt und setzte sich dann zunächst zum Essen und zum Ausruhen nieder. Ich beobachtete vor allen Dingen Kiktahan Schonka und Tusahga Saritsch. Die anderen gingen mich jetzt weniger an. Den Utah-Häuptling erkannte ich, als ich mein Glas auf ihn richtete, sofort wieder. Er war alt, sehr alt geworden, viel älter als seine Jahre, und außerordentlich runzelig. Solche Leute befinden sich ja nicht im Besitz der Seelenkraft, die auch äußerlich jung erhält. Der Siou hatte eine fürchterlich hervorstehende, sehr schmale und, fast möchte ich sagen, messerscharfe Nase, einen breiten, lippenlosen Mund, tief in ihren Höhlen liegende Augen und eine falsche, aus lauter Skalpen zusammengesetzte Perücke. Man soll nicht unlieb über seine Nebenmenschen urteilen, aber wenn ich ehrlich sein will, muß ich sagen, daß dieser Indsman mir gleich beim ersten Blick, den ich auf ihn warf, außerordentlich widerlich erschien.

Das Essen dauerte ziemlich lange, wohl über zwei volle Stunden. Dann begaben sich die Häuptlinge hinauf auf die Kanzel. Kiktahan Schonka konnte die Stufen nicht ersteigen. Er wurde mit Hilfe von Lassos gezogen und von unten nachgeschoben, bis er oben war. Von diesem Augenblick an begannen wir, zu hören. Die Friedenspfeifen wurden angezündet. Der Oberhäuptling der Utahs stand auf, blies den Rauch nach den sechs Richtungen und hielt die erste Rede. Der Oberhäuptling der Sioux konnte sich nicht erheben; aber er wiederholte dieselben Stöße des Rauches und sprach sodann im Sitzen. Die Unterhäuptlinge folgten diesem Beispiel, einer nach dem anderen. Wenn ich diese zwölf Reden hier wiedergeben wollte, müßte ich fast einen ganzen Tag lang schreiben, um mit ihnen fertig zu werden. Und doch bildeten sie nur die Einleitung zu den Verhandlungen, die gepflogen werden sollten. Man hatte hierfür drei volle Tage angesetzt, die wir also hier bei oder in der Hütte verbringen mußten, um ja nichts zu versäumen. Davor graute mir schon im voraus! Glücklicherweise aber stellte sich sehr bald eine triftige Veranlassung ein, diese lange Zeit derartig abzukürzen, daß aus den drei Tagen nur drei Stunden wurden, und diese Veranlassung — war ich selbst!

Aber interessant, hochinteressant waren diese zwölf Reden; das darf ich gestehen. Sie begannen alle mit der Versicherung, daß die Apatschen und die mit ihnen verbündeten Nationen die niederträchtigsten Menschen seien, die man sich denken könne, daß aber der Gipfel dieser

Niederträchtigkeit nur von Winnetou und Old Shatterhand, seinem Freunde, erreicht worden sei. Und diesem Winnetou solle jetzt ein Denkmal gesetzt werden! Auf dem Berge, der nach seinem Namen benannt worden sei! Ein Denkmal von purem, glänzendem Gold! Und dieses Gold hätten alle, alle Stämme der Indianer zu liefern! Aus all den Bonanzen, Lagern und Nuggetverstecken, die man den Bleichgesichtern jahrhundertelang so sorgfältig verheimlicht habe! Für diesen einen, verächtlichen Menschen, den man nie anders genannt habe als nur den Hund, den Coyoten, den Pimo, den Apatschen! Und von wem solle dieses Denkmal gefertigt werden? Von einem Bildhauer und von einem Maler! Von Young Surehand und Young Apanatschka, deren Väter Verräter an der ganzen roten Rasse und nichtswürdige Geschöpfe der Bleichgesichter seien! Dieses Denkmal sei jetzt einstweilen auf Leinwand gemalt und aus Ton zusammengeklebt. Es werde am Mount Winnetou ausgestellt, und die Häuptlinge, die berühmtesten Männer und Frauen aller roten Nationen seien eingeladen, sich dort einzustellen, um diese Figuren und Bilder zu sehen. Sogar Old Shatterhand sei aufgefordert worden, der räudige Hund!

Diese wahnsinnige Überhebung der Apatschen müsse verhindert werden! Sie sollten erfahren, daß man wohl einem Utah- oder einem Sioux-Krieger ein goldenes Denkmal setzen könne, nicht aber einem kläffenden Köter vom Rio Pecos! Das Wann und das Wie zu beraten, sei man hier an der ‚Kanzel des Teufels' zusammengekommen. Und was da beschlossen werde, das habe man auszuführen, und wenn die ganze indianische Rasse dabei vollends zugrunde gehe!

So weit war man gekommen; da trat eine Störung ein, die nicht nur von den Roten, sondern auch von uns beiden gesehen wurde. Sie kam in Gestalt eines Menschen am Bach dahergeschritten, und dieser Mensch war kein anderer als Sebulon L. Enters. Er hatte Sporen an den Stiefeln, war aber ohne Pferd. Er trug ein Gewehr und war genauso ausgerüstet, wie noch vor dreißig Jahren ein Westmann ausgerüstet zu sein pflegte. Die Sioux kannten ihn. Sie hinderten ihn nicht, heranzukommen. Sie führten ihn nach der Kanzel. Er mußte hinaufsteigen. Das sahen wir. Und nun hörten wir auch wieder Stimmen.

„Wer ist dieses Bleichgesicht?" fragte Tusahga Saritsch.

„Ein Mann, den ich kenne", antwortete Kiktahan Schonka. „Ich habe ihn an die ‚Kanzel des Teufels' bestellt. Er sollte erst morgen kommen. Warum kommt er schon heute?"

Diese Frage war an Sebulon gerichtet. Sie klang nicht gerade höflich. Der Indianer pflegt den Weißen, den er als Spion gebraucht, stets nur verächtlich zu behandeln. Sebulon antwortete:

„Ich mußte mich beeilen, sobald wie möglich hierher zu kommen, um euch zu warnen."

„Vor wem?"

„Vor eurem ärgsten Feinde, vor Old Shatterhand."

„Uff, uff, uff, uff!" ertönte es rund im Kreise, und auch Kiktahan Schonka selbst rief aus:

„Uff, uff! Old Shatterhand! Vor ihm warnen! Warum?"

„Er kommt hierher."

„Uff, uff! Woher weißt du das?"

„Er sagte es mir."

„So sahst du ihn wohl? Und sprachst mit ihm?"

„Ja."

„Wo?"

„Am fallenden Wasser des Niagara."

„Uff! Wir wissen, daß er kommen soll. Aber daß er schon gekommen ist, das wußten wir noch nicht. Und er kommt nach der Devils pulpit?"

„Ja."

„Was will er hier?"

„Euch belauschen."

„Uff, uff! Das klingt ja, als ob er wüßte, was wir hier wollen!"

„Er weiß es."

„Von wem?"

„Das sagte er nicht. Er reiste ab. Wir folgten hinterher. Wir trafen in Trinidad seine Spur. Er ist dort wieder fort, wahrscheinlich geradenwegs hierher."

„Uff, uff, uff, uff!" ging es wieder rund im Kreise, und Kiktahan Schonka rief zornig aus:

„Ist dieser Hund denn noch nicht alt genug, die Schärfe des Auges, der Ohren und der Nase zu verlieren? Konnte er nicht drüben, jenseits des großen Wassers, in seinem stinkenden Wigwam bleiben?"

„Und seine Frau mit ihm!" fügte Sebulon hinzu.

„Seine Squaw, sagst du? — Hat er sie mit?"

„Ja."

„Wirklich? Ist das wahr?"

„Natürlich! Ich sage es doch!"

„Sie war mit am Fall des Niagara?"

„Ja. Und auch in Trinidad war sie bei ihm. Wir hörten es, als wir hinkamen und uns erkundigten."

„Uff, uff! Das ist ein gutes Zeichen, ein sehr gutes Zeichen für uns! Sein Kopf ist schwach geworden! Er ist ein Greis, ein schwach gewordener Greis! Wer seine Squaw mit sich über das Wasser und nach dem wilden Westen schleppt, der ist verrückt, der kann keinem Menschen mehr etwas schaden. Er mag immerhin kommen. Wir fürchten ihn nicht. Er kommt an den Marterpfahl, und sein Weib mache ich zu meiner Squaw!"

Da fiel Tusahga Saritsch, der Oberhäuptling der Utahs, ein:

„Mein Bruder spreche nicht zu schnell! Old Shatterhand kennt seine Squaw; du aber kennst sie nicht. Wenn er sie mitgenommen hat, so weiß er ganz bestimmt, daß er dies wagen darf, ohne daß er sich damit schadet. Er mag alt geworden sein; aber so hat er doch immer nur erst das Alter erreicht, in dem man weise und doppelt vorsichtig und bedenklich wird, nicht aber das, in dem gewöhnliche Menschen kindisch werden. Es ist wohl möglich, daß wir ihn jetzt noch mehr zu fürchten haben als früher, da er über dreißig Sommer jünger war!"

„Und er ist nicht allein!" stimmte Sebulon bei.

„Wer ist bei ihm?" fragte Kiktahan Schonka.

„Ein alter, erfahrener Westmann namens Max Pappermann."

„Uff! Ich habe von einem gehört, der so heißt. Die Hälfte seines Gesichtes ist blau."

„Das ist er!"

„Dieser, dieser! Er hat meinem größten Gegner im eigenen Stamm, dem Siou Wakon, das Leben gerettet. Möge der böse Geist ihn vernichten! Er ist tapfer und listig zugleich. Wenn er bei Old Shatterhand ist, so haben wir ihn zu fürchten!"

„Und noch ein anderer ist bei ihm", fuhr Sebulon fort. „Nämlich ein junger Mescalero-Apatsche, der der ‚junge Adler' heißt."

„Etwa der ‚junge Adler', der zu den Bleichgesichtern ging, um fliegen zu lernen?"

„Das weiß ich nicht. Aber ich hörte in Trinidad, er sei vier Jahre lang bei den Bleichgesichtern gewesen und kehre jetzt zu seinem Stamm zurück."

„So ist er es! Er ist ein Schüler Wakons. Er schickt ihm viele Briefe und bekommt viele Antworten darauf. Er ist einer der ersten unter denen, die sich ‚Jungindianer' nennen und von weiter nichts als von Humanität und Bildung, von Versöhnung und Liebe reden. Und er ist auch einer der ersten vom Clan Winnetou. Er soll überhaupt ein Blutsverwandter von Winnetou sein. Wenn er sich bei Old Shatterhand befindet, so müssen wir uns alle Mühe geben, diese drei Männer und die Squaw in unsere Hände zu bekommen. Wo hast du dein Pferd?"

„Jenseits des Berges bei meinem Bruder", antwortete

Sebulon. „Er blieb bei den Pferden zurück. Ich aber schlich mich zu Fuß hierher, um nach Spuren zu suchen und die Gegend zu erkunden."

„Welchen Weg von Trinidad aus schlugt ihr ein?"

„Wir kamen über den Kanubisee."

„Habt ihr auf diesem Wege Spuren von Old Shatterhand gefunden?"

„Nein. Aber Spuren vieler Weiber, die am See gelagert haben."

„Das waren die verführten Frauen unseres eigenen Stammes, die sich ‚Jungindianerinnen' nennen. Sie ziehen auch nach dem Mount Winnetou, um das Denkmal zu sehen und ihre Nuggets dafür hinzugeben. Wir können sie nicht hindern, das zu tun; aber wir werden die Apatschen dafür bestrafen. Hat Old Shatterhand vom Mount Winnetou gesprochen?"

„Nein."

„Auch nicht von dem Wege, den er einschlagen will?"

„Auch nicht. Wir erfuhren nur, daß er beabsichtigte, nach der Devils pulpit zu gehen, um Kiktahan Schonka, den Häuptling der Sioux, dort zu sehen."

„So ist er immer noch der unermüdliche, listige Späher, der er früher war! Aber dem Marterpfahl, dem er so oft entgangen ist, entkommt er diesmal nicht. Wenn er sich nähert, kann er nur von der östlichen Höhe kommen, von der wohl auch du gekommen bist?"

„Ja."

„Ich werde sofort die ganze Umgebung hier durchsuchen lassen. Du aber kehre zurück zu deinem Bruder und bringe ihn her! Die Beratung ist unterbrochen, bis wir uns überzeugt haben, daß Old Shatterhand sich nicht in der Nähe befindet."

Sebulon L. Enters entfernte sich. Wir sahen ihn nach dem Weg zurückgehen, den er gekommen war. Es war der unsrige. Wie gut also, daß wir so vorsichtig gewesen waren, erkennbare Spuren zu vermeiden. Auch Tusahga

Saritsch verließ mit sämtlichen Unterhäuptlingen die Kanzel. Sie stiegen hinab, um sich alle an der Nachforschung zu beteiligen. Nur Kiktahan Schonka allein blieb zurück. Es schlichen sich also vierzig Sioux und vierzig Utahs von dannen, um nach uns zu suchen. Das war keine Kleinigkeit. Zwar traute ich weder Pappermann noch meiner Frau die Unvorsichtigkeit zu, ihr Versteck während unserer Abwesenheit zu verlassen, aber der kleinste und geringste Umstand konnte Veranlassung zu der Entdeckung werden, daß ein verborgener Pfad aus dem stillen Weiher noch weiter führte. Und was uns beide selbst betraf, so durften wir uns keineswegs so sicher fühlen, daß jede Entdeckung ausgeschlossen war. Es brauchte unter den achtzig Indianern nur ein einziger zu sein, der keine Angst vor dem ‚bösen Geist' hatte und sich nicht scheute, in den östlichen Teil der Ellipse einzudringen, so mußte er unsere Spuren unbedingt sehen. Es war notwendig, meinem Gefährten zu sagen, was in diesem Falle zu geschehen hatte. Wir hatten bisher nur immer englisch mit ihm gesprochen, aus dem einfachen Grund, daß meine Frau überhaupt keinen indianischen Dialekt verstand und auch Pappermann sich höchstens nur im halb englischen, halb indianischen Slang auszudrücken vermochte. Nun aber, da wir allein waren, konnte ich dem ‚jungen Adler' die Freude machen, seine Muttersprache zu hören.

„Hat mein junger Bruder alles verstanden, was gesprochen wurde?" fragte ich ihn.

„Ich hörte alles", antwortete er.

„Weiß er, daß nun mehr als hundert und ein halbes hundert Augen nach uns suchen?"

„Ich weiß es."

„Glaubst du, daß man uns findet?"

„Nein."

„Ich ebenso. Aber ein vorsichtiger Krieger hat sich auf

alles vorzubereiten. Es sind zwei Fälle zu bedenken. Weiß mein junger Bruder, welche ich meine?"

„Man kann uns hier entdecken und man kann unser Lager da oben entdecken."

„Ganz richtig! Es ist also nötig, zu wissen, wie wir uns in beiden Fällen zu verhalten haben. Sollte man uns hier finden, so wäre es eine unverzeihliche Torheit, hinauf zu Pappermann und meiner Squaw zu fliehen und uns von den Utahs und Sioux belagern zu lassen. Mein junger Bruder hätte sofort hinaufzueilen und beide mit den Pferden und Maultieren herauszuschaffen. Ich aber würde die Roten mit meinem Stutzen inzwischen im Zaum halten. Der Ausgang aus diesem Kessel ist eng. Es käme keiner von ihnen hinaus, ohne von meiner Kugel getroffen zu werden."

„Und wenn man nicht uns, aber unser Lager entdeckt?" fragte er.

„So hätte ich auch da keine Sorge. Pappermann hält doch Wache. Er hat unbedingt gesehen, daß alle Roten sich plötzlich entfernten, daß sie nachforschen gegangen sind. Er wird sich also mit seinem Gewehr am Weiher verstecken und aufpassen. Auch der dortige Ein- und Ausgang ist sehr eng. Es genügt ein einziger Mann, ein ganzes Heer zurückzuweisen. Und wir beide kämen den Indsmen dann in den Rücken. Wir haben also nicht den geringsten Grund, besorgt zu sein. Warten wir darum ruhig ab, was geschieht!"

Es dauerte über eine Stunde, ehe der erste Indianer zurückkehrte. Ihm folgten nach und nach auch die anderen. Man hatte nichts gefunden. Aber man fühlte sich nun zu größerer Vorsicht veranlaßt. Man stellte Wächter aus, allerdings zu spät. Leider aber standen sie auch da, wo wir unbedingt vorüber mußten, wenn wir uns entfernen wollten.

Dann kamen die beiden ‚Enters' geritten. Da wurde mit der Beratung wieder begonnen. Die Häuptlinge stiegen wieder auf die Kanzel. Sie sprachen aber nicht laut, sondern so, daß wir ihre Stimmen nur als unterdrücktes Gemurmel vernahmen, jedenfalls der beiden Weißen wegen, die man ausnutzen wollte, ohne sie ins Vertrauen zu ziehen. Als man dann übereingekommen war, welchen Auftrag sie auszuführen hatten, ließ man sie auf die Kanzel kommen, und Kiktahan Schonka fragte sie in seinem bereits angedeuteten, nicht sehr achtungsvollen Ton:

„Ihr wißt noch ganz genau, was ich mit euch besprochen habe?"

„Ganz genau", antwortete Sebulon, der überhaupt das Wort zu führen schien.

„Und seid ihr noch heute bereit, die Bedingungen, die zwischen euch und uns vereinbart wurden, zu erfüllen?"

„Ja, noch heute."

„So kommt eine neue Aufgabe für euch dazu, nämlich uns Old Shatterhand und seine Squaw in die Hände zu treiben. Seid ihr bereit dazu?"

„Nur dann, wenn es lohnt."

„Es lohnt!"

„Was zahlt ihr für sie und ihn?"

„Viel, sehr viel! Doch ist es heute noch nicht Zeit, über diesen Preis zu reden. Wenn wir ihn selbst fangen, bezahlen wir euch natürlich nichts. Wir bleiben noch drei volle Tage hier und passen auf. Kommt er, so entgeht er uns sicherlich nicht; wir nehmen ihn fest. Dafür bekommt ihr nichts. Aber da er Trinidad schon vor euch verlassen hat und noch immer nicht da ist, so sind wir überzeugt, daß er seinen Plan geändert hat und gar nicht nach der Devils pulpit geritten ist. Er ist vielmehr am Kanubisee auf unsere Squaws getroffen, die ja so wahnsinnig sind, für ihn und Winnetou zu schwärmen, und da hat es dem alten Manne wohlgetan, sich von den Weibern preisen und anbeten zu lassen. Er ist mit ihnen gezogen."

„Das ist möglich, sehr leicht möglich", sagte Sebulon schnell. „Wir sahen nämlich auch einige Männerspuren."

„Das genügt! Er ist es gewesen. Und nun ist es an euch, nach dem Preis zu ringen, den wir auf seine Ergreifung setzen. Glücklicherweise kennen wir das nächste Ziel, nach dem diese Frauen jetzt reiten. Es ist nämlich der Tavuntsits-payavh[1]. Kennt ihr ihn?"

„Nein."

„Mein berühmter Bruder Tusahga Saritsch kennt ihn sehr genau und wird euch den Weg dorthin sofort beschreiben."

Auch ich hatte von einem Tavuntsits-payavh noch nie gehört und paßte also scharf auf, um mir jetzt kein Wort entgehen zu lassen. Der Oberhäuptling begann die Beschreibung des dorthin führenden Weges. Er war sehr ausführlich dabei, und man denke sich meine Überraschung und meine Freude, als ich am Schluß erkannte, daß dieser Tavuntsits-payavh kein anderer Berg war als der Nugget Tsil, nach dem ja auch wir wollten! Die Brüder Enters machten sich einige Anmerkungen in ihre Notizbücher; dann fuhr Kiktahan Schonka fort:

„Ihr reitet also dorthin, um euch an Old Shatterhand zu hängen, und laßt ihn nicht wieder los. Getraut ihr euch, dies zu erreichen?"

„Ganz gewiß! Aber wie bringen wir ihn euch? Wann und wohin? Und wird er uns gutwillig folgen?"

„Er wird. Ist euch der Name Wiconte-mini[2] bekannt?"

„Nein."

„Dorthin ziehen wir von hier aus, um uns mit den Komantschen und Kiowas gegen die Apatschen zu vereinigen. Ihr sollt ihm das nicht etwa verraten, sondern ihr sollt ihm nur sagen, daß, wie ihr erfahren habt, die Kiowas und die Komantschen sich dort versammeln. Seine ungeheuere und unbezähmbare Neugier wird ihn

1 Utha-Sprache: Fuchsberg 2 Sioux-Sprache: Wasser des Todes

verführen, dorthin zu reiten, um sich anzuschleichen und uns zu belauschen. Dabei ergreifen wir ihn."

„Und unser Lohn?"

„Den besprechen wir, wenn ihr kommt und uns meldet, daß er nahe."

„Und wenn wir nicht einig mit euch werden?"

„So braucht ihr ihn doch nur zu warnen, dann bekommen wir ihn nicht!"

„Warum sagt ihr uns nicht schon heute den Preis?"

„Weil wir heute noch gar nicht wissen, womit wir ihn später zahlen können, ob in Tieren, oder in Nuggets oder in Waren, Waffen und Sachen, die wir erbeuten.

„Wir glauben euch."

„So seid ihr jetzt entlassen und könnt gehen. Wir raten euch, keine Stunde zu versäumen, um Old Shatterhand so bald wie möglich einzuholen. Je schneller und gewissenhafter ihr verfahrt, desto sicherer ist der Erfolg und desto größer wird der Lohn."

Sie stiegen von der ‚Kanzel' hinab und gingen zu ihren Pferden. Hariman F. Enters hatte während der ganzen Zeit kein einziges Wort gesagt. Die Häuptlinge schwiegen, bis sie die beiden fortreiten sahen. Dann sagte der Oberhäuptling der Utahs nur das eine Wort:

„Schufte!"

„Schurken!" fügte Kiktahan Schonka hinzu. „Sie sind nicht das Anspeien wert! Glaubt mein Bruder etwa, daß sie für ihren Verrat auch nur so viel bekommen werden, wie ein Grashalm oder eine ausgeraufte Vogelfeder wert ist?"

„Und das ganze, große Geschäft, das sie mit euch und uns machen wollen —?" fragte Tusahga Saritsch.

„Wird ihnen nicht ein einziges Pferdehaar einbringen", lachte der alte Siou. „Sie zahlen den Preis; wir aber behalten, was wir haben. Ist mein roter Bruder einverstanden?"

„Ja. Mein Bruder ist sehr klug!"

„Pshaw! Es gehört keine Klugheit dazu, ein Bleichgesicht zu betrügen!"

„Aber die Verräter werden fordern, daß wir unser Versprechen halten und ihnen den Preis zahlen."

„Das werden sie nicht. Wer nicht mehr lebt, kann keine Forderung stellen. Ist mein roter Bruder auch hiermit einverstanden?"

„Ja."

„Und die anderen auch?"

„Ja, ja, ja, ja!" rief es rund im Kreise.

Da konnte ich mich nicht halten; ich rief mit lauter Stimme ganz dasselbe Wort:

„Sitschepi — Schufte!"

Es folgte eine tiefe Stille. Dann hörte ich:

„Uff, uff — uff, uff! Wer war das? Was war das? Woher kam das?"

Ich legte das Glas an die Augen und sah, daß sie die Köpfe bewegten und nach allen Seiten schauten.

„Schikschitsche-lahgtscha — Schurken!" fügte ich ebenso laut hinzu.

Wieder tiefe Stille. Aber ich sah, daß sie sich von ihren Sitzen erhoben, einer nach dem anderen. Sogar der ewig lange Kiktahan Schonka stand auf.

„Auch ihr seid nicht das Anspeien wert!" fuhr ich fort.

Abermals tiefe Stille. Dann hörten wir die halblaute, hastige Stimme des alten langen Siou:

„Uff, uff! Das ist kein Mensch!"

„Kein Mensch!" stimmte Tusahga Saritsch bei.

„Weiß mein roter Bruder, was man in alten Wampums über die ‚Kanzel des Teufels', auf der wir uns befinden, lesen kann?"

„Ja."

„Daß hier der gute Geist alles hört, was der böse Geist spricht?"

„Ja."

„Und ihn dafür bestraft?"

„Sogar sehr streng! Meist mit dem Tode!"

„Ob er es war, der jetzt sprach, der gute Geist? Was ist zu tun? Ich bleibe nicht hier!"

„Ich auch nicht!"

„Fort mit euch!" gebot ich ihnen. „Fort, fort!"

Das wirkte sofort. Sie rannten und sprangen alle spornstreichs die Stufen hinab. Nur Kiktahan Schonka konnte das nicht. Und doch war gerade er derjenige, der sich am allermeisten fürchtete.

„Helft mir; helft mir!" brüllte er. „Ich will hinunter, ich auch, ich auch!"

Aber die Häuptlinge hatten es sehr eilig. Sie halfen ihm nicht. Es mußten einige andere kommen, um ihren Allerobersten hinunter zu schaffen. Dabei verlor er die Skalpperücke. Er achtete gar nicht darauf. Sie mußte hinter ihm hergetragen werden, bis er sein Pferd erreichte. Da setzte er sie auf und erteilte den Befehl, sofort von hier aufzubrechen und die Devils pulpit zu verlassen, deren Ansehen jedenfalls nun in einer Weise gestiegen war, daß sie noch als zehmal heiliger galt als vorher. Man war nun nur darauf bedacht, sich so schnell wie möglich aus dem Staube zu machen. Man verzichtete sogar darauf, auf Old Shatterhand zu warten, um ihn hier zu fangen. Die Posten und Wächter wurden zurückberufen, und dann ritten sie davon, alle achtzig, im Gänsemarsch, wie sie gekommen waren.

Während wir ihnen nachschauten, spielte ein fröhliches Lächeln um die Lippen des ‚jungen Adlers', und ich glaube, ich habe auch nicht geweint.

„Dieser Sieg freut mich mehr", sagte er, „als wenn wir mit ihnen gekämpft und sie alle erschlagen hätten. Es ist ein Sieg der Wissenschaft, nicht des blutigen Tomahawk."

„Ist dir dieser Teil der Wissenschaft bekannt?" fragte ich ihn.

„Ja. Ich mußte ihn kennen lernen. Die Akustik gehört zur Lehre von der Luft. Ich ging zu den Bleichgesichtern, um die Aerostatik und Aeronautik zu studieren. Ich weiß, daß schon die alten Assyrier, Babylonier und Ägypter das Geheimnis kannten, an einem Punkt sehr deutlich zu hören, was an einem anderen, entfernten Punkt gesprochen wird. Ich bin so froh und so stolz, heute erfahren zu haben, daß die Ahnen der heutigen roten Rasse in diesem Wissen nicht hinter jenen Völkern zurückgestanden haben. Es ist unsere Pflicht, alles, was uns seitdem verloren gegangen ist, in die erwachende Seele unserer Nation zurückzurufen. Wir bitten den großen, guten Manitou, uns Kraft und Fröhlichkeit zu diesem wichtigen und schönen Werk zu verleihen!"

Es war das erste Mal, daß er aus sich herausging und in dieser Weise sprach. Ich wunderte mich keineswegs über das, was ich hörte. Er war ein stiller, hochbegabter junger Mann. Und er besaß die nötige Energie, auch Ungewöhnliches zu erreichen. Auf seinem schönen, ernsten Gesicht lag jetzt ein warmer, beinahe sonniger Schein, so köstlich lieb und sympathisch, wie er so oft die Züge meines herrlichen Winnetou durchgeistigt und umflossen hatte. Es kam mir vor, als sei der ‚junge Adler' in diesem Augenblick meinem unvergeßlichen roten Freunde außerordentlich ähnlich geworden, fast wie Bruder und Bruder!

Als der letzte der achtzig Indianer verschwunden war, verließen wir unseren Lauscherposten. Doch kehrten wir nicht sofort nach oben zurück, sondern gingen zunächst nach dem vorderen Teil des Kessels, wo die Indsmen gewesen waren, und schritten den Platz ab, um nachzuschauen, ob aus ihren Spuren vielleicht etwas für uns Brauchbares zu lesen sei. Es gab nichts. Aber als ich schließlich noch einmal hinauf auf die Pulpit stieg, wo die Häuptlinge gesessen hatten, sah ich auf einer der Stufen, ganz im hinteren Winkel, einen Gegenstand liegen, der vor der Ankunft der Indianer sicher noch nicht dagelegen hatte, weil er sonst bestimmt von mir bemerkt worden wäre. Ich hob ihn auf und betrachtete ihn. Es waren zwei kleine, niedliche Hundepfötchen, nicht etwa nur die Krallen, sondern die Pfötchen, glatt abgeschnitten und an den Schnittflächen mit Hirschsehne sehr sorgfältig zusammengenäht, so daß sie ein Doppelhändchen bildeten, dessen Finger nach entgegengesetzter Richtung lagen. Ich zeigte es dem ‚jungen Adler'.

„Eine Medizin!" rief er aus.

„Sehr wahrscheinlich! — Aber wessen Medizin?" fragte ich.

„Kiktahan Schonka!"

„Hoffen wir es! Aber wie konnte er sie verlieren? Medizinen pflegt man doch im verschlossenen Medizinbeutel zu tragen! Es sind Hundefüße, nicht vom Fuchs oder Wolf, und der Häuptling der Sioux heißt der ‚wachende Hund'. Ich zweifle also nicht, daß er es ist, der sie verloren hat. Aber wie war es möglich, daß dies geschah? Mein junger, roter Bruder schaue nach!"

Ich gab sie ihm. Er betrachtete sie sehr aufmerksam, reichte sie mir dann zurück und antwortete:

„Diese Medizin hat nicht im Medizinbeutel gesteckt, sondern sie war an den Gürtel genäht. Man sieht sehr deutlich die Stiche. Sie ist losgerissen worden, als man den Häuptling am Lasso über die Stufen emporzog oder als man ihm wieder hinunterhalf. Dieser Fund ist außerordentlich wichtig!"

„Allerdings, aber auch gefährlich. Wenn Kiktahan Schonka seinen Verlust bald bemerkt, kehrt er unbedingt nach hier zurück, um zu suchen. Bemerkt er ihn später, so weiß er freilich nicht genau, wo er die Medizin verloren hat, ob hier oder nachträglich unterwegs. Auf keinen Fall aber dürfen wir jetzt noch länger hier verweilen. Gehen wir!"

Ich steckte die Medizin sorgfältig ein. Dann verließen wir den Platz und stiegen nach unserem Lager empor. Wir waren von dort aus so scharf beobachtet worden, daß Pappermann wußte, daß wir kamen. Er brachte uns die Pferde, damit wir nicht nötig hatten, durch das Wasser des Weihers zu waten.

„Ist schnell gegangen, ungeheuer schnell!“ sagte er. „Kommen sie wieder?“

„Nein, hoffentlich nicht“, antwortete ich.

„Sonderbar! Man pflegt sonst oft tagelang zu beraten! Warum sind sie so schnell fort? Und habt Ihr etwas erlauscht?“

„Wartet, bis wir drin bei meiner Frau sind! Die will dasselbe wissen!“

Das war sehr richtig. Sie schaute uns, als wir kamen, so gespannt entgegen, daß ich es nicht übers Herz brachte, sie auch nur einen Augenblick warten zu lassen, sondern ihr sofort entgegenrief:

„Gelungen! Alles gelungen!“

„Wirklich — wirklich?“ fragte sie. „So steig ab, setz dich her und erzähle!“

Dabei setzte sie sich auch schon selbst nieder und klopfte mit der Hand auf die Stelle neben sich, wo ich mich als gehorsamer Ehemann schleunigst niederzulassen hatte. Ich befolgte diesen Befehl und gab dem ‚jungen Adler‘ einen Wink, nach der Höhe zu steigen und inzwischen Wache zu halten, damit ich, falls Kiktahan Schonka zurückkäme, es sofort erführe. Ich machte meinen Bericht so kurz wie möglich. Als ich mit ihm zu Ende war, sprang das Herzle in ihrer energischen, schnell entschlossenen Weise wieder auf und rief:

„Also einpacken, einpacken! Wir müssen augenblicklich fort!“

Damit griff sie auch schon nach Kochtopf und Kaffeemühle. Ich aber blieb sitzen und fragte:

„Wohin?“

„Den beiden Enters nach!“

„Du allein?“

„Allein? — Ich? — Wieso?“

„Ja, wenn du fort willst, so mußt du das eben allein tun! Ich nämlich bleibe noch hier."

„Was gibt es hier noch zu tun?"

„Nichts."

„Und da willst du bleiben?" Sie war erstaunt. Sie wandte sich an Pappermann: „Nichts! Und doch will er bleiben! Versteht Ihr das, Mr. Pappermann?"

„Wenigstens noch nicht ganz", antwortete dieser. „Aber wenn er noch warten will, so hat er seine Gründe, und gegen diese wird wohl nichts zu machen sein!"

„Gründe? Hm! Die hat er immer! Wenigstens ich habe ihn noch niemals ohne irgendeinen Grund gesehen!"

„Taugten sie etwas oder taugten sie nichts?" fragte der Alte.

„Hm! Triftig waren sie fast immer!"

„Na, also! Setzt Euch in Gottes Namen wieder nieder und habt zu diesem Mann Vertrauen! Er weiß, was er will. Wir bleiben jetzt noch hier."

„Für wie lange?"

„Wahrscheinlich bis morgen früh."

„Ist das wahr?" fragte sie mich.

„Ja", nickte ich.

„So willst du also die beiden Enters laufen lassen?"

„Wenigstens für heute, aber nicht für länger. Ich kenne ja ihren Weg! Oder wünschest du, daß wir sie schon heute einholen und uns dann ganz unnütz mit ihnen schleppen? Ja, wir brauchen sie; sie werden in gewissen Dingen die Quellen sein, aus denen wir schöpfen; aber ich halte es trotzdem nicht für nötig, sie Tag und Nacht und immer und immer bei uns zu haben. Wenigstens mir wäre das lästig."

„Mir auch. Du hast recht."

„Schön! Wir reiten also erst morgen früh. Es steht uns zu jeder Zeit frei, sie einzuholen."

Da war sie einverstanden. Wir brauchten nicht zu hetzen. Wir konnten uns in Muße auf den kommenden

Ritt vorbereiten. Von den Indianern kam keiner zurück. Der ‚wachende Hund' hatte also seinen Verlust noch nicht bemerkt. Wie groß dieser Verlust war, das weiß nur der zu ermessen, der über die Entstehung, die Bedeutung und den Wert einer indianischen ‚Medizin' unterrichtet ist. Die Folge wird zeigen, wie das Abhandenkommen der beiden Hundepfötchen auf den alten Kiktahan Schonka wirkte. —

DURCH DIE ‚FINSTEREN UND BLUTIGEN GRÜNDE'

Das zweite Testament

Wir hatten das Gebiet der ‚Teufelskanzel' verlassen und waren nach den Mugworthills unterwegs. Aus meinem Buch ‚Winnetou' Band III ist zu ersehen, daß diese Mugworthills diesselbe Berggruppe sind, die von Winnetou und seinem Vater mit dem Namen Nugget Tsil bezeichnet worden war. Die beiden Brüder Enters wollten auch dorthin. Ich hatte den Weg, der ihnen vorgeschrieben war, erlauscht; ich kannte ihn also. Aber es gab einen noch kürzeren, den ich ebenso kannte. Den schlugen wir ein. Und da wir besser, viel besser beritten waren als sie, so kamen wir ihnen voraus, obgleich wir die Devils pulpit viel später als sie verlassen hatten. Wir brauchten sie also nicht mühsam einzuholen, wie wir erst gewollt hatten, sondern wir konnten, wann und wo es uns beliebte, auf sie warten, um sie zu uns stoßen zu lassen. Der Augenblick hierzu war am günstigsten, als wir den Canadian erreichten, und zwar an der Stelle, an der ich damals nach Winnetous Tod auf Gates, Clay und Summer gestoßen war. Es gab da Wasser zum Trinken, Gras für die Pferde und ein weit ausgedehntes, dichtes Gebüsch, in das wir uns zurückziehen konnten, um von jemand, der da kam, nicht eher bemerkt zu werden, als bis wir gesehen sein wollten. Es lag inmitten dieses Gesträuchs eine kleine, lichte Stelle, an der früher einmal ein Lagerfeuer gebrannt hatte. Die hierdurch vernichtete Vegetation hatte sich noch nicht wieder erneuert. Hier wurde das Zelt aufgeschlagen.

Während wir dies taten, bereitete uns meine Frau das Mittagsmahl. Der Bär reichte noch für lange. Außerdem hatten wir unterwegs eine Turkeyhenne und mehrere Präriehühner geschossen. Wir hatten also nicht nötig, uns den Braten erst hier an Ort und Stelle mühsam zu erjagen. Nach dem Essen ruhten wir, obgleich wir nicht ermüdet waren. Aber wir befanden uns hier im Gebiet der Komantschen und Kiowas und mußten alles vermeiden, was geeignet war, unsere Anwesenheit zu verraten.

Es war gegen Abend, als wir von da, wo wir die Enters erwarteten, zwei Reiter erscheinen sahen. Sie näherten sich langsam. Ihre Pferde waren ermüdet. Als sie das Gebüsch beinahe erreicht hatten, erkannten wir das Brüderpaar. Sie waren ganz in der Weise der früheren, gefährlichen Zeit mit Messer, Revolver und Büchse bewaffnet. Da wir nicht aus derselben Richtung gekommen waren, sahen sie unsere Spuren nicht. Sie stiegen draußen vor den Büschen ab, ließen ihre Pferde trinken und suchten dürres Holz zu einem Feuer zusammen. Dieses Feuer wurde nicht hinter dem deckenden Gesträuch, sondern auch draußen im Freien angebrannt, so daß es dann, wenn es Abend wurde, weithin leuchten mußte. Das unsere war schon längst wieder ausgegangen. Da nicht nur sie, sondern auch wir durch dieses ihr Feuer verraten werden konnten, stand ich auf, um mich ihnen zu zeigen und sie zu warnen. Da fragte Pappermann:

„Darf ich mit? Möchte gar zu gern die Gesichter sehen, die sie machen, wenn sie Euch erkennen!"

„So kommt!"

Wir gingen hin, doch blieb ich hinter einem dichten Geäst stehen, um zunächst Pappermann allein an sie zu lassen. Er trat von hinten an sie heran und grüßte:

„Good evening, Mesch'schurs! Darf ich euch vielleicht fragen, ob ihr sofort skalpiert werden wollt oder es vorzieht, erst morgen oder übermorgen am Marterpfahl zu sterben?"

Sie sprangen beide erschrocken auf.

„Skalpiert? Von wem? Warum?" fragte Sebulon.

„Uns am Marterpfahl umbringen?" fragte Hariman. „Wer? Weshalb?"

„Die Komantschen und die Kiowas, die behaupten, daß ihnen diese Gegend gehöre", antwortete der alte Westmann. „Ihr brennt ja ein Feuer, als ob es ausgerechnet eure Absicht sei, euch diese Halunken auf den Hals zu locken! Warum habt ihr euch nicht damit hinter die Büsche versteckt?"

„Weil wir weder die Kiowas noch die Komantschen zu fürchten haben", erteilte Sebulon die Auskunft.

„So seid ihr also befreundet mit ihnen?"

„Wir sind Freunde aller Menschen, die uns begegnen, aller Roten und aller Weißen!"

„Well! So seid ihr also auch die meinigen! Ich habe die Angewohnheit, die Namen meiner Freunde wissen zu wollen. Darf ich bitten, mir die eurigen zu sagen?"

„Wir heißen Enters. Ich Sebulon Enters und mein Bruder Hariman Enters."

„Danke! Aber weiter: Woher und wohin?"

„Wir kommen von Kansas City herüber, haben dann einen Abstecher westlich nach Trinidad gemacht und wollen nach dem Rio Grande del Norte. Wer aber seid Ihr?"

„Ich heiße Pappermann und komme aus Trinidad. Wohin ich will, weiß ich selbst noch nicht."

Da machten beide eine Bewegung der Überraschung, und Sebulon erkundigte sich schnell:

„Pappermann? Etwa Max Pappermann?"

„Ja. So habe ich stets geheißen, und so heiße ich leider noch."

„Wie sich das trifft! Wir waren nämlich in Eurem Hotel. Wir hatten uns sogar da angemeldet."

„Weiß nichts davon. Das Hotel ist nicht mehr mein."

„Das hörten wir. Aber Ihr habt bis zu Eurer Abreise bei dem neuen Wirt gewohnt. Ein sehr einsilbiger und ungefälliger Mann! Wir wollten eine Auskunft haben, die er uns verweigerte. Wir mußten darum andere fragen, die aber auch nichts wußten, wenigstens nichts Ausführliches. Vielleicht können wir von Euch erfahren, was wir wissen wollen."

„Was ist das?"

„Es handelt sich um ein Ehepaar Burton, das nach Trinidad ging, um in Eurem Hotel zu wohnen und dort auf uns beide zu warten. Wir hörten bei unserer Ankunft, daß diese Personen zwar dagewesen seien, sich aber schon am nächsten Tag wieder entfernt hätten. Wohin, das konnte uns niemand sagen. Wißt Ihr vielleicht etwas hierüber?"

„Hm! Ob ich etwas weiß? Ihr seid mit dieser eurer Frage gerade an den richtigen Mann gekommen."

„Wirklich? Das ist uns sehr lieb! Also, wenn Ihr der richtige Mann seid, so sagt uns schnell, ob —"

Da unterbrach ihn Pappermann:

„Ich der richtige Mann? Das habe ich nicht gesagt."

„Ihr nicht, wer denn sonst?"

„Dieser da!"

Er deutete auf mich, da ich jetzt hinter dem Gesträuch hervortrat, um diese Einleitung zu beenden, weil Pappermann in seiner Unbefangenheit leicht etwas sagen konnte, was die Brüder nicht zu wissen brauchten. Meine Anwesenheit überraschte sie außerordentlich, doch nicht auf unangenehme Weise. Sie freuten sich, mich getroffen zu haben, mochten die Ursachen dieser Freude nun lauter sein oder nicht. Ich forderte sie auf, ihre Feuer augenblicklich auszulöschen und mit ihren Pferden zu uns ins Gebüsch zu kommen. Sie taten das. Meine Frau wurde von ihnen mit einer Höflichkeit begrüßt, die von Hariman sehr wahrscheinlich wohlgemeint war, von Sebulon aber kaum. Er gab sich zwar alle Mühe, einen guten Eindruck zu machen, aber sein Blick war dabei falsch, und sein Auge hatte, wenn er sich unbeobachtet wähnte, etwas Lauerndes, etwas zuwartend Drohendes, was mir und meiner Frau unmöglich entgehen konnte. Gerade das Herzle besitzt für solche Dinge einen außerordentlich scharfen Sinn. Als wir gefragt wurden, warum wir nicht in Trinidad gewartet hätten, antwortete ich:

„Weil ich Veranlassung fand, auf Eure Gesellschaft zu verzichten. Habe Euch das wohl auch geschrieben. Ist der Brief in Eure Hände gekommen?"

„Ja; der Wirt gab ihn uns, sobald wir kamen und unsere Namen nannten", erwiderte Sebulon. „Ihr nennt in diesem Brief Corner und Howe unsere Freunde. Wir weisen das ganz entschieden zurück. Wir haben als Pferdehändler geschäftlich mit ihnen zu tun gehabt, sie aber, als wir sie näher kennen lernten, sofort fallen lassen; sie sind nicht ehrlich. Aber wie kommt Ihr dazu, diese ihre Unehrlichkeit gerade uns aufzuladen? Darf ich fragen, wohin Ihr Euch von Trinidad aus gewendet habt?"

Da fiel das Herzle schnell ein:

„Auf die Bärenjagd!"

Das war eine ebenso kurze wie vortreffliche Antwort, durch die wir allen Fragen in Beziehung auf die Devils pulpit entgingen.

„Seid Ihr glücklich gewesen?" erkundigte er sich.

„Ja", antwortete ich. „Es gibt bei uns nun Bärenschinken. Die Tatzen werden aber erst am Tavuntsits-payavh angeschnitten."

„Am Tavuntsits-payavh?" fragte er rasch, wobei er seinem Bruder einen sehr befriedigten Blick zuwarf. „Kennt Ihr den?"

„Ja. Von früher her."

„Wir wollen auch hin!"

„Auch ihr? Weshalb?"

„Auf Wunsch der Sioux- und Utah-Häuptlinge."

„Ah! So habt ihr sie getroffen?"

„Ja."

„An der Devils pulpit?"

„Ja. Schade, daß Ihr fort wart! Wir hätten Euch so gern mitgenommen!"

„Es ist nicht schade darum. Ich hätte mich doch nicht sehen lassen dürfen!"

„Aber es wäre Euch möglich gewesen, die Sache von fern mit anzusehen oder vielleicht gar einiges zu belauschen."

„Wozu das? Ich hoffe, jetzt von Euch zu erfahren, was sich zugetragen hat und was da alles besprochen worden ist."

„Soll ich erzählen?"

„Ja. Ich bitte darum."

Er begann mit seinem Bericht. Er nannte uns die Namen der beiden Oberhäuptlinge. Er machte aus den achtzig Indianern, die es gewesen waren, volle vierhundert. Er verwandelte die paar Stunden ihres Aufenthalts in drei Tage. Er sprach von außerordentlich wichtigen Verhandlungen, denen er mit seinem Bruder beigewohnt habe. Und er stellte das alles so dar, als ob sie beide die Hauptpersonen gewesen und mit ganz besonderen Ehren überhäuft worden seien. Besonders ihren Abschied von den Roten schilderte er als sehr freundschaftlich. Kiktahan Schonka und Tusahga Saritsch seien, als sie fortritten, dreimal wieder umgekehrt, um ihnen noch einmal die Hand zu drücken.

„Sind die Roten also eher fort als ihr?" fragte ich.

„Ja", antwortete er.

„Wohin?"

„Das ist ein tiefes Geheimnis, das wir um keinen Preis verraten sollen. Euch aber will ich es sagen, damit Ihr erkennt, wie gut und wie ehrlich wir es mit Euch meinen. Sie sind nach einem Ort, den sie Wiconte-mini nennen. Ist er Euch vielleicht bekannt?"

„Ja. Es ist ein Wasser. Oder nicht?"

„Doch. Man hat uns den Weg dorthin genau beschrieben."

„So sollt also auch ihr hin?"

„Allerdings. Wir sollen dort den ganzen Feldzugsplan gegen die Apatschen und ihre Verbündeten erfahren. Ihr seht, wie unendlich wichtig das für Euch ist. Wünscht Ihr, daß wir das, was wir dort erfahren, Euch mitteilen?"

„Selbstverständlich!"

„Wir sind bereit, es zu tun, und hoffen dabei auf Eure Dankbarkeit."

„Ihr werdet ernten, was ihr sätet."

„Ist dieses Wiconte-mini, dieses ‚Wasser des Todes', sehr weit entfernt von dem ‚Dunklen Wasser', in dem unser Vater starb?"

„Wenn ich mich recht erinnere, liegen beide gar nicht weit auseinander. Sobald ich hinkomme, werde ich besser im Bilde sein als jetzt."

Es wäre nicht klug gewesen, ihm zu sagen, daß unter den beiden verschiedenen Namen ein und derselbe See zu verstehen war.

„Ah! Ihr habt also die Absicht, selbst auch mit hinzukommen?" fragte er.

„Gewiß. Oder ist euch das nicht recht?"

Der Blick, den er jetzt seinem Bruder zuwarf, war triumphierend. Er war entzückt darüber, daß ich seinen Plänen so ahnungslos entgegenkam, während er doch derjenige war, dem jede Ahnung fehlte.

„Uns nicht recht?" rief er aus. „Welchen Grund hätten wir dazu? Wir sind Eure Freunde. Wir haben Euch lieb gewonnen. Wir möchten uns am liebsten nie wieder von Euch trennen. Wir nehmen Euch unendlich gern mit nach dem ‚Wasser des Todes'. Doch setzen wir voraus, daß Ihr uns dafür den ‚Nugget Tsil' und das ‚Dunkle Wasser' zeigt."

„Das werde ich tun. Wie aber kommt es, daß Kiktahan Schonka euch nicht gleich mitgenommen hat? Warum schickt er euch nach dem Tavuntsits-payavh?"

„Um die Squaws der Sioux zu beobachten, die nach

diesem Ort geritten sind, und ihm dann Bericht hierüber zu erstatten. Er hat uns den Weg genau beschrieben. Nach dieser Beschreibung können es von hier nur noch zwei Tage sein?"

„Das stimmt. Und nun bitte ich nur noch um eins; dann bin ich zufriedengestellt. Nämlich: es ist doch eigentlich sehr auffällig, daß ihr euch an mich gewandt habt, um zu erfahren, wo der ‚Nugget Tsil' und das ‚Dunkle Wasser' liegen. Es erscheint als fast unglaublich, daß ihr diese beiden Orte nicht schon längst gefunden habt. Ihr brauchet euch in Beziehung auf den Nugget Tsil nur bei den Kiowas zu erkundigen, bei ihrem Häuptling Tangua und seinem Sohn Pida. Und in Beziehung auf das ‚Dunkle Wasser' war es doch wohl nicht unmöglich, einen der Apatschen zu finden, die damals mit mir dort gewesen sind."

„Das klingt nur so leicht, ist es aber nicht", entgegnete er. „Ich bin bei den Kiowas gewesen. Der alte Tangua war wohl bereit, mir Auskunft zu erteilen, aber Pida, sein Sohn, hinderte ihn daran; warum, das weiß ich nicht. Und unter all den Apatschen, die ich nach dem ‚Dunklen Wasser' fragte, hat es keinen einzigen gegeben, der mich nicht sofort als Feind betrachtete und mit Mißtrauen von sich wies. Sie sind unendlich vorsichtig, diese Halunken!"

„Diese Halunken sind meine Freunde, Mr. Enters. Beliebt es Euch, nur noch ein einzigesmal ein solches Wort zu gebrauchen, so sind wir geschiedene Leute! — Meine Frau mag jetzt das Abendessen bereiten. Ist das vorüber, legen wir uns schlafen. Und morgen früh bei Tagesanbruch verlassen wir diese Stelle, um nach dem Tavuntsits-payavh zu reiten. Ist euch das recht?"

„Ja. Doch werden wir unser Lager nicht hier, sondern ein wenig nach der Seite suchen. Wir sind arge Schnarcher, und es ist eine Lady hier, die wir nicht belästigen wollen."

Das war eine sehr durchsichtige Ausrede. Sie wollten

allein sein, um ungestört sprechen zu können. Sogleich kam mir der Gedanke, sie dabei zu belauschen; aber ich verzichtete darauf, ihn auszuführen. Was ich wissen wollte, konnte ich auf direktere und leichtere Weise erfahren, als durch das unbequeme Anschleichen und immerwährende Horchen und Lauschen nach allen Seiten, das anstrengender ist, als man glaubt.

Die soeben berichtete Unterhaltung war nur zwischen mir und Sebulon Enters geführt worden. Sein Bruder Hariman hatte kein einziges Wort dazu beigetragen. Es schien, als ob die beiden miteinander uneinig seien, und zwar in nicht gewöhnlichem Grade. Sie vermieden geradezu, einander anzusehen.

Ganz ebenso still hatte sich der ‚junge Adler' verhalten. Er tat so, als ob die Brüder gar nicht anwesend seien. Das eröffnete keine allzu freundliche Perspektive auf unser Zusammensein mit ihnen. Sie sonderten sich so, wie Sebulon gesagt hatte, nach dem Abendessen von uns ab und kamen erst am frühen Morgen wieder, als der Duft des Kaffees ihnen verriet, daß auch wir schon munter seien. Als die Sonne erschien, war das Zelt abgebrochen, und der Weiterritt konnte beginnen. Hierbei fiel uns erst auf, daß jeder von ihnen einen sogenannten Stockspaten am Sattel hängen hatte. Als Pappermann sah, daß meine Augen verwundert an diesen Werkzeugen hingen, fragte er die Brüder:

„Ihr habt euch mit Spaten versehen. Wollt ihr Schätze graben?"

„Vielleicht", antwortete Sebulon mit einer Betonung, die Pfiffigkeit bedeuten sollte.

„Aber was für welche?"

„Weiß ich noch nicht. Jedenfalls haben wir Werkzeuge zum Graben, wenn wir welche brauchen. Kiktahan Schonka hat uns kein Geld versprochen, sondern Beute, Waren, Pferde und ähnliche Dinge. Auch Metalle, also Silber, Kupfer oder gar Gold. Daß es sich da um Bonanzen oder Diggins handelt, die wir erst untersuchen müssen, versteht sich von selbst! Darum haben wir die Spaten mit!"

Dieser Mann litt offenbar unter starken Einbildungen. Und dabei stand ihm der Gedanke fern, daß er nur ein Werkzeug war, das später, wenn man es nicht mehr brauchte, weggeworfen werden sollte.

Wir ritten heute genau denselben Weg, den ich damals mit Gates, Clay und Summer geritten war. Und am Abend lagerten wir an derselben Stelle der offenen Prärie, wo wir damals geschlafen hatten. Wir machten kein Feuer. Am anderen Morgen sagte ich den beiden Enters, daß wir gegen Mittag den Tavuntsits-payavh erreichen würden. Den Namen Mugworthill hütete ich mich sehr, auszusprechen. Er steht in meiner Schilderung, die sie gelesen hatten. Sie kannten ihn also und hätten sofort gewußt, daß es sich um den Nugget Tsil handelte. Das aber sollten sie, wenigstens jetzt, noch nicht erfahren. Zu meiner Verwunderung wurde ich von Sebulon gefragt:

„Kennt Ihr diesen Berg nur von weitem, nur vom Hörensagen, Mr. Burton, oder seid Ihr selbst schon dort gewesen?"

„Schon wiederholt war ich dort", antwortete ich.

„Es sollen einige Gräber dort sein. Drei oder vier. Ist das wahr?"

„Zwei habe ich gesehen, die anderen nicht. Wer mag wohl da begraben sein?"

„Einige Häuptlinge der Kiowas."

„Wirklich?"

„Ja. Das wurde mir von einem erzählt, der auch schon öfters dort gewesen ist."

„Wir werden an den beiden Gräbern, die ich gesehen habe, lagern. Es ist das der beste Platz dazu."

Während dieses Vormittages war meine Frau sehr nachdenklich. Wir nahten uns einem Ort, der für sie von einem nicht nur großen, sondern auch heiligen Interesse war. Sie hält das Andenken an die schöne Schwester Winnetous sehr hoch. Sie hatte wohl oft schon gesagt, daß sie herzlich wünsche, wenigstens das Grab der schönen, lieben Indianerin einmal zu sehen. Dabei war sie aber stets überzeugt gewesen, daß sie niemals nach Amerika kommen werde. Und nun war sie doch drüben, und die Erfüllung ihres Wunsches stand bevor.

Auch der ‚junge Adler' schien sich mit ernsten Gedanken zu tragen. Bezogen sie sich etwa auf mich? Er sah mich zuweilen so eigentümlich prüfend an, senkte aber schnell den Blick, wenn der meinige ihn dabei überraschte.

Die beiden Enters kamen uns dreien nicht zu nahe. Sie hielten sich hinter uns an Pappermann, der heute sehr genau wußte, was er ihnen sagen durfte und was nicht. Ich hatte ihn gestern abend vor dem Schlafengehen genau unterrichtet.

Es war noch nicht Mittag, als die Berge im Süden auftauchten. Sie wurden um so höher, je näher wir kamen. Auf ihrer höchsten, bewaldeten Kuppe stand noch immer jener Baum, der über alle anderen emporragte. Auch dem Herzle fiel er auf.

„Wie das so stimmt!" sagte sie. „Nicht wahr, da hinauf hatte Winnetou seinen Späher geschickt?"

„Ja", nickte ich.

„Sag, wie ist es dir nur zu Mute? Ich möchte weinen. Du nicht auch?"

Ich antwortete nicht.

Wir umritten die dunklen Höhen auf ihrer westlichen Seite und bogen dann im Süden nach links ein, um an das tief hineinführende Tal zu kommen, das meine Leser kennen. Diesem folgten wir bis an die betreffende Seitenschlucht, die uns weiter hinaufleitete und sich dann teilte. Da stiegen wir ab und kletterten, die Pferde an den Zügeln führend, zu der scharfkantigen Höhe empor, hinter der sich das Gelände wieder senkte. Dann ging es jenseits hinab und in gerader Richtung durch den Wald, bis wir unser Ziel erreichten. Da standen sie beide, das Grabmal, in dem Intschu tschuna, der Vater meines Winnetou, hoch auf dem Rücken seines Pferdes saß, und die Steinpyramide, aus der der Baum zur Höhe stieg, an dessen Stamm Nscho-tschi zur Ruhe bestattet worden war. Ich hielt an. Es überkam mich ein Gefühl, als ob ich erst gestern zum letztenmal hier gewesen sei. Die Bäume waren höher geworden und das Unterholz etwas dichter. Sonst aber schien es, als ob die tiefe, ergreifende Ruhe dieses Ortes jahrzehntelang von keinem Windeshauch gestört worden sei.

„Da liegen die Häuptlinge der Kiowas", sagte Sebulon Enters. „Wir sind also an Ort und Stelle. Bleiben wir heute da?"

„Ja. Vielleicht auch morgen noch", antwortete ich.

„Schaffe die beiden wenigstens einstweilen fort!" bat meine Frau leise. „Sie sollen mir diese erste Stunde nicht verderben!"

Schon wollte ich ihr diesen Wunsch erfüllen, da kam Sebulon mir zuvor:

„Soll ich vielleicht mit meinem Bruder gehen, um einen frischen Braten zu schießen? Oder gibt es gleich jetzt die versprochenen Bärentatzen?"

„Ja, geht und versucht, ob Ihr irgend etwas vor das Rohr bekommt!" fiel Klärchen schnell ein. „Ihr habt mehrere Stunden lang Zeit. Wir essen erst am Nachmittag."

Sie entfernten sich. Ich schlug mit Pappermann das Zelt auf. Der brave Alte vermied dabei so sehr wie möglich alles Geräusch. Er sah, daß das Herzle am Grabe der Schwester kniete und betete. Ich darf es wohl verraten: sie betet oft und gern. Dann kam sie zum Grab des Häuptlings. Am Fuß davon, genau an der Westseite, gab es eine kleine, etwas eingesunkenen Stelle, die aber auch, wie ihre Umgebung, mit moosigem Gras überwachsen war.

„Hier hast du wohl damals gegraben?" fragte sie.

„Ja", antwortete ich. „Ich habe das Loch zwar sehr sorgfältig wieder geschlossen, aber während des Grabens ist doch so viel Erde verloren gegangen, daß sie später fehlte, als die Füllung sich nach und nach setzte. Daher diese Vertiefung."

„Die aber auch andere auf den Gedanken bringen kann, nachzugraben!"

„Mögen sie es tun! Sie würden wohl nichts finden."

„Ich bitte dich, das nicht so sicher zu sagen. Ich habe nämlich einen Gedanken."

„Ah! Wirklich?"

„Ja, wirklich! Und zwar nicht erst jetzt, sondern schon während des ganzen Vormittags."

„Du schienst allerdings sehr nachdenklich zu sein. War es das?"

„Ja, nichts anderes."

„So bitte, laß es mich wissen!"

Ich bin nämlich gewohnt, die Gedanken und Gefühle meiner Frau in allen Stücken mit in Erwägung zu ziehen. Ihr angeborener Scharfsinn kommt mir oft zu Hilfe, während mein mühsam erworbener Scharfblick mich in die Irre führt. Ich gebe gern zu, daß die Frau dem Manne in Beziehung auf die feineren Instinkte überlegen ist. Darum freue ich mich immer, wenn die meinige mir sagt, daß sie einen ‚Gedanken' oder eine ‚Ahnung' habe, denn ich weiß, daß es mir zur Hilfe dient. So auch jetzt. Sie antwortete:

„Je näher wir heute diesen Bergen kamen, desto deutlicher und zusammenhängender trat alles, was du von ihnen erzählt hast, vor mich hin. Und da kam mir ein Wort in den Sinn, das nicht wieder weichen wollte. Winnetou hat es zu dir gesagt, und zwar wiederholt.

Weißt du noch, wie er das Gold, die Nuggets, zu nennen pflegte?"

„Meinst du etwa deadly dust[1]?"

„Ja, deadly dust. Noch ganz kurz vor seinem Tode, als er mit dir von seinem Testament sprach, hat er zu dir gesagt, daß du zu Besserem bestimmt seist, als nur dazu, Gold zu besitzen. Und dennoch grubst du hier am Grab seines Vaters nur nach Gold, nach weiter nichts. War das nicht ein Fehler, lieber Mann?"

„Ich glaube nicht. Das Gold, das hier vergraben lag, war nicht für mich bestimmt, sondern wahrscheinlich für wohltätige, edle Zwecke."

„Sollte es wirklich nichts, gar nichts gegeben haben, was persönlich für dich, seinen besten Freund und Bruder, bestimmt war? Und sollte Winnetou, der Weitsehende und Hochdenkende, gerade bei Abfassung seines Testamentes vergessen haben, daß man auch für ‚wohltätige, edle Zwecke' noch weit Besseres geben kann als nur Gold und immer wieder nur Gold? Bitte, überlege doch!"

„Hm! Weißt du, Herzle, was du da sagst, ist richtig, unzweifelhaft richtig. Ich habe zwar die Ausrede, daß ich damals nur unter Lebensgefahr und in größter Eile nachsuchen konnte, aber das ist doch nicht geeignet, mich zu entschuldigen. Ich hatte ja später jahrelang Zeit, die versäumte Umsicht nachzuholen. Daran habe ich aber gar nicht gedacht — niemals."

„Ich auch nicht. Ich habe mir also ganz dieselbe Gedankenlosigkeit vorzuwerfen, wie du dir. Willst du mir einen Wunsch erfüllen?"

„Welchen?"

„Noch einmal nachzugraben? Aber besser, sorgfältiger und tiefer als damals?"

„Gern — sehr gern."

„Ich glaube nämlich, wir finden noch etwas, und zwar

1 Tödlicher Staub

die Hauptsache. Die Goldanweisung lag nur zum Schutz des eigentlichen, wirklichen Schatzes oben drauf!"

„Wie du das sagst! Als ob du es ganz genau wüßtest!"

„Ich weiß es nicht, aber ich fühle es. Winnetou war abgeklärter und größer als damals du, lieber Mann. Sein eigentlicher, sein unschätzbarer Wert lag nicht im Umgang mit dir, lag überhaupt nicht in deiner Nähe. Wir haben doppelt nachzugraben, nämlich hier, an der Gruft seines Vaters, und sodann ebenso in deiner Erinnerung. Da werden wir gewiß keinen deadly dust finden, wohl aber Perlen und Edelsteine, die aus tiefen, seelischen Bonanzen stammen. Wollen wir nicht gleich beginnen? Es paßt so gut, weil die beiden Enters abwesend sind."

„Dieser Grund ist nicht maßgebend, weil die Spuren nicht so schnell zu verwischen wären, daß die Brüder nicht bemerkten, was während ihrer Abwesenheit hier vorgenommen worden ist. Wo über dreißig Jahre vergangen sind, wird es wohl keinen bösen Schaden machen, wenn noch einige wenige Stunden vergehen. Wir dürfen nicht vergessen, daß ich von Tatellah-Satah an die mittelste der fünf großen Blaufichten gewiesen bin. Er schreibt: ‚Ihre Stimme sei dir wie die Stimme Manitous, des großen, ewigen und alliebenden Geistes!' Das ist also so wichtig und eilig, daß es allem anderen vorauszugehen hat."

„Ganz gewiß, ganz gewiß! — Aber wo sind diese blauen Fichten? Wo stehen sie?"

„Gar nicht weit von hier. Komm!"

Ich führte sie nach einer Stelle des Waldes, wo sich aus dem Boden mehrere Felsen erhoben, an deren Fuß ein Wassertümpel lag. Da standen die fünf Silber-Blaufichten, die Tatellah-Satah meinte. Sie waren bis ganz herunter auf den Boden beästet. Unter diesen Ästen gab es einige wenige dürre. Kaum war mein Blick auf den mittelsten dieser Bäume gefallen, so wußte ich, woran ich war. Das Herzle aber stand da, schaute die Bäume ratlos an, schlug die Hände zusammen und seufzte:

„Da sieht ja eine genau wie die andere aus, nur daß die mittlere ihre Schwestern um einige Ellen überragt! Und auch ein Ast genau wie der andere! So gedrungen, so reich und dicht benadelt! Und dieser Baum, diese Fichte, soll zu dir sprechen? Wie denn, wie? Weißt du es? Ich nicht!"

„Das glaube ich wohl! Kannst du Fichte und Tanne unterscheiden?"

„Ich denke!"

„So betrachte die mittlere Fichte genauer! Es gibt da unten einige dürre Zweige, an denen sich nur noch wenige Nadeln befinden. Bitte, zähle sie! Von unten herauf! Und zeige dabei mit dem Finger hin!"

Sie tat es.

„Eins, zwei, drei", zählte sie. „Vier, fünf, sechs . . ."

„Halt!" unterbrach ich sie. „Betrachte diesen sechsten, dürren Zweig! Ist das auch Fichte?"

„Nein, sondern Tanne."

„Merkst du nun, daß der Baum zu reden beginnt?"

„Ah! So ist das, so?"

„Ja, so! Kann dieser Tannenzweig an der Fichte gewachsen sein?"

„Gewiß nicht. Man hat den richtigen entfernt und diesen falschen an seine Stelle gebracht. Aber ist das nicht unvorsichtig oder gar gefährlich? Konnte das nicht ebenso gut auch jeder andere außer dir entdecken?"

„Nein. Wenn es grüne Zweige wären, dann ja. Da würde der Tannenzweig mit seiner ganz anderen Benadelung sofort auffallen. Da es aber vertrocknete Äste sind, konnte nur ich allein den Treffer machen, und zwar auch nur deshalb, weil ich vorher ganz besonders aufmerksam gemacht worden war. Bitte, entferne diesen Zweig!"

„Abbrechen?"

„Nein, sondern herausziehen."

Sie tat es. An der Stelle des ursprünglichen Astes war ein Loch gebohrt und der Tannenzweig hineingesteckt worden. Dieses Loch war jetzt zu sehen; aber es hatte nur der Zweig daringesteckt; es war leer. Nun untersuchte ich den Stamm in der Nähe des Bohrloches. Richtig! Man hatte die Rinde in Form einer Klappe losgelöst und dann mit dem Ast wieder fest angesteckt. Als ich diese Klappe öffnete, fiel ein weißes Papier heraus. Das Herzle griff eiligst zu und rief freudig aus:

„Das ist die ‚Stimme des Baumes'! Das ist sie! Oder nicht?"

„Gewiß ist sie es."

„Was so ein Indianer für ein scharfsinniger und gescheiter Mensch ist!"

„Ja", lachte ich. „Und welch eine beispiellose Klugheit von einer weißen Squaw aus Radebeul, die das alles sogleich entdeckt!"

Da lachte sie mit und sagte:

„Habe ich diese Entdeckung etwa nicht dadurch eingeleitet, daß ich den Unterschied zwischen Tanne und Fichte sehr wohl kannte? Laß uns lesen!"

Da sie daheim meine Sekretärin ist und fast meine ganze Korrespondenz besorgt, hielt sie sich für berechtigt, auch dieses Blatt zu öffnen und vorzulesen. Sie zog schon die Augenbrauen in die Höhe, um ein möglichst wichtiges Gesicht zu machen; aber diese Wichtigkeit fiel sofort wieder in sich zusammen, und in sehr enttäuschtem Ton erklang die Klage:

„Das kann ich aber nicht lesen — leider, leider!"

„Wohl indianische Bilderschrift?"

„Nein. Es sind englische Buchstaben; aber die Sprache ist fremd."

„Zeig her!"

„Da! Hier! Aber setzen wir uns! Im Stehen begreift man schwerer."

Sie setzte sich nieder und klopfte mit der Hand neben sich auf den Boden. Man weiß wohl bereits, was ich da zu tun hatte: Ich setzte mich neben sie nieder und las die Zeilen vor. Sie waren im Apatsche von derselben kalligraphisch geübten Hand auf dasselbe sehr gute Papier geschrieben wie der Brief, den ich daheim von Tatellah-Satah erhalten hatte. Die Übersetzung lautete:

„Warum suchtest du nur nach deadly dust? Nach tödlichem, goldenem Staub?

Glaubtest du wirklich, Winnetou, der überschwenglich Reiche, habe der Menschheit nichts Besseres hinterlassen?

War Winnetou, den du doch kennen mußtest, so oberflächlich, daß du es verschmähen durftest, in größerer Tiefe zu suchen?

Nun weißt du, warum ich dir zürnte. Sei mir willkommen, wenn du verstehst, es mir zu sein!"

Das war der Brief des alten ‚Tausend Jahre'. Ich faltete das Papier zusammen und steckte es ein. Wir sahen einander an.

„Ist das nicht sonderbar?" fragte das Herzle.

„Höchst sonderbar!" nickte ich. „Er schreibt ganz dasselbe, was du gesagt hast. Ich bin außerordentlich beschämt!"

„Nimm es dir nicht zu Herzen!"

„O doch! Ich habe da eine Sünde an Winnetou begangen, die ich mir unmöglich verzeihen kann. Und nicht nur an Winnetou allein, sondern an seiner ganzen Rasse! Jetzt bin auch ich überzeugt, daß wir noch mehr und noch viel Wichtigeres finden werden, als ich damals gefunden habe."

„Weil der alte Tatellah-Satah es sagt?"

„Nicht nur deshalb, sondern noch viel mehr aus dem Grunde, der in Winnetous Charakter liegt. Ich habe tief unter diesem hohen, edlen Charakter hinweg gesehen und tief unter ihm hinweg gehandelt. Das ist meine Sünde. Er würde gütig lächeln und mir verzeihen; ich aber lächle nicht. Bedenke, daß über dreißig Jahre unnütz vergangen sind! Ein volles Menschenleben! Komm, Herzle, wir müssen graben!"

„Ja, solange die Enters fort sind", stimmte sie bei.

„Nicht das! Mir ist es jetzt gleich, ob sie da sind oder nicht. Horch! Ich höre ihre Stimmen. Sie sprechen mit Pappermann. Sie sind also schon zurück."

Ja, sie waren wieder da, und zwar mit einem Präriehasen, der sich in die Berge herein verlaufen hatte. Sebulon führte sich auf, als sei das geradezu eine Heldentat von ihnen; ich aber fiel ihm kurz entschlossen in die prunkende Rede:

„Legt das Häslein her! Vielleicht braten wir es, vielleicht auch nicht. Es gibt jetzt Wichtigeres zu tun."

Ich hatte die Absicht gehabt, ihnen erst später, wenn wir von hier fort waren, zu sagen, wo wir gewesen seien, denn ich fürchtete den Einfluß dieses Ortes und seiner Erinnerungen auf ihren Seelenzustand. Oder mit anderen Worten: ich hatte psychiatrische Bedenken. Nun aber trieben mich ganz andere Gründe. Ich hatte höhere Rücksichten zu nehmen und fuhr darum fort:

„Ich habe euch eine Entdeckung zu machen, die ich für später aufheben wollte. Ihr befindet euch nämlich über den Ort, an dem wir heute und morgen lagern werden, im Irrtum. Hier liegen nicht Kiowa-Häuptlinge begraben, sondern der Vater und die Schwester meines Winnetou. Der Tavuntsits-payavh ist unser Nugget Tsil."

Der Eindruck dieser meiner Worte war außergewöhnlich. Die Brüder standen still; sie bewegten sich nicht; sie sagten kein Wort.

„Habt ihr mich verstanden?" fragte ich.

Da setzte Hariman sich, als ob er zu Boden falle, nieder, schlug die Hände vor das Gesicht und begann laut und bitterlich zu weinen. Nun hob Sebulon seinen finsteren und doch flackernden Blick zu mir empor und fragte:

„Ist das wahr, was Ihr sagt?"

„Was könnte ich für einen Grund haben, euch zu belügen?"

„Well! Wir glauben Euch! Das sind also die Gräber von Intschu tschuna und Nscho-tschi?"

„Ja."

„Deren Mörder unser Vater war?"

„Euer Vater, ja, kein anderer."

„Erlaubt, daß ich mir die Gräber betrachte."

Er ging zunächst zum Grab des Häuptlings und dann zu dem seiner Tochter. Er nahm sie sehr eingehend in Augenschein. Er schien innerlich ruhig zu sein; aber ich sah, daß er wankte, wenn er sich bewegte. Es war, als ob er auf einem hohen Turmseil gehe und sich heimlich bemühe, die Balance nicht zu verlieren. Dann ging er langsam wieder dahin zurück, wo der Hase lag. Er stieß ihn mit dem Fuß an und sagte in leise knirschendem Ton:

„Auch nur so ein armes Häschen! Wir! Gerade wie damals bei Gates und Clay. Ihr seht, Mr. Burton, daß ich alles gelesen und mir alles gemerkt habe, sogar das mit dem Hasen und den alten Tauben, die niemand genießen konnte. Ich möchte Euch bitten, uns einen Dienst, einen Liebesdienst zu erweisen."

„Welchen?"

„Uns zwei Bilder aus der Vergangenheit dieses Ortes zu zeigen, die zwei für uns wichtigsten Bilder. Versteht Ihr mich?"

„Ich verstehe. Ihr wünscht, daß wir uns jetzt auf die Pferde setzen und ich euch herumführe, um euch alles zu zeigen, was damals geschehen ist, als Intschu tschuna mit seiner Tochter erschossen wurde, und dann, als euer Vater mir das Testament entriß?"

„Ja, das meine ich."

„Das wollte ich tun, um Mrs. Burton die betreffenden Orte zu zeigen. Wollt ihr uns begleiten, so habe ich nichts dagegen. Ich denke aber, daß es besser für euch ist, darauf zu verzichten."

„Warum?"

„Weil meiner Ansicht nach ein Sohn sehr starke Nerven haben muß, um einen Rundritt zu den Orten auszuhalten, an denen sein Vater solche Taten beging."

„Wir sind gesund, und unsere Nerven sind es auch. Also Ihr wollt?"

„Ja."

„Wann?"

„Wann es Euch beliebt."

„Also sofort! Ich habe nämlich nicht den Vorzug, sehr geduldig zu sein."

„Werdet es schon noch werden, wenn nicht jetzt, so doch später. Wir reiten also. Mr. Pappermann bleibt als Wache hier."

„Sehr gern!" nickte der Alte. „Habe nicht die geringste Lust, mich um derartige alte Stapfen zu kümmern!"

Er hätte sich wohl gern noch kräftiger ausgedrückt, denn er konnte die Brüder nicht leiden, und besonders Sebulon war ihm geradezu verhaßt, doch ließ er es bei dieser Andeutung bewenden. Wir anderen konnten gleich wieder aufsteigen, denn die Pferde waren noch gar nicht abgesattelt. Wir ritten den Weg, den wir gekommen waren, wieder zurück und dann südwärts bis zu dem Spring, an dem ich damals mit Winnetou, Intschu tschuna, Nscho-tschi, Sam Hawkens, Dick Stone, Will Parker und den dreißig Apatschen gelagert hatte.[1] Von da aus verfolgten wir die Wege, die ich dann teils gegangen und teils geritten war, bis die Schüsse fielen, von denen Vater und Tochter getroffen wurden. Hierdurch gewannen meine Frau und die Brüder ein klares Bild von der Ermordung derer, die mir so lieb gewesen waren. Wir waren hierbei zu unserem Zelt zurückgekommen, wo ich dann gleich an Ort und Stelle erzählen und erklären konnte,

[1] Siehe Ges. Werke Band 7 ‚Winnetou I'

wie es bei dem Raub des Testaments zugegangen war. Hariman Enters hatte während dieses ganzen Rittes kein einziges Wort gesprochen und mich kein einziges Mal angesehen. Er tat mir leid. Seine Wangen glühten zuweilen; oft wischte er sich den Schweiß von der Stirn. Er fieberte. Ganz anders sein Bruder. Dieser schien ganz unberührt. Er zeigte eine Ruhe, die selbst ein guter Menschenkenner vielleicht für echt gehalten hätte. Aber seine Augen — seine Augen! Die hatte er nicht in der Gewalt! Die verrieten alles, alles! Er war wütend darüber, daß die Streiche seines Vaters nicht so geglückt waren, wie es in dessen Absicht gelegen hatte. Er haßte mich wahrscheinlich noch tiefer und noch glühender, als dieser mich gehaßt hatte. Er war eines jeden Verbrechens, sogar des Mordes fähig. Und doch brauchte ich ihn nicht zu fürchten, wenigstens jetzt noch nicht, weil er mich an Kiktahan Schonka abzuliefern hatte, und zwar lebendig.

Auch er bemerkte jetzt die kleine Bodenvertiefung am Häuptlingsgrab. Er betrachtete sie, sann nach und fragte mich dann:

„Hier habt Ihr wohl gegraben, damals?"

„Ja", nickte ich.

„Da lag das Testament?"

„Ja. Und nicht nur das Testament."

„Was noch?"

„Das weiß ich nicht; ich werde es aber erfahren. Ich bitte euch, mir eure Spaten zu borgen."

„Wozu?"

„Um zu graben."

„Noch einmal? — Hier? — An dieser Stelle?"

„Gewiß, noch einmal! Und an derselben Stelle!"

„So glaubt Ihr wirklich, wirklich, daß damals nicht alles herausgenommen worden ist?"

„Das glaube ich, gerade das!"

Da leuchteten seine Augen infolge einer inneren

Flamme glühend auf, und seine Stimme klang vor Erregung heiser, als er rief:

„Und da soll ich Euch unsere Spaten borgen! Fällt mir gar nicht ein! Nicht im Traum! Wir graben selbst, wir selbst, mein Bruder und ich!"

Er rannte dorthin, wo die Spaten lagen, holte sie, hielt seinem Bruder einen hin und forderte ihn auf:

„Steh auf und heule nicht, alte Memme! Du hörst es ja: Das Nest ist nicht ganz ausgenommen worden! Es gibt noch was zu holen! Wahrscheinlich viel, sehr viel! Steh auf! Arbeiten heißt es jetzt, arbeiten!"

Hariman hatte sich wieder niedergesetzt und den Kopf gesenkt! Er stieß den ihm angebotenen Spaten von sich und sagte:

„Laß mich! Ich arbeite nicht! Ich rühre keine Hand! Verflucht sei all das Gold und deine Sucht, es anderen zu entreißen! Du wirst an ihr zugrunde gehen, genau wie er — wie er!"

„So willst du nicht?"

„Nein! Gib dir keine Mühe! Ich habe genug!"

„Feigling! Verdammte Memme!" zischte Sebulon ihn verächtlich an.

Da erhob sich Hariman mit einem schnellen Ruck, trat hart an ihn heran und fragte in zornigem Ton:

„Wer ist die Memme? Du oder ich? Ich habe den Mut, zu kämpfen; du aber hast ihn nicht! Ich will frei sein, frei von diesem Teufel, der uns besessen hat und auch heute noch besitzt. Er ist ohne Gnade und ohne Erbarmen. Er gebietet uns, ihm zu gehorchen oder zugrunde zu gehen. Er fordert von uns das Verbrechen oder den Sühnetod für den Vater. Dir fehlt der Mut, gegen ihn zu kämpfen; darum wählst du das Verbrechen; ich aber wähle — den Tod. Ich wiederhole also die Frage: Wer ist die Memme? Du oder ich?"

„Ich wähle nicht das Verbrechen, sondern ich wähle

das Gold, das Gold! Und wenn du nicht hilfst, so nehme ich es mir allein!"

Er warf den einen Spaten hin und begann, mit dem anderen zu graben. Hariman setzte sich wieder nieder. Da trat Pappermann herbei, griff nach dem am Boden liegenden Spaten und sagte:

„Ich helfe mit. Zwei fördern mehr als einer."

Sebulon aber fuhr ihn schnell an:

„Fort mit Euch! Ihr habt hier nichts zu suchen! Ich dulde keinen anderen!"

„Well! Ganz wie Ihr wollt! Ich glaubte, Euch einen Gefallen zu tun!"

Er ließ den Spaten wieder fallen. Sebulon aber arbeitete in einer Weise, als ob er von Sinnen sei. Er tat Stich um Stich, und zwar mit einem Übermaß von Kraft und Eile, als ob keine Minute zu verlieren sei und es sich um Leben und Seligkeit handle. Das Loch wurde tiefer und tiefer. Er starrte nur immer hinein. Er sah weder nach rechts noch nach links. Der Schweiß lief ihm von der Stirn und über die Wangen herunter.

„Das ist Wahnsinn — der offenbare Wahnsinn!" flüsterte meine Frau mir zu. „Er tut, als ob ihm alles gehöre! Was soll daraus werden?"

„Nichts Gefährliches für uns", antwortete ich ebenso leise.

„Aber wenn er etwas findet — was dann?"

„Wenn es kein Gold oder Geldeswert ist, wird er es verschmähen."

„Und wenn es etwas ist, was er nicht verschmäht? Dann kommt es unbedingt zum Kampf zwischen dir und ihm!"

„Zum Kampf? Keinesfalls! Laß mich nur machen und habe keine Sorge! Es handelt sich hier um unendlich wichtige psychologische Vorgänge, die ich in dieser Weise gewiß niemals wieder zu sehen bekomme."

„Was hast du von all diesem psychologischen Interesse, wenn du es mit dem Leben bezahlen mußt!“

„Bitte, sei doch vernünftig, sei ruhig! Es geschieht mir nichts, wirklich nichts!“

„Ich möchte es wohl glauben. Aber gib mir trotzdem einen von deinen Revolvern! Ich schieße diesen wahnwitzigen Menschen augenblicklich nieder, wenn er es wagt, Hand an dich zu legen!“

Das war ihr Ernst. Sie hatte wirklich Angst. Die Gute, der es ganz unmöglich ist, einen Wurm oder Käfer unzart zu berühren, wollte aus Liebe zu mir einen Menschen niederschießen! Ich war gerührt, verbarg dies aber und antwortete lachend:

„Liebes Kind, wenn geschossen werden soll und muß, so tue ich es selbst. Ich ziele besser als du. Und nun sei gut und —“

„Horch!“ unterbrach sie mich. „Was ist es?“

Sebulon hatte einen Ruf ausgestoßen, einen Jubelruf, und verdoppelte seine Anstrengung. Die Erde flog nur so aus dem Loch heraus! Ich trat hin, um hinabzuschauen.

„Fort, fort!“ brüllte er mich an.

„Ich will nur einen Blick hinuntertun!“ entschuldigte ich mich.

„Auch das nicht! Fort, oder ich schlage zu!“

Er hob den Spaten hoch empor und sah mich mit drohenden Augen an. Sie waren wie mit Blut unterlaufen. Ich trat zurück und fuhr in beruhigendem Ton fort:

„Darf man denn nicht einmal fragen, warum Ihr jetzt gerufen habt?“

„Das will ich Euch wohl sagen: Ich bin auf Gold gestoßen.“

„Wirklich?“

„Ja — auf etwas Hartes, Breites. Das Loch ist zu schmal. Ich muß es größer machen. Aber ich allein, ich allein! Wer mir zu nahe kommt, den schlage ich nieder, sei er, wer er sei!“

Er arbeitete weiter; ich aber kehrte an meinen Platz zurück.

„Siehst du, daß ich recht habe?" begann das Herzle ihre Warnungen aufs neue. „Er wollte dich erschlagen!"

„Wird es aber nicht tun. Bitte, kompliziere mir die Situation nicht durch deine Angst! Du hast absolut keinen Grund, dich zu beunruhigen!"

Da beruhigte sie sich, obgleich der Eindruck, den Sebulon machte, keineswegs geeignet war, dieser Beruhigung Vorschub zu leisten. Bisher hatte er sich den Schweiß von Zeit zu Zeit abgewischt; nun tat er das nicht mehr. Die Nässe rann in großen, schweren Tropfen herunter. Das Gesicht erschien geschwollen; die Augen traten mehr und mehr hervor. Er ächzte und stöhnte, erst nur zuweilen, nun aber fast bei jedem Spatenstich. Er ermüdete. Er mußte dann und wann innehalten, um Atem zu holen. Seine Arme begannen zu zittern. Seine Bewegungen wurden ungewiß. Es war ein häßlicher, ein überaus häßlicher Anblick, den er bot. Er glich einem Dämon, einem bösen Geist, dessen Betrachtung für sterbliche Augen unerträglich ist.

Da endlich wieder ein Freudenruf! Und wieder einer und abermals einer!

„Vater, Vater, du bist hier! Du hilfst mir! Ich weiß es; ich fühle es! Ich danke dir; ich danke dir!"

Nachdem er dies im Ton des Entzückens ausgerufen hatte, wandte er uns sein verzerrtes Gesicht zu und drohte:

„Keiner darf heran, keiner! Wer es wagt, diese Schätze zu berühren, den schlage ich tot, sofort und augenblicklich tot! Merkt euch das!"

Das Loch war breit und tief geworden. Er stieg hinein. Es ging ihm bis an den Gürtel. Er bückte sich nach innen und hob etwas empor. Er legte es auf den Rand. Es war ein tönernes Gefäß. Er brachte noch eins zum Vorschein und noch eins; dann ein viertes und fünftes. Hierauf grub er noch eine Weile tiefer, stieg sodann heraus, tat einen langen, schweren Atemzug und sagte:

„Fertig! Das ist alles! Weiter gibt es nichts!"

Hariman hatte von ihm abgewandt gesessen. Jetzt drehte er sich um, sah die Gefäße, stand auf und näherte sich seinem Bruder.

„Ah, da kommst du doch!" höhnte dieser. „Aber glaube ja nicht, daß du etwas davon bekommst! Es ist mein, alles mein, alles mein!"

„Nichts ist dein!" antwortete Hariman.

„Wem sonst?"

„Es gehört Mr. Burton, keinem anderen. Winnetou hat es für ihn vergraben, für ihn allein!"

„Beweis, Beweis!" lachte Sebulon. „Dieser Mr. Burton hat sich vor dreißig Jahren geholt, was ihm gehörte: das Testament. Alles andere ließ er liegen; es war nicht sein! Heute habe ich es gefunden. Ein Fund wie jeder andere Präriefund. Nach dem Gesetz des Westens gehört er dem Finder, also mir, nur mir!"

„Falsch, grundfalsch!" widersprach Hariman. „Was wußtest du von diesem Schatz? Mr. Burton aber kannte ihn. Er wollte ihn holen, wollte graben. Er bat um unsere Spaten. Du hast ihm nicht nur deinen Spaten, sondern auch deine Arme, deine Arbeitskraft geliehen. Du grubst in seinem Namen; du grubst für ihn. So ist es; so steht es, und niemand kann es ändern."

„So? So?" zischte Sebulon. „Das sagst du, mein eigener Bruder! Woher weißt du, daß ich für ihn gegraben habe, nicht aber für mich? Hast du das etwa von mir gehört? Oder von ihm? Nein! Er hat ruhig zugesehen, als ich arbeitete, und nicht gesagt, daß es für ihn sein soll. Und als er an das Loch kam, um hinabzuschauen, und ich ihn fortwies, da hat er gehorcht; da hat er sich entfernt, ohne auch nur den allergeringsten Anspruch auf das zu erheben, was sich in dem Loch befand. Verstanden? Diese fünf Schatzgefäße sind also mein Eigentum. Und ich will den sehen, der den Mut besitzt, sie mir streitig machen zu wollen! Jetzt hilf! Ich will sie öffnen!"

Das Herzle sah mich besorgt und fragend an. Ich antwortete leise:

„Warten wir, was sich darin befindet. Auf keinen Fall ist es Gold."

„Vielleicht doch."

„Nein. Ich habe aufgepaßt. Für Gold war es nicht schwer genug. Nur Geduld!"

Die Tongefäße waren von quadratischer Gestalt, von blaubrauner Farbe und mit indianischen Figuren verziert. Man erkannte sie sofort und auch schon von weitem als gebrannte Töpferarbeiten aus einem Moqui- oder Zuñi-Dorf. Sie waren aus einem oberen und einem unteren Teil zusammengesetzt, wobei die Verbindungslinie mit einem Kitt überzogen war, der keine Feuchtigkeit hindurchließ. Außerdem waren sie noch mit starken, geölten Bastschnüren umwickelt und verknotet. Ich vermutete auch aus diesem Grunde, daß der Inhalt kein Metall, sondern irgendein Gegenstand sei, der vor allen Dingen vor Feuchtigkeit zu schützen gewesen war.

„Also komm und hilf!" forderte Sebulon seinen Bruder nochmals auf. „Aber nimm dich in acht, daß wir nichts zerbrechen!"

Sie setzten sich miteinander zu den Gefäßen nieder und begannen, zunächst die Umschnürung zu entfernen. Hariman tat dies in ruhiger und bedächtiger Weise, Sebulon aber hastig, nervös und ohne Geduld. Wie vorhin seine Arme gezittert hatten, so bebten jetzt seine Hände und Finger.

„Die verfluchten vielen Knoten!" klagte er. „Es geht so langsam, so langsam! Und doch ist der Vater da, der Vater! Ich fühle es an der Aufregung, an der Leidenschaft, die mich zersprengen möchte. Mach schnell, mach schnell! Aber zerbrich nichts, ja nichts! Es darf kein einziger Bruch, kein Riß entstehen!"

Als die Schnüre von den ersten zwei Gefäßen entfernt waren, machten sich die beiden daran, den Kitt mit den Messern zu entfernen. Das war eine zeitraubende Arbeit, weil er sich im Verlauf der Zeit in Stein verwandelt hatte. Dabei sprach Sebulon in einem fort auf seinen Bruder ein, von Silber, von Gold, von Perlen, von alten, mexikanischen, toltekischen, aztekischen oder gar altperuanischen Schmucksachen und Geschmeiden. Er bildete sich das Teuerste, das Köstlichste ein, was es geben konnte. Das artete nach und nach in hirnverbranntes, verrücktes Schwatzen aus, das man eben nur des psychologischen oder vielmehr psychiatrischen Interesses wegen ertrug. Sie hielten gleichen Schritt in ihrer Arbeit. Als der eine fertig war, war es auch der andere. Jeder konnte sein Gefäß öffnen, tat es aber noch nicht. Die Spannung war zu groß. Sie holten erst Atem.

„Rate! Was ist drin?" rief Sebulon mit zuckenden Lippen und fast kreischender Stimme. „Gold? Diamanten—?"

„Ich rate nicht", antwortete Hariman. „Machen wir auf!"

„Gut! Ich zähle! Eins —zwei — drei —!"

Die beiden Deckel flogen zu gleicher Zeit auf. Jeder schaute in sein Gefäß. Jeder griff hinein, um den Inhalt herauszunehmen, aber still, ganz still. Es ertönte kein Ruf der Überraschung, der Freude oder gar des Jubels. Sie betrachteten, was sie in Händen hielten.

„Ein Lederpaket!" sagte endlich Sebulon.

„Ja, ein Lederpaket", stimmte Hariman bei.

„Etwa mit Gold?"

„Nein. Dazu ist es zu leicht."

„Diamanten? Geschmeide?"

„Auch zu leicht."

„Gar Banknoten?"

Seine Augen blitzten wieder auf. Fünf solche Pakete mit Banknoten! Welch ein Vermögen!"

„Auf, auf! Schneiden wir auf! Schnell, schnell!“ rief er aus.

Die Riemen wurden zerschnitten und die Lederteile auseinander geschlagen.

„Bücher!“ sagte Hariman enttäuscht.

„Bücher! Tod und Teufel! Nur Bücher!“ brüllte Sebulon. „Weg mit ihnen, weg, weg!“

Er schleuderte sie fort.

„Aber was für Bücher?“ warnte Hariman. „Schau doch erst nach! Es kann ja Geld drin liegen!“

Sofort holte Sebulon das Weggeworfene wieder her, um es zu prüfen, warf es aber sehr bald noch weiter von sich als vorher.

„Beschriebene Seiten, lauter beschriebene Seiten!“ zürnte er. „Mit nichtssagenden Überschriften und mit dem geliebten Namen Winnetou!“

„Bei mir hier auch“, erklärte Hariman, der sein Paket inzwischen auch einer Untersuchung unterworfen hatte.

„Dann weg damit, immer weg! Und dafür die anderen drei her! Ich hoffe, daß sie Besseres enthalten!“

Man kann sich denken, daß ich den Verlauf dieser Szene nicht so gleichgültig verfolgte, wie ich mir den Anschein gab. Hier war mir jedes einzelne Blatt oder Blättchen, jedes Stückchen Leder oder Bastschnur heilig. Ich ließ die beiden nur deshalb gewähren, weil sie mir die Arbeit abnahmen. Aber verletzen oder gar verderben durften sie mir nichts; das verstand sich von selbst. Jetzt, als sie die beiden nächsten Gefäße hernahmen, ging das Öffnen dem ungeduldigen Sebulon nicht schnell genug. Er schnitt und riß die Umschnürung in bebender Eile herunter und rief dabei aus:

„Das geht alles zu langsam, viel zu langsam! Der Kitt wird nicht wieder aufgekratzt, denn das erfordert zu viel Zeit. Wir schlagen die Gefäße einfach entzwei!“

Da ging ich schnell zu ihnen hin und sagte:

„Entzweigeschlagen wird hier nichts! Diese Gefäße

enthalten das Vermächtnis eines großen, edlen Verstorbenen. Sie haben für mich einen größeren Wert als Gold und Edelsteine. Ich dulde nicht, daß man sie zerbricht!"

Er stellte das, was er in den Händen hatte, neben sich hin, griff zum Spaten, sah mich drohend an und fragte:

„Und wenn ich sie dennoch zerbreche, was dann?"

„Pshaw! Ihr kommt ja gar nicht dazu!"

„Wieso?"

„Ich schlage Euch nieder, daß Ihr zur Erde fliegt wie ein umgefallener Sack!"

„Ah, wirklich, wirklich? Versucht das doch einmal! Merkt aber vorher auf, was ich Euch sage: Ihr seht den Spaten in meiner Hand. Mit ihm zerschlage ich zunächst das Gefäß und dann, wenn Ihr nur die geringste Bewegung gegen mich wagt, den Schädel! Nun tut, was Ihr wollt!"

Er hob den Spaten hoch, um seine Drohung auszuführen, und ich ballte schon die Faust zum angekündigten Hieb; da aber stand das Herzle neben mir und sagte:

„Nicht du, sondern ich!"

Sie schob mich zur Seite, trat hart an Sebulon heran und befahl:

„Nieder mit dem Spaten, nieder!"

Sie streckte dabei die Hand gebieterisch aus. Man sah ihr an, daß es ihr gar nicht einfiel, einen Widerstand zu erwarten. Er fuhr, fast möchte ich sagen, erschrocken zusammen und schaute ihr in die Augen. Ihre Blicke hingen für kurze Zeit aneinander. Da senkte er den seinen, und er senkte auch den Spaten.

„Werft ihn weg!" befahl sie.

Er ließ ihn fallen.

„Setzt Euch wieder nieder!" forderte sie ihn in weniger strengem Ton auf.

Er tat auch das.

„So! Nun fahrt in Eurer Arbeit fort, aber vorsichtig

und anständig! Es darf nicht der geringste Riß oder Sprung entstehen! Ich hoffe, Ihr tut mir das zuliebe!"

„Zuliebe, ihr zuliebe!" erklang es kleinlaut aus seinem Mund. „Was soll man von mir denken, daß ich gehorche! Diese Augen, diese Augen! Hariman, sag es ihr, sag es ihr, damit wenigstens er mich nicht für einen Feigling hält, der sich vor ihm fürchtet!"

„Was ist's?" fragte sie den Genannten.

Er antwortete:

„Mein Bruder kann Eure Augen nicht ertragen, Mrs. Burton. Gleich vom ersten Augenblick an. Er sagte es mir sofort, nachdem er Euch gesehen hatte, und er hat es mir jetzt schon zehnmal, schon zwanzigmal wiederholt."

„So ist es!" klagte Sebulon. „Diese Augen, diese niederträchtigen, unausstehlichen blauen Augen! Sie tun mir weh! Sie plagen und quälen mich! Schaut weg von mir, Mrs. Burton, schaut weg! Sonst tue ich alles, alles, was Ihr wollt!"

Da setzte sie sich neben ihn nieder, berührte mit ihrer Hand leise seinen Arm und antwortete:

„Wenn Ihr doch immer nur tätet, was ich will, so tätet Ihr stets das Richtige!"

Er zuckte zusammen und stöhnte:

„Mein Himmel! Nun faßt sie mich sogar an!"

„Ich werde es nicht wieder tun. Es geschah ohne Absicht", entschuldigte sie sich. „Nun aber bitte, die Gefäße wieder zur Hand! Ich bleibe dabei und schaue zu."

Er griff gehorsam nach dem seinen und sagte zu Hariman:

„Also, entfernen wir den Kitt! Aber behutsam, sehr behutsam, damit ja nichts zerbricht! Verstanden?"

Er nahm, als ob gar nichts vorgefallen sei, die unterbrochene Arbeit von neuem auf. Und er tat sie so sorgfältig und so bedächtig, daß ich mich im stillen schier verwunderte. Das Herzle aber lächelte leise und glücklich. Sie fühlt sich immer so froh, wenn es ihr gelungen ist, etwas Böses in Gutes zu verwandeln. Zwar kehrte die frühere Hast bei Sebulon nach und nach zurück; aber er widerstrebte ihr; es gelang ihm, sich zu beherrschen, wenigstens bis zu dem Augenblick, an dem er so weit war, das Tongefäß öffnen zu können. Da holte er tief, tief Atem und rief dann aus:

„Verzeihung, Mrs. Burton! Wenn es wieder nur Bücher sind, so sollen sie Euer sein! Wenn es aber Gold oder Ähnliches ist, so gebe ich es nicht her! Um keinen Preis! Soll ich nachschauen?"

„Ja", antwortete sie.

Er entfernte den Deckel und sah hinein.

„Ganz dasselbe Lederpaket!" stöhnte er.

Er nahm es heraus, öffnete es und durchsuchte es.

„Wieder nur geschriebene Zeilen, weiter nichts, weiter nichts! Es ist ein Unglück, ein Jammer, eine Schande! Und du?"

Diese Frage war an seinen Bruder gerichtet, der sein Paket soeben auch geöffnet hatte. Er zeigte es her und antwortete:

„Auch nur Schreibereien, nichts anderes!"

Da sprang Sebulon auf und jammerte:

„Ich muß Atem holen, Atem! Es packt mich die Wut! Mich rührt der Schlag!"

Er warf die Arme um sich und rannte auf und ab. Hariman aber griff still nach dem fünften, also letzten Gefäß und begann, zunächst die Schnüre zu entfernen. Das Herzle griff mit zu, um ihm zu helfen. Als Sebulon das sah, kam er schnell herbei, schob sich zwischen sie und seinen Bruder und bat:

„Nicht Ihr, nicht Ihr, Mrs. Burton! Schont Eure Hände! Ich mache das für Euch!"

Das war nicht etwa böse, sondern gut gemeint. Wie sonderbar! Es dauerte nicht lange, so war auch dieser letzte Behälter geöffnet. Er hatte denselben Inhalt wie die anderen vier. Da beugte sich Sebulon ganz so, wie sein Bruder es vorher, nur aus ganz anderem Grunde, gemacht hatte, tief nieder, legte sein Gesicht in beide Hände und begann zu weinen. Seine Brust arbeitete konvulsivisch. Wir anderen verhielten uns still. Nach einer Weile stand er mit einem plötzlichen Ruck auf, sah sich um, als ob er aus einem Traum erwache und rief in zornigem Ton:

„Wie sagte ich? Wie habe ich gesagt? Er sei da, unser Vater, unser Vater? Verrückter Kerl, der ich bin! Von dem alten Lump ist längst keine Faser, kein Atom, kein Stäubchen mehr übrig! Nur die Schande hat er uns gelassen, die Schande! Und den Trieb zum Bösen hat er uns vererbt, den Drang zum Mord, zur Selbstvernichtung! Das ist alles, was wir ihm zu verdanken haben, alles, alles! Und das will Vater gewesen sein und hat sich Vater genannt! Pfui!"

Er spuckte dreimal aus und wandte sich von uns, um sich zu entfernen. Aber schon nach wenigen Schritten blieb er stehen, drehte sich nach uns um und sagte:

„Mrs. Burton, ich verzichte auf die Schreibereien. Ich mag sie nicht. Ich schenke sie Euch, hört Ihr es, Euch, nur Euch! Mit einem jeden anderen würde ich um sie kämpfen, sogar mit Old Shatterhand. Euch aber will ich sie überlassen, ohne daß ich etwas dafür verlange. Sie sind also Euer Eigentum. Macht damit, was Euch beliebt!"

Hierauf wandte er sich wieder von uns ab und taumelte davon, in den Wald hinein, hinter dessen Bäumen er verschwand.

„Törichter Mensch!" sagte sein Bruder, der ihm, ebenso wie wir, nachgeschaut hatte. Weiter sagte er nichts.

Das Herzle hatte nun eigentlich das Essen zu bereiten; sie tat es aber nicht. Sie wollte zunächst wissen, was für ein Schatz es war, den wir da ausgegraben hatten. Ich bat vor allen Dingen Pappermann, noch einmal tiefer zu graben, der Überzeugung wegen, daß nicht etwa auch heute wieder etwas liegen gelassen werde. Hariman

Enters erbot sich sofort, ihm dabei zu helfen. Sie gingen noch volle zwei Fuß tiefer, fanden aber nichts und schütteten dann die Bodenöffnung vollständig wieder zu. Inzwischen untersuchte ich mit meiner Frau den Inhalt sämtlicher fünf Gefäße.

Es waren lauter zusammengebundene Hefte, Manuskripte von Winnetous eigener, mir wohlbekannter Handschrift. Man kann sich wohl denken, welchen Eindruck diese graphisch zwar nicht schönen, aber außerordentlich charakteristischen Schriftzüge auf mich machten. Die Buchstaben hatten peinlich genau dieselbe Lage und Länge. Die Schrift war klar und harmonisch, wie die Seele dessen, von dessen Hand sie stammte. Er hatte eigentlich nicht geschrieben, sondern gezeichnet und gemalt. Kein einziger Fleck, keine Spur irgendeiner Unsauberkeit war da zu sehen. So war er ja immer, und so war er in allem gewesen! Und das waren nicht etwa nur zwanzig, dreißig, fünfzig Seiten, sondern viele, viele hunderte! Wo hatte er sie geschrieben? Auf den Umschlägen einiger Hefte war es zu sehen. Da stand: „Geschrieben am Nugget Tsil" — „Geschrieben am Grabe meines Vaters" — „Geschrieben am Grabe Klekih-petras" — „Geschrieben in Old Shatterhands Wohnung am Rio Pecos" — „Geschrieben bei Tatellah-Satah" — „Geschrieben für meine roten Brüder" — „Geschrieben für meine weißen Brüder" — „Geschrieben für alle Menschen, die es gibt". Viele der Hefte aber waren ohne solch eine Überschrift. Die Sprache war englisch. Wo ihr der richtige, individuelle Ausdruck fehlte, traten die bezeichnenderen indianischen Worte an ihre Stelle. Er hatte von mir so manchen deutschen Ausdruck gehört und im Gedächtnis festgehalten. Nun war es rührend, zu sehen, wie sehr und wie gern er sich in diesen Blättern befleißigt hatte, an hierzu geeigneten Stellen diese Ausdrücke in Anwendung zu bringen.

Am Schluß des letzten Heftes fand ich ein vollständiges

Inhaltsverzeichnis und einen an mich gerichteten Brief. Das Inhaltsverzeichnis werde ich später veröffentlichen. Der Brief lautete folgendermaßen:

„Mein lieber, lieber, guter Bruder!

Ich bete zum großen, allgütigen Manitou, daß Du kommst, um Dir diese Bücher zu holen. Und wenn Du sie beim erstenmal verfehlst, weil du nicht tief genug gräbst, so ist es noch nicht an der Zeit, daß sie in Deine Hände kommen. Dann werde ich nicht eher aufhören im Gebet, bis Du endlich doch noch kommst und sie findest. Denn sie sind nur für Dich, für keinen anderen.

Ich habe dieses mein Vermächtnis nicht bei Tatellah-Satah niedergelegt, weil er Dich nicht liebt. Aber auch hier sind seine Gründe edel, wie immer. Und ich habe es auch keinem anderen anvertraut, weil mein Vertrauen zum allmächtigen und allweisen Vater der Welten größer ist, als zu den Menschen. Ich grabe diese Bücher tief in die Erde, denn sie sind wichtig. Höher oben liegt ein zweites Testament, um dieses hier zu verbergen und zu beschützen. Ich werde Dir nur von diesem oberen sagen, damit das untere liegen bleibe, bis seine Zeit gekommen ist. Und ich habe Tatellah-Satah mitgeteilt, daß hier zwei Vermächtnisse für Dich liegen, damit sie, wenn Du ja nicht kommen solltest, trotzdem nicht verloren gehen.

Und nun öffne mir Dein Herz und Deinen Geist, und vernimm, was ich, der Verstorbene und doch Lebende, Dir sage!

Ich bin Dein Bruder. Ich will es sein und bleiben. Auch dann, wenn die Trauerkunde durch die Stämme der Apatschen geht: ‚Winnetou, unser Häuptling, ist tot!' Du hast mich gelehrt, daß der Tod die größte aller Erdenlügen sei. Ich möchte Dir beweisen, daß dieses köstliche Geschenk, das Du mir brachtest, die Wahrheit enthält. Ich will, wenn man von mir sagt, daß ich gestorben sei, die Hände ebenso über Dich breiten, wie ich sie über Dich breitete, als ich noch lebte. Ich will Dich schützen, mein Freund, mein Bruder, mein lieber, lieber Bruder.

Der große, gute Manitou führte uns zusammen. Wir sind nicht zwei Wesen, sondern eins. Wir werden es bleiben. Es gibt keine Macht auf Erden, die stark genug ist, dies zu verhindern. Auch das Grab gähnt nicht zwischen uns. Ich werde seine Tiefe überspringen, indem ich in diesem meinem Vermächtnis zu Dir komme und für immer bei Dir bleibe.

Du bist, seit ich Dich kenne, mein Schutzengel gewesen, und ich war in gleicher Weise der Deine. Du standest mir höher, als jeder andere, den ich liebte. Ich eiferte Dir nach in allen Dingen. Du gabst mir viel. Du brachtest mir Schätze für Geist und Seele, und ich versuchte, sie festzuhalten und mir anzueignen. Ich bin Dein Schuldner; aber ich bin es gern, denn diese Schuld ist nicht drückend, sondern erhebend. Konnten die Bleichgesichter nicht alle so zu uns kommen, wie Du, der einzelne, zu mir, dem einzelnen, kamst? Ich sage Dir, alle, alle meine roten Brüder wären ebenso gern ihre Schuldner geworden, wie ich der Deine geworden bin! Der Dank der roten Rasse wäre ebenso groß und ebenso aufrichtig gewesen wie der Dank Deines Winnetou für Dich. Und wo Millionen danken, da wird die Erde zum Himmel.

Aber Du hast noch mehr getan, unendlich mehr als das! Du hast Dich nicht nur Deines roten Freundes, sondern auch seiner ganzen verachteten, verfolgten Rasse angenommen, obgleich Du ebenso wußtest und weißt wie ich, daß die Zeit kommen wird, in der man Dich dafür ebenso verachtet und verfolgt wie sie. Doch zage nicht, mein Freund; ich werde bei Dir sein! Was man Dir, dem Lebenden, nicht glaubt, das wird man mir, dem Verstorbenen, glauben müssen. Und wenn man das, was Du schreibst, nicht begreifen will, so gib ihnen das zu lesen, was ich geschrieben habe. Ich bin überzeugt, es war gewiß die kühnste, aber wohl auch die beste Tat Deines Winnetou, daß er in stillen, heiligen Stunden das Gewehr zur Seite legte und für Dich zur Feder griff. Sie ist mir schwer geworden, diese Tat, sehr schwer, dieser Feder wegen, die sich sträubte, mir, der Rothaut, zu gehorchen. Und doch auch leicht, so leicht, des Herzens wegen, dessen Stimme aus jeder Zeile spricht, die ich dem Volk der Menschen hinterlasse.

So wird Dein Winnetou auch noch im Tod an Deiner Seite stehen, denn meine Liebe lebt. So wird er für Dich kämpfen, indem er für sich selbst und seine Rasse kämpft. So habe ich mich zu Deinem Schutz zu Dir emporgehoben und bitte Dich, vergönne mir den Platz! Dann wird auch ebenso mein Volk sich zu dem Deinigen erheben, und alle Leiden meiner Nation sind ausgelöscht, wenn nicht aus der Geschichte, so doch vor Manitou, der gütig richtet, wenn er kann und darf.

Du weißt, ich bin bei Dir, wenn Deine Augen diese Zeilen lesen, doch nicht als Geist, als irre Spiritistenseele, sondern als mein treuer, warmer Puls, der fortan mit dem Deinigen vereint in Deinem Herzen schlägt. O könnte dieser Puls der Puls der ganzen Menschheit sein!

Bin ich ein Tor, indem ich dieses schreibe? Ich grüße Dich! Was Du von mir noch alles hören möchtest, wirst Du in diesen Blättern finden. Ich brachte sie zum Nugget Tsil. Die Grube ist geöffnet, sie für Dich aufzunehmen. Ich bin allein! Wie hab ich Dich geliebt! Wie liebe ich Dich noch! Du warst mir Geist und Seele, Herz und Wille. Was ich Dir bin, das wurde ich durch Dich. Es gibt so viele, so unzählig viele, die ganz dasselbe werden möchten, Euch — für Euch — für Euch!

Dein Winnetou."

Das Herzle saß eng neben mir. Ich hatte ihr mit halblauter Stimme vorgelesen. Als ich nun fertig war, sagte sie nichts. Sie schlang ihre Arme um mich, lehnte ihren Kopf an meine Schulter und weinte. Auch ich war still. So saßen wir lange Zeit. Dann packten wir die Manuskripte in die Tongefäße und trugen sie in das Zelt, um sie dort aufzubewahren. Den Brief aber behielt ich zurück.

„Wirst du ihn dem ‚jungen Adler' zeigen?" fragte sie mich.

Ich hatte soeben denselben Gedanken gehabt. Wieder einer jener häufigen, alltäglichen Fälle, daß sie in ganz demselben Augenblick auch ganz dasselbe denkt wie ich.

„Ja, er soll ihn lesen, und zwar sogleich", antwortete ich.

Wir gingen zu ihm hin. Es schien, als habe er sich gar nicht um uns bekümmert. Aber als ich ihm den Brief mit einigen erklärenden Worten zum Lesen überreichte, ging es wie heller Sonnenschein über sein Gesicht. Er sprang schnell auf, griff nach dem Brief und sagte:

„Ich danke Euch, Mr. Burton! Glaubt mir, ich weiß genau, was es heißt, einen solchen Brief aus solcher Hand zu bekommen!"

„Ich zeige ihn Euch nicht ohne egoistische Absicht", erwiderte ich. „Ich stelle dieses Vermächtnis meines Winnetou unter Euern besonderen Schutz. Ich kann nicht stets in der Nähe des Zeltes sein und bitte um Eure Wachsamkeit, sooft ich gezwungen bin, mich zu entfernen. Zum Beispiel gleich jetzt. Ich gehe nämlich, um nach Sebulon Enters zu sehen."

„Und ich habe inzwischen für des Leibes Nahrung zu sorgen", erklärte das Herzle. „Ich mache wahr, was du ihm und seinem Bruder versprochen hast — nämlich die Bärentatzen. Ich hoffe, daß mir das mit Pappermanns Hilfe gelingen wird."

Der Gedanke, nach Sebulon Enters auszuschauen, war

mir nicht nur wegen meiner eigenen Sicherheit gekommen. Noch viel mehr als das drängte mich das Mitleid, ihn jetzt nicht für längere Zeit aus den Augen zu lassen. Es galt, auch ihn zu retten, nachdem sein Bruder so ziemlich als gerettet gelten konnte. Ich ging ihm nach, indem ich seinen Spuren folgte. Sie führten in die Tiefe des Waldes, nicht in gerader Linie, wie die Stapfen eines Menschen, der weiß, wohin er will, sondern bald nach rechts und bald nach links, bald vorwärts und bald wieder zurück, als ob er in der Irre gehe. Zuweilen war er stehen geblieben, aber nicht an einer und derselben Stelle, sondern sich nach allen Seiten drehend und wendend, als ob er rundum von unsichtbaren Wesen bedroht worden sei, gegen die er sich hatte wehren müssen. Das waren seine Gedanken.

Durch diese Beobachtungen aufgehalten, kam ich nur langsam vorwärts. Endlich aber hörte ich ihn, noch ehe ich ihn erblickte. Er sprach laut, sehr laut. Ich folgte der Richtung, die mir der Schall verriet. Er stand unter einer hohen Buche, an ihren Stamm gelehnt. Es gab in der Nähe ein dichtes Unterholz, hinter dem ich Deckung fand. Er sprach, als ob er greifbare Gestalten vor sich habe. Er gestikulierte; er nickte ihnen zu. Ich hörte folgendes:

„Ihr alle seid schon tot, ihr alle! Nur wir zwei sind noch übrig! Müssen auch wir noch fort? Hariman will sterben; ich aber will leben. Ich will den Willen des Vaters tun, damit er nicht auch noch mich, den letzten, ermordet! Ich will ihm diesen Old Shatterhand ans Messer liefern, ich will, ich will! Ich will diesen seinen größten Feind vernichten und verderben, damit ich selbst am Leben bleibe. Aber kann ich — kann ich — — kann ich — — —?"

Er bewegte bei dieser dreimaligen Frage den Kopf so, als ob er einen Halbkreis von Zuhörern vor sich habe.

Er lauschte, als ob ihm von dorther geantwortet werde. Dann fuhr er fort:

„Diese Frau, diese Frau ist schuld! Diese Frau mit den blauen Augen und mit der Herzensgüte im Gesicht! Die stellt sich mir in den Weg!“

Er legte die beiden hohlen Hände wie ein Schallrohr an den Mund und erklärte geheimnisvoll:

„Das sind die blauen Augen unserer Mutter. Diese lieben, guten, blauen Augen, die so unzählbar oft weinten, bis sie vor Herzeleid brachen und sich schlossen! Habt ihr diese Ähnlichkeit auch bemerkt? Und das ist das Wohlwollen und die Güte unserer Mutter, genau, genau! Wie das lächelt! Wie das bittet! Wie das verzeiht! — Sollen diese Augen sich in Tränen ergießen, meinetwegen? Soll so viel Güte vernichtet werden? In Haß, in Rache verwandelt? Kann ich das? Darf ich das? Eines Schurken wegen? Eines Schurken — Schurken — Schurken?!“

Er neigte den Kopf zur Seite, als ob er auf etwas lausche, was ihm zugerufen wurde, machte dann eine Bewegung zornigen Widerspruchs und antwortete:

„Nein! Er hat mich betrogen, der Alte! Betrogen, betrogen, betrogen! Es war kein Gold; es waren nur Blätter, Blätter! Will er mich mit Kiktahan Schonka etwa ähnlich betrügen? Er hat, als er lebte, alle Welt betrogen. Nun er tot ist, kann er nur uns noch betrügen. Aber betrogen muß sein, betrogen, betrogen! Soll ich mir das gefallen lassen? Wahrlich, ich habe große Lust, ihm das zurückzugeben, ihn so zu betrügen, wie er mich betrügt, ihn mit diesem Old Shatterhand zu betrügen! Vielleicht tue ich es, vielleicht! Sogar wahrscheinlich! Dieser blauen Augen wegen! Ich will einmal —“

Er hielt in seiner Rede inne. Er wurde unterbrochen. Sein Bruder erschien jenseits der Buche und rief, während er sich ihm näherte:

„Still doch, Unvorsichtiger! Dein einsames Schreien und Brüllen wird uns noch beide verderben!"

„Sie waren alle da, alle!" entschuldigte sich Sebulon.

„Unsinn! Niemand ist da, niemand! Aber einer kann kommen, jeden Augenblick. Und wenn der hört, was du da den Bäumen erzählst, ist alles entdeckt, was du doch sonst so sorgsam verschweigst!"

„Wen meinst du?"

„Old Shatterhand. Er ging in den Wald, und zwar genau in der Richtung, in der du verschwandest. Ich kenne den Dämon, der dich zwingt, so laute Reden zu halten. Darum bin ich schnell hinter dir her, um dich zu warnen. Aber ich wußte nicht, wo du warst. Es dauerte lange, bis ich dich fand. Endlich hörte ich dich schreien."

„So ist dieses Schreien doch zu etwas gut gewesen. Du hättest mich sonst nicht gefunden!"

„Rede doch nicht so lächerlich, sondern komm! Man wird in kurzer Zeit zum Essen rufen. Denke doch: Bärentatzen! Bin neugierig, ob sie ihr gelingen. Sie hat noch niemals welche gebraten."

„Oh, die bringt alles fertig, alles, sogar Bärentatzen! Und wenn sie ihr nicht gelängen, so äße man sie doch, und sie würden schmecken, sage ich dir, schmecken! Also komm!"

Sie gingen miteinander fort. Ich beeilte mich, ihnen unbemerkt vorauszukommen, und das gelang. Als sie den Lagerplatz erreichten, saß ich dort schon an der Seite des ‚jungen Adlers', und es schien, als sei ich nicht erst vor wenigen Augenblicken, sondern schon vor längerer Zeit zurückgekehrt.

Für Leser, die gern alles wissen, auch so nebensächliche Dinge, erkläre ich hierdurch mit größter Feierlichkeit, daß die Zensur, die ich den Bärentatzen gab, auf IIa lautete. Das Herzle ist zwar meine Frau, und ich wäre also wohl verpflichtet gewesen, ihr eine ‚I mit Stern' zu verleihen; aber das wäre geschmeichelt und also unwahr gewesen, und hierzu gebe ich mich sogar in Küchenangelegenheiten nicht her. Hätte Klärchen die Tatzen trotz der lebhaften Mithilfe Pappermanns verdorben, so wäre es mir überhaupt nicht eingefallen, ihr eine Zensur zu erteilen, denn nach Paragraph 51 der ‚Strafprozeßordnung für das Deutsche Reich vom 1. Februar 1877' habe ich in allen derartig heiklen Fällen als Ehemann das Recht, meine Aussage zu verweigern. Aber die Leistung war nicht schlecht. Sie stand vielmehr, besonders was die beigefügten Wacholderbeeren, die Pilze und den Beifuß betrifft, so hoch über der Gewöhnlichkeit, daß ich unbedingt zu einer I oder gar einer Ia gegriffen hätte, wenn die Tatzen noch zwei bis drei Tage älter gewesen wären. Der Grund lag also nicht am Herzle, sondern die Tatzen selbst waren schuld. Wenn ich hierdurch zu einer IIa gezwungen wurde, so fühle ich mich stark verpflichtet, der Wahrheit gemäß hinzuzufügen, daß sich die II nur auf den Bären, das a aber nur auf meine Frau bezieht.

Nach dem Essen unternahmen wir beide, nämlich sie und ich, einen Ritt nach dem schon erwähnten Aussichtsbaum auf der Bergeshöhe. Es kam mir darauf an, eine weite Umschau zu halten. Die Squaws der Sioux hatten nach dem Nugget Tsil gewollt. Sie hätten schon lange vor uns hier eintreffen müssen, und doch war keine Spur von ihnen zu entdecken. Wir hatten überhaupt weder die Fährte noch die Stapfen eines einzigen Menschen zu sehen bekommen. Darum ritt ich jetzt nach der Kuppe, um von dort aus Umschau zu halten.

Als wir da oben ankamen, gab es eine schöne, reine, weithin tragende Luft. Ich stieg auf den Baum, so hoch mich seine Zweige trugen. Die Bergesgruppe des Nugget Tsil lag unter mir. Sie war bewaldet. Jenseits dieser Waldregion breitete sich die von mir schon früher geschilderte, spärlich bewachsene Prärie. Ich konnte sie sehen, und noch weit in sie hinein, rundum. Aber es war kein Mensch zu entdecken, auch kein Tier. Ich hatte mein Fernglas mitgenommen. Ich suchte mit ihm die ganze Gegend ab. Keine Spur eines lebenden Wesens. Wir konnten sicher sein, heute nicht gestört zu werden. Wir ritten also wieder ins Lager hinab und kamen dort an, als es zu dunkeln begann.

Pappermann hatte für trockenes Feuermaterial gesorgt, das für die ganze Nacht reichte. Er lag vor dem Zelteingang wie ein treuer Hund, der sich verpflichtet fühlt, ihn zu bewachen. Der ‚junge Adler' saß in seiner Nähe. Die beiden Enters hockten am Feuer und brieten ihren Hasen. Sie teilten davon später auch an uns aus, und wir weigerten uns nicht, kameradschaftlich mitzuessen. Sie kamen uns verändert vor. Sie erschienen uns unbefangener als sonst. Sie nahmen an unserem Gespräch bescheiden, aber doch in einer Weise teil, als ob gar nichts zwischen uns und ihnen liege. Wie kam das? Hatten sie jetzt ein besseres Gewissen als früher? Oder richtiger: waren ihre Absichten jetzt weniger feindlich als vorher? Wahrscheinlich! Sogar auch in Beziehung auf Sebulon, der sich so ruhig und vernünftig benahm, als ob die heutige Schatzgräberszene vollständig aus seinem Gedächtnis verschwunden sei. —

Der Clan der Schutzengel

Es lag in den Erlebnissen des heutigen Tages begründet, daß wir ausschließlich von Winnetou und seinen Apatschen sprachen. Ich erzählte einige sehr bezeichnende Episoden, die ich mit ihm erlebt hatte; Pappermann berichtete über die Art und Weise, in der er ihn kennen gelernt hatte, und der ‚junge Adler' schilderte in verschiedenen Charakterzügen den tiefen Einfluß, den der Verstorbene auch noch nach seinem Tode auf die Indianer, besonders aber auf die Apatschen und die ihnen verwandten Völkerschaften äußerte. Die beiden Enters hörten nur zu. Sie sprachen nicht, kein Wort, aber man sah ihnen an, wie ganz und gar sie bei der Sache waren. Das freute mich. Sie hatten wahrscheinlich von Seiten ihres Vaters und seiner Genossen so viel Feindseliges über mich und Winnetou gehört, daß es ihnen gar nichts schaden konnte, jetzt einmal etwas Besseres und Richtigeres zu erfahren. Der ‚junge Adler‘ fühlte in seiner Feinsinnigkeit, welche stillen Absichten ich während dieses Gesprächs mit dem Brüderpaar verfolgte, und er ging auf diese Absichten ein, indem er mich in dem Bestreben unterstützte, ihren Haß in Achtung umzuwandeln.

Das Abendessen brachte hierin eine nur kurze Unterbrechung. Als es vorüber war, griff Pappermann nach einer der Zigarren, von denen er sich aus Trinidad einen Vorrat mitgenommen hatte. Die beiden Enters zogen ihre kurzen Pfeifen und die Tabaksbeutel aus den Taschen. Sie schauten fragend zu dem Herzle herüber und bekamen die gewünschte Erlaubnis bereitwillig zugenickt. Der ‚junge Adler‘ rauchte nicht. Er behauptete, nur bei Beratungen zu rauchen, und zwar nur aus dem Kalumet, sonst nicht. Was mich betrifft, so weiß man, daß ich sehr, sehr stark rauchte. Ich gestehe sogar ein, daß ich der stärkste von allen Rauchern war, die ich kennen gelernt habe. Jetzt bin ich es nicht mehr. Es sind nun fünf Jahre her, da bat mich das Herzle, nicht mehr so viel zu rauchen. Sie meinte, ich habe meinen Lesern noch außerordentlich viel zu sagen und müsse also trachten, so lange wie möglich zu leben. Da legte ich die Zigarre, die ich im Munde hatte, weg und sagte: „Das ist die letzte gewesen im Leben; ich rauche nie wieder!“ Warum hätte ich meiner Frau nicht gehorchen sollen? Sie hatte doch recht! So stand ich also nun auf demselben Punkt wie der ‚junge Adler‘: Höchstens nur noch bei indianischen Beratungen zu rauchen, und zwar aus dem Kalumet, sonst nie! Trotzdem fällt es mir nicht ein, die anregende Wirkung einer guten, verständig genossenen Zigarre oder Pfeife zu leugnen, und ebenso ist mir wohl bekannt, daß unsere alltägliche Phantasie am liebsten und wohl auch am bequemsten auf Tabakswölkchen aus der Tiefe in die Höhe steigt. Das Gedächtnis scheint geöffnet und die Seele zur Mitteilung bereitwilliger zu werden. Das beobachtete ich jetzt auch am ‚jungen Adler'. Er rauchte zwar nicht selbst, aber seine Hand spielte mit den Ringeln und Ringen, die der neben ihm sitzende Pappermann seinen Lippen entgleiten ließ. Er sog den Duft von dessen Zigarre mit Behagen ein und schien hierdurch eine ganz andere Gedankenrichtung und Ausdrucksweise zu bekommen. Es ist gewiß mehr als sonderbar, daß der freie Indianer niemals zum Gewohnheitsraucher wird und doch, oder vielleicht gerade deshalb den besseren und feineren Wirkungen des Nikotins zugänglich ist. Er raucht nur in besonders wichtigen und heiligen Augenblicken.

Der ‚junge Adler' besaß ein reiches Innenleben; aber er war schweigsam. Heute trat er zum erstenmal, seit ich ihn kannte, ein wenig aus sich heraus, aber auch nur vorsichtig und so nach und nach. Von sich selbst sprach er nicht, sondern ausschließlich von Winnetou, und ich hatte das Gefühl, daß es der Einfluß des narkotischen Duftes war, der ihm die Lippen öffnete. Das Herzle benutzte diese Gelegenheit zu einer Frage, deren Beantwortung ihr schon seit unserem kurzen Aufenthalt am Kanubisee auf dem Herzen lag. Der junge Apatsche hatte soeben von dieser unserer Begegnung mit der schönen Aschta gesprochen, da fragte meine Frau:

„Ich sah den Stern auf ihrem Gewand, und ich sehe ihn auch hier bei Euch. Was ist es mit diesem Stern? Und was ist es mit ‚Winnetou' und ‚Winnetah'? Oder dürft Ihr es nicht sagen? Ist es ein Geheimnis?"

Er schloß für kurze Zeit die Augen. Dann öffnete er sie wieder und antwortete:

„Es ist kein Geheimnis. Jedermann darf es hören. Ja, wir wünschen sogar, daß alle Welt es erfahre und dasselbe tue wie wir. Aber soll ich gerade hier davon sprechen und gerade jetzt?"

Während dieser Worte berührte sein Blick die beiden Enters. Ich verstand ihn und erwiderte:

„Warum nicht? Es gibt kein Hindernis."

„So sei es!"

Er schloß die Augen wieder und dachte nach. Dann begann er:

„Ich wollte, ich dürfte in der Sprache der Apatschen zu euch reden; denn diese Sprache bildet das Gewand, in dem das, wovon ich spreche, mir in das Herz gestiegen ist. Die Sprache der Bleichgesichter wirft häßliche Falten um diese Gestalten meines Innern."

Er hatte die Augen noch geschlossen gehalten. Jetzt schlug er sie auf und fuhr fort:

„Es gibt in weiter, weiter Ferne von hier ein Land mit dem Namen Dschinnistan. Nur uns, den roten Männern, ist es bekannt, den Weißen aber nicht."

Man kann sich meine Überraschung denken, als ich diesen Namen und diese Worte aus diesem Munde hörte. Dem Herzle ging es ebenso. Sie griff rasch nach meiner Hand, als ob sie eine Stütze brauche, um nicht schnell mit der Mitteilung herauszuplatzen, daß er sich über unsere Unwissenheit in hohem Grade irre.

„Dschinnistan?" fragte ich. „Ist dieses Wort aus der Sprache der Apatschen?"

„Nein, sondern aus einer hier vollständig unbekannten Sprache. Es sind viele, viele tausend Jahre her, da war Amerika noch mit Asien verbunden. Es gab im hohen Norden eine Brücke von dort nach hier herüber. Diese Brücke ist jetzt in einzelne Inseln zerrissen und zerfallen. Zu dieser Zeit, also vor Tausenden von Jahren, kamen große, herrliche Menschen, die körperlich und geistig wie Riesen gestaltet waren, über diese Brücke zu unseren Ahnen herüber und brachten Grüße von ihrer Herrscherin, der Königin Marimeh."

Wieder drückte das Herzle mir heimlich die Hand. Sie fühlte ebenso wie ich, daß unsere Marah Durimeh gemeint war. Der ‚junge Adler' fuhr fort:

„Ihre Boten hatten köstliche Geschenke zu überreichen. Es war ihnen verboten, Gegengeschenke zu nehmen, denn eine Gabe, die erwidert werden muß, ist kein Geschenk, sondern eine Erpressung. Die Gesandten Marimehs erzählten von dem hochgelegenen Reiche Dschinnistan. In diesem gibt es nur ein einziges Gesetz, das das ‚Gesetz der Schutzengel'[1] heißt. Darum wird Dschinnistan auch das ‚Land der Schutzengel' genannt. Nämlich ein jeder Untertan dort hat im Stillen der unbekannte Schutzengel eines anderen Untertanen zu sein. Wer sich entschließt, der Schutzengel seines eigenen Feindes zu sein, der gilt als Held, denn er hat sich selbst überwunden. Das gefiel unseren Urvätern, denn sie waren ebenso edel wie die Bewohner des Erdteils Asien. Sie baten die Gesandten der Königin Marimeh, ihnen zur Einführung dieses Gesetzes hier in Amerika behilflich zu sein. Diese waren gern bereit. Sie taten, um was man sie gebeten hatte, und zogen dann wieder heim."

„Kamen sie wieder?" fragte das Herzle.

„Dieselben nicht, aber andere. Nach jedem Menschenalter kam eine Gesandtschaft, um Geschenke zu bringen und nachzusehen, ob das Gesetz auf dieser Seite der Erde noch gelte. So vergingen mehrere Jahrtausende. Der Himmel wohnte auf Erden. Das Paradies stand weit geöffnet. Es gab keinen Unterschied mehr zwischen Engel und Mensch, weil jeder Mensch ein Engel war, nämlich der Schutzengel eines anderen. Da plötzlich blieb die Gesandtschaft aus, die nächste, die übernächste auch. Man erkundigte sich, man schaute nach. Die Brücke von Asien

[1] Vgl. hierzu das ‚Märchen von Sitara' in Band 34 ‚ICH' der Ges. Werke

nach Amerika war eingestürzt. Nur noch die Pfeiler standen, die von einer wilden See umtobten Inseln."

„Wenn ich mich nicht irre, stehen sie heute noch", fiel Pappermann ein. „Ich glaube, man nennt sie die Alëuten."

„Das stimmt", nickte das Herzle. „Ihr seid ein guter Geograph, Mr. Pappermann!"

„Oh, das will gar nichts sagen", lachte er. „Als ich in die Schule ging, drüben in Deutschland, da kannten wir die Alëuten und die Behringstraße besser als unsere eigenen Städte und Gassen!"

„Es vergingen viele, viele Menschenalter, ohne daß sich eine Gesandtschaft sehen ließ", fuhr der ‚junge Adler' fort. „Die Verbindung blieb unterbrochen."

„Konnte man nicht versuchen, sie wieder anzuknüpfen?" fragte meine Frau.

Der Gefragte lächelte trübsinnig.

„Von unserer Seite geschah nichts hierzu", antwortete er. „Wir waren ja Rote! Wir waren Indianer! Wir wollten glücklich und selig sein, doch ohne Mühe und Anstrengung. Das hielten wir für unser gutes Recht. Ein erkämpftes Glück war uns zu teuer. Wir glaubten, es billiger haben zu können. Wir ahnten nicht, daß der große, allweise Manitou uns prüfte, daß das Ausbleiben der Gesandtschaft von ihm verordnet war, um uns aufzurütteln und zur eigenen Tätigkeit zu spornen. Unsere Ahnen aber regten sich nicht; sie blieben sitzen. Sie hatten keinen Dank für das Gesetz von Dschinnistan. Sie hatten keine entgegenkommende Tat für Manitou, für die Königin Marimeh, für die Erhaltung ihres Paradieses, ihrer Seligkeit, ihres Glücks. Das ist die große, die unverzeihliche Sünde unserer Ahnen, deren Folgen wir zu tragen haben bis auf den heutigen Tag!"

Da stöhnte Sebulon leise:

„Die Ahnen — die Ahnen — die Väter!"

„Schweig, und störe nicht!" bat sein Bruder.

Der junge Apatsche fuhr fort:

„Dem Gesetz von Dschinnistan fehlte die bisher von Generation zu Generation bewirkte Erneuerung der Heimatkraft. Es wurde schwach; seine Wirkung ging verloren. Die Engel wurden wieder zu Menschen. Der Himmel verließ die Erde. Das Paradies verschwand. Die Liebe starb. Der Haß, der Neid, die Selbstsucht, der Hochmut begannen wieder zu regieren. Das eine, große Reich mit dem einen, großen Gesetz fing an zu wanken. Der einen großen Rasse, die sich an dem einen, großen Gesetz aufgerichtet und emporgebildet hatte, ging diese Stütze, dieser Pfeiler verloren. Sie fiel in sich zusammen, zwar langsam, langsam, Jahrhunderte hindurch, aber sicher. Die Herrscher wurden zu Despoten, die Patriarchen zu Tyrannen. Hatte es erst nur ein Gesetz der Liebe gegeben, so regierte nun nur noch ein Gesetz des Zwanges. Was vorher segnete, das fluchte; was vorher zusammenstrebte, das bestand jetzt darauf, sich zu meiden. Die einzig mögliche Rettung schien in der Hand der Macht, der schonungslosen Strenge zu liegen. Und sie kamen, die Bedrücker, die Zuchtmeister, die Gewaltherrscher. Sie regierten mit eisernen Fäusten, aber nur einige wenige Jahrhunderte lang. Jeder Druck, auch der Tyrannendruck, erzeugt Gegendruck, erzeugt Wärme, erzeugt innere Hitze, die nach außen und sich zu befreien strebt. Dieser Druck der nur durch Gewalt zusammengehaltenen Wasser wuchs, bis die Ufer nicht mehr widerstehen konnten. Das Gewicht der verflossenen Jahrtausende begann zu wirken. Ich bediene mich eines geographischen Bildes zur Verdeutlichung dieser geschichtlichen Tatsache: Der obere See drängte auf den Michigan-See, dieser auf den Huron-See und dieser auf den Erie-See. Von dieser ungeheuren Schwere mußten selbst Felsenufer brechen. Und sie brachen! Der Niagara bildete sich. Erst der Fluß, dann der Fall, durch den die rote Rasse in Atome zerstäubte und noch weiter zerstäubt, wenn nicht aus der Tiefe dieses Sturzes sich ein großer, rettender Gedanke erhebt, in dem die Macht verborgen liegt, die Stäubchen, Tropfen, Wellen und Wasser zu sammeln und im zukünftigen Ontario zur Einheit zurückzubilden. Dieses Bild wird euch fremd und nicht geläufig sein —"

„Es ist uns geläufig", fiel das Herzle schnell ein. „Es hat sich auch in uns selbst, ohne Zutun anderer, gebildet. Wir haben oft, sehr oft darüber gesprochen, daheim und auch hier im Lande. Das letztemal am Niagara selbst, mit Athabaska und Algongka, den Häuptlingen der —"

„Mit Athabaska?" fuhr der ‚junge Adler' in froher Überraschung auf.

„Ja."

„Und mit Algongka?"

„Auch mit ihm. Sie waren beisammen."

Diese Nachricht ließ ihn von seinem Sitz aufspringen. Seine Freude war so groß, daß er gar nicht daran dachte, daß ein Indianer sich weder vom Schmerz noch von der Freude überwältigen lassen soll.

„Sie waren beisammen, beisammen!" rief er aus. „Der eine hat die mühselige, weite Reise zu dem anderen gemacht! Dann sind beide nach dem Niagara gekommen, dem großen, erschütternden Bild unserer Vergangenheit und Gegenwart. Und dann — dann — Wißt Ihr, wohin sie von dort aus wollten?"

„Nach dem Mount Winnetou."

„Ist das wahr? Wißt Ihr das gewiß und wirklich, Mrs. Burton?"

„Gewiß und wirklich!" versicherte das Herzle, und ich bestätigte es.

Da legte er die Hände zusammen, hob den Blick empor, als ob er beten wolle, und sagte im Ton einer tief, tief innerlichen Freude:

„Nach dem Mount Winnetou! Gerettet — gerettet — gerettet!"

„Was ist gerettet, was?“ fragte meine wißbegierige Gattin, die Klara, nicht das Klärchen.

Er zögerte mit der Antwort, gab sie aber doch, während er sich langsam wieder niedersetzte:

„Der große Gedanke, der sich aus der Tiefe des Niagara erheben soll, ist gerettet.“

„So ist er also schon da? Ist schon gefunden?“

„Er brauchte nicht gefunden zu werden. Er war schon längst, schon seit Jahrtausenden da. Er wurde mit in das Verderben, in den Sturz, in den Strudel des Niagara gerissen. Aber er wurde nicht zerschmettert und nicht zermahlen und nicht zermalmt wie wir, sondern gerade als ihn die Wasser für immer verschlungen zu haben schienen, tauchte er rein, klar und wie ein Wunder glänzend aus ihren Wirbeln auf, um von den Nachkommen derer erfaßt und festgehalten zu werden, die es einst der Mühe nicht für wert erachteten, ihn, den Gast aus Dschinnistan, in bleibenden Schutz zu nehmen.“

Er hatte in schöner, lieber Begeisterung gesprochen. Man sah und hörte ihm an, daß er mit seinem ganzen Denken und Fühlen bei dieser Sache war. Auch die neugierige Klara wurde wieder zum Klärchen, ja, zum Herzle, indem sie, begeistert wie er, ausrief:

„Ich weiß, was Ihr meint! Ich kenne ihn, diesen großen, rettenden Gedanken!“

„Das ist fast unmöglich“, warf er ein.

„O nein, o nein! Wir kannten diesen Gedanken wahrscheinlich schon eher, viel eher als Ihr! Ihr meint doch das Gesetz von Dschinnistan, nichts anderes: Ein jeder Mensch soll der Engel eines anderen Menschen sein! Habe ich recht?“

Ein tiefes, aber frohes Staunen ging über sein Gesicht. Er rief aus:

„Wirklich, wirklich, Ihr habt mich begriffen! Wie ist das möglich, Mrs. Burton?“

„Weil wir dieses Gesetz, wie ich Euch schon sagte, ebenso kennen wie Ihr", antwortete sie. „Und weil — paßt auf, was ich Euch sage — weil wir Dschinnistan kennen und auch die Königin Marimeh, obwohl Ihr behauptetet, daß nur die Roten darum wissen, die Weißen aber nicht."

Er wußte zunächst nicht, was er hierauf sagen sollte. Er sah mich fragend an.

„Sie hat recht", bestätigte ich. „Wir wissen sogar den richtigen Namen der Königin. Sie heißt nicht Marimeh, sondern Marah Durimeh. Diese fünf Silben wurden im Laufe der Zeit in drei zusammengezogen."

„Wenn ihr es sagt, ihr selbst, dann muß ich es glauben", erwiderte er. „Wie froh ich darüber bin, wie froh! Ihr kennt die Königin; ihr kennt Dschinnistan, und ihr kennt auch das große, das wunderbar einfache und doch allumfassende Gesetz dieses Landes. Da seid ihr uns ja eine viel, viel größere und eine viel, viel wirksamere Hilfe als Athabaska und Algongka, die ihr auch schon kennen lerntet! Wissen sie, wer ihr seid?"

„Nein. Ich verschwieg es ihnen. Wir waren Mrs. und Mr. Burton, weiter nichts."

Da strahlte sein sonst so ernstes Gesicht vor Vergnügen förmlich auf.

„Wie mich auch das erfreut, auch das!" sagte er. „Welch eine Überraschung, wenn man euch erkennt! Welch ein tiefer, schöner und beglückender Eindruck auf Tatellah-Satah, meinen geliebten Meister, wenn er erfährt, daß Old Shatterhand nichts anderes will als er! Ihr wurdet gewünscht, aber doch gefürchtet, Mr. Burton!"

„Warum gefürchtet?"

„Weil Tatellah-Satah Euch äußerlicher nimmt, als Ihr seid! Weil er befürchtet, daß Ihr dem geplanten Denkmal, diesem Prunkwerk oberflächlicher und kurzsichtiger Denker, beistimmen werdet. Eure Stimme wiegt schwer; das weiß er, und das wissen wir alle. Fällt sie auf die Seite der Prahler, so erwartet uns statt der ersehnten Neugeburt die völlige Vernichtung. Die Seele unserer Nation, unserer Rasse ist erwacht. Sie streckt sich; sie bewegt sich. Sie beginnt zu denken. Sie will ihre Glieder als ein Einiges, als ein Zusammengehöriges, als ein großes Ganzes empfinden. Alle Einsichtigen streben nach diesem beseligenden, Stärke verheißenden Einheitsgefühl. Nun aber seht die Sioux, die Utahs, die Kiowas, die Komantschen! Sie greifen zu den Waffen, nicht gegen die Weißen, sondern gegen sich selbst, gegen ihre eigene Seele. Sie stehen bereit, diese Seele, die soeben erst im Erwachen ist, wieder niederzutreten, sie für immer zu vernichten. Warum?"

Er wollte diese seine Frage wohl selbst beantworten, aber das Herzle kam ihm schnell zuvor:

„Weil Old Surehand, Apanatschka, ihre Söhne und ihr Anhang das wohlberechtigte Nationalgefühl dieser Stämme verletzen, indem sie im Begriff stehen, dem Häuptling der Apatschen eine beispiellos überschwengliche Ehre zu erweisen, die ihm nicht gebührt."

Da warf er einen erstaunten, ja fast erschrockenen Blick zunächst auf sie und dann auf mich. Es war, als ob er glaube, seinen Ohren nicht trauen zu dürfen.

„Wie sagte Mrs. Burton?" fragte er. „Sie nennt diese Ehre beispiellos überschwenglich?"

„Ja, das tue ich!" antwortete das Herzle.

„Und daß diese Ehre ihm nicht gebühre?"

„Auch das behaupte ich!"

„Und Ihr liebt unseren Winnetou, Mrs. Burton? Und Ihr achtet ihn?"

Er war sehr ernst geworden. Er hatte in diesem Augenblick das Aussehen, als ob sein Gesicht aus Marmor gehauen sei. Denselben Ernst zeigte auch meine Frau. Sie erwiderte:

„Ich liebe ihn, und ich achte ihn, wie außer meinem Mann keinen anderen Menschen!"

„Und doch sprecht Ihr von Überschwang und von Unverdienst?"

Er stand langsam wieder von seinem Sitz auf. Das Herzle tat ebenso. Das Gefühl, daß der gegenwärtige Augenblick hochwichtig sei, ließ beide nicht sitzen bleiben. Auch ich erhob mich von der Erde. Ich hatte nicht nur dieselbe Empfindung, sondern mir war sogar, als ob in diesem Augenblick eine Vorentscheidung getroffen werde, von der vieles und Großes abhängig sei. Ich war dreimal älter als dieser junge Mann, aber es fiel mir trotzdem nicht ein, mich nun auch für dreimal klüger zu halten. Für mich personifizierte sich in ihm nicht nur die soeben beginnende Bewegung, die mit dem Worte ‚Jungindianer' bezeichnet worden war, sondern das Schicksal und die Zukunft der ganzen indianischen Rasse. Er war vier Jahre lang bei den Weißen gewesen und hatte es da, wie es schien, zu ungewöhnlichen Erfolgen gebracht. Er kannte Athabaska und Algongka. Er korrespondierte mit Wakon, dem Berühmten. Er war der Schüler und, wie ich vermutete, der Liebling von Tatellah-Satah, also der Nachfolger meines Winnetou im Herzen und in der Seele des größten Medizinmanns aller roten Nationen. Da mußte ich wohl bescheiden sein. Da hatte ich mich zu hüten, mich zu überheben. Er stand trotz seiner Jugend geistig vollständig ebenbürtig vor mir. Darum entließ ich meine Frau aus dem Gespräch und antwortete an ihrer Stelle:

„Gerade weil wir ihn in dieser Weise lieben und in dieser Weise achten, darf und kann ich nicht dulden, daß man ihn mir für die Nachwelt lächerlich macht. Man baue sein Monument noch so hoch, in Wahrheit steht er noch höher! Wer ihm ein sichtbares Denkmal setzt, der erhöht ihn also nicht, sondern der zwingt ihn, herabzusteigen. Er entehrt ihn, anstatt ihn zu ehren. Winnetou war weder Gelehrter noch Künstler, weder Schlachtensieger noch König. Er besaß kein einziges öffentliches Verdienst. Wofür also ein Monument? Und wozu ein so beispiellos seltsames und kostspieliges? Ein so beispiellos schreiendes? Womit hat unser unvergleichlich edler Freund eine solche Kränkung, eine solche Beleidigung verdient? Es ist wahrlich keine Herabsetzung, wenn ich von ihm behauptete, er sei nicht Gelehrter oder Künstler, nicht Schlachtensieger oder König gewesen, denn er war mehr als das alles: Er war Mensch! Er war Edelmensch! Und er war der erste Indianer, in dem die Seele seiner Rasse aus dem Todesschlaf erwachte. In ihm wurde sie neu geboren. Darum war er nur Seele und wollte nur Seele sein! Und darum hat er nur Seele zu sein und Seele zu bleiben! Weg also mit allen Monumenten! Er hat in unseren Herzen gewohnt und soll diese Wohnung behalten! Wer da glaubt, ihn uns aus den Herzen reißen und in Metall oder Stein begraben zu können, der bekommt es mit uns zu tun! Verstanden? Er soll leben und leben bleiben, in mir, in uns, in Euch, in seinem Volk, in — der Seele seines Volkes, die in ihm zu neuem Bewußtsein kam, und zwar zu dem Bewußtsein, daß für eine dem Untergang geweihte Nation das große Gesetz von Dschinnistan der einzige Weg ist, sich von diesem Untergang zu retten. Er hätte sich gar wohl als Held, als Feldherr aufspielen können. Er verzichtete darauf, denn er erkannte, daß dies das Ende nur beschleunigt hätte. Er riet zum Frieden, und wohin er nur kam, da brachte und gab er nur Frieden. Er war der Engel der Seinen! Er war der Engel eines jeden Menschen, der ihm begegnete, ob Freund, ob Feind, ganz gleich! Als die Seele seines Volkes in ihm erwachte, erwachte sie notwendigerweise zum Bewußtsein jenes Engelsgesetzes, in dessen letzten Tagen sie einst eingeschlafen und hingeschwunden war. Winnetou war also der seelisch direkte Nachfolger des letzten, großen, altindianischen Herrschers, zu dem die Gesandten der Königin Marimeh kamen, um dann nicht wieder zu erscheinen. Habt ihr das begriffen, ihr, seine roten Brüder? Habt ihr begriffen, daß es keinem Volk erlaubt ist, Kind zu bleiben? Daß ihr einst Kinder wart und nur darum dem Untergang zugetrieben wurdet, weil ihr nicht aufhören wolltet, Kinder zu sein? Habt ihr begriffen, daß ihr als Kinder eingeschlafen seid, um nun nach schweren Niagara-Träumen als Männer zu erwachen? Habt ihr begriffen, daß ihr nun, wenn ihr nicht Männer werdet, für immer verloren seid? Habt ihr begriffen, was es heißt, ein Mann zu werden? Eine Persönlichkeit, die aus eigener Energie zu tun und zu handeln weiß, ohne mit sich handeln zu lassen? Eine Persönlichkeit, die ihre Ziele kennt und nach ihnen strebt, ohne nach irgendeiner Seite abzuweichen? Habt ihr begriffen, wie es gesühnt werden muß, wenn Hunderte von kleinen und immer kleineren Indianernationen und Indianernatiönchen sich tausend Jahre lang untereinander bekämpfen und vernichten? Daß es ein millionenfacher Selbstmord war, an dem ihr zugrunde gegangen seid? Daß der Blut- und Länderdurst der Bleichgesichter nur eine Zuchtrute in der Hand des großen, weisen Manitou war, deren Schläge euch aus dem Schlaf zu wecken hatten? Daß ihr nur durch Liebe sühnen könnt, was ihr durch Haß verschuldet? Daß der Himmel eurer Ahnen verloren ging, sobald ein jeder rote Mann zum Teufel seines Bruders wurde? Und daß dieser Himmel sich nur dann wieder zur Erde neigt, wenn jeder rote Mann sich bestrebt, der Engel seiner Brüder zu sein, wie es zu jener Zeit war, in der Marimeh, die Königin, noch nicht gezwungen war, euch aufzugeben?"

Das war ein langer, langer Satz, den ich gesprochen hatte. Aber es stand in Winnetous Brief, daß in meinem Herzen von heute an sein Puls mit dem meinigen schlagen werde, und so kamen mir Gedanken und Worte über die Lippen, die ich sonst vielleicht zurückgehalten hätte. Der ‚junge Adler' stand vor mir, als ob sein Blick mir jedes einzelne Wort vom Munde nehmen wolle. Ich sah, daß er staunte und daß dieses Staunen wuchs. Kaum hatte ich das letzte Wort ausgesprochen, so erklang seine verwunderte Frage:

„Sagt, Mr. Burton, wart Ihr wirklich noch nicht bei Tatellah-Satah?"

„Niemals", antwortete ich.

„Was habt Ihr aus seiner großen Büchersammlung gelesen?"

„Nichts. Kein einziges Buch jemals gesehen, viel weniger gelesen."

„Sonderbar, höchst sonderbar! Auch von Winnetou könnt Ihr das nicht haben!"

„Was?"

„Die Gedanken, die Ihr soeben in Worte kleidetet."

„Ein jeder Mensch hat seine eigene Gedankenwelt. Ich stehle nicht aus anderen Welten. Auch die Fragen, die ich Euch vorlegte, gehören mir. Es steht Euch frei, sie zu beantworten oder nicht."

„Ich antworte gern. Nicht nur durch das Wort, sondern auch durch die Tat. Ihr fragtet mich, ob wir begriffen haben. Vielleicht nicht alles, aber doch wohl das meiste. Der Beweis liegt hier."

Er deutete auf den zwölfstrahligen Stern auf seiner Brust und fuhr fort:

„Mrs. Burton wünscht zu wissen, was das zu bedeuten hat, und ich antworte: Daß wir bereit sind, die Vergangenheit zu sühnen. Daß wir nicht länger hassen, sondern lieben wollen. Daß wir aufgehört haben, die Teufel unserer Brüder zu sein, und uns bemühen, des verlorenen Paradieses würdig zu werden. Kurz, das Gesetz von Dschinnistan soll wieder bei uns gelten. Wir wollen innig verbunden sein, nicht länger auseinander streben. Wir wollen uns umschlingen, so eng, daß keine Macht dazwischen treten, dazwischen greifen kann. Wir haben keinen Herrscher, der uns das befehlen könnte; wir befehlen es uns selbst. Von Tatellah-Satah, dem Meister, ging dieser Gedanke aus. Ich war der erste, den er zum

‚Winnetou' ernannte. Bald wurden es zehn, dann zwanzig, fünfzig, hundert; jetzt zählen sie schon Tausende."

„Warum gabt ihr euch gerade Winnetous Namen?" fragte das Herzle.

„Gab es irgendwo einen besseren? War Winnetou nicht ein Vorbild in der Erfüllung aller unserer Gebote und Verpflichtungen? Hatte er nicht alle diese Gebote erfüllt, ohne hierzu verpflichtet zu sein? Und vor allen Dingen die Hauptsache: Sind die Namen Winnetou und Old Shatterhand nicht bei der roten Nation zum Sprichwort geworden? Zum Symbol der Freundes- und der Menschenliebe, der Hilfsbereitschaft und der Aufopferung sogar bis in den Tod? Gab es jemals, so weit die Geschichte reicht, zwei aufrichtigere und treuere Freunde als diese beiden? Wo ist das Wort, daß einer der Schutzengel des anderen war, wohl richtiger als bei ihnen? Was wir getan haben, ist nichts Besonderes. Wir haben einen Clan, einen neuen Clan gegründet, wie es deren so viele gab und heute noch gibt bei den roten Männern. Ein jedes Mitglied verpflichtet sich, der Schutzengel eines anderen Mitglieds zu sein, das ganze Leben hindurch, bis in den Tod. Wir hätten diesen Clan also den ‚Clan der Schutzengel' heißen können, haben ihn aber den ‚Clan Winnetou' genannt, weil dies bescheidener und praktischer klang. Wir treffen damit das Richtige und ehren dadurch zu gleicher Zeit das Andenken des besten und geliebtesten Häuptlings aller Zeit und aller Apatschenstämme. Aber wir wollen bei der Wahrheit bleiben. Wir wollen nicht übertreiben. Es soll dies das einzige Denkmal sein, das ihm die rote Rasse setzt. Es gibt kein besseres und kein wahreres. Ein Denkmal von Gold oder Marmor, in Riesengröße, auf herrschender Bergeshöhe, weit über Land und Volk hinschauend, würde Lüge, würde Überhebung sein. Überhebung und Lüge von uns, nicht aber von Winnetou. Er log nie, und er war bescheiden. In dieser Wahrhaftigkeit und Bescheidenheit haben wir ihm zu gleichen. Er soll unsere Seele werden, unsere Seele sein. Dann steht er höher als der höchste Punkt der Felsenberge! Und dann ist er größer als die Kolossalstatue, die ihm kleine Menschen jetzt errichten wollen! Es macht mich glücklich, gehört zu haben, daß Old Shatterhand derselben Meinung ist. Ich wünsche, daß Tatellah-Satah dies so bald wie möglich erfährt. Erlaubt Ihr mir, es ihm durch einen Boten sagen zu lassen?"

„Sehr gern. Aber wer soll dieser Bote sein?" fragte ich.

„Keiner von uns. Ich rufe ihn."

Er wandte sich vom Feuer ab, nach Süden, legte die Hände an den Mund und ließ die drei Silben „Win — ne — tou!" erschallen, nicht überlaut, aber dennoch weit hinausgetragen.

„Win — ne — tou!" klang es zurück.

„Ist das ein Echo?" fragte das Herzle.

„Nein", antwortete der ‚junge Adler'. „Es ist ein Winnetou."

Es war Nacht. Die Sterne leuchteten. Bei ihrem Schein sahen wir nach kurzer Zeit eine Gestalt sich unserem Feuer nähern, langsam, mit sicherem Schritt und ohne Eile. Sie trug den gleichen Lederanzug wie einst Winnetou. Ihr Haar war oben in einen Schopf gewunden und hing dann weit auf den Rücken herab. Waffen trug sie nicht. Sie blieb still vor uns stehen. Nun traf der Schein des Feuers ihr Gesicht. Wir sahen, daß es ein Mann im Alter von vielleicht vierzig Jahren war.

„Du bist der Beschützer des Nugget Tsil?" fragte der ‚junge Adler'.

„Ich bin es", antwortete der andere.

„Sende sofort einen Boten an Tatellah-Satah. Laß ihm sagen, daß der ‚junge Adler' zurückgekehrt ist und seine Aufgabe löste. Laß ihm ferner sagen, daß auch Old Shatterhand gekommen ist und Winnetous Nachlaß fand. Und laß ihm endlich sagen, daß er sich im Denkmalskampf auf Old Shatterhand verlassen kann wie auf sich selbst!"

Dies wurde selbstverständlich in der Sprache der Apatschen gesagt. Hierauf machte der ‚junge Adler' eine Handbewegung des Grußes, worauf der Mann sich entfernte, ohne ein weiteres Wort zu sprechen.

„Wie seltsam!" sagte das Herzle zu mir.

„Nicht seltsam, sondern im Gegenteil sehr leicht erklärlich", entgegnete er. „Ihr werdet bei Tatellah-Satah, also am Mount Winnetou, die Organisation unseres Clan genau kennen lernen und an ihr keine Spur von Seltsamkeit entdecken."

„Dürfen wir nicht schon jetzt Eingehendes erfahren?" fragte sie.

„Ich bin ein Heimkehrender, also kein zuverlässiger Belehrer. Zwar stand ich auch in der Ferne mit dem Mount Winnetou im Verkehr, aber nur in Beziehung auf Hochwichtiges und Allgemeines. Um Auskunft zu erteilen, bin ich selbst jetzt nicht unterrichtet genug."

Die beiden Enters hatten sich bisher vollständig schweigsam verhalten. Es fiel uns also auf, daß Hariman sich gerade in diesem Augenblick hören ließ, indem er sagte:

„Aber diese Sache ist doch unendlich interessant für mich! Darf ich nicht wenigstens erfahren, ob auch Weiße Mitglieder dieses ‚Clan Winnetou' werden können?"

Der Gefragte antwortete:

„Er wurde ursprünglich nur für Indianer gegründet, doch würde es gegen seinen Grundgedanken sein, die Weißen auszuschließen. Wir wünschen, daß die Nächstenliebe, nach der wir streben, nicht nur uns, sondern die ganze Menschheit vereine."

„Könnte man uns wohl verbieten, für uns einen besonderen ‚Clan Winnetou' zu gründen?"

„Kein Mensch besitzt das Recht zu diesem Verbot."

„Kann ein jedes Mitglied sich das andere Mitglied wählen, das es beschützen will?"

„Nein. Er hat seine Wünsche zu melden, und es wird ihnen, wenn es möglich ist, Rechnung getragen. Aber wenn einem jeden die Wahl seines Schützlings freistünde, so würde es bald sehr viele Personen geben, die zahlreiche Beschützer haben, und ebenso viele, die gar keinen Schutzengel besitzen. Jemand, den man liebt, zu beschützen, ist kein Verdienst. Aber der Engel eines Verhaßten oder gar Verachteten zu sein, das ist ein schwerer, steiler Weg zur edlen, wahren Menschlichkeit empor."

„Und kennt man öffentlich den Beschützer und seinen Beschützten?"

„Nein. Das ist Geheimnis. Nicht einmal der Beschützte kennt seinen Beschützer."

„Auch später nicht?"

„Doch! Nämlich nach dessen Tod. Beide werden eingeschrieben. Und jeder Beschützer trägt den Namen seines Schützlings auf der Innenseite des Sternes auf seiner Brust. Löst man nach seinem Tod diesen Stern vom Gewand los, so sieht man, wessen Engel er gewesen ist."

„Well! Das soll man auch bei mir sehen!"

„Bei dir?" fragte sein Bruder erstaunt.

„Ja, bei mir!" antwortete Hariman in sehr bestimmtem Ton.

Da lachte Sebulon auf und fragte:

„Bist du etwa auch ein Winnetou, nämlich ein verkappter?"

„Nein, aber ich will einer werden!"

„Laß dich nicht auslachen! Meinst du, daß man dich, gerade dich, als ersten Weißen zulassen würde?"

„Nein. Das bilde ich mir nicht ein. Aber ich werde trotzdem ein Winnetou sein. Die Sache gefällt mir außerordentlich. Ich will sie zu der meinigen machen. Und da es mir unmöglich ist, ein roter Winnetou zu werden, so werde ich ein weißer!"

„Auf welche Weise?"

„Auf die einfachste Weise, die es gibt: Ich gründe einen Clan für weiße Winnetous."

„Wann?"

„Heute, hier, jetzt, sogleich!"

„Verrückter Kerl!"

Er machte bei diesem Ausruf eine geringschätzende, wegwerfende Handbewegung. Hariman aber ließ sich nicht irre machen. Er sagte:

„Lach, wie du willst! Und spotte darüber! Ich tue es doch! Ich muß, ich muß! Und du wirst wohl auch noch müssen!"

„Ich? Müssen? Fällt mir nicht ein!"

„Ob es dir einfällt oder nicht, ist Nebensache. Mir ist es auch nicht eingefallen. Es kommt, ohne daß man es will. Und wenn es da ist, hat man zu gehorchen. Also, ich gründe jetzt einen ‚Clan Winnetou' für Weiße. Ob ich das erste und einzige Mitglied dieses Clans bin und bleibe, darauf kommt in diesem Augenblick nichts an. Und ob ich mich damit lächerlich mache, ist mir gleichgültig. Ich wünsche aber, daß wenigstens noch einer beitritt, und dieser eine bist du, Sebulon!"

„Darauf rechne nicht, ja nicht!" antwortete dieser.

„Ich rechne dennoch darauf, dennoch, und du wirst sehen, daß du mußt — daß du mußt! Mrs. Burton, Ihr seid eine Dame, und darum vermute ich, Ihr habt Nähzeug mit?"

„Allerdings", antwortete das Herzle.

„Ich bitte um eine Nähnadel und um einen Faden guten, schwarzen Zwirn! Auch um eine Schere!"

„Das sollt Ihr haben", sagte sie und ging nach dem Zelt, um das Gewünschte zu holen.

„Und Ihr, Mr. Burton, seid Schriftsteller", wandte er sich an mich. „Ihr habt also wahrscheinlich Tinte und Feder, sogar hier, so tief im Westen?"

„Ein Reiseschreibzeug ist da", erklärte ich.

„So bitte, gebt mir eine Feder und einige Tropfen Tinte! Papier habe ich selbst."

„Meine Frau wird beides mitbringen."

„Was willst du mit Tinte und Feder?" fragte Sebulon.

„Den Namen der Person aufschreiben, die ich beschützen will."

„Wahnsinn, wirklich Wahnsinn! Darf ich nicht wenigstens wissen, wer diese Person ist?"

„Nein! Kein Mensch soll es wissen! Du am allerwenigsten!"

Nachdem das Herzle die gewünschten Gegenstände gebracht hatte, schnitt Hariman aus dem Fell des heute verzehrten Hasen einen kleinen, zwölfstrahligen Stern heraus, von dem er mit Hilfe seines scharfen Messers die Haare schabte. Dann schnitt er sich ein Stückchen Papier zurecht und schrieb, es auf sein Knie legend, in langsamen, sorgfältigen Zügen den betreffenden Namen darauf. Hierauf bezeichnete er die betreffende Stelle auf der Brust seines Rocks, zog ihn aus und schickte sich an, den Stern dort festzunähen. Sebulon folgte jeder dieser seiner Bewegungen mit mehr als gespannten Blicken. Auf seinem Gesicht wechselte der Ausdruck des Spotts mit dem einer tiefen, ängstlichen Spannung. Hariman hatte kein Geschick zum Nähen. Schon nach den ersten Stichen trennte er wieder auf. Das wiederholte sich. Er wurde ungeduldig.

„Es ist, als ob es nicht sein sollte; ich tue es aber doch!" zürnte er.

Da fragte meine Frau:

„Wollt Ihr mir nicht erlauben, den Stern festzunähen? Ich bringe das wohl leichter und schneller fertig."

„Wollt Ihr wirklich, Mrs. Burton? Wie lieb Ihr seid, wie lieb! Ja, da habt Ihr den Rock, den Stern, das zusammengeschlagene Papier, das unter den Stern zu liegen kommt, die Schere, die Nadel und alles! Aber bitte, schlagt das Papier ja nicht etwa auf, um es zu lesen!"

Sie legte das Papier an die bezeichnete Stelle des Rockes, den Stern darauf und begann, die Arbeit in sehr sorgfältiger Weise auszuführen. Zwölf Strahlen erforderten viele, viele Stiche.

„So große Mühe hätte ich mir nun freilich nicht gegeben!“ gestand Hariman. Und nach einer Weile fügte er, wie zu sich selbst sprechend, hinzu: „Es ist doch eigentümlich, ganz, ganz eigentümlich mit dieser Sache! Als ich den Namen schrieb, war es mir, als unterschriebe ich mein Todesurteil. Und doch war es mir so leicht und so wohl dabei!“

Auch Sebulon paßte auf. Er wandte fast keinen Blick von meiner Frau. Aber seine Aufmerksamkeit hing mehr an ihrem Gesicht als an ihrer arbeitenden Hand. Zuweilen schloß er die Augen, als ob ihm etwas darin weh tue. Und — was war denn das? — ich sah einen Tropfen von seiner Stirn rinnen, und noch einen und wieder einen! Schwitzte er? Seine Hände zuckten nach dem Hasenfell. Er schien nicht zu wollen, ergriff es aber doch. Dann nahm er die Schere und schnitt, ganz wie vorhin sein Bruder, einen zwölfstrahligen Stern daraus. Das geschah so zögernd, so widerwillig, fast wie im Traum. Dann schabte er die Haare herunter, schob dem Herzle den Stern zagend hin und bat:

„Bitte, Mrs. Burton, mir dann auch!“

„Annähen?“ fragte sie.

„Annähen“, nickte er.

„Mit einem Papier?“

„Ja, mit einem Papier und dem Namen. Den schreibe ich jetzt.“

„Also doch! Habe ich es nicht gesagt?“ rief Hariman aus.

„Schweig!“ fuhr sein Bruder ihn an. „Ich tue es nicht, weil du es wolltest, sondern weil ich es will! Ich kann auch beschützen! Verstanden?“

„Aber wen?“ fragte Hariman.

„Das ist mein Geheimnis! Hast du mir etwa den von dir geschriebenen Namen gesagt? So erfährst also auch du den nicht, den ich schreiben werde!"

Er griff zu Feder und Papier und schrieb. Es handelte sich nur um einen kurzen Namen, also um eine Arbeit von wenigen Silben; aber er brachte doch längere Zeit damit zu. Er unterbrach sich mehrmals. Er holte tief, tief Atem. Endlich war er fertig, ließ die Schrift trocken werden, legte das Papier dann mehrfach zusammen und schob es dem Herzle hin.

Was die Brüder da taten, das war eigentlich ganz und gar nichts Außergewöhnliches. Wohl mancher an meiner Stelle hätte es als Kinderei, als Spielerei bezeichnet. Und doch wäre es mir vollständig unmöglich gewesen, darüber zu lächeln. Ich hatte das Gefühl, als ob dabei ein innerer Zwang vorhanden sei, dem weder der eine noch der andere widerstehen konnte.

Als das Herzle mit der Arbeit fertig war, zogen die Brüder ihre Röcke wieder an. Sie betrachteten einander, erst ernst, fast feindselig, dann freundlicher und immer freundlicher. Endlich lachte Hariman; Sebulon aber lächelte nur.

„Weißt du nun, was du bist?" fragte Hariman.

„Ein Winnetou."

„Ja. Aber weißt du auch, was das bedeutet?"

„Daß ich der Engel eines anderen bin, den ich zu beschützen habe."

„Oh, nicht nur das! Das meine ich überhaupt nicht, denn das versteht sich von selbst. Sondern du führst jetzt den Namen dessen, den wir gehaßt haben, wie man eigentlich keinen Menschen haßt, sondern nur Bestien und Teufel!"

„Du doch ebenso!"

„Freilich wohl! Aber hast du dir überlegt, daß es nun mit diesem Haß zu Ende ist? Zu Ende sein muß — muß?"

„Nichts, gar nichts habe ich mir überlegt!“ brauste Sebulon auf. „Ich tue das, was ich will! Das Überlegen bringt nur fremden Willen. Ich bin ein Winnetou geworden, und —“

„Nein, Ihr seid keiner geworden“, fiel der ‚junge Adler‘ ein.

Es war das erstemal, daß er freiwillig zu Sebulon sprach.

„Nicht?“ fragte dieser. „Fehlt noch etwas daran?“

„Ja.“

„Was?“

„Der Schwur.“

„Der Schwur? Man hat zu schwören? Etwas zu beeiden? Was?“

„Daß man seiner Schutzengelpflicht treu sein will bis in den Tod. Die roten Männer brauchen keinen Schwur. Bei ihnen genügt der Handschlag, denn er ist ihnen ebenso heilig wie der Eid.“

„Uns auch!“ rief Hariman.

„Ja, uns auch!“ rief Sebulon.

„So steht auf!“ gebot er ihnen.

Sie taten es. Auch er erhob sich von seinem Sitz. In diesem Augenblick warf Pappermann ein großes, harziges Holzstück ins Feuer. Die Flamme loderte auf. Sie züngelte nach allen Richtungen. Da schien sich der Wald mit geisterbleichen Wesen zu beleben. Die nächtlichen Schatten der Bäume und Sträucher bewegten sich. Sie huschten hin und her. Sie sprangen empor und sanken zu Boden.

„Reicht euch die Hände!“ befahl der junge Indianer.

Sie gehorchten. Da trat er ganz zu ihnen heran, legte seine Hände auf die ihrigen und forderte sie auf:

„Sprecht mir die Worte nach: ‚Unseren Schützlingen treu bis in den Tod!‘“

„Unseren Schützlingen treu bis in den Tod!“ erklang es vereint aus ihrem Munde.

„Dieses Wort ist unser Schwur! Sprecht das nach!“

„Dieses Wort ist unser Schwur!“ fügten sie hinzu.

„So! Nun erst könnt ihr behaupten, Winnetous geworden zu sein. Denn nicht der Stern tut es, sondern der Wille. Und diesen Willen habt ihr kund gegeben. Ich bin Zeuge. Gebt auch mir, dem Zeugen, eure Hände!“

„Hier ist die meine“, sagte Hariman, während er sie ihm gab.

„Und hier die meine“, sprach Sebulon.

Der junge Apatsche ergriff beide und sagte:

„Seid ihr euch der Wichtigkeit dieses Augenblicks bewußt?“

Keiner antwortete. Da fuhr er fort:

„Was ihr nicht wißt, weiß Manitou, und was ihr nicht könnt, kann er. Wer andere beschützt, beschützt sich selbst. Indem ihr euch vorgenommen habt, die Engel eurer Schützlinge zu sein, sind in Wirklichkeit sie eure Engel geworden. Bleibt euch und ihnen treu! Das ist der einzige Dank, den sie von euch verlangen!“ —

‚Dunkles Haar‘

Ich hatte den nächsten Tag dazu bestimmt, einen Überblick über die ausgegrabenen Schriftstücke zu gewinnen, sah mich aber leider in der Hoffnung, dies tun zu können, getäuscht. Wir saßen noch beim Morgenkaffee, da tauchte am südlichen Rand der Lichtung die Gestalt eines Indianers unter den Bäumen hervor und kam auf uns zu. Es war der Winnetou von gestern abend. Er wandte sich nur an den ‚jungen Adler‘. Uns andere schien er mit keinem Blick zu berühren. Er sprach seine Muttersprache, nicht englisch.

„Es kommen Reiter“, meldete er.

„Woher?“ fragte unser junger Freund.

„Zwischen Nordwest und West.“

„Wieviele?"

„Eine große Schar. Man konnte sie nicht zählen. Sie waren noch zu weit entfernt."

„So komm wieder, sobald es möglich ist, ihre Zahl zu bestimmen!"

Der Winnetou entfernte sich, kehrte aber schon nach vielleicht zehn Minuten zurück und berichtete:

„Es sind Reiter und Reiterinnen. Zwanzig Männer und viermal zehn Squaws, mit vielem Gepäck auf Maultieren hinterher."

„Wie weit entfernt von hier?" fragte der ‚junge Adler'.

„Sie werden in einer Viertelstunde den Nugget Tsil erreichen."

„Sie mögen kommen. Man beobachte sie, aber ohne sich von ihnen sehen zu lassen. Es sind die Squaws der Sioux, die nach dem Mount Winnetou wollen. Wer die Männer sind, das weiß ich jetzt noch nicht. Wir reiten von hier nach dem Deklil-to. Ich glaube nicht, daß ich deiner Hilfe noch einmal bedarf."

Hierauf entfernte sich der Winnetou, ohne eine einzige Silbe, die nicht von seiner Pflicht geboten war, auszusprechen. Das war Disziplin! Als unser alter, guter Pappermann erfuhr, wen wir hier bei uns zu erwarten hatten, kam er in eine Aufregung, die er zwar verbergen wollte, aber nicht verbergen konnte. Die Gebrüder Enters fühlten sich unsicher. Sie fragten, ob sie sich vielleicht zurückziehen sollten.

„Ihr gehört jetzt zu uns, und ihr bleibt bei uns", antwortete ich. „Wie ich heiße, ist zu verschweigen."

Damit war diese Sache abgemacht. Ich sah mit meinem Herzle den Nahenden mit großem Interesse entgegen, obgleich ich es bedauerte, auf die Durchsicht der Manuskripte nun verzichten zu müssen. Es verging eine Viertelstunde nach der anderen. Diese Leute nahmen sich Zeit. Endlich, nach über einer Stunde, hörten wir schon von weitem den Lärm, den sie machten. Sie kamen zu Fuß.

Die Pferde waren wegen der steilen Stellen, die es gab, unten am Berg gelassen worden. Wir wurden bemerkt, noch ehe sie unter den Bäumen hervorgetreten waren. Das schlossen wir aus dem Umstand, daß die lauten Stimmen jetzt plötzlich verstummten. Hierauf sahen wir einen sehr langen und sehr hageren Menschen erscheinen, der sich in einem sonderbar hochbeinigen, schlingernden Gang auf uns zu bewegte. Er war nicht indianisch gekleidet, sondern trug einen sehr eleganten Yankeeanzug mit einem sehr weißen, außergewöhnlich hohen Kragen und ebenso weißen, glänzenden Manschetten. An seiner Brust prahlte eine große, echte Nadelperle, und an seinen Fingern glänzten verschiedene Diamanten nebst anderen Edelsteinen. Aber seine Hände waren groß, sehr groß, seine Füße ebenso, und seine Nase — oh, diese Nase! Die konnte nur von einer riesennasigen indianischen Mutter und einem noch riesennasigeren armenischen Vater stammen und war dann an ihren beiden Seiten derart abgeschliffen worden, daß sich nur die dünne Scheidewand erhalten hatte. Zu dieser Nase erschienen die wimperlosen, zudringlichen Äuglein viel zu klein. Das Gesicht war schmal. Der Kopf glich dem eines Vogels, aber dieser Vogel war ganz gewiß kein kühner Adler, sondern nur ein monstreschnabeliger Pfefferfresser.

Also dieser Mann kam auf uns zugeschlingert, blieb vor uns stehen, ohne zu grüßen, betrachtete uns, einen nach dem anderen, wie leblose Gegenstände oder wie völlig wertlose Personen, die sich das gefallen lassen müssen, und fragte dann:

„Wer seid ihr?"

Seine Stimme klang scharf und spitz. Leute mit solchen Stimmen pflegen gefühl- und rücksichtslos zu sein. Er erhielt natürlich keine Antwort, darum wiederholte er seine Frage:

„Wer seid ihr? Ich muß das wissen!"

Mir und dem Herzle fiel es nicht ein, ihm Rede zu

stehen, dem ‚jungen Adler' noch viel weniger. Die beiden Enters hatten Grund, sich nicht hervorzutun, und so war es schließlich Pappermann, der das Wort ergriff:

„Ihr müßt das wissen? Ihr müßt? Ah, wirklich? Wer zwingt Euch dazu?"

„Zwingt?" fragte der Mann erstaunt. „Von einem Zwang ist keine Rede. Ich will!"

„Ah, Ihr wollt! Das ist freilich etwas anderes! Nun, so wollt einmal! Bin neugierig, wie weit Ihr es mit diesem Eurem Willen bringt!"

„Genauso weit, wie ich eben will! Wenn es Euch etwa beliebt, mir mit Albernheiten zu antworten, so haben wir die Mittel in den Händen, Euch zu zwingen, ernst zu sein!"

Wir anderen alle saßen. Nur Pappermann hatte gestanden, als der Fremde kam. Er schritt jetzt langsam auf ihn zu, stellte sich gewichtig vor ihm auf und fragte:

„Zwingen? Uns zwingen? Etwa Ihr? Den Mann, der das sagt, muß ich mir doch einmal genauer betrachten!"

Er faßte ihn bei den Armen, drehte ihn nach rechts, nach links, schließlich ganz um sich herum, schüttelte ihn, daß alle Knochen wackelten, und sagte dann:

„Hm! Sonderbar! Bin doch sonst nicht so dumm! Aber aus diesem Kerl werde ich mir nicht klug. Ihr seid kein Ganzindianer, sondern nur ein halber? Ist das richtig?"

Der Gefragte wollte aufbrausen, da aber schüttelte der alte Westmann ihn zum zweitenmal und warnte:

„Halt! Keine Grobheiten oder Beleidigungen! Die vertrage ich nicht! Wer hierher kommt und uns, ohne zu grüßen, zwingen will, uns aushorchen zu lassen, wie es ihm beliebt, der ist erstens ein ungezogener Mensch und zweitens ein Schafskopf sondergleichen. Hier ist unser Lagerplatz. Nach den Gesetzen der Prärie gehört er uns, bis wir ihn verlassen. Wir waren eher da als Ihr. Wir sind hier daheim. Wer unser Heim betritt, der hat höflichst zu grüßen und sich auszuweisen, wer er ist und was er will. Verstanden? Und nun sagt mir vor allen Dingen erst einmal Euren Namen! Aber schnell! Ich scherze nicht! Sondern ich pflege solche Vögel, wie Ihr seid, sehr schnell richtig pfeifen zu lehren!"

Er hielt ihn noch an beiden Armen fest, so fest, daß der Fremde das Gesicht vor Schmerz verzog und kleinlaut antwortete:

„So laßt doch wenigstens los! Mein Name ist Okih-tschin-tscha. Bei den Bleichgesichtern heiße ich Antonius Paper!"

„Antonius Paper und Okih-tschin-tscha? Schön? Aber ein Ganzindianer seid Ihr nicht?"

„Nein."

„Sondern nur ein halber, ein Mischling?"

„Ja."

„Eure Mutter war Indianerin?"

„Ja."

„Von welchem Stamm?"

„Sioux."

„Und Euer Vater?"

„Der kam aus dem Gelobten Land herüber und war von Geburt Armenier."

„Schade, jammerschade!"

„Wieso?"

„Es tut mir so leid um das Gelobte Land, daß es sich die Ehre, Euch geboren zu haben, hat entschlüpfen lassen! Die Armenier sind, wenn sie herüberkommen, immer Händler. Ihr wohl auch?"

„Ich bin Bankier!" erwiderte der Fremde stolz. „Nun aber laßt mich los! Und sagt auch, wer Ihr seid!"

„Das soll geschehen. Ich bin ein alter, wohlbekannter Prärieläufer und heiße Pappermann, Maksch Pappermann, verstanden? Nebenbei ist mein ganz besonderes Metier, grobe Leute höflich und dumme Menschen gescheit zu machen. Ihr seid nicht allein? Eure Begleiter stecken noch da drüben unter den Bäumen?"

„Ja."

„Es sind Frauen dabei? Sioux-Frauen, die nach dem Mount Winnetou wollen?"

„Ja. Woher wißt Ihr das?"

„Das ist meine Sache. Wer sind die Männer dabei?"

„Das sind die Herren vom Komitee mit ihrer Dienerschaft und den Führern."

„Was für ein Komitee?"

„Das Komitee für den Denkmalbau eines —"

Er hielt inne. Es fiel ihm ein, daß Weiße als Mitwisser ja eigentlich ausgeschlossen waren. Darum fuhr er fort:

„Fragt sie selbst! Ich bin nicht ermächtigt, über die Zwecke dieses Komitees Auskunft zu erteilen! Und laßt mich nun endlich los!"

Da schüttelte Pappermann ihn noch einmal tüchtig durch, gab ihn dann frei und sagte:

„So kehrt zu ihnen zurück und sagt ihnen meinen Namen! Besonders den Damen! Es sind einige dabei, die mir beistimmen werden, daß man hier zu grüßen hat!"

Herr Antonius Paper schlingerte wieder über die Lichtung hinüber, bis er unter den Bäumen verschwand. Sein Indianername Okih-tschin-tscha bedeutet in der Sioux-Sprache soviel wie ‚Knabe'. Er schien sich also schon von Jugend auf nicht allzusehr durch männliche Taten und männliche Eigenschaften ausgezeichnet zu haben. Er war der Kassierer des ‚Denkmalkomitees für Winnetou'. Man wird sich erinnern, daß gerade er und sein Verhältnis zu Old Surehand mir gleich von Anfang an als nicht vertrauenswert erschien. Nun ich ihn heute zum erstenmal sah, war der Eindruck, den er auf mich machte, wenig günstig. Das Herzle dachte ebenso.

„Ein Mischling!" sagte sie. „Du bist doch immer der Meinung, daß diese Halbblutleute meist nur die schlimmen Eigenschaften ihrer Eltern erben?"

„Ja, meist. Aber schau! Man kommt!"

Kaum hatte der Halbindianer da drüben den Namen

Pappermann genannt, so hörten wir den frohen Ruf einer weiblichen Stimme, und gleich darauf erschienen zwei Frauengestalten, die mit eiligen Schritten über die Lichtung herüberkamen. Die eine war Aschta, die wir am Kanubisee gesehen hatten, die andere wahrscheinlich ihre Mutter. Die übrigen Ladies folgten ihnen auf dem Fuß, hinter ihnen die Männer in langsameren, würdigeren Schritten.

Wir standen alle auf.

„Mir wird ganz schwach!" sagte Pappermann.

Er lehnte sich an den nächsten Baum. Aber seine alten, guten, treuen, ehrlichen Augen standen weit offen und waren mit seligem Ausdruck auf die beiden, sich nähernden Frauen gerichtet.

Man sah sofort, daß die beiden Mutter und Tochter waren, so sprechend ähnlich, so fast völlig gleich zeigten sie sich nicht nur in Beziehung auf ihre Gesichtszüge, sondern auch in Hinsicht auf ihren Gang, ihre Haltung und die Art, sich zu bewegen und sich auszudrücken. Dazu kam, daß sie völlig gleich gekleidet waren. Die vierzig Indianerinnen stimmten in ihren Anzügen überhaupt alle überein. Auch trugen sie alle den Stern des ‚Clan Winnetou'.

Aschta hießen beide. Sie kamen Hand in Hand. Die Mutter war beinahe fünfzig Jahre alt, aber immer noch schön, und zwar von jener Schönheit, an der die Seele nicht weniger Anteil hat als der Körper.

„Da ist er!" sagte die Tochter, wobei sie auf Pappermann zeigte. „Und dort steht der ‚junge Adler', von dem ich dir auch erzählte."

Aber die Mutter achtete jetzt nicht auf den Indianer, sondern nur auf den alten Westmann. Sie gab die Hand ihrer Tochter frei, blieb einen Augenblick stehen, ließ ihren Blick über ihn gleiten und sagte:

„Ja, er ist es, der Liebe, der Gute, der Bescheidene!"

Sie trat bis ganz zu ihm heran, ergriff seine Hände,

hob ihre schönen, dunklen aber klaren Augen zu seinem Gesicht empor und fragte:

„Warum kamt Ihr nicht? Warum seid Ihr uns ausgewichen, immer und immerfort? Es ist grausam, den Dank der Herzen, die es ehrlich meinen, abzulehnen."

Sie hob die Hände, zog ihn zu sich heran und küßte ihn auf die Stirn und auf beide Wangen. Da konnte er sich nicht länger halten. Er brach in ein lautes Schluchzen aus, drehte sich um und entfernte sich mit eiligen Schritten in den Wald hinein.

„Hier wird geküßt!" hörte man eine scharfe, spitze Stimme erklingen.

Das war der Halbindianer, der bei den anderen Männern hinter den Frauen stand. Aller Augen richteten sich auf ihn.

„Welch ein Wort", rief Aschta, die Tochter, aus. „Er soll es büßen!"

Sie hob drohend den Arm und eilte zornig auf ihn zu.

„Aschta!" erklang da die Stimme der Mutter. „Berühre ihn nicht! Er ist schmutzig!"

Die Tochter hemmte ihren Schritt und ging zur Mutter. Diese nahm sie wieder bei der Hand und sagte, so daß alle es hörten:

„Komm, wir gehen, den anderen, den Freund, den Retter zu suchen, denn er steht höher, tausendmal höher als jener dort, der es wagt, über Dankbarkeit zu spotten!"

Beide entfernten sich in der Richtung, nach der Pappermann den Platz verlassen hatte. Ich war der Meinung, daß hierauf zwischen uns und den Neuangekommenen ein kurzer Verlegenheitszustand eintreten werde, der unbedingt überwunden werden mußte, aber ich hatte mich geirrt. Mr. Antonius Paper oder vielmehr Mr. Okih-tschin-tscha schien eine dicke Haut zu besitzen, durch die Strafreden, wie die soeben angehörte, nicht zu dringen vermochten. Er tat, als ob nicht das geringste vorgefallen sei, und ergriff sofort wieder das große Wort, indem er sich an die bei ihm stehenden Gentlemen wandte, die alle indianisch gekleidet waren, obgleich man ihnen ansah, daß sie nicht mehr der Prärie oder dem Urwald angehörten:

„Der Sprecher der hier lagernden Gesellschaft hat sich leider entfernt. Er kann uns also nicht sagen, wer die anderen, die Zurückgebliebenen sind. Wir werden es aber doch sofort erfahren. Ich sorge dafür!"

Er kam auf uns zu.

„Der Unglückselige!" sagte das Herzle. „Er wird doch nicht etwa mit dir anbinden?"

„Er würde sofort wieder abgebunden sein!" lachte ich vergnügt.

Ihre Befürchtung erwies sich als begründet. Der Mann wandte sich an mich. Alle Welt schaute nach ihm und war auf seine Fragen und meine Antworten gespannt.

„Mr. Pappermann hat es für gut gehalten, sich zurückzuziehen", begann er; „ich frage also nun Euch. Wie ist Euer Name?"

„Ich heiße Burton", antwortete ich.

„Und die Lady da neben Euch?"

„Ist meine Frau."

„Die beiden Gentlemen, die hinter Euch stehen?"

„Sind Brüder. Mr. Hariman Enters und Mr. Sebulon Enters."

Den ‚jungen Adler' sah er nicht, weil dieser abseits stand. Er fuhr in seinem Verhör fort:

„Wo kommt Ihr her?"

„Aus dem Osten."

„Wo wollt Ihr hin?"

„Nach dem Westen."

„Redet nicht so dumm! Das ist ja eben der Westen, wo Ihr seid! Und wenn ich einmal frage, so will ich Namen und Orte wissen, nicht aber alberne Ausdrücke, aus denen man sich nichts nehmen kann!"

Er hatte noch nicht ganz ausgesprochen, so bekam er

eine derartige Ohrfeige von mir, daß er sich halb um sich drehte und dann niederstürzte. Hierauf wandte ich mich nach rechts:

„Die Ladies wollen verzeihen, daß es hier genauso aus dem Walde schallt, wie hineingesprochen wird; wir sind ja eben im Walde!"

Und nach links hinüber fügte ich hinzu:

„Ich bitte einen der anderen Gentlemen, die Unterhaltung mit mir fortzusetzen. Mr. Paper wird wahrscheinlich darauf verzichten."

„Verzichten?" rief dieser aus, während er sich vom Boden aufraffte. „Fällt mir nicht ein! Ich bin geschlagen worden — geschlagen! Das erfordert Strafe — sofortige Strafe!"

Er suchte hastig in seinen Taschen herum und brachte zunächst ein Messer hervor, eine sehr elegante, sogenannte Sicherheitsklinge, die er behutsam, um sich ja nicht selbst zu stechen, öffnete. Dann kam ein kleiner, allerliebster Salonrevolver zum Vorschein, den er entsicherte und spannte. Nach diesen großartigen Vorbereitungen wollte er sich von neuem an mich machen. Die Folge wäre eine noch größere Blamage gewesen, zu der es aber nicht kam, denn einer der Gentlemen schob ihn beiseite und sagte:

„Steckt diese Waffen wieder ein, Mr. Paper! Mit gewalttätigen Leuten spricht man anders!"

Er trat mit verbindlichem Lächeln zwei Schritte auf mich zu, machte mir eine noch verbindlichere Verbeugung und begann:

„Wir wünschen, uns Euch vorzustellen, Mr. Burton, Ich bin Agent, Agent für alles mögliche, und heiße Evening. Hier steht Mr. Bell, Simon Bell, Professor der Philosophie. Und da seht Ihr Mr. Edward Summer, der auch Professor ist, nämlich Professor der Klassischen Philologie. Genügt Euch das?"

Man sah es ihm an, daß er erwartete, mir außerordentlich imponiert zu haben, und ich gestehe auch gern ein, daß diese beiden Professoren bisher meine Hochachtung besaßen; gesehen hatte ich sie noch nie. Ich war also gern bereit, so höflich wie möglich zu sein und ihnen in jeder Weise entgegenzukommen, zumal diese vier Männer im Verein mit Old Surehand ja das Komitee bildeten, in dessen Hände das Schicksal des geplanten Winnetoudenkmals gegeben war. Ich verbeugte mich also ebenso verbindlich, wie er es getan hatte und antwortete:

„Ich fühle mich geehrt, so hervorragende Männer der Wissenschaft kennen zu lernen, und erkläre mich bereit, dies, wenn ich Euch dienen kann, zu beweisen."

„Das ist mir lieb, sehr lieb! Ich werde Euch sofort Gelegenheit geben, diesen Beweis zu führen. Wir sind nämlich in einer wichtigen Angelegenheit gekommen, diesen Platz hier zu besichtigen. Wir glaubten, niemand hier zu finden. Eure Gegenwart ist uns störend."

So unendlich höflich, wie er das sagte, so unendlich rücksichtslos war es auch. Ich sah die beiden Professoren an und antwortete nicht sogleich.

„Ihr versteht mich doch?" fragte er.

„Gewiß", erwiderte ich. „Es ist ja deutlich genug."

„Nun?"

„Ihr wünscht, daß wir uns entfernen?"

„Ja."

„Wir alle?"

„Alle!"

„Wie weit?"

„Welch eine Frage! Ich meine ganz selbstverständlich nicht nur zehn oder zwanzig oder fünfzig Schritte! Ihr sollt fort von hier, vollständig weg, weg, weg!"

„Wünschen das auch die Herren Professoren?"

Die Herren bejahten diese Frage sehr entschieden, und der Agent fügte überdies erklärend hinzu:

„Ihr scheint ein übermäßig gewalttätiger Mann zu sein. Unsere Angelegenheit aber ist so zart, fein und diskret, daß Ihr ganz gewiß an keine Stelle paßt, an der wir uns befinden."

„Das sehe ich ein, Mr. Evening; ja wirklich, das sehe ich ein. Wir werden diesen Platz also verlassen."

„Nicht nur zum Schein?"

„Nein."

„Und wann?"

„Sofort. Ich bitte nur um soviel Zeit, wie wir nötig haben, das Zelt abzubrechen und die Pferde zu satteln."

„Die sei Euch gern gewährt. Ich sehe, Ihr seid vernünftiger, als wir dachten!"

Ich wandte mich mit meiner Frau nach dem Zelt und bat die beiden Enters, uns zu helfen.

„Wie schade! Jammerschade!" klagte das Herzle leise. „Diese uns so heilige Stätte in dieser Weise verlassen zu müssen!"

Ich sah ihr an, daß ihr das Weinen nahe stand.

„Sei ruhig, Schatz!" bat ich. „Wir kommen auf dem Rückweg wieder her, und gewiß in anderer Weise und in anderer Begleitung!"

„Aber muß es denn sein? Müssen wir denn weichen? Gerade diesen Menschen weichen? Haben wir nicht ein viel größeres Recht, hier zu sein, als sie? Ist es nicht vielleicht eine Schwäche von dir?"

„Im Gegenteil, ein Sieg."

„Da möchte ich dich fast bitten, mir dies zu beweisen!"

„Ist gar nicht nötig, du wirst es ganz von selbst einsehen, und zwar noch ehe wir gehen. Wir liefern hier unser erstes, bedeutendes Gefecht für unser Ideal. Ich bitte, dich mit dem Einpacken so sehr wie möglich zu beeilen!"

Mit diesem Einpacken ging es bedeutend schneller, als wir dachten. Die Herren vom Komitee hatten die Güte, uns einige von ihren Hands[1] zur Hilfe zu stellen, so daß wir gerade fertig und zum Aufbruch bereit waren, als

1 Dienerschaft

Aschta, die Mutter und Aschta, die Tochter mit Pappermann aus dem Wald zurückkehrten. Sie kamen Hand in Hand, er in der Mitte, auf beiden Seiten von Mutter und Tochter geführt. Sein altes, liebes Gesicht strahlte im Ausdruck einer tiefen, reinen, heiligen Freude. Als er die Maultiere bepackt sah, uns bei den Pferden stehend und den ‚jungen Adler' sogar schon im Sattel sitzend, rief er verwundert aus:

„Was ist das? Wollt ihr etwa fort?"

„Ja, fort", antwortete ich. „Steigt auf!"

„Unmöglich! Ich habe versprochen, zu bleiben!"

„So bleibt! Wort muß man halten! Ich aber habe versprochen, den Nugget Tsil zu verlassen, und zwar sofort."

„Wem?"

„Den Gentlemen da."

Ich deutete dabei auf die Herren vom Komitee.

„Wir sind ihnen zu gewalttätig!" fügte Hariman Enters hinzu, um seinem Ärger Luft zu machen.

„Nicht zart, nicht fein, nicht diskret genug!" vervollständigte Sebulon Enters. „Sie meinen, daß Mr. Burton an keine Stelle paßt, an der sie sich befinden!"

„Das ist eine ganz unverschämte Flegelhaftigkeit!" brauste Pappermann auf. „Mr. Burton ist ein Gentleman, wie es hier unter uns wohl keinen —"

„Still!" unterbrach ich ihn. „Wem habt Ihr versprochen, hier zu bleiben?"

„Diesen beiden Ladies."

„Wie lange hier zu bleiben?"

„Das wurde nicht gesagt. Gewiß aber war gemeint, bis wenigstens morgen. Wir haben uns so viel zu erzählen! Müßt Ihr wirklich fort, wirklich?"

„Ja, unbedingt! Ihr könnt ja hier bleiben und morgen nachkommen!"

„Was? Euch allein lassen, Euch und Mrs. Burton? Da wäre ich ja der größte Halunke, den es gibt! Nein, nein! Ich reite mit! Ich bitte die Ladies, mir mein Wort zurückzugeben! Sie werden es tun, gewiß, gewiß! Denn ich verspreche ihnen, daß wir uns bald, sehr bald wiedersehen!"

Er küßte ihnen in bärenhafter, aber um so rührenderer Zartheit die Hände und ging zu seinem auch schon gesattelten Maultier. Da richtete sich die Mutter hoch auf und fragte mit lauter, gebieterischer Stimme über den Platz hinweg:

„Was ist hier geschehen? Ich will es wissen, ich, das Weib Wakons, des Unbestechlichen, der sich weigerte, Mitglied dieses Komitees zu sein! Wer sagt es mir, wer?"

„Der wird es dir sagen, der da kommt", antwortete ihre Tochter, wobei sie auf den ‚jungen Adler' deutete, der sein Pferd in tänzelndem Schritt nach der Stelle trieb, wo beide standen.

Als er sie erreicht hatte, rief er mit weithin vernehmbarer Stimme:

„Ich bin ein Winnetou vom Stamm der Apatschen. Ich kehre aus den Wohnorten der Bleichgesichter heim zur Stätte meiner Ahnen. Man nennt mich den ‚jungen Adler' —"

„Der ‚junge Adler' — der ‚junge Adler' — der ‚junge Adler'!" raunte es von Mund zu Mund. Man kannte diesen Namen, obgleich sein Träger noch so jung an Jahren war.

Er fuhr fort:

„Ich erkläre hiermit im Namen aller Winnetous vom Stamm der Apatschen, daß dieses Komitee nicht würdig ist, die große Frage, vor deren Lösung wir hier stehen, zu entscheiden! Der Schlag in das Gesicht war wohl verdient, war die einzig richtige Antwort, die es gab! Nicht nur Antonius Paper, sondern das ganze Komitee hat ihn erhalten. Ich habe gesprochen. Howgh!"

Er nahm sein Pferd vorn hoch, um den Platz zu verlassen.

„Auch du willst fort?" fragte Aschta.

„Auch ich? Vor allen Dingen ich! Doch sehen wir uns wieder“, antwortete er.

„Wann und wo?“

„Am Mount Winnetou.“

Diese beiden Fragen und Antworten wurden nicht in englischer Sprache, sondern im Apatsche ausgesprochen. Die Mutter fügte in leiserem Ton hinzu:

„Du bist ein Liebling Wakons, meines Gatten. Du wirst auch ihn am Mount Winnetou sehen. Kommst du vielleicht schon vor den Tagen der Ausstellung zu Tatellah-Satah?“

„Ich hoffe es.“

„So sag ihm, daß Aschta, das Weib Wakons und zugleich die Tochter des größten Medizinmannes der Senekas, mit allen Frauen der roten Rasse im Kampf gegen den Unverstand an seiner Seite steht.“

„Ich danke dir in seinem Namen. Wie kommt es, daß ihr trotzdem mit dem Komitee dieses Unverstandes reitet?“

„Der Zufall führte uns mit ihnen zusammen. Sie hängten sich an uns, obgleich wir das nicht wünschten. Sie wollen erfahren, was wir in unserem Campmeeting am Mount Winnetou beraten und beschließen werden. Wir teilen es ihnen nicht mit. Wir übergeben dir unseren Freund und Retter und bitten dich, über ihn zu wachen. Wer ist das Bleichgesicht, das sich mit seiner Squaw bei dir befindet?“

„Hat Pappermann es euch nicht gesagt?“

„Nein. Wir fragten ihn, aber er schwieg. Doch scheint er diese beiden sehr, sehr hochzuachten.“

Ich hielt so nahe bei ihnen auf dem Pferd, daß ich diese Worte hörte. Die Mutter glaubte, von mir, dem Weißen, nicht verstanden zu werden. Der ‚junge Adler‘ warf einen fragenden Blick herüber. Er hätte den beiden Frauen gar so gern gesagt, wer ich war. Ich gab ihm mit den Augenlidern die Erlaubnis dazu. Da trieb er sein Pferd noch einen Schritt weiter an sie heran und sprach:

„Wenn dieser Weiße und seine Squaw nicht erfahren sollen, was ihr jetzt mit mir redet, so müßt ihr leiser sprechen."

„Warum?"

„Er versteht die Sprache der Apatschen."

Sie erschrak.

„So hat er uns ja schon verstanden!" hauchte sie schnell und verlegen.

„Allerdings, und zwar jedes Wort. Aber du hast nicht nötig, zu erschrecken. Er ist ein Freund Winnetous, und er ist auch der deinige, der eurige. Er will nicht, daß man jetzt schon seinen Namen erfährt; aber wenn ihr mir versprecht, verschwiegen zu sein, so darf ich ihn euch nennen."

„Wir werden verschwiegen sein!"

„Nun wohl, es ist Old Shatterhand."

„Old Shat —!" Sie konnte den Namen vor Überraschung nicht ganz aussprechen. Sie erbleichte für einen Augenblick. Dann rötete sich unter der zurückkehrenden Blutwelle ihr Gesicht um so mehr. „Ist das wahr? — Ist das wahr?"

„Ja, es ist wahr; er ist es", versicherte der ‚junge Adler'.

„Der beste, der wahrste, der treuste Freund und Bruder unseres Winnetou! Zum erstenmal im Leben sehe ich ihn! O könnte ich — könnte ich —!"

Sie sprach auch diesen Satz nicht ganz aus. Sie schlug die Hände zusammen und schaute wie hilflos zu mir empor. Ihre Tochter aber trat zu mir heran und küßte, ehe ich es verhindern konnte, meinen Steigbügelriemen. Ebenso schnell zog sie auch den Rocksaum meines Herzle an die Lippen.

„Und das ist seine Squaw — seine Squaw!" fuhr die

Mutter fort. „Oh, hätte ich doch nicht versprochen zu schweigen! Ich würde vor Freude jubeln, jubeln, jubeln!“

Da schwang das Herzle sich vom Pferd, umarmte sie, küßte sie auf Mund und Wangen und sagte in englischer Sprache:

„Ich verstehe nicht, was Ihr sprecht, aber ich lese es aus Euren Augen und von Euren Lippen. Ich liebe euch beide! Ich begrüße euch! Wir sehen uns wieder, bald, bald! Jetzt aber müssen wir fort!“

Sie gab der Tochter denselben dreifachen Kuß wie der Mutter und stieg dann wieder auf das Pferd. Ich reichte den beiden lieben, schönen Indianerinnen die Hand und sagte:

„Wakon, der unermüdliche Forscher und Finder, steht hoch in meinem Geiste und noch höher in meiner Seele; denn es ist die Seele seiner Nation, nach der er sucht. Ich freue mich, gehört zu haben, daß ich ihn am Mount Winnetou sehen werde. Und ich bin stolz darauf, schon heute seiner Squaw und seiner Tochter begegnet zu sein. Am meisten aber beglückt es mich, zu wissen, daß wir Verbündete sind. Das Andenken Winnetous gehört in die Herzen unserer Männer und Frauen, in die Seelen unserer Völker, nicht aber auf die kahlen, windigen Höhen prahlerischer Öffentlichkeit. Ich bitte, zu verschweigen, daß ihr mich hier getroffen habt. Wir sehen uns wieder! Zur rechten Zeit an der richtigen Stelle!“

Wir ritten fort, mit höflichem Gruß für die Frauen, doch ohne einen Blick für die Männer. Es ging langsam dieselben Steilungen hinab, die wir heraufgekommen waren. Unten sahen wir die Pferde derer stehen, die uns vertrieben hatten; sie kümmerten uns nicht. Dann, als der Weg eben wurde und wir aus dem Wald herauskamen, konnten wir eine größere Schnelligkeit entwickeln und unseren Ritt beeilen. Denn nun wir einmal den Nugget Tsil verlassen hatten, galt es, unser nächstes

Ziel, den Deklil-to[1], sobald wie möglich zu gewinnen, weil der größte Teil der Strecke zwischen hier und dort aus feindlichem Land bestand. Die alten, blutrünstigen Zeiten waren ja, Gott sei Dank, vorüber, aber der Haß, der damals regierte, war noch nicht tot; der lebt heute noch. Das war sehr deutlich aus den Briefen zu ersehen, die ich von To-kei-chun, dem Häuptling der Racurroh-Komantschen, und von Tangua, dem ältesten Häuptling der Kiowas, erhalten hatte. Unser Weg führte durch das Gebiet dieser beiden Stämme, und ich war mir sehr wohl bewußt, daß ich, wenn auch keinen wirklichen Leichtsinn, aber doch gewiß ein Wagnis beging, indem ich mit meiner Frau, die den doch immerhin möglichen Gefahren nicht gewachsen sein konnte, gerade diese schlimme Gegend durchquerte. Ich hatte kein ganz gutes Gewissen, hütete mich aber, ihr dies zu sagen.

Sie hatte keine Ahnung von diesen meinen Gedanken. Sie war ganz unbefangen. Ja, noch mehr, sie war sogar sehr heiter. Während wir auf ebenem Boden im köstlichen Galopp nebeneinander dahinflogen, warf sie mir von der Seite her zuweilen einen heimlich sein sollenden Blick zu, den ich aber doch wohl bemerkte. Ich verstand diese Blicke. Sie kann kein Unrecht ertragen, auch dann, wenn dieses Unrecht nicht in einer Tat, sondern nur in einem Gedanken besteht. Es muß heraus. Sie muß es bekennen. Eher läßt es ihr keine Ruhe. Sie hatte jetzt so etwas, was sie loswerden wollte. Daher ihre Blicke. Endlich, als sie wieder einmal so forschend herüberschaute, sah ich ihr voll ins Gesicht und forderte sie lachend auf:

„Na also, heraus damit!“

„Womit?“ fragte sie.

„Mit dem Geständnis!“

„Geständnis? Was sollte ich wohl zu gestehen haben?“

„Irgend etwas.“

„Aber was?“

[1] Dunkles Wasser

„Das hoffe ich, von dir zu erfahren!"

„So? Höre, was hältst du wohl von einer Ehe, in der die arme, unglückliche Frau ihren Mann nie ansehen darf, weil er bei jedem Blick, den sie auf ihn richtet, glaubt, sie habe ihm ein Geständnis zu machen?"

„Meine Meinung lautet dahin, daß diese arme, unglückliche Frau sehr glücklich verheiratet ist, denn sie hat einen Mann, der sie kennt und durchschaut!"

„Hm! Der aber trotzdem nicht weiß, was sie ihm bekennen und gestehen soll, denn er sagt immer nur: ‚Ich hoffe, es von dir zu erfahren!' Leider ist es in diesem jetzigen, einen, einzigen Falle endlich, endlich einmal richtig, daß ich dir Abbitte zu leisten habe. Ich war nicht einig mit dir. Wenn auch nur im stillen, aber doch."

„Nicht einig? Inwiefern?"

„Ich wäre so gern da oben geblieben. Ich wollte nicht weichen. Ich hielt es wirklich für eine Schwäche von dir, ihnen Platz zu machen."

„Und aber nun?"

„Ja, aber nun! Du hattest recht! Wären wir geblieben, so hätte es nur Gehässigkeiten gegeben, herüber und hinüber. Also eher eine Niederlage, als einen Sieg. Auch an eine ruhige Durchsicht der ausgegrabenen Manuskripte wäre nicht zu denken gewesen. Hier aber sind wir frei, ohne Zank und Streit und Bitterkeit, und — das erste, große Gefecht, von dem du sprachst, ist gewonnen."

„Das siehst du ein?"

„Aber gern, sehr gern! Diese ältere Aschta, die Frau Wakons, hat mir gefallen. Sie ist ein Charakter, eine groß angelegte Frau. Kein einziges von all den Komiteemitgliedern reicht geistig an sie heran. Sie ist wahrlich nicht nach dem Mount Winnetou unterwegs, um dort als Frauenrechtlerin Reden zu halten! Die weiß, was sie will! Aber sie sagt es nicht; das gefällt mir ganz besonders! Indem du dich vertreiben ließest, hast du dir in ihr eine Helferin gewonnen, die nicht zu unterschätzen ist."

„Ja", lachte ich fröhlich, „es wird eine Amazonenschlacht zwischen ihr und dem Komitee! Ich bin außerordentlich gespannt auf die Entwicklung, der wir nicht etwa nur als Zuschauer entgegengehen, sondern an der wir als Mitwirkende eng beteiligt sind. Wir hörten, daß Kiktahan Schonka ein unerbittlicher Feind von Wakon ist. Ich vermute, daß Wakon an der Spitze der jungen Sioux ebenso nach dem Mount Winnetou kommen wird, wie Kiktahan Schonka die alten Sioux nach dem ‚dunklen Wasser' führt. Zwei feindliche Richtungen desselben Stammes, die auf fremdem Gebiet aufeinanderplatzen! Wie kurzsichtig! Gerade hieran ging die Rasse zugrunde! Dem muß gesteuert werden! Also du bist wieder einverstanden mit mir?"

„Vollständig. Wo lagern wir heute abend?"

„An der Nordgabel des Red River. Morgen kommen wir an die Salzgabel desselben Flusses, an der damals das Dorf der Kiowas lag. Das ist jetzt nicht mehr der Fall. Wir werden aber trotzdem die Stelle vermeiden, um unser möglichstes zu tun, niemandem zu begegnen."

Es geschah, wie ich gesagt hatte. Wir erreichten gegen Abend die Nordgabel des roten Flusses und machten an ihrem Wasser Lager. Sehr interessant war, was wir während unseres Gesprächs da von Pappermann erfuhren. Er hatte nämlich während seiner Unterhaltung mit den beiden Aschtas aus einigen Äußerungen der Mutter geschlossen, daß der Kassierer Antonius Paper bemüht gewesen war, sich um die Hand der Tochter zu bewerben. Man hatte ihn rundweg abgewiesen, und nun benutzte er jede Gelegenheit, hierfür in der ihm eigenen Weise Rache zu nehmen.

Als der Alte dies erzählte, beobachtete ich den ‚jungen Adler'. Er tat, als ob er es gar nicht höre. Er sagte kein Wort und bewegte keinen Zug seines Gesichts. Aber gerade diese Unbeweglichkeit sprach deutlicher, als lauter Zorn hätte sprechen können.

Noch ehe wir uns an diesem Abend schlafen legten, beschrieb ich meinen Gefährten den Weg, den ich damals, um Santer zu verfolgen, vom Dorf der Kiowas aus gemacht hatte, von da aus dann nach dem Rio Pecos und von dort hinauf nach dem ‚dunklen Wasser'. Es gab von der Stelle aus, an der wir uns heute befanden, einen direkteren, einen näheren Weg. Schlugen wir diesen ein, so konnten wir uns sofort von hier aus nach West wenden, ohne erst nach der Salzgabel des Red River zu reiten. Ich hatte damals nur darum nicht den kürzeren, sondern den weiteren Weg gemacht, weil er von Santer, den ich verfolgte, eingeschlagen worden war. Ich stellte es jetzt meinen Begleitern anheim, sich eine von beiden Routen zu wählen. Sie waren so klug, sich für die kürzere zu entscheiden, und so kam es, daß wir eher in die Nähe des Ziels gelangten, als es andernfalls von uns erreicht worden wäre.

Die Gegend, durch die wir zuletzt ritten, war öde und wasserlos. Kein Baum, kein Strauch, kein Grashalm erfreute das Auge. Es gab nur Stein und Felsen, weiter nichts. Das Gelände war bisher ziemlich eben gewesen, begann aber nun, langsam zu steigen. Es war schon Mittag. Wir hielten aber nicht an, um zu essen oder auszuruhen, denn es fehlte das Wasser, auf das wir erst später, wenn wir höher hinaufkamen, rechnen durften. Da sahen wir einen Reiter, weit vor uns draußen, der hinter einer kleinen Anhöhe verborgen gewesen war und nun langsam hervorkam, um uns entgegen zu reiten. Er hatte uns von diesem seinen Versteck aus beobachtet. Warum blieb er nicht verborgen? Warum kam er schon jetzt hervor? Er konnte uns ja noch gar nicht genau erkennen. Ein erfahrener Krieger hätte gewartet, bis er uns in größerer Nähe hatte. Lag der Grund etwa nur darin, daß die alten Zeiten der Gefahr vorüber waren und man darum überhaupt nicht mehr so vorsichtig zu sein brauchte wie früher?

Es war ein Indianer. Er lenkte sein Pferd langsamen Schrittes auf uns zu. Dann hielt er an, um uns herankommen zu lassen. Er war keineswegs von hoher, breiter, sehniger Gestalt, sondern eher klein als groß zu nennen. Seine Kleidung bestand aus buntem Pueblostoff. Unter dem aus Agavefasern geflochtenen Hut floß das dunkle Haar lang auf den Rücken hernieder. Im Gürtel trug er ein Messer, am Riemen ein leichtes Gewehr. Sein Pferd war kein gewöhnlicher Gaul, und die Haltung des Reiters durfte als selbstbewußt, ja, ich möchte sagen, als indianisch-edel bezeichnet werden. Das Gesicht, ganz selbstverständlich vollständig bartlos, wollte mir bekannt erscheinen; nur wußte ich nicht gleich, warum, woher und wohin. Es hatte weichere Linien und eine hellere, wärmere Farbe, als Indianer gewöhnlich haben. Und der Blick seines milden, ernsten, offenen Auges, das fast an Winnetous Schwester Nscho-tschi erinnerte — ah, da kam es mir, da wußte ich es mit einemmal, wo und wann ich diesen Indianer gesehen hatte! Und in demselben Augenblick wurde ich auch von ihm erkannt. Ich war zufällig am Ende unseres kleinen Trupps geritten. Darum traf mich sein Auge zu allerletzt. Es vergrößerte sich unter dem Eindruck der Überraschung, der Freude. Die Wangen röteten sich zusehends, fast wie bei einem jungen Mädchen, dem von dem erregten Puls das Blut ins Gesicht getrieben wird. Er wollte das zwar verbergen, brachte es aber nicht fertig, während er es aber mir ganz gewiß nicht ansehen konnte, daß ich mich seiner erinnerte. Ich konnte mich beherrschen, er aber nicht; ich war ja ein Mann; er aber —? Und nun wußte ich auch, warum er so gegen alle männliche Vorsicht nicht versteckt geblieben, sondern auf uns zugeritten war! Er sah fast verlegen aus und vergaß, uns anzureden. Darum ergriff

Pappermann, der an unserer Spitze ritt, das Wort. Er hielt sein Pferd an und sagte:

„Wir grüßen unseren roten Bruder. Ist das der richtige Weg nach dem Wiconte-mini?"

Der Gefragte antwortete:

„Ich gehöre zum Stamm der Kiowas. Wiconte-mini aber ist ein Sioux-Wort, doch kenne ich es. Ja, dieser Weg ist der richtige nach dem See. Wollen meine Brüder hin?"

„Ja."

„So warne ich sie."

„Warum?"

„Wiconte-mini heißt ‚Wasser des Todes'. Reitet ihr hin, so kann der See allerdings sehr leicht zu einem Wasser des Todes für euch werden."

Pappermann hatte in seinem indianisch-englisch-spanischen Kauderwelsch gefragt; die Antwort war ihm in einem ziemlich guten Englisch geworden. Die Stimme des Kiowa klang wie die Stimme einer Frau, die sich bemüht, tief wie ein Mann zu sprechen.

„Warum drohst du uns mit dem Tode?" erkundigte sich der alte Jäger.

„Ich drohe nicht, sondern ich warne", erwiderte der Rote.

„Beides ist gleich, wenn wir nur den Grund erfahren!"

„Gründe, wie dieser, sind nicht billig. Man teilt sie nur den besten Freunden mit."

„Wir sind deine Freunde!"

„Das sagst wohl du; ich aber kenne dich nicht."

„So wisse, wer wir sind: Ich heiße Maksch Pappermann und bin schon vierzig Jahre lang als Westläufer bekannt. Da sind zwei Gentlemen, die Hariman und Sebulon Enters heißen. Der dritte Gentleman dort hinten ist Mr. Burton, und die Lady hier ist Mrs. Burton, seine Frau. Und unser roter Bruder da an meiner Seite ist ein Sohn der Apatschen und wird der ‚junge Adler' genannt."

Der Kiowa sah uns in der Reihenfolge, in der wir

nacheinander aufgezählt wurden, mit scharfem, forschendem Auge an. Nur bei mir ließ er den Blick sinken. Bei meiner Frau war es, als ob er sie durchbohren wolle. An den ‚jungen Adler' ritt er nahe heran und sprach:

„Man erzählt bei uns von einem ‚jungen Adler' der Apatschen, der aus dem Stamm Winnetous und sogar sein Verwandter ist. Bist du es?"

„Ich bin es", antwortete unser Begleiter.

„Du hast diesen Namen schon als Knabe bekommen, weil du einen freien Kriegsadler fesseltest und ihn zwangst, dich durch die Luft vom hohen Horst zur Erde zu tragen. Ist das richtig?"

„Es ist richtig."

„So reiche ich dir meine Hand. Ich sehe den Stern der Winnetous auf deiner Brust. Auch ich bin ein Winnetou, doch habe ich jetzt noch Grund, es nur wenige wissen zu lassen. Schau her! Vertraust du mir?"

Er hob den Aufschlag seiner Jacke; da kam der zwölfstrahlige Stern zum Vorschein.

„Ich vertraue dir!" versicherte der ‚junge Adler'.

„So erlaube mir, euer Führer zu sein! Ich habe euch erwartet."

„Du —? Uns —?" fragte der Apatsche. „Unmöglich!"

„Es ist nicht nur möglich, sondern wirklich. Glaube es mir!"

Der ‚junge Adler' schien doch irre werden zu wollen. Ein Angehöriger der feindlichen Kiowas! Der Stern konnte leicht den Zweck haben, böse Absichten zu verdecken! Ich bekam einen schnellen, fragenden Blick herübergeworfen und gab mit einem bejahenden Augenzwinkern heimliche Antwort. Da entschied der ‚junge Adler':

„Ja, sei unser Führer!"

Er wollte weiter sprechen, kam aber nicht dazu, denn Sebulon Enters richtete die schnelle, ganz unvorbereitete Frage an den Kiowa:

„Sind die Sioux schon da?"

„Was für Sioux?" fragte dieser.

„Die von dem alten Häuptling Kiktahan Schonka angeführt werden und nach dem Wiconte-mini wollen. Und die Utahs mit ihrem Anführer Tusahga Saritsch?"

Da verschwand der freundliche Ausdruck aus dem Gesicht unseres neuen Bekannten; sein Blick wurde schärfer und er fragte:

„Kennt Ihr diese beiden Häuptlinge?"

„Ja", antwortete Sebulon.

„Ich hörte, ihr seid Brüder?"

„Die sind wir."

„Kiktahan Schonka hat euch nach dem Wiconte-mini gesandt?"

„Ja."

„So beeilt euch, schleunigst hinzukommen! Ihr werdet doch erwartet. Meldet euch bei Pida, dem Häuptling der Kiowa, dem Sohn des alten berühmten Häuptlings Tangua! Der wird euch zu Kiktahan Schonka und Tusahga Saritsch bringen."

„Beeilen sollen wir uns? Warum?"

„Das weiß ich nicht. Es wurde mir gesagt."

„Aber was wird dann aus euch? Wann und wo treffen wir euch wieder?"

Diese Frage war an mich und meine Frau gerichtet. Ich antwortete:

„Sorgt euch nicht um uns! Wenn ich euch jetzt verspreche, daß ihr uns zur rechten Zeit und an der richtigen Stelle treffen werdet, so werde ich ebenso Wort halten, wie ich in Beziehung auf die Teufelskanzel Wort gehalten habe. Reitet also getrost weiter! Ihr könnt euch auf jedes Wort, das dieser Kiowa hier sagt, verlassen."

„Und dieses Wiconte-mini ist wirklich das ‚dunkle Wasser', in dem unser Vater starb?"

„Ja. Ihr habt die Beschreibung der Örtlichkeit in meinem Buch gelesen. Ihr werdet sie sofort erkennen."

„Aber der Weg ist uns unbekannt. Wie lange reitet ihr noch mit?"

Da antwortete der Kiowa schnell an meiner Stelle:

„Ihr reitet von jetzt an allein. Die anderen weichen von der bisherigen Richtung ab. So will es Kiktahan Schonka, und dem habt ihr zu gehorchen! Euer Weg braucht euch nicht zu sorgen. Er geht genau geradeaus. Sobald ihr in die Nähe des Sees gelangt, werdet ihr auf Posten treffen, die euch zu Pida führen."

Er sagte das in einem Ton, der keinen Widerspruch duldete. Die beiden Enters gehorchten. Sie trennten sich von uns und ritten weiter. Es schien, als ob sie uns nur ungern verließen, obgleich sie doch darauf gefaßt gewesen waren, von uns scheiden zu müssen, um uns an die Feinde zu verraten. Als sie außer Hörweite waren, wandte sich der Kiowa an den ‚jungen Adler':

„Kennt mein Bruder diese zwei Männer?"

„Wir kennen sie genau", nickte er.

„Wißt ihr, daß sie eure Feinde sind?"

„Ja."

„Daß sie euch an Kiktahan Schonka auszuliefern haben?"

„Auch das wissen wir."

„Und dennoch reitet ihr mit ihnen? Uff, uff! Das ist ganz genau wie einst bei Winnetou oder Old Shatterhand! Lieber mitten in der Gefahr, als nur an ihrem Rand!"

Bei diesen Worten glitt ein warmer Seitenblick über mich hin. Dann fuhr er fort:

„Aber warum begleitet ihr sie nach dem See, wo euch Verderben droht? Etwa nur, um sie zu entlarven und zu bestrafen? Nein! Ihr hattet auch noch andere, viel wichtigere Gründe. Darf ich sie erraten?"

„Tue es!"

„Ihr wolltet die Zusammenkunft der Kiowas und

Komantschen mit den Sioux und Utahs belauschen. Habe ich recht?"

„Mein roter Bruder scheint sehr scharf zu denken!"

Jetzt lächelte der Kiowa und sagte:

„Pida, der Freund Old Shatterhands, denkt noch viel schärfer!"

„Bist du etwa sein Abgesandter? Handelst du in seinem Auftrag?"

Da hob der Kiowa seine schönen, ehrlichen Augen zu mir empor und antwortete:

„Nein! Er weiß nichts von dem, was ich tue. Er ist der Häuptling seines Stammes und der Sohn seines Vaters. So hat er euer Feind zu sein. Aber er liebt Old Shatterhand, und er verehrt ihn wie keinen anderen Menschen. Darum wünscht er in seinem Herzen, daß Old Shatterhand, wie er immer siegte, so auch jetzt wieder siegen möge, aber nicht mit den Waffen, sondern in Liebe und Versöhnung. Er will nicht wissen, was ich tue; darum tue ich, was ich will, ohne ihn zu fragen. Ich führe euch nach dem besten Ort, den es für euch und eure Absichten gibt."

„Nicht nach dem Wasser des Todes?"

„O doch! Aber auf einem Umweg, damit man euch nicht sieht. Auf diesem gelangt ihr nicht nur an das ‚Wasser des Todes', sondern auch an das ‚Haus des Todes'. Fürchtet ihr euch vor Geistern?"

„Nur Lebende sind zu fürchten, nicht aber die Toten. Ich hörte noch nie von einem ‚Haus des Todes'. Wo liegt es?"

„Am See. Es war unbekannt. Es wurde erst vor zwei Jahren entdeckt. Man fand es voller Gebeine aus uralter Zeit, mit zahllosen Totems, Wampums und anderen heiligen Dingen. Das alles hat man geordnet, wohl mehrere Wochen lang. Dann wurde das Kalumet des Geheimnisses darüber geraucht, und niemand mehr darf es betreten. Wer es dennoch wagt, sich der Stelle des Ufers zu nähern, die nach dem Hause führt, wird von den Geistern derer, die einst hier starben, getötet."

„Und dennoch willst du es wagen?"

„Ja."

„Welch ein Mut!"

Es war nicht zu ersehen, ob der ‚junge Adler' diesen Ausruf ernst oder ironisch meinte. Der Kiowa sah vor sich nieder, hob dann schnell den Kopf und antwortete lächelnd:

„Allein würde ich es nicht tun; mit euch aber kann mir nichts geschehen. Das weiß ich so genau, als hätte ich es aus dem Munde unseres großen guten Manitou selbst gehört. Ihr kennt mich nicht. Ihr dürft mir wohl mißtrauen. Aber ich bitte euch, mir dennoch zu folgen! Ich kann euch keine andere Sicherheit als höchstens nur die Frage geben: Kennt ihr vielleicht Kolma Puschi?"

„Ja."

„Sie ist meine Freundin. Und kennt Ihr vielleicht gar auch Aschta, die Squaw Wakons, des berühmtesten Mannes der Dakota-Stämme?"

„Auch diese."

„Wir wohnen weit voneinander entfernt, aber wir verkehren öfters durch besondere Boten. Ich hoffe, beide in nächster Zeit persönlich zu sehen, trotz der Feindschaft, die zwischen unseren Völkern waltet. Habt ihr nun Vertrauen zu mir?"

Diese Mühe, uns Zuversicht einzuflößen, war rührend. Wer weiß, was er alles wagte, um uns zu Diensten zu sein! Und er schien gar nicht zu ahnen, daß er dadurch, daß er diese beiden Frauen seine Freundinnen nannte, sich selbst als Weib bezeichnete. Ich antwortete:

„Wir haben Vertrauen. Wir hatten es gleich vom ersten Augenblick an, als wir dich sahen. Führe uns also! Wir werden dir folgen."

„So kommt!"

Die beiden Enters hatten sich schon eine große Strecke

entfernt. Wir folgten zunächst langsam ihrer Spur, damit sie nicht sehen möchten, nach welcher Seite wir ritten, und erst als sie am Horizont verschwunden waren, wichen wir von unserer bisherigen Richtung nach rechts ab, weil wir, um nach dem ‚Haus des Todes' zu kommen, nicht in gerader Linie nach dem See zu trachten hatten, sondern ihn umgehen mußten. Der Kiowa ritt voran, und Pappermann hielt sich an seiner Seite, jedenfalls um ihn auszufragen und kennen zu lernen. Ich hörte, daß er sich zunächst bei ihm erkundigte, woher er die Brüder Enters kenne.

„Ich kenne sie nicht", lautete die Antwort. „Aber Kiktahan Schonka hat einen Boten gesandt, um seine Ankunft zu melden. Er ließ durch diesen Boten sagen, daß zwei Bleichgesichter eintreffen würden, die Brüder seien und sich verpflichtet hätten, Old Shatterhand, seine Squaw, einen alten, weißen Jäger, der ein blaues Halbgesicht habe, und den ‚jungen Adler' der Apatschen an die Sioux auszuliefern; diese vier seien dem sicheren Tode geweiht. Da machte ich mich auf, sie zu retten. Ich entfernte mich einen halben Tagesritt vom See und blieb an einer Stelle, an der sie vorüber mußten, sobald sie kamen. Ich wartete gestern und heute. Da sah ich euch erscheinen. Die Zahl stimmte: Ein Indianer, vier weiße Männer und eine weiße Squaw. Ich ritt auf euch zu und nahm mir vor, euch vor allen Dingen von den gefährlichen Brüdern zu trennen. Das ist geschehen."

„So glaubt Ihr also, Mr. Burton sei Old Shatterhand?"

„Ja. Irre ich mich?"

„Fragt ihn selbst!"

„Das ist nicht nötig. Wäre er es nicht, so hättet Ihr sogleich mit einem Nein geantwortet. Die Auskunft, die Ihr nicht gegeben habt, ist also deutlich genug."

Weiter war nichts zu hören, weil die beiden Voranreitenden jetzt den Schritt ihrer Pferde beschleunigten. Aber das Herzle sagte zu mir:

„So ist es mit deinem Inkognito also vorbei!"
„Noch nicht", antwortete ich.
„Glaubst du, daß dieser Kiowa schweigt?"
„Wenn ich es wünsche, ja."
„So gefällt er dir?"
„Gewiß!"
„Mir auch. Weißt du, er hat so etwas Aufrichtiges und zugleich Wehmütiges an sich. Die Wehmut blickt allerdings fast aus jedem indianischen Auge, aber hier tritt sie doppelt deutlich hervor. Es ist, als ob dieser Mann einen tiefen, andauernden Gram in sich trage. Man sollte helfen können! — Meinst du nicht?"
„Hm! Mein Herzle möchte freilich gern allen Leuten helfen, doch ist innerem Kummer nicht so leicht beizukommen, wie du denkst. Man muß ihn vor allen Dingen erst kennen lernen, und du weißt, die Indianer sind verschwiegen."
„Oh, was das betrifft, so kennst du mich! Was ich einmal wissen will, das frage ich gewiß heraus!"
„Ja, leider, leider!"
„Sogar aus Indianern!"
„Gewiß, gewiß! Ich kenne dich! Du fragst es heraus, ganz gleich, ob die Menschen weiß oder rot, gelb, grün oder blau aussehen! Aber der hier ist verschwiegen."
„Denkst du?"
„Ja. Der sagt dir nichts!"
„Hm! Wollen wir wetten?"
„Ich wette nie. Das weißt du doch."
„Was zahlst du mir, wenn ich schon morgen früh seinen ganzen Kummer kenne?"
„Was forderst du?"
„Nochmals fünfzig Mark für unser Radebeuler Krankenhaus!"
„Kind, werde mir nicht zu teuer!" rief ich erschrocken aus. „Wieviel zahlst du denn, wenn du morgen früh nichts erfahren hast?"

„Das doppelte, nämlich zur Strafe hundert Mark!"

„Das ist freilich höchst anständig, ja sogar nobel! Das Krankenhaus könnte also bei dieser Wette nur gewinnen. Aber woher nimmst du die hundert Mark?"

„Von meinem Kredit bei dir!"

„Ich danke, danke! Für Wetten kreditiere ich keinen Pfennig. Versuche es dort mit dem alten Pappermann! Vielleicht gelingt es dir, ihn für dein Krankenhaus zu interessieren!"

„Der arme Teufel! Hat weder in seinem Hotel noch auf seinem Hotel noch etwas stehen! So sagte er doch wohl? Übrigens bitte ich dich, ihn von dem Kiowa zu trennen."

„Warum?"

„Weil ich von jetzt an hingehöre!"

„Ah? Du willst deine Forschung sogleich beginnen?"

„Ja. Ich muß unbedingt erfahren, was dieser Indianer auf dem Herzen hat. Denke dir, wenn man ihm helfen könnte! Also bitte, ruf Pappermann von ihm weg!"

Ich tat es mit heimlichem Vergnügen, denn es verstand sich für mich von selbst, daß auch der Kiowa den herzlichen Wunsch hegte, sich an meine Frau zu machen und sie so gründlich wie möglich auszufragen. Diese beiden blieben von jetzt an während des ganzen Nachmittags beisammen. Sie fanden sichtlich Wohlgefallen aneinander. Und ich hatte keinen Grund, sie dabei zu stören.

Das Gelände stieg höher und höher. Wir näherten uns zusehends den Bergen, zwischen denen das ‚Dunkle Wasser' liegt. Gegen Abend sahen wir seitwärts von uns die Linie des Waldes, der den See verkündet. Dort hatten wir damals am Abend gelagert, ehe wir früh vollends bis an das Wasser geritten waren. Heute schlugen wir einen Bogen um Wald und See herum, überschritten einen breiten, aber nicht sehr tiefen Bach, der den Ausfluß des Wasserbeckens bildete, ließen die Pferde hier trinken und lenkten sie dann zwischen steilen Felsen nach einer dicht bewaldeten Höhe empor, auf der die Stelle lag, die für heute unser Ziel bildete. Das ‚Haus des Todes' noch zu erreichen, war es zu spät, denn es dunkelte bereits so sehr, daß wir uns beeilen mußten, noch vor vollständiger Nacht das Zelt aufzuschlagen und aus Steinen eine Feuerstelle zu errichten, durch die die Flamme für andere unsichtbar wurde. Übrigens versicherte uns der Kiowa, daß wir hier oben vor Lauschern völlig sicher seien. Der Ort, an dem wir uns befanden, gehörte schon zu dem Gebiet, das nicht betreten werden sollte. Es bedurfte nur noch eines kurzen Abstiegs, um an das ‚Haus des Todes' zu gelangen, doch war dieser Abstieg so steil, daß er während der Abenddämmerung nicht hätte gewagt werden können. Wir waren gezwungen, damit bis morgen früh zu warten. Unten am See lagerten, getrennt voneinander, die Kiowas und die Komantschen. Die Sioux und die Utahs waren noch nicht da, wurden aber für jeden Augenblick erwartet.

Während der ‚junge Adler' die Pferde besorgte, errichtete ich mit Pappermann das Zelt. Der alte Westläufer befand sich in schlechter Laune. Er hustete und knurrte vor sich hin, als ob er etwas sagen wolle, aber den Anfang nicht finden könne. Darum fragte ich ihn gerade heraus, was mit ihm sei.

„Was soll mit mir sein!" antwortete er, doch so, daß ich es allein hörte. „Ich ärgere mich!"

„Worüber?"

„Und ich traue nicht!"

„Wem?"

„Dem Kiowa!"

„Warum?"

„Das fragt Ihr noch? Seht Ihr denn nichts, gar nichts? Habt Ihr nicht selbst auch Augen?"

„Wofür?"

„Wofür? Sonderbare Fragen! Worüber? Wem? Warum? Wofür? Und auf solch abgerissene Silben soll man eine verständige Antwort geben können! Wißt Ihr, wie lange es her ist, seit wir diesen Kiowa getroffen haben?"

„Fast sechs Stunden."

„Richtig! Und was hat er in diesen sechs Stunden gemacht?"

„Uns hierher geführt."

„Das meine ich nicht. Das war seine Pflicht. Er hat aber etwas getan, was ganz und gar nicht seine Pflicht gewesen ist! Ja, ganz und gar nicht! Ärgert Ihr Euch nicht auch darüber?"

„Ich? Es ist mir nichts bekannt, worüber ich mich zu ärgern hätte!"

„So? Wirklich? Nichts, gar nichts? Ist das nichts, wenn dieser Indianer sechs volle Stunden lang unaufhörlich neben Eurer Lady reitet und derart mit ihr spricht, daß sie weder Augen noch Ohren für andere Leute hat, auch nicht für Euch selbst? Ist das wirklich nichts?"

Also das war es! Er war eifersüchtig auf den Kiowa! Er hatte meine Frau gern, sehr gern, und es machte ihn, den alten, vereinsamten Menschen, glücklich, wenn sie sich unterwegs mit ihm ein Viertel- oder ein halbes Stündchen unterhielt. Um dieses Glück sah er sich heute gebracht. Ich tat aber, als ob ich kein Verständnis dafür hätte und antwortete:

„Ja, das ist allerdings nichts. Es gab während der ganzen Zeit nichts Wichtiges, was ich mit meiner Frau hätte besprechen müssen. Ich ersehe also gar keinen Grund, der mich hätte veranlassen müssen, ihre Unterhaltung mit diesem unserem neuen Freund abzubrechen."

„Freund? Freund nennt Ihr ihn? Hm!"

„Soll ich nicht?"

„Nein! Man hat vorsichtig zu sein! Ich heiße Maksch Pappermann und bin ein alter, erfahrener Kerl. Ehe ich jemand meinen Freund nenne, pflege ich tage-, wochen- und monatelang zu prüfen! Auch Ihr pflegt sonst außerordentlich vorsichtig zu sein, noch vorsichtiger als ich.

Heute aber seid Ihr ganz wie aus- oder umgewechselt. Ich warne Euch! Ich meine es gut! Ich bitte Euch, nehmt es von mir an! Wollt Ihr?"

„Ja. Die beiden sollen nicht wieder sechs Stunden lang miteinander reden."

„So recht, so recht! Ich finde das außerordentlich vernünftig von Euch. Wenn Ihr in dieser Weise redet, werfe ich meinen Ärger über den Haufen und fange wieder an, zu lachen. Glaubt Ihr, daß wir hier wirklich sicher sind? Nichts zu befürchten haben?"

„Vollständig sicher."

„Es ist doch toll, was für ein Vertrauen Ihr zu diesem Roten habt!"

„Ihr irrt. Ich vertraue ihm, weil ich mir selbst vertraue. Ich höre nicht auf ihn, sondern nur auf mich. Es war doch auch bei Euch von Mißtrauen keine Rede!"

„Ja, zuerst! Aber diese Schwatzhaftigkeit kam mir verdächtig vor. Mir scheint, er hat Mrs. Burton ausgefragt und wird nun das, was er hörte, da unten bei den Kiowas und Komantschen erzählen!"

„Das befürchte ich nicht. Übrigens ist er noch gar nicht unten bei ihnen."

„Well! Ich passe auf! Mir soll nichts entgehen! Ich lasse mich nicht betrügen!"

Damit war die Sache für jetzt abgemacht. Als ich das Herzle nach dem Essen ein wenig ironisch fragte, ob es ihr gelungen sei, hinter das Geheimnis des Indianers zu kommen, antwortete sie:

„Leider noch nicht. Er ist verschwiegen."

„Aber du hast doch beinahe sechs Stunden lang nur mit ihm gesprochen! Nennst du das schweigen oder verschwiegen sein?"

„Man kann sprechen, ohne zu plaudern. Wir haben nicht über sein eigenes, kleines Leid, sondern über das große, erhabene Leid der ganzen roten Rasse gesprochen.

Er denkt sehr richtig, und er fühlt tief. Ich habe ihn liebgewonnen, sehr lieb!"

„Oho!"

„Ja, wirklich! Es ist mir da freilich etwas begegnet, was ich dir gestehen muß."

„Schon wieder ein Geständnis?"

„Leider, leider! Ich begreife es nicht! Wenn er so lieb und warm für seine Nation sprach, wenn er es so tief beklagte, daß wir Weißen die Roten für minderwertig halten, da wurden seine schönen, ehrlichen Augen feucht, und es stieg in mir auf, als müsse ich ihn auf Stirn und Wange küssen und ihm die Tränen mit meinen Händen trocknen. Das muß ich dir sagen. Er ist ein Mann. Ich wiederhole: Ich verstehe es nicht!"

„Wenn nur ich es verstehe, Herzle", antwortete ich.

„Und verstehst du es?"

„Ja."

„Und erteilst du mir Absolution?"

„Sehr gern. Sprechen wir morgen weiter hierüber. Hast du vielleicht erfahren, wo das Kiowa-Dorf jetzt liegt, in dem ich damals zu Tode gemartert werden sollte?"

„Ja. Es lag an der Salzgabel des Red River. Jetzt aber liegt es weit im Westen davon, auch an einem kleinen Flüßchen, dessen Name mir aber entfallen ist. Er hat dich sofort erkannt, als er dich heute erblickte."

„Ah? So sah er mich also nicht zum erstenmal?"

„Nein. Er kennt dich von damals her. Er war im Dorf, als man dich brachte. Er stand dabei, als du mit Händen und Füßen an die Pfähle gebunden warst. Er hat mir alles erzählt, so ausführlich, wie ich es nicht einmal von dir selbst erfahren habe."

„Sprach er auch vom alten Sus-Homascha[1], der mich so gern retten wollte?"

„Ja. Sus-Homascha hatte zwei Töchter. Die eine war die Frau des jungen Häuptlings Pida. Ihre Ehe war

[1] ‚Eine Feder'. Siehe Ges. Werke Bd. 9, Winnetou III

außerordentlich glücklich und ist es auch noch heute. Sie war von Santer überfallen und mit einem Schlag auf den Kopf betäubt worden. Man hielt sie für tot. Man holte dich. Man behauptet noch heute, daß du ihr das Leben gerettet habest. Darum ist Pida noch heute in unerschütterlicher Dankbarkeit dein Freund. Denke dir, seine Frau ist mit hier!"

„Unten am See? Bei den Kiowas?"

„Ja. Als man erfuhr, daß auch Old Shatterhand mit nach dem Mount Winnetou geladen sei, ließ sie sich nicht halten. Sie wollte ihren Retter wieder sehen. Es scheint überhaupt mit den Frauen der Kiowas eine ähnliche Bewandtnis zu haben wie mit den Squaws der Sioux. Auch sie haben sich zusammengetan; auch sie wollen mit beraten. Sie sind nicht in den Dörfern zurückgeblieben, aber wo sie sich befinden, das konnte ich noch nicht erfahren."

„Du vergißt dein eigentliches Thema. Du sprachst von den beiden Töchtern des alten Sus-Homascha. Die eine war Pidas Frau. Die andere —"

Da fiel das Herzle schnell ein:

„Ja, die andere, die hieß Kakho-Oto[1]. Sie wollte und sollte deine Squaw werden, damit du gerettet würdest; du aber wiesest sie ab. Sie war trotzdem so edel, dir zur Flucht zu verhelfen. Sie lebt noch. Sie ist ledig geblieben. Nie hat ein Mann sie berühren dürfen, und sie ist es, die all die vielen Jahre, die zwischen damals und jetzt liegen, dazu verwendet hat, dein und Winnetous Andenken auch bei den Kiowas zu heiligen und die Ideale der Edelmenschlichkeit, der Friedfertigkeit und der Nächstenliebe in ihnen wachsen und groß werden zu lassen. Sie wünscht nichts sehnlicher, als nach dem Mount Winnetou kommen und dich dort sehen zu können. Du aber sollst sie nicht wiedererkennen. Sie ist inzwischen alt geworden und

[1] ‚Dunkles Haar'

wohl auch häßlich dazu. Sie hofft, daß du sie sehen kannst, ohne zu wissen, wer sie ist. Sie hat uns den Kiowa entgegengeschickt, um uns zu warnen und hierher zu führen. Wir können uns auf ihn verlassen. Er wird sich so verhalten, als ob er nicht zu seinem Stamm, sondern ganz zu uns gehöre, und uns jeden Wunsch erfüllen, der mit seiner Heimatliebe und Indianerehre vereinbar ist. Freust du dich darüber?"

„Ja, herzlich! Und deine eigene Freude wird doppelt sein, wenn du diesen treuen Mann noch näher kennen lernst. Bitte, laß uns heute zeitig zur Ruhe gehen. Es ist möglich, daß morgen ein ereignisvoller Tag wird, der ausgeruhte Kräfte von uns verlangt."

Sie war einverstanden. Sie zog sich sehr bald in ihr Zelt zurück, und auch wir anderen legten uns schlafen. Unter anderen Umständen hätte ich für diese Nacht die Wache unter uns verteilt, da ich aber wußte, wer der Kiowa war und daß ich ihm vertrauen durfte, war es nicht nötig, diese Vorsichtsmaßregel zu treffen. Unser alter Pappermann aber war anderer Meinung über ihn. Er legte sich in seine Nähe, um ihn während der Nacht zu beaufsichtigen. Ich hatte keinen Grund, ihn daran zu hindern.

Am anderen Morgen wachte ich nicht von selbst auf, sondern ich wurde geweckt, und zwar eben von Pappermann. Er sah ganz erregt aus, hatte ein rotes Gesicht und sagte:

„Verzeiht, Mr. Burton, daß ich Euch aus dem Schlaf störe! Es sind Dinge geschehen, schreckliche Dinge, die mich veranlaßten, Euch sofort zu wecken!"

„Was ist es?" fragte ich, während ich schnell aufsprang.

„Etwas Entsetzliches! Etwas Fürchterliches!"

„Also was? Sagt es schnell!"

„So schnell, wie Ihr wollt, kann ich das nicht. Ich muß Euch da erst vorbereiten."

„Ist nicht nötig! Nur heraus damit!"

„Es ist nötig! Sogar sehr! Wenn ich Euch nicht vorher vorbereite, fallt Ihr vor Schreck um wie ein Klotz, den niemand wieder aufheben kann."

„Ich? Vor Schreck?"

„Wie ich sage: vor Schreck!"

„Nur ich allein? Nicht auch Ihr?"

„Nein, ich nicht! Obgleich auch ich erschrak! Ich erschrak so, als ob sie meine eigene Frau wäre, nicht aber die Eurige!"

„Ah! So betrifft es meine Frau?"

„Ja! Natürlich! Eure Frau!"

„Gott sei Dank!"

Ich holte tief Atem. Der alte, brave Jäger sah so aus, als ob es sich wirklich um ein sehr böses, nie wieder gut zu machendes Ereignis handle. Vielleicht gar um ein Ereignis, durch das unsere guten Pläne vernichtet würden. Darum hatte er mir, dem sonst so Ruhigen, denn doch eine Art von Schreck eingejagt. Nun er aber von dem Herzle sprach, war ich sofort beruhigt.

„Gott sei Dank?" fragte er. „Ihr habt Gott gar nicht zu danken!"

„Ist ihr ein Unglück geschehen?"

„Hm, wie man es nimmt! Vielleicht ihr nicht, aber Euch! Ihr werdet mit Händen und Füßen dreinschlagen!"

„Das glaube ich nicht."

„Oho! Ich bin zwar niemals verheiratet gewesen, aber ich kann mir trotzdem denken, wie es einem zumute ist, wenn so etwas geschieht. Ich würde den Kerl zerreißen!"

„Welchen Kerl?"

„Welchen? Ihr ahnt also immer noch nichts?"

„Nichts! Rein gar nichts!"

„So muß ich es Euch wirklich sagen! Aber versprecht mir vorher, nicht umzufallen!"

„Gut! Also, ich falle nicht um!"

„Und nicht sofort zuzuschlagen, besonders auf mich!"

„Auch das; ich schlage nicht zu!"

„Well, so will ich es wagen. Also hört!"

Anstatt noch näher an mich heranzutreten, wie man es bei vertraulichen Mitteilungen zu tun pflegt, trat er zwei Schritte zurück.

„Sie ist Euch untreu!"

„Wer?"

„Welch eine Frage! Natürlich Eure Frau! Das Herzle, wie Ihr sie nennt, wenn Ihr deutsch mit ihr sprecht!"

„Gott sei Dank!" wiederholte ich. „Nun wird mir das Herz vollends leicht! Ich dachte wunders, was für ein Unheil Ihr mir zu beichten hättet!"

„All devils! Mir bleibt der Verstand stehen! Ich sage diesem Mann da, daß ihm seine Frau untreu gewesen ist, und da schreit er zum zweitenmal ‚Gott sei Dank'! Und da versichert er allen Ernstes, daß ihm das Herz vollends leicht geworden sei! Begreife, wer das kann! Ich nicht!"

Und wieder näher zu mir herantretend, fuhr er in sehr ernstem Ton fort:

„Auch ich habe sie lieb gehabt, sehr lieb, Euer Herzle. Ich habe sie geachtet und verehrt. Ich habe sie für die beste, die liebste, die vernünftigste und die vortrefflichste Frau der ganzen Welt gehalten. Ich wäre für sie ins Feuer und ins Wasser gesprungen. Ich hätte für sie mein altes Leben gelassen, zehnmal, hundertmal und tausendmal! Das ist nun vorbei, vollständig vorbei! Es kann mir nicht einfallen, für sie auch nur in ein kleines Streichholzflämmchen oder in einen Kaffeelöffel voll Wassers zu springen. Sie ist es nicht wert! So einen Mann zu haben, so einen! Und ihm dennoch untreu zu werden! Und zwar mit was für einem, mit was für einem!"

„Wer ist denn dieser eine?"

„Erratet Ihr das nicht?"

„Nein."

„Ja, begreiflich! Es ist auch wirklich gar nicht zu erraten. Wenn nur wenigstens ich es wäre! Oder irgendein anderer Weißer! Aber Euch um einer Rothaut willen untreu zu werden, das ist stark! Das ist einfach niederträchtig!"

„Rothaut sagt Ihr? Der ‚junge Adler' liegt noch dort an seiner Stelle; der Kiowa aber ist nicht mehr da; er ist fort. Ihn meint Ihr also?"

„Ja, ihn! Eure Frau ist nämlich auch fort!"

„Ist das alles?"

„Nein, sondern es kommt noch viel, sehr viel dazu. Soll ich es Euch erzählen?"

„Ja, bitte!"

„Das kam so: Ich war wütend auf den Kerl, weil er gestern am Nachmittag so lange und unausgesetzt mit ihr gesprochen hatte. Ich habe Euch schon gesagt, daß dies meinen Verdacht erregte. Ich nahm an, daß er Eure Frau aushorchen wollte, um uns alle dann an die Indianer da unten zu verraten. Ich beschloß, ihn zu beobachten, und ich tat es. Ich habe die ganze Nacht nicht geschlafen. Am frühen Morgen erwachte er sehr zeitig. Eure Frau trat aus ihrem Zelt. Sie pflegt des Morgens und des Abends zu beten; das weiß ich nun. Sie tut das nie im Zelt, sondern stets unter freiem Himmel. Sie geht dabei zur Seite, damit man es nicht sehe. So auch heut. Als sie sich entfernt hatte, stand der Kiowa auf und folgte ihr. Das kam mir verdächtig vor. Ich ließ eine Zeit vergehen, und als weder sie noch er zurückkehrte, schlich ich mich ihnen nach. Was denkt Ihr, was ich sah?"

„Nun, was?"

„Sie saßen auf einem Stein!"

„Weiter nichts?"

„Nebeneinander!"

„Weiter nichts?"

Er sah mich verwundert an und fuhr in erhöhtem Ton fort:

„In inniger Umarmung!"

„Weiter nichts?"

Da rief er mich an:

„Sie schnäbelten miteinander!"

„Weiter nichts?"

„Der Rote gab Eurem Herzle einen Kuß!" schrie er mir zu.

„Weiter nichts?"

„Und Euer Herzle küßte ihn wieder!" brüllte er mir in das Gesicht.

„Weiter nichts? Weiter gar nichts?" fragte ich sehr freundlich und ruhig.

Da wich er von mir zurück, schlug die Hände zusammen und jammerte:

„Habe mir's gedacht! Nun ist das Unglück da! Wenn auch in anderer Gestalt, als ich mir dachte! Er fällt nicht um, und er schlägt nicht zu; aber er ist verrückt geworden vor Schreck! Er ist übergeschnappt, vollständig übergeschnappt! Er sagt weiter nichts als ‚weiter, immer weiter'!"

„Oh, ich kann auch noch anderes sagen", lachte ich. „Sitzen sie denn noch dort — auf dem Stein?"

„Ich hoffe es!"

„Was? Ihr hofft es?"

„Ja! Ich hoffe es sogar sehr! Um sie überführen zu können! Um sie mit Euch zu überraschen!"

„Das wollen wir tun!"

„Wirklich?"

„Ja, und zwar sofort!"

„So kommt! Ich führe Euch!"

„Wartet nur noch einen einzigen Augenblick! Ich muß Euch nämlich vorher sagen, daß ich mit diesem Kiowa nicht so streng verfahren werde, wie Ihr wahrscheinlich erwartet. Wir haben in den letzten Tagen verschiedene Male über die Kiowas gesprochen. Ihr wißt, was ich bei ihnen erlebte, als ich zum letztenmal dort war?"

„Ja. Jedermann weiß es. Und Eure Frau hat es mir unterwegs noch einmal ganz ausführlich erzählt. Daß Ihr zu Tode geschunden werden solltet und nur durch die Tochter eines berühmten Kriegers, der ‚Eine Feder' hieß, gerettet wurdet."

„Richtig! Diese Tochter hieß Kakho-Oto. Ihr habe ich mein Leben zu verdanken."

„Wollt Ihr um ihretwillen etwa diesem Kiowa verzeihen, der Euch um Eure Frau betrügt?"

„Ja."

„Hört! Das geht nicht! Das wäre Schwäche, unverzeihliche Schwäche!"

„Das bestreite ich. Nun kommt!"

„So wollt Ihr wirklich nichts tun, wirklich gar nichts?"

„Gar nichts!"

„Auch Eurer Frau nicht?"

„Nein."

Da fuhr er auf:

„Herr —! Mr. Burton! Ich muß Euch sagen, daß, — daß — daß ich eine Bitte, eine sehr große Bitte habe."

„Welche?"

„Erlaubt wenigstens mir, diesen roten Halunken bei der Parabel zu nehmen und ihm ein Dutzend Ohrfeigen herunter zu hauen!"

„Würde Euch das ein Vergnügen machen?"

„Ein großes, ein ganz unbändiges!"

„So tut es!"

„Ihr habt nichts dagegen?"

„Ganz und gar nichts. Schlagt zu, so kräftig Ihr wollt!"

„So rufe jetzt ich: Gott sei Dank! Das sollen Ohrfeigen sein, wie es nicht gleich wieder welche gibt! Nun kommt! Schnell, schnell!"

Er schritt voran, und ich folgte. Er führte mich durch das Gebüsch nach einer kleinen Blöße, die er aber nicht sofort betrat, sondern er blieb zwischen den beiden letzten Sträuchern stehen, deutete hindurch und sagte leise:

„Da schaut! Dort sitzen sie noch! Wie gefällt Euch das?"

Das Herzle saß mit dem Kiowa auf einem niedrigen

Felsstück, das einen sehr bequemen Sitz bildete. Sie hatte den rechten Arm um seine Schulter geschlungen und hielt mit der linken Hand seine beiden Hände fest. Er war etwas kleiner als sie. Sein Kopf lehnte zärtlich an ihrer Seite. Pappermann sah mich an, als ob er einen gewaltigen Zornesausbruch erwarte. Ich lächelte aber. Das regte ihn auf.

„Ihr lacht?" fragte er, zwar leise, aber doch sehr eindringlich. „Ich frage Euch allen Ernstes, wie Ihr das findet?"

„Etwas intim, weiter nichts", antwortete ich.

„Etwas intim —! Weiter nichts —!" wiederholte er. „Nun, ich finde es weit mehr als nur intim von diesem Halunken; ich finde es verbrecherisch! Und da Ihr mir gestattet habt, ihm ein Dutzend Maulschellen herunter zu hauen, so werde ich ihn keinen Augenblick länger darauf warten lassen! Also paßt auf! Es geht los! Sofort — sofort!"

Er drang zwischen den beiden Büschen durch und eilte auf die Gruppe zu. Ich folgte ihm mit derselben Schnelligkeit. Die beiden standen auf, sobald sie uns erblickten. Pappermann schien sein Rächeramt ausüben zu wollen, ohne dabei ein einziges Wort zu sagen. Er packte den Kiowa mit der Linken bei der Brust und holte mit der Rechten aus, um zuzuschlagen. Da griff ich rasch zu, hielt ihm die Hand fest und sagte:

„Halt, lieber Freund! Lassen wir ja keine der Vorschriften außer acht, die einem jeden Gentleman für solche Fälle gegeben sind!"

„Welche Vorschriften?" fragte er, während er sich bemühte, mir seinen Arm zu entziehen.

„Wenn zwei Gentlemen die Absicht haben, einander zu ohrfeigen, so sind sie unbedingt verpflichtet, sich vorher einander vorzustellen!"

„Das ist hier unnötig, denn wir kennen uns ja schon. Dieser rote Halunke, den Ihr einen Gentleman nennt, weiß, daß ich Maksch Pappermann bin, und ich weiß, daß er kein Gentleman, sondern eben ein roter Schurke ist. Darum kann ich —"

„Aber seinen Namen habt Ihr noch nicht beachtet. Dieser Gentleman ist nämlich eigentlich eine Lady und wird, solange ich es weiß, Kakho-Oto genannt. So! Nun schlagt zu!"

Ich gab seinen Arm frei. Aber er bewegte ihn nicht. Er schaute mir wortlos ins Gesicht, als ob er verstummt sei.

„Ka—kho — O—to?" fragte er endlich wie geistesabwesend. „Kein — — Gentleman — — sondern eine Lady!"

„Ganz so, wie ich sagte!"

„Also wohl gar die Tochter von ‚Eine Feder', die Euch damals das Leben gerettet hat?"

„Ja, dieselbe!"

Da holte er tief, tief Atem, machte ein äußerst verzweifeltes Gesicht und rief aus:

„Alle guten Geister! Das kann nur mir passieren, mir, der ich Maksch Pappermann heiße! O dieser unglückselige Name, dieser unglückselige Name! Wo hat sich jemals, wenn irgendeiner einen anderen ohrfeigen wollte, herausgestellt, daß dieser andere eine Lady ist! Und nun ich so selig war, einmal so aus ganzem Herzen zuhauen zu können, muß das mir, gerade mir passieren! Ich bin blamiert für alle Zeit! Ich trete ab! Ich werde unsichtbar! Ich verschwinde!"

Er drehte sich um und rannte fort. Doch, an den Büschen angekommen, blieb er für einen Augenblick stehen und rief zurück:

„Aber, Mr. Burton, ein Freundschaftsstreich war das ganz und gar nicht von Euch!"

„Wieso?" fragte ich.

„Ihr hättet mir diese Blamage sehr wohl ersparen

können! Brauchtet mir nur zu sagen, daß diese Lady kein Mann, sondern ein Frauenzimmer ist!"

„Euch dieses Geheimnis zu verraten, war ich nicht befugt. Ich hatte Euch nicht verschwiegen, daß der Kiowa Vertrauen verdient. Das war genug. Warum habt ihr mir nicht geglaubt?"

„Weil ich ein Esel bin! Ein kompletter Esel! Mit allem möglichen, was zu einem wirklichen Esel gehört! Ich Schaf!"

Nun verschwand er. Kakho-Oto stand mit gesenkten Augen vor mir. Ihre Wangen waren vor Verlegenheit tief gerötet. Ich zog sie an mich, küßte sie auf die Stirn und sagte in ihrer Muttersprache:

„Ich danke dir! Ich habe dein gedacht, bis ich dich wiedersah. Willst du uns Schwester sein? Uns beiden?"

„Wie gern! Dir und ihr!" antwortete sie. Dann eilte sie in tiefer Bewegung fort.

Das Herzle fragte mich zunächst, warum Pappermann ausgeholt habe, um zuzuschlagen. Einige Worte genügten, sie hierüber zu verständigen. Sie lachte herzlich. Dann bedankte sie sich bei mir dafür, daß ich ihr nicht mitgeteilt hatte, wer der Kiowa eigentlich war. Hätte ich das getan, so wäre die köstliche Überraschung des heutigen Morgens verloren gewesen. Dann kehrten wir zum Zelt zurück, wo ich ein kleines Feuer machte, an dem sie den Kaffee bereitete. Zu diesem stellten sich Pappermann und Kakho-Oto ein. Beide bemühten sich, möglichst gleichgültig zu erscheinen. Aber dem alten, braven Westmann ging der Pudel, den er geschossen hatte, doch zu nahe. Er betrachtete die Indianerin unausgesetzt von der Seite. Plötzlich griff er nach ihrer Hand, zog sie an seine Lippen und knurrte reumütig:

„Und so etwas habe ich ohrfeigen wollen! Bin ich da nicht selbst Maulschellen wert?"

Damit war die Sache zwischen beiden abgemacht; sie wurden die besten Freunde.

Nach dem Frühstück wurde das Zelt abgebrochen. Wir sattelten die Stangen lang anstatt quer, weil Kakho-Oto sagte, daß der Weg nach dem ‚Haus des Todes' sehr schmal sei. Er führte zuweilen so steil bergab, daß wir bald nicht mehr reiten konnten, sondern absteigen mußten. Wir folgten einem schmalen, aber sehr reißenden Bach, der eine tiefe Schlucht gegraben hatte, die in zahlreichen Windungen zur Tiefe ging. Eine Aussicht gab es da nicht. So waren wir weit über eine halbe Stunde lang abwärts geklettert, als wir plötzlich eine hohe, fast vollständig nackte Schutthalde vor uns liegen sahen, die aber nicht aus gewöhnlichem, kleinem Schutt, sondern aus großen Felsstücken bestand, als habe hier vor vielen Jahrhunderten ein gewaltiger Bergsturz stattgefunden.

„Wir sind beim ‚Haus des Todes' angekommen", sagte Kakho-Oto, wobei sie auf diese Felstrümmer deutete.

„Das ist es?" fragte ich. „So sind die Felsen hohl?"

„Ja. Sie sind nicht von oben herabgefallen, sondern künstlich aufgebaut. Kommt!"

Sie führte uns um eine Ecke der Felsenstätte, und da standen wir vor einem massiven, mehr breiten als hohen Tor, das keine bogenförmige, sondern eine gerade Schließung hatte. Die beiden Seitensteine hatten eine Breite von über zwei Metern. Sie zeigten gut erhaltene Reliefffiguren von Häuptlingen, die im Begriff standen, durch das Tor ins Innere des Tempels zu treten. Die Häuptlinge waren charakterisiert durch eine, zwei oder drei Adlerfedern, die sie im Kopfhaar trugen. Auch der Oberstein war mehrere Meter hoch. Er zeigte die Figur eines Beratungsaltars, auf dem Häuptlinge ihre Medizinen opferten.

„Aber das ist ja gar kein ‚Haus des Todes', gar keine Begräbnisstätte", sagte ich, „sondern ein Beratungstempel, in dessen Altar die Medizinen aufbewahrt werden, bis das, was man beraten hat, ausgeführt worden ist!"

Kakho-Oto lächelte.

„Das weiß ich wohl", sagte sie, „aber wir dürfen das dem gewöhnlichen Volk nicht sagen, sonst würde die Stätte nicht so heilig gehalten, wie die Häuptlinge es wünschen. Übrigens gibt es so viele Leichen hier, daß der Ausdruck ‚Haus des Todes' wohl auch berechtigt ist. Gehen wir sogleich hinein?"

„Wie weit ist es von hier bis zum See?"

„Bis zum Wasser nur zweihundert Schritte."

„So müssen wir vorsichtig sein. Es kommen nicht nur einheimische, sondern auch fremde Indianer her, die das Verbot, diesen Ort hier zu betreten, wohl kaum beachten werden. Wir müssen also vor allen Dingen unsere Pferde verbergen und uns Mühe geben, keine Spuren zu verursachen. Erst wenn das geschehen ist, betreten wir den Tempel. Suchen wir also nach einer Stelle, die sich zum Versteck für uns und die Pferde eignet!"

„Die ist bereits gefunden", sagte Kakho-Oto. „Ich habe gesucht, noch ehe ich den See verließ, um euch entgegen zu reiten. Kommt!"

Sie führte uns eine kurze Strecke zurück und dann in eine Seitenschlucht hinein, aus der wieder eine dritte Vertiefung abzweigte, die gerade groß genug für unsere Zwecke war. Auch gab es Wasser und Grünfutter. Wir sattelten ab, hobbelten Pferde und Maultiere an und gaben ihnen unsern alten Pappermann als Wächter. Er war ganz damit einverstanden, nicht ‚überall mit herumkriechen zu müssen'. Wir andern aber kehrten nach dem ‚Haus des Todes' zurück.

Dort wieder angekommen, schritten wir zunächst die Umgebung ab. Es war weder eines Menschen noch eines Tieres Spur zu sehen. Wir verwischten mit Hilfe von Zweigen unsere Fährte sofort hinter uns. Als wir vorhin von der Höhe unseres gestrigen Lagers herabkamen, waren wir an die Rückseite des Baues gelangt. An dieser Seite befand sich, wie bereits beschrieben, das Tor. Dieses lag früher hinter Büschen und Bäumen vollständig verborgen, und kein Mensch hatte geahnt, daß hier ein Tempel stand. Erst als zufällig ein verlassenes, nicht ausgelöschtes Lagerfeuer weiter um sich gefressen und das Gebüsch zerstört hatte, war das Tor sichtbar und das Geheimnis verraten worden. Man sah die Spuren des Feuers noch jetzt am verräucherten Gestein. Als wir nach der Vorderseite des vermeintlichen natürlichen Felsensturzes gelangten, sahen wir das Wasser des Sees in der bereits angegebenen Entfernung vor uns liegen. Die an- und übereinandergehäuften Quader und Steinbrocken waren also vom See aus sehr deutlich und auch weithin zu sehen, machten aber einen so natürlichen Eindruck, daß gewiß kein Mensch von selbst auf den Gedanken gekommen wäre, daß es sich um ein künstliches Bauwerk handelte. Der Felsenabsturz war so steil und derart angeordnet, daß man ihn unmöglich ersteigen konnte. Nur in den Winkeln, wo sich im Laufe der Zeit der Staub der Lüfte angesammelt hatte, gab es ein wenig Grün, sonst aber war alles nur glatter, lebloser Stein.

Hierauf konnten wir zur Betrachtung des Inneren gehen. Durch das Tor eintretend, befanden wir uns in einem nicht allzu weiten, aber sehr hohen Raum, dessen Bau ganz eigentümlich war. Man denke sich einen auseinandergeschnittenen, also halben Zuckerhut, der mit seiner geraden, senkrechten Schnittfläche am Felsen lehnt, wobei hier die gebogene, halbkegelförmige Wand von den Felsenstücken gebildet wurde, aus denen der vermeintliche Bergsturz bestand. Diese Wand ging also nicht senkrecht, sondern schief nach innen empor. Sie bildete keine glatte Fläche, sondern ihre riesigen Quadern lagen derart neben- und übereinander, daß immer auf einen vorstehenden ein zurückliegender folgte. Hierdurch wurden Nischen gebildet, die zur Aufbewahrung von Mumien, Skeletten oder einzelnen Knochenteilen dienten.

Am Boden, genau auf der Mitte, stand ein steinerner

Altar. Er besaß, wie wir später bemerkten, im Innern eine Höhlung, auf der eine schwere, glatte Platte lag. Die Seitenflächen dieses Altars zeigten vierundzwanzig Relieffiguren, nämlich zwölf Adlerfedern und zwölf festgeschlossene Hände. Es wechselte je eine Hand mit einer Feder ab. Die geschlossene Hand ist das Zeichen der Verschwiegenheit. Die Figuren sagten also, daß nur Häuptlinge sich diesem Altar nahen durften und daß über alles, was da beraten und vorgenommen wurde, Geheimhaltung zu beobachten sei. Die Platte sah in ihrer Mitte schwarz aus. Es hatte bei jeder Beratung ein Feuer auf ihr gebrannt. Besondere Sitze, wenn auch nur aus Stein, sah man nirgends.

Die Beleuchtung dieses fremdartigen Raumes war, fast möchte ich sagen, magisch. Es herrschte, genau abgemessen, ein Zweidritteldunkel. Das wenige Licht, das es gab, kam durch die Quadermauer. Man hatte von Stelle zu Stelle in ihr einen Quader ausgelassen, so daß Öffnungen entstanden waren, durch die der Schein des Tages Zutritt finden konnte. Aber die Mauer war außerordentlich dick, so daß eine jede dieser Öffnungen schon mehr einen tiefen Gang nach außen bildete, dessen Ende von unten aus nicht zu ersehen war. Zudem waren die Öffnungen von draußen fürsorglich verkleidet worden, damit man sie nicht etwa vom See aus bemerken konnte. Es ging also von dem hereinbrechenden Licht der größte Teil verloren, noch ehe es das Innere des Tempels erreichte. Ich habe eine ähnliche geheimnisvolle Beleuchtung in einigen ägyptischen Königsgräbern gefunden, die allerdings sehr niedrig sind. Dieser Tempel am ‚See des Todes' hatte aber eine solche Höhe, daß die Wirkung sich unendlich steigerte. In jeder Nische eine dunkle, hockende Mumie, die kaum zu erkennen war, oder ein helleres Skelett in kauernder Stellung, oder ein Haufen von Schädeln, Arm- oder Beinknochen, die keinen Zusammenhang besaßen. Das alles Überreste einstiger Existenzen! Denn über jeder Nische war eine Adlerfeder eingehauen, zum Zeichen, daß diese Knochenteile einst Häuptlingen gehörten.

Die Luft, in der wir uns befanden, war gut, denn die Öffnungen waren zahlreich. Sie gingen bis hinauf an die Spitze. Es war also genug Zusammenhang mit der äußeren Atmosphäre vorhanden. Und, was mir als besonders wichtig erschien, man konnte von Öffnung zu Öffnung, also, um mich so auszudrücken, von Fenster zu Fenster gelangen. Oder vielmehr, man hatte das früher gekonnt, denn es führten von Fenster zu Fenster und von Nische zu Nische freie, aus der Mauer ragende Stufensteine empor, die bis zum Boden hinabgereicht hatten. Jetzt aber fehlten die untersten dieser Stufen. Man hatte sie abgehauen. Daß dies erst vor kurzer Zeit geschehen war, sah man an der zurückgebliebenen Fläche, die sich von ihrer dunkleren Umgebung hell abhob.

„Schade, daß diese Stufen jetzt fehlen", sagte das Herzle.

„Warum?" fragte ich.

„Weil ich gern einmal da hinauf möchte."

„Klettergemse!" scherzte ich.

Sie klettert nämlich gern. Ich muß sie bei Gebirgswanderungen immer besonders abhalten, gefährliche Stellen zu betreten.

„Verstell dich doch nicht!" antwortete sie. „Ich kenne dich genau; niemand wünscht so sehnlich wie du, da hinaufzusteigen. Du mußt in alle Nischen gucken. Und du mußt durch jedes Fenster hinaussteigen, um zu wissen, was draußen zu sehen ist. Willst du das leugnen?"

„Nein. Zwar, daß ich in jede Nische gucken will, ist übertrieben. Aber daß ich unbedingt einmal zu irgendeinem Fenster hinaussteige, dazu fühle ich mich geradezu verpflichtet. Es ist unerläßlich, von da oben aus Umschau zu halten. Ich muß wissen, wie weit man von da aus den See überschaut. Vielleicht sieht man von hier oben etwas, was man sonst nicht sehen würde."

„Aber wie kommst du bis da hinauf, wo die Stufen beginnen?"

„Sehr einfach: Wir bauen eine Leiter."

„Richtig!" spendete sie mir Beifall. „Wir bauen eine Leiter, und zwar sofort!"

Wir gingen hinaus. Ich fand sehr leicht zwei lang aufgeschossene Stangenhölzer und schnitt die nötigen Quersprossen dazu. Riemen waren genug da. Bald war die Leiter fertig. Wir gingen wieder hinein, legten sie an und stiegen hinauf. Sie reichte gerade bis zu der niedersten der noch vorhandenen Stufen. Von dieser aus stiegen wir weiter nach oben, ohne Geländer, auf frei aus der Mauer ragenden Steinen, die als Stufen galten. Das war nicht ungefährlich. Ein jeder dieser Steine mußte geprüft werden, bevor man sich ihm anvertraute. So kamen wir an vielen Nischen vorüber, deren Inhalt wir untersuchten. Ich sehe davon ab, diese Mumien und Skelette zu beschreiben. Ich liebe es nicht, als Schriftsteller zu gelten, der seine Erfolge im Sensationellen oder Schaudererweckenden sucht.

Als wir hoch genug gekommen waren, stiegen wir in eine der obersten Fensteröffnungen. Sie war so groß, daß wir aufrecht in ihr stehen konnten, ja sogar noch bedeutend größer. Sie glich einem Gang. Wir hatten neun Schritte zu tun, ehe wir aus ihr ins Freie traten. Da standen wir hoch oben auf dem künstlich aufgeführten Bergsturz und überschauten einen großen Teil des Sees. Aber wir waren vorsichtig; wir blieben nicht aufrecht, sondern wir setzten uns. Wie leicht konnte ein Kiowa oder ein Komantsche in der Nähe sein, der uns sofort bemerken mußte, wenn wir so gedankenlos waren, uns in ganzer Figur zu zeigen. Und richtig! Es war nicht nur einer da, sondern wir sahen sogar sehr viele. Sie ritten zweihundert Schritte entfernt am Ufer des Sees an uns vorüber, langsam, müde und still, im Gänsemarsch, immer einer hinter dem andern.

„Das sind die Sioux des alten Kiktahan Schonka“, sagte ich. „Die Utahs sind entweder schon vorüber, oder sie kommen erst hinter ihnen her.“

„So sind wir gerade zur rechten Zeit gekommen“, sagte das Herzle. „Nun gibt es wohl Gefahr?“

„Für sie, ja, aber nicht für uns“, antwortete ich.

Der ‚junge Adler‘ war still; aber Kakho-Oto meinte:

„So muß ich euch verlassen. Werdet ihr mir aber vertrauen? Werdet ihr mir zutrauen, daß ich nichts tue, was euch schaden könnte?“

„Wir glauben an dich“, antwortete ich ihr in ihrer Muttersprache. „Wann dürfen wir dich wieder erwarten?“

„Das weiß ich nicht. Ich gehe, um zu beobachten, was geschieht, um es euch dann zu sagen. Habe ich euch nichts zu berichten, so komme ich nicht. Erfahre ich aber Wichtiges, so kehre ich sehr schnell zurück. Wo treffe ich euch?“

„Da, wo du willst.“

„So bitte ich dich, möglichst dort, wo jetzt die Pferde stehen, zu bleiben. Begib dich nicht unnötig in Gefahr! Unternimm es vor allen Dingen nicht, uns zu beschleichen! Ich wache für euch. Meine Augen sind eure Augen! Ihr werdet alles erfahren, was ich selbst erfahren kann.“

Ich versprach, ihr diesen Wunsch zu erfüllen; dann entfernte sie sich. Wir aber blieben noch hier oben, um die Roten zu beobachten. Es dauerte lange Zeit, bis die Sioux vorüber waren. Dann kamen die Utahs. Es tat mir innerlich weh, diese kurzsichtigen, haßerfüllten Leute so daherschleichen zu sehen.

„Wer wird gewinnen?“ fragte das Herzle; „sie oder wir?“

„Wir!“ antwortete ich zuversichtlich. „Siehst du nicht ganz deutlich, daß es nicht unser Verderben ist, das da an uns vorüberzieht, sondern unser Sieg?“

„Woran soll ich das merken?“

„An ihrer Langsamkeit, ihrer Haltung, ihrer Gleichgültigkeit und, vor allen Dingen, an ihren leeren Futterbeuteln und Satteltaschen."

„Wieso?"

Auch der ‚junge Adler' sah mich fragend an.

Ich fuhr fort: „Sie haben keinen Proviant, weder für sich, noch für ihre Pferde."

„Den bekommen sie doch jedenfalls von ihren jetzigen Verbündeten, den Kiowas und Komantschen."

„Das ändert nichts, denn das ist nur für einstweilen. Diese alten Indianer sind leichtsinniger, viel leichtsinniger, als früher die jungen jemals waren. Sie denken nur an die Vergangenheit und sind unfähig, die Gegenwart zu begreifen. Zog man früher in den Krieg, so tat man das in einzelnen Trupps, nicht aber gleich in der Stärke von tausend Mann. Und diese Trupps waren leicht zu erhalten und zu pflegen. Es gab Büffel zur Jagd, und der Weg wurde möglichst über die grasigsten Prärien genommen, die den Pferden das nötige Futter spendeten. Der Indianer machte im Frühling Fleisch für sechs Monate und im Herbst wieder Fleisch für sechs Monate. Da gab es so große Vorräte von geriebenem und getrocknetem Fleisch, daß es zu jeder Zeit leicht war, sich für lange Kriegszüge auszurüsten. Wo sind jetzt die Büffel? Wo die anderen jagdbaren Tiere? Wo gibt es jetzt einen Indianer, der in seinem Zelt Fleischvorräte für Monate hat? Wo sind die Pferde, die es früher gab? Auf die man sich in Hunger und Durst, in Frost und Hitze, in Wind und Wetter, in jeder Gefahr und selbst beim schwersten, verwegensten Todesritt verlassen konnte? Das gab es früher; jetzt aber ist alles anders. Wer da glaubt, in der alten Weise verfahren zu können, der ist verloren. Mein Bärentöter hängt daheim. Mein Henrystutzen und meine Revolver stecken im Koffer. Sie haben sich überlebt. Was aber tun Kiktahan Schonka und Tusahga Saritsch? Sie sind ausgezogen mit tausend Sioux und tausend Utahs. Mit Leuten und mit Pferden, die keine Spur von Kriegserfahrung besitzen.

Und, vor allen Dingen, ohne den nötigen Proviant! Nun sind sie gezwungen, bei den Kiowas und Komantschen zu betteln. Wo aber haben die ihre Fleisch- und Brotvorräte? Sie haben nichts! Auch sie werden ausziehen zu zwei Tausenden, zusammen also wahrscheinlich viertausend Mann und viertausend Pferde, ohne den mitzuschleppenden Troß! Woher den täglichen Proviant, das Futter, das Wasser für so unvernünftig viele nehmen? Es braucht kein einziger von ihnen erschossen oder erstochen zu werden. Sie kommen vor Hunger um, vor Hunger und Durst, alle, alle! Während ich sie hier an uns vorbeireiten sehe, ist es mir, als ob sie nicht Körper seien, sondern verschmachtete Seelen, die nach dem Jenseits ziehen, um dort in ihren leeren, ewigen Jagdgründen vollends zu verhungern!"

„Uff, uff!" rief der ‚junge Adler', dem meine Darstellung sofort einleuchtete.

Das Herzle aber war still. Auch sie sah ein, daß ich recht hatte; aber diese Einsicht erhob sie nicht, sondern sie drückte sie nieder. Ihr gutes Herz sah sofort viertausend untergehende Menschen vor sich, und daß es unsere Aufgabe war, an diesem Untergang mitzuwirken, das tat ihr leid und weh.

Als der letzte der Utahs vorüber war, stiegen wir wieder hinab, versteckten die Leiter sehr sorgfältig, so daß sie selbst von einem scharfen Auge nicht entdeckt werden konnte, und kehrten dann zu Pappermann und unseren Pferden zurück.

„Kakho-Oto war hier", meldete er. „Sie sattelte sehr eilig und ritt dann fort. Sie sagte, Ihr wüßtet schon, wohin."

Nun schlugen wir das Zelt auf und machten es uns bequem. Ich war entschlossen, dem Wunsch unserer Freundin gehorsam zu sein und uns keiner Gefahr auszusetzen. Es war auf alle Fälle am besten, wir blieben hier still verborgen, ohne uns zu regen. So gab es also Zeit und Gelegenheit, das Vermächtnis meines Winnetou vorzunehmen und durchzusehen. Ich öffnete die Pakete, und dann waren wir beide, sowohl das Herzle als auch ich, für den ganzen Vor- und Nachmittag in ihren Inhalt vertieft. Über diesen Inhalt habe ich an anderer Stelle zu sprechen[1]; für jetzt will ich nur sagen, daß wir noch nie etwas ähnliches gelesen hatten, und daß der Schatz, der sich uns hier auftat, unendlich größer war, als wenn er Geld und Edelsteine im Gewicht von vielen Zentnern enthalten hätte.

Gegen Abend stellte sich Kakho-Oto ein. Sie meldete uns, daß die Kiowas, Komantschen, Utahs und Sioux nun alle versammelt seien, und zwar viertausend Mann stark, von jedem Stamm etwas über tausend Krieger. Also genauso, wie ich es vermutet hatte. Am Vormittag hatte man gegessen. Am Nachmittag waren die verschiedensten Vorberatungen abgehalten worden. Es hatte sich nach langen Widersprüchen endlich Einigkeit ergeben, so daß eine nachträgliche Hauptberatung eigentlich überflüssig gewesen wäre, wenn sie nicht als Schlußzeremonie alles Vorhergehende zu krönen gehabt hätte.

„Also diese Hauptberatung findet statt?“ fragte ich.

„Ja“, antwortete die Freundin.

„Wann?“

„Um Mitternacht.“

„Wenn ich doch dabei sein könnte, ohne gesehen zu werden!“

Da fiel das stets besorgte Herzle schnell ein:

„Nein! Daraus wird nichts! Das ist zu gefährlich!“

„Wieso gefährlich?“

„Wenn sie dich erwischen, ist es um dich geschehen! Ich als deine Frau habe vor allen Dingen darauf zu sehen, daß du zu jeder Zeit mir wenigstens am Leben bleibst!“

1 Gemeint ist der von Karl May geplante Abschlußband ‚Winnetous Testament‘, der nicht mehr geschrieben wurde; ‚Winnetous Erben‘ war der letzte Roman des Dichters (vgl. die Bibliographie in Band 34 der Ges. Werke ‚ICH‘).

Kakho-Oto lächelte. Das tat ich auch und fragte das Herzle:

„Aber wenn es sich nun herausstellt, daß es nicht gefährlich ist?"

„So gehe ich mit, um die Sache zu prüfen! Als Junggeselle Westmann zu sein, ist keine Kunst. Aber sich noch als Westmann gebärden, wenn man schon längst verheiratet ist und seine Frau bei sich hat, das wird einem jeden vernünftigen Mann so fern wie möglich liegen! Wenn wir Frauen einmal jemand belauschen, so wird gleich ein großes Hallo darüber gemacht. Aber wenn die Herren Männer im Wald herumkriechen, um Indianer zu behorchen, da behauptet man, es sei erstens notwendig und zweitens gehöre es zur Kühnheit und zum Heldentum. Ich habe da einen sehr guten Gedanken, der diese gefährliche Lauscherei vollständig unnötig macht."

„Welchen?"

„Kakho-Oto nimmt an dieser Hauptberatung teil und sagt uns dann, was gesprochen worden ist."

Da lachte ich laut auf und entgegnete:

„Diesen Gedanken nennst du gut? Er ist so töricht wie möglich! Nie wird ein weibliches Wesen an einer derartigen Häuptlingsversammlung teilnehmen dürfen!"

„Wirklich nicht? Das ist eine Schande! Aber erfahren müssen wir auf alle Fälle, was beraten worden ist! Wie fangen wir das an?"

Da lächelte die Freundin abermals und antwortete:

„Ihr werdet bei dieser Versammlung zugegen sein."

„Wir? Wir beide?" fragte das Herzle schnell.

„Ja."

„Ich denke, als Frau darf ich nicht!"

„Es geschieht im Geheimen. Niemand wird euch sehen. Die Häuptlinge kommen nämlich nach dem ‚Haus des Todes'. Der Medizinmann der Komantschen will es so, und der Medizinmann der Kiowas stimmt ihm bei. Sie behaupten, das ‚Haus des Todes' sei schon vor Jahrtausenden ein Beratungshaus der Anführer gewesen und solle es nach seiner Entdeckung nun wieder sein. Zugleich sei es die Begräbnisstätte der Häuptlinge. Weibern ist das Betreten bei sofortiger Todesstrafe verboten, gewöhnlichen Kriegern ebenso, außer sie kommen zur Bedienung der Häuptlinge mit."

„Das ist ja vortrefflich!" meinte das Herzle. „Sie kommen also um Mitternacht?"

„Ja, kurz vorher, denn die Zeremonie hat genau um Mitternacht zu beginnen."

„Da stellen wir uns zeitig ein, vielleicht schon um elf!"

„Aber du doch nicht!" sagte ich.

„Warum nicht?" fragte sie.

„Du hast doch soeben erst gehört, daß ‚Weibern' der Zutritt bei sofortiger Todesstrafe verboten ist! Das ist mir zu gefährlich! Ich als dein Mann habe vor allen Dingen darauf zu sehen, daß du zu jeder Zeit mir wenigstens am Leben bleibst! Ich fühle mich also zu der Erklärung verpflichtet, daß du von der Teilnahme an diesem nächtlichen Abenteuer vollständig ausgeschlossen bist!"

„Oho! Ich verweigere den Gehorsam! Nimmst du deine Erklärung nicht sofort zurück, so gehe ich auf der Stelle nach dem ‚Haus des Todes' und verstecke mich dort bis Mitternacht, um euch alle miteinander zu belauschen, nicht nur die Indianer, sondern auch euch!"

„Wohin willst du dich verstecken?"

„Das weiß ich noch nicht."

„Das muß man aber wissen!"

„Schon vorher?"

„Gewiß! Es ist sehr schnell gesagt: ich verstecke mich. Aber den richtigen Platz zu finden, das erfordert Überlegung, die nicht zu spät kommen darf. Wir wissen noch nicht, wieviel Personen sich einstellen werden—"

„Ich weiß es", fiel Kakho-Oto ein. „Es kommen Kiktahan Schonka, Tusahga Saritsch, To-kei-chun und Tangua, die vier Oberhäuptlinge, sodann die beiden Medizinmänner der Kiowas und der Komantschen und außerdem fünf Unterhäuptlinge von jedem der vier Stämme. Auch einige gewöhnliche Krieger sind dabei, um das nötige Feuerholz und Tangua zu tragen, der nicht gehen kann. Jeder Stamm wird sein eigenes Beratungsfeuer brennen. Das Feuer für alle aber wird auf dem Altar angezündet, der die Medizinen der Oberhäuptlinge zu empfangen hat, bis das, was die Beratung ergeben hat, auch ausgeführt worden ist."

„So können wir also annehmen", fuhr ich nun fort, „daß wenigstens dreißig Personen vorhanden sein werden. Wo und wie sie sich verteilen, das wissen wir nicht. Es gibt somit im unteren Teil des Hauses, auf dem Fußboden, keine einzige Stelle, an der wir sicher sein könnten, nicht bemerkt zu werden. Es ist da überhaupt kein einziger Gegenstand vorhanden, hinter dem wir uns verstecken könnten. Es steht da ganz allein nur der Altar, um den sie sich versammeln werden."

„So verstecken wir uns oben!" rief das Herzle. „Mit Hilfe der Leiter! In den Nischen, in den Luftlöchern, in den Fenstervertiefungen!"

„Ganz recht!" nickte ich. „Aber denkst du dabei auch an die Feuer?"

„Soll ich das? Wozu?"

„Wozu? Welche Frage! Um nicht zu ersticken oder durch immerwährendes Räuspern und Husten dich wenigstens zu verraten! Es werden fünf Feuer brennen, vier Stammes- und ein Altarfeuer. Diese Feuer werden mit Holz, Reisig und dergleichen genährt. Das gibt, zumal wenn es nicht ganz trocken ist, einen so bedeutenden Rauch und Qualm, daß es da oben, wohin du steigen willst, gar nicht auszuhalten ist, außer wir finden einen Platz, wo dieser Qualm und Rauch uns nicht erreicht."

„Denkst du, daß es einen solchen gibt?"

„Ich hoffe es. Unten können wir uns freilich nicht verstecken; wir müssen hinauf. Aber auch nicht zu hoch, weil wir da nichts hören würden. Es gilt, Windrichtung und Luftzug zu berechnen. Das Tor und alle Fensteröffnungen stehen offen. Es wird also Luftzug mehr als genug vorhanden sein. Aber nach welcher Seite? Wir haben fast noch eine Stunde Zeit, ehe es Abend wird. Gehen wir schnell nach dem Hause, um ein Feuer anzuzünden und zu sehen, wohin der Rauch entweicht."

„Und dabei erwischt zu werden!" warnte Pappermann.

„Es kommt niemand", versicherte Kakho-Oto. „Wir können es unbesorgt tun."

Mein Vorschlag wurde also ausgeführt. Wir begaben uns nach dem alten Bauwerk und sammelten unterwegs so viel dürres Holz, wie nötig war, den geplanten Versuch zu machen. Die Leiter wurde wieder hervorgeholt. Als das Feuer brannte, blieb Pappermann unten, um es zu schüren; wir vier andern aber stiegen hinauf und beobachteten die durch die Wärme verursachte Luftbewegung und den abziehenden Rauch. Hierdurch entdeckten wir die für uns am besten geeignete Stelle und stiegen wieder hinab, um das Feuer auszulöschen und jede Spur sorgfältig zu vertilgen. Dann kehrten wir nach unserem Lagerplatz zurück. Kakho-Oto aber verabschiedete sich von uns. Während meine Frau uns am Lagerfeuer das Abendessen bereitete, gossen wir uns mit Hilfe des vorhandenen Bärenfetts und einer aufgedrehten, ungefärbten Baumwollschnur einige kleine Kerzen, die wir nötig hatten, um bei unserem nicht ungefährlichen Aufstieg in die Höhe des Hauses nicht ganz und gar im Dunkeln zu sein. Denn gefährlich war es immerhin, auf den frei aus der Mauer ragenden Stufensteinen, die keine Spur von Brüstung oder Geländer hatten, ohne hellere Beleuchtung emporzuklimmen. Jedem Ausgleiten mußte unbedingt der Absturz folgen. Darum wollte ich mit dem ‚jungen Adler' allein hinauf. Das Herzle war da eigentlich recht überflüssig, zumal sie von den Verhandlungen, die ganz selbstverständlich indianisch geführt wurden, kein Wort verstehen konnte. Aber gerade, weil sie die Gefahr erkannte, bestand sie darauf, uns begleiten zu dürfen, weil sie mehr Besorgnis für mich als um sich selbst hatte und die Überzeugung hegte, daß ich in ihrer Gegenwart vorsichtiger sein würde als ohne sie.

Als die elfte Stunde nahte, brachen wir auf und hinterließen unserm Pappermann die Weisung, falls wir gegen Morgen noch nicht zurück sein sollten, vorsichtig nachzuschauen, was uns im ‚Haus des Todes' festgehalten habe. Wir nahmen unsere Revolver mit, obwohl wir keineswegs glaubten, sie brauchen zu müssen. Im Hause angekommen, zündeten wir die drei Kerzen an. Der Aufstieg war noch schwieriger, als ich vorausgesehen hatte, und zwar der Leiter wegen. Wir brauchten sie, um zur untersten Stufe hinaufzukommen, und da wir sie unmöglich stehen lassen konnten, weil sie uns verraten hätte, mußten wir sie mit hinaufnehmen. Ich stieg voran; dann folgte das Herzle, der ‚junge Adler' hinter ihr her. Dadurch daß ich vorn und er hinten die Leiter waagerecht faßte, bildete sie für meine Frau ein mitwandelndes Sicherheitsgitter, an dem sie sich im Notfall zu halten vermochte. Wir gelangten langsam, sehr langsam, aber doch glücklich hinauf. Da schoben wir die Leiter in die tiefe Fensteröffnung, so daß sie in ihr vollständig verschwand, löschten unsere kleinen, fast ganz unzureichenden Lichte aus und stiegen durch die Öffnung, die auf den künstlichen Felsensturz mündete, hinaus ins Freie.

Es gab über uns einen hellen Sternenhimmel. Das von ihm niederfallende Licht reichte hin, uns den See als eine mattsilberne Fläche zu zeigen, die im Schattenrahmen der Uferstraucher lag. Wir brauchten nicht lange zu warten, so bewegte es sich da vorn. Es kamen Gestalten, langsam und einzeln, eine hinter der andern. Je näher sie kamen, desto deutlicher konnten wir sie erkennen. Freilich, ihre Gesichtszüge nicht. Auch die Gestalten waren nicht scharf konturiert. Aber daß es Indianer waren, darüber gab es keinen Zweifel. Auch die Bahre sahen wir, auf der der Häuptling der Kiowas getragen wurde. Sie bestand aus einer Decke, die zwischen zwei Stangenhölzern befestigt war. Andere trugen große Holz- und Reisigbündel. Wir zählten vierunddreißig Personen. Wir warteten, bis der letzte im Innern des Hauses verschwunden war, und schlüpften dann auch hinein. Wir hatten da eine undurchdringliche Dunkelheit vor uns und setzten uns nieder.

Geheimnisvolles Geräusch ließ sich in der Tiefe unter uns hören, weiter nichts. Niemand sprach, kein Ruf, kein Befehl, kein Kommando erscholl. Es schien alles sehr genau vorherbesprochen worden zu sein. Da sprang irgendwo ein Funke auf, noch einer und noch einer. Die Funken verwandelten sich in kleine Flämmchen. Die Flämmchen wurden zu Flammen, die Flammen zu brennenden Feuern. Es gab vier Feuer, die die Ecken eines Quadrates bildeten, in dessen Mitte der Altar stand. Um diese Feuer lagerten sich phantastische Indianergruppen, die Häuptlinge jedes Stammes um ihre besondere Flamme. Der Rauch stieg empor, aber er belästigte uns nicht; er verschwand durch die Öffnungen der gegenüberliegenden Seite. Auch der Schein der Feuer stieg empor; aber je höher, desto ungenügender und geheimnisvoller wirkte er. Beim Flackern der Flammen schien sich nicht nur unten, sondern auch hier oben alles zu bewegen, die Nischen, die Mumien, die Gerippe, die verworrenen Teile der Knochen. Das Herzle griff nach meiner Hand, drückte sie krampfhaft fest und flüsterte mir zu:

„Wie geisterhaft, ja, gespenstisch! Fast fürchte ich mich!"

„Willst du weg von hier?" fragte ich.

„Nein, nein! So etwas gibt es ja niemals, niemals wieder! Denke, wir sind im Inferno!"

Das Bild, das sie da brachte, war nicht unzutreffend; ich aber hätte lieber gesagt: im Fegefeuer. Was da unten beschlossen werden sollte, war Sünde, ja; aber es hatte nicht unbedingt zur Verdammung zu führen; wir selbst waren ja da, um ihm ein besseres Ende, einen glücklichen Ausgang zu geben. Mir kamen die Gestalten da unten nicht als die Abkömmlinge vergangener Jahrtausende vor, sondern wie die zu erlösenden Seelen jener uralten Zeiten, die sich hier versammelt hatten zur letzten, bösen Tat, in deren Schoß die Befreiung aus der Finsternis zu suchen und zu erfassen war. Während ich dies dachte, erklang das erste Wort, das gesprochen wurde:

„Ich bin Avat tovavh[1], der Medizinmann der Komantschen. Ich sage: es ist Mitternacht!"

Und eine zweite Stimme schloß sich an:

„Ich bin Onto tapa[2], der Medizinmann der Kiowas. Ich fordere auf, die Verhandlung zu beginnen!"

„Sie beginne!" rief Tangua.

„Sie beginne!" rief To-kei-chun.

„Sie beginne!" rief Tusahga Saritsch.

„Sie beginne!" rief Kiktahan Schonka.

Auch jetzt konnten wir die Gesichtszüge der Genannten nicht erkennen. Wir sahen nur ihre Gestalten und hörten ihre Stimmen wie aus einer nicht mehr zur Erde gehörenden Unterwelt herauf. Da trat der Medizinmann der Komantschen an den Altar und sprach:

„Ich stehe vor dem heiligen Bewahrungsort der Medizinen. Im Tempel unseres alten, berühmten Bruders Tatellah-Satah hängt die Riesenhaut des längst schon ausgestorbenen Silberlöwen, auf der folgendes geschrieben steht: ‚Bewahret eure Medizinen! Das Bleichgesicht kommt über das große Wasser und über die weite Prärie herüber, um euch eure Medizinen zu rauben. Ist er ein guter Mensch, so wird es euch Segen bringen. Ist er ein böser Mensch, so wird es ein Wehklagen geben in allen euren Lagern und in allen euren Zelten.'"

Hierauf trat auch der Medizinmann der Kiowas an den Altar und sprach:

1 ‚Große Schlange' 2 ‚Fünf Berge'

„Aber neben diesem Fell des Silberlöwen hängt die Haut des großen Kriegsadlers; auf der steht geschrieben: ‚Dann wird ein Held erscheinen, den man den ‚jungen Adler' nennt. Der wird dreimal um den Berg der Medizinen fliegen und sich dann zu euch niederlassen, um euch wiederzubringen, was das Bleichgesicht euch raubte.' Ich frage euch, die Oberhäuptlinge der vier vereinigten Stämme: Wollt ihr den Beschlüssen treu bleiben, die heute unter euch getroffen worden sind?"

„Wir wollen", antworteten alle vier.

„Und seid ihr bereit, eure Medizinen hier niederzulegen zum Pfande dafür, daß ihr alles tun werdet, es auch auszuführen?"

Ein lautes, vierfaches ‚Ja' erscholl.

„So bringt sie her, und gebt sie ab!"

Sie taten es. Sogar Tangua ließ sich zum Altar tragen, um seine Medizin mit eigener Hand abzugeben. Kiktahan Schonka klagte, während er dem Medizinmann die seinige überreichte:

„Es ist nur die Hälfte. Die andere Hälfte ging unterwegs verloren, als Manitou seine Augen von mir wandte. Er kehre mir sein Antlitz wieder zu, damit mir nicht noch diese andere Hälfte verloren gehe! Die Last meiner Winter drückt mich dem Grabe zu. Soll ich jenseits des Todes ohne Medizin erscheinen und für ewig verloren sein? Schon um mich vor diesem Untergang zu retten, bin ich gezwungen, alles zu tun, um zu halten, was ich heute versprach!"

Die Platte wurde vom Altar gehoben und dann, als die Medizinen in dessen Innern verschwunden waren, wieder daraufgelegt. Dann häufte man Holz und Reisig darüber und steckte es in Brand, doch nicht nach unserer, sondern nach indianischer Weise, so daß ein kleines Feuer entstand, in das nur die Spitzen der Hölzer ragten, die, wenn sie verzehrt waren, immer nachgeschoben wurden. Das war das ‚Feuer der Beratung', die nun begann. Sie war sehr feierlich. Sie wurde durch das sehr umständliche Rauchen der Friedenspfeife eingeleitet. Man hielt trotz der vorangegangenen Vorberatungen noch sehr ausführliche Reden. Es wäre wohl interessant, wenn ich diese Reden hier wörtlich wiederholte. Einige von ihnen gestalteten sich zu wahren Meisterstücken der indianischen Redekunst. Aber der Mangel an Raum gebietet mir, nicht so umständlich zu sein, wie diese Indianer es waren. Es genügt zu sagen, daß wir an unserem Platz alles, was gesprochen wurde, sehr deutlich verstanden. Es ging uns fast kein einziges Wort verloren. Das Ergebnis der Verhandlungen war folgendes:

Die vier Stämme planten einen Überfall des Lagers der Apatschen und ihrer Freunde am Mount Winnetou. Durch diesen Überfall sollte die geplante Verherrlichung Winnetous vereitelt werden. Zugleich hoffte man, dadurch in den Besitz großer Beute und all der Schätze zu kommen, die jetzt in diesem Lager zusammenflossen. Es waren das besonders die freiwilligen Gaben an Nuggets und anderen Edelmetallen, die, entweder von ganzen Stämmen, Clans und Gesellschaften oder von einzelnen Personen gespendet, herbeigetragen wurden. Man wollte hier am ‚dunklen Wasser' noch einige Tage bleiben, um von dem bisherigen langen Ritt auszuruhen, und dann nach einem Ort marschieren, den man ‚das Tal der Höhle' nannte. Dieses Tal lag in der Nähe des Mount Winnetou und bot, wie man sagte, selbst für eine so große Zahl von Kriegern ein sicheres Versteck. Aus diesem Versteck heraus sollten dann die Apatschen und ihre Verbündeten überfallen werden.

Von höchster Wichtigkeit für uns war ein ganz besonderer Punkt, den wir erlauschten. Die vier verbündeten Stämme hatten nämlich einen Genossen bei den Apatschen, der es übernommen hatte, sie über alles zu unterrichten, ihren Streich mit vorzubereiten und ihnen die passendste Zeit zu seiner Ausführung anzugeben.

Dieser Spion und Verräter war um so gefährlicher, als er nicht zu den gewöhnlichen, gleichgültigen Personen gehörte, sondern mit im Denkmalskomitee saß und darum alles mögliche wußte und allseitig ein besonderes Vertrauen genoß. Das war Mr. Antonius Paper, mit dem indianischen Namen Okih-tschin-tscha und dem schlingernden Gang. Dies zu erfahren, hatte ganz besonderen Wert für uns. Für diese seine Mitwirkung war ihm ein bedeutender Anteil an der Beute, über dessen Höhe man aber nicht sprach, verheißen worden. Die Oberhäuptlinge schienen eine Scheu zu haben, sich vor ihren Unterhäuptlingen über diesen Punkt deutlich auszudrücken. Es wurden da die Gebrüder Enters mitgenannt, die das, was man ihnen versprochen hatte, nicht bekommen sollten, weil man es diesem Antonius Paper auszuzahlen hätte, dem man seinen Lohn aber auch vorenthalten wollte, weil er an die beiden Enters zu entrichten wäre. Es handelte sich da jedenfalls um eine große Lumperei, über die man nicht gern sprach. Ich vermutete, daß man alle drei, sowohl Paper als auch die Enters, um ihren Lohn betrügen und sie dann auf Nimmerwiedersehen verschwinden lassen wollte.

Als die Zeremonie zu Ende war, wurde das Beratungsfeuer auf dem Altar von den beiden Medizinmännern ausgelöscht. Sie strichen die Asche von der Platte und traten dann einige Schritte von dem Altar zurück. Hierauf sagte der Medizinmann der Komantschen in feierlichem Ton:

„Sooft das heilige Feuer über den Medizinen erlischt, ist das Wort des Silberlöwen zu wiederholen: ‚Bewahret eure Medizinen! Das Bleichgesicht kommt über das große Wasser und über die weite Prärie herüber, um euch eure Medizinen zu rauben!‘“

Und der Medizinmann der Kiowas fügte hinzu:

„Sooft das heilige Feuer über den Medizinen erlischt, ist auch das Wort des großen Kriegsadlers zu wiederholen: ‚Es wird ein Held erscheinen, den man den ‚jungen Adler' nennt. Der wird dreimal um den Berg der Medizinen fliegen und sich dann zu euch niederlassen, um euch wiederzubringen, was das Bleichgesicht euch raubte. Dann wird die Seele der roten Rasse aus ihrem tausendjährigen Schlaf erwachen, und was getrennt war, wird zur geeinten Nation und zum großen Volk werden!'"

Von jetzt an sprach niemand mehr, aber man blieb sitzen, bis die Feuer nach und nach verlöschten und schließlich auch der letzte noch glimmende Funke verschwunden war. Dann geschah der Aufbruch. Die Indianer verließen das Haus genauso, wie sie gekommen waren: langsam und still, einzeln, einer hinter dem anderen. Unsere Blicke folgten ihnen, bis sie das Wasser des Sees erreichten und dann nach beiden Seiten abschwenkten. Das Herzle holte tief, tief Atem.

„Welch ein Abend! Welch eine Nacht!" sagte sie. „Das werde ich nie, nie vergessen! Was tun wir jetzt?"

„Wir steigen hinab und holen uns die Medizinen", antwortete ich.

„Dürfen wir das?"

„Eigentlich ist es verboten. Es steht der Tod darauf. Kein Indianer würde wagen, sich an ihnen zu vergreifen. Für uns ist es einfach ein Gebot der Notwendigkeit."

Der ‚junge Adler' hörte das. Er sagte nichts dazu. Wir brannten unsere drei Lichte wieder an, griffen zu unserer Leiter und stiegen langsam und äußerst vorsichtig wieder hinab. Unten angekommen, traten wir an den Altar. Da fragte der junge Apatsche in seiner Muttersprache:

„Du willst sie wirklich nehmen?"

„Ja, unbedingt", antwortete ich. „Sie sind eine Macht in meiner Hand, und zwar eine große, segensreiche Macht."

„Das weiß ich. Aber ich bin Indianer, und ich kenne die Bedeutung und die Unverletzlichkeit der Medizinen, die an solcher Stelle niedergelegt worden sind. Weißt du, was meine Pflicht mir hier gebietet?"

„Ja. Du hast zu verhindern, daß ich sie berühre. Sogar Gewalt hast du zu gebrauchen. Aber, habe ich etwa die Absicht, sie nicht heilig zu halten, sie zu verletzen?"

„Nein. Die hast du nicht. Und du bist Old Shatterhand, ich aber bin ein Knabe. Ein Kampf mit dir wäre mein Tod. Dennoch bitte ich dich um die Erlaubnis, eine Bedingung stellen zu dürfen!"

„Du darfst."

„Wenn du das Bleichgesicht des Silberlöwen sein willst, das zu uns herüberkommt, uns unsere Medizinen zu nehmen, so laß mich der junge Indianer des Kriegsadlers sein, der vom Mount Winnetou herniederkommt, um seinen Brüdern ihre Medizinen zurückzugeben!"

„Kannst du das?"

„Wenn du willst, ja!"

„Fliegen?"

„Ja."

„Dreimal um den Berg?"

„Ja!"

Das war ein ganz eigenartiger, vielleicht sogar ein großer Augenblick. Dieses Dunkel! Dieser schauerliche Ort! Ein Bleichgesicht im Greisenalter! Ein hochbegabter, kühner Indianer im hoffnungsreichsten Jugendalter! Beide hier am Altar einander gegenüberstehend, mit kleinen, winzigen Lichten in den Händen, deren spärlicher Schein von der Finsternis schon zwei, drei Schritte weit verschlungen wurde! Er sprach vom Fliegen. Er versicherte, es zu können, und zwar mit einer Stimme und in einem Ton, der jeden Zweifel ausschloß! Er meinte körperliches Fliegen. Ich aber dachte ebenso sehr auch an den seelischen, an den geistigen Flug, den er, der Typus seiner verjüngten Nation, zu tun hatte, wenn er ihr die im Verlauf der Jahrtausende verloren gegangenen ‚Medizinen' zurückbringen wollte. Aber ich hatte ein großes, ein warmes und ich möchte sagen, ein heiliges Vertrauen zu ihm.

„Ich glaube dir!“ antwortete ich. „Ich nehme sie jetzt. Aber ich gebe sie dir, sobald du sie von mir verlangst.“

„Deine Hand darauf!“

„Hier!“

Wir reichten einander die Hände.

„So nimm sie!“ sagte er und griff nach der Platte, um mir zu helfen, diese auf die Seite zu schieben. Sie war noch heiß. Ich nahm die Medizinen aus dem geöffneten Altar. Wir schoben die Platte in ihre vorige Lage zurück und verließen dann, nachdem wir die Lichte verlöscht hatten, das Haus, um nach unserem Lagerplatz zurückzukehren. Die Leiter nahmen wir mit, damit sie nicht nachträglich noch zur Verräterin an uns wurde. Unser Aufenthalt am ‚Dunkeln Wasser‘ hatte von jetzt an als beendet zu gelten. So kurz er gewesen war, — wir konnten mit seinen Ergebnissen zufrieden sein. —

AM MOUNT WINNETOU

Tatellah-Satah

Es war ungefähr eine Woche später. Wir hatten während der letzten Nacht am unteren Klekih Toli gelagert und ritten nun am frühen Morgen an seinem Ufer aufwärts. Klekih Toli ist ein Apatsche-Wort. Es heißt soviel wie ‚weißer Fluß'. Dieser Fluß hat ein bedeutendes Gefälle. Er kommt in zahlreichen Kaskaden vom Mount Winnetou herab. Der weiße Schaum dieser Kaskaden ist es, der ihm seinen Namen gegeben hat. Er ist tief eingeschnitten. Darum sind seine Ufer hoch und steil, oben mit Wald und unten mit Buschholz bewachsen. Da, wo er aus dem gewaltigen Massiv des Mount Winnetou tritt, bildet er mehrere Wasserfälle, die ihrer Umgebung ein höchst energisches Aussehen erteilen.

Wir waren vier Personen; das Herzle, der ‚junge Adler', Pappermann und ich. Die beiden Enters hatten wir am ‚Dunklen Wasser' nicht wieder zu sehen bekommen, zumal kein besonderer Grund für uns vorhanden war, ein solches Wiedersehen herbeizuführen. Daß wir ihnen irgendwo und irgendwann wieder begegnen würden, verstand sich ganz von selbst. Kakho-Oto war am Morgen nach der Beratung im ‚Haus des Todes' zu uns gekommen und hatte uns berichtet, daß im Lager der Roten nichts Besonderes geschehen sei. Sie fragte uns nicht, was wir erlauscht hätten; darum schwiegen auch wir darüber, um sie nicht mit sich selbst und ihren Stammespflichten in Konflikt zu bringen. Vor allen Dingen wurde ihr verheimlicht, daß wir uns in den Besitz der Medizinen gesetzt hatten. Je weniger Personen das wußten, um so besser war es für uns. Als wir ihr unseren Entschluß kundgaben, sofort weiter zu reiten, tat ihr diese schnelle Trennung weh. Sie hätte uns gern begleitet, sah aber wohl ein, daß dies mehr eine Belästigung als eine Erleichterung für uns gewesen wäre, und daß sie mehr und besser für uns wirken konnte, wenn sie bei den Kiowas blieb. Doch wurde verabredet, uns unter allen Umständen am Mount Winnetou wiederzusehen.

Diesem Berge waren wir jetzt nahe, obgleich wir ihn noch nicht sahen, der tiefen Flußrinne wegen, in der wir ritten. Es gab vom ‚Dunklen Wasser' aus einen anderen, bequemeren Weg nach dem Mount Winnetou, den wir aber vermieden hatten, weil wir annahmen, daß er unter den jetzigen Verhältnissen belebter sein werde, als wir wünschten. Wir wollten unnütze Begegnungen vermeiden und am liebsten dort plötzlich eintreffen, ohne vorher gesehen und beachtet worden zu sein. Darum kamen wir von einer nicht gerade übermäßig wegsamen Seite her und waren nun aber doch gezwungen gewesen, nach dem Klekih Toli einzubiegen, um nicht am Ziel vorüberzugehen. Daß wir dadurch auf einen jetzt viel betretenen Weg geraten waren, bemerkten wir an den Spuren von Menschenfüßen und Pferdehufen, die uns in die Augen fielen. Und bald sahen wir auch einige Indianer, die an einer Stelle, an der wir vorüber mußten, zwischen den Büschen hockten. Es waren ihrer vier. Ihre Pferde weideten am Wasser. Sie waren unbemalt und nur mit der Lanze bewaffnet, trotzdem aber sofort als Pohonim-Komantschen zu erkennen. Als sie uns erblickten, richteten sie sich aus ihrer hockenden Stellung auf und schauten uns entgegen. Sie bildeten einen Posten, den man hier aufgestellt hatte, um alle, die hier vorüberkamen, zu kontrollieren. Der ‚junge Adler' ritt uns voran und still grüßend an ihnen vorbei. Ihn ließen sie passieren, uns aber hielten sie an.

„Wohin wollen meine weißen Brüder?" fragte der älteste von ihnen.

„Nach dem Mount Winnetou", antwortete ich.

„Was wollen sie dort?"

„Wir wollen zu Old Surehand."

„Der ist heute nicht dort.“

„Und zu Apanatschka, dem Häuptlinge der Pohonim-Komantschen.“

„Auch der ist nicht dort. Sie sind beide miteinander fortgeritten.“

„So werde ich dort warten, bis sie wiederkommen.“

„Das ist unmöglich. Es dürfen jetzt keine Bleichgesichter nach dem Mount Winnetou.“

„Wer hat es verboten?“

„Das Komitee.“

„Wem gehört der Mount Winnetou? Gehört er dem Komitee?“

„Nein“, antwortete er verlegen.

„So hat dieses Komitee auch nichts zu befehlen und nichts zu verbieten!“

Ich trieb mein Pferd zum Weitergehen an. Da griff er mir in die Zügel und sagte:

„Ich muß euch anhalten. Ich darf euch nicht vorüberlassen. Ihr habt umzukehren!“

„Versuche es!“

Bei diesen Worten nahm ich mein Pferd vorn hoch und schüttelte ihn ab. Die drei anderen wollten Pappermann und das Herzle zurückhalten. Mein Pferd tat einen Satz mitten zwischen sie hinein und trieb sie auseinander. Pappermann rief lachend aus:

„Mich zurückweisen! Den Maksch Pappermann festhalten! Hat man schon einmal so etwas erlebt? Wer es wagt, mich anzufassen, den steche ich auf der Stelle nieder!“

Er ließ sein Maultier einige Sprünge dorthin tun, wo die vier Lanzen in der Erde steckten. Im nächsten Augenblick war ich auch dort. Zwei rasche Griffe, und die Lanzen befanden sich in unseren Händen. Er nahm die eine durch die Lederschlinge an den Arm und senkte die andere zum Stoß. Ich tat ganz dasselbe.

„So!“ lachte er. „Wer nicht erstochen sein will, der mache sich aus dem Weg! Vorwärts!“

Wir ritten weiter.

Die Komantschen waren junge Leute. Der älteste von ihnen zählte gewiß noch nicht dreißig Jahre. Sie stammten also nicht aus der alten kriegerischen Zeit. Sie wußten vor Verlegenheit nicht, was sie machen sollten. Sie schwangen sich auf ihre Pferde und kamen hinter uns her. Sie baten uns, ihnen ihre Lanzen wiederzugeben und ja nicht weiterzureiten, sondern zu warten, bis sie uns nach vorn gemeldet hätten. Dann würden wir erfahren, ob wir unseren Weg fortsetzen dürften oder nicht. Da es nicht in unserer Absicht liegen konnte, sie vor ihren Kameraden zu beschämen, so gaben wir ihnen ihre Lanzen wieder, setzten unseren Weg aber ununterbrochen fort. Sie getrauten sich nicht mehr, dies zu verhindern, und ritten hinter uns her, denn ohne Beaufsichtigung durften sie uns, wie es schien, nicht lassen.

Nach ungefähr einer Stunde kamen wir an einen zweiten Posten, der auch aus vier Personen bestand. Diese machten denselben Versuch, uns anzuhalten. Wir weigerten uns, zu gehorchen. Die ersten vier fühlten sich jetzt stärker als vorher. Da stieg ich vom Pferd, ging zu dem Maultier, das meinen Koffer trug, öffnete ihn, nahm die beiden Revolver nebst Munition heraus, spannte sie, ging fünfundzwanzig Schritte zur Seite, zielte und gab schnell hintereinander acht Schüsse ab. Jeder der Komantschen bekam einen Ruck in den Arm, in dem er die Lanze hielt. Ich hatte alle acht durchlöchert. Ich lud wieder, kehrte dann zu meinem Pferd zurück, stieg auf und sagte:

„Jetzt habe ich nur auf die Lanzen gezielt. Von jetzt an aber ziele ich auf die Männer. Merkt euch das!“

Wir ritten weiter. Sie blieben eine kleine Weile, leise miteinander sprechend, halten; dann kamen sie hinter uns her, alle acht, ohne es aber zu wagen, sich uns mehr, als wir wünschten, zu nähern.

Nach wieder einer Stunde erreichten wir den nächsten Posten, der ebenso wie die vorigen aus vier Mann bestand, die nur Lanzen trugen. Auch sie wollten sich uns in den Weg stellen; als sie aber sahen, daß wir begleitet wurden, wichen sie zur Seite, ließen uns vorüber und schlossen sich ihren hinter uns reitenden acht Stammesgenossen an. Das machte dem Herzle Spaß.

„Nun ist es genau ein Dutzend!" sagte sie. „Und wir sind nur drei Männer und eine Frau! Sind das jene kühnen ‚Rothäute', von denen man liest und erzählt? Sind das jene Komantschen, die man als die verwegensten unter allen Indianern schildert?"

„Irre dich nicht", antwortete ich. „Sie sind jung, sind ungeübt. Gib ihnen eine Handvoll Erfahrung, so wirst du sehen, daß sie ihren Vätern nichts nachgeben. Wir haben sie einfach verblüfft; das ist alles!"

Jetzt hatten wir anderthalb Stunden zu reiten, ehe wir den nächsten Posten erreichten. Da stand eine geräumige Blockhütte, bei der zahlreiche Holzklötze lagen, die als Sessel dienen sollten. Hier waren mehr Menschen als nur vier. Ich zählte zehn: acht Indianer und zwei Weiße. Die Pferde waren von gleicher Zahl. Den beiden Weißen schienen die Roten nicht vornehm genug zu sein. Sie hatten sich abseits von ihnen gesetzt. Sie frühstückten aus ihren Satteltaschen und tranken Brandy dazu. Die Flasche stand zwischen ihnen. Das sahen wir von weitem. Als wir aber näher kamen, erkannten wir den Irrtum: die zwei waren nicht Weiße, sondern ein Indianer und ein Halbindianer, aber so wie Weiße gekleidet, während die Komantschen die Tracht ihres Stammes zeigten. Und diese beiden waren uns nicht einmal fremd, sondern Bekannte, sehr gute Bekannte von uns. Nämlich der Halbindianer war Herr Okih-tschin-tscha, genannt Antonius Paper, und der Ganzindianer hatte sich uns als Mr. Evening vorgestellt, Agent für alles mögliche. Neben ihnen lagen ihre Flinten und einige geschossene Vögel. Sie schienen sich also auf einer Jagdpartie zu befinden.

Sie sprangen beide auf, als sie uns erkannten.

„Hallo, Hallo!" rief Paper aus. „Das ist ja dieser ekelhafte Burton mit seinem blauen Boy! Also darum ritt der ‚junge Adler' so schnell vorüber! Er will sie einschmuggeln! Haltet sie auf! Sie dürfen nicht weiter! Ergreift sie! Nehmt sie gefangen!"

Diese Aufforderung war an die Indianer gerichtet. Mr. Evening aber fügte warnend hinzu:

„Nehmt euch aber in acht! Gewalttätige Menschen! Dieser Burton ist gewohnt, augenblicklich zuzuschlagen!"

Wir achteten nicht auf diese Rufe, sondern lenkten unsere Tiere nach dem Wasser und stiegen ab, um sie trinken zu lassen. Es war die Zeit dazu. Während wir das taten, erstatteten unsere zwölf bisherigen Begleiter Bericht über uns. Wir hörten zwar nicht, was sie sagten, konnten uns aber sehr wohl denken, daß sie sich nicht in Lob und Preis über uns ergingen.

„Dieser Paper wird doch nicht etwa so töricht sein, wieder mit dir anzubinden?" meinte das Herzle besorgt.

„Er wird es sehr wahrscheinlich tun!" antwortete ich. „Derartige Menschen werden niemals klug!"

„Schlägst du wieder?"

„Nein."

„Gott sei Dank! Ich sehe das gar nicht gern!"

„Hier ist ein anderer Ort. Da kann man sich auch anders wehren."

Kaum hatte ich das gesagt, so kam der Genannte auf uns zugeschlingert, stellte sich gerade vor mich hin und sagte:

„Heute rechnen wir ab, Mr. Burton. Ihr seid mein Gefangener!"

Ich antwortete nicht.

„Habt Ihr es gehört?“ fragte er. „Gäbe es hier Handschellen, so würde ich sie Euch anlegen lassen. Denn solche Halunken —“

„Halunken?“ fragte ich schnell, ihn unterbrechend.

„Ja, Halunken! Denn nur ein Halunke kann —“

Er konnte den angefangenen Satz nicht vollenden, denn ich packte ihn mit beiden Händen oberhalb der Hüften, trat mit ihm ganz nah an das Wasser heran und schleuderte ihn, soweit ich konnte, in den hier ziemlich tiefen Fluß hinein.

„Hilfe, Hilfe!“ brüllte er noch in der Luft.

Dann sank er unter, kam aber schnell wieder zum Vorschein, begann wie ein Hund zu paddeln und wurde von der reißenden Strömung fortgetragen.

„Hilfe, Hilfe!“ schrie er weiter.

„Holt ihn heraus! Holt ihn heraus!“ rief William Evening, der Agent für alles. „Laßt ihn nicht ertrinken, laßt ihn nicht ertrinken!“

Die beiden Indianer beeilten sich, dem im Wasser Treibenden zu folgen und ihn mit Hilfe ihrer Lanzen an das Ufer zu ziehen. Ich aber ging auf den Agenten zu, lächelte ihn ebenso verbindlich an, wie er mich am Nugget Tsil angelächelt hatte, machte ganz so, wie er dort, eine noch verbindlichere Verbeugung und sagte mit seinen eigenen, dortigen Worten:

„Wir sind in einer wichtigen Angelegenheit an diesen Platz gekommen. Wir glaubten, niemand hier zu finden. Eure Gegenwart ist uns störend.“

Er sah mich groß an.

„Ihr versteht mich doch?“ fragte ich ihn genauso, wie er mich gefragt hatte.

Da kam ihm die Einsicht. Er erinnerte sich der Szene und begann zu ahnen, daß ich jetzt im Begriff stand, den Spieß herumzudrehen.

„Gewiß“, antwortete er. „Es ist ja deutlich genug.“

„Nun?“

„Ihr wünscht, daß wir uns entfernen?"

„Ja."

„Wann?"

„Sofort! Sonst helfe ich nach!"

Ich zog den Revolver. Zugleich nahm Pappermann den seinen aus der Tasche.

„Wir gehen; wir gehen!" versicherte der Agent für alles sehr eindringlich und sehr schnell. „Da bringen sie Mr. Paper. Hoffentlich hat ihm der Schreck nicht die Kraft geraubt, auf das Pferd zu steigen!"

„Sollte dies der Fall sein, so bin ich sehr gern bereit, ihn sofort wieder stark zu machen. Wem gehört der Hut, der dort am Ast hängt?"

„Mr. Paper."

„Ausgezeichnet!"

Die Indianer hatten Herrn Okih-tschin-tscha aus dem Wasser gezogen. Er triefte. Er hatte, wie es schien, genug. Er beeilte sich, in das Innere des Blockhauses zu kommen. Noch hatte er es nicht erreicht, so hob ich den Revolver und zielte nach dem Hut. Ich traf. Paper erschrak so über den Schuß, daß er stehen blieb. Ich deutete nach der durchlöcherten Kopfbedeckung und sagte:

„Das war der Hut! Nun kommt der Mann, der mich arretieren wollte! Ich gebe Mr. Antonius Paper nur fünf Minuten Zeit. Hat er sich dann nicht davongemacht, so bekommt er ein zweites Loch, aber nicht durch den Hut, sondern durch den Kopf. Fare well, Mr. Evening! Ich hoffe, Ihr macht Euch ebenso schnell von dannen!"

Da hob Pappermann auch seinen Revolver und rief mir zu:

„Also fünf Minuten, nicht mehr! Dann ich den einen und Ihr den anderen!"

Da griff Herr Okih-tschin-tscha schnell nach seinem durchlöcherten Hut, stülpte ihn auf und rannte zu seinem Pferd. Der Agent für alles packte alles, was er aus der Satteltasche genommen hatte, auch die Brandyflasche, wieder hinein, raffte die beiden Gewehre auf, denn Antonius Paper hatte das seinige vor Angst vergessen, und noch waren die fünf Minuten nicht vorüber, so ritten beide, ohne sich umzusehen, in größter Eile davon.

Nichts gefällt dem Indianer mehr als Mut und Energie. Unser Verhalten flößte den Komantschen Achtung ein. Die Folge hiervon zeigte sich sofort. Der älteste von ihnen kam zu uns heran und fragte:

„Meine weißen Brüder kennen, wie man mir sagt, Old Surehand?"

„Ja", antwortete ich.

„Und auch Apanatschka, unseren Häuptling?"

„Auch ihn. Ich kenne sogar Young Surehand und Young Apanatschka. Die beiden Väter und die beiden Söhne nennen mich ihren Freund."

„Haben sie dir gesagt, was hier geschehen soll?"

„Ja. Sie haben mir Briefe darüber geschrieben. Sie haben mich eingeladen, nach dem Mount Winnetou zu kommen."

„Hast du diese Briefe mit?"

„Ja."

„Ich bitte dich, sie mir zu zeigen, damit ich sie lese!"

„Sehr gern, sehr gern!"

Ich mußte zwar den Koffer wieder öffnen, zögerte aber nicht, es zu tun. Das Herzle half mir dabei. Es gibt Augenblicke, in denen ihr der Schalk im Nacken sitzt; dann hat man sich vor ihr in acht zu nehmen. Jetzt war ein solcher Augenblick. Sie öffnete nicht meinen, sondern ihren Koffer, nahm vier quittierte Hotelrechnungen aus Leipzig, Bremerhaven, New York und Albany heraus, reichte sie dem Komantschen hin und sagte:

„Hier! Von den beiden Vätern und von den beiden Söhnen!"

Er machte mit der Hand ein Zeichen der Hochachtung und griff nach den Papieren. Er betrachtete sie sehr eingehend. Sein Gesicht nahm dabei mehr und mehr den

Ausdruck an, den man als ‚Kennermiene' bezeichnet. Er wandte sich an seine Leute und bestätigte, wobei er die Rechnungen einzeln emporhob:

„Es stimmt; es ist wahr! Hier ist der Brief von Old Surehand und hier von Young Surehand, hier von Apanatschka und hier von Young Apanatschka. Auf allen diesen Briefen steht, daß diese Bleichgesichter Freunde sind, und daß sie nach dem Mount Winnetou kommen sollen!"

Seine Kameraden wußten wahrscheinlich sehr genau, welche Künste ihm zuzutrauen seien und welche nicht, denn einer von ihnen fragte:

„Kannst du es denn lesen?"

„Nein", antwortete er; „aber ich sehe es. Howgh!"

Er gab dem Frager die ‚Briefe' hin. Dieser prüfte sie ebenso eingehend und rief dann, während er sie weitergab:

„Auch ich sehe es. Howgh!"

So gingen die Rechnungen weiter von Hand zu Hand. Ein jeder gab sein entscheidendes: „Auch ich sehe es, Howgh!" dazu, und dann bekamen wir sie zurück, wobei der Anführer unser Schicksal entschied:

„Also dürfen meine weißen Brüder mit ihrer Squaw getrost weiterreiten. Die Krieger der Pohonim-Komantschen haben ihren Häuptlingen mehr zu gehorchen als dem Komitee!"

Wir steckten die Rechnungen wieder in den Koffer. Das Herzle reichte dem wackeren Schriftverständigen die Hand zum Abschied und sprach:

„Mein roter Bruder ist nicht nur klug und verständig, sondern auch in der Deutung unserer Totems und Wampums sehr wohl bewandert. Er hat ein sehr gutes Herz. Ich danke ihm und werde mich seiner stets gern erinnern."

Das war ihm fast zuviel. Er war beinahe starr. Seine

Augen strahlten. Er hielt ihre Hand fest, als ob er sie nicht wieder hergeben wolle, und stammelte endlich:

„Meine weiße Schwester hat strahlende Worte, wie die Sonne klingende Strahlen hat. Ich danke ihr! Ich hoffe, wir sehen sie wieder!"

Auch wir gaben ihm die Hand; dann ritten wir weiter.

Meine Frau nahm an, daß der uns vorangeeilte ‚junge Adler' an irgendeiner Stelle anhalten werde, um auf uns zu warten. Ich aber war anderer Meinung. Er hatte sich von uns getrennt, um uns bei den zu erwartenden interessanten Szenen nicht zu stören. Er wollte denen, die innerlich gegen uns standen, Gelegenheit geben, sich zu blamieren, und um das zu erreichen, durfte er nicht bei uns sein. Ich war also überzeugt, daß wir ihn erst an Ort und Stelle wiedersehen würden.

Wir kamen an noch mehreren anderen Wachtstationen vorüber. Die dort befindlichen Indianer hielten uns nicht an. Sie wichen vor uns zur Seite. Die argwöhnischen Blicke, die sie dabei auf uns warfen, sagten nur zu deutlich, daß sie eine Weisung erhalten hatten, die für uns kaum freundlich war. Ich vermutete, daß uns durch Mr. Okih-tschin-tscha ein Empfang bevorstand, auf den uns zu freuen wir keine Veranlassung hatten.

Es gab Anzeichen, daß wir uns unserem Ziel näherten. Bei gewissen Krümmungen des Flusses erschien uns ein ganz eigenartig gebildeter Bergkoloß, der, je weiter wir vorrückten, immer höher und höher stieg und alle anderen Höhen, zwischen denen der Fluß sich hindurchzuwinden hatte, weit überragte. Schließlich lag ein Zelt oder ein Halbzelt an unserem Wege, bald wieder eins, hierauf wieder und wieder eins. Sie mehrten sich. Sie traten immer enger zusammen. Es sah ganz so aus, als ob wir durch die äußerste Gasse einer weit ausgedehnten Lagerstadt nach ihrem Mittelpunkt ritten. Vor diesen Zelten saßen Indianerinnen, die uns neugierig und mit ungewöhnlichem Interesse betrachteten. Man sah ihnen an, daß sie von unserem Kommen unterrichtet waren. Kinder gab es keine. Die hatte man nicht mit nach dem Mount Winnetou bringen dürfen. Auch Männer sahen wir nicht. Die waren uns schon voraus, um bei der Szene zugegen zu sein, die uns erwartete.

Nun verbreiterte sich das Tal des Flusses sehr schnell, bis die Uferhöhen plötzlich derart nach beiden Seiten zurückwichen, daß wir die ganze vor uns liegende Hochebene mit einem einzigen Blick zu überschauen vermochten. Der Eindruck, den das, was wir sahen, auf uns machte, war derartig, daß wir wie mit einem gemeinsamen Ruck unsere Pferde und Maultiere anhielten.

„Herrlich! Herrlich!“ rief ich aus.

„Mein Gott, wie schön, wie schön!“ sagte das Herzle. „Gibt es denn wirklich so etwas auf Erden?“

Und der alte Pappermann stimmte ein:

„So eine Stelle habe ich freilich noch nicht gesehen, noch nie, noch nie!“

Man denke sich einen gigantischen, weit über tausend Meter aufsteigenden Riesendom, vor dem sich ein ebenso riesiger, freier Platz ausbreitet, der durch mehrere Stufenreihen in eine obere und eine untere Hälfte geschieden ist. Der Dom steht auf der westlichen Seite dieses Platzes und geht nach und nach in viele andere Türme über, die in perspektivischer Verjüngung im geheimnisvollen Blaugrau des Westens verschwinden. Auf den anderen drei Seiten ist der Platz von niedrigeren Bergen rundum derart eingefaßt, daß es nur eine einzige Lücke gibt, nämlich das Flußtal im Osten, durch das wir heraufgekommen sind. Dieser Riesendom ist der Mount Winnetou. Sein Hauptturm steigt wie eine von den kühnsten Naturgewalten improvisierte Gotik hoch über die Wolken empor. Seine Zackenspitze besteht aus nacktem Gestein, das aus weichen, grünschimmernden Mattendächern emporwächst. Zwischen diesen Zacken liegt weißglänzender Schnee, den unaufhörlich die Sonne küßt, bis er sich, in

Liebe aufgelöst, aus Wasserstaub in Wasserstrahl verwandelt und dann von Stein zu Stein, von Schlucht zu Schlucht zur Tiefe springt. Da, wo der Turm sich zum eigentlichen Domgebäude weitet, sammeln sich diese Wasser und bilden mit den von den Nachbarbergen strömenden Bächen einen See, aus dem zu beiden Seiten je ein Wasserfall wohl über sechzig Meter schroff hinunterstürzt und dann, der eine nach Süden, der andere nach Norden fließt, um die Hochebene, also den freien Domplatz, zu umfassen und dann im Osten sich zum Klekih Toli Fluß zu vereinen, an dem wir heute heraufgeritten sind. Unterhalb der grünen Matten hoch oben auf dem Riesenturm beginnt der erste lichte, dann aber immer dunkler und dichter werdende Wald, der den See geheimnisvoll umfaßt und dann am Dom herniedersteigt, bis er den freien Platz erreicht und hierauf, sich in Gebüsch verwandelnd, in die saftgrasige Prärie der Ebene übergeht. Dieser See heißt Nahtowa-pa-apu[1]. Im östlichen Teil des dicht bewachsenen Domes liegt das Portal, ein breit geöffnetes Höhental, in dem man zum hohen, langen First des eigentlichen Bergmassivs und zum ‚See der Medizinen' steigt. Über diesem Portal erhebt sich der Nebenturm des Mount Winnetou, der zwar nicht so hoch und gewaltig wie der Hauptturm ist, aber zum Beispiel in Tirol doch als eine Dolomitennadel allerersten Ranges gelten würde. Auch ist er dicht bewaldet. Aus dem dunklen Grün der Tannen und Fichten steigen die helleren Hochgebirgswiesen empor. Auf halber Höhe steht ein altindianischer Wartturm, von dem aus man die ganze Ebene und die oberen Windungen des Flusses zu überschauen vermag. Und einige Fuß weiter herab weichen Berg und Wald zurück, um ein weit hervorragendes Plateau zu bilden, auf dem, einer uneinnehmbaren Festung ähnlich, eine nach beiden Seiten lang ausgestreckte Reihe von Gebäuden steht, deren Alter ganz gewiß noch

1 ‚Geheimnis- oder Medizinensee'

über die Tolteken- und Aztekenzeit zurückreicht und auf jene graue Vergangenheit deutet, deren Reste jetzt so außerordentlich selten sind. Da oben wohnt Tatellah-Satah, der ‚Bewahrer der großen Medizin'. Man geht durch den vorderen Teil des Tals und dann durch ein Seitental hinauf zu ihm. Doch ist es keinem Menschen gestattet, ohne seine besondere Erlaubnis diesen Weg zu betreten.

Der Hauptturm des gigantischen Doms ist der eigentliche Mount Winnetou, der Nebenturm aber der ‚Berg der Medizinen'. Und dieser ist es, von dem es heißt, daß der ‚junge Adler' dreimal um ihn fliegen werde, um dem roten Mann die verloren gegangenen Medizinen zurückzubringen.

Die hochebene Prärie vor dem Mount Winnetou war so groß, daß ihr Durchmesser die Länge fast einer ganzen Reitstunde betrug. Sie war jetzt nicht leer, sondern mit Hütten und Zelten besetzt, die in ihrer Gesamtheit eine ganze Stadt bildeten. Weil nun die eine Hälfte der Ebene höher lag als die andere, zerfiel diese Stadt in eine Ober- und eine Unterstadt. Dies nur der Lage nach. Ob auch in anderer Beziehung ein Unterschied zwischen beiden herrschte, war in der kurzen Zeit, die wir betrachtend auf sie hinblickten, nicht zu sehen. Die untere Stadt war dichter besetzt als die obere. Die letztere enthielt nur Zelte; in der ersteren gab es auch kleinere Blockhütten und weitläufige Holzbauten, deren Zweck wir nicht sogleich erkannten. Einige von ihnen schienen Lagerhäuser zu sein. Andere hatten das Aussehen von Hotels oder Gasthäusern. Vielleicht waren es auch Versammlungshäuser. Vor den Zelten steckten die Lanzen ihrer Besitzer. Zwischen ihnen weideten die Pferde. Zahlreiche Feuer brannten, an denen gebacken und gebraten wurde, denn es war kurz über Mittagszeit. Es herrschte überhaupt ein reges Leben. Man sah keinen einzigen Weißen, nur lauter Rote. Die meisten von ihnen trugen indianische Kleidung.

Ein großer Platz war zu Kampf- und Reiterspielen abgesteckt, ein anderer für Beratungen und andere öffentliche Angelegenheiten. Auf dem letzteren sah ich ungefähr zwanzig nebeneinanderliegende Sitzplätze, die höher waren als der ebene Boden. Wahrscheinlich für das Komitee und andere hervorragende Personen. Es waren gerade jetzt eine Menge Menschen dort, deren ganze Aufmerksamkeit auf uns gerichtet zu sein schien, denn sie deuteten, sobald wir erschienen, zu uns herüber und sprachen auch sehr laut dabei.

Gerade vor uns ging eine uralte, steinerne Brücke über den Fluß, eine von der Art, daß man hüben hoch hinauf und drüben wieder tief hinunter muß. Solche Brücken eignen sich sehr gut zur Verteidigung des betreffenden Flußüberganges. Diese Stelle war also schon in uralter Zeit als geographisch und strategisch sehr wichtig betrachtet worden. Drüben auf der anderen Seite hielt eine Schar von Indianern zu Fuß. Sie sahen uns an, als ob sie auf uns warteten. Wir aber nahmen uns Zeit. Wir genossen den Anblick des grandiosen, unvergleichlichen Gebirgspanoramas und des hochinteressanten Lebens, das sich innerhalb der gegebenen Riesenlinien klein und belanglos bewegte. Waren die Menschen früherer Jahrtausende vielleicht größer gewesen als die heutigen? Hierher gehörten doch eigentlich wohl Enakssöhne, die auf elefantengroßen Pferden reiten, und Fürsten, deren Throne bis in die Wolken reichen! Die Sonne stand hoch, scheinbar senkrecht über uns. Sie warf nur geringen Schatten um unsere Füße. Sie leuchtete in jeden Winkel, in jede Spalte und Ritze, in alles Verborgene. Kein Wölkchen stand am Himmel; kein Lüftchen ging vorüber. Die Erde war hier so bedeutend, so hoch, so stark, so kerngesund! Ein Duft von Kraft und Willensfreude erquickte Auge und Herz. Hier oben war der rechte Platz für neue, gute und glückhafte Menschheitsgedanken!

Nun ritten wir weiter, die Brücke hinauf und hinunter.

Drüben wurden wir sofort von den Roten umringt. Ja, sie hatten auf uns gewartet. Sie waren beauftragt, uns gefangenzunehmen. Ein jeder von ihnen trug ein farbiges Band um den Arm; sie bildeten, wie wir dann erfuhren, die Ordnungspolizei des Komitees. Als sie uns zwischen sich genommen hatten, fragte ihr Anführer in englischer Sprache:

„Ihr seid die Bleichgesichter, die unseren Mr. Antonius Paper in das Wasser geworfen haben?“

„Ja, die sind wir“, antwortete Pappermann in fröhlichem Ton.

„So werdet ihr bestraft!“

„Von wem?“

„Vom Komitee!“

„Pshaw! Wo ist denn dieses famose Komitee?“

„Da drüben!“

Er deutete nach dem Beratungsplatz.

„So geht hinüber und sagt, wir kommen gleich! Solche Leute muß man sich einmal genau betrachten!“

„Wir tun, was uns beliebt! Wir gehen nicht voran, sondern wir gehen mit euch! Wir nehmen euch fest und bringen euch hinüber!“

„Ihr uns?“ lachte er. „Versucht es einmal!“

Er ließ sein vortreffliches Maultier einen Kreis schlagen, und wir folgten seinem Beispiel. Die Roten flogen auseinander; mehrere wurden zur Erde gerissen. Wir aber jagten davon, direkt nach dem Platz hinüber. Sie sprangen schreiend hinter uns her. Dort angekommen, sprengten wir mitten in den Menschenhaufen hinein, jagten ihn auseinander und sprangen dann aus dem Sattel.

„Dieser Platz ist gut“, sagte ich, „hier bleiben wir. Herunter mit dem Gepäck!“

„Oho!“ rief da eine Stimme hinter mir, „der tut ja, als ob er gar nicht Gefangener sei, sondern hier zu befehlen hätte!“

Ich drehte mich nach ihm um. Es war Herr Okih-tschin-tscha, genannt Antonius Paper. Neben ihm stand William Evening, der Agent für alles.

„Gefangener?“ fragte ich, während ich, die Hände nach ihnen ausstreckend, auf sie zuging.

Da verschwanden sie schnell hinter den anderen. Ihre Stelle wurde sofort von Simon Bell und Edward Summer, den beiden Professoren, eingenommen. Der erste machte eine gebieterische Handbewegung und sprach:

„Zurück mit euch! Ich bitte, das Verhältnis zwischen uns und euch nicht zu verkennen! Ihr seid verhaftet!“

„Von wem?“

„Von uns! Ihr habt schon am Nugget Tsil gehört, daß eure Gegenwart uns störend ist. Sie ist es auch noch heute!“

„Ah, wirklich?“

„Ja, wirklich!“

„Hm! Das ist doch nicht zu glauben!“

„Glaubt, was ihr wollt, doch was ich sage, gilt: Ihr seid verhaftet!“

„Das heißt doch wohl, wir werden von euch festgenommen und festgehalten?“

„Allerdings; das heißt es!“

„Also, wenn jemand euch störend ist, so verhaftet ihr ihn, so haltet ihr ihn fest! Sonderbar! Diese Art der Logik konnte ich von einem Professor der Philosophie wohl kaum erwarten!“

Da fuhr er mich an:

„Schweigt! Wir verhaften euch nicht, weil uns eure Gegenwart unangenehm ist, sondern weil ihr es gewagt habt, euch an einer Person unseres Komitees zu vergreifen! Das muß bestraft werden!“

„Hiebe bekommt er, Hiebe!“ rief Antonius Paper.

Da ballte Pappermann die Faust und drängte auf ihn zu. Dadurch bildete sich eine Lücke zwischen den uns umringenden Anwesenden, die uns erlaubte, zwei Personen zu sehen, die sich dem Versammlungsort genähert hatten und auf die sich da abspielende Szene aufmerksam geworden waren. Sie trugen jetzt nicht europäische Kleidung, sondern indianische Anzüge. Trotzdem oder vielmehr gerade darum erkannte ich sie sofort, nämlich Athabaska und Algongka, die beiden Häuptlinge aus dem Hotel am Niagarafall.

„Was tut man hier?“ fragte Athabaska, wobei er sich an Professor Bell wandte.

„Wir verhafteten zwei gefährliche Tramps mit ihrer Squaw, die sich an Okih-tschin-tscha vergriffen und ihn in das Wasser geworfen haben. Es wird ein Präriegericht abgehalten werden, um sie zu bestrafen. Wir bitten, an dieser Sitzung teilzunehmen.“

Er hatte im Ton großer Hochachtung gesprochen.

„Zeigt sie uns!“ gebot Algongka.

Man machte ihnen Platz, so daß sie uns sahen. Ja, das waren noch Häuptlinge von altem Schrot und Korn! Ihre Gesichter zeigten nicht die geringste Spur von Überraschung. Ganz so, als ob wir erst gestern Abend auseinandergegangen seien, so küßten sie dem Herzle die Hand, drückten mir die meinige und wandten sich dann an die Professoren.

„Von Tramps ist hier keine Rede“, versicherte Athabaska. „Das sind Mrs. und Mr. Burton, die wir sehr achten und lieben. Wer sie beleidigt, beleidigt auch mich! Howgh!“

„So richtig“, stimmte Algongka bei. „Wer sie beleidigt, beleidigt auch mich! Howgh!“

„Aber dieser Burton hat mich in das Wasser geworfen!“ begehrte Antonius auf.

Athabaska mochte ihn schon kennen. Er fragte ihn in halb ironischem und halb geringschätzendem Ton:

„Solltet Ihr etwa ertrinken?“

„Ja, gewiß!“ antwortete er.

„Seid Ihr denn ertrunken?“

„Nein!“

„Mr. Burton tut gewiß nichts ohne Grund. Geht also hin und springt wieder hinein, und wenn Ihr dann ertrinkt, so seid Ihr quitt mit ihm!"

Herr Okih-tschin-tscha war also abgetan. Professor Summer aber fühlte sich in seiner Würde als stellvertretender Vorsitzender gekränkt. Er, der Theoretiker, konnte sich dem Eindruck der kraftvollen Persönlichkeiten dieser beiden durch die schwere, praktische Lebensschule gegangenen Häuptlinge nicht entziehen. Sie flößten ihm Achtung ein, und das war ihm wohl ärgerlich. Darum versuchte er, ihnen gegenüber seine Autorität geltend zu machen, indem er sich mit den Worten an sie wandte:

„Ich mache euch darauf aufmerksam, Meschschurs, daß es nach unseren Satzungen jedem Weißen verboten ist, sich am Mount Winnetou sehen zu lassen. Und diese Personen hier sind ja Weiße!"

Er sagte dies in ziemlich scharfem Ton. Es klang ganz so, als ob hier schon gewisse Reibungen stattgefunden hätten, von denen wir noch nichts wußten.

Athabaska richtete sich in seiner ganzen Länge auf. Um seine Lippen spielte ein stolz ironisches Lächeln, als er mit der Frage antwortete:

„Darf ich fragen, von wem die Satzungen stammen?"

„Von uns, dem Komiteee! Wir haben sie aufgestellt, und zwar aus guten, wohlerwogenen Gründen!"

„Und von wem stammt dieses Komitee? Wer hat es eingesetzt? Wer hat ihm die Macht erteilt, Gesetze zu geben und gewaltsam auszuführen? Könnt ihr euch auf die Autorität Gottes oder der Vereinigten Staaten berufen? Ihr seid ein Komitee von Old Surehands und Apanatschkas Gnaden, weiter nichts. Ihr habt euch selbst gewählt. Nun aber kommen wir, um diese Wahl und eure Satzungen zu prüfen!"

Er sprach ernst und stolz, fast wie ein König. Die beiden Professoren stachen von dieser seiner Größe ganz entschieden ab. Er warf einen Blick rundum und fuhr dann fort:

„Dies ist der Beratungsort, an dem sich das Schicksal der roten Nation entscheiden soll. Wer sind die Männer, die diese Entscheidung treffen? Ich sehe hier zwanzig Sitze. Fünf von ihnen sind sehr hoch, die anderen etwas niedriger. Für wen sind diese fünf?"

„Für uns, das Komitee."

„Und die anderen?"

„Für die Häuptlinge, die zu den Beratungen eingeladen werden."

„Wie heißen sie?"

Er nannte die Namen. Athabaska und Algongka waren auch mit dabei, auch alle, die mir geschrieben hatten. Athabaska fuhr fort:

„Ich vermisse einen Häuptling, und zwar gerade denjenigen, dessen Namen ich am allerliebsten hörte, nämlich Old Shatterhand."

„Er ist ein Weißer!"

„Wohl gar nicht mit eingeladen?"

„Doch! Wir haben ihn angewiesen, sich die Nummermarke für seinen Platz beim Schriftführer zu holen."

„Und ihr meint, daß er dies tut? Was für Menschen ihr seid! Und das nennt sich ein Komitee! Ich sage euch: falls Old Shatterhand wirklich kommt, wird er sich den Platz nehmen, der ihm beliebt, nicht aber den, den ihr ihm bietet! Und wir beide, Athabaska und Algongka, verzichten überhaupt auf diese, von euch bestimmten Sitze. Wie kommt das Komitee dazu, sich höher zu setzen als die alten, berühmten Häuptlinge der eingeladenen Nationen? Wer hat sie befugt, sich über unseren Sitzen Throne zu errichten? Macht Platz! Wir gehen. Wir gehören nicht hierher!"

Er nahm mich und meine Frau bei der Hand und schritt vorwärts. Die Roten wichen vor uns zurück.

Gleich aber blieb er wieder stehen, wandte sich an die Professoren zurück und sagte:

„Es ist der größte aller Fehler, gerade Bleichgesichter, die unsere Rasse lieben, von den Beratungen am Mount Winnetou auszuschließen. Kein Mensch steigt ohne die Hilfe anderer Menschen empor. So auch die Völker, die Nationen, die Rassen. Streicht euren steinernen Winnetou und euch so rot an, wie ihr wollt, ihr werdet durch alle diese Röte es doch nicht verhüten, daß ihr dann gezwungen seid, über euer törichtes Werk noch tiefer als tief zu erröten!"

Dann wandte er sich zu mir:

„Ich kenne Eure Gesinnungen und Gefühle für das arme Volk der Indianer. Und dennoch bin ich überrascht, Euch hier zu sehen. Wißt Ihr, um was es sich hier handelt?"

„Ich vermute, daß man Winnetou ein gigantisches steinernes oder ehernes Denkmal setzen will."

„So ist es. Diese Idee geht von Old Surehand und Apanatschka aus, die ihre Söhne gern berühmt wissen wollen. Denn diese sind es, die das Denkmal zu fertigen haben. Es wurde ein Komitee eingesetzt, diese Sache zu leiten. Es ergingen Einladungen an alle Stämme der roten Nation. Diese Angelegenheit wurde mit derselben Smartness behandelt, wie man eine Eisenbahn- oder Ölgesellschaft gründet. Man begann sehr zeitig und sehr still. Man legte vor allen Dingen Beschlag auf die herrliche Gotteswelt, in der Ihr Euch hier befindet. Der Berg wurde Mount Winnetou genannt. Man will hier eine Stadt gründen, die Winnetou-City heißen soll und nur von Indianern bewohnt werden darf. Man pumpt in der Nähe schon Öl. Man hat den einen Wasserfall schon in Ketten geschlagen, um Elektrizität zu gewinnen. Dadurch ist mit der Zerstörung des herrlichen Landschaftsbildes und der Entweihung und Beschmutzung aller Ideale unseres großen Tatellah-Satah begonnen. Man fällt den Wald. Man zerstört ihn durch Steinbrüche, die man in den Felsen schlägt, um Material für den Kolossalbau des Denkmals und der Häuser zu gewinnen. Man will sogar das Wunder dieser Gegend, den herrlichen ‚Schleierfall', vernichten, um Platz für Profangebäude zu gewinnen. Das wißt Ihr wahrscheinlich noch nicht. Ihr werdet es aber sehr bald erfahren, dies und noch viel mehr dazu."

Er machte eine Pause, die Algongka benutzte, einzufallen:

„Man gibt vor, durch dieses Denkmalsprojekt alle roten Stämmen vereinen zu können. Es ist aber gerade das Gegenteil, was man erreicht. Man entzweit uns mehr und mehr, innerlich und äußerlich. Ihr seht das schon an dem Platz, der vor Euch liegt: hier die Unterstadt und dort die Oberstadt. Hier unten haben sich die Anhänger des Denkmalplans festgesetzt; droben wohnen die Gegner, zu denen auch wir gehören. Und hoch oben über uns allen grollt Tatellah-Satah und läßt sich vor niemand sehen. Seit man hier baut, ist er kein einziges Mal herabgekommen und hat auch keinem einzigen Menschen erlaubt, zu ihm hinaufzukommen. Er verkehrt nur mit den ‚Winnetous', durch die er mit der Menschenwelt in Verbindung steht. Auch wir sahen ihn noch nicht. Wir ließen ihm unsere Ankunft melden; er aber forderte Geduld, bis einer gekommen sei, den er mit Schmerzen erwarte. Dann sei es Zeit für ihn, sein Haus zu verlassen und sich denen zu zeigen, die gleichen Gefühls und gleichen Willens mit ihm sind."

„Wer mag der eine sein?" fragte das Herzle.

„Das wissen wir ebensowenig wie der ‚Winnetou', der uns diese Botschaft brachte. Aber wir warten, und wir wünschen, daß der Betreffende bald kommen möge. Euer Ziel, Mr. Burton, ist uns unbekannt. Seit Ihr nur aus Zufall hier?"

„Nein", antwortete ich.

„So war es Eure Absicht, nach dem Mount Winnetou zu kommen?"

„Ja."

„Und hier zu bleiben?"

„Und hier zu bleiben, bis die Verwicklungen gelöst sind."

„Wo werdet ihr wohnen? In der Unter- oder in der Oberstadt?"

„Droben bei Euch."

„So bitten wir Euch, Euer Zelt in unserer unmittelbaren Nähe aufzuschlagen. Vielleicht erfahren wir dann auch, wenn es Euch beliebt, wer Euch, den Weißen, veranlaßt hat, Eurer Reise gerade dieses Ziel zu geben."

„Oh, was das betrifft, so könnt Ihr das schon jetzt erfahren. Ich wurde eingeladen herzukommen. Und außerdem wäre ich auch ohnedies nach dem Mount Winnetou geritten, weil Ihr so viel und so interessant nicht nur von diesem Berg spracht, sondern auch von den Plänen, die hier zur Ausführung kommen sollen."

„Wir? Wir beide?" fragte er.

„Ja, Ihr beide."

„Wann und wo?"

„Im Clifton-Hotel, am Niagarafall."

„Dort? Ja, da haben wir Euch zwar kennen und sehr, sehr schätzen gelernt, aber doch nicht von dem Mount Winnetou gesprochen!"

„Ja, nicht mit mir, aber doch miteinander! Ich höre es ungewollt, denn ich saß am Nebentisch."

„Uff, uff!" rief er aus.

„Uff, uff!" rief auch Athabaska. „Wir unterhielten uns in der Sprache der Apatschen. Wir waren überzeugt, daß dort niemand sie verstehe. Ihr aber verstandet uns doch?"

Ich wollte antworten; da aber ertönten von der Oberstadt her laute Rufe. Es ging durch die Zeltgassen eine Bewegung, die uns näher kam. Man eilte nach allen Seiten, um eine Botschaft zu verbreiten. Nicht mehr lange, so verstanden wir, was man sich sagte.

„Tatellah-Satah kommt! Tatellah-Satah kommt!“ rief man einander zu.

„Ist es möglich?“ fragte Algongka.

„Ist es wahr?“ erkundigte sich Athabaska. „Dann müßte ja der hier eingetroffen sein, auf den er wartete! Wer ist das? Wer hat ihn gesehen?“

Und da erschienen zwei Reiter oder vielmehr zwei Reiterinnen, die aus der Oberstadt im Galopp herabgeritten kamen. Sie überflogen mit ihren Blicken die Unterstadt, sahen den Menschenhaufen, den wir bildeten, und lenkten ihre Pferde auf uns zu. Es waren die beiden Aschtas, Mutter und Tochter.

Bei uns angekommen, sprangen sie von ihren Pferden, eilten, ohne eine andere Person anzusehen, auf uns zu und begrüßten uns mit rührender, mir beinahe unverständlicher Freude. Aber das Verständnis kam mir sofort, als die Mutter ihrem Gruß die Worte hinzufügte:

„Nun sind wir erlöst; nun sind wir erlöst! Und zwar durch Euch, Mr. Burton!“

„Erlöst? Durch mich?“ fragte ich.

„Ja, durch Euch! Denn nun ist das Warten zu Ende, und Tatellah-Satah wird mit Taten beginnen, mit Taten! Der ‚junge Adler‘ kam hier an und ritt sofort zu ihm hinauf, um Euch zu melden. Vom Wachtturm aus wurde ausgeschaut und, als ihr kamt, das Zeichen herabgegeben. Nun verläßt der größte Medizinmann aller roten Völker zum erstenmal seit langer Zeit sein hohes Felsenschloß, um Euch entgegen zu kommen. Wir sind so froh, so froh!“

Sie drückte mir wieder und wieder die Hand und küßte dann das Herzle. Dann bekam auch unser alter, braver Pappermann den ihm gebührenden Teil des herzlichen Willkomms. So sehr Athabaska und Algongka ihre Gesichtszüge in der Gewalt hatten, jetzt konnten sie doch ihr Erstaunen nicht verbergen; aber sie fanden keine Zeit, es in Worten auszudrücken, denn es nahte sich von der Oberstadt her ein Reiterzug, der unsere ganze Aufmerksamkeit in Anspruch nahm.

Voran ritt der ‚junge Adler'. Dann folgte in zwei Abteilungen die Leibgarde des Medizinmanns, auf kohlschwarzen Rossen, deren Schabracken aus den Fellen von Silberlöwen bestanden. Die Reiter waren auserlesene junge Leute, alle genauso gekleidet, wie einst Winnetou sich zu kleiden pflegte, nicht mit Lanzen und Flinten bewaffnet, sondern nur mit Messer und Revolver im Gürtel und den Lasso in Schlingen von der Schulter zur Hüfte herab. Ein jeder trug das Zeichen des Winnetou-Clans auf der Brust. Als sie in unsere Nähe gelangten, lenkte der ‚junge Adler' zu uns herüber, deutete auf unsere Gruppe und hielt dann an. Auch alle anderen hielten. Ihre Reihen lösten sich, und aus ihrer Mitte ritt der Gebieter hervor, langsam auf uns zu, fast bis zu uns heran, parierte da sein Tier und überflog uns mit prüfendem Blick.

Er wurde von einem herrlichen, schneeweißen Maultier getragen, dessen Mähne in langgeflochtenen Zöpfen fast bis zur Erde niederhing. Die Schabracke bestand aus jenem unvergleichlichen altindianischen Federgeflecht, von dem jeder Quadratdezimeter ein ganzes Vermögen kostet. Die Bügel waren von purem Gold, inka-peruanisch ziseliert. Ein Mantel hüllte ihn ein, so daß man den Anzug, den er darunter trug, nicht sah. Dieser Mantel war von blauer Farbe, aber von einem Blau, wie ich es noch niemals gesehen habe, und wahrscheinlich auch nie wieder sehen werde. Der Stoff war außerordentlich fein, wie allerfeinste, indische Seide, aber dennoch keine Seide, sondern von jenem längst verschwundenen sagenhaften Gewebe, von dem man erzählt, daß nur die Frauen der alten, südamerikanischen Herrscher es herzustellen verstanden. Sein Kopf war unbedeckt, aber dennoch wohlbedeckt, und zwar von einem außerordentlich reichen, starken, silberglänzendem Haar, das zu beiden Seiten in langen Zöpfen bis auf die Steigbügel niederfiel.

„Marah Durimeh!" flüsterte das Herzle mir zu.

Sie hatte recht. Genauso trug auch meine alte, herrliche, meinen Lesern wohlbekannte Marah Durimeh ihr Haar. Auch seine Gesichtszüge waren den ihren derart ähnlich, daß es mich beinahe erstaunte. Vor allem die Augen, diese großen, weit offenen, unerforschlichen, selbst aber alles erforschenden Augen, in denen der Ausdruck einer unerbittlichen Strenge und doch auch wieder einer heiligen Güte lag, die alles verstehen und alles verzeihen konnte. Und als er zu sprechen begann, erschrak ich fast. Es überlief mich kalt. Seine Stimme war unbedingt die Marah Durimehs, so voll, so tief, so wirkungsstark, ein klein wenig männlicher gefärbt, aber doch genau dieselbe!

„Wer von euch ist Old Shatterhand?" fragte er, während sein Blick uns prüfte.

Bei seinem Erscheinen war jedermann verstummt, so tief wirkte seine geheimnisvolle, unwiderstehliche Persönlichkeit. Als er aber diesen Namen nannte, flüsterte es rund um mich her:

„Old Shatterhand? Old Shatterhand? Ist doch nicht hier! Kann unmöglich hier sein! Oder doch, oder doch?"

„Ich bin es", antwortete ich, während ich hervortrat und langsam auf ihn zuschritt.

Eine Sekunde lang war es, als ob sein Blick mich umfassen und verbrennen wolle, dann schwang er sich mit jugendlicher Leichtigkeit aus dem Sattel, um mir einige Schritte entgegenzukommen und dann meine Hände zu fassen. So standen wir nun voreinander, ernst, unendlich ernst, und doch mit inniger Freude. Auge in Auge. Fest ineinandergetaucht. Uns beide der Wichtigkeit des gegenwärtigen Augenblicks voll und ganz bewußt. Da begann er wieder zu sprechen:

„Man sagte mir, du seist ein Greis geworden. Du bist keiner! Das Menschenleid kann zur Matrone werden, doch nie die Menschenliebe, die uns vereint, obgleich ich dich seit kurzem erst verstehe. Ich heiße dich willkommen!"

Er küßte mich, drückte mich an sich und küßte mich wieder und wieder. Dann ergriff er meine Hand und wandte sich an die Schar der Anwesenden:

„Ich kenne euch nicht. Ich bin Tatellah-Satah, und hier an meiner Seite steht Old Shatterhand. Aber, irrt euch nicht in uns! Wir sind nicht nur das, sondern wir sind mehr. Ich bin die Sehnsucht der roten Völker, die, nach Osten schauend, auf Erlösung warten. Und er ist der anbrechende Tag, der über Länder und Meere wandert, um uns die Zukunft zu bringen. So soll ein jeder Mensch zugleich auch die Menschheit bedeuten, und was ihr hier an meinem Berge tut, mag es recht oder unrecht sein, das tut ihr nicht für euch und nicht für den heutigen Tag, sondern für Jahrhunderte und Jahrtausende und für die Völker aller Erdenländer!"

Und das Wort nun wieder an mich richtend, fuhr er fort:

„Steig auf dein Pferd und folge mir! Du bist mein Gast! Der liebste, den ich kenne! Was mein ist, sei auch dein!"

„Ich bin nicht allein", antwortete ich.

„Ich weiß es. Es wurde mir vom Nugget Tsil gemeldet. Bring mir die Squaw, von der meine Späher sagen, sie sei wie Sonnenschein! Und bring mir auch den alten, treuen Jäger!"

Ich holte das Herzle. Es war ihr, als müsse sie vor ihm niederknieen und ihm die Hände küssen. Er aber zog sie an sich und sprach:

„Noch nie berührten meine Lippen ein Weib. Du sollst die erste und die letzte sein, die einzige!"

Er küßte sie auf Stirn und Wangen. Dann bat er:

„Steig auf! Ich hebe dich!"

Pappermann hatte ihr Pferd gebracht. Der ‚Bewahrer der großen Medizin' faltete seine Hände zum Bügel. Das Herzle trat hinein und wurde von ihm in den Sattel geschwungen. Hierauf bekam auch Pappermann einen gütigen Händedruck und den Befehl, sich mit dem Gepäck uns anzuschließen. Bevor Tatellah-Satah selbst wieder aufstieg, hielt ich es für geraten, ihm zunächst unsere Freundinnen, die beiden Aschtas, und dann auch Athabaska und Algongka vorzustellen. Er gewann sich ihre Herzen sofort durch die Art und Weise, in der er das entgegennahm. Dann schwang er sich wieder auf sein Maultier und geleitete uns zu seinen Trabanten, die mit uns in derselben Ordnung davonritten, in der sie gekommen waren: voran der ‚junge Adler', dann die Hälfte der Winnetous, hierauf Tatellah-Satah mit dem Herzle und mir, hinter uns Pappermann mit den Gepäckmaultieren, und dann die andere Hälfte der Leibgarde. So ging es aus der Unterstadt hinauf in die Oberstadt und dann dem Innental zu, das ich als Portal des Mount Winnetou bezeichnet habe. Überall, wo wir vorüberkamen, standen rechts und links die Indianer, um ihrem größten und berühmtesten Forscher und Gelehrten in ihrer stillen und doch so laut sprechenden Art und Weise ihre Hochachtung und Huldigung darzubringen. Es war als ob ein König oder ein Heiliger an ihnen vorüberziehe, nach ihrer Anschauung vielleicht beides zugleich. Das Herzle war sehr bleich, war tief ergriffen, und mir ging es nicht anders.

Als wir die von Zelten besetzte Vorebene des Mount Winnetou hinter uns hatten, öffnete sich die kompakte Masse des Vorderberges zu einem hohen, breiten Felsentor, durch das wir ein ins Innere des Berges führendes Tal betraten. Die Wände dieses Tals stiegen hoch an; sie waren bewaldet.

„Bevor wir hinauf zum ‚Schloß' reiten, führe ich euch zu meinem Wunder", sagte Tatellah-Satah. „Ich meine den Schleierfall, den es nur hier, sonst nirgends gibt. Ihr werdet vorher noch anderes sehen, nämlich das berühmte ‚Ohr des Teufels', dessen Zweck man nicht mehr kennt, und das Modell zur Winnetou-Statue, an dem Young Surehand und Young Apanatschka arbeiten."

Ich antwortete nicht; ich blieb still. Ich tat, als ob mich dieses ‚Ohr des Teufels' gar nicht interessiere. Bekanntlich hatten wir den alten Kiktahan Schonka und seinen Verbündeten Tusahga Saritsch in der Bergellipse kennen gelernt, die den Namen ‚Ohr Gottes' führt. Wir erfuhren dort, daß es eine zweite, derartige Ellipse gibt, die man ‚Ohr des Teufels' nennt. War damit der Ort gemeint, von dem der Medizinmann jetzt sprach? Das Herzle schaute mich an. Sie war der Meinung, daß es meine Pflicht sei, mich über diesen Gegenstand zu äußern. Ich aber schüttelte leise den Kopf. Als der ‚junge Adler' an der Devils pulpit von dem ‚Ohr Gottes' und dem ‚Ohr des Teufels' sprach, hatte er gesagt, daß er das Geheimnis dieser beiden Orte von Tatellah-Satah zu erfahren hoffe; ich aber war der Meinung gewesen, daß der Medizinmann selbst noch nicht alles wisse. Darum hielt ich es für richtiger, nicht eher hierüber zu sprechen, als bis ich erfahren hatte, wie weit seine Kenntnis dieses Gegenstandes reichte.

Der Boden, auf dem wir ritten, glich keineswegs einem Wildnispfad, sondern einer alten, jämmerlich ab- und ausgefahrenen deutschen Dorfstraße, auf der schwere Lastwagen verkehren. Es gab tief eingeschnittene Wagengeleise und Pferdespuren, dic darauf schließen ließen, daß die hier transportierten Lasten nicht ohne Tierquälerei bewegt worden waren. Das Herzle konnte nicht umhin, eine bedauernde Bemerkung hierüber zu machen. Ich antwortete. Tatellah-Satah war still. Aber seine Brauen zogen sich zusammen, und sein Gesicht legte sich in strenge Züge.

Dieser Fahrweg führte bergan, doch so langsam, daß man es kaum bemerkte. Bald zweigte links ein breiter Reitweg ab, der schneller zur Höhe stieg.

„Unser Weg hinauf zum Schloß", erklärte der Alte. „Wir aber bleiben jetzt noch unten; wir reiten weiter."

Nach vielleicht einer Viertelstunde mündete das Tal ganz plötzlich auf einen freien Platz, der schmal begann, aber nach und nach immer breiter und breiter wurde. Mit dieser Breite wuchs die Steilheit der Felsen. Diese zeigten zu beiden Seiten unseres Weges je einen nicht genau kreisförmigen Einschnitt. Beide Einschnitte lagen einander gegenüber. Sie bildeten riesige Felsennischen, zur rechten und linken Seite des Platzes gelegen. Es fiel mir auf, daß die eine so tief und breit und auch genauso abgerundet wie die andere war. Ich gewann den Eindruck, daß zwar die Natur die Bildnerin gewesen war, daß aber die Menschenhand nachgeholfen hatte, und zwar vor mehreren Tausenden von Jahren. Daß diese Menschenarbeit nicht nur einen besonderen Zweck, sondern auch einen tieferen Sinn gehabt hatte, verstand sich ganz von selbst. Ich hatte sogleich meine eigenen Gedanken hierüber, zumal mir ein Umstand in die Augen fiel, der mich sofort an die Devils pulpit erinnerte, wo wir die Beratung der Utahs und der Sioux belauscht hatten. Nämlich im vorderen Teil der beiden Nischen bestand der Boden aus sehr fest zusammengefügten Steinplatten, die keine Vegetation aufkommen ließen. Und über diese Platten erhob sich in beiden Nischen ein kanzelartiger Felsen, der einer kleinen, früheren Insel glich und Stufen hatte. Das gemahnte direkt an jene Beratungskanzel, auf deren Stufen ich die kleinen Hundepfötchen gefunden hatte, die einen Teil der Medizin des alten Kiktahan Schonka bildeten. Der hintere Teil beider Nischen aber war derart mit Gestrüpp, Gesträuch und Bäumen besetzt, daß man sich hinter diesen Büschen leicht eine zweite Kanzel denken konnte, ähnlich derjenigen, auf der der Bär sein Lager aufgeschlagen hatte und von uns erlegt worden war. Wenn man nicht tiefer dachte, konnte man also sehr wohl auf den Gedanken kommen, daß jede dieser Nischen eine Wiederholung des ellipsenförmigen Talkessels bedeute, der uns als die Devils pulpit bekannt geworden war. Ich sage mit Absicht, ‚wenn man nicht tiefer dachte‘, denn ich hatte große Lust, diesen Vergleich nicht für tiefsinnig, sondern für oberflächlich zu halten, fand aber keine Zeit, weiter nachzudenken, weil Tatellah-Satah jetzt das Schweigen unterbrach, indem er, nach rechts und links deutend, sagte:

„Das sind die ‚Ohren des Teufels‘, auf dieser Seite eins und auf der anderen Seite eins. Hast du schon einmal von ihnen gehört?“

„Nicht von zweien, sondern nur von einem“, antwortete ich.

„In Wirklichkeit ist auch nur ein einziges da; denn das eine ist richtig, und das andere ist falsch. Aber welches das richtige und welches das falsche ist, das weiß man bis heute noch nicht.“

„Aber früher hat man es gewußt?“

„Ja. Dieses Wissen ist aber wieder verloren gegangen. Ich gab mir alle Mühe, es zurückzufinden, doch leider ohne Erfolg. Es gibt zwei ‚Teufelskanzeln‘, die eine hier, die andere droben in Colorado. Die dortige ist das ‚Ohr Gottes‘; die hiesige ist das ‚Ohr des Teufels‘. Ich werde dir erzählen, was diese Namen bedeuten, doch nicht jetzt, sondern später.“

Wir ritten weiter.

Der Platz, auf dem wir uns befanden, war jetzt noch von über tausendjährigen, breitwipfeligen Laubbäumen besetzt gewesen, die uns die Aussicht benahmen, doch als wir an ihnen vorüber waren, wurde der Blick in die Ferne frei, und wir hielten unsere Pferde an, denn das, was wir sahen, fesselte uns sofort und derartig, daß es uns innerlich und äußerlich ganz in Anspruch nahm.

„Das ist das Wunder, von dem ich sprach, der Schleierfall“, sagte der Medizinmann und deutete vorwärts.

Wir konnten den hohen, hinteren Teil des breiten Platzes übersehen. Da oben, aber für uns unsichtbar, weil wir uns in der Tiefe befanden, lag der bereits erwähnte ‚Geheimnis- oder Medizinensee'. Von ihm aus warf sich die Höhe so steil zu uns herab, daß ihre Bewegung genau senkrecht war, und zwar in ihrer ganzen Breite. Ich habe schon erwähnt, daß dieser See zwei Wasserfälle speiste, die zu beiden Seiten des Mount Winnetou niederfielen, um den ‚Weißen Fluß' zu bilden. Aber in diesen Katarakten entfernte er nicht das ganze Wasser, das ihm überflüssig war, sondern es gab noch einen dritten Weg, sich von ihm zu befreien, nämlich eben durch den Schleierfall. Während der See nach außen die beiden schmalen Fälle speiste, lief er nach innen in breitester Weise über, von einer bis zur anderen Seite des Platzes, auf dem wir uns unten befanden. Die Linie, auf der er dies tat, war vollständig gerade und vollständig horizontal, so daß das Wasser gleichmäßig verteilt, glatt und eben, wie ein polierter Spiegel, in das Tal herniederstürzte.

Dieser Spiegel war gewiß fünfzig Meter hoch. Seine Glätte wurde an keinem einzigen Punkt getrübt und sein Zusammenhang um keinen Zentimeter unterbrochen. Und da er die ganze Breite des Innentals einnahm, so kann man sich wohl denken, welch einen tiefen, tiefen Eindruck er machte! Es war jetzt kurz nach Mittag. Die Sonne stand hoch. Ihre Strahlen fielen schräg auf den Wasserspiegel und wurden von ihm derart gebrochen und zurückgegeben, daß es schien, als ob er nicht aus Wasser, sondern aus flüssigem Gold, Silber und Kupfer und aus fallenden Strömen von Diamanten, Rubinen, Saphiren, Smaragden, Topasen und anderen Edelsteinen bestehe. Das erschien allerdings wie ein Wunder! Noch wunderbarer aber war, daß dieser Fall unten nicht etwa einen See oder eine andere, derartige Wasseransammlung bildete, sondern sofort und restlos in der Erde verschwand.

„Wo sieht man dieses Wasser wieder?" fragte ich Tatellah-Satah.

„Im ‚Tal der Höhle‘, fünf Reitstunden weit von hier“, antwortete er.

Das war mir sehr wichtig, denn dieses Tal der Höhle war ja der Ort, an dem sich Kiktahan Schonka mit seinen Verbündeten verstecken wollte. Tatellah-Satah fuhr fort:

„Um diese Tageszeit ist der Fall wie von Gold und Edelsteinen gewebt, nicht aber ein Schleierfall. Doch schaut ihn euch später an! Des Abends oder des Nachts, im Dunkel, im Halbdunkel, im Mondschein, im Sternenschein, im vereinigten Mond- und Sternenschein! Da ist es, als ob man sich auf einem anderen Stern, in einer anderen Welt befinde, nicht aber auf dieser Erde, der nichts mehr heilig gilt!“

Er deutete dabei auf ein im Entstehen begriffenes Bauwerk, das in kurzer Entfernung vor dem Wasserfall aus der Erde und derart zum Himmel strebte, als ob ihm die Aufgabe gestellt sei, dieses Wunder zu entweihen. Es bestand jetzt aus einem ungeheuer schweren, massigen Postament von zehn übereinander liegenden Riesenstufen, die so breit und so hoch waren, daß ihr Gewicht viele Tausende von Zentnern betrug und jedenfalls darauf berechnet war, ungeheure Lasten zu tragen. Auf diesem Piedestal erhoben sich zwei Balkengerüste, mit deren Hilfe an dem unteren Teil einer Kolossalstatue gearbeitet worden war. Das eine Bein war bis zum Knie, das andere bereits bis zur Hälfte des Oberschenkels entwickelt. Man sah deutlich, daß die Figur eine indianische Reithose und Mokassins tragen sollte.

„Welch eine Sünde!“ klagte das Herzle. „So ein formloses Menschenwerk grad vor so ein Gotteswunder zu stellen! Wer ist der Mann, der das ersonnen hat?“

„Es ist nicht einer, sondern es sind vier!“ antwortete Tatellah-Satah. „Old Surehand, Apanatschka und ihre Söhne!“

„Was? Wie?“ rief ich aus. „Soll diese Figur hier etwa Winnetou werden?“

Der Medizinmann nickte nur.

„Unmöglich! Hierher!? Ich denke, man will ihn auf die Höhe des Berges stellen!“

Seit wir uns in diesem Tal befanden, waren wir nicht mehr in der Mitte, sondern an der Spitze der Trabanten geritten. Der ‚junge Adler‘ befand sich also bei uns. Er antwortete:

„Das ist richtig. Die endgültige Figur soll auf den hohen Bergesvorsprung, den ich euch noch zeigen werde. Das Modell steht in der Unterstadt in einem besonderen Gebäude. Dieses hier soll der Probeversuch sein. Von seinem Gelingen hängt es ab, ob der Plan auszuführen ist oder nicht. Zu solch einem Kolossalwerk sind auch kolossale Mittel nötig. Um diese Mittel zusammenzubekommen, muß man die Geber für das Werk begeistern. Darum hat man gerade diesen Platz für die Probestatue gewählt. Old Surehand und Apanatschka bauen sie aus ihren eigenen Mitteln. Die Gelder zur Ausführung des eigentlichen Werkes erwartet man von der roten Nation. Um diese zu begeistern, ist der Platz hier am Schleierfall am besten geeignet. Da soll die Statue vorgeführt werden. Da soll sie beleuchtet werden, des Nachts, mit Elektrizität, mit Lampions und künstlichem Feuerwerk. Man rechnet dabei auf die jedenfalls großartige, überwältigende Mitwirkung des Schleierfalls.“

„Und das duldet Ihr?“ fragte das Herzle, das außerordentlich kunstempfindlich ist und sich durch diesen Plan wie innerlich verwundet fühlte.

„Ich nicht!“ antwortete Tatellah-Satah, wobei er wie schwörend die Hand erhob. „Doch stand ich allein. Ich konnte nur vorbereiten und mußte warten. Nun aber der gekommen ist, auf den ich hoffte, gebe ich ihm dieselbe Frage: Und das duldest du?“

Er richtete sie an mich. Da stieg etwas ganz Eigentümliches, etwas Unbeschreibliches in mir auf.

„Habe ich Einfluß auf dein Volk, auf deine Rasse?" fragte ich ihn. „Nein!"

„Nein?" fragte er. „Und hättest du ihn nicht, so bist du doch, der du bist. Ich brauche dein Auge; ich brauche dein Ohr; ich brauche deine Hand; ich brauche dein Herz. Wenn du mir das gibst, so werde ich siegen!"

Da reichte ich ihm die Hand und antwortete:

„Hier Auge und Ohr, hier Hand und Herz. Ich bin dein!"

Da drückte er mir die Hand, daß es mich fast schmerzte, und sprach:

„So heiße ich dich zum zweiten und zum höchsten Male willkommen! Du sollst mein Gast sein, wie noch niemand mein Gast gewesen ist —"

Schnell unterbrach ich ihn:

„Laß mich dein Gast sein, wie ich es wünsche, anders nicht!"

„Und was wünschest du?"

„Ein freier Mann zu sein, kommen und gehen zu dürfen, ohne gehindert zu werden. Vertrauen bei dir zu finden, so wie du dir selbst vertraust!"

„So sei es! Du bist dein eigener Herr, und alles, was ich habe, ist dein!"

Da kam es wieder über mich, wie vorhin. Ich deutete auf das schwer lastende Bauwerk und sprach:

„So sage ich dir: Eher werden diese Quadern von selbst in der Erde verschwinden, auf die man sie gegründet hat, als daß man meinen Winnetou mit Lampions und Feuerwerk beschimpft! Doch, versuchen wir es zunächst in Liebe!"

„Ja, zunächst in Liebe", stimmte er bei. „Kommt, kehren wir um; wir sind hier fertig!"

Wir ritten den Weg, den wir gekommen waren, zurück, bis wir die Stelle erreichten, an der der Reitpfad zur Seite ab hinauf nach dem Schloß führte. Dem folgten wir. Unterwegs erfuhren wir von dem ‚jungen Adler', daß der Platz am Schleierfall jetzt regelmäßig von Arbeitern wimmele und heute nur deshalb so leer und einsam gewesen sei, weil alle Kräfte nach den Steinbrüchen mußten, um neue Quadern zu holen. Das Herzle war sehr ernst und nachdenklich geworden. Sie sah, daß ich sie daraufhin beobachtete und wohl gern den Grund erfahren hätte; darum sagte sie, ohne diese meine Frage abzuwarten:

„Dein Wort, daß diese Quadern wohl eher in die Erde verschwinden werden, als daß du Lampions und Feuerwerk duldest, hat sich wie ein Gewicht auf mich gelegt. Es kommt bei dir so häufig vor, daß das, was du sagst, in Erfüllung geht, selbst wenn andere es für vollständig unmöglich halten. Zuweilen kommt diese Erfüllung geradezu wörtlich. Und als du vorhin sprachst, hatte ich das Gefühl, als ob das, was du sagtest, eine solche Prophezeiung sei, aus dir selbst herausgestiegen, ohne alle Ahnung, woher es kommt."

„Und das bedrückt dich nun?" fragte ich.

„Bedrücken? Nein! Es hebt mich ganz im Gegenteil innerlich empor. Es macht mich fest. Es ist mir, als ob ich ein unerbittliches Schicksal nahen höre, das uns zu Hilfe kommt. Das macht mich still und sinnend."

Während dieses kurzen Redewechsels hatten wir eine Stelle des Weges erreicht, von der aus man frei nach der Spitze des Vorbergs zu schauen vermochte. Da hielt Tatellah-Satah sein Maultier an, deutete empor und fragte:

„Seht ihr innerhalb der südlichsten Felsennadel das riesige Adlernest, das für Menschen nicht erreichbar scheint?"

Wir sahen es. Der Medizinmann fuhr fort:

„Da hinauf stieg der ‚junge Adler', als er noch Knabe war. Er wollte sich aus dem Horst des großen Kriegsadlers seinen Namen und seine Medizin holen. Aber der Riemen zerriß, an dem er hing. Er stürzte in das Nest und konnte nicht wieder hinauf. Er tötete die zwei Jungen. Da kam die Alte. Er kämpfte mit ihr und zwang sie, ihn aus jener fürchterlichen Höhe herunter in das Tal zu tragen. Nun sind ihre Federn, ihre Krallen und ihr Schnabel sein Schmuck, die Krallen und Schnäbel der Jungen aber seine Medizin. Er wird seitdem der ‚junge Adler' genannt. Ich aber bin sein Pate, denn als er mit der Adlerin geflogen kam, saß ich vor meiner Tür, und er landete gerade vor meinen Füßen."

Das klang wie ein Märchen oder gar wie eine Münchhauseniade, und doch war es wahr; das verstand sich ganz von selbst. Der ‚junge Adler' hatte es nicht gehört; er war weiter fortgeritten, und wir folgten ihm, ohne daß ich den Alten bat, uns den Vorgang ausführlich zu erzählen. Dem Herzle aber sah ich es an, daß sie entschlossen war, es sobald wie möglich zu hören und sich zu diesem Zweck an den jungen Mann selbst zu wenden.

Der Reitweg führte in zahlreichen Windungen so weit an der Innenseite des Berges empor, bis die Höhe des ‚Schlosses' erreicht worden war. Dann wendete er sich nach der vorderen, also der östlichen Seite des Mount Winnetou, von der aus, als wir sie erreichten, wir die Ober- und die Unterstadt in der Tiefe vor uns liegen sahen. Von da unten war der ‚junge Adler' hier heraufgeritten, um Tatellah-Satah unsere Ankunft zu melden. Hoch über uns sahen wir den Wachtturm ragen. Der ‚Bewahrer der großen Medizin' deutete hinauf und sagte zu dem ‚jungen Adler':

„Da oben wirst du wohnen. Jetzt aber kommst du mit uns, die Pfeife des Friedens und der Gastlichkeit zu rauchen."

Das ‚Schloß' bestand nicht etwa aus nur einem oder nur einigen Gebäuden. Es bildete eine Felsenstadt für sich. Die Jahrhunderte und Jahrtausende hatten an ihr gebaut. Darum waren alle amerikanischen Bauarten und Baustile hier vertreten, von dem erstbewohnten Felsenloch und der ersten Kordillerenhütte bis zur altperuanischen Festung, zum altmexikanischen Versammlungshaus und zum steinernen Wigwam nördlicher Gegenden. Es gab da gewaltige Felsen- und Adobeswerke nach Art der Pueblostämme. Die wurden, wie ich dann später sah, als Vorratshäuser benutzt, in denen seit undenklichen Zeiten große Mengen von Getreide und getrockneten Nahrungsmitteln aufbewahrt wurden, ohne zu verderben. Da ragten Mauern, die aus noch größeren Riesensteinen bestanden, als ich zum Beispiel in Baalbek und anderen berühmten orientalischen Orten gesehen hatte. Wir ritten an allen möglichen indianischen Zelten, Hütten, Häusern, Palästen, Balkonen, Veranden, Dächern, Tennen, Scheunen und Schuppen vorüber, die sich wie ein langgestrecktes, festes Mauerband um die Höhe des Berges legten und als steinerne Grüße aus uralter Zeit hinunter in die Tiefe schauten, wo in der Ober- und Unterstadt das kleine Volk der Gegenwart sich mit allen Kräften dagegen wehrte, endlich einmal größer zu werden. Aber so aufrichtig ich die rote Rasse liebe und so gern ich nur Gutes, Edles und Großes von ihr berichten möchte, so muß ich doch der Wahrheit die Ehre geben und darum offen bekennen, daß alle diese Bauwerke trotz ihrer teilweisen Riesenhaftigkeit mir doch so niedrig und so geistesabwesend vorkamen, daß sie mir weder imponieren, noch mich erfreuen konnten. Sie machten alle einen so — so — indianischen Eindruck auf mich. Es war nichts an ihnen, was zum Himmel strebte. Wir sahen so wenig Fenster. Es gab kein Verlangen nach freier, gesunder Luft, nach Licht und Tageshelle. Und es gab unter allen diesen Gebäuden kein einziges, das gleich einer Kirche oder Moschee empor zur Höhe strebte. Hiervon bildete der Wachtturm die einzige Ausnahme; aber sein Zweck wies doch auch nur nach unten, nicht nach oben. Er war zur Beherrschung der Tiefe da, nicht aber als Fingerzeig für ein geistiges Aufwärtsstreben.

Diese Beobachtung tat mir weh. Und dem Herzle auch; das sah ich ihr an. Sie empfindet viel zarter, viel feiner als ich. Ihre Seele steht dem Leid des Erden- und Menschenlebens viel offener als die meine. Und hier lag das ungeheure Leid einer ganzen, großen, fast untergegangenen Rasse in untrüglichen, steinernen Beweisen vor unsern Augen! Selbst der Wachtturm hatte nicht eigentlich Turmgestalt, sondern er bildete ein niedriges, vierseitiges Prisma mit vollständig ebener Dachfläche. Die Indianer haben keine Türme, keine Minarehs. Sie haben die Winke ihrer Riesenbäume nicht verstanden; sie haben keine Dome gebaut. So sind sie auch geistig an der Erde geblieben. Sie sahen den Vogel fliegen. Der Adler stand ihnen hoch. Ihr stolzester Schmuck bestand aus seinen Federn. Aber es ihm nachzutun und sich über den Boden zu erheben, dieser Gedanke bewegte sie nicht. Fliegen lernen! Fliegen lernen! Wer das nicht will, bleibt unten, sei er Volk oder Einzelwesen. Die andern überholen ihn. Er aber kriecht auf der Erde weiter und wird in ihr so ganz und gar verschwinden, daß von ihm kaum ein Gedächtnis übrig bleibt. Das ist das Schicksal des Indianers, wenn er nicht im letzten Augenblick noch fliegen lernt.

Dieser Eindruck des Felsenschlosses wurde dadurch gemildert, daß es wohlbevölkert war. Überall standen Leute, auf den Zinnen, auf den Dächern, an den Luken, vor den Türen, auf den Gassen; Männer, Frauen und Kinder. Die Männer genau wie Winnetou gekleidet, mit dem Stern auf der Brust, auch die Frauen außerordentlich sauber und intelligenten Auges, die Kinder ebenso. Nirgends die indolenten Papusengesichter, denen man anderwärts begegnet. Und auch nirgends auf den Gesichtern der Ausdruck der stummen Klage oder jenes nationalen Trübsinns, der auf jede Freude und auf alles Glück verzichtet zu haben scheint. Ich sah nur intelligente Züge, nur heitere Mienen. Man freute sich. Man lachte. Tatellah-Satah wurde mit tiefen Verneigungen und achtungsvollen Handbewegungen begrüßt. Man widmete ihm die größte, die aufrichtigste Ehrfurcht, und — man liebte ihn. Mit größter Wißbegier waren die Augen auf mich und das Herzle gerichtet. Man wußte, wer es war, den der ‚Bewahrer der großen Medizin' in eigener Person abgeholt hatte. Man nannte meinen Namen; man rief ihn mir jubelnd zu; denn man wußte, daß nun die so lange hinausgeschobene Aktion beginnen werde.

„Und das ist seine Squaw — seine Squaw — seine Squaw!" hörte ich sagen.

Ich erwähne, daß das Wort ‚Squaw' nicht etwa einen unterschätzenden Beigeschmack besitzt. Es gibt Romanschriftsteller, die die Indianerfrauen als rechtlos, als die Sklavinnen ihrer Männer schildern. Das ist grundfalsch. In Wahrheit hat es schon Indianerfrauen gegeben, die Häuptlinge gewesen sind. Die Stellung der Frau wird besonders auch dadurch erhöht, daß die Erbfolge sich gewöhnlich in weiblicher Linie vollzieht. Dem Verstorbenen folgt nicht sein eigener Sohn, sondern der Sohn seiner Schwester. Es war also keineswegs etwas Ungewöhnliches, das man dem Herzle dieselbe Aufmerksamkeit schenkte wie mir.

Wir ritten durch das breite, sehr tiefe Tor eines sich lang ausstreckenden Gebäudes, dessen Außenmauer durch schmale, schießschartenförmige, aber sehr hohe Öffnungen unterbrochen wurde. Jede dieser Öffnungen führte auf einen steinernen Balkon, von dem aus man die ganze Vorebene des Mount Winnetou überblicken konnte. Durch dieses Tor gelangten wir in einen sehr geräumigen Hof, in dem uns ein zweites, ähnliches Gebäude gegenüberstand. Auch dieses hatte ein Tor, das in einen zweiten Hof, zu einem dritten Gebäude führte. So stieg eine ganze Folge von miteinander abwechselnden Höfen und Gebäuden in einer Felsspalte empor, die unten sehr breit war und nach oben immer enger wurde. Demgemäß waren auch die Gebäude und Höfe unten sehr breit und wurden dann um so schmaler, je höher sie stiegen. Die Seiten der Höfe wurden von den beiden Wänden der Felsenspalte gebildet, und an allen diesen Seiten führten tief eingehauene Pfade rechts und links nach dem Wald empor, auf dessen Wiesen der kostbare Pferdebestand des berühmten Medizinmanns weidete.

Im untersten, größten Hof stiegen wir ab. Tatellah-Satah führte uns in das Haus, mich, das Herzle und den ‚jungen Adler'. Niemand durfte uns folgen. Er leitete uns über Stufen ins Obergeschoß empor zu einem recht großen und ziemlich hohen Raum, in dessen Mitte eine von sechs ungeheuren Grizzlybären getragene Platte stand. Auf ihr lagen wohl über ein Dutzend Friedenspfeifen mit allem Zubehör. Hier wurden die gewöhnlichen Gäste empfangen; uns aber führte er weiter, durch eine ganze Reihe der verschiedensten Räume, bis wir an einen ledernen, köstlich gegerbten und bemalten Vorhang gelangten, den er mit der Aufforderung zurückschlug:

„Tretet ein und setzt euch nieder; ich kehre schnell zurück."

Wir taten es und sahen gleich mit dem ersten Blick, daß wir uns in einem kleinen, mit großer Liebe behüteten Heiligtum befanden. Zwei mit Glas verschlossene Luken spendeten helles Licht. Das Ganze war als Zelt eingerichtet, doch nicht als Kriegs- sondern als Friedenszelt, dessen Bahnen abwechselnd aus höchst seltenen weißen Biber- und weißen Präriehuhnfellen bestanden. Vier schlohweiße Büffelfelle lagen am Boden, derart angeordnet, daß sie weiche Sitze bildeten, während die Köpfe mit den starken Hörnern als Ellbogen- und Rükkenstütze dienten. Zwischen ihnen trugen vier Jaguarköpfe eine große, polierte Schale, die aus dem heiligen Pfeifenton des Nordens geschnitten war. Auf ihr lag ein Kalumet. Es war nicht groß, nicht kostspielig, sondern weit eher klein und ganz gewöhnlich. Es zog durch nichts durch gar nichts den Blick auf sich, und doch erkannte ich es sofort als die wertvollste und unschätzbarste Friedenspfeife, die es hier gab und überhaupt geben konnte.

„Winnetous Pfeife!" rief ich aus. „Die Pfeife, die er trug, als ich ihn kennen lernte! Welch eine Überraschung, welche Freude!"

„Irrst du dich nicht vielleicht?" fragte das Herzle.

„Unmöglich!"

„So muß ich sie betrachten."

Sie wollte hintreten und zugreifen.

„Halt!" bat ich. „Rühre ja nichts an! Ich sehe, hier ist ein heiliger Ort; den haben selbst Freunde, wie wir sind, heilig zu halten!"

Ich führte sie zu den Fenstern. Wir hatten die Ebene mit ihren Zelten und Blockhäusern unter uns liegen. Es schienen soeben wichtige Personen angekommen zu sein; das ersahen wir aus der Bewegung, die es gab. Wir fanden aber keine Zeit zur Beobachtung, denn Tatellah-Satah kam jetzt zurück. Er hatte den Mantel abgelegt, und nun sahen wir, was für ein Gewand er darunter getragen hatte, nämlich einen ganz gewöhnlichen indianischen Anzug von weichgegerbtem, naturfarbenem Leder, ohne eine Spur von verschönender Stickerei oder sonstigem Schmuck.

Er nahm zunächst das Herzle bei der Hand und führte sie dahin, wo sie sich setzen sollte. Sein Sitz war ihr gegenüber. Ihm zur Rechten war mein Platz und zur Linken der des ‚jungen Adlers'. Der alte Pappermann war unten bei den Pferden geblieben. Tatellah-Satah setzte sich zunächst nicht. Er blieb stehen und sprach:

„Mein Herz ist tief bewegt, und meine Seele kämpft mit dem Leid vergangener Zeiten. Als zum letztenmal hier an dieser Stelle das Kalumet geraucht wurde, war es ein Rauch des Abschieds. Hier, wo jetzt unsere weiße Schwester sitzt, saß Nscho-tschi, die schönste Tochter der Apatschen, die Hoffnung unseres Stammes; hier wo jetzt Old Shatterhand sitzt, saß Winnetou, mein Liebling, den keiner so kannte, wie ich; hier, an Stelle des ‚jungen Adlers', saß Intschu-tschuna, der kluge und tapfere Vater dieser beiden. Sie waren gekommen, um Abschied von mir zu nehmen. Nscho-tschi wollte nach dem Osten, in die Städte der Bleichgesichter, um ein Bleichgesicht zu werden. Im Innern meines Auges standen Tränen. Die Trägerin aller unserer Wünsche und Hoffnungen verließ uns, weil ihre Liebe uns nicht mehr gehörte. Es war ein trüber Tag; draußen heulte der Sturm, und in meiner Seele war es dunkel. Sie gingen. Nscho-tschi kehrte nicht zurück. Sie wurde mit ihrem Vater ermordet. Nur Winnetou kam. Ich haderte mit ihm. Ich zürnte dem, um dessen willen die Tochter unseres Stammes sich von uns gewendet hatte. Da legte Winnetou sein Kalumet in diese Schale und schwor, daß er diese Pfeife nicht eher wieder berühren werde, als bis ich erlaube, daß sein Bruder Shatterhand sich hier zu uns setze und den Gruß des Friedens mit uns rauche. Er war noch oft, noch oft bei mir. Er wohnte und übte und arbeitete monatelang am Mount Winnetou, nie aber hat er dieses Zelt wieder betreten, und nie hat es ein anderer betreten dürfen. Nur sein Schwur saß hier und wartete, wartete lange, lange Zeit. Winnetou starb. Er starb am Herzen Old Shatterhands. Ich zürnte mehr als vorher. Mir schien, als sei die Zukunft der Apatschen mit ihm gestorben. Ich war der Bewahrer der Medizinen. Ich ahnte die Geschichte und die Geheimnisse unserer Rasse. Ich hatte diese Rasse vom Untergang, vom Tode retten wollen. Ihre Seele sollte erwachen, in Winnetou, dem gedankentiefsten, dem edelsten der Indianer. Nun war er tot, und die Seele seiner Rasse war gestorben. So glaubte ich, ich Tor!"

Er hielt inne, schaute eine kleine Weile durch das Fenster, das ich geöffnet hatte, und fuhr dann fort:

„Es kamen helle, sonnige Tage. Die Stimme des Lebens drang wieder zu mir herein. Und wo ich sprechen hörte, sprach man von Winnetou. Er lebte. Er kam vom Hancockberg, wo er erschossen wurde, über Prärien, Täler und Berge in seine Heimat zurück. Immer näher und näher. Er war nicht tot. War er überhaupt gestorben? Seine Taten wachten auf. Seine Worte wanderten von Zelt zu Zelt. Seine Seele wurde laut. Sie begann zu sprechen, zu predigen. Sie schritt durch die Täler. Sie stieg auf die Berge. Sie kam zu uns herauf, zum ‚Berg der Medizinen'. Sie kam zu mir herein, und als ich sie erkannte, da war es zwar die Seele Winnetous, zugleich aber auch die Seele seines Stammes, seines Volkes, seiner Rasse. Sie ließ sich bei mir nieder. Ich hörte sie täglich und stündlich. Zu allen Türen, zu allen Luken, zu allen Öffnungen drang der Name Winnetou zu mir herein. Er war im Munde aller roten Nationen. Er wurde zur Turmesflamme, die über die Savannen und über die Berge leuchtet. Wer Gutes, Reines und Edles wollte, der sprach von Winnetou. Wer nach Hohem, nach Erhabenem trachtete, der redete von ihm. Winnetou wuchs zum Ideal. Er ist die erste geistige Liebe seiner Rasse! Ich lernte viel begreifen, was ich früher nicht begreifen konnte. Ich lernte, still und ruhig zu sein, wenn ich oft und oft Old Shatterhand neben Winnetou nennen hörte. Ich stieg zu der Erkenntnis empor, daß diese beiden unzertrennlich sind im großen Menschheitsgedanken. Trat ich dann in Stunden inneren Kampfes in dieses Zelt, in dem ich jetzt zu euch spreche, so sah ich Winnetou seelisch vor mir stehen, wie er das Kalumet in die Schale legte und seine Hand zum Schwur erhob, es ohne seinen Bruder Shatterhand nicht wieder zu berühren."

Wieder machte er eine Pause. Wir hörten ferne Stimmen durch das offene Fenster klingen. Sie stiegen von der Stadt herauf. Es waren Begrüßungsrufe. Tatellah-Satah ging hin, schaute hinab und sagte:

„Es sind Häuptlinge angelangt; sie tragen den Federschmuck. Wer sie sind, werden wir bald erfahren."

Dann kehrte er zu uns zurück und fuhr fort:

„Nie habe ich so deutlich wie jetzt, in diesem Augenblick, gefühlt, daß Winnetou noch lebt. Old Shatterhand kam über Land und Meer herüber, und es geht von ihm eine geheimnisvolle Bestätigung aus, daß es für seinen roten Bruder nicht die alten, lügenhaften ‚ewigen Jagdgründe' gibt, die nur für die Herdenmenge erfunden waren. Ich habe Old Shatterhand geschrieben. Ich habe ihn gebeten, zu kommen, um seinen Bruder Winnetou zu retten. Aber ich bin überzeugt, daß Old Shatterhand sehr wohl weiß, von wem diese Bitte ausgegangen ist: nicht von Tatellah-Satah, sondern von Winnetou, von der Seele der roten Nation, die von ihren eigenen Söhnen niedergerungen und erstickt werden soll. Sie will empor! Sie will fliegen lernen! Sie will nicht nur essen und trinken und daran verhungern, sondern sie will mehr. Sie will Teil haben an allem, was Manitou der ganzen Menschheit gab, nicht nur einzelnen Nationen. Sie will nicht länger Kind bleiben, denn wehe dem Volk, das sich sträubt, mündig zu werden! Sie will wachsen. Da aber eilt die Torheit der Unverständigen herbei, dem Kinde vorzulügen, daß es ein Mann, ein Held, ein Riese sei, und diese Lüge in Erz und Marmor zu verewigen. Das ist ein Mord, und, da er von Angehörigen unserer eigenen Rasse ausgeht, eine Vernichtung unserer selbst. Das kann Tatellah-Satah nicht dulden, und das darf auch Old Shatterhand nicht dulden! Ich bin so froh, so glücklich, daß er gekommen ist, uns seine Hand zu bieten. Er sitzt zu meiner Rechten, wie damals Winnetou. Es drängt mich, zu denken, er sei wirklich Winnetou. Und ebenso sei unsere weiße Schwester keine andere als Nscho-tschi, der Liebling unseres Volkes. Ich bin Tatellah-Satah, der ‚Bewahrer der großen Medizin'. Ich heiße euch willkommen. Ich fühle tief in mir die Nähe dessen, den ich liebte, wie ich keinen anderen liebte. Er sehe und höre, daß heute sein Schwur in Erfüllung geht. Old Shatterhand ist hier. Ich habe ihn gehaßt; nun aber liebe ich ihn. Er sei mein

Bruder, wie ich der seine bin. Das Kalumet unseres Winnetou soll es bezeugen!"

Er griff nach der Pfeife, füllte sie, setzte sie in Brand, tat die sechs ersten Züge, blies den Rauch nach oben, nach unten und nach den vier Himmelsrichtungen, sprach die gebräuchlichen Formeln dazu und reichte dann mir die Pfeife. Ich stand auf und sprach:

„Ich grüße meinen Winnetou, und ich lausche dem Erwachen seines Volkes. Ich war stets er, und er war stets ich. So sei es auch heute, und so bleibe es immerdar! Damit genug der Worte; lassen wir Taten sprechen! Die Zeit dazu ist da!"

Hierauf tat ich dieselben sechs Züge und gab dem Medizinmann das Kalumet dann wieder. Er reichte es dem Herzle und sprach:

„Nimm du es hin, wie unsere Nscho-tschi! Sie spreche jetzt zu uns aus deinem Munde!"

Das war eine große Ehre. Ich freute mich darüber, doch nicht ohne eine kleine Bangigkeit. Sie sollte sprechen! Was würde sie sagen? Und sie sollte rauchen! Den scharfen, mit Sumach vermischten Tabak! Sie hatte nur ein einziges Mal in ihrem Leben geraucht, zum Scherz, eine halbe Zigarette. Sie schaute mich an und las in meinen Augen die Warnung: „Herzle, ich bitte dich um Gottes willen, blamiere mich nicht etwa!" Sie aber lächelte zuversichtlich, nahm die Pfeife, stand auf und sprach:

„Ich liebe Nscho-tschi, die Tochter der Apatschen. Ich kam an ihr Grab und betete. Da fühlte ich, daß da kein Grab, kein Tod, keine Leiche sei. Nur Überflüssiges verwest; alles andere aber bleibt. So wie sie, schwand auch dein Volk; seine Seele aber blieb. Und, seid ihr stark genug, so wird sie sich den neuen, herrlichen Körper schaffen, der ihr schon längst gebührte. Gib mir dein Herz, o Tatellah-Satah; das meinige ist schon dein eigen!"

Sie tat mutig alle sechs Züge und gab die Pfeife dann zurück. Als sie sich wieder niedersetzte, hatte sie feuchte

Augen; aber es war nicht zu unterscheiden, ob es die Rührung oder eine Folge des Tabaks war.

Hierauf bekam auch der ‚junge Adler' das Kalumet. Er erhob sich und sprach:

„Soweit die Erde reicht, ist jetzt eine große Zeit. Doch ist diese Zeit nicht vollendet; sie steht nur erst im Werden. Sie ist noch jung; sie hat sich zu entwickeln, und wir mit ihr. Die Menschheit steigt zu ihren Idealen auf. Steigen auch wir! Bleiben wir nicht unten, wie bisher! Schon regt der ‚junge Adler' seine Schwingen. Fliegt er dreimal um den Berg, so fährt der rote Mann aus dem Scheintode auf, und der Tag, der ihm gehört, bricht an!"

Auch er tat die vorgeschriebenen sechs Züge und gab das Kalumet dann an den ‚Bewahrer der großen Medizin' zurück.

Dieser hatte es langsam auszurauchen, ohne daß weiteres dabei gesprochen wurde. Hierauf war die Zeremonie vollendet. Tatellah-Satah geleitete uns nach dem erstbeschriebenen, großen Raum mit den vielen Friedenspfeifen. Da zeigte er auf einen dort wartenden, riesenhaften Indianer und sagte:

„Das ist Intschu-inta[1], euer Diener. Er wird euch nach eurer Wohnung führen. Er sagt euch alles, was ihr wissen wollt. Er war der Liebling Winnetous. Sei er nun auch der eurige! Nur einmal bitte ich euch, meine Gäste auch beim Essen zu sein, nur heute am ersten Tag, in einer Stunde; dann aber seid ihr stets und in allem frei, könnt aber zu mir kommen, sooft es euch beliebt."

Er reichte uns die Hand und zog sich dann zurück. Wir gingen zunächst nach dem Hof hinab, wo wir unsere Pferde gelassen hatten. Da stand aber nur der Hengst des ‚jungen Adlers' und das Maultier, das sein Paket trug. Er stieg auf und ritt davon, hinauf nach dem Wachtturm, der ihm zur Wohnung angewiesen war. Unsere Pferde und Maultiere waren, wie wir von Intschu-

1 ‚Gutes Auge'

inta erfuhren, von Pappermann nach unserem Quartier geführt worden, wohin wir ihnen jetzt nachfolgten.

Intschu-inta war, wie bereits gesagt, ein wahrer Hüne von Gestalt, gewiß schon über 60 Jahre alt, doch von noch jugendlicher Rüstigkeit. Ein wahrheitsliebender, treuer, stolzer Charakter. Wenn er als unser ‚Diener' bezeichnet worden war, so war er das freiwillig. Es hatte nichts mit dem Begriff der Unterordnung, der Gehorsamleistung zu tun. Er war trotzdem in jeder Beziehung sein eigener, selbständiger Herr. Er führte uns durch die schon erwähnten Tore nach dem zweiten, dritten, vierten, fünften und sechsten Innenhof. Das dort stehende Gebäude war für uns bestimmt, ganz allein für uns.

„Es ist Winnetous Haus", erklärte uns das ‚Gute Auge'.

„Wohnte er da?" fragte ich.

„Stets, sooft er kam", antwortete der Diener. „Die Räume, in denen Old Shatterhand wohnen wird, sind noch ganz genauso, wie sie von Winnetou verlassen wurden, als er zum letztenmal hier war. Wenn Intschu-tschuna kam, wohnte er bei seinem berühmten Sohn. Und ebenso Nscho-tschi. Unsere weiße Schwester wohnt in den Stuben, die von der schönen, gütigen Schwester Winnetous bewohnt worden sind."

Auch dieses Gebäude hatte Balkone vor den schmalen Schartenöffnungen der Mauerfronten. Infolge der hohen Lage mußte es da einen noch weiteren Fernblick geben als unten bei Tatellah-Satah. Unsere Pferde und Maultiere waren in einem stall- oder schuppenartigen Nebengebäude untergebracht. Wir aber stiegen die Treppe zu den Wohnräumen empor und gelangten da zunächst in eine große, indianisch ausgestattete Stube, in der hohe Tongefäße zum Waschen standen. Es gab da zahlreiche Sitze verschiedener Art und auch eine Platte mit Friedenspfeifen.

„Das ist der Empfangssalon", lächelte das Herzle.

Die Wände waren mit allerlei Waffen ausgestattet. Ich

sah einige Messer, Pistolen und Flinten, die ich kannte. Sie hatten Jagdgenossen von uns gehört. Der Diener führte uns durch das ganze Gebäude. Es hätte bequemen Raum für 30—40 Gäste gehabt, und ich müßte mehrere Druckbogen füllen, um die Einrichtung und Ausstattung auch nur einigermaßen zu beschreiben. Darum unterlasse ich das jetzt, zumal ich später, wenn ich ‚Winnetous Testament‘ veröffentliche, auf dieses Haus und seine Räume zurückzukommen habe.

Mit welchen Gefühlen ich die drei nebeneinanderliegenden Stuben betrat, die den Zweck gehabt hatten, Winnetou zum eigentlichen Gebrauch zu dienen, kann man sich wohl denken. Links lag die Schlafstube. Hieran stieß das bedeutend größere Wohnzimmer. Hierauf folgte der ebenso große Arbeitsraum. Aus jedem dieser drei Räume konnte man hinaus auf den Balkon treten, um die herrliche Aussicht, die sich da bot, zu genießen. In der Schlafstube gab es ein sehr weiches, sehr hohes und außerordentlich sauberes Lager von Fellen und Decken. Hierzu einige Wassergefäße zum Trinken und Waschen, weiter nichts. Das Wohnzimmer war halb europäisch, halb indianisch eingerichtet. Es gab niedrige und hohe Sitze, niedrige und hohe Tische. Auf diesen Tischen lag und an den Wänden hing gar mancher Gegenstand, den ich kannte, weil er von mir stammte. Darunter zwei Photographien, die ich für gut getroffen gehalten hatte. Jetzt waren sie ziemlich verblichen. An der einen Wand hingen wohl gegen 20 Blätter mit Versuchen, diese Photographien nachzuzeichnen.

„Er muß dich doch sehr, sehr lieb gehabt haben!“ sagte das Herzle, während sie diese Blätter eingehend betrachtete. „Seine Hand ist nicht talentlos gewesen. Er traf, war aber ungeübt, noch nicht einmal Schüler! Es ist das so außergewöhnlich rührend!“

In der Arbeitsstube stand — ein Schreibtisch, ja, wirklich ein Schreibtisch, mit Kästen, Federn, Tinte und vielem

Papier. Die Tinte war eingetrocknet. Hier hatte er, der Herrliche, sich im Schreiben geübt. Hier war er, der Bändiger der wildesten Pferde, der Meister im Gebrauch einer jeden Waffe, auf die Jagd nach orthographischen Schnitzern gegangen! Mein lieber, lieber, mein einziger Winnetou! Und hier hatte er die bedeutsamsten Kapitel seines ‚Testaments' geschrieben, dessen Veröffentlichung mir übertragen worden ist!

Auch anderes hatte er hier gearbeitet, mit Messer und Zange, mit Hammer und Feile, sogar mit Nadel und Zwirn! Nichts war ihm zu niedrig und zu klein gewesen. Sogar eine Ledermappe zu machen, hatte er versucht. Als ich sie öffnete, lag ein einziges Blatt darin. Darauf stand in großen Buchstaben geschrieben: „Charly, mein Charly, wie liebe ich Dich!" Und als ich es umwendete, war auch die andere Seite beschrieben, doch klein und wie mit zitternder Hand: „Charly, ich sterbe für Dich. Ich weiß es, ich weiß es! Dein Winnetou."

Intschu-inta stand dabei und sah, daß das Herzle, als wir das lasen, weinte. Auch mir stand ein Tropfen im Auge. Er, der starke Mann, drehte sich um und fuhr sich mit der Hand ins Gesicht.

„Es ist hier alles so sauber! Gerade als ob er erst vor einer Stunde hier gewesen sei!" sagte sie. „Wer hat hier auf Ordnung gehalten? Wer hat gewischt?"

„Ich", antwortete er.

„Wann?"

„Jeden Tag."

„Seit wann?"

„Seit er zum letztenmal hier war."

„Diese lange, lange Zeit? Jeden Tag? Obwohl er nicht mehr kommen konnte? Obwohl er nicht mehr lebte?"

Da schüttelte er leise den Kopf, lächelte ebenso leise und antwortete:

„Er sagte stets, es gäbe keinen Tod; das habe ihm sein

Bruder Shatterhand versichert. Und ich glaubte ihnen beiden. Ich glaube es auch noch heut.“

Er strich mit der Hand über den Lederanzug, der da an der Wand hing, und fuhr fort:

„Diese Leggins und diese Jacke trug er stets, wenn er die Absicht hatte, die Wohnung nicht zu verlassen. Bin ich hier allein, so ist es mir oft, als höre ich die Lederfalten dieses Anzuges rauschen. War das Winnetou? Ging er unsichtbar hinter mir vorüber? Wenn ich hier eintrete, ist es mir oft, als stehe er da draußen auf dem Altan, die Hände gefaltet, um zu beten; wie er zu tun pflegte, wenn ihn eine Sehnsucht oder ein Leid bewegte. Er nannte mich seinen Freund; ich aber war stolz darauf, mich seinen Diener nennen zu dürfen. Ich legte ihm die Hände unter die Füße und wäre tausendmal gern für ihn gestorben. Aber er hat sterben müssen. Denn nicht sein Leben, sondern sein Tod hat alle Stämme der Apatschen und alle roten Völker aufgeschreckt, doch endlich die Augen zu öffnen und einzusehen, wie köstlich das Leben eines einzelnen Menschen ist, um wieviel köstlicher und unersetzlicher also das Leben einer ganzen Nation, einer ganzen Rasse! Wir waren blind. Wir sind nun sehend geworden! Wie habe ich ihn lieb gehabt, wie lieb, wie unendlich lieb!“

Und plötzlich stand er vor mir, faßte meine Hand und bat:

„Nimm seine Stelle ein! Nimm sie ein! Nicht nur hier im Hause, sondern auch hier bei mir!“

Er klopfte sich an die Brust. Dann nahm er auch das Herzle an der Hand und fuhr fort:

„Und dich flehe ich an, sei uns Nscho-tschi! Sprich zu den Frauen, die sich hier versammeln wollen! Führe sie nicht zu Worten, sondern zur Tat! Tatellah-Satah ist Priester, aber nicht Krieger. Bedenkt das wohl! Darum war es die Sehnsucht unseres großen Winnetou, seinen weißen Bruder in dieses Haus zu leiten. Die Seele, die hier erwacht, braucht Schutz und Schirm vor ihrem eigenen Volk. Sie hofft auf euch, auf euch!" —

In der Höhle

Der Mount Winnetou liegt im südöstlichen Winkel zwischen Arizona und New Mexiko. Die dortigen freien Indianer erkennen keine Regierung über sich an. Das ‚Komitee des Denkmals für Winnetou' war so pfiffig gewesen, sich an den Vereinigten-Staaten-Kongreß zu wenden, und hatte die Erlaubnis erhalten, ‚am Mount Winnetou eine Stadt namens Winnetou anzulegen, dem einstigen Häuptling der Apatschen dort ein Denkmal beliebiger Höhe und beliebigen Umfangs zu setzen und alle Einrichtungen zu treffen und alle Bauten vorzunehmen, die zur Erreichung dieser löblichen Zwecke nötig sind'. So lautete die Genehmigung, die der zuständige Delegierte ihnen erwirkte.

Hierauf hatten sie ihr Werk begonnen, ohne sich um die Traditionen und Rechte anderer zu bekümmern. Die Stämme der Apatschen waren leicht gewonnen, weil es sich angeblich um ihren Liebling Winnetou handelte. Auch einige Komantschenstämme dazu, denn Apanatschka war ja der Häuptling der Pohonim-Komantschen. Einen Häuptling, auf den alle Stämme der Apatschen hörten, gab es seit Winnetou nicht mehr, und was den alten Tatellah-Satah betraf, dessen Einfluß sich über alle roten Stämme erstreckte, so war er zwar nicht zu bewegen gewesen, in das Projekt zu willigen, aber Old Surehand und Apanatschka glaubten, daß es ihnen doch noch gelingen werde, ihn auf ihre Seite hinüber zu ziehen. Sie rechneten hierbei auf den Zwang der Tatsachen, der unwiderstehlich ist, und begannen also, zu schaffen und zu bauen, ohne seine Einsprüche zu beachten. Ein jeder seiner Einwürfe wurde mit der allerdings sehr wahren

Behauptung zurückgewiesen, daß man die Genehmigung des Kongresses habe und eine höhere Autorität nicht anerkenne. Old Surehand und Apanatschka waren nicht mehr die Indianer und die Westmänner, als die ich sie vor Zeiten kennen gelernt hatte. Sie waren infolge ihrer Reichtümer und weit verzweigten Geschäftsverbindungen hoch über ihre früheren Anschauungen und Verhältnisse hinausgewachsen. Sie gehörten innerlich schon längst nicht mehr zu den Roten, sondern zu den Weißen. Dafür, daß der Indianer in jedem Augenblick bereit ist, für seine rote Farbe zu sterben, war ihnen das Verständnis abhanden gekommen. Sie wollten mit ihrem Projekt ein ‚Geschäft' machen, und sie wollten ihre Söhne zu einer Berühmtheit emporschrauben, aus der immer neue Reichtümer zu schöpfen waren.

Aber Tatellah-Satah war nicht der Mann, der auf das, was er für richtig hielt, so leicht verzichtete, wie sie dachten. Er wich zunächst dem Zwang, aber nur scheinbar. Er konnte sie nicht hindern, den Wasserfall in elektrische Drähte zu fesseln, den Wald durch Steinbrüche zu entweihen und eine Menge roter Arbeiter herbeizuziehen, die sich ganz gewiß nicht hierzu hergegeben hätten, wenn sie nicht von ihren Stämmen ausgestoßenes Gesindel gewesen wären. Aber er sandte zu den Mescaleros, den Llaneros, den Jicarillas, den Taracones, den Navajos, den Chiricahuas, den Pinalenjos, den Kojoteros, den Gilas, den Lipans, den Mimbrenjos und den Kupferminen-Indianern. Das sind lauter Apatschenstämme, die den ‚Bewahrer der großen Medizin' als den bedeutendsten Mann ihrer ganzen Rasse verehren.

Er ließ ihre Häuptlinge kommen. Er sprach mit ihnen. Er erklärte ihnen, daß es sich hier weniger um die Ehrung ihres Winnetou, als vielmehr um eine Ehrung Young Surehands und Young Apanatschkas handle und überhaupt um ein ganz gewöhnliches Geschäft. Es gelang ihm sogar, ihnen klar zu machen, daß es eine Versündigung an Winnetou, dem in jeder Beziehung Bescheidenen, sei, ihn auf ein so laut hinausschreiendes Piedestal zu heben. Er bewies ihnen, daß dies den Untergang ihres Volkes nicht verzögern, sondern nur beschleunigen könne, weil es die anderen Stämme neidisch gegen die Apatschen reize. Kurz, er erwirkte sich bei den Häuptlingen einen durchschlagenden Erfolg und schickte sie zu ihren Leuten zurück, um nun ihrerseits auf diese einzuwirken. Der Clan der ‚Winnetous' war bereits gegründet; der wirkte mit. Die eigentliche, offene Aktion gegen das Stadt- und Denkmal-Komitee verschob Tatellah-Satah auf die Zeit der großen Meetings, die am Mount Winnetou abgehalten werden sollten. Diese Zeit war nun fast da. Er wollte zunächst vorfühlen. Er mußte wissen, wer von den Häuptlingen für und wer gegen seinen Plan war. Doch hatte er sich bis jetzt noch niemandem gezeigt. Er war auf seinem ‚Schloß' verborgen geblieben und heute zum erstenmal seit langer Zeit herabgekommen, um mich zu sich hinaufzuholen.

Das erzählte er uns während des Mittagessens, zu dem er uns geladen hatte. Es fiel ihm dabei gar nicht etwa ein, diese streitigen Dinge zu beklagen. Sein Blick war scharf und weitschauend. Er erkannte sehr wohl, daß es fast nur allein auf ihn ankam, die gegenwärtigen Verhältnisse zur Basis einer neuen, hoffnungsreichen Zukunft auszugestalten. Ein derartiges Zusammenströmen aller Arten von Indianern wie jetzt war wohl in Jahrhunderten nicht wieder zu erwarten, ganz abgesehen davon, daß diese Rasse überhaupt zu Grunde gehen mußte, wenn es nicht jetzt gelang, ihr neues, inneres Leben einzuhauchen. Darum war er fest entschlossen, diese Gelegenheit beim Schopf zu fassen und der erwachenden Seele seiner Rasse eine breite Bahn zu schaffen. Die Eigenschaften, die hierzu nötig waren, besaß er wohl alle, außer einer einzigen. Ich meine die initiative Offenheit, die aggressive Ehrlichkeit. Die besitzt der Indianer nicht.

Er hat sie besessen, gewiß; aber sie ist ihm im Umgang mit den niemals worthaltenden Bleichgesichtern verloren gegangen. Er war gezwungen, sich auf die heimliche List zurückzuziehen, und das ist ihm schließlich zum Charakter, zum Merkmal geworden. Nur ganz edle Indianer, wie etwa Winnetou, haben sich nicht gescheut, dann, wenn es nötig war, zum ehrlichen, offenen Angriff zu schreiten und dies sogar schon vorher anzukünden; gewöhnlich aber hält der Indianer es nicht für klug, in dieser Weise zu verfahren. Darum hatte Tatellah-Satah so lange gezögert. Und darum hatte er mein Kommen erwünscht. Darum war es ihm von größter Wichtigkeit gewesen, sobald wie möglich zu erfahren, auf welcher Seite ich zu suchen sei, auf der seinen oder auf derjenigen der Denkmalbauer. Seit er vom Nugget Tsil aus benachrichtigt worden war, daß ich treu zu ihm stehen werde, fühlte er sich von seiner größten Sorge befreit. Er hatte von Tag zu Tag gehofft, daß ich kommen werde, und nun ich endlich eigetroffen war, fragte er mich, ob ich bereit sei, in Wirklichkeit sein ‚Shatterhand', seine Schmetterhand zu sein, mit deren Hilfe es ihm möglich sein werde, seine Gegner niederzuwerfen.

„Ich bin bereit", antwortete ich. „Und ich schlage vor, daß wir sofort beginnen, womöglich gleich jetzt, noch heute. Zunächst in Güte und Liebe, dann aber, wenn das nicht wirkt, mit allen möglichen Fäusten!"

Das befriedigte ihn vollständig. Er gab mir Generalvollmacht, zu tun, was mir beliebte, und über alles zu verfügen, was mir als nötig erschien. So war ich also Herr meiner selbst und ohne jede Fessel oder Schranke, die mich beengen konnte. Das nutzte ich ganz selbstverständlich ohne Zögern aus.

Es galt zunächst, das Modell der Statue zu sehen. Darum ritten wir gleich nach dem Essen hinab nach der Stadt, ich, das Herzle, Pappermann und Intschu-inta, der Diener. Dieser bat mich, sechs junge, aber trotzdem schon erfahrene und rüstige ‚Winnetous' mitnehmen zu dürfen, die meine Leibgarde seien. Tatellah-Satah wünsche das so. Ich willigte sehr gern ein. Ich hatte sehr viel vor, wobei mir diese Leute von großem Nutzen sein konnten.

Wir ritten nicht gleich nach der Stadt, sondern ich lenkte, unten im Innental angekommen, zunächst nach dem Schleierfall ein. Wir untersuchten seine ganze Umgebung, auch die zwei Teufelskanzeln zu beiden Seiten des freien Platzes. Wir taten das so unbefangen wie möglich, um nicht aufzufallen, und ich äußerte kein einziges Wort über die Gedanken, die ich dabei hatte. Aber der ‚Diener' war, wie ich sehr bald bemerkte, ein sehr scharfer Beobachter, was mich gar nicht wundernahm, da Winnetou ihn erzogen hatte. Er forschte nach jedem meiner Blicke. Er dachte nach. Er kam infolge seines wohlgeübten Scharfsinnes sehr bald auf die richtige Fährte. Als wir umkehrten, um nun auf dem schon beschriebenen, tief ausgefahrenen Talweg hinaus nach der Stadt zu reiten, lenkte er sein Pferd für einige Augenblicke neben das meinige und sagte:

„Old Shatterhand wollte nicht den Schleierfall sehen."

Ich schaute ihn fragend an.

„Auch nicht den angefangenen Winnetou, den man bauen will", fuhr er fort.

„Was denn?" forschte ich.

„Die zwei ‚Ohren des Teufels', das richtige und das falsche."

Er hatte recht. Nur dieser beiden ‚Ohren' wegen hatte ich den Weg nach dem Innental eingeschlagen. Sie waren mir außerordentlich wichtig. Noch viel wichtiger als der herrliche Wasserfall an sich.

„Hm!" brummte ich.

Das trieb ihn an, aus sich herauszugehen.

„Ich kenne sie", versicherte er. „Aber es ist nicht wahr, was man von ihnen sagt. Man kann stehen, wo man will, so hört man nichts."

„Hast du schon überall gestanden?"

„Ja, überall. Sogar hinten, wo niemand hingehen darf, weil es verboten ist. Aber auch da hört man nichts."

„Versprichst du mir, verschwiegen zu sein?"

Er legte die Hand auf das Herz und antwortete:

„Dir ebenso gern wie einst unserem Winnetou!"

„So wirst du bald hören lernen. Ich werde dir zeigen, wie man das macht. Kennst du vielleicht das ‚Tal der Höhle' am Mount Winnetou?"

„Ganz genau!"

„Vielleicht auch die Höhle?"

„Ebenso."

„Ist sie groß? Ist sie lang?"

„Sehr groß und sehr lang! Man reitet von hier aus fast fünf Stunden, bis man sie erreicht, und doch ist sie so lang, daß sie bis zum Schleierfall geht und erst in seiner Nähe endet."

„Wir reiten morgen früh hin, um sie zu untersuchen. Bereite alles vor. Doch sage keinem Menschen ein Wort!"

Damit war dieser Redewechsel zu Ende, denn wir hatten nun das Innental hinter uns, ritten durch das Felsentor und sahen die Zeltstadt vor uns liegen. Es herrschte jetzt in ihr ein regeres Leben als zur Stunde unserer Ankunft. Eine Reiterschar kam uns entgegen. Sie wollte allem Anschein nach hinauf nach dem Schloß. Als diese Leute uns erblickten, hielten sie an. Nur zwei von ihnen ritten weiter, bis sie uns erreichten. Das waren Athabaska und Algongka. Sie saßen wunderbar zu Pferde. Nachdem sie in indianisch höflichster Weise gegrüßt hatten, sagte Athabaska:

„Wir wollten nach dem Berge, um Old Shatterhand, den Gast der roten Männer, zu begrüßen. Wir hatten ihn lieb, noch ehe wir ihn sahen. Wir achteten ihn sehr hoch, als wir ihn dann kennen lernten, ohne seinen Namen zu wissen. Und nun er hier eingetroffen ist und sich genannt hat, dürfen wir nicht warten, bis er zu unseren Zelten kommt, sondern wir reiten zu ihm, weil er der Höhere ist."

„Kann es unter Brüdern einen geben, der höher steht als die anderen?" fragte ich. „Wir gehören einem einzigen Vater, und der heißt Manitou. Wir stehen einander gleich. Ich besuche meine Brüder. Ich bitte, an ihren Zelten die Pfeife des Willkommens mit ihnen rauchen zu dürfen!"

Diese Höflichkeit erfreute sie. Algongka antwortete:

„Wir sind stolz auf diesen Wunsch unseres weißen Bruders. Er komme mit uns. Er wird Freunde sehen. Bekannte aus früherer Zeit, die hier angekommen sind. Als sie hörten, daß er schon anwesend sei, baten sie uns, mit nach dem Berg reiten zu dürfen, um sich an seinem Angesicht zu erfreuen. Dort warten sie."

Er zeigte auf die Gruppe, die halten geblieben war. Wir ritten hin. Wer waren sie? Wen erkannte ich sofort, trotz der langen Zeit, die zwischen dem damals und der jetzigen Stunde lag? Es waren Wagare-Tey, der Häuptling der Schoschonen, Matto Schahko, der Häuptling der Osagen, und mehrere ihrer Unterhäuptlinge. Wie groß unsere Freude war, uns wiederzusehen! Auch Avaht Niah war da, der Hundertjährige! Sollte man das für möglich halten? Ganz selbstverständlich hatte er jetzt nicht mit nach dem Berge reiten können. Er war vor seinem Zelt sitzen geblieben und ich bat, ihn zuerst aufsuchen und begrüßen zu dürfen. Man hatte Wagare-Tey und Matto Schahko veranlassen wollen, ihre Zelte in der Unterstadt aufzuschlagen; sie aber waren so klug gewesen, sich nach den Verhältnissen zu erkundigen, und was sie da hörten, hatte sie veranlaßt, nach der Oberstadt zu reiten, um sich Athabaska und Algongka beizugesellen.

Wir ritten zunächst nach dem Zelt Wagare-Teys, der mit seinem alten Vater beisammen wohnte, hatten uns aber kaum hierzu in Bewegung gesetzt, so kamen uns zwei Pohonim-Komantschen entgegen, die auch hinauf nach dem Schloß wollten, aber, als sie uns sahen, halten blieben und sich an mich wendeten. Sie waren von Young Surehand und Young Apanatschka geschickt, um mich zu diesen beiden jungen Künstlern einzuladen, die bei unserer Ankunft abwesend gewesen waren. Sie hatten, als sie dann kamen, gehört, daß ich eingetroffen sei, und forderten mich nun durch diese ihre Boten auf, zu ihnen zu kommen, weil sie beabsichtigten, mir gleich noch heute ihr Kunstwerk, die Statue Winnetous, zu zeigen. Schon öffnete ich den Mund, um Antwort zu geben, da forderte Athabaska mich durch eine Handbewegung auf, still zu sein, und nahm die Sache selbst in die Hand, indem er zu den beiden Komantschen sagte:

„Ihr seht hier Athabaska und Algongka, die Häuptlinge der fernsten, nördlichen Völker, ferner Matto Schahko, den Häuptling der Osagen, und Wagare-Tey, den Häuptling der Schoschonen. Kehrt sofort zu Young Surehand und Young Apanatschka zurück und sagt ihnen, daß wir sogleich mit ihnen zu sprechen haben, sogleich! Sie sollen augenblicklich kommen. Es handelt sich um etwas sehr Wichtiges!"

Er sprach in einem so dringenden Ton, daß die beiden Boten kein Wort zu entgegnen wagten und sich schleunigst davonmachten. Dann setzten wir unseren Weg nach den Zelten fort. Diejenigen, die Athabaska, Algongka, Wagare-Tey und Matto Schahko gehörten, standen nahe beisammen. Wir sahen, noch ehe wir sie erreichten, den Hundertjährigen sitzen. Sein weißes, nach hinten gebundenes Haar hing ihm lang über den Rücken herab. Er war kein Skelett wie Kiktahan Schonka. Er konnte sich noch ziemlich leicht bewegen. Sein Auge war klar und der Ton seiner Stimme so frisch und bestimmt, wie bei einem Fünfzig- oder Sechzigjährigen. Er stand, als er uns kommen sah, ohne fremde Hilfe von der Erde auf und erfuhr von Wagare-Tey, seinem Sohn, daß der Trupp so schnell zurückkehre, weil man mich ganz unerwartet getroffen habe, mich und meine Squaw. Sein Gesicht war voll unzähliger, kleiner Fältchen, die es aber nicht im geringsten verunzierten. Er hatte keinen einzigen Flecken, keinen einzigen Zug, keine einzige häßliche Stelle, durch die seine Reinheit, was im Alter doch häufig vorzukommen pflegt, beeinträchtigt worden wäre. Er war ein schöner, ein wirklich schöner Greis! Als er mich sah, erkannte er mich sofort. Seine alten, guten Augen strahlten vor Freude. Er kam auf mich zu, legte beide Arme um mich, zog mich an sich und rief aus:

„O Manitou, o Manitou, du Großer und du Gütiger! Wie danke ich dir für dieses Glück, für diese Freude! Wie sehnte ich mich, den besten, den aufrichtigsten Freund aller roten Völker noch einmal zu sehen, bevor ich das unbekannte Wasser des Todes mit kühn schwimmendem Arm zerteile! Meine Sehnsucht ist erfüllt. Ich erfuhr, daß er kommen werde. Da beschloß ich, auch zu kommen. Das Alter streckte den dürren Arm nach mir aus, mich festzuhalten. Ich aber fühlte mich jung und riß mich los. In meinem Herzen erklang eine Stimme, die mir sagte, daß ich zu meinem weißen Bruder eilen müsse, denn er bringe uns die Güte, die Liebe und die Einheit zurück, die uns einst verlassen haben. Und kaum bin ich gekommen, so kommt auch er! Und du bist seine Squaw?"

Diese Frage war an das Herzle gerichtet. Wir waren von den Pferden gestiegen. Sie stand neben mir.

„Sie ist es", antwortete ich.

Da streckte er den Arm nach ihr aus, zog sie geradeso an sich wie mich und fuhr fort:

„Er bringt uns eine Freundin, eine weiße Schwester. Sie sei uns willkommen in unseren Zelten und in unseren Seelen! Ich bin der älteste von allen. Setzt euch im Kreise und bringt mir das Kalumet. Es soll eine der letzten und der schönsten Ehren sein, die Versammlung des Grußes zu leiten. Old Shatterhand setze sich zu meiner Rechten, seine Squaw zu meiner Linken. Man entzünde das Feuer der Freude!"

Wie gesagt, so getan. Es war ein außerordentlich rührendes, gegenseitiges Willkommenheißen, das sich nun entwickelte. Die Pfeife ging unaufhörlich von Hand zu Hand. Tausend Erinnerungen tauchten auf, sie alle mit dem Namen Winnetou verknüpft. Doch hatten wir jetzt keine Zeit, uns ihnen hinzugeben. Das mußte für später verschoben werden.

Mitten in diese lebhafte, frohe Szene hinein kamen Young Surehand und Young Apanatschka. Sie waren zu Pferde, wie überhaupt dort jedermann. Sie stiegen ab. Aber niemand schien sie zu sehen. Sie wollten sich zu uns setzen, aber keiner machte ihnen Platz. So standen sie eine ganze, lange Weile. Dann gingen sie zu ihren Pferden, um wieder fortzureiten. Nun endlich wurden sie beachtet. Athabaska rief ihnen zu:

„Die Söhne von Old Surehand und Apanatschka mögen näher treten!"

Sie kehrten wieder um. Seine Stimme hatte jenen unwiderstehlichen Ton, dem man gehorchen muß, auch wenn man nicht gehorchen will. Alles war plötzlich still. Niemand sprach. Man konnte das leise Knistern des kleinen Feuers hören. Da fragte Athabaska die beiden:

„Sind Young Surehand und Young Apanatschka Häuptlinge?"

„Nein", antworteten beide.

„Ist Old Shatterhand Häuptling?"

„Ja."

„Es sind schon fast siebzig schwere Winter, die er verlebte; sie aber haben noch nicht einmal dreißig leichte Sommer hinter sich. Und doch gehen sie nicht zu ihm, sondern sie verlangen, daß er zu ihnen komme! Seit wann ist es bei den roten Männern Sitte, daß das Alter der Jugend zu gehorchen hat und die Erfahrenheit der Unerfahrenheit? Wir wollen, daß unser Volk vom Schlafe auferstehe. Wir wollen, daß es seine Rechte und seine Pflichten erkennen lerne. Wir wollen, daß es sich zu den gebildeten Nationen zähle. Wie aber sollen wir das erreichen, wenn wir nicht einmal das Gesetz der wildesten unter den Wilden achten, daß die Jugend das Alter ehre?"

Da warf Young Surehand stolz ein:

„Wir sind Künstler!"

„Uff, uff!" rief Athabaska aus. „Ist das etwas Besseres, als Mensch zu sein und als alt und erfahren zu sein? Ihr seid Künstler? Habt ihr das schon bewiesen? Vielleicht ist Old Shatterhand auch einer. Er hat sich noch nicht als Künstler bezeichnet. Ihr aber nennt euch so. Darum werden wir euch prüfen, ob euch dieser Name zukommt oder nicht. Und selbst wenn ein Künstler etwas so Hohes und so Herrliches wäre, daß kein anderer Mensch ihn zu erreichen vermöchte, so müßte man doch von ihm wohl erst recht die Tugenden fordern, die man an jedem gewöhnlichen Menschen zu sehen verlangt. Fragt eure Väter und fragt Kolma Puschi, was sie Old Shatterhand verdanken! Hat er nun für diese seine Taten und für alle Liebe, die er ihnen erwies, den Söhnen nachzulaufen, weil diese von sich behaupten, Künstler zu sein? Was soll denn diese eure Kunst? Uns ein Riesenbild von Winnetou geben! Könnt ihr das? Ich glaube nicht! Unser großer Winnetou war vor allen Dingen bescheiden. Er diente. Er achtete und ehrte das Alter selbst im geringsten Menschen. Seine größte Lust war, zu helfen, zu tragen, zu beglücken. Ihr aber seid zu stolz, selbst seinem besten Freunde den ersten Besuch, den Höflichkeitsbesuch, der nicht euch, sondern ihm gebührt, zu machen. Ihr habt also Winnetou niemals verstanden und begriffen. Wie könnt ihr uns da ein Bild von ihm geben, das wahr und ehrlich und nicht erlogen ist? Wo sind eure Väter? Sind sie anwesend?"

„Noch nicht. Sie ritten heute früh fort. Sie kehren erst am Abend wieder."

„So sagt ihnen, wenn sie kommen, folgendes: Die hier versammelten Häuptlinge verlangen von ihnen, daß sie zu Old Shatterhand kommen, um ihn für ihre Söhne um Verzeihung zu bitten. Wir aber werden nach Verlauf einer Stunde bei eurem tönernen Winnetou eintreffen, um zu prüfen, ob ihr Künstler seid oder nicht. Jetzt könnt ihr gehen!"

Sie stiegen auf ihre Pferde und ritten fort, ohne ein einziges Wort der Entschuldigung zu sagen oder der Verteidigung zu wagen. Und als wir nach Verlauf der angegebenen Zeit bei dem großen, hohen Blockhause ankamen, in dem sie an dem Modell gearbeitet hatten, standen sie an der Tür und empfingen uns still und ehrerbietig wie Leute, die gern zürnen möchten und aber doch nicht dürfen. Sie waren übrigens ganz prächtige und sympathische junge Menschen, und ich sah es dem Herzle an, daß sie im Innern gern bereit war, sie zu verteidigen. Sie nickte und lächelte ihnen heimlich zu; ich aber durfte ihnen nur einen grüßenden Blick geben, weiter nichts, um Athabaska nicht zu beleidigen.

Als wir in das Gebäude traten, sahen wir da sämtliche ‚Herren vom Komitee' versammelt. Sie hatten sich eingestellt, um auf die Häuptlinge einzuwirken, wurden aber von diesen derart als Luft behandelt, daß sie es gar nicht wagten, sich ihnen zu nähern oder gar etwa einen von ihnen anzusprechen.

Das Haus war rund wie ein Zirkus gebaut und enthielt nur einen einzigen Raum. Die mit Leinwand überkleidete Holzblockmauer zeigte ein wohlgelungenes Panorama des hiesigen Platzes mit dem Mount Winnetou und seinen beiden riesigen Felsentürmen. Den vorderen, kleineren Turm mit dem ‚Schloß' Tatellah-Satahs, und den größeren, höheren mit der von hoch oben stolz herabschauenden gigantischen Winnetoufigur, selbstverständlich jetzt nur erst projektiert. Als Modell vollendet aber ragte diese Figur in der Mitte des Raumes. Sie war ungefähr acht Meter hoch und stand unter der günstigsten Wirkung des durch die offenen Dachfalten hereinbrechenden Oberlichts. Für die dunklen Abendstunden war elektrische Beleuchtung vorhanden, die hierzu nötige Elektrizität wurde ohne großen Kostenaufwand am Wasserfall erzeugt. Es war berechnet, daß sie später für die ganze Stadt Winnetou ausreichen werde.

Mein erster Blick galt dem Gesicht Winnetous. Es war getroffen, überraschend getroffen. Und doch erschien es mir fremd. Es waren seine Züge, ganz genau seine Züge; aber sie waren nicht so freundlich ernst, so gütig und so lieb, wie ich sie kennen gelernt hatte, sondern sie zeigten einen fremden Ausdruck, der ihm im Leben niemals eigen gewesen war. Dieser Ausdruck harmonierte allerdings mit der aggressiven Bewegung, die der Figur von ihren Verfertigern erteilt worden war. Die Kleidung war mit peinlichster Gewissenhaftigkeit ausgeführt. Die mit Stachelschweinsborsten geschmückten Mokassins, die gestickten Leggins, der eng anliegende, fast faltenlose, lederne Jagdrock, die über die Schulter geschlagene, prächtige Santillodecke, unter der die Schlingen des von der rechten Achsel nach der linken Hüfte gehenden Lassos hervorschauten. Am Gürtel hing der Pulver- und Kugelbeutel früherer Zeit. Daneben steckte das Messer, unweit davon eine Pistole und ein Revolver. Den rechten Fuß wie zum Sprung vorgesetzt, stützte sich die Figur auf die in der linken Hand gehaltene Silberbüchse, während die rechte Hand einen geladenen zweiten Revolver drohend vorstreckte. In dieser vorwärts strebenden Bewegung hatte die Gestalt etwas Schlangenhaftes. Oder man dachte an einen Panther, der sich aus seinem Hinterhalt hervorschnellt, um sich auf die Beute zu stürzen. Hierzu paßte der nicht etwa nur drohende, sondern gierige Ausdruck des Gesichtes, der um so befremdender oder abstoßender wirkte, je deutlicher die Schönheit der Züge trotzdem hervortrat.

„Schade, jammerschade!“ flüsterte mir das Herzle zu.

„Leider, leider!“ antwortete ich. „Und sie sind Künstler, wirkliche Künstler!“

„Ganz zweifellos! Nur die Auffassung ist falsch. Es ist eine Sünde, eine ungeheure Sünde! Wie man Winnetou so etwas antun konnte, das begreife ich nicht! Und diese Figur soll auf die Höhe des Berges!“

„Niemals, niemals! Ich dulde das nicht. Und wenn man mich nicht hört, so greife ich zum letzten Mittel und zertrümmere sie vor aller Augen!“

Die Häuptlinge waren still. Sie schritten langsam rund um das Bild, um es von allen Seiten zu betrachten, sagten aber nichts. Young Surehand und Young Apanatschka standen in der Nähe. In ihren Gesichtern drückte sich nicht die geringste Spannung aus. Sie waren vollständig überzeugt, daß der Eindruck ihres Werkes auf uns ungeheuer sein werde. Die Herren vom Komitee waren derselben Meinung. Sie hatten erwartet, uns in Ausrufe des Entzückens ausbrechen zu hören. Als aber Minute um Minute verging, ohne daß einer von uns ein Wort verlautete, begannen sie, uns Vorspann zu leisten, indem sie nun ihrerseits das taten, was wir unterließen. Sie ergingen sich in lobenden Interjektionen, um uns zu verleiten, diesem ihrem Beispiel zu folgen. Aber die Wirkung, die sie erreichten, war dieser ihrer Absicht gerade entgegengesetzt: Die Häuptlinge wandten sich dem Ausgang zu. Sie schritten hinaus, einer nach dem andern. Ich folgte mit dem Herzle. Da kam das Komitee, die beiden Künstler voran, uns nachgeeilt. Sie wollten Auskunft haben. Athabaska war der erste, der in den Sattel kam. Er wartete, bis wir andern oben saßen, und wandte sich dann an die Fragenden:

„Dieser euer Winnetou ist die größte Lüge, die jemals hier zwischen den Bergen erklang. Zerschmettert sie! Da hinauf kommt sie mir nie, nie, nie!“

Er deutete bei diesen Worten nach der Höhe, auf der die Figur errichtet werden sollte.

„Nie!" stimmte Algongka bei.

„Nie — nie — nie — nie!" fielen auch die anderen Häuptlinge und ihre Unterhäuptlinge ein.

„Und sie kommt hinauf!" rief Young Surehand.

„Ja, sie kommt hinauf!" behauptete auch Young Apanatschka. „Beweist es, daß es eine Lüge ist!"

Und Mr. Antonius Paper, der immer Voreilige, kam demonstrativ zu uns herangeschlingert und schmetterte uns an:

„Wir sind das Komitee zur Errichtung des Winnetou-Denkmals. Was wir beschließen, das geschieht. Die Figur kommt hinauf, hinauf, hinauf!"

Er fuchtelte dabei mit den Armen, gerade vor Matto Schahkos Pferd. Dieser gab schnellen Schenkeldruck, ritt ihn über den Haufen und antwortete:

„Wirklich? Ihr seid das Komitee? So setzen wir euch ab und wählen ein anderes!"

„Ja, ein anderes, ein anderes!" riefen die Unterhäuptlinge, während Mr. Antonius Paper sich vom Boden aufraffte und hinter den andern Mitgliedern des Komitees Schutz suchte.

Da kam dem ersten Vorsitzenden, Professor Bell, eine Ahnung, daß es mit ihrem Vorhaben denn doch nicht so sicher stand, wie er bisher angenommen hatte, und daß der jetzige Augenblick vielleicht wohl sehr entscheidend war. Er tat einige Schritte zu mir herbei und fragte:

„Welcher Meinung seid denn Ihr, Mr. Shatterhand? Ich bitte Euch, mir das zu sagen!"

„Oh, auf das, was ich denke, kommt es hier doch gar nicht an", antwortete ich.

„Das ist nicht wahr!" entgegnete er. „Ich bin überzeugt, daß man tun wird, was Ihr vorschlagt. Darum ersuche ich Euch, mir zu sagen: Was schlagt Ihr vor?"

„Dazu ist jetzt wohl nicht die richtige Zeit und hier auch nicht der richtige Platz. Ich kenne überhaupt den mir angewiesenen Platz noch nicht. Ich kann also erst dann sprechen, wenn ich meine Nummermarke habe. Vielleicht hat euer Schriftführer die Güte, sie mir nach meiner jetzigen Wohnung zuzustellen."

Hierauf ritt ich davon. Die anderen folgten sogleich. In der Oberstadt angekommen, gab es nur noch eine kurze Beratung. Wir alle waren der Ansicht, daß nichts geschehen konnte, bevor wir mit Old Surehand und Apanatschka gesprochen hatten. Das war also abzuwarten. Hierauf verabschiedeten wir uns von den Häuptlingen und ritten nach den Zelten der Siouxfrauen, um unsere Freundinnen, die beiden Aschtas, für heute abend zu uns einzuladen. Sie sagten freudig zu. Dann kehrten wir nach dem ‚Schloß' zurück, übergaben dort unsere Pferde und stiegen durch den Wald zu Fuß nach dem Wachtturm hinauf, um den ‚jungen Adler' aufzusuchen und für den Abend auch mit einzuladen. Es waren mehrere Indianer und Indianerinnen bei ihm, die er mit leichten Holz- und Bastarbeiten beschäftigte, warum und wozu, das fragte ich nicht.

Tatellah-Satah war heute nicht mehr zu sehen. Er hielt es für richtig, mich ganz mein eigener Herr sein zu lassen, wie auch ich mir vorgenommen hatte, ihn nicht eher aufzusuchen, als bis es nötig war. So blieben wir am Abend mit unseren drei lieben Gästen allein und beobachteten mit stiller Freude, in wie unendlich zarter Weise die Herzen der jungen Leute sich einander mehr und mehr näherten. Ich hatte es für möglich gehalten, daß Old Surehand und Apanatschka sich noch heute am Abend bei mir einstellen würden. Das geschah aber nicht. Dafür aber fand ich, als ich am andern Morgen aufstand, einen Boten von ihnen vor. Sie ließen mir sagen, daß ich wohl wüßte, wie sehr sie mich liebten und achteten und wie sehr sie sich freuten, mich wiederzusehen; aber es sei ihnen unmöglich, mich in der Wohnung ihres Gegners Tatellah-Satah aufzusuchen. Ich hätte zu entscheiden zwischen ihnen und ihm; ein Drittes gebe es nicht. Übrigens seien sie, falls ich zu ihnen nach der Unterstadt komme, zu jeder Zeit für mich zu sprechen. Abbitte zu leisten, liege kein Grund vor, da es für ihre Söhne unmöglich gewesen sei, mich auf dem ‚Schloß' aufzusuchen.

Es fiel mir nicht ein, mir diese Botschaft zu Herzen zu nehmen. Es wirkten da jedenfalls Dinge, die ich nicht kannte und auch nicht kennen zu lernen nötig hatte. Es gab hier nur eins zu beachten, nämlich: Wer nicht will, der muß! Und heute früh hatte ich am allerwenigsten Lust und Zeit, mich mit persönlichen Streitfragen zu befassen. Ich mußte nach dem ‚Tal der Höhle', um über die Örtlichkeit im Bild zu sein, wenn die Feinde kamen, sich dort zu verstecken.

Intschu-inta, unser riesiger ‚Diener', stand mit seiner Leibgarde schon seit dem Morgengrauen bereit, uns dorthin zu begleiten. Er hatte für alles gesorgt, für Speise und Trank, für Lichter, Fackeln, Stricke, Haken und alle möglichen anderen Gegenstände, deren wir bedurften, um die Höhle, so, wie es notwendig war, kennenzulernen. Sie hatte für mich eine ungewöhnliche Wichtigkeit. Es wäre mir wohl schwer geworden, bestimmte, klare Gründe hierfür anzugeben. Es handelte sich dabei mehr um eine Ahnung als um ein bestimmtes, sicheres Wissen. Aber seit ich gesehen hatte, wie plötzlich der Schleierfall in der Erde verschwand, und seit ich wußte, daß die unterirdische Höhle bis nahe an diesen Fall heranreichte, war es mir, als ob sie in unseren hiesigen Erlebnissen eine nicht ganz unbedeutende Rolle spielen werde.

Zum besseren Verständnis dessen, was nun kommt, erinnere ich an die berühmte Mammuthöhle in Kentucky in den Vereinigten Staaten, die mit ihren Seitenhöhlen eine Länge von über dreihundert Kilometern besitzt. Ihr Hauptgang erstreckt sich unter der Erde sechzehn Kilometer weit. Es gibt da unzählige Schächte, Stollen, Gänge, Schluchten, Hallen, Stuben, Säle, Grotten, Dome, Teiche, Seen, Bäche, Flüsse und Wasserfälle. So ungefähr dachte ich mir die Höhle am Mount Winnetou, und die Folge zeigte, daß ich mich da nicht geirrt hatte. Sie war zwar nicht von gar so riesigen Dimensionen, aber der Wunder gab es auch hier genug. Besonders war es die überaus reichliche und unvergleichliche Stalaktitenbildung, die wir bestaunten.

Der Weg nach der Höhle ging nicht durch die Stadt und dann den ‚weißen Fluß' entlang, sondern man ritt auf der anderen Seite von der Höhe hinab und hatte dann einem Bach zu folgen, der den Vorsatz gefaßt zu haben schien, alle diejenigen, die sich seiner Leitung anvertrauten, dahin zurückzuführen, woher sie gekommen waren. Es ging immer rundum, doch in Schraubenlinien immer tiefer hinab. Dabei bekamen wir besonders den kleinen Mount Winnetou, auf dem Tatellah-Satah wohnte, von allen möglichen Blickpunkten aus zu sehen. Einmal konnten wir das große Kriegsadlernest, das unser Freund, der ‚junge Adler' erklettert hatte, besonders deutlich erkennen. Das war der Grund, daß das Herzle den ‚Diener' fragte, ob er über diesen Vorgang unterrichtet sei. Heute war nur Pappermann, nicht aber auch der ‚junge Adler' bei uns; so konnten wir also über dieses sein Erlebnis sprechen, ohne indiskret zu sein.

„Ja, ich weiß alles", antwortete Intschu-inta. „Ich stand ja neben Tatellah-Satah, der vor seiner Tür saß, als der ‚junge Adler' vom Horst des Kriegsadlers herabgeflogen kam und gerade zu unseren Füßen landete. Ich habe dieses Weibchen, das viel, viel größer als das Adlermännchen war, dann mit erschlagen helfen. Einen stärkeren, größeren und gewaltigeren Vogel als dieses Weibchen gab es nie im ganzen Leben. Wie alt sie war, das wußte man schon längst nicht mehr. Jedermann kannte sie. Sie litt kein Männchen bei sich; sie biß und jagte es fort. Man schrieb ihr ungeheure Kräfte zu. Man behauptete, sie könne einen ausgewachsenen Präriewolf zum Horst tragen. Damals zählte der ‚junge Adler' zwölf Jahre. Er wohnte hier bei uns. Er war ein Verwandter Winnetous und der Liebling aller, die ihn kannten. Trotz dieser seiner großen Jugend ging er nach Norden, um sich den Ton zu seiner Friedenspfeife aus den heiligen Steinbrüchen von Dakota zu holen. Als er mit dem Ton zurückkam und die Pfeife geschnitten war, erklärte er, daß er sich nun auch seine Medizin erbeuten wolle. Er ging vierzig Tage in die Wüste, um zu fasten, und da träumte ihm, daß er der ‚junge Adler' heißen werde und darum die beiden jungen Kriegsadler aus dem Horst holen solle; ihre Krallen und Schnäbel seien seine Medizin. Er war vom Fasten schwach. Er wog kaum noch die Hälfte von vorher. Dennoch wagte er es, das Gebot des Traumes sofort auszuführen, ohne sich recht zu erholen. Er nahm einen Lasso, steckte ein Messer und viele Riemen zu sich und begann den Aufstieg in die Höhe des Horstes. Droben angekommen, fand er das Nest unzugänglich. Um es zu erreichen, mußte man ein Stück darüber hinausklettern und sich dann am Lasso herablassen. Er tat das. Er befestigte den Lasso am überhängenden Felsen und griff sich dann daran hinunter. Aber der Lasso war zu kurz. Als er das Ende erreichte, schwebte er noch hoch über dem Nest, und die Kräfte verließen ihn. Er öffnete die Hände und sprang in das Nest herab. Der Lasso schwebte hoch über ihm hin und her und war nicht mehr zu erreichen."

„Wie fürchterlich!" rief das Herzle aus. „Gab es keinen Weg aus dem Nest?"

„Nein", lächelte der Erzähler. „Adler pflegen nicht an Wegen zu horsten. Die Adlermutter war abwesend; die beiden Jungen aber lagen da. Sie rissen die Schnäbel auf und kreischten den Eindringling angstvoll an. Er tötete sie, schnitt ihnen die Köpfe und die Krallen ab, steckte diese ein und warf die Körper in die Tiefe. Dann begann er zu überlegen, wie er sich wohl entfernen könne. Aber es war keine Möglichkeit zu ersehen. Hoch über ihm der Lasso, den er nicht erreichen konnte, unter ihm die grausige Tiefe, und er selbst im schwindelnden Felsenhorst, aus dem keine Ratte, keine Maus einen Rettungsweg gefunden hätte, viel weniger ein Mensch! Und während er das erkannte, sah er die Alte kommen, mit einem kleinen Wild in den Fängen, das sie für ihre Jungen erbeutet hatte. Sobald sie ihn sah, ließ sie es fallen und schoß mit heiseren Schreien auf ihn zu. Er zog sein Messer, um sich zu verteidigen. Aber im selben Augenblick war es, als ob eine laute, warnende Stimme ihm zuriefe: ‚Töte sie nicht und verletze sie nicht, sonst bist du verloren! Sie ist deine einzige Rettung!'"

„Ah, fliegen!" sagte das Herzle, tief Atem holend.

„Ja, fliegen", nickte Intschu-inta. „Das war das einzige; weiter gab es nichts."

„Der arme Knabe! Wie ermöglichte er das?"

„Nicht: der arme Knabe! Sondern: der kühne, der kluge, der mutige Knabe! Hier kann es kein Bedauern geben, sondern nur ein Bewundern! Der Horst liegt auf einem kleinen Felsenvorsprung, von dem aus ein schmaler Riß in das Innere des Gesteins führt, um aber bald zu enden. Da lagen die Hölzer und Knüppel der früheren Jahrgänge des Horstes, denn der Kriegsadler baut sein Nest jährlich immer neu und also immer höher. Es gelang dem Knaben, sich in diesen Riß zu retten, noch ehe das kreischende Raubvogelweib den Horst erreichte und den wütenden Angriff begann. Er kroch nach und nach fast ganz unter die Hölzer und verteidigte sich mit ihnen. Dabei dachte er eifrig darüber nach, wie er sich retten könne. Er war so klug, einzusehen, daß dies nur dadurch möglich war, daß der Adler ihn hinunter in die Tiefe trug. Er fragte sich, ob er trotz seiner jetzigen Leichtigkeit nicht doch zu schwer für diesen Vogel sei. Während er das dachte, ließ die Alte von ihrem Angriff ab, um nach ihren Jungen zu suchen. Dadurch gewann er Zeit zu ruhigerem Überlegen."

„Er war zu schwer!" fiel das Herzle ängstlich ein.

„Allerdings war das anzunehmen“, stimmte Intschu-inta bei. „Einen sicheren, ruhigen Flug konnte es also nicht geben, ganz abgesehen davon, daß der Adler sich aus allen Kräften sträuben würde, ihn zu tragen. Aber wenn kein eigentlicher Flug, so war es doch wohl auch kein eigentlicher Sturz in die Tiefe. Es war vorauszusehen, daß die Flügelschläge die Jäheit und Stärke dieses Sturzes mildern würden. Es galt also, den Adler so zu fesseln, daß er den Knaben weder mit dem Schnabel, noch mit den Krallen verletzen, aber doch fliegen konnte. Schlingen und Fesseln, mit denen man dies erreicht, sind einem jeden Indianer, sogar auch den Kindern, geläufig. Kaum war der Gedanke gefaßt, so wurde seine Ausführung vorbereitet. Riemen waren mehr als genug da. Mit Hilfe eines passenden, aus dem Horst gezogenen Holzes und dreier Riemen wurde schleunigst ein Knebel gefertigt, der den Adler zwang, Kopf und Hals geradeaus zu strekken. So war ihm der Gebrauch des gefährlichen Schnabels verwehrt. Für die Fänge oder Krallen gab es eine fünffache Schlinge, die später noch zu verstärken war. Für den Leib eine Schleife, die den Zweck hatte, die Flügel zu schließen und eng an den Körper zu zwingen, natürlich nur bis zu dem Augenblick, an dem der Flug zu beginnen hatte. Mehrere Hölzer wurden fest in die Felsenspalte geklemmt, so daß sich eine Art von Gitter zum Schutz des darinsteckenden Knaben bildete. Wollte der Adler ihn fassen, so war er gezwungen, den Kopf durch dieses Gitter zu stecken, der dann sehr leicht mit der Schlinge gepackt und festgehalten werden konnte.“

Meine Frau war außerordentlich gespannt, ich nicht viel weniger. Pappermann las dem Erzähler die Worte fast von den Lippen weg. Intschu-inta fuhr fort:

„Kurze Zeit, nachdem diese Vorkehrungen getroffen waren, kehrte die Adlerfrau zurück. Sie schien die Leichen ihrer Kinder gefunden zu haben, denn sie fuhr in einer bedeutend größeren Wut als vorher auf ihren Feind los. Sie besann sich nicht im geringsten, den Kopf durch das Gitter zu stecken. Sofort legte sich ihr die Schlinge um den Hals, und mochte sie sich noch so sehr wehren, einige Minuten später war ihr der Knebel angelegt, der sie zwang, Kopf und Hals geradeaus zu strecken. Sie wehrte sich aus Leibeskräften, mit den Flügeln und den Krallen. Diese wurden sehr leicht in Schleifen gefangen und dann fest aneinander gebunden. Um die Flügel zur Ruhe zu bringen, mußte der Knabe den gewaltigen Raubvogel, der sich aber nun schon nicht mehr wehren konnte, halb zu sich in den Felsenspalt ziehen, um ihm die Schwingen an den Leib zu drücken und dann mit Riemen festzubinden. Als dies geschehen war, konnte der Adler sich nicht mehr bewegen. Er war vollständig überwältigt; der Sieger aber hatte nicht die geringste Verletzung davongetragen, der Vogel allerdings ebenso. Das Schwierigste war vorüber; das Kühnste konnte beginnen, nämlich der fliegende Sturz oder der stürzende Flug in die grausige Tiefe."

„Gott sei Dank, daß ich es nicht war!" meinte Pappermann. „Mir wäre dieses Wagnis gewiß nicht gelungen. Wen das Schicksal dazu verurteilt hat, Pappermann zu heißen, der muß auf fester Erde bleiben, sonst ergeht es ihm schlimm! Doch weiter, schnell weiter! Ich bin gespannt!"

Der Diener fuhr fort:

„Nun das Raubtier gebändigt war, konnte der Knabe die Felsenspalte wieder verlassen. Er trat vor und schaute in den Abgrund. Es kam keine Spur von Zagen über ihn. Es fiel ihm nicht ein, auch nur einen Augenblick zu zögern. Jetzt war der Adler noch bei voller Kraft. Je schwächer er wurde, desto gefährlicher war der Sprung von dem Horst in das gähnende Nichts hinaus. Der Vogel stank nach Wild und Blut. Seine großen, runden Augen glühten vor Wut und Haß. Und doch konnte nur er allein der Retter sein! Das sind Rätsel, die nur Einer lösen kann, ein Einziger, und dieser Einzige ist gut, ist ewig gut! Der Knabe befestigte sich die besten seiner Riemen unter den Armen hindurch über Brust und Rücken, band sie an die Krallen des Adlers, doch so, daß ihm die schlagenden Flügel des Vogels das Gesicht nicht verletzen konnten, und zog diesen nun bis hart an den Rand des Abgrunds. ‚O Manitou, o Manitou!' rief er aus. Dann durchschnitt er die beiden Riemen, die die Flügel fest an den Leib gehalten hatten. Der Adler regte sie; er bemühte sich, sie auszubreiten, aber er konnte sich nicht aufrichten, weil ihm die Krallen zusammengebunden waren. ‚O Manitou, o Manitou!' betete der Knabe noch einmal. Dann schloß er die Augen, glitt langsam über den Rand des Felsens hinaus und zog den Vogel nach."

„Weiter, weiter!" rief Pappermann. „Ich kann es nicht erwarten!"

„Ja, schnell, schnell!" bat auch das Herzle. Intschu-inta gehorchte:

„Ich habe gesagt, daß der Knabe die Augen schloß. Stürzte er? Nein. Er wäre in einigen Sekunden unten in der Tiefe aufgeschlagen. Aber die Sekunden vergingen, und er lebte noch. Über ihm rauschten Flügel. Er schwankte hin und her. Der Adler schrie in einem fort. Sein Kreischen klang über Berg und Tal, daß jedermann zur Höhe schauen mußte. Da öffnete der Knabe die Augen. Er sah, daß er fiel, beständig fiel, aber nicht stürzend, sondern langsam, in einer flach verlaufenden Schraubenlinie. Der Adler wehrte sich. Er wollte nicht nieder. Er arbeitete mit allen Kräften seiner Schwingen. Aber der Knabe war zu schwer; er zog ihn hinab, bis in die Nähe des Schlosses. Da erreichten sie den festen Boden. Aber der Knabe war noch nicht gerettet. Er hatte sein Messer nicht mehr. Er konnte die Riemen nicht durchschneiden, sich nicht vom Vogel befreien, der sich bemühte, wieder aufzusteigen. Es entspann sich ein Kampf, in dem der Adler stärker als der Knabe war. Er schlug ihn mit den Schwingen; er riß ihn hin und her. Leute eilten herbei. Die Angst vor ihnen verdoppelte die Kräfte des Adlers. Er überwand die an ihm hängende Last. Er ging noch einmal in die Luft, wenn auch nicht hoch. Er flog eine kurze Strecke weit, dann sank er wieder zur Erde, die er gerade vor uns erreichte, vor Tatellah-Satah und mir. Da lag ein Stein. Ich hob ihn auf, und wir erschlugen den Riesenvogel. Der Knabe war gerettet. Die Flügelschläge hatten ihn arg mitgenommen; aber er lächelte. Er jubelte sogar. Denn er hatte erreicht, was er erreichen wollte, nämlich seine Medizin. Seitdem wird er der ‚junge Adler' genannt, und das Fliegen ist es, wovon er am liebsten spricht. Er ist sogar nach den Städten und Dörfern der Bleichgesichter gegangen, um es dort zu lernen."

„Und kann er es?" fragte das Herzle.

„Das weiß ich noch nicht. Aber er ist schon seit gestern dabei, sich eigene Flügel zu bauen. Also scheint er es doch zu können. Das dürfen aber nur wir wissen, andere nicht."

Wir waren während dieser Erzählung eine gute Strecke vorwärts gekommen und folgten nun einer ganzen Reihe von Tälern und Schluchten, die miteinander in Zusammenhang standen, aber nach so verschiedenen Richtungen führten, daß es oft schwer war, zu sagen, ob wir nach Nord oder Süd, nach Ost oder West ritten. Schon waren wir über drei Stunden unterwegs. Da stießen wir auf einen kleinen Fluß, dessen klarem Wasser man es ansah, daß es nicht aus einer erdigen oder gar lehmigen, sondern aus einer felsigen Gegend kam.

„Das ist das ‚Wasser der Höhle', an dem wir nun aufwärts reiten werden", sagte Intschu-inta. „Es kommt aus der Höhle und führt uns also genau nach unserm Ziel."

Wir schwenkten in diese Richtung ein. Als wir an dieses Wasser kamen, hatten wir den tiefsten Punkt unseres heutigen Weges erreicht. Nun ging es wieder aufwärts, dem Mount Winnetou zu, wenn auch von einer anderen

Seite. Wir hatten einen großen Umweg gemacht. In der Luftlinie standen wir dem Berge ganz bedeutend näher. Das Tal des Flüßchens war eng und dabei dicht mit Nadelholz bewachsen. Oft fanden wir vor lauter Baumwuchs kaum genug Platz zum Vorwärtskommen. Das dauerte weit über eine Stunde lang. Dabei wurden die Seiten des Flußtals immer höher und höher. Dann kam eine Stelle, wo sie plötzlich weit auseinandertraten und wohl eine halbe Reitstunde lang in schnurgerader Richtung verliefen. Dadurch entstand eine große, lange, pfannenähnliche Bodenvertiefung, deren Sohle der Fluß wie eine mit dem Lineal gezogene Schnur durchschnitt. Eine ganz erstaunliche Vegetation von Riesenbäumen stieg zu beiden Seiten hoch empor. Zwischen den gigantischen Stämmen wucherte Unterholz in Menge. Dicht war auch das Gesträuch, das den Boden dieser Felsenpfanne bedeckte. Einzelne Laub- und Nadelkronen ragten daraus empor. Hier gab es Laub und Gras in reicher Menge, zum Futter für die Pferde. Allerdings, wenn die Pferde nach Tausenden zählten und nicht nur einige Tage, sondern längere Zeit zu bleiben hatten, so reichte auch diese Menge nicht aus.

„Das ist das Tal der Höhle", sagte Intschu-inta.

„Und wo ist die Höhle?" fragte das Herzle.

„Ganz hinten, am Ende des Tals, wo es direkt an den Mount Winnetou stößt. Kommt!"

Wir ritten weiter.

Also hier war es, wo sich die verbündeten Sioux, Utahs, Kiowas und Komantschen verstecken wollten. Der Platz war gar nicht übel von ihnen gewählt. Nur lag er sehr weit von uns entfernt, und wer uns von hier aus überfallen wollte, der hatte vorher einen fünf Stunden langen, mühsamen Weg zurückzulegen. Oder gab es vielleicht einen kürzeren, bequemeren Weg? Und war er unsern Gegnern bekannt? Diese Gedanken gingen mir durch den Kopf. Sie erschienen mir der Beobachtung wert. Und sonderbar, kaum hatte ich ihnen Raum gegeben, so parierte ich mein Pferd und winkte den anderen, auch innezuhalten. Ich sah nämlich eine Spur. Ich stieg ab, sie zu untersuchen. Sie stammte von zwei Pferden, die nicht denselben Weg wie wir gekommen waren, sondern links von der Höhe herab, und zwar vor höchstens einer Stunde. Es gab also zwei Reiter, die da vor uns waren. Wer sie waren, konnte ich aus den Spuren nicht ersehen, jedenfalls aber Indianer. Ich nahm meinen Revolver aus der Tasche. Wir ritten weiter, aber langsam und vorsichtig, so geräuschlos wie möglich, immer einer hinter dem andern, ich voran. Wir folgten den Spuren, die in dem weichen, von den Höhen herabgeschwemmten Boden sehr deutlich zu sehen waren. Sie führten am Flusse hin, zwischen den Büschen hindurch, nach dem hinteren Teil der Talpfanne.

„Sie reiten nach der Höhle", sagte Intschu-inta. „Sie kennen sie also!"

„Und zwar so gut", fügte ich hinzu, „daß sie quer über die wilden Vorberge gekommen sind und sie dennoch gefunden haben. Ihre Kenntnis ist also genauer noch als die deine."

Wir näherten uns dem Ende des Tals. Es hörte da auf, wo der Fluß direkt aus dem Innern des Berges trat. Eine Öffnung führte hinein. Sie war dreimal breiter als der Fluß und nur so hoch, daß ein Reiter hinein konnte, ohne sich bücken zu müssen. Das war der Eingang zu der großen Höhle, die wir kennenlernen wollten. Vor diesem Eingang gab es einen kleinen, freien Platz, der von dem herabstürzenden Steingeröll bestrichen wurde und darum vegetationslos war. Am Rande dieses Platzes angekommen, hielten wir an, denn nun sahen wir die beiden Reiter, die wir suchten. Sie waren abgestiegen und lagen auf dem Bauch an der Erde, mit den Köpfen über etwas Weißes gebeugt, was ein Papier oder ähnliches zu sein schien. Ihre Pferde knusperten von den letztjährigen Zweigen der

Büsche. Die beiden Sättel lagen in der Nähe, dabei einige Taschen und Pakete, auch die Gewehre.

Wir stiegen ab und führten unsere Pferde eine kleine Strecke zurück, um sie dort anzubinden, sonst konnten wir durch sie verraten werden. Dann kehrten wir wieder nach dem Buschrand zurück, um die beiden Männer zu beobachten.

„Kennst du sie?" fragte ich das Herzle.

„Nein", antwortete sie.

„Du hast sie aber gesehen!"

„Nein, gewiß nicht!"

„Aber doch! Sogar mehrere Stunden lang!"

„Wo?"

„Im ‚Haus des Todes', bei der Beratung der Häuptlinge. Es sind die beiden Medizinmänner der Kiowas und der Komantschen, die den Altar öffneten."

„Dein Auge ist sicherer als das meine. Ich habe sie nur bei dem ungewissen, flackernden Licht der Feuer gesehen."

„Ich auch. Aber der Westmann gibt sich vor allen Dingen Mühe, sich die Gesichtszüge derer, die ihm wichtig sind, so gut wie möglich einzuprägen. Darin bist du nicht geübt. Das Papier, mit dem sie sich beschäftigen, kann kein gewöhnliches sein. Mir scheint, es ist eine Karte oder so etwas. Sie fahren mit den Fingern darauf herum, heftig, als ob sie sich stritten. Sie sprechen dabei so laut, daß man es sogar hier bei uns fast hören kann. Ich schleiche mich hin, sie zu belauschen."

„Ich mit?"

„Nein, liebes Herzle", lachte ich. „In welcher Sprache willst du lauschen? Und dein Anschleichen dürfte wohl etwas laut ausfallen."

„Schade! Ich möchte gern auch mittun! Wie nun, wenn sie dich ermorden wollen? Erschießen, erschlagen oder erstechen?"

„So kommst du schnell, mir zu helfen!"

„Das darf ich?"

„Ja, das darfst du! Du darfst sogar dabei schreien und brüllen und heulen, so sehr und so viel du nur willst!"

„So geh! Ich komme sogar auf alle Fälle!"

Ich gab Pappermann und Intschu-inta die nötige Anweisung und trat dann zwischen die Büsche, um mich zu den Indianern hinzuschleichen. Das fiel mir nicht schwer, denn sie waren so sehr mit sich selbst beschäftigt, daß sie weder Augen noch Ohren für etwas anderes zu haben schienen. Ich kam so nah an sie heran, daß ich von dem Strauch aus, der mich verbarg, mit einer Hand den Fuß des auf dem Bauch ausgestreckten Kiowa hätte ergreifen können. Das Thema, das sie behandelten, war von größter Wichtigkeit, nicht nur für sie, sondern ebensosehr auch für mich.

Das, was ich für Papier gehalten hatte, war nicht Papier, sondern Leder, seidendünn pergamentartig zubereitetes Leder, auf beiden Seiten beschrieben oder wohl auch bemalt. Die eine Seite enthielt eine genaue Zeichnung des Mount Winnetou und den Situationsplan des ‚Schlosses', das der ‚Bewahrer der großen Medizin' bewohnte. Auf der anderen Seite befand sich eine ebenso genaue Karte des Innern der großen Höhle, vor der wir uns befanden. Das wußte ich schon nach Verlauf der ersten Minute, in der ich lauschte. Die Unterhaltung war sehr bewegt. Die Karte wurde hin und her gedreht. Man nannte, suchte und fand die verschiedensten Namen, Stellen und Punkte. Das alles hörte ich und merkte es mir. Ich erfuhr, daß die Karte dem Medizinmann der Komantschen gehörte. Sie war ein uraltes Erbstück seiner Familie. Niemand außer ihm durfte von ihr wissen, und nur der große, hochwichtige Zweck, der heute und hier zu verfolgen war, hatte ihn veranlaßt, dieses Geheimnis zu lüften. Der Medizinmann der Kiowas war außerordentlich begierig darauf, den Inhalt dieser ledernen Urkunde genau kennenzulernen und sich einzuprägen.

„Also es ist wirklich so, wie es hier steht?“ fragte er.

„Ja, wirklich!“ nickte der Komantsche.

„Wir liegen jetzt hier, an dieser Stelle?“

Dabei deutete er auf den betreffenden Punkt der Karte.

„Ja“, antwortete der andere.

„Und von hier aus kann man unterirdisch bis auf den Mount Winnetou kommen? Nicht nur gehen, sondern sogar reiten?“

„Gewiß.“

„Und auf diesem Wege willst du uns und unsere viertausend Krieger nach oben führen, um Tatellah-Satah und seinen ganzen Anhang zu überfallen? Uff, Uff! Das ist ein großer Plan, ein sehr großer Plan! Hat mein roter Bruder diesen Weg schon einmal gemacht? Ist er schon einmal oben gewesen?“

„Nein, aber einer meiner Ahnen hat es heimlich versucht, und mit Erfolg. Der Weg endet an mehreren Stellen; es war ihm möglich, das eine Ende zu erreichen, nach dem auch ich gelangen will.“

„Das ist hinter dem Schleierfall?“

„Ja. Das ist der einzige Punkt, den man zu Pferde erreichen kann. Zu den anderen Punkten kann man nur zu Fuß kommen.“

„Aber wenn es nicht gelingt? Wenn über viertausend Menschen in der Höhle stecken, ohne vor- oder rückwärts zu können? Bedenke mein Bruder, was so viele Menschen und so viele Pferde brauchen!“

„Ich habe es bedacht. Ich bin darum vorausgeritten, um die Höhle vorher zu untersuchen. Und ich nahm dazu nur dich, meinen roten Bruder, mit, und keinen andern, weil du ebenso ein Bewahrer der Medizinen bist wie ich und Tatellah-Satah. Dir darf ich vertrauen.“

„So laß uns keine Zeit verlieren, sondern beginnen!“

Er stand auf.

Sie hatten sich also nicht gestritten, sondern es hatte infolge ihrer Lebhaftigkeit nur so geschienen. Der Komantsche erhob sich auch vom Boden. Er legte die Karte sorgfältig und langsam zusammen, um sie dann einzustecken. Da richtete auch ich mich auf, trat hinter dem Gezweig hervor und sagte:

„Meine roten Brüder werden wahrscheinlich doch ein wenig Zeit verlieren, ehe sie beginnen!"

„Uff!" rief der Kiowa erschrocken. „Ein Weißer!"

„Uff, uff! Ein Bleichgesicht!" rief zu gleicher Zeit auch der Komantsche.

Ich riß ihm das Pergament aus der Hand, steckte es in meine Tasche, stellte mich so, daß sie nicht zu ihren Gewehren konnten, und fuhr fort:

„Ich nehme diese Karte einstweilen zu mir, weil ich euch helfen werde, den darauf bezeichneten Weg durch die Höhle zu finden!"

Nun hatten sie sich von ihrer Überraschung erholt. Sie richteten sich kampfbereit auf.

„Wer bist du, daß du es wagst, mich zu bestehlen?" fragte der Komantsche.

Dabei näherte er sich mir, um zu seinem Gewehr zu gelangen. Ich zog den Revolver, spannte ihn und antwortete:

„Ich stehle nicht! Wenn diese Karte dein rechtmäßiges Eigentum ist, wirst du sie wiederbekommen. Weg von den Gewehren, sonst schieße ich! Ich bin nicht allein!"

Ich winkte. Da kamen Pappermann, Intschu-inta und die Winnetous, das Herzle langsam hinterher.

„Uff, uff!" rief der Kiowa, als er Pappermann erblickte. „Ein halbes, blaues Gesicht!"

„Und eine weiße Squaw!" fügte der Komantsche hinzu, jetzt wirklich erschrocken.

„Ihr habt von diesem blauen Gesicht und von dieser Squaw gehört. Wer also bin ich?" fragte ich.

„Old Shatterhand!" antwortete der Komantsche.

„Old Shatterhand!" rief auch der Kiowa. „Unser Feind, unser grimmigster Feind!"

„Das ist eine Lüge! Ich bin keines Menschen Feind. Ja, ich könnte wohl eher der Feind eines Weißen als eines Roten sein! Fragt eure Häuptlinge, wie ich sie geschont habe! Fragt eure alten Krieger, ob sie ein Wort des Hasses von mir hörten oder euch eine einzige Tat der Rache von mir berichten können! Ich liebe alle Menschen, und ich liebe auch euch. Ich will euer Glück und trete darum jeder eurer Absicht entgegen, die euch zum Unglück führt. Eine solche Absicht ist es, die ihr heute verfolgt. Ich dulde nicht, daß sie zur Ausführung kommt. Setzt euch wieder nieder und gebt eure Messer ab. Ihr seid gefangen!"

„Wir sind nicht gefangen, sondern —"

Mit diesen Worten sprang der Komantsche auf mich ein, doch wich ich einen Schritt nach rechts, faßte ihn an der Seite und warf ihn zur Erde. Intschu-inta, der Riese, kniete ihm auf der Brust und überwältigte ihn ohne alle Mühe. Ebenso verfuhr der wackere, alte Pappermann mit dem Kiowa. In kürzester Zeit waren die beiden Gefangenen derart gefesselt, daß sie sich nicht rühren konnten. Wir setzten uns zu ihnen nieder. Die Winnetous holten unsere Pferde. Ich aber nahm vor allen Dingen die Karte wieder aus der Tasche und schlug sie auf, um sie genau zu betrachten. Sobald ich den ersten Blick auf sie geworfen hatte, wußte ich, woran ich war. Ich wandte mich an den Komantschen:

„Avat-tovavh, der Medizinmann der Komantschen, mag mir sagen, ob er eine große Sammlung von Büchern, also eine Bibliothek, besitzt."

„Ich habe keine", antwortete er. „Es gibt bei allen Männern der Komantschen keine."

„Weiß Avat-tovavh vielleicht, wo es eine gibt?"

„Hier am Mount Winnetou, bei Tatellah-Satah."

„Sonst nirgends?"

„Ich weiß keine andere."

„So wirst du diese Karte nicht wiederbekommen. Ich

habe sie ihrem rechtmäßigen Eigentümer auszuliefern. Sie gehört Tatellah-Satah. Sie wurde ihm gestohlen."

„Das ist eine Lüge!" brauste der Medizinmann auf.

„Das ist keine Lüge, sondern die Wahrheit."

„Beweise es!"

„Sofort! Nur besitzest du wahrscheinlich nicht die Kenntnisse, die dazu gehören, zu verstehen, was ich sage. Diese Karte ist nämlich numeriert, und zwar im alten Pokontsch-Dialekt der Maya-Sprache. Hier unten, in dieser Ecke, stehen die Hunderter: Jo-tuc: das heißt fünfmal zwanzig; das bedeutet also einhundert. Und hier in der anderen Ecke stehen die Zehner und Einer: wuk-laj; das heißt sieben und zehn, also siebzehn. Diese Karte ist also Nummer einhundertsiebzehn der betreffenden Bibliothek oder einer ihrer Abteilungen. Ich werde sie Tatellah-Satah zeigen, und es wird sich herausstellen, daß sie ihm gehört."

„Nichts hast du ihm zu zeigen, und nichts hat ihm zu gehören! Diese Karte ist allerdings gestohlen, aber erst jetzt von dir! Du bist der Dieb!"

„Schweig, sonst gebe ich dir eins aufs Maul, alter Spitzbube!" unterbrach ihn Pappermann. „Wo sind die Brüder Enters?"

Das war kein übler Trick, daß er diesen Namen brachte. Die beiden Roten erfuhren dadurch in bequemster Weise, daß wir nicht so unwissend waren, wie sie wahrscheinlich annahmen. Sie konnten ihre Überraschung nicht ganz verbergen, doch beherrschten sie sich schnell, und der Komantsche fragte in gleichgültigem Ton:

„Enters? Wer ist das?"

„Das sind die zwei Brüder, die versprochen haben, uns an euch auszuliefern. Nun wißt ihr genug, um überzeugt sein zu können, daß wir gar keinen Grund und gar keine Lust haben, euch in Samt und Seide einzuwickeln. Sagt noch ein einziges Wort, was uns nicht gefällt, so setzt es Hiebe!"

Es wäre zwar besser gewesen, wenn Pappermann mich

hätte reden lassen; aber heute war es nach seinen früheren Jahren zum erstenmal seit langer, langer Zeit, daß er wieder einmal Gefangene vor sich hatte, und so gönnte ich dem alten, braven Burschen gern die billige Genugtuung, ein wenig den Helden zu spielen. Die beiden Medizinmänner waren von jetzt an still. Der Name Enters hatte sie bedenklich gemacht.

Wir mußten zunächst essen. Das Herzle packte also die mitgebrachten Speisen aus und legte uns vor. Die Pferde wurden abgesattelt. Sie durften trinken und sich dann ihr grünes Futter suchen. Mir war die Karte selbstverständlich wichtiger als das Essen. Ich studierte sie genau und zog dabei Intschu-inta zu Rate, der mir versichert hatte, daß er die Höhle genau kenne. Da stellte sich ein Widerspruch zwischen ihm und der Karte heraus. Nach dieser gab es hier unten im Tal allerdings nur den einen Eingang zur Höhle, vor dem wir uns befanden, droben auf der Höhe aber drei verschiedene Ausgänge, zwei schmale und einen breiten. Der breite war der Pferdeweg, der hinter dem Schleierfall mündete. Die beiden anderen waren Fußwege, die an einer gewissen Stelle von dem Pferdeweg abzweigten, noch eine Strecke beisammen blieben und dann sich teilten. Der eine mündete droben im Schloß; an welcher Stelle, das war nicht zu sagen; es genau zu bestimmen, war die Zeichnung zu klein. Der andere stieg nicht ganz so hoch. Er ging im Binnental aus; wie es schien, in der Nähe der angefangenen Riesenstatue Winnetous oder einer der beiden Teufelskanzeln. Intschu-inta aber kannte keinen dieser drei Ausgänge. Er wußte zwar, daß früher, in alten Zeiten, mehrere Ausmündungen der Höhle vorhanden gewesen seien, doch habe man sie zugeschüttet. Warum, das wußte er nicht. Er behauptete, daß der Höhlenweg immer breit und sehr gut gangbar, im Innern des Berges aufwärts führe, bis er plötzlich schmal werde und dann vor einer Tropfsteingruppe ende. Diese Gruppe liege etwas seitwärts vor dem Schleierfall, den man noch in der Höhle stürzen höre, wenn man scharfe Ohren habe.

Wer hatte nun recht? Intschu-inta oder die Karte? Jedenfalls die Karte. Ich beschloß also, mich auf sie zu verlassen, wenigstens in Beziehung auf den oberen Teil der Höhle und die dort befindlichen Ausgänge. Bis dorthin aber konnte ich der Ortskenntnis des ‚Dieners' vollständig trauen. Darum beschloß ich, die Pferde nicht hier zu lassen, sondern mitzunehmen. Wir hatten angenommen, nach dem Eingang zurückkehren zu müssen; aber wenn es oben einen so breiten und bequemen Ausgang gab, wie er auf der Karte verzeichnet war, so befanden wir uns dort ja schon daheim und hatten nicht nötig, den Rückweg durch die Höhle zu machen und dann noch fünf Stunden weit nach Hause zu reiten. Intschu-inta blieb zwar dabei, daß wir, zumal mit den Pferden, unbedingt gezwungen sein würden, wieder umzukehren; ich aber war der Ansicht, daß kein vernünftiger Mensch auf den Gedanken gekommen sein könne, die drei Ausgänge völlig zuzuschütten. Ich nahm vielmehr an, daß sie nur maskiert, also versteckt worden seien, und verließ mich da auf meine Findigkeit und auf meine guten Augen.

Sofort nach dem Essen bereiteten wir uns zur Durchforschung der Höhle vor. Wir selbst hatten Fackeln und Lichte mitgebracht, und als wir die Pakete der beiden Gefangenen öffneten, sahen wir, daß auch sie reichlich damit versehen waren. Der Feuchtigkeit und Kühle wegen hatten wir uns große, dünne, aber wasserfeste indianische Decken mitgenommen, die wir wie Mäntel um uns legen konnten. Die Pferde wurden wieder gesattelt, die Medizinmänner auf den ihren festgebunden, einige Fackeln angebrannt, und dann begannen wir den unterirdischen Ritt, von dem ich mir so gute Erfolge versprach, obgleich ich gar nicht wußte, woher sie kommen sollten.

Ich würde mehrere Druckbogen brauchen, um das Innere dieser wunderbaren Höhle auch nur einigermaßen zu beschreiben, doch kann ich mich hier auf wenige Zeilen beschränken, da sich mir später Gelegenheit geben wird, sie ausführlich genug zu schildern. Sie wird in Winntous Testament des öfteren erwähnt und ist dort der Schauplatz von Begebenheiten, über die ich jetzt noch schweigen muß. Wir ritten durch eine geradezu herrliche Unterwelt. Voran Intschu-inta mit einem Winnetou als Fackelträger, hinter ihnen ich mit dem Herzle, hierauf die Gefangenen, dann Pappermann mit den übrigen Winnetous, von denen einer die zweite Fackel trug. Wo es nötig war, zündeten wir uns zu den Fackeln auch noch Lichte an.

Der Weg ging unausgesetzt aufwärts, und zwar oft ziemlich steil. Die Höhle war sogar an ihren niedrigsten Stellen so hoch, daß wir nirgends von den Pferden zu steigen brauchten. Kein einziger der unterirdischen Räume, durch die wir kamen, glich einem anderen. Es folgte Abwechslung auf Abwechslung, Überraschung auf Überraschung. Oft war die Überraschung so groß, daß wir uns lauter Ausrufe der Bewunderung nicht enthalten konnten. Es war ein Reich der herrlichsten Tropfsteinmärchen, das wir da kennenlernten. Die köstlichsten Gedanken, zu Spat, Aragonit und Sinter erstarrt, wuchsen als Stalaktiten von oben herab. Ebenso köstliche Stalagmiten stiegen ihnen von unten aus entgegen, um sich mit ihnen zu Pfeifen, Säulen, Orgeln und anderen Gebilden zu vereinigen, von denen man kaum glauben konnte, daß die Natur sie geschaffen hatte. Wir aber hatten leider nicht Zeit zu eingehender Betrachtung, die wir uns für später aufheben mußten. Es drängte uns vorwärts, hinauf nach der Stelle, wo es sich zu entscheiden hatte, ob wir weiter konnten oder nicht. So ritten wir durch Gänge und Tunnels, durch kleine Kammern und riesige Säle, durch Refektorien und Kirchen, durch Vorhöfe und weite Säulenhallen, durch Veranden und Korridore. Wir kamen an Abgründen vorüber, in deren Tiefe der Fluß rauschte. Wir schlüpften zwischen dünnen Wasserfäden hindurch, die wie aus unsichtbaren Gartenschläuchen spritzten. Wir kamen über Stellen, wo es zu regnen schien. Wir sahen Kaskaden springen und Wasserstrahlen aus unsichtbaren Dachtraufen stürzen. Aber wir verweilten nicht: weiter ging es, immer weiter, bis endlich der breite Weg zu Ende war. Er wurde mit einemmal so schmal und so unbequem, daß nur noch Fußgänger vorwärts konnten.

„Du siehst, daß ich recht hatte“, sagte Intschu-inta. „Der Weg für Pferde ist zu Ende. Er führt nicht weiter. Es gibt keine Mündung, die hinter dem Schleierfall einen Ausgang bildet.“

Er schien recht zu haben. Wir befanden uns in einem breiten Gang, der vor einer Doppelgruppe von Stalaktiten und Stalagmiten Halt machte und sich dann als sehr schmaler Weg von dieser Gruppe nach rechts wandte. Nach der Karte aber machte er diese Wendung nicht, sondern er ging geradeaus, nachdem er den schmalen Pfad von sich abgezweigt hatte. Das war der entscheidende Punkt! Jetzt mußte es sich zeigen, ob ich mich auf meine Augen und auf mein Kombinationsvermögen verlassen konnte oder nicht! Ich begann, die Tropfsteingruppe zu untersuchen, und sah sehr bald, daß es gar keiner großen Klugheit bedurfte, das Richtige zu entdecken.

Stalaktiten sind Tropfsteine, die sich von oben, also von der Decke herab, bilden. Unter Stalagmiten aber versteht man Tropfsteine, die aus dem Boden in die Höhe wachsen. Treffen beide in der Mitte zusammen, so bilden sich nach und nach Säulen und Säulengruppen. Die Stalagmiten entstehen anders als die Stalaktiten. Beide sind sehr leicht voneinander zu unterscheiden, weil sie nicht dieselbe Struktur besitzen. Hier nun sah ich sogleich, daß die von oben herabhängenden Tropfsteine echt waren; die von unten emporragenden aber waren nicht echt; sie waren Stalaktiten, keine Stalagmiten. Sie waren nicht hier an dieser Stelle entstanden, sondern man hatte sie hergeschafft und hier zusammengestellt. Warum und wozu?

Sehr einfach: Um den breiten Pfad abzuschneiden, um ihn zu maskieren, zu verbergen, ganz genauso, wie ich vermutet hatte.

Ich rüttelte an dem äußersten dieser Steine; er ließ sich bewegen. Ich schaffte ihn zur Seite. Um das zu tun, war ich vom Pferd gestiegen. Die anderen folgten diesem Beispiel und halfen, auch die nächsten Steine zu entfernen. Dadurch wurde schon nach kurzer Zeit der breite Weg wenigstens so weit frei, daß wir uns von seiner Fortsetzung überzeugen konnten. Wir vergrößerten die Bresche, bis ein Mann hindurch konnte. Da forderte ich Pappermann und einen der fackeltragenden Winnetous auf, mir in die Lücke zu folgen. Ich wollte sehen, was dahinter lag. Die anderen sollten warten und inzwischen noch so viele Steine zur Seite schaffen, daß auch die Pferde passieren konnten.

Wir drei nahmen zu der einen, brennenden Fackel noch eine zweite als Reserve mit und drangen dann weiter vor, natürlich zu Fuß. Es ging jetzt noch steiler empor, als vorher. Bald hörten wir es vor uns rauschen, dann brausen, dann donnern, ganz wie in der unmittelbaren Nähe des Niagarafalls. Dieses Brausen und Tosen wurde so stark, daß wir unsere eigenen Worte nicht mehr hörten. Die Wand zu unserer Rechten sank in die Tiefe; die zu unserer Linken blieb. Von oben dämmerte es, als ob der Tag durch eine starke Milchglasscheibe zu uns herniederschaue. Und plötzlich, nach einer Biegung des Weges, sahen wir ihn stürzend herniederbrausen, den Schleierfall, in die Unterwelt, in der er sich zu dem Flüßchen bildete, an dem wir vorhin nach der Höhle geritten waren. Es wehte ein so scharfer Wind, daß wir die Hüte festhalten mußten. Wir schritten wie auf einer Felsenstraße der Schweiz. Auf der einen Seite die Felswand, auf der anderen der gähnende Abgrund, in dem der Wasserfall verschwand. Kein Geländer schützte uns. Aber der Weg war fest und so breit, daß vier Pferde nebeneinander gehen konnten. So passierten wir den Wasserfall in seiner ganzen Breite, bis wir an ihm vorüber waren, das Oberlicht verschwand und wir uns wieder nur auf das Licht unserer Fackel verlassen mußten. Hierauf ging es durch einen aufwärts strebenden Stollen, der nicht geraden Laufes, sondern gebogen war. Hier ließ sich das Geräusch des Wasserfalls wieder vernehmen. Es wurde immer stärker und stärker, und als es so stark geworden war, daß es uns beinahe betäubte, sahen wir wieder den Schein des Tages, doch nicht von oben, sondern von vorn. Wir gingen darauf zu und befanden uns wenige Augenblicke später im Freien. Oder vielmehr nicht eigentlich im Freien, sondern zwischen der tosenden Masse des Schleierfalls und dem hochaufstrebenden Felsen, von dem sie sich herunterstürzte. Wir standen hart am Abgrund, in dem sie verschwand. Da unten waren wir soeben vorübergekommen. Wir befanden uns genau in derselben Lage, wie die Besucher des Niagarafalls, die sich hinter die herniederschmetternde Wogenwand bringen lassen, um dann später davon erzählen zu können. Man brauchte nur zwischen Wasser und Felsen nach dem äußersten Ende des Falls zu gehen, um durch ein dort befindliches Pflanzengestrüpp hinaus auf die feste, trockene Erde zu gelangen.

Ich wußte nun genug. Wir kehrten also nach der Stelle zurück, an der sich unsere Begleiter befanden. Als wir dort ankamen, waren sie mit ihrer Arbeit noch nicht fertig. Die fortzuschaffenden Steine besaßen ein derartiges Gewicht, daß lange Zeit dazu gehörte, sie zu entfernen. Das nutzte ich zu einer weiteren Erkundung. Ich wollte nun auch wissen, wohin der schmale Weg uns führte. Hierzu ließ ich mich aber nicht von Pappermann, sondern von Intschu-inta und einem Fackelträger begleiten. Das Herzle bat, mitgehen zu dürfen, und ich willigte ein, obgleich ihre Gegenwart uns das Suchen nicht erleichtern, sondern nur erschweren konnte.

Ich rechnete, daß wir uns hier fast genau unter der Stelle befanden, auf der da oben die gewichtige Winnetoustatue sich im Bau zu erheben begann. Von hier aus bis zu der Stelle, wo der schmale Weg sich nach der Karte in zwei noch schmalere Wege teilte, war es gar nicht weit. Als wir hingelangten, sah ich augenblicklich, daß hier wieder Stalaktiten anstatt Stalagmiten standen. Man hatte also auch da maskiert. Intschu-inta merkte nichts. Er blieb nicht stehen. Er ahnte nicht, daß sich hier einer der schmalen Wege abzweigte, und ging mit dem Fackelträger weiter. Ich folgte ihnen, ohne etwas zu sagen. Der Weg, den sie versäumten, war jedenfalls derjenige, der bei den Teufelskanzeln mündete. Den wollte ich mir aber für mich allein aufheben. Der weitere Weg führte nach der Karte hinauf zum Schloß, und den hätte ich sehr gern heute noch kennengelernt. Wir folgten darum dem schmalen Weg so weit, bis er zu enden schien.

„Da hört er auf", sagte Intschu-inta, während er stehen blieb.

„Und geht nicht weiter?" fragte ich.

„Nein. Genau wie vorhin!"

„Ja, genau wie vorhin! Nimmt man die Steine weg, die ihn verhüllen, so sieht man sofort, daß er nicht zu Ende ist, sondern sich hinter den Steinen fortsetzt. Weg mit ihnen!"

Diese Stalaktiten waren nicht schwer. Ich hob einige zur Seite. Intschu-inta half. Was ich gedacht hatte, das zeigte sich: der Weg ging weiter. Hier war es gar nicht nötig, alle Steine zu entfernen. Es genügte, über sie hinwegzusteigen. Dann hinderte uns nichts mehr, weiter zu gehen. Wir taten es. Aber von hier an hörten die Tropfsteine auf. Es gab nur noch Höhlen ohne Sinterbildung. Und sie lagen immer eine höher als die andere. Man hatte zu steigen. Schließlich hörte diese Bildung natürlicher Hohlräume ganz auf, und es ging zwischen Felsenspalten empor, auf künstlichen Stufen und Gängen, die übermauert waren. Dabei war die Luft außerordentlich trocken und rein. Ich hatte nicht nach der Uhr gesehen und auch weder die Stufen noch unsere Schritte gezählt; aber es war mir, als ob wir schon weit über eine Viertelstunde emporgestiegen seien; da hörten die Stufen plötzlich auf. Wir konnten nicht weiter. Wir befanden uns auf einer schmalen steinernen Treppe. Unter uns die Stufen, rechts Mauer, links Mauer, über uns Mauer. Nirgends eine Tür, ein Fenster, eine Öffnung! Wie da hinauskommen?

Gerade über der letzten, obersten Stufe war eine Steinplatte angebracht. Sie konnte nicht schwer sein, denn sie war höchstens drei Spannen im Geviert. Ich versuchte, sie zu heben. Es ging nicht. Sie hatte zwei Vertiefungen, die jedenfalls nicht ohne Absicht angebracht worden waren. Ich konnte das Heft meines Messers hineinstecken. Dadurch gewann ich einen Griff, die Platte zu verschieben. Ich versuchte dies nach vorn, nach hinten, nach rechts — vergeblich. Aber nach links bewegte sie sich endlich. Ich hatte das Gefühl, als ob sie auf einer Rolle laufe. Es entstand über mir eine viereckige Öffnung, durch die ich steigen konnte. Ich tat dies aber nicht sofort, sondern war so vorsichtig, meinen Kopf nur erst bis zu den Augen hineinzustecken. Was sah ich?

Einen sehr hohen, achteckigen, gemauerten Raum mit zwei Türen. Die Wände waren vollständig mit Passifloren[1] überwachsen, deren Ranken bis hinauf an die Decke reichten, wo es rundum zahlreiche Öffnungen gab, das nötige Licht hereinzulassen. Die Ranken waren so dicht, daß man von der darunterliegenden Mauer nichts sehen konnte. Sie grünten und blühten, und zwar fast überreich. Daß dies noch jetzt, in der ziemlich späten Jahreszeit, geschah, war wohl eine Folge der Höhenlage, und auch des Umstandes, daß die Vegetation nicht im Freien stattfand, sondern auf das Innere eines geschlos-

1 Passionsblumen

senen Raumes angewiesen war. Die Passionsblume hat bekanntlich über zweihundert Arten; hier aber waren nur zwei vertreten. Die eigentliche Flächenbekleidung wurde von *Passiflora quadrangularis* gebildet, deren Prachtblumen, innen rosenrot angehaucht, einen Durchmesser von zehn Zentimetern besaßen. Das ergab rundum eine Blütenpracht sondergleichen. Von diesem Untergrund stach an der einen Wand eine vollständig weiß blühende *Passiflora incarnata* ab, die so gezogen und beschnitten war, daß sie ein vier Meter hohes, aufrecht stehendes Kreuz bildete, ein ganz auffälliges Zeichen des Christentums hier an diesem mir fremden, geheimnisvollen Ort. Mir gegenüber gab es eine Tür, die nicht geöffnet war. Und da, wo ich mich befand, schien auch eine zu sein, nur konnte ich sie nicht eher sehen, als bis ich höher stieg und dann aus der Öffnung heraustrat. Da stellte es sich denn heraus, daß hier auf unserer Seite des Passiflorenraums mehrere Stufen zu einem Ausgang emporführten, der verriegelt war. Ich stieg hinauf, schob den Riegel zurück und öffnete. Da stand ich draußen im Freien, nahm mir aber nicht Zeit, die Stelle zu bestimmen, an der ich mich befand, sondern machte die Tür wieder zu, ging die Stufen wieder hinab und forderte Intschu-inta auf, heraufzukommen und mir zu sagen, ob er wohl wisse, wo wir seien. Kaum sah er den Raum, so rief er verwundert aus:

„Uff! Das ist die Blumenkapelle, in der Tatellah-Satah zu beten pflegt!"

„Zu wem betet er da?" fragte ich.

„Zum großen, guten Manitou. Zu wem sonst?"

„Aber da ist doch das Kreuz, das Sinnbild des Christentums!"

„Das stammt von Winnetou. Er hat es gepflanzt. Er sagte, das sei das Zeichen seines Bruders Old Shatterhand. Er verstehe es noch nicht, aber er werde es verstehen lernen, je höher es hier wachse. Er hatte dich so lieb, so unendlich lieb!"

Man kann sich wohl denken, wie tief mich das ergriff! Aber ich mußte diese Rührung schnell überwinden und fragte weiter:

„Wohin führt die Tür, die uns da gegenüberliegt?"

„Nach Tatellah-Satahs Schlafgemach."

„Und die hier über den Stufen?"

„Hinaus auf den Berg. Niemand hat geahnt, daß es außerdem eine Falltür gibt, durch die wir jetzt gekommen sind!"

Der Verschluß dieser Falltür bestand in der Platte, die ich von ihrem Platz entfernt hatte. Sie war unter den Fußbodensteinen derjenige, der von der Seite her unmittelbar an die unterste Stufe stieß, in die er, weil sie hohl war, hineingeschoben werden konnte. Indem ich das getan hatte, war die Falltür geöffnet worden. Ich brauchte ihn nur in seine vorige Lage zurückzuschieben, so war sie wieder geschlossen.

Nun stieg auch das Herzle mit dem Fackelträger herauf. Sie brach beim Anblick der unzähligen Leidensblumen in einen Ausruf der Bewunderung aus. Sie hatte da unten im Gang nicht gehört, was mir von Intschu-inta gesagt worden war. Dennoch erriet sie sofort den Zweck dieses Raums.

„Das ist ein Zimmer zum Gebet!"

Mit diesen Worten schritt sie nach der Mitte der Stube. Dort stand eine Bank, die mit einem Fell überkleidet war. Sie setzte sich darauf, dem Kreuz gerade gegenüber, und sprach weiter:

„Hier sitzt Tatellah-Satah, um mit Gott, seinem einzigen Herrn, zu sprechen. Er hat das Kreuz vor sich, das Erdenleid, das den einzelnen Menschen und ganze Völker erlöst. Da betet er für die Erlösung seiner Rasse. Hier möchte ich sitzen und mit ihm beten, daß ihn der Herrgott erhöre!"

„Tue es!" antwortete ich. „Wir gehen jetzt zurück, kommen aber bald wieder."

„Hierher?" fragte sie. „Wann?"

„Vielleicht schon in einer halben Stunde. Ich kehre in die Unterwelt zurück, um die beiden Gefangenen zu holen und auf diesem verborgenen Wege ins Schloß zu bringen. Da sieht sie kein Mensch außer uns. Ich wünsche, daß niemand von ihren Angehörigen und Genossen erfahre, wo sie sich befinden. Es hat keinen Zweck, daß du uns in die Höhle zurückbegleitest. Du müßtest doch mit uns wieder hier herauf."

„Gut, so bleibe ich. Aber was tue ich, wenn mich jemand hier erwischt?"

„Du würdest als Freundin behandelt werden, sei es, wer es sei. Übrigens ist es gar nicht nötig, daß du dich erwischen läßt. Du brauchst nur hier die Stufen hinauf und ins Freie zu gehen, so bleibst du ungesehen. Es würde wohl niemandem einfallen, nachzusehen, ob die Tür angelehnt ist oder nicht."

„Ja, richtig! Also, ich warte hier."

Sie setzte sich wieder auf die Bank. Wir anderen aber stiegen den Gang hinab. Wir ließen ihn nicht offen, sondern ich schob die Steinplatte wieder vor. Dann kehrten wir nach der Stelle zurück, wo unsere Gefährten auf uns warteten. Sie waren mit ihrer Arbeit, die Stalaktiten wegzuräumen, fast zu Ende. Ich setzte mich nieder, um die wenigen Minuten zu warten. Als ich still saß, fühlte ich, daß es von der Decke auf mich niedertropfte. Aber es war nicht Wasser, sondern zerriebenes Gestein. Es streute wie Mehl oder Sand auf mich herab. Zuweilen war auch ein erbsen-, bohnen- oder nußgroßes Stück dabei. Ich schaute empor. Das Licht unserer Fackeln reichte nicht bis ganz hinauf; trotzdem sah ich gerade über mir einen schmalen Riß, aus dem es bröckelte. Das war in einer solchen Höhle nichts Auffälliges. Darum kam ich gar nicht auf den Gedanken, nach den Ursachen dieses Risses zu forschen.

Als der breite Weg freigeworden war, sagte ich, daß

wir uns hier zu trennen hätten. Die beiden Medizinmänner hatten mit mir, Intschu-inta und einem Fackelträger zu Fuß nach oben zu steigen. Die anderen aber ritten, wobei sie unsere ledigen Pferde mitnahmen, unter Pappermanns Führung den vorhin von uns entdeckten Weg empor, der hinter dem Schleierfall mündete. Von dort aus hatten sie sich sogleich nach dem Schloß zu wenden. Wir warteten, bis sie fort waren. Dann verband ich den Medizinmännern die Augen und verbat mir alles Widerstreben. Hierauf nahm ich den Komantschen und Intschu-inta den Kiowa beim Arm. Der Fackelträger schritt voran. So stiegen wir den schon einmal gemachten Weg nach dem Passiflorenraum empor. Das ging, weil die Augen der Gefangenen verbunden waren, so langsam, daß wir nicht, wie ich gesagt hatte, nach einer halben Stunde, sondern erst nach über einer ganzen Stunde droben bei den letzten Stufen ankamen. Da machte ich mich daran, die Platte auf die Seite zu schieben. Während ich dies tat, hörte ich Stimmen. Es schien jemand bei meiner Frau zu sein. Ich öffnete die Falltür so geräuschlos wie möglich. Dann schob ich vorsichtig nur den oberen Teil meines Kopfes, bis an die Augen, hinaus, um zu sehen, wer da sprach. Das Herzle war verschwunden, jedenfalls durch die Treppentür hinaus ins Freie. Jetzt saß Tatellah-Satah auf der Bank, dem Kreuz gegenüber. Bei ihm standen zwölf Apatschenhäuptlinge, jüngeren Alters, von denen ich keinen kannte. Der älteste von ihnen war nicht über fünfzig Jahre alt. Der alte ‚Bewahrer der großen Medizin' sprach mit sehr bewegter Stimme zu ihnen. Ich hörte die Fortsetzung der angefangenen Rede:

„Unser guter Manitou ist größer, millionenmal größer, als die roten Männer bisher glaubten. Sie nahmen an, er sei nur ihr Gott, aber nicht auch der Gott aller anderen, die da leben. Falls dies auf Wahrheit beruhte, wie klein wäre er da, wie klein! Der Gott einiger armer Indianerscharen, die von den Bleichgesichtern zermalmt, zerquetscht und zertreten werden! Wie groß und wie mächtig müßte dagegen der Gott der Weißen sein! Und wie sehr müßten wir da wünschen, daß dieser Gott der Weißen an Stelle des ohnmächtigen Manitou der Indianer trete! Doch dieser Wunsch wurde uns erfüllt, noch ehe wir ihn empfanden. Schaut hin auf das Kreuz! Es blüht, um uns zu erlösen. Es nimmt uns Manitou, um Manitou uns zu geben. Es sagt uns, daß es nur einen einzigen gibt, den Allmächtigen, den Allweisen, den Allstarken, den Allgütigen, und daß wir ihn seiner Allstärke und seiner Alliebe berauben, indem wir ihn nur für uns haben wollen, für uns allein, die wir die unglücklichste aller Nationen sind und die schwächste aller Rassen. Das Kreuz ruht in der Erde und ragt zu Gott empor. Das ist das eine, was es bedeutet. Aber es breitet seine beiden Arme aus, um jedermann und alle Welt zu umfangen. Das ist das andere, was es bedeutet. Niemand von uns hat das gewußt. Old Shatterhand war es, der uns dieses Wissen brachte. Wir aber nahmen es nicht an. Ein einziger nur bewegte diese Kunde in seinem Herzen. Dieser einzige war Winnetou. Er beobachtete; er prüfte. Er begann, zu glauben. Und je fester dieser sein Glaube wurde, desto öfter kam er zu mir, um mich zu bitten, diese Leidensblumen und dieses Kreuz an die Lieblingsstätte meiner Gebete pflanzen zu dürfen. Es war sein inniger Wunsch, Old Shatterhand zu mir zu bringen. Sein weißer Bruder sollte hier, an dieser Stelle, sehen, wie der Kreuzesgedanke und die Überzeugung von einem einzigen, großen Manitou im Herzen seines roten Bruders Wurzel gefaßt und sich zur Blüte und Frucht entwickelt hatte. Ich aber war dagegen. Ich haßte Old Shatterhand. Da ging Winnetou, der Herrliche, der Unvergleichliche, hin und kam nicht wieder. Doch was in seinem Herzen lebte, das kehrte zurück. Das kam zu mir. Das trieb mich tagtäglich hierher, in diesen Raum. Das lehrte mich nachdenken. Das brachte mir Licht. Das lehrte mich beten, nicht zu dem schwachen, kleinen Manitou der roten Männer, sondern zu dem gewaltigen, unendlichen, erhabenen Manitou Old Shatterhands, der allein imstande ist, uns, seine roten Kinder, neu zu beseelen, damit wir endlich werden, was wir werden sollten, aber nicht geworden sind. Heute ist er da, Old Shatterhand, dem ich mein Haus und mein Herz versagte. Heute liebe ich ihn. Heute weiß ich es, daß ich nichts vermag ohne ihn, ganz ebenso, wie die rote Rasse ohne die weiße nichts vermag. Er wird es sein, der uns in Liebe vereint, obgleich wir uns im Haß zerstören wollen. Und während wir —"

Er hielt mitten im Satz inne. Unsere Fackel, die wir noch nicht hatten auslöschen können, begann sehr laut zu knistern. Sie sprühte Funken. Sie gab Rauch, der neben mir aus der Öffnung stieg und von den Indianern sofort gerochen und gesehen wurde. Sie schauten alle zu mir her. Tatellah-Satah stand überrascht von seinem Sitz auf. So blieb mir nichts anderes übrig, als aus der Bodenöffnung zu steigen.

„Old Shatterhand!" rief er aus. „Old Shatterhand, von dem ich spreche!"

„Old Shatterhand! Er ist's? Er ist's?" wurde er von den Häuptlingen gefragt.

„Ja; er ist es!" antwortete er. „Ein Loch im Boden! Wo führt es hin? Wo kommst du her?"

Diese Worte waren an mich gerichtet. Ich ging auf ihn zu, zog die Karte, die ich dem Medizinmann der Komantschen abgenommen hatte, aus der Tasche, faltete sie auseinander, gab sie ihm und antwortete:

„Schau hier nach! So wirst du sehen, woher ich komme."

Er sah die Überschrift, und er sah die Zahl, da rief er auch schon aus:

„Aus der geheimen Bibliothek! Die hochwichtige Karte, die einem meiner Ahnen gestohlen worden ist! Nach deren Dieb wir bisher vergeblich forschten! Im Verdacht stand der damalige Medizinmann der Komantschen, der mehrere Wochen lang hier Gast gewesen war und die Bibliothek sehr oft betreten hatte. Und jetzt bringt Old Shatterhand sie mir! Welch ein Wunder, welch ein großes Wunder! Von wem hast du sie?"

„Von dem Urenkel des Diebes. Ich zeige ihn dir."

Es genügte ein Ruf von mir, so kamen Intschu-inta und der Fackelträger zu uns heraufgestiegen und brachten die beiden Gefangenen mit. Sie wurden von den Apatschenhäuptlingen sofort erkannt. Diese wollten in laute Ausrufe der Verwunderung ausbrechen, ich aber wehrte durch eine Handbewegung ab und sagte leise:

„Still! Sie dürfen nicht sehen und hören, wo sie sind! Ich erzähle nachher. Gibt es hier im Schloß einen Ort, wo es möglich ist, Gefangene derart aufzubewahren, daß sie weder entfliehen noch von anderen Leuten gesehen werden können?"

„Wir haben sehr gute und sehr sichere Gefängnisse hier", antwortete Tatellah-Satah.

„So mag Intschu-inta sie dort unterbringen und dann wiederkommen. Ich brauche ihn noch."

Tatellah-Satah gab seinem riesigen Diener mit unterdrückter Stimme die nötigen Befehle, worauf dieser sich mit den beiden Medizinmännern und dem Fackelträger entfernte, um sie nach dem Verließ zu schaffen. Da wurde über den Treppenstufen die Tür geöffnet, die ins Freie führte, und das Herzle ließ sich sehen. Es war ihr gelungen, sich rechtzeitig zurückzuziehen. Nun, da sie durch die angelehnte Tür sah, daß ich wieder da war, glaubte sie, sich auch mit sehen lassen zu dürfen. Man kann sich denken, daß dies das Erstaunen der Häuptlinge nicht verringerte.

Ich erzählte ihnen, soviel ich zu erzählen für nötig hielt, denn zum vollständigen Mitwisser meiner Ansichten und Pläne wollte ich keinen von ihnen machen. Gerade als ich fertig war, kehrte Intschu-inta zurück. Er meldete, daß die Gefangenen fest eingeschlossen, und daß Pappermann und seine Begleiter vom Wasserfall her auf dem Schloß eingetroffen seien. Ich teilte ihm mit, daß er mich jetzt noch einmal hinunter in die Höhle begleiten und zu diesem Zweck zwei neue Fackeln besorgen solle. Das Herzle fragte, ob auch sie dabei sein müsse. Als ich das verneinte, bat mich Tatellah-Satah, ihm meine Squaw anzuvertrauen. Er erwarte den Besuch von Kolma Puschi und werde sich sehr freuen, die beiden Frauen miteinander bekannt zu machen. Ich hatte natürlich nicht das geringste dagegen und stieg, als Intschu-inta mit den Fackeln kam, mit ihm wieder in die Höhle hinunter. Es sei bemerkt, daß die zwölf Apatschenhäuptlinge erst heute während unserer Abwesenheit hier angekommen waren und ihre Zelte in der Oberstadt aufgeschlagen hatten. Sie bildeten den Stab sämtlicher Apatschenstämme, auf die Tatellah-Satah sich verlassen konnte.

Ich hatte meinen ganz besonderen Grund, noch einmal hinunter in die Höhle zu steigen. Da ich einmal dabei war, sie kennenzulernen, wollte ich sie auch gleich ganz kennenlernen; denn es gab einen kleinen Teil, den ich noch nicht kannte. Ich erinnere daran, daß der breite, rcitbare Weg, der vom ‚Tal der Höhle' aus durch diese führte, droben hinter dem Schleierfall ins Freie mündete. An der Stelle, wo er mit Stalaktiten versetzt worden war, die wir entfernt hatten, zweigte von ihm ein schmaler Weg nach rechts, der nur für Fußgänger zur Höhe führte. Sein eigentliches Ende fand dieser schmale Weg ganz oben im Passiflorenraum. Bis dorthin waren wir ihn gegangen. Aber schon unten in der Höhle zweigte von ihm ein zweiter, schmaler Weg ab, an dem wir vorübergekommen waren, ohne daß meine Begleiter etwas von ihm bemerkten. Nur mir allein war die Stelle aufgefallen, an der die als Stalagmiten verwendeten Stalaktiten andeuteten, daß auch hier ein früher gangbarer Weg mit Steinen versetzt und maskiert worden war. Nach dieser Stelle kehrten wir jetzt zurück. Ich hatte nur Intschu-inta mitgenommen, weil er der Vertraute des Medizinmanns war, denn um eine sehr vertrauliche Sache handelte es sich jetzt bei der neuen Entdeckung, die ich machen wollte. Denn wenn ich die oberirdischen und unterirdischen Örtlichkeiten miteinander in Verbindung brachte, so ergab sich für mich folgendes: Der breite Weg mündete im Bergtal, hinter dem Wasserfall. Der schmale Weg mündete an seinem letzten, höchsten Ende droben im Schloß. Die zwischen beiden liegende Abzweigung dieses schmalen Weges, die ich jetzt suchte, mußte also zwischen dem Wasserfall und dem Schlosse münden. Und wenn ich mich da fragte, welcher Ort hierzu wohl am geeignetsten war, so stieß meine Vermutung immer nur auf die Teufelskanzeln, oder, wie sie hier genannt wurde, auf das ‚Ohr des Teufels', an dem wir vorübergekommen waren, als der Medizinmann uns den Schleierfall zeigte. Es stimmte in jeder Beziehung, daß dieser Ort mit der geheimnisvollen, großen Höhle in Verbindung stand. Wer weiß, was für wichtige Zusammenhänge vor Jahrtausenden hier oben und da unten stattgefunden hatten. Darum war es jetzt für mich, der ich diesen Zusammenhängen nachspürte, sehr wohl geraten, dies so unauffällig wie möglich zu tun und keinen Menschen ins Vertrauen zu ziehen, der dieses Vertrauen nicht verdiente. Dies der Grund, weshalb ich nur den altbewährten, treuen Intschu-inta mitgenommen hatte.

Als wir die betreffende Stelle erreichten, an der ich eine Abzweigung des schmalen Weges vermutete, blieben wir stehen, um die am Boden liegenden Steine zu untersuchen. Auch sie waren nicht Stalagmiten, sondern Stalaktiten, also nicht hier an Ort und Stelle entstanden, sondern zu irgendeinem Zweck hergeschafft. Wir beseitigten so viele von ihnen, wie nötig war, um Einsicht zu gewinnen, und entdeckten da nun allerdings sehr bald den offenen Pfad, der hinter ihnen aufwärts führte.

Meine Vermutung hatte mich also nicht getäuscht. Es fragte sich nur noch, wo er oben mündete. Wir mußten ihm folgen.

Wir ruhten zunächst einige Augenblicke von der Anstrengung aus, die uns das Beiseiteschaffen der schweren Steine verursacht hatte. Es war für diese kurze Zeit still, vollständig still um uns, und so hörten wir ein eigenartiges, prasselndes Geräusch, das aus der Ferne zu uns drang, wahrscheinlich aus der Gegend, in der unser schmaler Weg vom breiten abzweigte. Was war das, oder wer war das? Befand sich jemand dort? Unsere Sicherheit erforderte, dies schleunigst zu erfahren. Wir nahmen also die Fackeln hoch und eilten nach der Richtung, aus der der Schall zu uns gedrungen war. Dort sahen wir, daß es sich nicht um die Anwesenheit von Menschen handelte, sondern um ein Herabbröckeln des Deckengesteins, und zwar genau an derselben Stelle, an der ich gesessen und den beginnenden Spalt über mir bemerkt hatte. Dieser Spalt war jetzt breiter und größer als vorher. Es waren ganz beträchtliche Sinterstücke herabgefallen. Jedenfalls lockerte sich da oben etwas. Wer hier vorüber wollte, der hatte von jetzt an vorsichtig zu sein. Doch nahm ich diesen Gedanken sehr gleichgültig auf, denn ich hatte nicht die geringste Ahnung von der eigentlichen Ursache dieses Phänomens.

Wir kehrten zu der Stelle zurück, an der wir beschäftigt gewesen waren, und folgten von da aus dem neu entdeckten, schmalen Seitengang, dessen Mündung wir noch nicht kannten. Der riesige Intschu-inta war erstaunt.

„Es ist, als ob du Winnetou seist", sagte er. „Alles hörst du; alles siehst du; alles findest du! Wir aber, die wir ewig schon hier wohnen, hören nichts, sehen nichts und finden nichts! Du bist wie er, und er war wie du!"

Auch dieser Pfad führte von Höhle zu Höhle empor, aber viel steiler als der andere. Dann gab es künstliche

Stufen, die in harten Stein gehauen waren. Schließlich standen wir vor dem Ende. Aber dieses Ende bestand nicht aus einer Tür, einer Mauer, einem Stein, sondern aus unzähligen Wurzeln und Wurzelfasern, die aus dem Boden traten, der hier nicht aus Stein, sondern aus Erde gebildet war, und die schier undurchdringlich vorwärts strebten. Da mußten wir unsere Messer zu Hilfe nehmen. Und sie halfen. Indem wir alles, was uns im Wege war, wegschnitten und hinter uns schafften, drangen wir Schritt für Schritt vor und standen schließlich nicht mehr vor Wurzeln und lichtscheuen Ranken, sondern hinter einem dichten Gebüsch, durch dessen Gezweig hindurch das Tageslicht uns grüßte. Wir löschten die Fackeln aus.

Das Gebüsch wuchs mit noch anderem Gesträuch aus einem Steinhaufen heraus, der jedenfalls nicht natürlich entstanden, sondern künstlich hierhergebracht worden war, um den Gang, aus dem wir kamen, zu verbergen. Während wir hindurchkrochen, gaben wir uns Mühe, die Äste und Zweige so wenig wie möglich zu verletzen. Dann standen wir — wo? Am linken ‚Ohr des Teufels', also ganz so, wie ich vermutet hatte; das rechte Ohr lag jenseits des Fahrweges gerade gegenüber.

„Uff, uff!" sagte Intschu-inta. „Es geschehen Wunder!"

„Die Neuentdeckung von etwas so sehr Altem ist kein Wunder", antwortete ich. „Wir befinden uns an eurer Devils pulpit."

„Deren Geheimnis kein Mensch entdecken kann!"

„Nicht? Wirklich nicht!"

„Nein. Nicht einmal Winnetou hat es gekonnt!"

„So warte! Vielleicht bist du es, der es kann!"

„Ich?" fragte er erstaunt. „Unmöglich!"

„Ganz und gar nicht unmöglich, sondern sogar sehr wahrscheinlich. Willst du schweigen, sogar gegen Tatellah-Satah, wenigstens einstweilen?"

„Ich will!" versicherte er, mich erwartungsvoll anschauend.

„Gut! Sehen wir uns erst um! Steigen wir hinauf, auf das ‚Ohr des Teufels', um seine Verhältnisse kennen zu lernen!"

Wir stiegen hinauf. Als wir oben waren, befand ich mich fast ganz genau in derselben Lage und in denselben Verhältnissen, wie auf der ersten Devils pulpit, wo der ‚junge Adler' den Bären erlegte und ich mich dann mit dem Herzle von Kanzel zu Kanzel unterhielt. Es gab auch hier zwei Kanzeln, genau wie dort. Und drüben über der Straße gab es wieder zwei, die in ganz derselben Ausmessung zueinander standen. Für einen oberflächlichen Denker schien es hier also nicht nur eine, sondern zwei Ellipsen zu geben, in deren Brennpunkten man das leise Gesprochene laut hören konnte, nämlich die eine diesseits und die andere jenseits des Fahrweges. Der schärfer Denkende aber mußte gleich beim ersten Blick sehen, daß es weder hüben noch drüben eine besondere, wirkliche Ellipse gab, sondern daß diese Figur erst dann zustande kam, wenn man beide Abteilungen durch Verbindungslinien über den Fahrweg herüber vereinigte. Dann gab es allerdings eine große Doppelellipse mit vier Brennpunkten, hüben zwei und drüben zwei, bei deren richtiger Benutzung sich verschiedene Schallexperimente ermöglichten, die dem nicht Eingeweihten als Wunder erscheinen mußten.

Das sah man, wie gesagt, schon beim ersten Blick. Doch wurde dieser Blick schnell wieder von seinem Gegenstand abgezogen, und zwar durch eine höchst augenfällige Veränderung, die sich seit unserem letzten Hiersein in der umgebenden Szenerie vollzogen hatte. Nämlich die angefangene Winnetoustatue war inzwischen gewachsen, und zwar in einer Weise, die mir nur dann begreiflich wurde, wenn ich sah, wie groß heute die Zahl der Lastgeschirre war, auf denen die fertig zubereiteten Quadern von den Steinbrüchen herbeigeschleppt wurden, und wie groß die Zahl der Arbeiter, die damit beschäftigt waren, diese Quadern zur Figur zusammenzusetzen und mit schon vorgebohrten eisernen Spindeln, Klammern und Bolzen zu befestigen. Die Figur war bereits bis zum Unterleib gediehen; der künstliche Felsen, an den sie sich anzulehnen hatte, war im Entstehen, und die Gerüste, auf denen die Monteure zu arbeiten hatten, waren zwar erst heute entstanden, ließen aber Dimensionen vermuten, die ins Riesenhafte gingen. Als Intschu-inta sah, daß ich meine Aufmerksamkeit jetzt darauf richtete, sagte er:

„Sie arbeiten wie im Fieber. Sie sind ihrer Sache nicht mehr sicher. Sie sehen jetzt täglich mehr und mehr, daß nicht alle Welt ihrer Meinung ist. Darum soll diese Figur schleunigst fertiggestellt werden, um auf die Tausende von Festgenossen, die man erwartet, den Eindruck zu machen, den man sich von ihr verspricht. Als ich vorhin die Fackeln holte, erfuhr ich, daß man entschlossen ist, jetzt Tag und Nacht an der Figur zu arbeiten, weil man gehört hat, daß auch du dagegen bist. Man hatte geglaubt, dich leicht auf die Seite schieben zu können."

„Ah! Besonders wohl Mr. Okih-tschin-tscha, genannt Antonius Paper? Laß ihn schieben, laß ihn schieben! Wir aber wollen zu unseren jetzigen Pflichten zurückkehren. Es war doch unsere Absicht, zu versuchen, ob du es nicht vielleicht bist, der imstande ist, das Geheimnis eurer Devils pulpit zu entdecken. Wir haben hier zwei Kanzeln. Drüben sind auch zwei. Wir befinden uns hier auf der ersten; da bleibe ich jetzt; du aber gehst hinüber, auch auf die erste. Da stellst du dich hin und nennst in ganz gewöhnlichem Ton zehn Zahlen. Ich kann das hier hüben nicht hören, werde dir aber sofort dieselben Zahlen sagen."

„Mir sagen?" fragte er. „Höre ich es denn?"

„Ja."

„Unmöglich!"

„Warte es ab! Jetzt geh! Aber tue es geheim! Sage niemandem, wohin du gehst und was du dort willst!"

Er machte ein sehr ungläubiges Gesicht und entfernte sich. Ich schaute ihm nach, ohne mich aber von den Arbeitern und Fuhrleuten, die auf dem Fahrweg verkehrten, sehen zu lassen. Sie beachteten ihn nicht. Er ging über den Weg hinüber und stieg auf die erste Kanzel. Man kann sich wohl denken, wie gespannt ich darauf war, ob das Experiment gelingen werde. Ich lauschte. Da, Gott sei Dank, kamen sie, die zehn Zahlen, nämlich alle geraden der Reihe nach von zwei bis zwanzig. Ich wartete nur einen Augenblick, dann wiederholte ich sie ebenso langsam und deutlich, wie er sie ausgesprochen hatte.

„Uff, uff!“ hörte ich ihn dann verwundert rufen. „Bist du das wirklich, oder bist du es nicht?“

„Ich bin es“, antwortete ich.

„Und du hast mich gehört?“

„So genau wie du jetzt mich. Nun gehst du auf die andere Kanzel, auf die zweite, und sagst etwas anderes.“

„Was?“

„Irgend etwas. Du sprichst eine Frage aus, und ich antworte dir. Also, jetzt!“

„Gut, ich gehe!“

Auch ich stieg von meiner Kanzel herab und ging nach der anderen. Da gab es kein Gebüsch; ich war also schnell oben. Da hörte ich ihn drüben kommen. Büsche raschelten, Zweige knackten. Dann war er oben und fragte:

„Bist du noch dort? Hörst du mich?“

„Ja, ich höre dich“, antwortete ich ihm, ohne ihm aber zu sagen, daß ich inzwischen auch meinen Platz gewechselt hatte.

„Soll ich vielleicht wieder zählen?“

„Ja. Zehn andere Zahlen.“

Er sagte die ungeraden Zahlen von einunddreißig bis neunundvierzig auf, und ich wiederholte sie ihm. Dann ließ ich ihn wieder nach der ersten Kanzel zurückkehren, um noch weitere zehn Zahlen auszusprechen. Ich sah ihn drüben kommen. Er stieg hinauf. Jedenfalls zählte er jetzt; ich hörte aber nichts. Nun wußt ich alles. Es handelte sich wirklich um eine Doppelellipse. Man konnte hören oder nicht hören, gehört werden oder nicht gehört werden, ganz wie es einem beliebte. Es kam nur auf die Orte an, die man wählte. Ich stieg von meiner Kanzel herab und ging nach dem Fahrweg zu. Da sah er mich und kam auch.

„Du hast beim letztenmal nicht geantwortet", sagte er. „Oder habe ich dich überhört? Welch ein Wunder, welch ein Wunder! Uff, uff! Auf so weit kann kein Mensch das gewöhnliche Wort verstehen, und doch habe ich dich verstanden! Wie ist das zu erklären?"

„Denke darüber nach! Du bist es doch, der das Geheimnis erraten soll!"

„Du scherzest! Warum soll ich mühsam erraten, was du genau schon weißt! Denn wüßtest du es nicht, so hättest du mir nicht die richtigen Plätze anweisen können. Werde ich es erfahren?"

„Wenn Tatellah-Satah es erlaubt, ja."

„Aber jetzt darf ich ihm nichts davon sagen?"

„Keinem Menschen! Du könntest großes Unheil anrichten, wenn du es auch nur einem einzigen verrietest. Jetzt komm hinauf nach dem Schloß; die Sonne geht schon unter!"

Der Himmel war, so weit man ihn hier im Tal sehen konnte, von golddurchsichtigen Wölkchen überhaucht. Ein diamantenes Flammenzucken ging von Westen aus. Das blitzte und flimmerte im herrlichen Spiegel des Schleierfalls wider. Wie schade, wie jammerschade, daß die gerade vor dem Fall sich erhebende tote steinerne Figur den Genuß dieser Schönheit fast unmöglich machte! Wir standen an der Krümmung der Straße und des Tals, an der man, von der oberen Stadt kommend, den Schleierfall zu erstenmal erblickte. Wir waren da stehen geblieben, um seinen Anblick zu genießen. Und nun störte uns diese fatale Figur, die, dem leichten duftigen Schleier entgegengesetzt, so schwer, so belastend, so bedrückend wirkte. Die Holzgerüste, die sich vor diesem Schleier erhoben, taten dem Auge förmlich weh, zumal man sie ohne Lot errichtet zu haben schien. Sie standen schief. Es gab nur einen einzigen Träger, der wirklich senkrecht stand. Diese Beobachtung machte ich nur so nebenbei. Sie erschien mir völlig unwichtig. Aber im Verlauf der irdischen Ereignisse gibt es nichts wirklich Bedeutungsloses; das sollte ich auch hier bald sehen.

Der echte Winnetou

Wir gingen nun nach dem Schloß. Intschu-inta war unterwegs sehr still. Das Ergebnis unserer Nachforschung beschäftigte ihn innerlich. Oben angekommen, trennten wir uns. Er ging zu Tatellah-Satah, ich aber nach meiner Wohnung, wo ich das Herzle vermutete. Sie war auch da, und zwar nicht allein. Kolma Puschi war bei ihr. Beide saßen nebeneinander, Hand in Hand. Als ich eintrat, standen sie auf und kamen mir entgegen. Ihre Gesichter hatten den Ausdruck tiefer, ernster Rührung. Der Name Kolma Puschi ist dem Moqui-Dialekt entnommen. Er bedeutet soviel wie ‚Schwarzauge' oder ‚Dunkelauge'. An diesem Auge, das seinen Glanz noch immer besaß, erkannte ich sie sogleich wieder, obwohl sie sich im übrigen sehr verändert hatte. Sie war bedeutend älter als ich. Ihre früher so elastische Gestalt hatte sich gebeugt. Ihr grauglänzendes Haar war in dünn gewordenen Zöpfen um den unbedeckten Kopf gelegt. Ihr sehr gealtertes Gesicht bestand aus lauter kleinen, winzigen, eng aneinander liegenden Fältchen. Und doch war es schön, dieses Gesicht. Es besaß jene von innen heraus sprechende Schönheit, die man als Altersschönheit bezeichnet. Sie pflegt das Ergebnis vielen Leidens und Denkens zu sein. Ganz selbstverständlich war Kolma Puschi nicht mehr männlich, sondern weiblich gekleidet. Sie blieb vor mir stehen, schaute mich lange, lange prüfend an und sagte dann, während ihr ernstes Gesicht zu lächeln begann:

„Ja, das ist er! Noch ganz wie früher! Trotz der vielen, vielen Jahre, die vergangen sind, seit wir uns sahen! Darf ich Old Shatterhand begrüßen?"

Sie fragte das, ohne mir die Hand entgegenzustrecken. Ich antwortete:

„Was gäbe es für einen Grund, dies nicht zu dürfen?"

„Die Feindschaft!"

„Welche Feindschaft? Ich kenne keine."

„Auch ich kannte sie nicht; nun aber habe ich sie kennengelernt. Old Shatterhand ist in Beziehung auf das Denkmal unser Gegner!"

„Vielleicht Gegner, keineswegs aber Feind. Ich habe Kolma Puschi geachtet, geliebt und bewundert, solange ich sie kenne, und werde ihr diese Freundschaft bewahren, solange ich lebe. Ich bitte um ihre Hand, die so kühn und tapfer sein konnte, und doch so mild und so edel zu gleicher Zeit."

Da wurde ihr Gesicht wie heller, warmer Sonnenschein, der aus jedem Fältchen zu mir aufstrahlte. Wir reichten uns die Hände. Ich zog sie fest an mich heran und küßte sie auf die lieben, guten, einst so tieftraurigen Augen. Dann nahmen wir beieinander Platz, um das durch mein Kommen unterbrochene Gespräch fortzusetzen. Da sah und hörte ich denn, daß Kolma Puschi im Verlauf der letzten Jahrzehnte viel, sehr viel gelernt hatte. Sie war mit Young Surehand und Young Apanatschka, ihren Enkeln, geistig emporgewachsen, aber leider nicht über die Anschauungen und Ansichten dieser Enkel hinaus. Sie schwärmte für die geplante, rein äußerliche Winnetou-Apotheose, und sie war überzeugt gewesen, daß ich und das Herzle ganz ebenso schwärmen würden. Als Meinungsverschiedenheiten und Spaltungen entstanden, hatte sie geglaubt, daß es nur unseres Kommens bedürfe, um diese Konflikte zu lösen. Sie war in den letzten Tagen nicht hier gewesen und erst mit Old Surehand und Apanatschka zurückgekehrt. Da hatte sie dann alles erfahren, daß wir angekommen seien, daß man uns abstoßend und geringschätzig behandelt habe, und daß uns aber von Tatellah-Satah die große Genugtuung bereitet worden sei, von ihm persönlich nach dem Schloß abgeholt zu werden, um dort als seine besonderen Gäste in seiner Nähe zu wohnen. Das hatte die Spaltung zwischen Oberstadt und Unterstadt erweitert. Man befürchtete in der Unterstadt, daß nun gerade Old Shatterhand, den man auf die Seite hatte schieben wollen, sich in der Denkmalsfrage das entscheidende Wort anmaßen werde, und das hatte Old Surehand und Apanatschka veranlaßt, zu erklären, daß sie fest entschlossen seien, mich nicht in meiner Wohnung bei Tatellah-Satah aufzusuchen. Kolma Puschi aber hatte es nicht übers Herz gebracht, in derselben Weise schroff zu sein. Sie hatte sich bei dem ‚Bewahrer der großen Medizin' anmelden lassen, um ihn um die Erlaubnis zu bitten, uns bei ihm besuchen zu dürfen, und er hatte sehr gern eingewilligt. Nun hatten die beiden Frauen während meiner Abwesenheit schon stundenlang beisammen gesessen und inniges Wohlgefallen aneinander gefunden. Das war zwar nur eine kurze Zeit, aber dem Herzle schien es trotzdem schon gelungen zu sein, ihrer Gastin das zu geben, was diese von ihr erwartete. Der Brief, den Kolma Puschi zu uns hinüber geschrieben hatte, schloß bekanntlich mit den Worten: „So komm also, und bring mir Deine Menschenliebe, Deine Herzensgüte und — Deinen Glauben an den großen, gerechten Manitou, den ich gern ebenso deutlich fühlen möchte, wie Du, meine Schwester, ihn fühlst." Diese Liebe, diese Güte und dieser Glaube, sie waren jetzt da. Was ich als Mann in scharfem Ton hätte sagen müssen, das hatte das Herzle in freundlicher Eindringlichkeit gesagt. Als ich jetzt kam, war Kolma Puschi schon halb zu unserer Ansicht herüberbekehrt, und es bedurfte nur noch weniger Worte, um ihr meine Ansichten und Entschlüsse genau zu erklären. Als sie mich bat, doch nach der Unterstadt zu kommen und Old Surehand und Apanatschka aufzusuchen, antwortete ich:

„Das darf ich nicht. Ich bin Gast Tatellah-Satahs, und wer ihn meidet, den habe auch ich zu meiden."

„Steht es wirklich so?" fragte sie besorgt.

„Ja, so!" bestätigte ich. „Nach den Gesetzen der roten Männer ist das Haus meines Wirtes auch mein Haus. Wer es verachtet, der verachtet auch mich!"

„Verzeih! Wenn du von Verachtung sprichst, so irrst du dich. Niemand wird es wagen, dich zu verachten!"

„Falsch! Nicht ich bin es, der sich irrt. Ich wurde eingeladen, nach dem Mount Winnetou zu kommen. Ich kam. Man hatte mich zu empfangen, mich zu begrüßen, mich willkommen zu heißen. Wer hat das getan? Niemand kam zu mir. Ich wurde aufgefordert, zu euch zu kommen, euch nachzulaufen. Nun sollst du die Antwort hören, die ich euch hierauf erteile."

Das Herzle gab mir einen heimlichen Wink, doch nicht in diesem energischen Ton zu sprechen; es war ja doch eine Frau, die ich vor mir hatte. Ich wußte aber wohl, was ich wollte, und fuhr in derselben Weise fort:

„Ich bitte Kolma Puschi, zu Old Surehand und Apanatschka zu gehen und ihnen zu sagen, daß ich sie für morgen zum Mittagessen zu mir einlade, hierher, in meine Wohnung. Es werden auch noch andere Personen geladen sein, doch wer sie sind, das weiß ich jetzt noch nicht."

Da wurde ihr Gesicht noch ernster, als es schon war.

„Du meinst, daß meine Söhne kommen werden?" fragte sie.

„Ich hoffe es!"

„Zu Mittag?"

„Genau zu Mittag, keine Minute später."

„Und wenn sie nicht kommen?“

Bei dieser Frage waren ihre Augen in größter Spannung auf mich gerichtet. Ich antwortete:

„So nehme ich das als die größte Beleidigung, die mir widerfahren ist; der Kampfplatz wird sofort abgesteckt, und die Kugeln werden sprechen!“

„Zwischen solchen Freunden, wie ihr gewesen seid?“

„Ein Freund, der mich beleidigt, ist schlimmer als ein Feind! Sag ihnen das! Teile ihnen mit, daß ich zwar grau geworden, aber noch immer der Alte bin! Wenn sie nicht kommen, schießen wir uns. Und dann wird euer ganzes Komitee zum Teufel gejagt und ein anderes, würdigeres gewählt. Winnetou war Häuptling der Apatschen. In welcher Weise er zu ehren ist, darüber haben nur Apatschen zu bestimmen!“

„Wenn Old Shatterhand droht, so ist das, was er droht, so sicher und gewiß, als sei es bereits geschehen. Du sprichst im Ernst?“

„In vollem Ernst! Weshalb hat Winnetou gelebt? Weshalb ist er gestorben? Etwa um einen jungen Maler und einen jungen Bildhauer berühmt zu machen? Und wie haben diese beiden unerfahrenen Leute ihn dargestellt? Wo ist sein Geist, wo seine Seele? Jeder Cowboy, Runner, Loafer oder Tramp kann genau in derselben Rowdy-Pose stehen wie die tönerne Figur da unten, von der man uns sagte, daß sie Winnetou bedeute! Bitte, liebes Herzle, zeige ihr einmal einen anderen Winnetou, nämlich den unseren!“

Meine Frau ging, den betreffenden Koffer zu öffnen, und brachte die photographischen Abzüge, die sie daheim gemacht hatte. Als ich zu ihr trat, um den betreffenden herauszusuchen, benutzte sie diese Gelegenheit, mir leise zuzuraunen:

„Sei doch gut! Nicht so grob! Sie weint ja beinahe! Sie ist doch nicht schuld daran!“

„Mehr als du denkst!“ antwortete ich ebenso leise.

„Sie versteht nichts von Kunst und vergöttert ihre Enkel. Laß mich nur!"

Ich habe schon früher gesagt, daß ich Sascha Schneiders Bild des zum Himmel strebenden Winnetou mitgebracht hatte. Wir besaßen mehrere Abzüge davon. Ich nahm einen und befestigte ihn mit vier Nadeln an die Wand; dann brannte ich die Lampe an, denn es war inzwischen fast dunkel geworden. Das Licht fiel von beiden Seiten auf das Bild. Das Kreuz, dem Winnetou entgegenschwebt, begann zu leuchten.

„Das ist unser Winnetou", sagte ich. „Schau ihn dir an!"

Sie hob die Augen und sagte nichts. Sie trat näher hinzu und sagte nichts. Sie trat wieder zurück, Schritt um Schritt, und sagte nichts. Dann, an der gegenüberliegenden Wand angekommen, ließ sie sich in sitzende Stellung nieder, hielt ihre Augen unablässig auf das Bild gerichtet und sagte noch immer nichts. Aber in ihrem Gesicht glänzte der Schein einer höheren Freude. Es war etwas seelisch Schönes und seelisch Glückliches über sie gekommen, was sie nicht verstand und nicht zu deuten wußte. Da bewegte sich der Türvorhang neben ihr, und es trat jemand herein, dessen Kommen wir am allerwenigsten erwartet hatten, nämlich Tatellah-Satah. Er hatte mir vollständige Freiheit gewährt und sich vorgenommen, mich so wenig wie möglich zu stören; nach der heutigen Entdeckung aber und nach dem Bericht, den Intschu-inta ihm höchstwahrscheinlich erstattet hatte, war es ihm ein Bedürfnis gewesen, mich aufzusuchen, um näheres zu erfahren. Er sah das Bild, blieb unter der Tür stehen und beobachtete es mit immer größer werdenden Augen. Dann trat er herein in das Zimmer, schritt langsam näher und näher, wich wieder zurück, tat einige Schritte vorwärts, während in seinem Gesicht die Gedanken kamen und gingen. Seine Augen leuchteten mehr und mehr. Es kam ein frohes Erkennen über ihn.

„Uff, uff!" rief er endlich aus. „Das ist Winnetou? Der wirkliche Winnetou? Also unser Winnetou?"

Ich nickte.

„Aber nicht sein Körper, sondern seine Seele!" fuhr er fort. „Sie schwebt zum Himmel! Über ihm das Kreuz! Ähnlich dem Passiflorenkreuz, das er in meinem Hause und in meinem Herzen pflanzte! Seinem Haar entfällt die Häuptlingfeder! Das letzte Irdische, was noch an ihm haftete! Nun ist er erlöst! Nun ist er frei! Wie schön, wie schön!"

Er stand wie verzückt. Seine Lippen bewegten sich, doch hörte man die Worte nicht, die ihnen entschlüpfen wollten. Erst nach einiger Zeit sprach er laut:

„Das ist er; ja, das ist er! Könnten wir ihn unseren Völkern doch so zeigen, wie wir ihn hier sehen! Könnten wir ihm doch ein Denkmal setzen, das ihn genauso gibt, wie ich ihn in diesem Augenblick empfinde — als Seele!"

„Ja! Das können wir, und das werden wir!" antwortete ich.

„Unmöglich!"

„Warum unmöglich?"

„Ihn als Seele zu zeigen? In Erz, in Marmor oder in sonstigem Gestein?"

„Nicht in Erz und nicht in Stein! Und doch höher und herrlicher ragend als die steinerne Gestalt, die sich auf dem Mount Winnetou erheben soll!"

„Ich verstehe dich nicht!"

„Du wirst mich verstehen. Vielleicht schon morgen. Komm! Setze dich! Ich habe dir noch mehr zu zeigen."

Er folgte dieser Aufforderung. Da erhob Kolma Puschi sich von ihrem Platz. Sie hatte ihr erstauntes Schweigen bis jetzt beibehalten; nun aber sagte sie, sich an mich wendend:

„Old Shatterhand hat gesiegt, wie immer. Doch nicht allein. Sondern mit seinem Freund und Bruder Winnetou."

Bei diesen Worten deutete sie auf das Bild und fuhr dann fort:

„Freilich, einen solchen Winnetou bringt weder Young Surehand noch Apanatschka fertig! Ich gehe jetzt. Ich werde meinen Söhnen deine Einladung zum Mittagessen überbringen, und ich hoffe, sie stellen sich ein. Würdest du ihnen deinen Winnetou zeigen?"

„Wenn sie ihn zu sehen wünschen, ja."

„So lebt wohl! Ich wußte bisher nicht, daß es Bilder gibt, die mächtiger und eindringlicher predigen, als Worte predigen können!"

Sie ging.

Ja, sie hatte bisher nicht geahnt, welch eine Sprache die wahre Kunst besitzt. Ich aber wußte es. Und darum hatte ich ihr dieses Bild gezeigt, für dessen Stimme in ihrem Herzen der tiefste Widerhall zu hoffen war. Sie hatte ihn ja persönlich gekannt, den es darstellte. Sie hatte ihn verehrt und geliebt. Und sie hatte es ihm zu verdanken, daß ihr einst so freudeloses Leben eine so unerwartete Wendung zum Glück genommen hatte. Da konnte sein Bild ja ganz unmöglich ohne Wirkung auf sie sein. Und diese Wirkung nahm sie jetzt mit sich heim. Meine Strenge war berechnet, und ich erwartete, daß diese Rechnung stimmen werde. Als sie sich entfernt hatte, begann Tatellah-Satah:

„Ich kam, um dich über deine Höhlenforschung zu hören und dir sodann die Bibliothek zu zeigen, aus der die Karte gestohlen worden ist. Doch sprechen wir vorher erst über dieses Bild. Hast du vielleicht nur dieses eine? Dann darf ich den Wunsch nicht aussprechen, den ich hege."

„Ich besitze mehrere."

„So bitte ich dich, mir eins davon zu schenken!"

„Nimm dieses hier! Es ist dein!"

„Ich danke dir! Ist es nicht sonderbar, daß Old Shatterhand immer der Gebende ist, sooft er zu seinen roten

Brüdern kommt? Was er von ihnen bekommt, ist wenig, denn sie sind arm. Was aber er gibt, das sind innere Reichtümer, für die es keine äußere Bezahlung gibt. Wenn ich in dieser Weise von Old Shatterhand spreche, so meine ich ihn nicht allein, sondern das Bleichgesicht überhaupt, dem wir von jetzt an nur noch Gutes zu verdanken haben werden. Glaubst du, mit diesem Bild die Gegner zu besiegen?"

„Nicht mit Winnetous Bild, sondern durch Winnetou selbst. Das Bild soll nur der Schlüssel sein, der mir die Herzen und das Verständnis öffnet. Während die da unten vor dem Schleiersee am Monument bauen, lasse auch ich bauen."

„Was?"

„Auch eine Figur, eine Winnetoufigur. Aber unendlich größer, schöner und edler, als sie je ein Künstler herstellen könnte."

„Und wer baut sie? Du?"

„Ich? O nein! Wenn kein Künstler das vermag, so vermag ich es doch noch viel weniger! Der Baumeister, der Bildhauer ist Winnetou selbst! Und sein Werk ist ein Meisterwerk. Es ist schon vollendet. Ich brauche es nur aufzustellen."

„Wo hast du es?"

„Hier, im Nebenzimmer. Ich grub es aus. Am Nugget Tsil. Es ist sein Vermächtnis. Es sind die Manuskripte, die er schrieb. Laß also die Surehands und Apanatschkas da unten am Wasserfall bauen! Wir bauen auch! Hier oben, bei dir, im Schloß. Wessen Bau eher fertig wird und welcher der wertvollere ist, das wird sich finden! Ich bitte dich um die Erlaubnis, morgen ein Mittagessen zu geben. Punkt zwölf. Ich ließ Old Surehand und Apanatschka durch Kolma Puschi laden."

„Uff! Die kommen nicht!"

„Sie kommen! Denn ich ließ ihnen sagen, daß ich,

falls sie mich durch Absage beleidigen, die Kugeln sprechen lassen werde."

„So kommen sie!"

„Ich lade alle deine Häuptlinge dazu. Auch Athabaska und Algonka, Wagare-Tey, Avaht-Niah, Matto Schahko und andere. Nur dich nicht. Denn du hast höher zu stehen, als alle die, die ich nannte."

„Tue, was dir beliebt; du weißt, daß du Herr hier bist. Sage Intschu-inta alles, was du brauchst, besonders die Speisen, die du wählst. Er wird dir alles besorgen. Darf ich fragen: Wozu dieses Mittagessen?"

„Erstens, um Old Surehand und Apanatschka herbeizuzwingen. Zweitens und hauptsächlich aber, um mit allen diesen Häuptlingen das zu bilden, was die Bleichgesichter als einen Lesezirkel bezeichnen. Sie haben täglich des Abends hier oben im Schloß zu erscheinen. Du übernimmst den Vorsitz, und ich lese vor, was Winnetou geschrieben und allen roten, weißen und anderen Menschen hinterlassen hat."

„Uff, uff! Vortrefflich, vortrefflich!" rief der ‚Bewahrer der großen Medizin' aus.

„In diesen Papieren ist sein Geist und ist seine Seele enthalten. Während ich lese, tritt aus ihnen seine klare, reine, edle und wahrhaft große Persönlichkeit hervor. Im Innern des Zuhörers bildet sich die seelische, also die wirkliche, die wahrheitstreue Figur meines und deines Winnetou. Und wer diese in sich fühlt, wer sie geistig gesehen und begriffen hat, der ist für das Komitee und für Mr. Okih-tschin-tscha alias Antonius Paper verloren. Stimmst du mir bei?"

Er reichte mir die Hand und sprach:

„Ich bin von ganzem Herzen einverstanden! Zwar kenne ich das, was unser Winnetou geschrieben hat, nicht wörtlich, aber er hat mich oft einen Blick in diese Gedanken tun lassen, und so vermute ich, daß der von dir vorgeschlagene Weg wahrscheinlich ohne häßlichen Kampf zum Frieden führt. Also, ich bin einverstanden."

„So nimm dein Bild, und erlaube mir, dir noch ein zweites zu zeigen."

Ich gab ihm das Blatt und steckte einen großen Abzug von Marah Durimeh an dessen Stelle. Kaum sah er diesen, so erhob er sich von seinem Sitz und rief aus:

„Wer ist das? Bin das ich? Ist das meine Schwester? Ist es meine Mutter? Oder eine Ahne von mir?"

„Es ist Marah Durimeh, von der ich dir noch viel erzählen werde."

„Du sagst Marah Durimeh. Ist das gleichbedeutend mit unserer Königstochter Marimeh?"

„Ja; doch davon später. Da wir einmal hier bei den Bildern sind, zeige ich dir noch ein drittes."

Ich steckte neben Marah Durimeh einen Abzug von Abu Kital[1] an die Wand. Es war ein ganz eigentümlicher Eindruck, den dieses Porträt auf Tatellah-Satah machte. Er sah es starr an, schloß hierauf die Augen, dachte nach und sagte dann, ohne die Augen zu öffnen:

„Den kenne ich! Den hat mir Winnetou beschrieben. Und dabei sagte er mir, er habe diese Beschreibung von dir! Das kann nur der Gewaltmensch sein, dessen bloßer Anblick schon dem Herzen weh tut! Du hast ihn Abukal genannt."

„Richtig! Nur der Name ist falsch. Er heißt Abu Kital, nicht Abukal. Ich habe mit Winnetou oft über ihn gesprochen."

„Ich kann ihn nicht ersehen, bitte dich aber doch, ihn später einmal genau betrachten zu dürfen."

„Nimm ihn mit. Nimm auch Marah Durimeh mit. Du kannst sie beide behalten; ich habe mehrere Exemplare."

„So schlage sie mir ein und gib sie mir!"

[1] Hauptgestalt in Karl Mays Drama ‚Babel und Bibel', abgedruckt in Band 49 ‚Lichte Höhen'.

Ich tat dies. Erst als er sie in der Hand hatte, öffnete er die Augen wieder und sprach:

„Ich gehe; ich nehme sie mit, alle drei. Sie halten mich und meine Gedanken fest. Ich bin ihr Gefangener. Nun fehlt mir für heute die Zeit, dir die Bibliothek zu zeigen. Ich werde es morgen tun oder später. Also, sprich mit Intschu-inta über alles, was du brauchst! Ich gehe."

Es war ein eigentümliches Gefühl, das er uns zurückließ. Unsere Photographien hatten gar nicht den Zweck gehabt, mit nach dem Mount Winnetou genommen zu werden, und nun schienen sie uns hier von Wichtigkeit zu sein. Für das Herzle aber gab es zunächst noch viel größere Wichtigkeiten, und es versteht sich ganz von selbst, daß sich diese alle auf das morgige Mittagessen bezogen. Die Einladung war von mir ausgegangen; darum fühlte sie sich als Wirtin. Sie war der Ansicht, daß sie mit Intschu-inta den Speisezettel zu besprechen habe. Sie ließ also den riesigen Diener kommen. Das machte mir Spaß. Als er sich einstellte, gab er uns vor allen Dingen die Versicherung, daß von allem, was wir brauchten, Fleisch, Mehl und anderem, mehr als genug vorhanden sei. Das klang so tröstlich, daß das Herzle Mut bekam. Sie stellte ein Menü auf. Eine Suppe mit Schaumklößchen, Huhn, Fisch, Braten, Kochfleisch, Salat, süße Speise, Käse usw. Vor allen Dingen lag ihr sehr viel an einem Ragout von Wildbret und einem Flammeri von Gries mit Beerensoße. Intschu-inta hörte andächtig zu und nickte zu allem. Er hatte alles; er wußte alles; er kannte alles; und er versprach alles. In Wahrheit aber wurde sein Gesicht immer länger und länger. Als sie die verschiedenen Gewürze erwähnte und dabei nach einer Peppermill[1] fragte, versicherte er, daß mehr als zwanzig Stück vorhanden seien. Da strahlte sie vor Vergnügen.

„Hörst du, es ist alles, alles da!" jubelte sie. „Das wird ein Essen, mit dem ich Ehre einlege!"

[1] Pfeffermühle

„Liebes Herzle, willst du dir diese schönen Sachen nicht vielleicht erst einmal zeigen lassen?“ fragte ich.

„Ja, das werde ich!“ antwortete sie. „Aber du darfst nicht dabei sein!“

„Warum nicht?“

„Ich brauche dich nicht! Topfgucker verderben den Brei!“

„So geh hin und koche! Meine Wünsche begleiten dich bis in die Küche!“

„Ich danke dir! Leb wohl! Ich komme bald wieder.“

Sie entfernte sich froh-elastischen Schrittes. Intschu-inta folgte ihr. Aber ehe er ganz hinaus war, drehte er sich noch einmal um und warf mir einen derart hilflosen und verlegenen Blick zu, daß ich mir Mühe geben mußte, nicht laut aufzulachen. Nach einer Stunde brachte man mir das Abendbrot. Das Herzle ließ mir sagen, ich solle allein essen; sie käme noch nicht. Nach wieder einer Stunde schickte sie Intschu-inta und gab mir durch ihn die Nachricht, daß sie noch zwei Stunden brauche, um fertig zu werden. Ich wollte ihn fragen, um näheres zu erfahren; aber er verschwand so schnell, daß ich gar nicht zu Worte kam. Ich las in Winnetous Manuskripten. Als die zwei Stunden vorüber waren, erklang hinter mir von der Tür her die Stimme meiner Frau:

„Geh immer schlafen, wenn du müde bist! Ich habe noch längere Zeit zu tun!“

Ich drehte mich schnell nach ihr um, sah aber nur noch den Vorhang wackeln; sie selbst war schon wieder fort. Ich wartete noch eine Stunde; dann ging ich nach Winnetous Schlafzimmer und legte mich nieder. Wie lange ich geschlafen hatte, das weiß ich nicht. Da wachte ich auf. Ich fühlte ihre frische, gesunde Körperatmosphäre. Sie war da. Sie stand unter der Tür, die von meinem Zimmer nach der Wohnung von Winnetous Schwester führte, die jetzt die ihrige war. Ich räusperte mich. Da fragte sie:

„Bist du wach?“

„Ja; soeben erst aufgewacht", antwortete ich. „Wieviel Uhr ist es?"

„Gleich drei Uhr."

„Und so lange warst du in der Küche?"

„Ja; aber das ist gar keine Küche, sondern etwas ganz anderes, was ich dir am Tage zeigen muß. Es ist hier alles kolossal —"

„Wie steht es mit der Schaumklößchensuppe?"

„Die gibt es natürlich nicht."

„Mit dem Wildbretragout?"

„Auch nicht."

„Mit dem Griesflammeri in Beerensoße?"

„Höre, ich glaube gar, du willst mich hänseln!"

„Und mit den zwanzig Peppermills?"

„Bitte, sei still! Du bist ein höhnischer Charakter! Ein abstoßender, unsympathischer Mensch, vor dem man sich in acht zu nehmen hat! Ist das der Lohn dafür, daß ich mich so redlich plage, um deinem Mittagessen Ehre zu machen? Bedenke doch: Neun Indianerinnen und vier Indianer in dem großen, riesigen Gewölbe, das man hier als Küche zeigt! Was haben die rennen, laufen und arbeiten müssen! Und was werden sie noch zu arbeiten haben, bis das Essen beginnen kann! Es wird großartig! Ich backe sogar Pfannkuchen. Es ist alles dazu da! Nun aber gute Nacht!"

„Auf wie lange?"

„Auf nur zwei Stunden. Bis fünf Uhr. Dann muß ich wieder fort. Alle dreizehn Personen sind wieder bestellt."

„Mein armes Herzle!"

„O bitte! Hier gibt es gar nichts zu klagen! Ich fühle mich unendlich glücklich, für so viele und so berühmte Indianerhäuptlinge kochen, braten und backen zu dürfen! Niemals hätte ich mir das träumen lassen! Also, gute Nacht!"

Sie zog sich in ihre Wohnung zurück, und ich schlief wieder ein. Als ich erwachte, war es schon später Morgen, und auf meiner Decke lag ein vom Herzle geschriebener Zettel, dessen Zeilen folgendermaßen lauteten: „Ich bin seit 5 Uhr munter. Es geht alles prächtig. Das Essen wird großartig. Du kannst schlafen bis halb 12. Da komme ich, dich zu wecken. Mit dem Speisesaal bin ich fertig; er steht bereit. Solltest du eher aufwachen, so inspiziere ihn, ob vielleicht etwas fehlt. Über die Gäste haben wir nichts Bestimmtes besprochen; darum habe ich an deiner Stelle alles eingeladen, was Häuptling heißt. Ist das ein Fehler? Zu essen haben wir genug. Es gibt sogar chinesischen Tee aus gerösteten Erdbeerblättern und einen ganzen Haufen Corn-Salat aus wildgewachsenen Rapunzeln. Dein Herzle."

Das war so echt Klara! Alle Sorge nimmt sie mir ab. Ich soll womöglich nichts weiter tun, als essen, trinken und schlafen, damit ich so lange wie möglich lebe. Ich stand schnell auf und rief nach Intschu-inta. Als er kam, teilte er mir mit, daß zwei Weiße da seien, die seit einer Stunde auf mich warteten.

„Zwei Weiße?" fragte ich. „Ich denke, es ist Weißen verboten, hierher zu kommen!"

„Sie sind Freunde von Okih-tschin-tscha. Der hat es ihnen erlaubt."

„Ah so! Haben sie ihre Namen genannt?"

„Ja; sie sind Brüder und heißen Enters."

„Die kenne ich. Wo sind sie?"

„Noch im Hof. Soll ich sie heraufbringen?"

„Nein. Ich gehe hinunter. Was tut meine Frau? Wo steckt sie jetzt?"

„Noch immer in der Küche; da gebietet sie wie eine Königin; da strahlt sie wie eine Sonne, und da arbeitet sie wie das ärmste Weib eines Coyote-Indianers. Sie hat heute früh eine Gehilfin bekommen, über die sie sehr glücklich ist."

„Wen?"

„Aschta, die unvergleichliche Frau Wakons, des berühmten Medizinmanns der Sioux. Diese hatte unten im Lager gehört, daß Old Shatterhands Squaw es übernommen habe, die Wirtin unserer heutigen Gäste zu sein, und ging sofort herauf zu ihr, um sie zu bitten, ihr helfen zu dürfen. Nun werden es zwei Wirtinnen sein, eine europäische und eine indianische, die sich vorgenommen haben, die Bedienung der Häuptlinge selbst zu überwachen. Doch schau, wer kommt da unten?"

Wir standen am Fenster. Er zeigte nach der Unterstadt. Dort war ein Zug von vielleicht hundert Indianern angekommen, in Leder gekleidet und, wie es schien, sehr gut beritten. Welchem Stamm sie angehörten, konnten wir nicht erkennen. Sie hielten sich dort nicht auf, sondern wandten sich nach der oberen Stadt. Eine hochgewachsene, stolz zu Pferde sitzende Gestalt ritt ihnen voran. Ich hatte keine Zeit, sie weiter zu beobachten, denn die Brüder Enters warteten auf mich. Als ich in den Hof kam, hatten sie sich, um möglichst wenig beachtet zu werden, in einen abgelegenen Winkel zurückgezogen. Hariman freute sich, mich zu sehen; das war ihm anzumerken. Sebulon war zurückhaltender, wie immer.

„Ihr seid gewiß überrascht, uns hier zu sehen, Mr. Burton", sagte Hariman. „Wir können keine langen Reden halten, denn niemand da unten soll wissen, daß wir mit Euch verkehren. Warum habt Ihr Euch am ‚dunklen Wasser' nicht von uns sehen lassen?"

„Weil wir schneller fort mußten, als wir gedacht hatten", antwortete ich. „Sind die vier Stämme noch dort?"

„Heute nicht mehr; sie sind unterwegs. Sie kommen in drei Tagen hier an."

„Wie stark?"

„Über viertausend Reiter."

„Wo verstecken sie sich?"

„In einem fern von hier liegenden Tal, das das ‚Tal der Höhle' heißt."

„Kennt ihr es?"

unser riesiger Intschu-inta, der uns nach der richtigen Stelle brachte. Das war im Erdgeschoß, hinter einer großen, offenen Halle. Man sah uns kommen. Da traten sie heraus, die beiden, die wir suchten: das Herzle, die Ärmel aufgeschlagen und beide Arme bis an die Ellbogen mit Teig beklebt, und Aschta, die Mutter, auch beide Ärmel aufgeschlagen, die Arme aber glänzend von Backfett, Salatöl und ähnlichen guten Dingen. Wir lachten alle vier. Eine gegenseitige Berührung war unmöglich. Darum nahm die Begrüßung einen weniger intimen Verlauf, worauf wir beiden Männer unsere Frauen ihrem schmackhaften Beruf zurückgaben.

Intschu-inta nahm das Pferd des Medizinmanns in Verwahrung. Ich aber hielt mich für verpflichtet, Wakon zunächst zu Tatellah-Satah zu führen. In seinem Haus angekommen, hörten wir, daß er sich in der Bibliothek befinde. Diese lag im zweiten Gebäude. Ich übergehe die Begrüßung dieser hochbedeutenden Männer, auch die sehr wichtige Konferenz und Aussprache, die hierauf folgte. Dann geleitete Tatellah-Satah uns durch die sämtlichen Räume der Bibliothek und nach dem dritten und vierten Gebäude, wo wir den Tempel und die weit ausgedehnten Räume fanden, in denen die geheimnisvollen Zeugen vergangener Jahrhunderte und Jahrtausende untergebracht waren. Eigentlich betrachten konnten wir nichts; dazu war die Zeit zu kurz. Es handelte sich nur um einen schnellen, allgemeinen und nur orientierenden Blick auf alle die Reichtümer und Herrlichkeiten, von deren Vorhandensein die Angehörigen der außeramerikanischen Rassen gar nichts ahnen. Wenn ich ‚Winnetous Testament‘ veröffentliche, werde ich auf diese Räume zurückkommen und habe dann Zeit, ihrer so ausführlich zu gedenken, wie sie es verdienen. Eins nur will ich erwähnen. Nämlich wir sahen im Tempel die Riesenhaut des ‚längst ausgestorbenen Silberlöwen‘, von der der Medizinmann der Komantschen im ‚Haus des Todes‘ gesprochen hatte. Dieser Löwe war allerdings ganz bedeutend größer gewesen, als die jetzigen Pumas sind. Die Schrift war noch vorhanden. Daneben hing die Haut des großen Kriegsadlers, die von dem Medizinmann der Kiowas erwähnt worden war.

Wir waren mit diesem unserem Rundgang noch lange nicht zu Ende, so mußte ich Tatellah-Satah bitten, uns für heute zu entlassen. Es waren nur noch Minuten, so mußten unsere Gäste erscheinen. Es gab da zwei Punkte, an die ich mit großer Spannung dachte. Der eine war, ob Old Surehand und Apanatschka erscheinen würden oder nicht. Hierauf kam sehr viel an. Der andere Punkt betraf das Mahl und den ganzen Ablauf des so wichtigen, festlichen Empfangs. In dieser Beziehung hatte ich mich auf Intschu-inta verlassen, der von Tatellah-Satah mehr als genügend instruiert worden war. Ich bat Wakon, mir beim Empfang der Gäste ebenso beizustehen, wie seine Aschta meinem Herzle im Backen und Braten Hilfe leistete. Er war gern einverstanden.

Der Empfang fand nicht in demselben Raum statt, in dem später gegessen werden sollte, sondern in dem, wo die Platte mit den Friedenspfeifen stand. Kaum hatten wir uns da eingestellt, so kamen die ersten Gäste; die anderen folgten schnell hinterher. Die beiden letzten waren — Old Surehand und Apanatschka. Als sie eintraten, suchten sie mit den Augen nach mir. Sie sahen mich, und da brach alles, was früher gewesen war, durch, und all der gegenwärtige Zwist war verschwunden. Sie eilten jubelnd auf mich zu, drückten mich wieder und wieder an sich und baten, sich zu meiner Rechten und Linken niedersetzen zu dürfen. Wie froh ich war! Ich wußte nun, daß ich gewonnen hatte.

Die Pfeifen wurden gefüllt. Ich hatte die Gäste zu begrüßen. Ich tat dies in kurzer, doch herzlicher Weise. Die Zeremonie des Rauchens braucht nicht beschrieben zu werden. Ein jeder antwortete. Als das vorüber war, galt es, den Hauptgegenstand des heutigen Tages ins Auge zu fassen. Eben wollte ich aufstehen und eine hierauf bezügliche Ansprache halten, da ging die Tür auf. Tatellah-Satah, der ‚Bewahrer der großen Medizin', trat herein. Sobald sie ihn sahen, erhoben sich alle Anwesenden ehrerbietig von ihren Plätzen. Ich brannte eine Pfeife an und gab sie ihm. Er tat die vorgeschriebenen sechs Züge der Begrüßung, gab sie mir wieder und sprach so kurz und bündig, wie nur jemand spricht, der zu gebieten versteht:

„Ich bin Tatellah-Satah. Ihr seid die Stimmen meines über alles geliebten Volkes. Ihr sollt erklingen, und ich will hören. Der edelste aller Männer dieses Volkes war Winnetou, der Häuptling der Apatschen. Ihm soll ein Denkmal werden. Was heißt das? Der Gedanke Winnetou soll äußerlich Gestalt gewinnen. Einige von euch denken sich diese Gestalt von Erz oder Stein. Sie soll auf der kalten, einsamen Höhe des Berges stehen. Wir anderen denken uns diese Gestalt von Fleisch und Blut, nicht tot, sondern lebend. Ein jeder, der zur roten Rasse gehört, soll ein Tropfen dieses warmen, edlen Blutes sein. Der Winnetou der anderen wird gehämmert, gemeißelt oder gegossen. Unser Winnetou aber soll sich von innen heraus entwickeln, aus dem Herzen heraus. Die ganze rote Rasse soll sich zu einem einigen Winnetou gestalten, der hoch über allem, was niedrig ist, auf den lichten Höhen des Lebens steht. Ein Stolz für uns und eine Freude für Manitou, den Allergrößten und Allerreinsten!"

Sich nun an Old Surehand und Apanatschka wendend, fuhr er fort:

„Ihr und eure Söhne seid für den steinernen Winnetou. Ob das richtig ist oder falsch, will nicht ich allein bestimmen. Ihr selbst sollt auch mit entscheiden. Ihr laßt euren Winnetou am Wasserfall stehen, damit wir ihn sehen und bewundern mögen. Wohlan, so bitten wir euch, dasselbe tun zu dürfen. Ihr sollt ganz ebenso unseren

Winnetou kennenlernen. Er soll nicht nur vor euren Augen, sondern in euch selbst entstehen. Ihr sollt ihn nicht nur sehen, sondern auch fühlen und empfinden. Dann sollt ihr sie beide vergleichen, den eurigen und den unsrigen. Und ist dies geschehen, so werden wir wissen, für welchen wir uns entscheiden. Wer stimmt mir bei?"

„Howgh!" antwortete ich.

„Howgh!" fielen alle diejenigen ein, die bisher gleicher Meinung mit mir gewesen waren.

„Howgh!" riefen sogar auch Old Surehand und Apanatschka, teils hingerissen von der Erscheinung und Beredsamkeit des Alten, teils aber auch weil sie ihn nicht ganz verstanden und darum ihr Projekt noch immer als siegreich betrachteten. Hierauf sprach Tatellah-Satah weiter:

„Ich lade euch alle ein, zu mir zu kommen, heute abend, sobald es dunkel geworden ist. Bringt auch Young Surehand und Young Apanatschka mit, die beiden Künstler, die nur ihren steinernen Winnetou kennen, den anderen, den lebendigen, aber nicht. Sie sollen die wahre Kunst kennenlernen, die nicht darin besteht, das Irdische abzubilden, sondern das Himmlische im Irdischen nachzuweisen. Sie sollen heute abend bei mir den sprechen hören, den sie da oben auf dem Berge versteinern wollen. Sie sollen erfahren, was er von ihnen verlangt. Und haben sie das von ihm gehört, so wollen wir sie fragen, ob sie noch darauf bestehen, uns ein totes Bild zu geben, anstatt Leben, Fleisch und Blut. Also, ich erwarte euch alle, alle. Ich habe gesprochen!"

Er winkte mit der Hand, drehte sich um und verschwand aus dem Zimmer. Niemand sprach ein Wort, so tief war der Eindruck, den er hervorgebracht hatte. Da erschien Intschu-inta und meldete, daß das Mahl bereitet sei. Das brachte wieder Bewegung in die Versammlung, die sofort aufbrach, dem Ruf der roten und der weißen Köchin zu folgen.

Das gute Herzle überraschte mich durch zweierlei. Erstens hatte sie ihr indianisches Frauengewand angelegt, aus seidenweichem Leder gefertigt und mit uralten Perlen und Fransen verziert. Und zweitens war das von ihr und Aschta getroffene Arrangement so gelungen, wie ich es nicht hatte erwarten können. Es waren, ohne daß ich es gemerkt hatte, sehr viele Hände tätig gewesen, den Raum indianisch festlich zu gestalten, und das Mahl war geradezu raffiniert bereitet und zusammengestellt, wenn es auch dabei Genüsse gab, über die ein englischer oder französischer Koch die Hände über dem Kopf zusammengeschlagen hätte. Aber gerade das, was ich für am gewagtesten hielt, das aßen die Häuptlinge am liebsten. Sie fanden alles wunderbar. Was vorgelegt wurde, verschwand, als sei es nie dagewesen. Aber es wurde ergänzt. Es kam immer mehr und mehr. Es wollte gar kein Ende nehmen, bis schließlich doch der eine und der andere das Messer beiseite legte und ernstlich erklärte, daß es ihm am Atem fehle. Der rote Mann ißt gern und ißt viel. Und gerade da, wo alles aufhören wollte, wurden noch ganze Berge von Pfannkuchen gebracht, mit allen möglichen und unmöglichen Dingen gefüllt. Das kam von diesem nichtsnutzigen Wesen, dem Herzle, dem es ganz gleichgültig ist, ob man an zu viel Pfannkuchen stirbt oder nicht, wenn sie einem nur gut bekommen. Und sie wurden alle! Und sie bekamen! Dann aber saßen die würdigen Häuptlinge sehr still und sehr satt nebeneinander, und es war beiden, sowohl der roten als auch der weißen Köchin, sehr deutlich anzusehen, daß sie sich in diesem Augenblick als Siegerinnen fühlten; wir aber waren die Geschlagenen.

Natürlich war die Unterhaltung während des Essens außerordentlich lebhaft gewesen. Kein Wunder, wenn man bedenkt, aus was für Personen und Charakteren sich die Gesellschaft zusammensetzte. Ich saß, wie bereits erwähnt, zwischen Old Surehand und Apanatschka. Was während der Zeit, in der wir einander nicht gesehen hatten, mit uns geschehen war, das hatten wir uns sehr bald in großen, allgemeinen Zügen mitgeteilt. Auch über die Frage, ob ich in Old Surehands Landhaus vorgesprochen hätte und wie ich zu seinen Pferden und Maultieren gekommen sei, wurde verhältnismäßig schnell hinweggegangen. Jetzt lag ihnen vor allen Dingen daran, mich womöglich für ihr Denkmalsprojekt zu gewinnen, und so bildete dies das einzige Thema für den ganzen weiteren Verlauf des Essens. Ich aber ließ mich in nichts ein. Ich stritt mich nicht. Aber indem ich ihnen erzählte, was wir am Nugget Tsil ausgegraben hatten, bereitete ich, ohne daß sie etwas davon bemerkten, die Wirkung des heutigen Abends vor. Old Surehand und Apanatschka waren kürzlich an der Pazific gewesen, von der aus die Umgebung des Mount Winnetou mit allen erforderlichen Lebensbedürfnissen versorgt wurde. Auch das war ein Geschäft, bei dem man viel Geld zu verdienen hoffte. Die Verbindung mit der Bahn mußte durch einen regen Wagen- und Packtierverkehr unterhalten werden. Diesen einzurichten, war höchste Zeit, weil die Menschenflut, die man erwartete, hier nun bald einzutreffen hatte.

Nach dem Festmahl kehrten alle in ihre Zelte heim. Nur Wakon blieb mit seiner Squaw bei uns. Wir vier hatten uns gegenseitig schnell liebgewonnen. Ihre Tochter war oben im Wachtturm bei den Arbeiterinnen, die von dem ‚jungen Adler' beschäftigt wurden. Ich schlug vor, zu ihm hinaufzuspazieren. Aschta war schnell einverstanden und bat, auch den alten, guten Pappermann mitzunehmen. Wakon aber hatte den Wunsch, in Winnetous Zimmer bleiben und dessen ‚Testament' durchsehen zu dürfen. Das gestattete ich selbstverständlich sehr gern. Pappermann wurde gerufen; dann stiegen wir durch den Wald zu dem ‚Adler' empor.

Dieser freute sich aufrichtig, als er uns sah, und führte uns auf das platte Dach seiner Wohnung. Dort gab es große Heimlichkeiten, von denen ich jetzt noch nichts erzählen möchte. Es handelte sich, soviel sah ich sogleich, um einen Flugapparat, aber um keine der bis jetzt bekannten Konstruktionen. Ich sah für heute nur zwei eigenartige flordünne Flügel im Entstehen und zwei hohle Körper, oder sagen wir, zwei eng anliegende Gewänder, die außerordentlich kunstreich aus stahlharten, aber federleichten Binsen geflochten waren. Es gab hierzu einen kleinen, nicht sehr schweren, aber sehr wirkungsvollen Motor, den er sich aus dem Osten mitgebracht hatte. Das war das Paket gewesen, das er trug, als er in Trinidad zu uns kam. Die Körper waren noch nicht fertig. Es wurde noch an ihnen gearbeitet, und zwar schien Aschta, die jüngere, sich vorgenommen zu haben, sie gänzlich fertig zu stellen.

Es war eine wunderbare Aussicht hier oben. Darum blieben wir so lange da, bis wir nicht länger warten konnten. Dann stiegen wir wieder hinab nach unserer Wohnung, wo wir Wakon so vertieft in seine Lektüre fanden, daß er es fast überhörte, daß wir bei ihm eintraten. Er legte das Heft, in dem er soeben gelesen hatte, beiseite, stand auf und sprach:

„Ja, das ist Winnetou, Winnetou selbst! Wenn wir das heute abend vorlesen, wird er sich riesengroß und riesenstark in uns erheben und alle Gegner aus dem Felde schlagen. Ich fühle ihn schon in mir, mild, ernst, rein, keusch und edel, nur aufwärts strebend zur irdisch möglichsten Vollkommenheit. Das wird ein herrliches, ein schöpferisches Entstehen in uns selbst. Davon soll meine Squaw nicht ausgeschlossen sein. Ich nehme Aschta mit!"

„Und auch mich!" bat das Herzle. „Oder ist es uns Frauen verboten, mit anwesend zu sein?"

„Eigentlich ja", antwortete ich. „Aber niemand wird wagen, euch zurückzuweisen. Es handelt sich nicht um eine Häuptlingsversammlung, denn Young Surehand und Young Apanatschka sind auch geladen. Wo diese sein dürfen, dürft auch ihr erscheinen."

Eben als ich dies sagte, kam Kolma Puschi. Sie sagte uns, daß Old Surehand, Apanatschka und ihre Söhne schon bei Tatellah-Satah seien. Sie habe sich mit ihnen eingestellt, um bei uns anzufragen, ob Aschta und das Herzle gesonnen seien, sich zu beteiligen. Da wünsche sie, sich ihnen anzuschließen. Das wurde ihr selbstverständlich gewährt. Ich nahm, als wir nun gingen, nur die ersten beiden der Hefte mit, die Winnetou für mich geschrieben hatte.

Als wir bei Tatellah-Satah ankamen, waren schon alle anderen Eingeladenen anwesend. Er hatte sie nach dem herrlichen Passiflorenraum bringen lassen, nach dem er nun auch uns geleitete. Da waren aus Fellen zahlreiche Sitze bereitet. Hohe, aus dem Wachs wilder Bienen bereitete Kerzen brannten. Damit die köstliche Blütenluft nicht durch die vielen Lichterflammen verunreinigt werde, stand die ins Freie führende Treppentür offen. Für mich, den Vorleser, gab es einen erhöhten Sitz, zu dessen Seiten, um mir das nötige Licht zu geben, die Kerzen vervielfacht waren. Als wir eintraten, standen alle Anwesenden auf. Daß wir unsere Frauen mitbrachten, schien ihnen ganz verständlich zu sein. Tatellah-Satah forderte sie durch einen Wink auf, ihre Sitze wieder einzunehmen. Er selbst blieb stehen, um einige Worte des Grußes und der Einleitung zu sprechen. Er erklärte den Zweck unserer heutigen Zusammenkunft und Vorlesung und forderte die Versammelten auf, ihre Augen nach innen zu richten, um die Ankunft dessen, dem dieser Abend gewidmet war, ja nicht zu übersehen. Dann begann die Vorlesung. Die ersten Zeilen lauteten:

„Ich bin Winnetou. Man nennt mich den Häuptling der Apatschen. Ich schreibe für mein Volk. Und ich schreibe für alle, die da Menschen sind auf Erden. Manitou, der Große, der Allgütige, breite seine Hände aus über dies mein Volk und über alle, die es ehrlich mit ihm meinen!“

Als diese Worte erklangen, ging eine tiefe, fast möchte ich sagen, eine heilige Bewegung durch die Versammlung.

„Winnetou!" — „Winnetou!" — „Winnetou!" hauchte es rundum.

Ich las weiter. Ein voller, inhaltsreicher Lapidarstil war meinem unvergleichlichen roten Bruder eigen gewesen, wie stets im Sprechen, so auch hier im Schreiben. Das wuchtete! Das hob empor! Und das riß hin! Den Inhalt dessen, was ich vorlas, wird man kennenlernen, wenn das Testament im Druck erscheint. Es entstand die Seele des Knaben Winnetou, die Seele der einstmals junggen, roten Rasse. Sie entwickelte sich; sie wuchs. Die Schicksale Winnetous waren die Schicksale seiner Nation. Im ersten Heft, aus dem ich vorlas, beschrieb er seine Kindheit, im zweiten sein Knabenalter. Ich saß der offenen Tür gerade gegenüber. Als ich zwischen den Zeilen einmal aufblickte, sah ich eine Gestalt, die draußen vor der Tür, im Freien, erschien. Sie kam nicht herein. Sie setzte sich draußen nieder, um zuzuhören. Die Gestalt war jung. Ich konnte ihr Gesicht nicht erkennen. Das Haar hing ihr lang und voll über den Rücken herab. War es Winnetou? Hatte er sich aus jener anderen Welt herniedergelassen, um dabei zu sein, wenn sein Vermächtnis laut zu sprechen begann?

Die Zuhörer waren bis tief in ihr Innerstes gefesselt. Ihre Augen hingen an meinem Munde. Sehr häufig erklang ein leises oder auch ein lauteres „Uff!" Die Spannung war groß. Sie ließ nicht nach, sondern sie wuchs. Die sitzende Gestalt draußen vor der Tür regte sich nicht, so gefangen war sie von dem, was sie hörte. Ich las bis Mitternacht; da wollte ich aufhören; aber kein einziger der Anwesenden war damit einverstanden.

„Weiter, weiter!" bat man von allen Seiten.

Wakon erbot sich, an meiner Stelle fortzufahren. Ich willigte ein. Er las und las, noch stundenlang, bis draußen der Morgen tagte und man sehen konnte, daß der vor der Tür Sitzende und so aufmerksam Zuhörende der ‚junge Adler' war. Da stand ich auf und bat, Schluß zu machen; heute abend sei bessere Zeit als jetzt, in der Vorlesung fortzufahren. Nur in der Hoffnung darauf war man einverstanden. Man erhob sich von den Sitzen. Kein einziger sprach ein Wort. Es erschien ihnen wie eine Entweihung, jetzt anderes zu sagen. Da deutete Tatellah-Satah hinaus nach dem östlichen Horizont und sprach:

„Meine Brüder mögen sehen, daß der Tag im Erscheinen ist, der junge Tag, den die Sprache der Menschen den Morgen nennt. Zur selben Zeit ist in mir, und, wenn Manitou es will, in ihnen auch ein Tag erschienen, ein neuer, junger, schöner Tag, schöner als alle die Tage, die vergangen sind. Ich meine den neuen, großen, herrlichen Tag der roten Nation. Er wurde in diesen unserem Winnetou geweihten Stunden in euch geboren. Fühlt ihr ihn? Und fühlt ihr tief in euch die Seele dessen, um dessen Testament wir uns versammelten, zu erfüllen, was er uns in ihm erläutert und verheißen hat? Fühlt ihr sein Bild, das in euch wachsen will?"

„Es ist da!" antwortete Athabaska.

„Ja, es ist da!" rief Aschta, die Begeisterte.

„Es ist da; es ist da!" stimmten auch die anderen bei. Sogar Old Surehand und Apanatschka bestätigten es. Nur ihre Söhne sagten noch nichts. Auch sie fühlten die tiefe Wirkung des Gehörten. Aber sie wußten, daß ihr Plan um so unausführbarer wurde, je mehr diese Wirkung sich vertiefte. Darum drängten sie das, was über ihre Lippen wollte, jetzt noch zurück.

„Und kommen meine Brüder heute abend wieder?" erkundigte sich Tatellah-Satah. „Ich erwarte sie zu ganz derselben Zeit."

„Wir kommen", versicherte Algongka.

„Ja, wir kommen", sagte Kolma Puschi, die ganz gewonnen war.

„Wir kommen; wir kommen!" riefen alle anderen. Und

diesesmal waren auch die Stimmen der beiden jungen Künstler dabei.

So brachen wir auf und gingen heim. Bei uns angekommen, gestand das Herzle, ehe wir zur Ruhe gingen:

„Glaubst du, daß ich wirklich ein neues Wesen, eine seelische Gestalt in mir fühle, die vorher nicht vorhanden war?"

„Ich glaube es. Doch bitte, sprechen wir ja nicht in Rätseln. Es ist die Gedankenwelt Winnetous, die uns ergriffen hat und uns erobern wird, wir mögen wollen oder nicht. Gute Nacht, Herzle!"

„Gute Nacht! Ich glaube, wir siegen!" —

Die Vorlesung wurde täglich fortgesetzt. Sie bewirkte Wunder. Ihre größte Wirkung war die, daß Young Surehand und Young Apanatschka stets die ersten waren, die sich einstellten. Sie konnten das Folgende kaum erwarten. So große Freude uns dies machte, so taten wir doch, als ob wir gar nicht darauf achteten. Und sie ihrerseits versäumten trotz dieses großen Interesses für unseren seelischen Winnetou doch keineswegs, den Aufbau ihres steinernen Bildes am Schleierfall soviel wie möglich zu fördern. Es wuchs zusehends empor, weil die einzelnen Teile schon fertig behauen waren und nur noch zusammengesetzt zu werden brauchten. Es war, als ob ein Wettstreit zwischen uns und ihnen herrsche, welche Figur am ersten fertig sein werde, ihre steinerne oder unsere rein geistige, die sich in den Vorleseabenden in immer größerer Höhe und Schönheit entwickelte.

Am Abend des dritten Tages, nachdem die Gebrüder Enters bei mir gewesen waren, wurde ich von Hariman wieder aufgesucht. Er hatte, um nicht gesehen zu werden, zu diesem heimlichen Besuch die späte Zeit der Dunkelheit gewählt. Es hatte kurz vor Abend neue Ankömmlinge gegeben, die in der Unterstadt geblieben waren. Nach der Aufregung zu urteilen, die ihre Ankunft dort verursachte, schienen wichtige Personen dabei zu sein, deren Namen wir aber nicht erfahren hatten. Nun kam Hariman Enters, sie uns zu nennen. Ich empfing ihn in Gegenwart meiner Frau.

„Wißt Ihr, Mr. Shatterhand, wer gegen Abend hier angekommen ist?“ fragte er.

„Nein“, antwortete ich.

„Eure Todfeinde, die vier Häuptlinge.“

„Ah? Wirklich? Allein?“

„Mit nicht viel über dreißig Mann Begleitung, mehr nicht.“

„Keine Unterhäuptlinge?“

„Nein.“

„Wie unvorsichtig von ihnen! Daraus ist doch auf das zu schließen, was sie vorhaben! Die Unterhäuptlinge gehören unbedingt zu ihnen. Fehlen sie, so bedeutet das Gefahr. Sie sind natürlich bei den viertausend Reitern, die man nach dem ‚Tal der Höhle‘ geschickt hat?“

„Ganz sicher! Aber das ist jetzt Nebensache. Hauptsache ist, daß man Euch morgen zum Zweikampf herausfordern wird.“

„Ah! Höchst interessant!“

Da aber fiel das Herzle schnell ein:

„Das ist ganz und gar nicht höchst interessant, sondern höchst unverschämt und höchst gefährlich! Wer ist der Mensch, der sich vorgenommen hat, meinen Mann umzubringen?“

Diese Frage war an Enters gerichtet. Er antwortete.

„Es ist nicht nur einer, sondern es sind vier.“

„Wie? Höre ich recht? Vier? Wer sind denn diese vier?“

„Kiktahan Schonka, Tusahga Saritsch, Tangua und To-kei-chun.“

„Wollen sie etwa alle vier zu gleicher Zeit auf meinen armen Mann einhauen, einstechen oder einschießen?“

„Nur schießen, weiter nichts.“

„So! Weiter nichts! Als ob das gar nichts wäre! Und alle vier zu gleicher Zeit?“

„Nein, sondern einer nach dem anderen."

„Das verbitte ich mir! So hübsch einer nach dem anderen! Etwa wie drüben in Deutschland beim Scheiben- oder Vogelschießen! Wenn der eine nicht trifft, trifft der andere! Danke! Da kann doch kein Mensch lebendig davonkommen!"

„Das meinen sie eben auch! Old Shatterhand muß unbedingt fallen. Dann ist nicht nur ihrer Rache Genüge geschehen, sondern auch der steinerne Winnetou gerettet. Man meint nämlich, daß er der einzige wirklich gefährliche Gegner des Denkmalbaus ist. Ist er tot, so ist mit Hilfe der viertausend Reiter alles durchzusetzen —"

„Oho!" fiel ihm das Herzle zornig in die Rede. „Er wird aber nicht tot sein! Ehe ich ihn mir erschießen lasse, schlage ich diese viertausend alle tot, auch einen so ganz hübsch nach dem anderen, und dann —"

Sie hielt inne. Sie merkte, was sie da eigentlich gesagt hatte, und brach in ein fröhliches Gelächter aus, in das ich einstimmte. Dadurch glättete sich ihre Erregung, und wir konnten in Ruhe weitersprechen.

Es war richtig, daß die vier unversöhnlichen Häuptlinge beschlossen hatten, mich zu einem echt indianischen Kampf auf Leben und Tod zu fordern. Daß sie dabei ihre Bedingungen derart stellten, daß ich unmöglich entkommen konnte, verstand sich ganz von selbst. Jetzt, heute abend, ließ sich da weder etwas beschließen noch etwas tun. Man mußte die Bedingungen kennenlernen. Es war beschlossen, daß Pida, der Sohn Tanguas, mir die Forderung zu überbringen hatte. Er war mir, wie man weiß, freundlich gesinnt, und so ließ sich hoffen, daß es mir mit seiner Unterstützung gelingen werde, alles für mich Gefährliche abzuwenden.

Als ich das dem Herzle vorstellte, beruhigte sie sich ganz. Sie erhob sich sogar zu folgender Betrachtung:

„Die Sache ist allerdings nicht im geringsten gefährlich, sondern einfach lächerlich. Die vier Halunken werden riesenhaft blamiert. Du brauchst nur Mann zu sein, weiter nichts!"

„Hm! Wie meinst du das?" erkundigte ich mich.

„Sehr einfach: Du bist doch Duellgegner?"

„Sogar sehr!"

„Nun also! Wenn diese Kerle dich fordern lassen, sagst du: Ich bin Duellgegner und mache nicht mit! Da schleichen sie davon und müssen sich schämen!"

„Hm, hm!" lächelte ich. „Und da sagst du, ich hätte nur Mann zu sein?"

„Ja! Oder ist es etwa nicht männlich, seine Duellgegnerschaft offen und ehrlich zu bekennen?"

„O gewiß! Ich bin ja auch ganz gern bereit, mich als Mann zu zeigen, sogar als Doppelmann!"

„Doppelmann?" fragte sie. „Du, das klingt verdächtig! Wenn du in dieser Weise kommst, ist ganz gewiß etwas nicht richtig! Ich schöpfe Verdacht!"

„Verdacht? Kannst du nichts Besseres schöpfen, wenn überhaupt geschöpft werden muß? Ich werde diesem Pida sehr männlich gestehen, daß ich Duellgegner bin. Und ich werde dann ebenso männlich hinzufügen, daß ich trotzdem sehr gern bereit bin, mich mit den vier Häuptlingen zu schießen. Ist das nicht doppelt Mann?"

„Nicht doppelt Mann, sondern doppelt falsch! Ich hoffe, daß du scherzest!"

„Ich scherze allerdings, und dennoch nehme ich es ernst, beides zugleich. Offen gesagt, ich nehme diese Forderung einfach als Faxe und werde sie als Faxe behandeln, obwohl sie von feindlicher Seite blutig ernst gemeint ist. In welcher Weise ich das tue, und wozu ich mich überhaupt entschließe, das kann ich jetzt nicht wissen. Laß Pida kommen, dann wirst du hören, was ich ihm antworte!"

„Du hältst die Sache also nicht für gefährlich?"

„Nein."

„Und glaubst, heiler Haut davonzukommen?"

„Unbedingt!“

„Daran haben die Häuptlinge auch gedacht“, fiel da Hariman Enters ein. „Sie trauen Eurer List und Findigkeit nicht. Darum ließen sie mich und meinen Bruder kommen, und teilten uns ihren Plan mit, Euch im Zweikampf umzubringen. Falls Ihr dem Tode in irgendeiner Weise entgehen solltet, bin ich mit meinem Bruder von ihnen beauftragt, Euch auf die Seite zu schaffen, Euch und Eure Frau —“

„Auch mich?“ fiel ihm das Herzle in die Rede. „Seid Ihr darauf eingegangen?“

„Ganz selbstverständlich!“

„Aber nur zum Schein?“

„Nur zum Schein!“ nickte er. „Es fällt uns nicht ein, uns an Euch zu vergreifen. Wir sind Euch treu. Wir werden Euch beschützen, nicht aber ermorden!“

„Das glaube ich Euch!“ versicherte sie in schneller, aber aufrichtiger Herzensregung.

„Ist es wahr? Glaubt Ihr das wirklich?“ fragte er, während sein Gesicht sich froh erhellte.

„Es ist wahr“, antwortete sie.

„Und Ihr, Mr. Shatterhand?“

„Auch ich glaube es“, bestätigte ich.

„Das freut mich! Das freut mich ungemein! Ich kann Euch sogar beweisen, daß wir es ehrlich meinen. Ich habe dafür gesorgt, daß ich es kann. Ich bringe den Beweis, den unumstößlichen Beweis. Ich habe eine Art von Vertrag.“

„Etwa einen geschriebenen?“ fragte ich.

„Ja.“

„Unglaublich! Von wem ausgestellt?“

„Von den vier Häuptlingen ausgestellt und von Mr. Evening und Mr. Paper als Zeugen unterschrieben. Hier habt Ihr ihn.“

Er gab ihn mir. Es war kein Vertrag, sondern ein Zahlungsversprechen, dessen Ausstellung nur dadurch denkbar und möglich war, daß sowohl die beiden Brüder als auch die beiden Unterzeichneten von den Häuptlingen betrogen werden sollten. Daß diese Schrift auf absichtlichem Wege in die Hände eines Gegners gelangen könne, war für die Aussteller eine Unmöglichkeit gewesen. Sie hatte den Brüdern nur für kurze Zeit ausgestellt, dann aber wieder abgenommen werden sollen. Nachdem ich sie gelesen hatte, wollte ich sie Hariman Enters zurückgeben; er aber sagte:

„Kann sie Euch nützen, wenn Ihr sie behaltet?"

„Sogar viel", antwortete ich.

„So mag ich sie nicht wieder. Betrachtet sie als Euer Eigentum!"

„Ich danke Euch. Damit habt Ihr allerdings bewiesen, daß Ihr es ehrlich meint. Warum brachtet Ihr Euren Bruder nicht mit?"

„Weil niemand etwas wissen soll und zwei viel eher beobachtet und entdeckt werden als einer. Sobald wieder etwas zu melden ist, mag er es tun. Jetzt aber bitte ich, mich zu entlassen."

„Er ist wirklich treu", sagte das Herzle, als er fort war.

„Ob aber auch sein Bruder?" fragte ich.

„Ich glaube nicht, daß er mir etwas Böses zufügt."

„Ja, dir! Aber mir? Mich liebt er nicht. Das ist gewiß. Ich fühle mich nur darum vor ihm sicher, weil alles Böse, was er mir zufügen könnte, ganz unbedingt auch dich mit treffen muß. Ich stehe also, wie überall, auch hier unter deinem Schutz!"

„Den hast du allerdings auch nötig!" scherzte sie mit. „Besonders morgen, wenn vier Häuptlinge auf dich schießen, so recht hübsch einer nach dem anderen! Sei ja nicht etwa leichtsinnig! Dein Leben muß auf alle Fälle erhalten werden. Du gehörst nicht dir allein, sondern auch mir!"—

Am nächsten Morgen stellten sich zwei Kiowa-Indianer bei mir ein, die mir meldeten, daß Pida, ihr Häuptling, mich zu sprechen habe. Ich solle ihm durch sie mitteilen, wann ich ihn bei mir empfangen wolle. Ich bestellte ihn auf die Mittagszeit. Als sie sich entfernt hatten, ließ ich durch Intschu-inta alle Personen, die zur Vorlesung zu erscheinen pflegten, so einladen, daß sie eine Viertelstunde vor Mittag bei mir einzutreffen hatten. Sie kamen, und ich teilte ihnen in Kürze mit, um was es sich handelte. Ich wünschte, daß bei der Forderung soviel Zeugen wie möglich vorhanden seien.

Pida kam in großer Begleitung angeritten, wurde aber nur allein vorgelassen. Die bei ihm waren, standen nicht im Häuptlingsrang. Er suchte es zu verbergen, aber man sah es ihm doch an, daß er überrascht war, mich nicht allein, sondern so viele andere bei mir zu sehen. Das Herzle, Aschta und Kolma Puschi waren auch anwesend. Als er eingetreten war, stand ich von meinem Platz auf, ging ihm einige Schritte entgegen und sprach:

„Pida, der Häuptling der Kiowas hat einst mein Herz gewonnen. Er besitzt es auch heute noch. Doch weiß ich nicht, ob ich in der Sprache des Herzens mit ihm reden darf oder nicht. Er sage mir, in welcher Eigenschaft er zu mir kommt, ob als Gast, mich zu begrüßen, oder als Bote seines Vaters, der mir den kleinsten Gruß verweigern würde!"

Er war damals Jüngling gewesen, jetzt aber ein Fünfziger. Sein Gesicht war schärfer geschnitten als früher, aber noch immer sympathisch. Sein Auge ruhte mit freundlichem Blick auf mir, doch klang seine Stimme ernst, als er mir antwortete:

„Old Shatterhand weiß, ob Pida ihn liebt oder haßt. Ich komme als Bote meines Vaters und seiner Verbündeten."

„So mag Pida sich setzen und dann sprechen!"

Während ich das sagte, kehrte ich nach meinem Platz zurück und deutete ihm durch eine Handbewegung an, sich vor mir niederzulassen. Er aber lehnte ab, indem er fortfuhr:

„Pida muß stehen. Nur der Friede darf sich niederlassen und ruhen. Old Shatterhand sieht in mir den Boten von vier der berühmtesten Krieger. Ich nenne ihre Namen: Tangua, der Häuptling der Kiowas, To-kei-chun, der Häuptling der Racurroh-Komantschen, Tusahga-Saritsch, der Häuptling der Kapote-Utahs, und Kiktahan Schonka, der älteste Häuptling der Sioux. Es ist lange her, viele Sommer und viele Winter, daß diese Häuptlinge von Old Shatterhand gezwungen wurden, danach zu trachten, daß er ausgelöscht werde aus der Reihe der Lebenden. Er entkam ihnen. Er lebt noch. Aber auch seine Schuld besteht noch, sie ist ungesühnt. Er hat sie vergessen. Er hat geglaubt, sie sei auch von ihnen vergessen. Er hat es gewagt, in ihr Land zu kommen und die Pfade zu betreten, die seinem Fuß verboten sind. Dadurch hat er sich ihnen ausgeliefert. Er ist ihr Eigentum. Er muß sterben. Aber die Zeiten des Marterpfahls sind vorbei, und die Häuptlinge gedenken, edel und gütig zu sein. Sie wollen ihm Gelegenheit geben, sich vom wohlverdienten Tode zu erretten. Sie wollen mit ihm kämpfen. Ich bin gekommen, ihn zu diesem Kampf einzuladen und aufzufordern. Was antwortet er mir?"

Da stand ich auf und sprach:

„Nicht nur die Zeiten des Marterpfahls, sondern auch die Zeiten der langen Reden sind vorüber. Was ich zu sagen habe, ist kurz. Ich bin der Feind keines einzigen roten Mannes gewesen. Ich habe weder Haß noch Tod verdient. Ich wandle auch heute nicht auf verbotenen Wegen und fühle mich den Häuptlingen keineswegs ausgeliefert. Auch die Zeiten der Mordtaten, der Faust- und der Zweikämpfe sind vorüber. Ich bin alt und bedachtsam geworden. Ich verdamme jedwedes Blutvergießen. Ich bin ein Gegner des Zweikampfes—"

Da stieß mich das Herzle heimlich an und flüsterte mir zu:

„Recht so, recht so! Sei ein Mann!"

Sie konnte das tun, weil ich ganz dicht neben ihr stand. Ich aber fuhr fort:

„Aber weil ich die Berühmtheit der Häuptlinge kenne und ihr weißgewordenes Haar achte, will ich es vermeiden, sie durch eine Absage zu beleidigen. Ich bin also bereit, mit ihnen zu kämpfen."

„Bist du toll?" flüsterte mir das Herzle zu.

Hierauf ergriff Pida wieder das Wort:

„Old Shatterhand ist der alte. Er hat nie Furcht gekannt. Aber er sehe sich vor! Die Bedingungen, die die Häuptlinge stellen, sind scharf, sind unerbittlich. Er wird dann zwar auch die seinigen stellen, aber es steht nicht zu erwarten, daß —"

„Ich stelle keine", unterbrach ich ihn schnell. „Ich gehe auf alles ein, was die Häuptlinge von mir verlangen."

Da sah er mich ungewiß an und fragte:

„Spricht Old Shatterhand im Scherz oder im Ernst?"

„Im Ernst!"

„So sage er das, was ich jetzt hörte, noch einmal. Vorher aber höre er, was die Häuptlinge fordern. Die Waffe sei das Gewehr. — Er hat mit einem jeden der vier Häuptlinge zu kämpfen. — Die Reihenfolge wird durch das Los bestimmt. — Geschossen wird im Sitzen. — Es gibt für jeden nur einen einzigen Schuß. — Die Gegner sitzen einander gegenüber, nur sechs Schritte voneinander entfernt. — Den ersten Schuß hat stets der ältere. — Der zweite Schuß fällt genau eine Minute nach dem ersten. — Es wird gekämpft bis zum Tode. — Wenn die vier Gänge mit den vier Häuptlingen vorüber sind und Old Shatterhand ist noch nicht tot, werden sie von vorn angefangen. — Das sind die Bedingungen. Old Shatterhand mag sie erwägen!"

Er hatte nach jeder der Bedingungen eine Pause gemacht und mich prüfend, ja beinahe besorgt angesehen. Jetzt antwortete ich:

„Sie sind bereits erwogen. Wer befiehlt die Schüsse?"

„Der erste Vorsitzende des Komitees.“

„Wie lange hat der zweite Schuß zu warten, wenn der erste nicht fällt?“

„Nicht fällt? Die Häuptlinge sind älter als Old Shatterhand, der noch nicht siebzig Jahre zählt. Keiner von ihnen wird zögern. Sie werden schießen, sobald das Kommando fällt.“

„Wer kann das behaupten? Ich sah schon manches, was man für unmöglich hält, möglich werden. Also, ich frage: Die Häuptlinge haben jeder den ersten Schuß; ich aber habe den zweiten. Wenn der erste Schuß nicht fällt, wann darf ich schießen?“

„Genau eine Minute, nachdem der erste hätte fallen sollen!“

„Einverstanden. Wohin soll geschossen werden?“

„In das Herz, genau in das Herz.“

„Nach gar keiner anderen Körperstelle?“

„Nach keiner anderen!“

„Wo findet der Kampf statt?“

„Auf der Scheide zwischen Oberstadt und Unterstadt. Der Platz wird abgesteckt.“

„Wann?“

„Eine Stunde, bevor die Sonne hinter dem Mount Winnetou verschwindet.“

„Wer sorgt dafür, daß diese Bedingungen streng eingehalten werden?“

„Zwei Personen auf jeder Seite. Die Häuptlinge haben hierzu den Agenten William Evening und den Bankier Antonius Paper gewählt. Old Shatterhand wähle ebenso zwei!“

„So nenne ich hierzu meinen Freund und Bruder Matto Schahko, den Häuptling der Osagen, und meinen Freund Wagare-Tey, den Häuptling der Schoschonen. Sie werden zu meinen Seiten stehen und jeden Häuptling sofort erschießen, der sein Wort bricht, indem er nach einer anderen Stelle als nur auf mein Herz zielt. Ist Pida, der Bote meiner Feinde, einverstanden?"

„Ich bin es", antwortete er. „Und Old Shatterhand?"

„Ich nehme den Kampf an, zu den Bedingungen, die soeben besprochen wurden."

„Um Gottes willen!" raunte mir das Herzle so laut zu, daß alle es hörten. „Ich gebe es nicht zu! Du bist verloren!"

Es war ein Glück, daß sie deutsch gesprochen hatte, so daß niemand sie verstand.

„Hat Old Shatterhand mir noch etwas mitzuteilen?" erkundigte sich Pida.

„Nur daß ich mich mit meinem Gewehr pünktlich einstellen werde, weiter nichts. Pida, der Häuptling der Kiowas, hat seine Botschaft ausgerichtet. Er kann gehen!"

Er machte eine grüßende Handbewegung und drehte sich um, sich zu entfernen. Aber noch unter der Tür blieb er stehen, besann sich, kehrte um, kam schnellen Schrittes auf mich zu, ergriff meine beiden Hände und sagte, während sein Gesicht ganz anders wurde:

„Pida liebt Old Shatterhand. Er will nicht, daß Old Shatterhand sterbe, sondern daß er lebe, und daß er glücklich sei. Kann Old Shatterhand an diesem Kampf, der doch unbedingt zu seinem Tode führen muß, nichts ändern?"

„Ich könnte wohl, aber ich will nicht", antwortete ich. „Pida ist mein Bruder, und ich bin der seine. Dieser Kampf wird nicht zu meinem Tode führen. Old Shatterhand weiß stets, was er sagt. Pida glaube auch jetzt an mich, wie er früher an mich glaubte! Kein Komantsche, kein Kiowa, kein Utah und kein Siou wird mich töten! Nur noch kurze Zeit, so werden sie alle unsere Freunde sein. Ich bitte dich, das zu glauben!"

„Ich glaube es und ich wünsche es", versicherte er. „Old Shatterhand spricht in Geheimnissen; aber jedes Wort hat bei ihm seinen Grund und seine Absicht. Er sieht und hört, was andere nicht wahrnehmen. Darum weiß er voraus, was andere nicht wissen können. Ich habe gesprochen. Ich gehe!"

Ich schüttelte ihm die Hände und küßte ihn auf die Stirn. Seine Augen strahlten. Er grüßte rundum und schritt erhobenen Hauptes hinaus.

Es läßt sich wohl denken, daß ich nun mit Fragen überschüttet wurde. Es war mir unmöglich, so zu antworten, wie man wünschte. Wollte ich nicht den ganzen Erfolg aufs Spiel setzen, so mußte ich über das, was ich vorhatte, schweigen. Darum wuchs die Spannung der Anwesenden immer mehr und wurde, als sie sich dann entfernten, hinunter in die Stadt getragen und dort verbreitet. Meinem Herzle gegenüber durfte ich freilich nicht schweigen. Ich mußte sie beruhigen. Ich sagte ihr, daß ich im Besitz von vier kugelfesten Panzern sei, durch die kein Schuß zu dringen vermöge. Diese Panzer waren die Medizinen, die wir vom ‚Haus des Todes' mitgebracht hatten. Keinem Indianer kann es jemals einfallen, seine eigene Medizin zu verletzen. Er gibt sich lieber den Tod, als daß er dies tut. Die Medizin des alten Kiktahan Schonka bestand aus seinem Gürtel und aus den Hundepfötchen, die ich damals auf den Stufen gefunden hatte. Was die Medizinen der drei anderen Häuptlinge vorstellten, das konnte man nicht sehen, weil sie in lederne Medizinbeutel eingenäht waren. Ich knotete die an ihnen vorhandenen Riemen derart, daß die Medizinen, wenn ich sie mir um den Hals hängte, gerade auf das Herz zu liegen kamen. Das war die ganze Vorbereitung, die ich für den so gefährlich erscheinenden Zweikampf zu treffen hatte. Als das Herzle das hörte, war sie sofort beruhigt. Ja, sie begann sogar, sich auf dieses ‚Duell' zu freuen.

Nicht lange, so war die Aufregung zu sehen, die sich unten im Lager verbreitete. Man steckte den Kampfplatz ab und war besorgt um Plätze für Hunderte von Zuschauern. Es herrschte sowohl in der Unter- als auch in der Oberstadt eine lebhafte Bewegung. Man suchte einander auf. Man sprach von nichts anderem als von dem bevorstehenden Kampf auf Leben und Tod zwischen Old Shatterhand und den vier berühmten Häuptlingen. Man sagte, daß es von ersterem geradezu wahnsinnig sei, auf so blutrünstige Bedingungen einzugehen. Aber man hielt dem entgegen, daß er oft ganz anders denke und ganz andere Wege gehe als andere Menschen, und daß man darum auch jetzt nicht voreilig urteilen dürfe, sondern einfach den Ausgang des Kampfes abzuwarten habe. Kurz, das Abenteuer war in aller Mund, und es verstand sich ganz von selbst, daß auch Tatellah-Satah davon hörte, obwohl ich es unterließ, ihn zu benachrichtigen. Es war nach dem Mittagessen; da suchte er mich auf. Ich war mit dem Herzle allein. Er setzte sich nicht. Er sagte, er beabsichtige, gleich wieder zu gehen. Er sah mir forschend in das Gesicht und fragte dann:

„Du wirst dich mit den Häuptlingen schießen?"

„Nein", antwortete ich.

Da ging ein frohes Lächeln über sein Gesicht, und er fuhr fort:

„Ich dachte es! Old Shatterhand ist kein Selbstmörder! Aber du wirst pünktlich erscheinen?"

„Ja."

„So frage ich nicht, was du vorhast. Du bist dein eigener Herr und hast keinen anderen Menschen um Erlaubnis zu fragen. Aber ich komme auch!"

„Allein? Oder mit deinen Winnetous?"

„So, wie du es wünschest."

„So komm allein! Man soll erfahren, daß wir nicht durch große Kriegerscharen, sondern durch uns selbst zu siegen wissen."

„Liest du heute abend vor?"

„Ja. Es ist ein Tag wie jeder andere. Das Duell ist eine Faxe, ein Schwank, wenn auch mit sehr ernstem Hintergrund, weiter nichts."

„Wünschen wir, daß dieser Schwank nicht anders ende, als du denkst!"

Er reichte uns beiden die Hand und ging. Einige Zeit darauf sahen wir ihn unten im Lager. Er nahm den abgesteckten Platz in Augenschein und schien Befehle zu erteilen. Die uns befreundeten Häuptlinge hatten sich ihm zugesellt. Hierauf machte ich mit meiner Frau einen Spaziergang, aber nicht nach der Lagerstadt, sondern nach dem Binnental und dem Schleierfall hinunter. Auch dort gab es ein reges Leben, wenn auch in anderer Weise und zu einem anderen Zweck. Man schlug hohe Pfähle ein. Man zog zahlreiche Schnuren und Drähte. Wir sahen ganze Haufen Papierlaternen liegen. Es gab elektrische Kabel, Glühbirnen, Tulpen, Kugeln und andere derartige Glasformen. Hier und da hantierte man mit photographischen Apparaten. Ein Ingenieur, aber auch Indianer, schien die Aufgabe zu haben, einen großen Projektionsapparat am Felsen der Teufelskanzel anzubringen. Das interessierte das Herzle im höchsten Grade. Sie photographiert so gern. Sie ist da stets bereit, neues hinzuzulernen. Ich aber habe viel weniger Interesse für die Abbildungen, als für die Gegenstände selbst. Darum nehme ich in ihrer photographischen Hochachtung keineswegs eine hervorragende Stelle ein. Sie weiß, sie ist mir über. Das genügt ihr. Und es ist ihr eine höchst angenehme Beruhigung zu wissen, daß ich niemals die Absicht habe, mich in ihre lichtbildnerischen Geheimnisse einzudrängen. Sie ist da sehr resolut. Sie tut, als sei ich gar nicht vorhanden. Sie gibt mir da sehr leicht und auch sehr gern Gelegenheit, mich auf mich selbst und auf meine anderen Vorzüge zurückzuziehen. So ließ sie mich auch jetzt ganz einfach stehen und eilte in großen Schritten zu dem Ingenieur hin, um ihn — ins Verhör zu nehmen, denn anders kann man das bei ihr nicht nennen. Was sie erfahren will, das bringt sie unbedingt heraus! Ich setzte mich inzwischen für mich nieder und beobachtete das rege Treiben rund umher.

Was hatte das für einen Zweck? Es war mir, wie schon gesagt, mitgeteilt worden, daß man den steinernen Winnetou beleuchten und illuminieren wolle, um die Zuschauer für das Denkmalprojekt zu gewinnen. Ich hatte da gesagt, daß das Denkmal viel eher in die Erde versinken werde, als daß ich dazu zu bringen sei, eine solche Entwürdigung meines Winnetou zuzugeben. Sollte das, was ich hier sah, etwa schon die Vorbereitung zu dieser Illumination sein? Aber die Figur war noch gar nicht fertig! Sie war erst bis zur Schulter gediehen. Hals und Kopf fehlten. Und sonderbar! Während ich das dachte und mein Blick dabei an der Figur auf- und niederglitt, war es mir, als ob sie nicht mehr gerade stehe, sondern schief. Ich legte das Auge an verschiedene Stellen an und kam zu immer demselben Ergebnis. Man wird sich erinnern, daß ich die Figur zuletzt von der Straßenbiegung aus betrachtet hatte. Da war es mir erschienen, als ob alle Gerüstträger schief gestanden hätten, nur einer von ihnen nicht. Ich ging jetzt zu dieser Stelle. Wahrhaftig, Gerüst und Figur hatten sich bewegt, hatten sich nach der einen Seite gesenkt, wenn auch nicht viel, aber doch so, daß ich es deutlich bemerkte. Es war kein Zweifel möglich. Der Pfosten, der erst senkrecht gestanden hatte, stand jetzt auch schief, und die anderen hatten sich ganz zweifellos noch mehr nach rechts geneigt.

Ich erschrak, als ich das sah. Ich dachte an die Risse und Sprünge, die ich da unten an der Höhlendecke bemerkt hatte, an das Streuen, Sieben und Niederbröckeln des Gesteins. War die Last der Figur für die ausgehöhlte Erdunterlage zu groß? Konnte diese Unterlage das so viele Tonnen schwere Bild nicht tragen? Welch eine Katastrophe stand uns da allen bevor! Während ich das dachte, kam das Herzle zurück. Sie hatte den Ingenieur ausgefragt. Es handelte sich einstweilen nur um eine Probebeleuchtung, die morgen abend vorgenommen werden sollte. Man hatte vor, alle Anwesenden hierzu zu laden.

„Und was sollte der riesenhafte Projektionsapparat?“ fragte ich.

„Er enthält die Bilder von Young Surehand und Young Apanatschka, die auf der Spiegelfläche des Wasserfalls zu beiden Seiten des Denkmals erscheinen sollen. Die Schöpfer der Winnetougestalt, rechts und links neben ihrem Werk!“

„Das dulde ich nicht!“ rief ich aus.

„Was willst du dagegen machen?“ fragte sie.

„Es verbieten! Das genügt!“

„Ja, allerdings! Selbst wenn man deinen Willen nicht respektieren wollte, würdest du ihm Nachdruck zu geben verstehen. Aber bedenke, es ist nur erst zur Probe! Ist es nicht ratsam, diese Probe ungestört vorüber zu lassen, um zu warten, bis sie zur wirklichen Ausführung kommen soll?“

„Ja, vielleicht ist das richtiger. Aber ich glaube, wir haben diese Sache nicht mehr in unseren Händen. Es hat sich eine Gewalt ihrer angenommen, der wir nicht gewachsen sind.“

„Wie meinst du das?“

„Schau genau hin, und sag: Steht die Figur gerade oder schief?“

Sie prüfte und antwortete dann:

„Sie steht gerade. Man wird sie doch wohl nicht schief aufstellen!“

„Absichtlich gewiß nicht. Aber sie steht dennoch schief. Du merkst das nicht, weil dein Auge nicht so geübt ist wie das meine und weil die Abweichung von der senkrechten Linie noch nicht so bedeutend ist, daß sie dir notwendigerweise auffallen müßte. Vergleiche einmal genau mit der Fallrichtung des Wassers und sag mir —“

Da fiel sie mir in die Rede:

„Sie steht schief, ja, sie steht schief! Herrgott! Welch ein Gedanke! Meinst du, daß sie versinkt?“

„Ob ja oder nein, das kann man jetzt noch nicht sagen. Man hat abzuwarten, ob und wie sehr die Abweichung steigt. Heute habe ich keine Zeit. Aber morgen werde ich hinunter in die Höhle steigen, um nachzusehen, ob die Decke noch bröckelt.“

„Ist das nicht lebensgefährlich?“

„Nein.“

„Aber du hältst es doch für möglich, daß alles zusammenbricht!“

„Nicht nur für möglich, sondern sogar für wahrscheinlich. Aber so schnell, daß der Zusammenbruch schon heute oder morgen erfolgt, geschieht das nicht. Da müßte die Senkung vorher bedeutend größer werden. Aber bitte, halte alles geheim!“

„Gegen jedermann?“

„Ja.“

„Auch gegen Tatellah-Satah?“

„Auch gegen ihn. Ich möchte diese Situation allein beherrschen. Es soll mir kein anderer dreinkommen, mich stören oder die Sache gar verderben!“

„Weißt du aber, was du da auf dich nimmst?“

„Ja. Es ist freilich viel. Aber ich glaube, es verantworten zu können. Doch nun komm, Herzle! Wir müssen heim. Ich darf keine Minute zu spät zum Kampf erscheinen.“

„Leider bin ich da nicht ganz ohne alle Sorge!“ seufzte sie.

„Das ist überflüssig. Du hast viel mehr Veranlassung, zu lächeln, als bange zu sein!“

Als wir droben auf dem Schloß angekommen waren, ließ Tatellah-Satah uns sagen, daß er uns abholen werde. Von den Häuptlingen kam ein Bote, der mir meldete, daß auch sie sich einstellen würden, um mich hinunter zu begleiten. Ich ließ sie aber bitten, dies nicht zu tun, die Sache sei einer solchen Mühe gar nicht wert. Ich war verpflichtet, bei dieser Gelegenheit den Häuptlingsanzug zu tragen, und lud den Henrystutzen, obgleich ich annahm, daß es wahrscheinlich zu keinem einzigen Schuß kommen werde. Die vier Medizinen durfte ich nicht tragen. Das Herzle nahm sie in ihre Reisetasche. Sie wollte, an meiner Seite sitzend, in dieser Weise am Zweikampf teilnehmen. Ich hatte nichts dagegen. Als die Zeit da war und wir in den Hof kamen, wo Intschu-inta unsere Pferde bereit hielt, fanden wir den ‚jungen Adler' und unseren alten Pappermann vor, die es sich nicht nehmen ließen, mich nach dem Platz meines hoffentlichen Sieges zu begleiten. Zu gleicher Zeit erschien Tatellah-Satah auf seinem weißen Maultier, ganz allein. Da setzten wir uns in Bewegung. Der ‚Bewahrer der großen Medizin', das Herzle und ich voran, der ‚junge Adler' und Pappermann hinterdrein.

Wir sahen schon von oben, daß alles, was in der Ober- und Unterstadt bisher zerstreut gewesen war, sich jetzt eng um den Kampfplatz zusammengezogen hatte. Es war eine Versammlung vieler, vieler Menschen, doch gab es keine Spur jener bekannten Unzuträglichkeiten, die bei Zusammenhäufungen sogenannter ‚zivilisierter' Mengen unvermeidlich zu sein scheinen. Jedermann war schon da. Kein einziger, der hatte kommen wollen, fehlte. Wir waren die allerletzten.

Meine vier Gegner saßen bereit. Als wir in den Kreis traten, standen sie auf. Nur Tangua blieb sitzen, denn er konnte nicht stehen. Tatellah-Satah hatte seinen Sitz so bestellt, daß er dann gerade hinter mir saß und die vier Häuptlinge scharf im Auge hatte. Es wurde mir gesagt, daß der erste Vorsitzende des Komitees eine Rede halten werde. Hierauf werde jeder der vier Häuptlinge auch eine Rede halten. Zuletzt habe meine Rede zu kommen, worauf dann der Kampf beginnen könne. Da trat ich vor und äußerte mich so laut, daß jedermann, der im Kreise saß, es hören konnte:

„Old Shatterhand ist nicht gekommen, um zu reden, sondern um zu kämpfen. Wenn die Gefahr naht, reißt nur die Furchtsamkeit den Mund weit auf; der Mutige aber schweigt und handelt. Von all diesen Reden ist zwischen mir und Pida kein Wort erwähnt worden. Ich gestatte nur das, worauf ich eingegangen bin!"

Da vollführte der ‚erste Vorsitzende des Komitees' eine große Armbewegung, die wohl Eindruck machen sollte, und begann:

„Es wurde vom Komitee beschlossen, daß ich zu sprechen habe, und was vom Komitee beschlossen worden ist, das werde ich —"

„Schweig!" donnerte ich ihn an. „Beschlossen worden ist nur zwischen Pida und mir! Euer Komitee ist für mich nicht vorhanden. Dich dulde ich nur. Ich habe erlaubt, daß du die Schüsse der Häuptlinge und genau eine Minute darauf auch die meinigen befiehlst. Mehr ist dir nicht gestattet!"

„Aber ich stehe doch nicht etwa hier, um —"

„Wenn du nicht stehen willst, so setze dich!" unterbrach ich ihn, wobei ich schnell auf ihn zuschritt und ihn mit einem Griff und einem Druck auf die Erde niedersetzte, wo er ganz erschrocken eine Weile sitzen blieb. Dann fuhr ich in demselben lauten, energischen Ton fort:

„Ich habe mit Pida meine berühmten Brüder Matto Schahko und Wagare-Tey gewählt, sich die Bedingungen des Kampfes genau zu merken und darauf zu sehen, daß sie ehrlich eingehalten werden. Sie mögen jetzt sprechen und diese Bedingungen aufzählen!"

Sie standen von ihren Sitzen auf und taten dies. Zwar hatten meine vier Gegner ihren William Evening und ihren Antonius Paper zu dem gleichen Zweck gewählt, aber es fiel mir gar nicht ein, dazu beizutragen, daß diese überhaupt zu Wort kamen. Darum ließ ich durch Matto

Schahko und Wagare-Tey auch gleich die Lose besorgen, und die vier Häuptlinge fügten sich dem allem mit innerem Behagen, weil sie überzeugt waren, daß dies doch sicher meine allerletzte Willensverschwendung in diesem Leben sei. Das Los ergab, daß meine Gegner in folgender Reihe auf mich zu schießen hatten: Tusahga Saritsch, To-kei-chun, Kiktahan Schonka und Tangua. Sie nahmen in dieser Reihenfolge in einem Halbkreis meinem Sitz gegenüber Platz. Sie waren alle mit Doppelgewehren versehen, und in ihren Mienen glänzte das Bewußtsein des sicheren Sieges. Ehe ich meinen Platz einnahm, ging ich nach der Stelle, wo Avaht-Niah, der hundertjährige Häuptling der Schoschonen saß. Ich beugte mich zu ihm nieder, küßte ihm die alte, treue Hand und sprach:

„Du bist der Älteste von allen, die hier atmen. Auf deinem Haupt ruht der Segen und die Liebe des großen Geistes, der dich nicht hierher geleitet hat, um das Blut derer, die dir lieb sind, fließen zu sehen. Du bist der Weiseste und der Erfahrenste von uns allen. Du wirst der erste sein, der aus dem Kampf, zu dem ich hier gezwungen werde, ersieht, daß jeder Kampf zwischen den Menschenkindern nichts weiter als eine Torheit ist, über die man lachen könnte, wenn ihre Folgen nicht so traurig wären."

Er zog als Gegengruß nun auch meine Hand an seine Lippen und antwortete:

„Old Shatterhand mag uns diese Torheit zeigen, damit die, die nach uns kommen, nicht mehr tun, was ihre Ahnen taten. Der Sieg sei dein!"

Nun ging ich zu der mir angewiesenen Stelle und setzte mich. Das Herzle ließ sich neben mir nieder. Da brauste Kiktahan Schonka zornig auf:

„Was soll die Squaw unter Kriegern? Fort mit ihr!"

„Fürchtest du dich vor einer Squaw?" antwortete ich. „Dann geh! Sie aber fürchtet sich nicht; sie bleibt!"

„Ist Old Shatterhand ein Weib geworden, daß er die

Beleidigung nicht fühlt, die ich als Krieger fühle?" fragte er.

„Als Krieger? Pshaw! Du fragst, was meine Squaw unter Kriegern solle? Glaubst du wirklich, daß ihr Krieger seid? Alte Weiber seid ihr, weiter nichts! Darum habe ich alle eure Bedingungen angenommen, ohne sie genauer zu betrachten. Es fällt Old Shatterhand nicht ein, mit euch zu kämpfen, denn er ist ein Mann. Er brachte euch seine Squaw, von der eine einzige Handbewegung genügt, einen jeden von euch zu vernichten. Fürchtet ihr euch vor ihr, so geht!"

„Sie bleibe!" rief Kiktahan Schonka ergrimmt. „Aber meine erste Kugel gilt dir, meine zweite ihr!"

„Ja, sie bleibe, sie bleibe! Sie falle und sterbe mit ihm!" stimmten die drei anderen bei. „Der Kampf beginne!"

Wir fünf Duellanten saßen in der Mitte des abgesteckten Platzes. Unsere Beigeordneten befanden sich in nächster Nähe. Tatellah-Satah saß, wie schon erwähnt, direkt hinter mir. Den ersten großen Kreis um uns bildeten die anwesenden Häuptlinge. Auch die zwölf Apatschenhäuptlinge waren da. Hinter ihnen kamen die Unterhäuptlinge und sonstigen Personen, die Rang besaßen. Und weiter hinaus gab es die gewöhnlichen Leute. Unter diesen fielen besonders die schon einmal erwähnten Arbeiter auf, die in den Steinbrüchen und am Denkmalbau beschäftigt waren. Sie hatten ihre Arbeit verlassen, um das Schauspiel des Kampfes zu genießen, und betrugen sich als echte Rowdies, obgleich sie es in Gegenwart so vieler Häuptlinge nicht wagten, besonders laut zu werden. Bei den Häuptlingen saßen neben Kolma Puschi und den beiden Aschtas noch zwei andere Frauen, deren Gegenwart mir wichtig war, nämlich Pidas Frau und ihre Schwester, die jetzt weibliche Kleidung trug. Beide hatten es also durchgesetzt, mit nach dem Mount Winnetou genommen zu werden. Daß sie sich mit hier befanden, war für mich der sicherste Beweis, daß die viertausend Reiter sich unten im ‚Tal der Höhle' eingestellt hatten.

Daß die Augen aller dieser Menschen mit größter Spannung auf uns gerichtet waren, versteht sich von selbst. Der Herr ‚Vorsitzende des Komitees', den ich niedergesetzt hatte, besann sich jetzt seines Amtes. Er stand auf und stellte sich bereit, die Schüsse anzusagen. Matto Schahko und Wagare-Tey zogen ihre Revolver, spannten sie und versicherten drohend, daß sie jeden meiner vier Gegner, der etwas Nichterlaubtes tue, augenblicklich niederschießen würden. Sie waren fest entschlossen, diese Drohung auszuführen. Und nun ergriff auch Tatellah-Satah das Wort. Er sprach:

„Jeder Teil des vierfachen Kampfes kann erst dann beginnen, wenn ich die Hand erhebe, eher nicht. Wer die Schüsse ansagt, darf dies nicht eher tun, als bis er mein Zeichen gesehen hat. Der erste Kämpfer ist Tusahga Saritsch, der Häuptling der Kapote-Utahs. Ist er bereit?"

Der Gefragte spannte sein Gewehr und antwortete:

„Ich bin bereit. Nun mag Old Shatterhand beweisen, daß eine einzige Handbewegung seiner Squaw genügt, einen jeden von uns zu vernichten!"

Ich nickte dem Herzle zu. Schnell nahm sie die Medizin dieses meines ersten Gegners aus der Reisetasche und hängte sie mir um den Hals. Mein Herz wurde von ihr bedeckt. Hierauf meldete ich dem ‚Bewahrer der großen Medizin':

„Auch ich bin bereit. Der Kampf kann beginnen. Tusahga Saritsch mag schießen! Eine Minute später dann ich!"

Alles war still. Jedermann schaute auf den Beutel, den meine Frau mir umgehängt hatte. Niemand wußte sogleich, warum dies geschehen war. Da befahl Tatellah-Satah:

„Die Zeit ist da. Es beginne!"

Sofort erscholl das Kommandowort des Komiteevorsitzenden. Aber Tusahga Saritsch schoß nicht. Er hatte das Gewehr zwar in der Hand, aber er hielt es gesenkt. Seine weit aufgerissenen Augen waren mit dem Ausdruck des Schrecks und der wachsenden Angst auf meine Brust gerichtet.

„Meine Medizin! Meine Medizin!" stammelte er.

„Schieß!" rief ich ihm zu.

„Auf meine eigene Medizin schießen?" jammerte er. „Wo hast du sie her? Wer gab sie dir?"

„Frag nicht, sondern schieß!" forderte ich ihn zum zweitenmal auf.

Da ging es wie ein lauter, erlösender Atemzug über die Menge hin, in deren Mitte wir saßen. Man konnte zwar noch nicht begreifen, aber man sah nun doch, daß ich keineswegs so schutzlos war, wie man angenommen hatte. Die Gesichter meiner Freunde erhellten sich zusehends. Und die Stimme Tatellah-Satahs klang hell und froh, als er, die Hand zum zweitenmal erhebend, sagte:

„Warum schießt Tusahga Saritsch nicht? Und warum wird das Zeichen für Old Shatterhand nicht gegeben? Er hat nur eine einzige Minute zu warten, länger nicht! Beginnen wir noch einmal! Old Shatterhand ergreife sein Gewehr!"

Das tat ich. Das Kommando für meinen Gegner erscholl zum zweitenmal. Er schrie auf:

„Ich kann nicht schießen! Ich darf nicht schießen! Wer seine eigene Medizin erschießt, erschießt sein ewiges Leben!"

„Die Minute ist vorüber!" rief Tatellah-Satah.

Da ertönte das Kommando für mich.

„Tusahga Saritsch, fahre in die ewigen Jagdgründe!" sagte ich und richtete den Lauf meines Stutzens auf seine Brust.

„Uff, uff!" brüllte er, so laut er brüllen konnte, sprang auf und rannte davon.

„Gott sei Dank!" raunte mir das Herzle zu. „Nun wird mir erst wieder wohl! Ich glaubte an dich und hatte trotzdem Angst!"

Es war lächerlich, den alten Häuptling mit der Schnelligkeit eines jungen Burschen davonspringen zu sehen; aber niemand lachte. Nach den alten, früher geltenden Gesetzen der Prärie war er nun ehrlos. Er hätte sich von mir erschießen lassen müssen.

Mein nächster Gegner war To-kei-chun. Der machte ein ganz eigenartiges, gar nicht zu beschreibendes Gesicht. Er wußte, daß und wo die vier Medizinen zusammengelegen hatten. Hatte ich die eine, so hatte ich höchstwahrscheinlich auch die anderen, also auch die seine. Ich ließ ihn auch gar nicht lange in Ungewißheit. Ich ließ mir vom Herzle seine Medizin über die vorige hängen und meldete dann:

„To-kei-chun, der Häuptling der Racurroh-Komantschen, ist am Schuß. Ich bin bereit!"

Ich sah, daß ihm vor Entsetzen der Atem ausging. Er schnappte nach Luft. Seine Augen wurden klein und naß.

„Ist To-kei-chun fertig?" fragte Tatellah-Satah.

„Nein! Ich bin nicht fertig!" schrie der Gefragte, sprang auf und eilte ebenso schnell davon wie Tusahga Saritsch vorher.

Jetzt begann man schon zu lächeln.

„Nun kommt Kiktahan Schonka, der Häuptling der Sioux", sagte ich.

Der aber fuhr mich in seinem grimmigsten Ton an:

„Old Shatterhand ist ein räudiger Hund, ein Schuft, ein Schurke. Er stiehlt Medizinen! Hat er auch die meine?"

„Ja", antwortete ich und ließ sie mir von meiner Frau auf die beiden anderen hängen, doch nur den Gürtel.

Er sah das, grinste mich höhnisch an und fragte:

„Glaubt Old Shatterhand etwa, daß auch ich ausreiße? Meine Kugel wird ihn sicher treffen, denn halbe Medizinen wirken nicht. Die Hälfte fehlt."

„Die Medizinen, die ich habe, sind nicht halb, sondern ganz", behauptete ich.

„Nein!" widersprach er. „Sie fehlt!"

„Sie fehlt nicht! Sie ist hier! Kiktahan Schonka mag sich überzeugen!"

Ich ließ mir die Hundepfötchen geben, hielt sie so, daß er sie deutlich sehen konnte, und hängte sie dann dahin, wohin sie gehörten.

Er war zunächst starr vor Schreck. Dann zischte er mich in unbeschreiblich gehässiger Weise an:

„Sind räudige Hunde allmächtig? Wer gab dir das, was ich verloren habe?"

„Niemand gab es mir. Ich habe es gefunden."

„Wo?"

„Auf den Stufen der Teufelskanzel, auf der die Häuptlinge der Sioux und der Utahs sich über ihren Zug nach dem Mount Winnetou besprachen. Sie warteten dort auf Old Shatterhand, um ihn zu fangen. Während sie miteinander sprachen, erscholl die Stimme des großen Geistes. Sie erschraken und ergriffen die Flucht. Auf dieser Flucht verlorst du deine Skalpperücke und deine halbe Medizin. Die Perücke wurde dir nachgetragen. Die halbe Medizin aber steckte ich zu mir, um sie jetzt zur anderen Hälfte zu fügen."

„So hast du uns belauscht? Dort auf der Teufelskanzel?"

„Ja."

„Uff, uff!"

Er sah aus, als ob er augenblicklich sterben wolle. Er sank in sich zusammen, und zwar so sehr, daß sein Gesicht auf die Kniee zu liegen kam.

„Ich bin bereit zum Kampf", meldete ich dem ‚Bewahrer der großen Medizin'.

Dieser fragte:

„Ist Kiktahan Schonka auch bereit?"

Da hob der Genannte den Kopf empor, schaute nach seinen Leuten aus und gab ihnen einen Wink. Zwei von ihnen kamen herbei.

„Hebt mich auf und führt mich fort!" befahl er ihnen.

Sie taten es, halfen ihm auf sein Pferd und schritten dann nebenher, um ihn zu stützen.

Nun war nur noch Tangua, der Vater Pidas, übrig, der allergrimmigste und unversöhnlichste meiner Feinde. Er saß gelähmt an der Erde und hielt die Augen geschlossen, das Doppelgewehr in der Hand. Kein Zug seines unbewegten Gesichtes verriet, was er dachte. Da sagte ich:

„Tangua, der älteste Häuptling der Kiowas, ließ mir schreiben: ‚Hast Du Mut, so komm herüber nach dem Mount Winnetou! Meine einzige Kugel, die ich noch habe, sehnt sich nach Dir!' Ich bin gekommen. Hier sitze ich. Wo ist deine Kugel?"

Während ich das sagte, ließ ich mir vom Herzle seine Medizin umhängen. Er öffnete die Augen, schaute sie an und sprach:

„Ich dachte es! Auch die meinige ist da! Ich schieße nicht auf sie! Ich verzichte auf meinen Schuß. Dich aber bitte ich: Gib mir nach einer Minute deine Kugel in das Herz! Und bin ich tot, so leg mir meine Medizin in das Grab! Willst du das tun?"

„Nein!" antwortete ich.

„So habe ich mich in dir geirrt. Ich hasse dich, wie ich nie einen Menschen haßte. Ich will deinen Tod. Ich würde alles tun, alles, ihn herbeizuführen. Aber ich habe dich für einen ehrlichen Feind gehalten!"

„Du irrst. Ich bin ehrlich, aber nicht dein Feind. Ich werde nicht auf dich schießen. Ich will nicht deinen Tod. Ich habe also nichts in dein Grab zu legen, auch nicht deine Medizin."

„Was hast du mit ihr vor? Was soll mit ihr geschehen? Willst du sie vernichten?“

„Nein. Eure Medizinen gehören mir nicht. Ich behalte sie nicht. Aber wem ich sie gebe, das kann ich jetzt noch nicht sagen. Das werdet ihr selbst entscheiden.“

„Wir selbst? Wir vier?“

„Ja. Ich werde euch prüfen. Seid ihr es wert, so bekommt ihr eure Medizinen wieder. Seid ihr es nicht wert, so übergebe ich sie Tatellah-Satah. Er ist der Bewahrer der Medizinen und wird sie seinen Sammlungen einverleiben, damit die Kinder eurer Kindeskinder erfahren, was ihre Urväter für töricht böse Menschen waren. Also: Ich schenke dir dein Leben; aber ich schenke dir nicht deine Medizin. Verdiene sie dir! Ich habe gesprochen. Howgh!“

Ich stand auf. Das Herzle ebenso. Da erhob sich auch Tatellah-Satah und verkündete laut:

„Der Kampf ist zu Ende! Old Shatterhand hat gesiegt! Ein Sieg ohne Blut! Und darum ein zehnfacher Sieg!“

Wir gingen zu unseren Pferden und stiegen auf. Doch ehe wir den Platz verließen, ritt ich noch einmal zu Tangua hin und sprach zu ihm:

„Ich bin der Freund von Tangua, dem Häuptling der Kiowas, ganz gleich, ob er mich haßt oder liebt. Aber um seinetwillen wünsche ich, daß er mir freundlicher gesinnt werde, als er es bis heute gewesen ist. Hat er mir hierüber nichts zu sagen?“

„Ich hasse dich und werde dich hassen, ohne aufzuhören!“ antwortete er. „Ich werde dich verfolgen bis zu deinem Ende!“

„Oder bis zu dem deinigen!“

„Ganz gleich!“

„So bitte ich dich, auch wieder nur um deinetwillen, wenigstens nicht mit dem Komitee des Denkmals verbunden zu bleiben und nichts gegen die, die es bekämpfen, zu unternehmen!"

„Das verspreche ich nicht, sondern gerade das Gegenteil!"

„Ich sage dir: das führt zu deinem Verderben und zum Untergang deines Stammes!"

Da richtete er sich so hoch auf, wie er konnte, nahm sein Gewehr zur Hand und rief in drohendem Ton:

„Schweig! Und entferne dich! Wenn du das nicht sofort tust, jage ich dir beide Kugeln durch den Kopf!"

„Wage es, das Gewehr nur anzuschlagen, so bist du eine Leiche!" antwortete ich, auf Pappermann deutend, der schnell zu ihm getreten war und ihm den Lauf seines Revolvers vor die Nase hielt. „Erst habt ihr euch untereinander verbunden, um gegen das Denkmal zu sein, und nun gesellt ihr euch zu dem Komitee, um gegen dessen Gegner zu sein. Ist das eines Häuptlings würdig? Handelt so ein ehrlicher Mensch? Du willst mein Verderben; ich aber warne dich trotzdem in herzlicher Aufrichtigkeit: Hüte dich vor dem ‚Tal der Höhle' und vor allen Dingen vor der Höhle selbst!"

Da duckte er sich zusammen wie eine Katze, fauchte mich mit flackernden Augen an und fragte:

„Was ist mit der Höhle? Und was ist mit ihrem Tal?"

„Frage dich selbst. Du bist mir einst entgegengetreten und hast es büßen müssen, durch eigene Schuld! Dein Leben ist das eines Krüppels gewesen, nicht das eines Häuptlings, durch eigene Schuld! Nun trittst du mir am Ende dieses deines elenden Lebens wieder entgegen, um Schuld zur Schuld zu häufen. Bedenke die Folgen! Du bist nicht Herr für dich! Die Folgen, die deine Person treffen, magst du verantworten können; aber die Folgen, die deinen Sohn, deine Familie und deinen Stamm treffen, wird Manitou dir vorhalten, wenn du in jenem anderen Leben erscheinst, das ihr die ewigen Jagdgründe nennt. Man wird dich dort nach deiner Medizin fragen.

Was kannst du antworten? So! Nun bin ich mit dir fertig. Howgh!"

Ich ritt fort, in derselben Begleitung, in der ich gekommen war. Die Freunde riefen mir von allen Seiten jubelnd zu. Die Feinde verhielten sich still. Nur als wir an der Menge der Arbeiter vorüberkamen, hörte ich Worte erklingen, die sehr geeignet waren, meine Aufmerksamkeit zu erregen.

„Old Shatterhand! Schuft! Eindringling! Hund! Coyote! Feind! Rache! Erwürgen! Totschlagen!" das waren so einige der Drohungen, die ich da zu hören bekam.

Das verwunderte mich. Das hatte ich nicht für möglich gehalten. Ich ersah keinen Grund zu solchem Haß. Als ich mich hierüber zu Tatellah-Satah und dem ‚jungen Adler' äußerte, erklärte unser alter Pappermann:

„Ja, die Arbeiter hassen Euch, Mr. Shatterhand. Sie sind ergrimmt über Euch, vom ersten bis zum letzten. Und sie machen gar kein Hehl daraus. Sie wissen, daß besonders Ihr gegen den Bau des Denkmals seid. Sie behaupten, daß Ihr sie um ihre lohnende Arbeit, um ihre Existenz bringen wollt. Sie halten seit einigen Tagen heimliche Versammlungen ab, in denen beraten wird, in welcher Weise man sich von Old Shatterhand und Tatellah-Satah befreien kann. Und bei diesen Versammlungen sind die Herren vom Komitee zugegen!"

„Ah! So! Das ist wichtig, hochwichtig!" gestand ich ein. „Woher wißt Ihr das?"

„Von Sebulon Enters!"

„Nicht von Hariman?"

„Nein, von Sebulon. Ich weiß, Ihr traut diesem noch viel weniger als seinem Bruder. Aber seit er erfahren hat, daß er nur betrogen werden soll, ist er Euch sicherer als jeder andere. Die Brüder kommen des abends heimlich zu mir. Ich berate mit ihnen —"

„Ohne mich zu fragen?" fiel ich ein.

„Habt keine Sorge!" antwortete er. „Es gilt jetzt nur,

Fühlung mit ihnen zu behalten. Sobald ich etwas Wichtiges höre, stelle ich mich ganz von selbst bei Euch ein. Am meisten wird über Euch in der Kantine gesprochen."

„In welcher Kantine?"

„In dem Blockhaus bei den Steinbrüchen, in dem sich die Arbeiter verpflegen."

„Kennt Ihr es, Mr. Pappermann?"

„Ja."

„Ich noch nicht. Ich muß es sehen, und zwar sofort, noch ehe es Nacht wird. Reiten wir miteinander hin!"

„Im Häuptlingskostüm?" fragte das Herzle.

„Ja. Ich kann nicht erst mit nach dem Schloß, um mich umzukleiden. Den Federschmuck lege ich ab. Du nimmst ihn mit heim. Auch den Henrystutzen."

„Ich denke, ich reite mit?"

„Diesmal nicht, liebes Kind. Es handelt sich um eine kurze, sehr schnelle Erkundung, die dich zu sehr anstrengen würde."

„Ist Gefahr dabei?"

„Keine Spur!"

„So sei es dir erlaubt!"

Sie sagte das so ernst, daß ich diese ‚Erlaubnis' fast selbst auch ernst genommen hätte. Ich gab ihr den Federschmuck, dem ‚jungen Adler' das Gewehr, verabschiedete mich von Tatellah-Satah und bog dann mit dem alten Pappermann von unserem Wege ab, um am Schleierfall vorüber auf einem wenig betretenen Umweg nach den Steinbrüchen zu reiten.

Die Sonne war längst hinter dem Mount Winnetou verschwunden, doch hatte es noch nicht zu dunkeln begonnen. Wir ritten Galopp, kamen durch ein Seitentälchen aus dem Innental heraus und ritten dann am äußeren, nördlichen Fuße des Mount Winnetou an den verschiedenen Anlagen dahin, mit denen der herrlichen Natur hier so rücksichtslos Gewalt angetan worden war. Die Brüche sahen wie unheilbare Wunden aus, die man dem

Berg geschlagen hatte. Und die häßlichen Gerüste, Mauern, Drahtseile und Balken, mit denen man den jugendlichen Wasserfall eingefangen und gefesselt hatte, um seine Kraft in Elektrizität zu verwandeln, konnten nichts als nur das Gefühl des Bedauerns erwecken. Dort standen schmutzige Pferdeschuppen mit Reihen von schweren Lastwagen. Eine tannenmörderische Sägemühle kreischte. Zerfetzte Zelte krochen an der Erde hin. Niedrige Baracken lagen ordnungslos umhergestreut. Pappermann zeigte mir ein großes, langgestrecktes Blockhaus.

„Das ist die Kantine", sagte er. „Der Wirt ist ein Riese. Er wird ‚der Nigger' genannt."

„Das ist für einen Indianer ein Schimpfwort, eine Beleidigung!" bemerkte ich.

„Er ist es gewohnt. Er nimmt es nicht übel, ist aber sonst ein sehr roher, gewalttätiger Mensch. Er ist kein reiner Indianer. Man sagt, daß seine Mutter eine Negerin gewesen sei. Die Brüder Enters verkehren bei ihm."

„O weh! Warum?"

„Um ihn auszuhorchen. Er ist der eigentliche Führer der hiesigen Arbeiterschaft. Man sagt, daß sogar gewisse Häuptlinge ihm ihr Vertrauen schenken. Gewiß aber ist, daß er ein Liebling der ‚Herren vom Komitee' ist. Man sagt, daß Mr. William Evening und Mr. Antonius Paper ganze Nächte lang zu Trunk und Spiel bei ihm sitzen. Wollt Ihr ihn vielleicht einmal sehen?"

„Wenn es möglich wäre, ja."

„Es ist möglich. Nur noch einige Minuten, dann ist es dunkel, und ich führe Euch an die besondere Stube, zu der nur seine Vertrauten Zutritt haben. Lassen wir uns nicht sehen! Reiten wir diese kurze Zeit spazieren!"

Wir waren bisher einem Gebüsch gefolgt, das uns sehr gut verbarg. Wir konnten sehen, ohne selbst gesehen zu werden. Nun ritten wir unter derselben Deckung weiter, doch nicht, um noch ferneres zu entdecken, sondern nur, um die Zeit bis zur Dunkelheit vergehen zu lassen.

Das dauerte nicht mehr lange. Die Dämmerung kam schnell. Sie ging ebenso schnell vorüber. Dann war es vollständig dunkel, denn wir standen im neuen Mond, und die Sterne besaßen jetzt, so kurz nach Tag, noch keine leuchtende Kraft. Wir lenkten nach der Gegend um, in der die Baracke lag. Bei den letzten Büschen hielten wir an, stiegen ab, hobbelten unsere Pferde fest und geboten ihnen, sich zu legen. Sie taten es. Dann gingen wir vorsichtig dem Blockhaus zu, um unbemerkt an seine hintere Seite zu gelangen. Das war nicht schwer.

Dort angekommen, bemerkten wir Kisten und Fässer, die längs der Hinterwand standen. Das gab uns gute Gelegenheit, uns, wenn es sein mußte, zu verstecken. Aber es wurde glücklicherweise nicht nötig. Im Innern der Baracke brannte Licht. Das ließ erkennen, daß sie aus mehreren Räumen bestand, einem sehr großen und mehren kleinen. Nach einem dieser kleineren wurde ich von Pappermann geführt. Es gab da nur eine einzige Fensterluke, die offen stand. Unter ihr stand eine schwere, starke Kiste, auf die man getrost steigen konnte, ohne befürchten zu müssen, daß sie ein verräterisches Geräusch von sich geben oder gar zusammenbrechen werde. Im Innern erklangen Stimmen.

„Das ist die Stube des ‚Niggers'", sagte Pappermann leise. „Ich kenne sie. Die Enters haben sie mir genau beschrieben. Hört Ihr, daß man drin spricht?"

„Ja. Ich steige auf die Kiste und schaue nach."

„Gut. Ich halte Wacht!"

Als ich mich hinaufgeschwungen hatte, konnte ich ganz bequem in die Stube sehen. Da standen zwei rohe Brettertische mit ebenso rohen Sitzen. Die Sprechenden waren fünf Männer, von denen ich vier sofort erkannte, nämlich die beiden Enters, Tusahga Saritsch und To-kei-chun. Man denke sich mein Erstaunen darüber, daß auch diese beiden sich hier befanden; der fünfte war jedenfalls der Wirt, ein Riese von Person, mit indianischen

Gesichtszügen, aber aufgestülpter Negernase und echter Mohrenhaut. Einen treffenderen Typ der Brutalität konnte man sich wohl kaum denken! Das Gespräch war sehr lebendig erregt. Gerade als ich den ersten Blick vom Fenster hinunter in die Stube warf, sagte der ‚Nigger':

„Ich glaube, sie wissen es da oben selbst jetzt noch nicht, daß die beiden Medizinmänner entflohen sind. Verdammt sei dieser Shatterhand, daß er die Karte der Höhle erwischte! Glücklicherweise aber brauchen wir sie nicht. Die Medizinmänner wissen genug, um den Weg zu finden. Dieser Shatterhand ist trotz allem ein Dummkopf. Als er nach dem Kampfplatz kam und sich mit den gestohlenen Medizinen brüstete, ahnte er nicht, daß seine Gefangenen sich bereits wieder in Freiheit befanden und daß der Plan für morgen schon fertig war. Sein angeblicher Sieg heute nützt ihm nichts. Er hat einen Tag Zeit gewonnen, weiter nichts! Morgen abend ist er mit seinem Weibe tot! Ihr haltet doch Wort?"

Diese Frage war an die Brüder Enters gerichtet.

„Was wir versprochen haben, geschieht!" antwortete Hariman.

Und Sebulon fügte hinzu:

„Eine größere Rechnung, als wir mit diesem Mann und seiner Frau haben, kann es gar nicht geben. Es fällt uns gar nicht ein, sie ihnen zu schenken!"

„Würde euch auch keinen Segen bringen!" drohte der ‚Nigger'. „Denn ich sage euch: Zwei sterben morgen ganz unbedingt, entweder dieses deutsche Ehepaar, oder die Brüder Enters! Darauf könnt ihr euch verlassen! Ich traue euch nämlich noch nicht ganz! Es handelt sich um unsere Arbeit, um unsere Existenz, um die vielen Tausende, die wir hier verdienen wollen und können. Darum habe ich den Häuptlingen meine ganze Arbeiterschaft für morgen zur Verfügung gestellt, und darum drücke ich darauf, daß alles genauso geschieht, wie wir besprochen haben. Dabei verbleibt es!"

Da stand To-kei-chun, der Häuptling der Racurroh-Komantschen, auf und sprach:

„Ja, dabei bleibt es! Wir sind alle zum Fest geladen. Wir kommen. Wir kennen die Plätze, die uns angewiesen werden. Unsere viertausend Krieger werden von den Medizinmännern durch die Höhle geführt. Sie werden nicht reiten, sondern gehen. Sie werden ihre Pferde im Tal zurücklassen, weil wir nicht wissen, ob der letzte Teil des unterirdischen Weges auch wirklich geritten werden kann."

„Inzwischen stelle ich hier oben meine Arbeiter auf", fiel der ‚Nigger' ein, „und die beiden Enters haben sich an Old Shatterhand und seine Frau gemacht. Sobald eure Krieger den Schleierfall hier oben erreicht haben, zeigen sie uns durch einen Schuß, daß sie da sind. Sobald dieser Schuß fällt, wird Old Shatterhand mit seiner Frau von den Enters erledigt, und ich werfe mich mit meinen Arbeitern auf die ganze andere Bande, um euren Kriegern freien Weg und freie Arbeit zu machen."

Jetzt stand auch Tusahga Saritsch auf und sagte:

„So ist es richtig! So hat es zu geschehen! Soll etwas hieran geändert werden, so sagen wir es dir oder senden einen Boten. Wir gehen."

Sie entfernten sich, und der Wirt geleitete sie hinaus. Die beiden Enters waren allein. Sie sahen einander bedenklich an.

„Das kann schlimm werden", sagte Sebulon.

„Wieso?" fragte Hariman. „Wir haben erfahren, was wir erfahren wollten. Morgen früh gehen wir beide zu Old Shatterhand, um es ihm zu erzählen und ihn zu warnen. Was kann da Schlimmes daraus werden?"

„Oh, um mich und dich ist es mir nicht; wir kommen durch. Aber dieses Blutvergießen dann hier oben! Denn einen solchen Angriff ohne Kampf abschlagen, das bringt selbst ein Shatterhand nicht fertig. Ich denke überhaupt weniger an ihn, als vielmehr an seine Frau. Wenn alle sterben sollen, so nur diese nicht!"

Ich wußte genug und sprang von der Kiste herab.

„Habt Ihr etwas Wichtiges gehört?" fragte Pappermann.

„Etwas unendlich Wichtiges!" antwortete ich. „Man müßte hier wohl an Wunder glauben. Es ist, als ob wir gerade in diesem Augenblick hierhergeführt worden seien, um den Schluß dieses Gesprächs hören zu müssen. Ich werde es Euch unterwegs erzählen. Eins aber muß ich Euch sofort sagen, nämlich, daß die beiden Medizinmänner, die wir unten am Eingang der Höhle gefangen genommen haben, entflohen sind."

„Unmöglich! Wann?"

„Heute früh wahrscheinlich! Sie haben sofort ihre Häuptlinge aufgesucht und mit ihnen den Plan besprochen, den ich soeben erfahren habe. Kommt schnell! Wir müssen nach Hause!"

Wir schlichen nach unseren Pferden, hobbelten sie los, stiegen auf und ritten fort. Unterwegs erzählte ich dem alten, treuen Kameraden, was ich erfahren hatte. Er wußte, daß ein sehr zuverlässiger Indianer ganz ausschließlich mit der Bewachung der beiden Medizinmänner betraut worden war. Dieser wohnte im Erdgeschoß von Tatellah-Satahs großem Vorderhaus, und da lag auch der Raum, in dem die Gefangenen untergebracht worden waren. Wir gaben unsere Pferde ab und gingen zunächst nach seiner Wohnung. Er war nicht da. Er war ein alleinstehender Mann, wohnte allein, und niemand konnte Auskunft über ihn geben. Dann suchten wir das Gefängnis auf. Das lag weit ab, wo niemand wohnte und selten jemand hinkam. Es war eine Art von Keller. Wir fanden die Tür von außen verriegelt. Kaum schickten wir uns an, zu öffnen, so wurde von innen geklopft, und es erklang eine Stimme, die uns bat, uns möglichst zu beeilen. Als wir dann die Riegel zurückgeschoben hatten —

wer kam heraus? Der Gefängniswächter! Als er heute früh den beiden Gefangenen das Essen und Wasser gebracht hatte, waren sie plötzlich über ihn hergefallen. Sie hatten ihm mehrere Schläge versetzt, die ihm die Besinnung raubten. Als er zu sich kam, fand er sich im finsteren Keller eingeriegelt; die Gefangenen waren fort. Er hatte dann ohne Unterlaß gerufen und Lärm gemacht, jedoch vergeblich. Es war niemand gekommen, der ihn hörte. Er befürchtete eine strenge Strafe und bat, mich bei Tatellah-Satah für ihn zu verwenden. Ich versprach es ihm und ließ ihn laufen.

Dann begab ich mich nach meiner Wohnung. Das Herzle war nicht da. Sie hatte einen Zettel zurückgelassen, durch den sie mir mitteilte, daß sie, weil ich mich nicht rechtzeitig eingestellt hatte, zu Tatellah-Satah gegangen sei und die Manuskripte mitgenommen habe. Wakon werde vorlesen; ich aber solle nachkommen.

Sieg

In der Wohnung des ‚Bewahrers' angekommen, ging ich bis in sein Schlafzimmer. In dem daneben liegenden Passiflorenraum war es augenblicklich still. Darum öffnete ich die Tür nur leise. Gerade als ich das tat, erklang die Stimme Old Surehands:

„Ja, wahrhaftig, er war größer, viel größer, als wir alle! Viel größer, als wir dachten!"

„Und ist darauf noch größer und größer geworden, ohne daß wir es bemerkten!" stimmte Apanatschka bei.

„Wie steht es da mit eurem Bild?" fragte Athabaska.

„Es ist zu klein, viel zu klein für ihn, und bauten wir es noch so hoch!" rief Kolma Puschi aus.

Und Aschta, die Mutter, fügte hinzu:

„Wir wollen kein Bild von Stein! Wir wollen ihn selbst, ihn selbst in unsern Herzen! Die köstlichen Worte, die er soeben zu uns sprach, indem sie vorgelesen wurden, sollen in der Seele unserer Nation erklingen, fort und fort, für alle Zeit!"

Da sah man mich unter der geöffneten Tür.

„Du kommst zur rechten Zeit!" begrüßte mich Tatellah-Satah. „Wir machten eine Pause; wir konnten nicht weiter; wir waren zu tief ergriffen; wir lasen seine Beschreibung deines Sieges über ihn und dann seinen Sieg über die sämtlichen Häuptlinge der Apatschen. Seine große Umkehr vom Kriegsgedanken zum Friedensgedanken, vom Haß zur Liebe, von der Rache zur Verzeihung. Das hat uns alle emporgehoben. Das hat den Vorhang aufgerollt. Nun sehen wir, was hinter ihm und hinter unseren winzigen Taten liegt. Das hat sogar Old Surehand, Apanatschka und ihre Söhne aufgerüttelt —"

„Nicht aufgerüttelt", fiel Young Apanatschka ein, „aber sehend gemacht, wenn auch noch nicht ganz. Ein Schleier ist gefallen. Ob der andere auch noch fällt, das wissen wir nicht. Man sagt uns, daß unsere Kunst äußerlich sei, eine Kunst ohne Seele und Gedanken, genau wie unser Bild. Wir haben euch eingeladen, am morgigen Abend am Wasserfall unsere Gäste zu sein. Dort werden wir versuchen, den Stein durch Licht zu beleben. Gelingt es, dann gut; gelingt es nicht —"

„Es gelingt!" fiel ihm Young Surehand siegesgewiß in die Rede.

Ich sah, daß ihm gleich einige widersprechen wollten, darum ergriff ich schnell das Wort:

„Warten wir es ab!"

„Ja, warten wir es ab!" stimmte Athabaska mir bei. „Aber selbst wenn es gelänge, würde es nur ein belebter Rowdy sein, den wir zu sehen bekommen, ein Rowdy, zum Angriff vorgehend, mit dem Revolver in der Hand. Hier aber hat man einen anderen, einen wirklichen Winnetou, der Geist, Gemüt und Adel besitzt, und Geist, Gemüt und Adel von uns fordert. So wie er sollen auch wir nach oben streben, wir, seine ganze Rasse. Er nimmt uns mit; er zieht uns förmlich hinauf."

Während er dies sagte, zeigte er auf das Winnetou-Porträt, das wir Tatellah-Satah gegeben hatten. Dieser hatte es hier an das weiße Passiflorenkreuz geheftet und zu beiden Seiten die Bilder von Marah Durimeh und Abu Kital, dem Gewaltmenschen, aufgestellt. Das hatte, als die Anwesenden kamen und es sahen, einen großen, tiefen Eindruck gemacht, und diesem Eindruck war es unbedingt mit zuzuschreiben, daß die heutige Vorlesung eine so ungewöhnliche Wirkung hervorgebracht hatte. Es hätte eigentlich weitergelesen werden sollen; aber man hatte nun einmal aufgehört und kam nicht recht wieder in die erforderliche innere Ruhe hinein. Darum beantragte Old Surehand, für heute Schluß zu machen, zumal von seiner Seite für den morgigen wichtigen Tag noch sehr viel vorzubereiten sei. Man ging darauf ein. Hierauf entfernten sich alle, und nur ich blieb mit dem Herzle bei Tatellah-Satah zurück.

„Es war heute ein großer Sieg", sagte der alte Medizinmann. „Als sie kamen und euren nach dem Tode aufsteigenden Winnetou sahen, war das Schicksal des steinernen Bildes besiegelt. Selbst die beiden jungen Künstler nebst ihren Vätern und Kolma Puschi können sich dem nicht entziehen. Und sie sind ehrlich. Sie leugnen es nicht. Sie werden morgen am Schleierfall versuchen, ihre Idee zu retten; aber sie fühlen es schon heute nur zu gut, daß auch ihre größte Anstrengung vergeblich sein wird. Du rittest mit Pappermann nach den Steinbrüchen. Du kamst so spät zurück. Das läßt vermuten, daß ihr nicht umsonst geritten seid."

„Allerdings", antwortete ich. „Das Ergebnis ist mehr als befriedigend, wenn auch nicht erfreulich. Wir haben sehr viel erfahren; zum Beispiel, daß die beiden Medizinmänner der Kiowas und der Komantschen entflohen sind."

„Uff, uff!“ rief er erschrocken aus.

Das Herzle war nicht weniger überrascht. Ich fuhr fort:

„Das ist noch nicht das Schlimmste. Es kommt noch Schlimmeres. Setzen wir uns. Ich will erzählen.“

Ich berichtete, was ich zu berichten hatte. Als ich fertig war, sagte Tatellah-Satah:

„Ich würde wohl in aufgeregter Besorgnis sein, wenn ich nicht sähe, daß du so ruhig bist! Warum hast du das nicht erzählt, als die Häuptlinge noch hier waren?“

„Mußten sie es wissen? Brauchen wir sie dazu?“ fragte ich. „Ich pflege das, was ich allein tun kann, keinem anderen zu übertragen.“

„Du glaubst, allein fertig werden zu können?“

„Ja.“

„Mit allen diesen viertausend Feinden?“

„Ja.“

Da sah er mich groß an, schüttelte den Kopf und fuhr fort:

„Jetzt begreife ich an Winnetou, was ich früher, als er noch lebte, nicht begreifen konnte, nämlich sein unbeschreibliches Vertrauen zu dir. Heute fühle ich es selbst, dieses Vertrauen. Und so sag: Was gedenkst du, gegen das alles, was uns droht, zu tun?“

„Das einfachste, was es gibt: Ich verlege ihnen den Weg durch die Höhle! Ich sperre sie sodann im ‚Tal der Höhle‘ ein, bis sie vor Hunger um Erbarmen bitten müssen. Und ich nehme ihre Häuptlinge gefangen, um sie als Geiseln zu benutzen. Wieviel bewaffnete ‚Winnetous‘ stehen dir zur Verfügung?“

„Heute über dreihundert; bis morgen abend können es fünfhundert sein und später noch weit mehr.“

„Das reicht bei weitem. Für jetzt brauche ich ihrer nur vielleicht zwanzig und unseren treuen Intschu-inta dazu. Ich gehe jetzt ins Haus, mich umzuziehen, weil ich das indianische Gewand noch trage. Dann komme ich wieder und steige mit ihnen durch die verborgene Treppe hier in die Höhle hinab, um die Stalaktiten wieder derart aufzustellen, daß die beiden Medizinmänner, wenn sie mit ihren Scharen kommen, sich nicht weiterfinden können."

„Und wenn sie den Weg, den du ihnen verbergen willst, aber doch entdecken? Wenn sie die Steine ebenso wegräumen, wie du sie weggeräumt hast?"

„Das könnte höchstens am breiten Wege geschehen, dessen Ausgang ich ihnen aber hinter dem Schleierfall derart verlegen werde, daß sie nicht herauskönnen. Damit ist für heute und morgen alles vorbereitet. Zum Einschließen der Feinde im Tal ist übermorgen noch Zeit."

Hierauf schickte ich mich an, zu gehen; aber das Herzle hatte vorher erst noch etwas anderes zu erledigen. Sie bat nämlich den alten ‚Bewahrer der großen Medizin' um die Erlaubnis, ihn morgen photographieren zu dürfen. Ich erschrak fast. Das war eine Kühnheit, die ich mir niemals gestattet hätte. Er aber lächelte gütig und fragte:

„Darf ich wissen, für wen oder wozu das Bild sein soll?"

„Das ist Geheimnis", antwortete sie mit ungeminderter Verwegenheit. „Aber ein liebes, gutes und sehr nützliches Geheimnis, das vielen, vielen große Freude machen wird."

„So ist es mir unmöglich, der Squaw meines Bruders Shatterhand ihren ‚lieben, guten und sehr nützlichen' Wunsch abzuschlagen. Sie mag kommen, wann sie will; ich bin bereit."

Als wir hierauf gingen, fragte ich sie unterwegs, wozu sie die Photographie wohl brauche. Sie antwortete:

„Sag, wer ist hier am Mount Winnetou die maßgebende Persönlichkeit: Du oder Tatellah-Satah?"

„Ganz selbstverständlich er!"

„Schön! Er hat sich begnügt, zu fragen, ohne eine Antwort zu erhalten. Verlangst du mehr als er?"

„Ja."

„Mit welchem Recht?"

„Sag, wer ist in unserer Ehe die maßgebende Persönlichkeit, ich oder Tatellah-Satah?"

„Ganz selbstverständlich er!" lachte sie.

„Well! So muß ich mich bescheiden! Ich bin besiegt! Du kannst das Geheimnis behalten!"

„Und ich steige jetzt mit in die Höhle hinab."

„Nein."

„Warum nicht?"

„Erstens bist du da unten kein brauchbarer Gegenstand, und zweitens bin ich nun nicht mehr maßgebend genug, dir diesen Wunsch zu erfüllen. Ich kann weiter nichts tun, als dir ‚gute Nacht' sagen."

„Das kränkt mich schwer! Weißt du, ich teile dir lieber mein photographisches Geheimnis mit und darf dich dann begleiten. Denn schlafen kann ich doch nicht, wenn ich dich da unten weiß."

„Gut! Einverstanden! Also? Das Geheimnis?"

„Ich will das Bild unseres alten, berühmten Freundes für den Projektionsapparat."

„In welcher Weise?"

„Heute abend sollen doch die Bilder der beiden Künstler zu beiden Seiten des Denkmals auf dem Wasserfall erscheinen. Ich habe dieselbe Idee für unseren aufstrebenden Winnetou mit den Bildern von Tatellah-Satah und Marah Durimeh zu beiden Seiten. Was sagst du dazu?"

„Die Idee ist gut, sehr gut. Du brauchst da verschiedene Apparate, verschiedene Linsen —"

„Ist da, ist alles da!" fiel sie schnell ein.

„Wo?"

„Bei dem Ingenieur, mit dem ich schon gesprochen habe."

„Du denkst, daß er es tut?"

„Mit Vergnügen!"

„Und nichts vor der Zeit verrät?"

„Gewiß nicht! Ich garantiere!"

„So bin ich einverstanden."

„Und nimmst mich jetzt mit nach der Höhle?"

„Ja. Ich bin nun einmal verpflichtet, alles zu tun, was du befiehlst!"

Als wir nach einiger Zeit wieder zu Tatellah-Satah kamen, stand Intschu-inta schon mit seinen zwanzig Mann bereit. Sie hatten sich genugsam mit Fackeln und mit einigem Werkzeug versehen. Wir öffneten den Treppenstein und stiegen in den Gang, der uns nach unten führte. Dort angekommen, suchten wir zunächst die Stelle auf, an der der schmale Weg von dem breiten abzweigte. Dort hatten wir durch die Beseitigung der Stalaktiten Raum geschafft. Sie wurden wieder herbeigeholt und an ihre frühere Stelle gebracht. Wir trugen auch noch eine Menge anderer Stücke hinzu, die wir derart aufstellten, daß die Maskierung des Weges unmöglich mehr entdeckt werden konnte. Der Gang war von unten bis oben vollständig zugefüllt, und zwar in so natürlicher Weise, daß der Gedanke an eine künstliche Nachhilfe ausgeschlossen erschien.

Während dieser Arbeit sah ich mich an der Stelle um, die mir schon vorher verdächtig vorgekommen war. Aus dem einen Riß in der Decke waren mehrere geworden. Am Boden lagen schon eine ganze Menge herabgestürzter Steintrümmer. Und ein Regen von zerriebenem Kalksinter siebte ununterbrochen aus den klaffenden Spalten hernieder. Zuweilen hörte man ein leises, aber scharfschneidiges Geräusch, wie wenn gleichzeitig zwei Glastafeln aneinander gerieben werden. Das klang unheimlich. Hier und da ertönte es irgendwo, wohin man nicht schauen konnte, als ob Felsen prasselten und Steine aus der Höhe in die Tiefe fielen. Das gab ein so ungewisses, beängstigendes Gefühl. Ich mußte mich sehr überwinden, um still an Ort und Stelle bleiben zu können. Ich hatte eine ununterbrochene Sorge, plötzlich zerschmettert zu werden, und war froh, daß unsere Arbeit endlich fertig war und wir uns entfernen konnten. Und das betraf nicht nur mich allein, sondern das Herzle sagte, als wir gingen:

„Gott sei Dank, daß das vorüber ist! Mir war zuletzt ganz ängstlich zumute."

„Warum?" fragte ich.

„Weil es scheint, als ob hier alles zusammenbrechen soll!"

„Hattest auch du dieses Gefühl?"

„Gleich sofort, als wir kamen. Ich habe nichts gesagt, um dich nicht zu beunruhigen. Was gibt es hier über uns?"

„Höchstwahrscheinlich die schwere Winnetoufigur. Wenigstens denke ich es. Genau kann ich es nicht sagen."

Da schrie sie auf:

„Du, die bricht zusammen!"

„Still, still! Laß das keinen Menschen hören!"

„Also darum, darum steht sie schief?"

„Und stellt sich immer schiefer und schiefer!"

„Hältst du diese Katastrophe für möglich?"

„Fast für unvermeidlich!"

„Wann?"

„Die Zeit läßt sich nicht bestimmen. Um dies zu können, müßte man die Felsenunterlage genau untersuchen. Ich hoffe aber, daß es erst später geschieht, nicht etwa schon dieser Tage."

Hätte ich gewußt, wie nahe uns dieses gräßliche Ereignis stand, so hätte mich nichts abhalten können, die hier zu erwartenden viertausend Indianer zu warnen. Wir gingen nun auf dem schmalen Weg zurück, bis nach der Stelle, wo der steile Pfad nach der Teufelskanzel abzweigte. Auch diese Mündung maskierten und verbarrikadierten wir derart, daß niemand hier einen verborgenen Abweg suchen konnte. Von da ging es weiter aufwärts bis dahin, wo der Aufstieg nach dem Passiflorenraum begann. Wir versperrten ihn ebenso sorgsam, doch nicht von unten, sondern von oben her, weil wir uns ja hinter der Sperre befinden mußten, um nach dem Schloß zurückkehren zu können. Als wir dort anlangten, graute fast schon der Tag. Tatellah-Satah war nicht da. Wir verschlossen die geheimnisvolle Treppe und trennten uns dann von unseren indianischen Begleitern, um heimzugehen und noch einige Stündchen zu schlafen.

Als wir erwachten, wartete Intschu-inta schon auf uns, um uns zu melden, daß die Gebrüder Enters bereits längere Zeit hier seien und uns zu sprechen wünschten. Wir ließen sie kommen und empfingen sie freundlich. Sie zeigten sich verlegen. Sie wußten nicht, wie sie beginnen sollten. Da erleichterte ich es ihnen mit der Frage:

„Ihr kommt, um uns zu sagen, daß wir heute abend sterben sollen?"

Nun erschraken sie; ich aber fuhr ruhig fort:

„Die beiden Medizinmänner sind entflohen. Sie wollen die viertausend Feinde heute abend durch die Höhle führen, um uns zu überfallen. Die Arbeiter stehen unter ihrem Anführer, dem ‚Nigger', bereit, mit ihnen gemeinsame Sache zu machen. Die Roten geben, sobald sie hinter dem Wasserfall angekommen sind, das Zeichen durch einen Schuß. Sobald dieser Schuß fällt, haben die Brüder Enters mich und meine Frau zu ermorden, und die Arbeiter werfen sich auf die Häuptlinge und sonstigen Freunde von uns!"

Sie sahen mich starr und stumm an. Sie sagten zunächst kein Wort, so groß war ihr Erstaunen.

„Nun?" fragte das Herzle. „Wie gefällt euch das? Gebt ihr es zu? Oder wollt ihr es bestreiten?"

Da antwortete Sebulon:

„Bestreiten? Nein! Wir sind ja nur deshalb gekommen, um es euch zu sagen, um euch zu warnen. Wir sind nur so betroffen, weil ihr schon alles wißt. Und so genau! Es soll ja das tiefste Geheimnis sein!"

„Geheimnis? Pshaw!" fiel ich ein. „Wir haben stets alles Wichtige rechtzeitig gewußt, und zwar viel besser als ihr. Das habt ihr wohl nun endlich eingesehen! Und so wissen wir auch das. Wir wissen sogar, daß ihr gestern abend in der Kantine, als Tusahga Saritsch und To-kei-chun fort waren, beschlossen habt, heute früh hierher zu kommen und uns alles zu erzählen."

„Wie ist das möglich? Ihr könnt doch nicht unter den Tischen oder Sitzen gesteckt haben!"

„O nein! So unbequem brauchen wir es uns gar nicht zu machen! Die Leute, die unsere Feinde zu sein scheinen, erzählen es uns selbst. Seid froh, daß ihr es ehrlich meint! Denn, wäre dies nicht der Fall, so würdet ihr heute abend die ersten sein, die unter unseren Kugeln fallen."

„Oh, was das betrifft, so würden wir wahrscheinlich gar nicht böse darüber sein, uns morgen tot zu wissen! Es gibt bei uns weder Glück noch Stern. Das ist der Fluch, der sich vom Vater auf die Söhne vererbt."

„Nicht der Fluch, sondern der Segen!" widersprach ich ihm.

„Wieso?" fragte er.

„Der Segen, der darin liegt, Geschehenes gut zu machen und dadurch den Vater erlösen zu können."

„Und daran glaubt Ihr, Mr. Shatterhand?"

„Ja."

„Wirklich? Wirklich? Ich bitte Euch, sagt es mir aufrichtig!"

„Gewiß und wirklich!"

„Gott sei Dank! So gibt es also doch noch einen Zweck für uns! Wir wollen es fernerhin tragen! Ihr wißt also nun, daß wir heute abend angewiesen sind, uns in eure Nähe zu machen?"

„Ja."

„Wollt Ihr uns das erlauben?"

„Gern."

„Und uns dennoch nicht mißtrauen?"

„Wir sind überzeugt, daß ihr es ehrlich meint."

„Gott segne Euch für dieses Wort! Habt Ihr irgendeinen Befehl für uns?"

„Jetzt noch nicht. Vielleicht heute abend. Wahrscheinlich kommt es gar nicht zu einem Kampf. Der Überfall wird auf alle Fälle vermieden."

„So nehmt Euch aber, mag es gehen wie es will, vor dem ‚Nigger' in acht. Er haßt Euch glühend. Er schreibt alles auf Eure Schuld. Wenn er die Wahl hat, Euch eine Kugel zu geben oder keine, so gibt er Euch sicherlich zwei! Jetzt müssen wir gehen. Wir haben schon so lange gewartet, und doch soll niemand wissen, daß wir hier verkehren."

Sie entfernten sich.

„Sie tun mir leid, unendlich leid!" sagte das Herzle. „Sie sind ganz anders als früher. Ich wollte, sie hätten ein recht, recht glückliches Leben vor sich liegen!"

Als wir dann bei unserem verspäteten Kaffee saßen, stellten sich zwei andere Personen ein, die uns aufzusuchen kamen. Das waren die Squaw des Häuptlings Pida und ‚Dunkles Haar', ihre Schwester. Sie wurden selbstverständlich in der herzlichsten Weise aufgenommen. Das Herzle setzte gleich noch einmal Kaffee an, um sie an unserem Frühstück teilnehmen zu lassen. Wir erfuhren von ihnen, daß gestern abend die Frauen der Komantschen und der Kiowas hier angekommen waren. Sie hatten sich sofort mit den Frauen der Sioux unter deren Führerin Aschta vereinigt, um bei den Denkmalsberatungen auch ihre Stimmen zur Geltung zu bringen. Heute früh waren sie alle nach dem Gebäude gezogen, in dem die beiden jungen Künstler ihr Rundgemälde und das Modell zur Winnetoufigur sehen ließen. Sie hatten es ganz enttäuscht verlassen. Was ihnen da gezeigt worden war, hatte nichts mit dem herrlichen Winnetou zu tun gehabt, den man liebt und verehrt, so weit die Zungen der roten Völker erklingen. Nein! Den Winnetou, den sie da gesehen hatten, lehnten sie ab. Den wollten sie nicht haben. Und mir das sofort zu sagen, waren sie gekommen.

Aber es galt, mir noch eine andere Mitteilung zu machen, die weit schwieriger war. Sie wußten nicht so recht, wie sie es anzufangen hatten, mich genügend zu warnen, ohne einen Verrat gegen ihre eigenen Krieger zu begehen. Ich machte ihnen Mut, indem ich ihnen erklärte, daß ich bereits alles wisse. Ich sagte ihnen, daß die viertausend Indianer heute durch die große Höhle ziehen würden, um den unsinnigen Plan der alten, gegen uns verschworenen Häuptlinge zur Ausführung zu bringen. Das machte es ihnen möglich, aufrichtig zu sein. Ich erfuhr von ihnen, daß Pida, ihr Mann und Schwager, heute frühzeitig nach dem ‚Tal der Höhle' geritten sei, weil man ihn ausersehen hatte, den unterirdischen Marsch zu befehligen. Nun stand für sie die Sache folgendermaßen: Siegte er, so mußte ich zugrunde gehen, und siegte ich, so war es um ihn geschehen. In dieser Herzensangst hatten sie es für das Beste gehalten, mich aufzusuchen und sich mir anzuvertrauen. Ich versprach ihnen Verschwiegenheit und gab ihnen die Versicherung, daß weder mir noch Pida irgend etwas Böses geschehen werde. Als sie uns nach einiger Zeit verließen, waren sie vollständig beruhigt.

Hierauf ging das Herzle zu Tatellah-Satah, um ihn zu photographieren. Ich begleitete sie. Als die Aufnahme vorüber war, verließ sie uns. Es trieb sie zu dem Ingenieur. Wir aber machten einen Spaziergang nach dem Wartturm, um den ‚jungen Adler' aufzusuchen. Dieser schien von dem Kommen unseres ehrwürdigen Freundes und Beschützers unterrichtet zu sein, denn er rief uns, als wir dort anlangten, von der Höhe seines Daches aus zu:

„Kommt herauf! Es ist alles bereit. Mein ‚Adler' ist fertig!"

Wir traten in den Turm und stiegen die vielen Stufen

bis zum platten Dach hinauf. Da stand auf vier Beinen ein großes, vogelähnliches Gebilde mit zwei Leibern, zwei ausgebreiteten, mächtigen Flügeln und zwei Schwänzen. Die beiden Leiber vereinigten sich vorn durch ihre Hälse zu einem einzigen Kopf, zu einem Adlerkopf. Sie waren aus federleichten, aber außerordentlich festen Binsen geflochten. Was sie enthielten, sah man nicht, höchstwahrscheinlich den Motor. Im übrigen bestand der Apparat aus fast gewichtslosen Stoffen, die aber unzerreißbar waren und große Tragfähigkeit besaßen. Die Schwänze waren höchst eigenartig gestaltet. Zwischen den Leibern war ein bequemer Sitz angebracht, der Platz für zwei Personen gewährte. Es gab verschiedene Drähte, deren Bestimmung nicht gleich beim ersten Blick zu erkennen war, doch konnte man sich denken, daß sie zur Beherrschung und Lenkung des großen Vogels dienten. Außer dem ‚jungen Adler' waren noch unser alter Pappermann und Aschta, die jüngere, da.

Es ist mir nicht erlaubt, eine Beschreibung des Apparates zu geben, doch darf ich versichern, daß, als der ‚junge Adler' uns alles erklärt hatte, wir beide, Tatellah-Satah und ich, von der Sicherheit und der Verläßlichkeit des Apparates derart überzeugt waren, daß in uns sofort der Wunsch aufstieg, uns seiner recht bald einmal bedienen zu dürfen.

„Und er fliegt, er fliegt!" versicherte Pappermann. Ich habe es selbst gesehen!"

„Wann?" fragte ich.

„Heute früh", antwortete er, „als noch alles schlief und nur die erste Spur des Morgengrauens vorhanden war. Denn niemand sollte es sehen. Ich kam herauf, um zu helfen. Da stieg der ‚junge Adler' auf den Sitz und zog an einem Draht. Sofort wurde es in den beiden Leibern lebendig. Der Vogel begann, zu atmen. Noch ein Draht, und die Schwänze breiteten sich aus. Die Flügel bewegten sich. Zwei, drei Schläge, und der Vogel stieg auf, verließ das Dach des Turms und flog ein Stück hinaus, hoch über die Ebene. Er stieg höher und höher, schlug einen Bogen, kehrte wieder zurück und ließ sich langsam, ohne daß es einen Stoß gab, wieder auf das Dach herab. Er steht noch genauso da, wie er angekommen ist!"

„Und das ist wahr? Wirklich wahr?" fragte ich den ‚jungen Adler'.

Er nickte mir lächelnd zu. Dieses Lächeln war nicht stolz, aber unendlich glücklich! Tatellah-Satah schaute vom Dach in die Weite hinaus. Fast war es, als ob sein Antlitz leuchten wolle.

„Kommt!" erklang es erst nach längerer Zeit aus seinem Munde.

Er ging zur Treppe, um wieder vom Turm hinabzusteigen. Unten angekommen, führte er uns in den Hochwald. Er schritt voran; wir folgten hinterdrein. Niemand sprach ein Wort. Er führte uns nach der anderen Seite des Berges, bis zu einer Stelle, von der aus wir hinüber nach dem See und hinunter nach dem Schleierfall schauen konnten. Jenseits des Sees ragte der domartige Hauptberg des Mount Winnetou hoch empor, und hinter diesem waren die gewaltigen Kuppen der benachbarten Giganten zu sehen, unter ihnen einer, der seinen Gipfel so stolz und steil, so scharf und senkrecht erhob, als ob es nie einem menschlichen Wesen gestattet worden sei, seinen Scheitel zu betreten. Auf ihn deutend, sagte der Alte:

„Das ist der ‚Berg der Königsgräber'. Bevor die Rasse der Indianer sich in winzige Stämme auflöste, wurde sie nicht von kleinen Häuptlingen, sondern von gewaltigen Kaisern und Königen regiert, die alle auf der mächtigen, hoch über den Wolken liegenden Plattform dieses Berges begraben worden sind. Die Gräber sind von Stein gemauert. Sie bilden zusammen eine Totenstadt mit Straßen und Plätzen, auf denen es keine Spur von Leben und Bewegung gibt. Sie enthalten nicht nur die Leichen der verstorbenen Herrscher, sondern in jeder Gruft liegen, in goldenen Kästen unzerstört erhalten, die Bücher über jedes Jahr der Regierung dessen, der hier seine letzte irdische Wohnung fand. Hier sind also nicht nur all die großen Herrscher der roten Rasse begraben, sondern ihre ganze Geschichte und sämtliche Berichte und Dokumente ihrer langen, vieltausendjährigen Vergangenheit. Aber man kann nicht zu ihnen gelangen. Man kann nicht hinauf. Als der letzte König begraben worden war, vernichtete man die Felsenstraße, die hinauf zu den Königsgräbern führte, so daß es keinem Sterblichen mehr möglich war, hinauf zu ihnen zu gelangen. Es soll zwar einen steilen Nebenpfad geben, der damals nicht mit vernichtet worden ist, aber niemand hat ihn bisher gefunden. In einem meiner ältesten Bücher steht geschrieben, daß der Schlüssel zu diesem Pfad vorhanden sei, aber er liege hoch oben auf dem ‚Berg der Medizinen', genau am Fuß der letzten, höchsten Felsennadel, unter einem Stein, der die Gestalt einer halben Kugel habe. Der ‚junge Adler', auf den die roten Männer schon seit langen, langen Jahren warten, wird, wie auf der Haut des großen Kriegsadlers zu lesen ist, dreimal um den Berg fliegen und bei diesem Stein anhalten, um ihn zu heben und den Schlüssel hervorzunehmen. Ist dies gelungen, so kann der Berg der Königsgräber bestiegen werden, und die Berichte und Dokumente der verschwundenen Urzeiten dürfen ihre Stimmen erheben, um die Geheimnisse unserer Vergangenheit zu enthüllen."

Er schaute nach jener Felsennadel hinauf, an deren Fuß der Schlüssel liegen sollte. Und er schaute hinüber nach der Bergeskuppe, auf der die roten Kaiser und Könige begraben lagen. Dann fuhr er fort:

„Das alles wußte ich. In meiner Brust war die ganze, glühende Sehnsucht unserer Rasse vereint. Da saß ich vor meiner Tür, und vor meinen Füßen landete aus hohen Lüften der verwegene Knabe, der den mächtigsten der

Vögel gezwungen hatte, ihn über die Abgründe des Todes zur sicheren Erde herabzutragen. Er wurde von nun an der ‚junge Adler' genannt. War er der Verheißene, der Vorherverkündigte? Ich glaubte es. Ich nahm ihn zu mir. Ich erzog ihn. Er war ein Verwandter meines Winnetou. Ich legte ihm die Sehnsucht, fliegen zu lernen, in das Herz. Als ich hörte, daß drüben in Kalifornien die ersten Flugversuche gemacht worden seien, beschloß ich, ihn zu den Bleichgesichtern zu senden, damit er das Fliegen von ihnen lerne. Er ging und tat, was ich von ihm begehrte. Jetzt ist er zurückgekehrt. Er behauptet, ein Flieger geworden zu sein. Er sagt, daß er einen eigenen Adler erfunden habe, auf dessen Flügel man sich verlassen könne. Ich glaube es ihm, denn er ist mein erster und oberster Winnetou, und es kam noch nie ein unwahres Wort über seine Lippen. Dennoch frage ich ihn heute und jetzt, in diesem wichtigen Augenblick: Getraust du dich, da hinaufzufliegen und nachzusehen, ob wirklich ein Stein vorhanden ist, unter dem der Schlüssel zu den Gräbern der Könige verborgen liegt?"

Der ‚junge Adler' antwortete sofort und in zuversichtlichem Ton:

„Ich getraue es mich nicht nur, sondern es ist sogar leicht, sehr leicht."

„Und wann kannst du es tun?"

„Sobald du es wünschest. Jetzt oder später. Die Zeit, die du bestimmst, ist mir gleich!"

„Dann jetzt noch nicht. Der heutige Tag hat seine Aufmerksamkeit auf anderes zu richten. Aber ich danke dir für deine Zuversicht. Sie macht mich fest in meinem Zukunftsglauben! Wir werden die Grüfte der toten Kaiser und Könige öffnen. Wir werden die Bücher finden und die Seele unserer Rasse, die in ihnen schlummert, aus dem tausendjährigen Schlaf auferwecken. Sie wird wachsen und groß werden, wie die Seelen der anderen Rassen groß geworden sind, und niemand wird uns mehr hindern, die Höhen zu gewinnen, die uns von Manitou zur Wohnung angewiesen sind!"

Unser Blick reichte, wie bereits gesagt, von da aus, wo wir uns jetzt befanden, bis hinunter nach dem Schleierfall. Dort sahen wir jetzt das Herzle mit dem Ingenieur und einigen Indianern, die photographische Apparate trugen. Sie befand sich also in voller Tätigkeit und hatte, wie es schien, den Ingenieur für sich gewonnen. Wir aber kehrten nach dem Turm und von da nach dem Schloß zurück, wo ich damit überrascht wurde, daß ich Old Surehand und Apanatschka auf mich wartend fand.

„Wundert Euch nicht, daß Ihr uns bei Euch seht", redete mich der erstere an. „Es ist eine etwas unklare, aber, wie es scheint, höchst wichtige Sache, die uns zu Euch führt. Kennt Ihr den sogenannten ‚Nigger', der die Arbeiterkantine bewirtschaftet?"

„Ich habe ihn einmal gesehen", antwortete ich.

„Mit ihm gesprochen?"

„Nein."

„Habt ihn also nicht beleidigt?"

„Nie."

„Dennoch hat er einen fürchterlichen Haß auf Euch. Weshalb, das könnt Ihr Euch wohl denken. Er steht auf unserer Seite. Wir können ihm also nicht zürnen. Aber er ist ein höchst unbedachtsamer, jähzorniger und gewalttätiger Mensch und scheint jetzt mit seinem Haß gegen Euch zu weit gehen zu wollen. Er war vorhin in einer geschäftlichen Angelegenheit bei uns und hat bei dieser Gelegenheit in einer Weise von Euch gesprochen, die uns in Besorgnis versetzt. Er sagte, heute sei Euer letzter Lebenstag; es würden auch noch andere daran glauben müssen; heute habe es sich zu zeigen, wer Herr und Meister am Mount Winnetou sei. Er schien betrunken zu sein. Wir haben ihn bisher für treu gehalten; diese Redensarten aber erregen unser Bedenken. Wir sind gekommen, Euch zu warnen. Es scheint etwas gegen Euch unterwegs zu sein, doch konnten wir leider nicht erfahren, was."

„Ich danke euch!" antwortete ich. „Ich bin bereits gewarnt."

„Wirklich? Das soll uns freuen! Ihr seid noch immer der alte. Ihr wißt immer mehr als wir! Sagt also, ist unsere Vermutung richtig? Hat man etwas gegen Euch vor?"

„Nicht nur gegen mich, sondern auch gegen euch."

„In der Tat? Was?"

„Man will mich und euch, überhaupt uns alle, beiseite schaffen. Ich bin von allem unterrichtet und wollte nicht eher davon sprechen, als bis alles vorüber ist. Aber da ihr so ehrlich seid, mich, euren Gegner, zu warnen, so will ich euch in das Vertrauen ziehen."

Ich erzählte ihnen fast alles, was ich wußte. Die Wirkung läßt sich denken. Sie wollten sofort mit allen vorhandenen Kräften nach dem ‚Tal der Höhle' ziehen, um den Feinden in die Höhle zu folgen und sie da drin niederzumetzeln. Zum Glück aber hatte ich ihnen von der Beschaffenheit der Höhle und daß ich ihre Ausgänge kannte, nichts mitgeteilt. Es kostete mich große Mühe, sie zu beruhigen und ihnen das Versprechen abzuringen, die Leitung dieser Angelegenheit einzig und allein in meiner Hand zu lassen. Eins aber konnte ich nicht verhüten, nämlich, daß sie sofort hinaus nach der Kantine wollten, um den ‚Nigger' zur Rede zu stellen und sich seiner Person zu bemächtigen. Es konnte mir dadurch sehr leicht ein Strich durch alle meine Berechnungen entstehen, und so mußte ich wohl oder übel mit ihnen reiten, um wenigstens noch das zu verhüten, was noch zu verhüten war.

Als wir während dieses Ritts am Schleierfall vorüberkamen, gab es dort eine außerordentlich rege Tätigkeit. Die Vorbereitungen zur Festbeleuchtung heute abend nahmen alle Kräfte in Anspruch. Als ich einen forschenden Blick auf die neu eingegrabenen Masten warf, war es mir, als ob die Figur heute nicht unbedeutend schiefer stehe als vorher und als ob sich auch die Gerüste mehr geneigt hätten. Ich sagte aber nichts.

Bei der Kantine angekommen, fanden wir das Herzle mit dem Ingenieur. Sie photographierten. Die beiden Enters waren dabei. Sie hatten, wie ich später erfuhr, in der Kantine gesessen und waren herausgekommen, um zuzusehen. Gerade als wir bei ihnen von den Pferden stiegen, kam der ‚Nigger' aus dem Hause. Old Surehand und Apanatschka nahmen ihn sofort in Beschlag. Sie machten weder Einleitungen, noch lange Umstände.

„Wir sind gekommen, dich zu verhaften!" sagte Old Surehand. „Du kommst uns gerade recht!"

„Verhaften? Mich?" fragte der ‚Nigger'. „Möchte den sehen, der das fertig brächte! Darf ich fragen, warum?"

„Wegen des Theaters, das heute abend gespielt werden soll."

Der Mensch erschrak, faßte sich aber schnell. Er machte nicht den geringsten Versuch zu leugnen. Er lachte laut auf und rief:

„Dafür, daß ich euch eure Gegner vom Halse schaffen will, wollt ihr mich verhaften? Well! Ist das Dankbarkeit?"

„Glaubst du, uns zu täuschen?" fragte Apanatschka. „Wir wissen sehr genau, daß es sich nicht nur um unsere Gegner handelt, sondern auch um uns selbst! Nicht nur sie, sondern auch wir sollen abgeschlachtet werden! Wir wissen es!"

„Von wem?"

Die Augen des ‚Niggers' funkelten, als er diese Frage tat. Apanatschka antwortete:

„Waren To-kei-chun und Tusahga Saritsch etwa gestern abend nicht bei dir? Ist da nicht deutlich genug davon gesprochen worden, was geschehen soll? Saßen nicht die beiden Enters auch dabei?"

Das war ein unverzeihlicher Fehler, den Apanatschka da beging. Die Folgen stellten sich augenblicklich ein. Der ‚Nigger‘ griff mit der Hand in seine Tasche, jedenfalls nach seinem Revolver. Er richtete seine Gestalt hoch auf, sah einen nach dem anderen von uns an und sagte, indem er die Worte wie pfeifend zwischen den Zähnen hervorstieß:

„Also verraten! Alles verraten! Doch schadet das nichts! Was werden soll, wird doch!“

Das Herzle war an meine Seite geeilt. Sie glaubte mich in Gefahr. Auch die beiden Enters hatten sich uns genähert. Sie standen jetzt gerade neben dem ‚Nigger‘. Dieser betrachtete sie mit einem tiefverächtlichen Blick und fuhr fort:

„Und wißt ihr, wer es verraten hat? Ihr, ihr, ihr! Denn die beiden Häuptlinge werden sich doch nicht selbst verraten! Eigentlich sollte ich euch sofort niederschießen! Aber ihr kommt erst an zweiter Stelle! An erster Stelle steht dieser fremde, deutsche Hund mit seiner Squaw, die ich sofort —“

Er riß den Revolver aus der Tasche, spannte ihn und richtete ihn auf mich und meine Frau. Da aber wurde er von den beiden Enters gepackt, so daß er nicht schießen konnte. Old Surehand und Apanatschka zogen ihre Revolver rasch auch. Das Herzle stellte sich vor mich, um mir als Schild zu dienen; ich aber schob sie hinter mich und warnte sie:

„Kein Torheit! Es geschieht uns nichts!“

Der ‚Nigger‘ versuchte, die Brüder von sich abzuschütteln. Sie ließen nicht los.

„Du sollst nicht auf Old Shatterhand schießen; schieß lieber auf mich!“ rief Hariman Enters.

„Nicht diese Frau sollst du treffen; nicht sie, sondern mich!“ stimmte Sebulon bei.

Da gelang es dem ‚Nigger‘, seine Rechte frei zu machen.

„Wohlan, wohlan!“ brüllte er. „Also zunächst ihr

beide, damit ich euch los werde! Dann aber um so sicherer die beiden anderen!"

Er richtete den Lauf seiner Waffe blitzschnell auf Sebulon und dann auf Hariman. Die Schüsse krachten. Zugleich aber fielen noch zwei andere Schüsse, nämlich aus den Revolvern Apanatschkas und Old Surehands. Die Kugeln drangen dem Riesen mitten in die Stirn. Er drehte sich halb um sich selbst, begann zu wanken und stürzte dann mit den beiden Enters, die in die Brust getroffen waren, zu Boden. Apantschka und Old Surehand warfen sich schnell auf ihn, um seine Todeszukkungen unschädlich zu machen. Das Herzle kniete bei Sebulon und ich bei Hariman nieder. Beide waren nur zu gut getroffen. Hariman öffnete noch einmal die Augen.

„Ich war Euer ‚Winnetou', seit jenem Abend am Nugget Tsil", flüsterte er. „Ist mir vergeben?"

„Alles, alles!" antwortete ich.

„Auch meinem Vater?"

„Auch ihm!"

„So — sterbe — ich froh —!"

Diese Worte hauchte er nur noch. Dann war er tot. Sebulon lag still; aber seine geschlossenen Augenlider zitterten. Auch er war dem Tode verfallen. Das Herzle weinte. Sie strich ihm leise die Wangen. Da öffnete er ganz plötzlich die Augen, richtete sich auf dem einen Ellbogen halb auf, sah sie an und fragte mit scheinbar ganz gesunder Stimme:

„Ihr weint, Mrs. Burton? Und ich bin so glücklich!"

Er lächelte und zog mit seiner letzten Kraft ihre Hand an seine Lippen.

„Lest den Namen unter meinem Winnetou-Stern!" bat er.

Sie nickte.

Nach kurzer Pause fuhr er mit immer leiser werdender Stimme fort:

„Glaubt Ihr — daß mein Vater — nun erlöst ist — erlöst?"

„Ich glaube es", antwortete sie.

„Dann — Gott sei Dank — ist es doch nicht umsonst — umsonst!"

Er sank zurück und streckte sich. Dann war auch er erlöst. Wir standen auf. Der riesige ‚Nigger' lag mit toten, aber starr geöffneten Augen zwischen seinen Opfern.

„Mußte das sein?" fragte das Herzle.

„Nein!" antwortete ich fast zornig.

„Ja, es mußte nicht sein", stimmte Old Surehand bei. „Wir konnten es umgehen. Wir waren zu schnell; wir waren unbesonnen!"

„Wie so oft, wie so oft, in früherer Zeit", stimmte ich bei, denn es war mir unmöglich, mit meinem Tadel ganz zurückzuhalten.

Sie nahmen ihn ruhig hin.

„Was soll nun werden?" fragte ich. „Glaubt ihr, die Verschwörung der Arbeiter durch den Tod ihres Anführers beseitigt zu haben? Oder wird nicht gerade dieser Tod das, was wir verhüten wollen, zum schnelleren Ausbruch bringen?"

„Hm", brummte Old Surehand verlegen. „Richtig, richtig! Was ist zu tun?"

Sie sahen einander an, fanden aber keine Antwort auf diese Frage.

„Wie lange dauert es, bis ein Dutzend eurer Pohonim-Komantschen hier an dieser Stelle sein können?" erkundigte ich mich.

„Wenn ich sie hole, höchstens eine Viertelstunde", antwortete Apanatschka.

„Noch weiß niemand, was hier geschehen ist. Die Arbeiter sind jetzt nicht hier, sondern bei den Steinbrüchen und am Wasserfall. Holt treue Leute, die den ‚Nigger' fortschaffen und einstweilen verstecken. Dann wird man hören, er habe im Streit die Gebrüder Enters erschossen und sich der Strafe durch die Flucht entzogen. So wissen die Arbeiter nicht, woran sie sind, und es steht zu erwarten, daß sie sich ruhig verhalten."

„Das ist ein Gedanke!" stimmte Old Surehand bei. „Schnell fort, und hole die Leute!"

Diese Aufforderung galt Apanatschka, der sofort davongaloppierte und nach wenig über zehn Minuten die Komantschen brachte, die den toten ‚Nigger' auf ein Pferd banden und sich mit ihm entfernten. Zwei von ihnen blieben als Totenwache bei dem erschossenen Brüderpaar zurück.

Das Herzle war tief erschüttert. Sie verlangte heim. Darum ritt ich mit ihr nach dem Schloß, das sie erst am Nachmittag, als sie sich beruhigt hatte, wieder verließ, um mit dem bereitwilligen Ingenieur ihre photographischen Studien fortzusetzen. Sie kam erst gegen Abend wieder heim, um zu melden, daß man unten schon beginne, sich auf dem Festplatz am Schleierfall einzustellen. Nach dem Essen stiegen wir mit dem ‚Bewahrer der großen Medizin' und dem ‚jungen Adler' hinab. Poppermann, Intschu-inta und andere waren schon vorausgegangen.

Tatellah-Satah hatte alles, was nötig war, mit mir besprochen und daraufhin seine Anweisungen erteilt. Die Arbeiter hatten am Denkmal zu bleiben. Die gewöhnlichen Zuschauer waren nach dem großen Platz vor der Figur gewiesen, der Tausende von Menschen faßte. Dieser Platz zog sich bis nach den beiden ‚Teufelskanzeln' zurück, die nur von den Häuptlingen und Unterhäuptlingen besetzt werden durften. Zwischen den Arbeitern und den Zuschauern gab es eine dreifache Reihe von ‚Winnetous', die alle mit Revolvern bewaffnet waren und dafür zu sorgen hatten, daß die Arbeiter sofort überwältigt werden konnten, wenn es ihnen etwa einfallen sollte, nach dem Plan des ‚Niggers' und der verbündeten vier Häuptlinge zu verfahren.

Zu erwähnen ist, daß im Verlauf des heutigen Tages die ersten Wagenzüge angekommen waren, mit deren Hilfe die hier zu erwartende Menschenmenge von der Bahn aus verproviantiert werden sollte. Mit diesen Wagen hatten sich zugleich auch mehrere Scharen neuer Mount-Winnetou-Pilger eingestellt, die mit Wonne vernahmen, daß sie schon am heutigen Abend das Glück haben würden, die herrlich erleuchtete Gestalt ihres geliebten Winnetou zu sehen. Sie waren nun auch schon da, und so kam es, daß der Zuschauerraum als ‚vollbesetzt' bezeichnet werden konnte. Die Häuptlinge waren, wie bereits erwähnt, um und auf die ‚Teufelskanzeln' verteilt, und zwar in folgender Weise: Links vom Fahrweg lagen die Kanzeln 1 und 2, rechts von ihm die Kanzeln 3 und 4. Wer auf Kanzel 1 war, der hörte, was auf Kanzel 3 gesprochen wurde. Wer sich auf Kanzel 2 befand, der vernahm alles, was auf der Kanzel 4 zur Rede kam. Und so auch umgekehrt: der Schall von 1 kam nach 3, der Schall von 2 ging nach 4. Da ich nun alles zu hören wünschte, was von den uns feindlichen vier Häuptlingen und ihrem Anhang gesprochen wurde, so hatte ich sie auf die Kanzel 3 bringen lassen, während wir die Kanzel 1 in Anspruch nahmen. Sie hörten freilich auch alles, was wir redeten, doch wußten wir das, und so brauchten wir nur das, was sie hören sollten, laut zu sprechen, alles andere aber leise zu flüstern. Von den Kanzeln 2 und 4 war nur die 4 besetzt; die 2 behielten wir für uns leer.

Als wir auf dem Festplatz anlangten, war er nur erst notdürftig erleuchtet, und zwar nicht mit Öl, sondern ausschließlich elektrisch, auch die Laternen. Das war bei der gewaltigen Menge der hier erzeugten Elektrizität ungemein bequem und billig. Man machte uns Platz, nach unserer Kanzel 1 zu kommen. Das war dieselbe, von deren Fuß aus der geheime Gang in die Höhle führte. Dort wurden wir von den uns befreundeten Häuptlingen empfangen. Sie waren alle da, sogar auch Avaht-Niah, der Hundertjährige. Ich hatte ihnen sagen lassen, daß sie die Kanzel ja nicht betreten, sondern sich einstweilen an ihrem Fuß lagern sollten. Sie hatten das getan, ohne den Grund zu kennen. Jetzt beeilte ich mich, ihnen diesen mitzuteilen. Wie erstaunten sie, als sie hörten, daß es sich hier um die Lösung dieses alten, sagenhaften Geheimnisses handelte! Ich sagte ihnen, daß sie nun auf die Kanzel steigen, dort aber ganz leise und mit vor den Mund gehaltenen Händen sprechen sollten; ich aber würde jetzt zu unseren Gegnern gehen, um mit diesen zu reden. Es werde jedes Wort hier zu verstehen sein.

Ich ging. Der alte Kiktahan Schonka saß mit seinem Anhang schon oben auf Kanzel 3. Diese Kanzel war rundum von einer Schar bewaffneter ‚Winnetous' besetzt; das hatte ich so angeordnet. Ich sagte ihnen, daß sie alle Obensitzenden als Gefangene zu betrachten und keinen von ihnen ohne meine besondere Erlaubnis fortzulassen hätten. Darauf stieg ich hinauf.

„Old Shatterhand!" rief der alte Tangua, der mich zuerst sah und erkannte.

„Ja, ich bin es", antwortete ich laut. „Ich komme, um euch Wichtiges mitzuteilen, damit ihr nicht vergeblich wartet. Wißt ihr, daß der ‚Nigger' euer Verbündeter, geflohen ist?"

„Wir wissen es", antwortete To-kei-chun. „Aber er ist nicht unser Verbündeter."

„Er ist es!" behauptete ich. „Ich stand gestern am offenen Fenster der Kantine, als ihr mit ihm und den beiden Enters den Plan für den heutigen Abend bespracht!"

„Uff, uff!" rief er erschrocken aus.

Ich fuhr fort:

„Nun sind die Enters tot, und auch er ist tot. Old Surehand und Apanatschka haben ihn erschossen!"

„Uff, uff! Uff, uff!" ertönte es rundum.

„Und Pida, der nach dem ‚Tal der Höhle' geritten ist, um die viertausend Sioux, Utahs, Kiowas und Komantschen durch die Höhle nach dem Wasserfall zu führen, wird nicht kommen, um uns zu überfallen. Wir haben ihm die Wege verlegt und nehmen ihn mit allen seinen Kriegern gefangen."

„Uff, uff!"

„Und euer Komitee ist aufgelöst! Die Brüder Enters haben mir die Schrift gebracht, die von euch unterzeichnet worden ist. Eure ganze Betrügerei und euer Trachten nach meinem Leben ist bekannt! Die Strafe folgt! Ihr seid gefangen! Dieser Ort hier ist von unseren ‚Winnetous' umstellt. Sie haben euch festzuhalten. Jeder, der es wagt zu entfliehen, wird augenblicklich erschossen!"

Jetzt antwortete niemand mehr mit einem Ruf. Sie waren zu Tode erschrocken. Die vier ‚Herren vom Komitee' befanden sich auch mit hier. Auch sie waren still. Keiner von ihnen sagte ein Wort. Da war es, als ob die Erde unter uns wanken wollte. Ich fühlte und hörte ein kurzes, aber scharfes Zittern und Knirschen unter mir. Ich hatte mich zu beeilen, von hier fortzukommen.

„Hört ihr es?" fragte ich. „Das war die Stimme der Höhle, in der sich eure unglücklichen Krieger befinden! Sie sind verloren!"

Nach diesen Worten stieg ich schnell von der Kanzel hinab und beeilte mich, dorthin zu kommen, wohin ich gehörte. Es herrschte rundum tiefe Stille. Jedermann war darüber, daß der Boden gewankt hatte, erschrocken. Da ertönte die laute Stimme Old Surehands. Er befahl, daß die Beleuchtung beginne. Der Ingenieur gehorchte; er öffnete den Projektionsapparat. Die Winnetoufigur wurde tageshell erleuchtet, und ihr zu beiden Seiten erschienen auf dem Spiegel des Schleierfalls die vielvergrößerten

Gesichtszüge Young Surehands und Young Apanatschkas. Hatte Old Surehand etwa Beifall erwartet? Es erfolgte keiner. Jedermann blieb still. Die kopflose Steinfigur machte nicht den geringsten Eindruck, und die Porträts der beiden jungen Künstler hatten so wenig Charakteristisches an sich und so wenig tieferen Sinn, daß sie jedermann vollständig gleichgültig ließen. Jetzt erreichte ich meine Kanzel. Ich gab den Anwesenden ein Zeichen, ja nicht laut zu sprechen, und fragte leise:

„Habt ihr alles gehört?"

Sie nickten.

„Auch das Beben der Erde?"

„Auch das", antwortete das Herzle flüsternd und die Hand an den Mund haltend, um die Luftwelle abzuhalten, den Weg der Ellipse zu gehen.

„Die Katastrophe scheint nicht warten zu wollen", fuhr ich fort. „Ich vermute, sie ist da!"

Wieder grollte es in der Erde. Dann war es, als ob irgendwo etwas zusammenbreche. Da erscholl Old Surehands Stimme zum zweitenmal. Der Ingenieur schloß den Apparat und drehte die Leitungskurbel. Die Bilder verschwanden; dafür aber begannen alle vorhandenen Lichter, große und kleine, zu leuchten, von der kleinsten Laternenbirne bis hinauf zu den Riesenkugeln auf hoch emporstrebenden Masten. Aber auch das machte keinen Eindruck. Das Licht war kalt, und das Steinbild blieb dasselbe. Man hatte es am Tage gesehen und sah es jetzt nicht anders.

Und doch! Ich sah es anders, ich! Ich sah, daß es sich noch mehr zur Seite geneigt hatte, und zwar ganz beträchtlich, so beträchtlich, daß das Herzle erschrocken meine Hand ergriff und mir zuraunte:

„Um Gottes willen! Sie stürzt, sie stürzt, die Figur!"

Und kaum war das gesagt, so rollte es unter uns; es stob und knallte und puffte. Die Figur neigte sich nach links, wankte nach vorn und bog sich nach rechts; ein

Donner rollte unter uns hin — ein Krach, als ob die ganze Welt untergehen wolle —

„Flieht, flieht! Rettet euch!“ brüllten die Arbeiter, während sie von der Figur fortstürzten.

Kaum war das geschehen, so gab es ein unbeschreibliches Getöse, ein Poltern, Prasseln, Knattern, Platzen, Bersten, Schmettern, Brausen und Dröhnen. Der Boden öffnete sich. Ein Abgrund gähnte. Die Figur drehte sich mit ihrer ganzen, gewaltigen Unterlage langsam um sich selbst und verschwand dann mit einem Schlag, als ob uns die Ohren platzen sollten, in der Tiefe. Und nicht nur die Figur, sondern auch alles, was sich in der Nähe befand, die Gerüste, die Stangen, die Balken, die Masten mit den Beleuchtungskörpern, alles, alles wurde mit hinabgerissen. Im nächsten Augenblick herrschte tiefste Dunkelheit. Tausende von Stimmen vereinten sich zu einem einzigen großen Schrei des Entsetzens. Dann gab es für einige Sekunden eine lautlose Stille, aus der sich nur die verzweifelte Stimme des alten Tangua erhob:

„Pida, Pida! Mein Sohn, mein Sohn! Er ist verloren!“

Dann aber wurden all die tausend Stimmen wieder laut. Sie vereinigten sich zu einem Lärmen, Brüllen und Zetern, das klang, als ob diese ganze große Menge plötzlich wahnsinnig geworden sei. Niemand wollte auf seinem Sitz bleiben. Alles drängte fort, zum Tal hinaus. Die Katastrophe konnte sich ja wiederholen und weitergreifen. Auch unsere Häuptlinge waren schnell von der Kanzel gestiegen und berieten sich eiligst, was zu tun oder zu lassen sei. Nur drei waren oben geblieben, nämlich Tatellah-Satah, das Herzle und ich. Der alte Medizinmann bat mich:

„Laß keinen wieder herauf! Nur wir drei wollen hören, was da drüben auf der anderen Kanzel gesprochen wird.“

„Nicht wir drei, sondern nur ihr zwei“, antwortete ich. „Jetzt habe ich keine Zeit zu lauschen. Hier gilt es zu retten, was vielleicht noch zu retten ist!“

Ich schickte Intschu-inta und Pappermann nach dem Schloß, um Fackeln zu holen. Und ich suchte Old Surehand und den Ingenieur auf, um zu fragen, ob es nicht möglich sei, schnell wieder elektrisches Licht zu schaffen. Sie versprachen, dies zu tun; Leitungsdrähte und Glühkörper seien genug vorhanden. Sodann beauftragte ich sechs von den zwölf Apatschenhäuptlingen, mit ihren Leuten sofort, trotz des nächtlichen Dunkels, nach dem ‚Tal der Höhle' zu reiten und möglichst schnell Bericht zu erstatten, wie es dort stehe. Und kaum hatte ich das getan, so nahte die Gefahr in neuer Gestalt. Der Wasserfall verschwand nicht mehr vollständig in die Tiefe. Die hinabgestürzten Erd- und Steinmassen hatten sich in den Abfluß gelegt, und so stieg das Wasser in dem entstandenen Riesenloch immer höher und höher. Nicht lange, so mußte es das Tal überschwemmen, und dann war es nicht mehr möglich, den in der Höhle wahrscheinlich Verschütteten von hier aus Rettung zu bringen. Glücklicherweise aber kam es nicht so weit. Die Gewalt des Wassers war größer als das Gewicht der Erdmassen. Die aufsteigenden Fluten, von denen es schien, als ob sie einen See bilden wollten, begannen zu mahlen, zu drehen und zu gurgeln. Sie hatten neuen Weg gefunden. Es bildete sich ein wirbelnder Trichter, der mit den Wassern in der Tiefe verschwand und dann nicht wieder erschien.

Nun kamen Intschu-inta und Pappermann vom Schloß. Sie brachten die gewünschten Fackeln. Ich nahm zu den beiden Genannten noch einige zuverlässige Winnetous und stieg mit ihnen, von andern unbemerkt, in den Gang, der unter der Kanzel mündete. Die Fackeln brannten wir nicht schon außen, sondern erst drinnen an; dann folgten wir den abwärts führenden Stufen. Dabei sahen wir, daß die Erschütterung bis hierher gereicht hatte. Es waren Steine von den Wänden und der Decke des Ganges gefallen, und zwar um so mehr, je weiter wir kamen. Oft waren es ihrer so viele, daß wir sie wegzuräumen hatten, um weitergehen zu können. Darum kamen wir nur langsam vorwärts. Da, wo unser Gang in den anderen, nach dem Passiflorenraum führenden, mündete, sah es ziemlich arg aus. Zu den Stalaktiten, die wir da aufgehäuft hatten, war eine Menge anderen Gerölls gekommen, so daß wir fast eine Stunde brauchten, uns freien Weg zu bahnen. Von da ging es dann nach der Stelle, an der der schmale Weg mit dem breiten zusammenstieß, der hinter dem Schleierfall mündete, also nach dem Punkt, an dem ich den ersten Riß in der Decke und das Abbröckeln des Gesteins bemerkt hatte. Sie war verschüttet, vollständig verschüttet; wir konnten nicht bis ganz hin. Aber wir trafen auf zwei Personen, die nebeneinander tief an der Erde saßen und sich nicht rührten, als wir uns ihnen näherten. Eine ausgelöschte, halbe Fackel lag neben ihnen. Es waren die beiden entflohenen Medizinmänner, die an der Spitze unserer viertausend Gegner durch die Höhle marschiert waren. Sie bewegten sich nicht und kannten uns kaum. Der Schreck und die überstandene Todesangst hatten ihnen die Sinne verwirrt. Sie starrten angstvoll vor sich hin und waren nur schwer zum Sprechen zu bringen. Es kostete uns viele Zeit und große Mühe, aus ihren verworrenen Antworten zusammenzusetzen, was geschehen war. Sie hatten die Pferde unter Aufsicht im Tal gelassen und waren zu Fuß in die Höhle eingedrungen. Da sie Zeit hatten, rückten sie nur langsam vorwärts. Als die Katastrophe hereinbrach, befanden sie sich gerade am Ende des breiten Reitweges, glücklicherweise nicht im Mittelpunkt, sondern an der Peripherie des Zerstörungsbereichs. Es gab einen Luftstoß, der sämtliche Fackeln auslöschte. Die Wände zitterten, der Boden bebte, die Decke krachte. Viele, viele wurden von dem herabstürzenden Gestein verletzt. Es brach eine ungeheure Panik aus. Man ergriff die Flucht. Aber wohin? Die einen drängten vorwärts, die andern rückwärts. Alles schrie und brüllte. Einer riß den andern nieder. Einer trat und stampfte auf dem andern herum.

Da versiegte plötzlich der Fluß. Bald aber kam er mit um so stärkerer Kraft wieder. Das war, als droben ein See entstehen wollte, der aber schnell wieder zusammenwirbelte und verschwand. Das ergab unten in der Höhle eine gewaltige Hochwelle, die alles überflutete und einen jeden, der keinen festen Halt fand, mit sich fortzureißen drohte. Diese Flutwelle hatte eine solche Gewalt, daß sie große, schwere Felsenstücke mit sich fortschleppte und unten an der Mündung in solcher Menge absetzte, daß eine undurchdringliche Barriere entstand, die den Roten die Flucht aus der Höhle in das freie Tal zurück unmöglich machte. Die Höhle war also nach unten vollständig verstopft, so daß kaum noch das Wasser abfließen konnte. Den Indianern blieb also nur noch der Weg, sich nach oben hinaus zu retten. Diejenigen von ihnen, die zurückgeflohen waren, kehrten also wieder um und drängten nach oben. Aber dort war der Weg ja auch verschüttet. Die gewaltigen Massen, die da niedergestürzt waren, ließen nur eine kleine, schmale Lücke frei, die vorsichtig zu untersuchen war, wie weit und wohin sie führte. Das zu tun, unternahmen die beiden Medizinmänner, denen es infolge der durchnäßten Feuerzeuge nur schwer gelang, eine Fackel anzuzünden. Die Lücke erwies sich als gangbar; aber kaum war sie passiert, und die beiden Führer wollten zurückkehren, um die ihren zu benachrichtigen, so tat es einen neuen, donnerähnlichen Krach; die Erde bebte und die ganze Umgebung schien in Bewegung zu sein und zusammenbrechen zu wollen. Die beiden stürzten, um sich zu retten, in wahnsinnigem Entsetzen vorwärts, bis sie übereinander niederfielen und, ihrer Gedanken nicht mehr mächtig, ganz einfach sitzen blieben, bis wir kamen und sie fanden.

Hieraus wurde mir klar, daß die Rettung der Verschütteten nur nach oben möglich war, nicht aber nach dorthin, wo die Höhle unten in das Tal mündete. Es galt, Arbeiter mit Hacken, Schaufeln, Lichten und allen andern Dingen zu holen, die sich als nötig erwiesen. Wir zwangen also die Medizinmänner, die sitzen bleiben wollten, aufzustehen und mit uns zu gehen, und kehrten durch den Gang ins Freie zurück, zur Teufelskanzel, wo es dem Ingenieur und seinen Leuten inzwischen gelungen war, eine neue, genügende Beleuchtung zu schaffen. Die Medizinmänner faßte ich, hüben und drüben einen, an den Armen und führte sie nach der Kanzel, auf der Tangua mit seinen Genossen gefangen saß.

„Gerettet!" rief er aus, als er die beiden erkannte. „Gerettet! Diese sind die Führer! Wenn sie mit dem Leben davongekommen sind, so ist auch Pida, mein Sohn, nicht tot!"

Ich antwortete nicht, schob sie zu ihm hin und entfernte mich, um mit Old Surehand das Rettungswerk zu besprechen, denn er war es, dem die Arbeiter, die wir brauchten, zur Verfügung standen. Diese Leute dachten gar nicht mehr an Empörung. Sie waren schnell bereit, in die Höhle niederzusteigen und einen Weg durch die niedergestürzten Massen zu bahnen. Da zeigte sich nun das elektrische Licht von hohem Wert. Es konnte mit Hilfe der vorhandenen Drähte ganz bequem in den Gang geleitet werden, so daß die düster brennenden und rauchenden Fackeln vollständig überflüssig wurden. Die Arbeit begann. Sie war sehr schwer und nicht ungefährlich. Es galt, ganz gewaltige Gesteinsmassen zu beseitigen. In welcher Zeit dies zu ermöglichen war, das konnte man nicht sagen; es mußte abgewartet werden. Tatellah-Satah stieg auch einmal mit in die Höhle nieder, um diese Arbeit in Augenschein zu nehmen. Sonst aber blieb er am liebsten still auf seiner Kanzel, von der aus er alles übersehen und beobachten konnte. Am interessantesten war es ihm, auf seinem Sitz jedes Wort, das von den feindlichen Häuptlingen gesprochen wurde, ganz deutlich zu vernehmen. Er hatte schon die ganze Zeit lang zugehört und wollte auch noch länger hören. Er kam da nicht nur hinter alles, was verschwiegen worden war, sondern er gewann auch einen klaren Einblick in die Wirkung, die die Katastrophe auf jeden einzelnen dieser Leute hervorgebracht hatte.

Das Herzle bekam viel Arbeit. Sie hatte sich mit Aschta, Kolma Puschi und ihren anderen roten Freundinnen auf den Empfang der Geretteten vorzubereiten. Von diesen waren wohl viele verletzt. Man mußte sogar auf Tote rechnen. Auch Hunger war zu stillen. Da gab es viel zu überlegen und viel zu tun. Es dauerte gar nicht lange, so waren alle am Mount Winnetou vorhandenen Frauen in regster Tätigkeit. Auch wir Männer durften nicht rasten. Wir konnten zwar die Rettung der Gefährdeten nicht beschleunigen, denn die ging ihren sicheren, ruhigen Weg; aber es galt, über das innere und äußere Geschick von viertausend Menschen Beschluß zu fassen, für ihre Unterbringung und Ernährung zu sorgen und sie womöglich aus Feinden in Freunde zu wandeln. Diese Verwandlung der Feinde in Freunde war übrigens schon recht gut im Gange, nicht nur unten bei den Untergebenen, sondern noch viel mehr auch oben, bei den Vorgesetzten. Das bemerkte ich zu meiner Freude, als ich während dieser Nacht einmal zu Old Surehand und Apanatschka trat, die mit ihren Söhnen im Gespräch beieinander standen. Mein Kommen schien sie zunächst etwas verlegen zu machen; Old Surehand aber überwand dieses Gefühl sehr schnell und sagte:

„Gut, daß Ihr kommt, Mr. Shatterhand, gerade jetzt, wo wir einen Augenblick ungestört unter uns sind. Wir berieten uns gerade darüber, ob wir Euch ein offenes Geständnis schuldig sind oder nicht. Ich meine, wir sind es Euch schuldig, Euch und dem alten, prächtigen Tatellah-Satah, dem wir so viel Kummer und Ärger bereitet haben. Wir bereuen es sehr. Bitte, sagt ihm das!"

„Ja, bitte, sagt es ihm!" fiel Apanatschka ein. „Wir sind gern bereit, es wieder gut zu machen. Das mit dem Riesendenkmal war ein großer Irrtum von uns! Eure Vorlesungen haben da viel und tief gewirkt. Und was von diesem Irrtum trotzdem in uns sitzen blieb, das wurde weggefegt, als wir unser Werk plötzlich in die Erde verschwinden sahen. Und wir geben nun zu, wir hatten das verdient! Freilich ist es eine bittere Lehre. Unsere Söhne bezahlen sie mit einem guten Teil ihres künstlerischen Selbstbewußtseins, und was uns, die beiden Väter betrifft, so haben wir Summen an die Sache gewandt, die nicht unbedeutend sind und die wir leider nun als verloren betrachten müssen —!"

„Verloren?" fragte ich. „Keineswegs!"

„O doch!"

„Nein! Und auch das verletzte künstlerische Selbstbewußtsein ist schnell zu heilen. Hätten die beiden jungen Herren damals, als dieser Plan in euch entstand, mehr Vertrauen zu mir, ihrem alten, aufrichtigen Freunde gehabt, so wären eure Gedanken in ganz andere Bahnen gelenkt worden, und ihr hättet jetzt nicht mit Verlusten zu rechnen, die eigentlich keine Verluste sind, weil sie einen großen inneren Gewinn für euch bedeuten. Und der ist nicht zu teuer bezahlt!"

„Wirklich nicht?" fragte Old Surehand.

„Nein! Laßt das Denkmal, wie wir es meinen, immerhin über das, wie ihr es meintet, den Sieg davongetragen haben; der andere Teil eures Plans bleibt doch."

„Welcher Teil?"

„Die Gründung der Stadt Winnetou."

„Ihr meint nicht, daß sie rückgängig wird, nun, nachdem wir mit unserer Riesenfigur so abgefallen sind?"

„Gewiß nicht! Ich bin ganz im Gegenteil der erste, der mit größtem Nachdruck auf diese Gründung dringt."

„Wenn das wäre!" rief er erfreut aus, und „Wenn das wäre!" stimmten auch die drei anderen ein.

„Es wird!“ versicherte ich. „Wenn wir wünschen, daß die Seele der roten Rasse erwache, genügt es nicht, nur allein für ihre geistige Zukunft zu sorgen, sondern wir müssen ihr auch eine äußere Stätte bereiten, aus der sie die nötige Erdenkraft zu ziehen vermag. Das soll und wird die Stadt Winnetou sein, die ihr geplant habt, ohne an die Volksseele, der sie als Residenz zu dienen hat, zu denken. Fragt euch, was für Straßen, für Plätze, für Häuser, für Gebäude wir da brauchen! Ein Stammeshaus für jeden einzelnen roten Stamm! Ein Heim für jeden einzelnen Clan, das größte und schönste für den neugegründeten ‚Clan Winnetou‘! Wieviel Monumentalbauten ergibt schon das allein! Denkt euch hierzu das Schloß hoch über der Stadt in würdiger Weise ausgebaut! Denkt euch ferner, daß der ‚Berg der Königsgräber‘ sich öffnen wird und daß ihr die Schätze, die er euch sendet, in der Weise unterzubringen habt, wie man es solchen unvergleichlichen Reichtümern schuldig ist! Das ist nur einiges, was ich euch für jetzt und einstweilen sagen kann. Verlangt ihr mehr?“

„Nein, nein!“ antwortete Old Surehand. „Ihr öffnet uns da Perspektiven, von denen wir bisher keine Ahnung hatten! Und das alles, alles soll beraten werden?“

„Ja.“

„Und wir dürfen dabei sein?“

„Selbstverständlich!“

„Dann danken wir Euch! Wir danken!“ rief er ganz begeistert aus. „Das ist ja mehr, als wir jemals hoffen konnten! Hätten wir doch früher mehr an Euch gedacht!“

„Holt das Versäumte nach; noch ist es Zeit!“ riet ich ihm. „An den Plänen, die ich euch jetzt andeutete, können eure Söhne sich noch ganz anders künstlerisch betätigen als an der unglückseligen Figur, an die ihr alle eure Kräfte umsonst verschwendet habt! Jetzt gibt es keine Zeit mehr; wir sprechen weiter hierüber!“

Sie waren entzückt über das, was sie gehört hatten,

und ich durfte überzeugt sein, sie hiermit ganz für unsere höhere und richtigere Anschauung gewonnen zu haben.

Gegen Morgen, gerade als ich mit dem ‚jungen Adler' sprach, kam ein Bote der Apatschenhäuptlinge, die wir nach dem ‚Tal der Höhle' geschickt hatten, und meldete uns, daß sie dort glücklich angekommen seien und einen Teil der Hüter der Pferde überrumpelt hätten; den anderen Teil werde man nach Tagesanbruch überwältigen. Das war ziemlich ungenügend. In den früheren kriegerischen Zeiten hätte sich wohl niemand zur Überbringung einer solchen halben Nachricht bereit gefunden. Ich hielt es zwar nicht für nötig, den Boten durch einen Tadel zu kränken, aber der ‚junge Adler' sah es mir doch an, daß ich nicht befriedigt war. Er fragte, als wir wieder allein waren:

„Ich möchte gern bessere Nachricht bringen. Darf ich?"

„Ich danke", wehrte ich ab. „Für solche Botenritte sind andere da, die man sonst nicht brauchen kann."

„Botenritt? Ich will nicht reiten!"

„Was sonst?"

„Fliegen!"

„Ah! Wirklich?" fragte ich überrascht.

„Ja. Ich brauche nur eine halbe Stunde, um dort zu sein."

„Das wäre freilich höchst vorteilhaft; aber die Gefahr!"

„Es gibt keine!" lächelte er.

„Und wenn! Es ist mir doch zu waghaft, es zu erlauben!"

„So will ich nur fragen: Ist es mir verboten?"

„Verboten? Nein. Du bist dein eigener Herr!"

„Ich danke dir! Und noch eins, da es sich um den fliegenden Adler handelt: Du versprachst mir im ‚Haus des Todes', mir die vier Medizinen zu geben, sobald ich dich um sie ersuche. Darf ich dich hieran erinnern?"

„Ja. Willst du sie haben?"

„Brauchst du sie noch?"

„Nein. Für mich haben sie ihre Arbeit getan."

„Für mich noch nicht. Ich soll der Mann sein, der die Medizinen, die du uns genommen hast, wiederbringt."

„Du sollst sie haben!"

„Gleich jetzt?"

„Gleich jetzt! Komm mit mir nach meiner Wohnung auf dem Schloß!"

Wir gingen hinauf, sogleich, obwohl es noch dunkel war. Dort nahm ich die Medizinen und gab sie ihm. Er hängte sie sich um den Hals.

„Ich danke dir!" sagte er. „Ich kann sie den Häuptlingen geben, wenn ich will?"

„Ganz nach deinem Belieben!"

„Sie ihnen einstweilen nur zeigen?"

„Auch das! Diese deine Frage sagt mir, daß du meine Absichten kennst und nichts tun wirst, was nicht mit ihnen zu vereinigen ist. Ich bin beruhigt."

„So habe ich noch einen Wunsch. Du sollst von mir sehen, wie leicht und wie sicher und ungefährlich das Fliegen ist, wenn man den richtigen Apparat besitzt. Bitte, begleite mich nach meinem Turm!"

Ich war einverstanden. Wir gingen hinauf. Oben angekommen, blieb ich am Fuß des Turms zurück. Ich setzte mich auf eine Bank; er aber stieg nach der Plattform hinauf. Im Osten begann es leise zu dämmern. Nun noch einige Minuten, so ging der lichte Streifen auch nach dem Süden über. Die unter uns liegende Landschaft wurde sichtbar und schaute erwachend zu mir herauf. Da hörte ich über mir ein leises Surren.

„Jetzt! Ich komme!" erklang die Stimme meines jungen Freundes von oben.

Ich schaute auf. Der Vogel erschien. Er tat wie einen Sprung, von der Plattform des Turmes in das Luftmeer hinaus. Er schlug einige Male die Flügel. Dann begann er zu gleiten, zu schweben, abwärts und aufwärts, nach rechts und nach links, ganz wie der ‚junge Adler' es wollte. Dieser saß zwischen den beiden Körpern auf bequemem Sitz und lenkte seinen Flieger wie ein sicher gehendes, äußerst gehorsames Pferd. Er glitt einige Male in Bogen- oder Schlingenform vor mir hin und her. Dann rief er mir zu:

„Jetzt geht es in die Ferne hinaus, nach Süden, nach dem ‚Tal der Höhle'. Leb wohl!"

Er wandte sich in die angegebene Richtung, stieg mehrere hundert Fuß höher und entfernte sich so schnell, daß er schon nach kurzer Zeit meinem Auge als kleiner Punkt entschwand. Das versetzte mich in eine ganz eigenartige Stimmung. Ich fühlte mich als Mensch so stolz, und doch auch wieder so klein, so außerordentlich klein! Es lag in mir wie ein Sieg über alles Hemmende und Niedrige und doch auch zugleich wie eine Angst, ob das Große, was wir uns vorgenommen hatten, wohl auch gelingen werde. So stieg ich wieder nach dem Schleierfall hinab, wo es inzwischen vollständig hell geworden war, so daß wir die Zerstörung nun sichtbar vor uns liegen hatten. Es hätte keinen Zweck, sie zu beschreiben. Auch das eigenartige, sorgenvolle Regen und Treiben an der Unglücksstätte will ich nicht schildern. Es sah wüst aus um den großen Abgrund, der gerissen worden war, und es gab jetzt noch keinen, der den zwecklosen Mut besaß, sich an seinen Rand heranzuwagen, um hinabsehen zu können. Menschen kamen und gingen. Sie alle wurden von der Frage bewegt, wann die ersten Geretteten wohl erscheinen würden. Leider handelte es sich hierbei nicht nur um Stunden. Der Gang, in dem gearbeitet werden konnte, war sehr schmal; es konnten also nicht zahlreiche vereinte Kräfte in Tätigkeit gelangen. Darum schritt das Rettungswerk so langsam vor, daß mehr als ein voller Tag vergehen konnte, bis man zu den Verschütteten gelangte. Zuweilen erklang über den weiten Platz der Jammerruf des alten Tangua:

„Pida, — mein Sohn — mein Sohn!"

Oder man hörte einen der anderen Häuptlinge klagen: „Meine Komantschen! Meine Utahs! Meine Sioux!"

Plötzlich aber gab es einen Augenblick, wo jedermann rief und jedermann schrie und jedermann nach oben in die Lüfte deutete:

„Ein Vogel! Ein Vogel! Ein Riesenvogel!"

Das war nicht ganz zwei Stunden, nachdem der ‚junge Adler' fortgeflogen war. Jetzt kam er wieder. Er wußte, wo ich zu suchen war. Er beschrieb einen weiten Bogen hoch über uns, verengerte ihn nach und nach und kam in einer Schraubenlinie langsam und mit erstaunlicher Sicherheit zur Erde herab. Er faßte genau zwischen den Kanzeln, mitten auf der Fahrstraße, Fuß.

„Der ‚junge Adler', der ‚junge Adler' ist es!" rief es überall.

Jedermann drängte herbei, um ihm näher zu kommen. Da aber ertönte die mächtige Stimme Athabaskas:

„Zurück! — Gebt Raum! — Er ist der verheißene ‚Adler', der dreimal um den ‚Berg der Geheimnisse' fliegt und euch die verlorengegangenen Medizinen wiederbringt!"

Da stockte der Zudrang. Man staunte. Man hielt sich fern.

„Der verheißene Adler — dreimal um den ‚Berg der Geheimnisse' — die Medizinen wiederbringt!" so erklang es überall und durcheinander.

Tatellah-Satah stieg von seiner Kanzel herab und schritt zu dem kühnen Flieger hin; ich mit ihm.

„Du fliegst, ohne mich zu fragen?" tadelte er. Aber auf seinem alten, wunderlieben Gesicht glänzte eine große, stolze Freude, denn nun war es ja erwiesen, daß der ‚junge Adler' fliegen konnte.

„Ich flog nicht für dich oder mich", entschuldigte sich dieser, „sondern für Old Shatterhand."

„Wohin?"

„Nach dem ‚Tal der Höhle'."

„Wie steht es dort?"

„Die Hüter der Pferde sind alle gefangen. Man wird sie und die Pferde noch heute hierherbringen. Der Eingang der Höhle ist derart mit heruntergeschwemmten Felsen versperrt und verrammelt, daß kein Mensch von dort aus zu den Verschütteten zu kommen vermag. Ich habe es selbst gesehen. Sie können nur von hier oben aus gerettet werden. Wann befiehlst du, Tatellah-Satah, daß ich dreimal um den Berg fliegen und nach dem Schlüssel zu dem ‚Berg der Königsgräber' suchen soll?"

„Heute", antwortete der Gefragte.

„Ich danke dir! Es wird genau zur Mittagszeit geschehen, wenn die Sonne über unsern Häuptern steht. Aber ich darf nicht allein hinauf. Es muß noch jemand dabei sein, sonst fliegt mir der Adler, während ich nach dem Schlüssel suche, fort."

Er schaute sich bei diesen Worten unter uns um, sah Wakon mit anderen Häuptlingen in seiner Nähe stehen und sprach, seine Worte an diesen richtend, weiter:

„Mit mir da hinaufzufliegen, ist eine Verwegenheit, die ich von niemand fordern kann, der sie mir nicht freiwillig anbietet. Aschta, deine Tochter, hat mich gebeten, sie mit hinaufzunehmen. Erlaubst du es?"

Wakon sah ihm mit einem langen, sehr ernsten Blick ins Gesicht und antwortete:

„Du bist kühn! Weißt du, was du von mir forderst?"

„Ja", antwortete der ‚junge Adler' ebenso ernst.

„Kennst du die Folgen für dich und sie, wenn sie sich dir auf diesem Fluge zugesellt?"

„Sie sind mir bekannt. Aschta hat mein Weib zu werden!"

„Und kennst du ihren Wert? Kennst du die Größe der Gabe, nach der du verlangst?"

Da zog der ‚junge Adler' die Brauen leicht zusammen und antwortete:

„Würde ich mir diese Gabe wünschen, wenn ich ihren

Wert nicht zu schätzen wüßte? Bin ich weniger wert als sie?"

Da ging ein Lächeln über Wakons schönes Angesicht, und er entschied mit lauter Stimme, so daß alle es hörten:

„Du bist der erste ‚Winnetou', und du wirst dein Volk das Fliegen lehren. Du wirst ein großer, berühmter Häuptling sein. Ich erlaube, daß mein Kind dich hinauf gen Himmel begleite!"

Ein lauter Jubel erscholl rundum. Der ‚junge Adler' griff in die Drähte seines Apparats, ließ die Flügel schlagen, stieg ein Stück in die Höhe und rief herab:

„Wir danken dir, sie und ich. Ich hole mir sie zum Flug. Vorher aber habe ich ein Wort mit den Häuptlingen zu reden, die unsere Gefangenen sind."

Er stieg noch weiter empor, flog zum Erstaunen aller dreimal rund um den Platz, kam dann in Windungen wieder nieder und erreichte die Erde gerade vor der Kanzel, auf der Kiktahan Schonka mit seinen Verbündeten saß. Er trug die vier Medizinen, die ich ihm gegeben hatte, auf der Brust. Sie sahen sie sofort, und To-kei-chun rief ihm zu:

„Unsere Medizinen! — Her damit! — Wer sie behält, ist ein Dieb!"

„Ja, es sind eure Medizinen", antwortete der ‚junge Adler'. „Wir stahlen sie nicht, sondern wir bewahrten sie nur auf. Es wird Gericht über euch gehalten werden, wobei es sich zu zeigen hat, in welcher Weise sie mit euch vernichtet werden. Old Shatterhand nahm sie euch. Er erlaubte mir, sie euch zurückzugeben. Nun wir euch aber als Lügner, Räuber und Mörder erkennen, nehme ich sie wieder mit!"

„Uff, uff! Uff, uff!" riefen sie erschrocken und streckten die Hände nach ihm aus.

Er aber beachtete das nicht. Er flog wieder auf, schwebte wieder dreimal um den Platz und verschwand dann hinter dem ‚Berg der Medizinen', um sich auf seinem Wartturm niederzulassen.

Gerade und genau zur Mittagszeit erschien er wieder, mit Aschta, seiner Braut, neben sich auf dem Sitz. Tausende standen rundum und schauten erwartungsvoll zu ihm auf. Die Herzen bebten über die Kühnheit des jungen, schönen, wagemutigen Paares. Er flog in weitem Kreise und ruhiger, sicherer Haltung erst die vorgeschriebenen drei Male um den Berg. Dann stieg er steil und hoch zur Spitze empor, um am Fuß der Felsennadel zu landen. Er selbst blieb sitzen, um den Apparat in eigener Gewalt zu behalten. Aschta aber stieg aus. Das sahen wir trotz der sehr bedeutenden Höhe. Sie verschwand. Nach einiger Zeit kehrte sie zurück und stieg wieder ein. Der Riesenvogel trennte sich vom Felsen, schwebte vom Berge ab und in Bogenlinien tiefer, immer tiefer, flog abermals dreimal um unseren Platz und ließ sich dann genau auf denselben Punkt der Fahrstraße nieder, wo er schon einmal gestanden hatte. Wir befanden uns in größter Spannung und eilten hin.

„Hast du das Gesuchte gefunden?" fragte Tatellah-Satah.

„Ja", antwortete der ‚junge Adler'. „Den Stein, und unter ihm diese beiden Teller."

Er gab sie unserem alten Freunde. Es waren zwei kleine, uralte, irdene Teller, deren Ränder mit einem sehr harten Bindemittel vereinigt waren. Wir mußten sie zerbrechen, um zu dem Gegenstand zu kommen, der sich zwischen ihnen befand. Dieser Gegenstand war ein zusammengelegtes, weißgraues Stück Zeug, mit Nesselglanz. Nachdem wir es auseinandergeschlagen hatten, sahen wir, daß es eine Karte war, mit einer sehr dauernden, farbigen Flüssigkeit gezeichnet. Kaum hatte Tatellah-Satah einen Blick auf diese Zeichnung geworfen, so rief er im Ton der freudigsten Genugtuung aus:

„Er ist es! Er ist es, der Schlüssel! Das ist der genaue

Weg vom Berg der Medizinen bis auf die Spitze des Berges der Königsgräber! Wir haben gewonnen! Es ist ein Sieg, ein unendlich großer und unendlich wichtiger Sieg über die Schatten, mit denen die Geschichte der roten Rasse bisher zu kämpfen hatte! Es wird hell um uns werden, hell, klar und warm! Wir werden schon morgen oder übermorgen einen Entdeckungszug nach den hochgelegenen Königsgräbern veranstalten! Er soll Freude sein von heute an! Freude, Hoffnung und Zuversicht für alle, denen es ein Bedürfnis ist, an dem großen Aufstieg nach den Höhen der Menschheit teilzunehmen!"

Von jetzt an gab es trotz der ernsten Lage der Verschütteten eine frohe Feststimmung rund um den Mount Winnetou. Es litt uns nicht unten am Wasserfall, sondern wir stiegen nach dem Schloß hinauf, um in der Bibliothek den so glücklich gewonnenen ‚Schlüssel' mit anderen vorhandenen Karten zu vergleichen und die Passierbarkeit des Weges zu studieren. Inzwischen war das Herzle mit dem Ingenieur und seinen photographischen Apparaten beschäftigt, bis sie gegen Abend kam und mir mitteilte, daß nun alles in Ordnung sei.

„Wer oder was ist in Ordnung?" fragte ich.

„Unser Winnetou", antwortete sie, „nicht der versunkene, steinerne. Er wird so schön, wie du es dir kaum denken kannst, auf dem Spiegel des Schleierfalls erscheinen, zu beiden Seiten von ihm die charakteristischen Porträts von Marah Durimeh und Tatellah-Satah. Aber ich werde diese Bilder erst dann erscheinen lassen, wenn wir über das Schicksal der Verschütteten beruhigt sein können. Unser herrlicher Winnetou soll nicht Angst und Sorge, sondern Erlösung und Glück bedeuten. Ist dir das recht?"

„Alles, was du in dieser deiner Lieblingsatmosphäre tust, ist mir recht. Laß uns Abendbrot essen und dann hinuntergehen! Ich muß in die Höhle, um nachzuschauen, warum denn immer noch kein Erfolg zu sehen ist."

Dann später in der Höhle angekommen, sah ich, daß

mit außerordentlichem Eifer gearbeitet worden war; aber es gab eine so große Menge von Gestein und Erde zu bewegen, daß noch immer nicht ersehen werden konnte, wann es ein Ende nehmen werde. Es vergingen noch mehrere Stunden. Die Pferde der Verschütteten waren inzwischen angekommen. Man nahm das ohne große Aufregung hin. Die allgemeine Aufmerksamkeit war einzig und allein auf die Rettungsarbeiten gerichtet. Und endlich kam die Kunde, daß man den Gesuchten so nahe gekommen sei, daß man ihr fernes Klopfen hören könne. Es war anzunehmen, daß wenigstens noch eine Stunde vergehen werde, bis man die Klopfenden erreichte, und so rief ich sämtliche befreundeten Häuptlinge zusammen, um unter dem Vorsitz Tatellah-Satahs über das Schicksal unserer Gefangenen zu beraten. Diese Beratung fand auf unserer Kanzel statt, denn sie sollte von denen, über deren Schicksal wir bestimmten, gehört werden. Ich gab die Weisung, möglichst streng zu verfahren, und so kam es, daß die Sitzung einen sehr ernsten Verlauf nahm. Das Urteil lautete: Simon Bell und Edward Summer werden aus dem Komitee entlassen. William Evening und Antonius Paper werden fortgejagt. Kiktahan Schonka, Tusahga Saritsch, Tangua und To-kei-chun kommen an den Marterpfahl, bis sie tot sind; ihre Medizinen werden verbrannt. Ihre Unterhäuptlinge werden erschossen. Ihren viertausend Kriegern werden die Waffen, die Haarschöpfe und die Medizinen genommen; dann können sie laufen, wohin sie wollen!

Das hatte einen harten Klang, war aber nur gut gemeint. Wir wußten ja alle, daß keiner von uns die Ausführung dieses Urteils wirklich wünschte. Alle Genannten hatten sich drüben auf ihrer Kanzel, obwohl sie jedes Wort unserer Beratung deutlich hörten, vollständig still verhalten. Wir hatten keinen einzigen Laut von ihnen vernommen. Nun aber das Urteil verkündet war, gab es bei ihnen eine nicht mehr zu unterdrückende Aufregung und einen Lärm, der uns der beste Beweis dafür war, wie ernst sie uns und unsere Aussprüche nahmen. Nur allein Tangua beteiligte sich nicht an diesem Lärm. Er ließ auch jetzt nichts weiter als sein klagendes: „Pida, mein Sohn!" hören. Er mußte diesen Sohn außerordentlich lieb haben. Er war der achtbarste unter allen, die wir soeben verurteilt hatten; ja er begann sogar, mir sympathisch zu werden. Übrigens verhielten wir uns so, als ob wir den Lärm da drüben gar nicht hörten.

Und nun kam aus der Höhle die Botschaft, daß die Verschütteten erreicht worden seien, und daß ihr Anführer Pida mit Old Shatterhand zu sprechen wünsche. Ich gab die Weisung, ihn heraus zu mir zu bringen, aber nur ihn allein, denn sie alle seien als unsere Gefangenen zu betrachten. Es dauerte nicht lange, so kam er, ohne Waffen; man hatte sie ihm abgenommen. Ich reichte ihm die Hand und sagte:

„Pida ist mein Gefangener, aber mein Freund. Er wird uns nicht entfliehen?"

„Nein!" antwortete er stolz.

„Er gehe zu seinem Vater, um sich mit ihm zu besprechen. Dann komme er wieder zu mir! Je schneller er das tut, um so rascher werden seine verunglückten Krieger aus der Höhle befreit!"

Ich gab ihm einen Führer mit. Er ging. Als er drüben angekommen war, hörten wir jedes Wort, das nun dort verhandelt wurde. Dann kehrte er zurück. Ich tat so, als ob wir nichts gehört hätten und nichts wüßten, und fragte ihn:

„Was hat Pida zu berichten?"

„Die Häuptlinge wünschen, mit euch zu verhandeln."

„Worüber?"

„Über ihr Schicksal."

„Kennen sie es?"

„Ja."

„Von wem? — Wer hat es ihnen mitgeteilt?"

„Niemand. Sie haben es gehört. Ihr habt beraten. Sie

verstanden jedes Wort. Es geschehen Wunder hier am Mount Winnetou!"

„Ja, es geschehen hier Wunder!" stimmte ich bei. „Und das größte dieser Wunder ist, daß wir gesonnen sind, Gnade walten zu lassen. Aber nur in Beziehung auf eure Krieger! Wir wollen ihnen ihre Medizinen lassen. Aber ihre Waffen haben sie in der Höhle abzulegen. Sie dürfen einzeln kommen, einer nach dem andern. Die Hungrigen werden gespeist, die Durstigen getränkt und die Verletzten verbunden. Wenn Pida uns sein Wort verpfändet, daß alle diese Krieger sich dankbar und friedlich verhalten, ist es sogar möglich, daß wir auch gegen die Häuptlinge nachsichtig sind!"

„Ich gebe dir dieses Wort. Aber dann muß ich noch einmal in die Höhle zurück, um diese Leute anzuweisen, wie sie sich zu verhalten haben!"

„So gehe und komme bald wieder!"

Er wollte gehen, besann sich aber und sagte in etwas wärmerem Ton:

„Tangua, mein Vater, hörte von mir, daß du dich selbst jetzt noch als meinen Freund betrachtest. Er beauftragte mich, dir hierfür Dank zu sagen. Er hat mich lieb. Seine Angst um mich war groß!"

Nun entfernte er sich. Das Herzle war bis jetzt bei ihren Freundinnen gewesen, die sich mit ihren Scharen bereit hielten, die aus der Höhle Entlassenen mit Speise, Trank und Verbandzeug zu empfangen. Jetzt kam sie zu mir, um mich zu fragen, wann der erste Gerettete erscheine.

„Der war schon da!" antwortete ich. „Nämlich Pida. Er ist in die Höhle zurück, wird aber sofort wiederkehren. Und dann kommen sie alle, einer nach dem andern."

„So ist es ja höchste Zeit! Ich habe mich zu beeilen! Ich muß zum Ingenieur! Nun die Geretteten kommen, soll auch unser Winnetou erscheinen!"

Sie entfernte sich schnell. Es hatten bis jetzt nur einige

wenige elektrische Glühlichter gebrannt, so daß von einer Beleuchtung des ganzen, großen, von Menschen wimmelnden Platzes keine Rede gewesen war. Jetzt kam Pida zurück, und gerade als er wieder bei mir stand, öffnete der Ingenieur seinen Apparat, und sofort erschien auf der grandiosen, herabstürzenden Wasserfläche unser zum Himmel emporstrebender Winnetou, mit wehendem Haar und zur Erde zurückkehrender Häuptlingsfeder. Infolge der abwärts gehenden Bewegung des Wassers hatte es den Anschein, als ob die Gestalt sich in Wirklichkeit nach oben bewege, was einen Eindruck hervorbrachte, der gar nicht zu beschreiben ist.

„Das ist Winnetou! Mein Winnetou! Unser Winnetou!" rief Tatellah-Satah über die in diesem Augenblick todesstille, kaum atmende Menschenmenge hin.

Und da hörte man Wakons sonore, weithin schallende Stimme:

„Ja, das ist Winnetou! Das ist seine Seele!"

Und nun löste sich die allgemeine Überraschung, das Staunen, die Bewunderung in tausend laute, begeisterte Freudenrufe auf, bis der mächtige Brustton des riesigen Intschu-inta erklang:

„Tatellah-Satah! Unser Tatellah-Satah!"

Das galt dem einen Kopf, den man zu Winnetous rechter Seite erblickte.

„Tatellah-Satah! Unser Tatellah-Satah!" jubelte die Menge.

„Der andere Kopf ist Marimeh, die Königin der Sage, die Freundin aller unserer Ahnen!"

Der ‚junge Adler' war es, der das rief.

„Marimeh! Die Königin! Die Freundin!" ging es wiederholend von Mund zu Mund.

Ein Zauber sondergleichen für das Auge und für das Herz, so lag der Schleierfall vor uns! Niemand dachte in diesem Augenblick an die gestern versunkene Figur. Niemand achtete des gähnenden Abgrunds, in dem die

Pläne und Hoffnungen unserer Gegner verschwunden waren. Aller Augen und aller Sinne und Gedanken waren nur von dem wie lebend erscheinenden Bilde gefesselt, von dem kein Blick sich wenden zu können schien. Und da kamen die ersten Geretteten aus der Mündung des unterirdischen Ganges. Sie blieben stehen, von dem strahlenden Anblick, der sich ihnen nach so langer und tiefer Dunkelheit jetzt bot, wie fasziniert. Aber vorwärts, vorwärts! Sie mußten weiter, immer weiter! Denn es kamen hinter ihnen andere, die ebenso entzückt stehen blieben und doch ebenso auch weiter mußten. Unsere Winnetous bildeten ein Spalier, durch das alle dem Tode Entgangenen nach den für sie vorgesehenen Teilen des Tals geleitet wurden, wo sie einstweilige Unterkunft und Verpflegung fanden. Das dauerte stundenlang. Es hatte ungefähr um Mitternacht begonnen und endete erst gegen Morgen, als der Tag zu grauen begann.

Inzwischen hatte Pida nicht die Hände in den Schoß gelegt. Er war zwischen mir, dem Beauftragten von unserer Seite, und Tangua, dem Sprecher von jener Seite, fast ununterbrochen hin- und hergegangen und hatte sich alle mögliche Mühe gegeben, das über die Häuptlinge ausgesprochene Urteil möglichst zu mildern. Wir sahen das sehr gern, taten aber so, als ob uns an diesen neuen Verhandlungen gar nichts liege. Darum ließ ich zunächst nur in Beziehung auf die gewöhnlichen Krieger unsere Bestimmungen fallen. Sie durften frei sein, vollständig frei, ihre Medizinen und ihre Pferde behalten und sich entfernen, sobald sie wollten. Als sie das hörten, gab es einen großen Jubel unter ihnen. Ihre Lage gestaltete sich, den Verhältnissen angemessen, so vorteilhaft, wie sie es noch vor einigen Stunden gar nicht hatten ahnen können. Sie hatten trotz der Gefährlichkeit der Katastrophe keinen einzigen Toten gehabt. Die Verletzungen, die meist in Quetschungen bestanden, waren zwar schmerzhaft, aber nicht gefährlich. Sie wurden von den Frauen verbunden, und die

Herren Patienten fühlten sich in der ihnen gewidmeten Fürsorge außerordentlich wohl. Sie fanden es ganz angenehm, nun die Freunde derer zu sein, die sie noch gestern hatten vernichten wollen. Sie sahen die Sterne, die ihre Wohltäter und Wohltäterinnen trugen. Sie fragten nach dem Sinn, nach der Bedeutung dieser Sterne. Man erklärte sie ihnen, man zeigte auf die herrliche Gestalt unseres Winnetou. Man sagte ihnen, daß es sich nicht mehr um die Aufstellung eines toten, steinernen Bildes handle, sondern um die Schöpfung eines großen, edlen, lebendigen Winnetoukörpers, eines sich über ganz Amerika und auch darüber hinaus verbreiteten ‚Clan-Winnetou', der von seinen Gliedern weiter nichts verlange, als edle Menschen zu sein, die nur Liebe geben, weil nur diese allein den Menschen edel macht. Bald hörte man die belehrende Stimme des ‚jungen Adlers' erschallen. Er war ‚der erste Winnetou' und gesellte sich jetzt zu ihnen, um ihnen zu erzählen und zu predigen, was ihnen, zumal in ihrer jetzigen Lage, förderlich und heilsam war. An anderen Stellen hörte man die Stimmen anderer ‚Winnetous'. Sie gingen, um mich eines biblischen Ausdrucks zu bedienen, ‚Menschen fangen'.

Als Pida das sah, freute er sich und sagte:

„Es ist ein wunderbarer Same, den Old Shatterhand in das Herz seines Bruders Winnetou legte. Dieser Same trug köstliche Früchte. Die Blüten duften weiter und weiter, und die Körner keimen weiter und weiter. Es wird nicht mehr Stunden, sondern nur noch Minuten dauern, so werden alle diese eure Feinde verlangen, in den ‚Clan Winnetou' aufgenommen zu werden. Wäre ihnen diese Bitte zu erfüllen?"

„Gewiß! Sehr gern!" antwortete ich.

„Auch mir?"

„Auch dir!"

„Auch uns?"

Er deutete bei diesen Worten nach der gegnerischen Kanzel hinüber. Ich antwortete lächelnd:

„Mein Bruder Pida ist ein sehr, sehr kluger Vermittler. Wenn ich die Wahrheit sage, daß auch die gefangenen Häuptlinge in den Clan aufgenommen werden können, muß ich sie freigeben und ihnen alles verzeihen!"

„Wenn du das tust, bist du ein ‚Winnetou', sonst aber nicht! Erlaubst du mir, zu meinem Vater zu gehen?"

„Geh!" sagte ich, aber erst nach einer Weile. „Doch kehre bald zurück. Der Morgen ist schon unterwegs."

Er ging. Als er bei den Seinen angekommen war, hörten wir hier hüben wieder alles, was er drüben sagte. Er war auch dort ein vortrefflicher Vermittler. Die in der Höhle ausgestandene Angst, der liebevolle Empfang von unserer Seite, der unvergleichliche Eindruck der heutigen Beleuchtung und unserer köstlichen Winnetou-Figur, das alles wirkte zusammen, den jungen Häuptling der Kiowas zu unterstützen, seinen guten Zweck zu erreichen. Er kehrte zu mir zurück und meldete:

„Tangua, mein Vater, der Häuptling der Kiowas, würde zu dir kommen, aber er kann nicht gehen. Er möchte dich um Verzeihung bitten, sich mit dir versöhnen!"

„So bleibe er!" antwortete ich froh. „Ich gehe zu ihm. Ich bitte dich, mich zu ihm zu bringen!"

Ehe ich mich mit ihm entfernte, bat ich die Häuptlinge, hier sitzen zu bleiben, zu lauschen und, falls ich von drüben herüber darum bitten sollte, mir zu antworten. Am Fuß unserer Kanzel erschien gerade jetzt der ‚junge Adler' um irgendeine Frage an mich zu richten. Ich ließ ihn gar nicht zu Worte kommen, sondern sagte:

„Die Häuptlinge sollen sofort ihre Medizinen erhalten. Wie lange dauert es, bis du sie bringen kannst?"

„Mit dem Vogel?" fragte er.

„Wenn es möglich ist, ja."

„Eine halbe Stunde."

„Das ist mir recht. Es wird dann, gerade so wie gestern, dämmern. Das ist die rechte Zeit. Bitte, geh sogleich!"

Als ich mit Pida drüben ankam, stand seine Frau mit ihrer Schwester an der Kanzel. Wir stiegen hinauf. Pida setzte sich zu den Häuptlingen nieder, ich aber blieb stehen. Tangua ergriff das Wort. Er sagte, daß er gern aufstehen möchte, um zu mir zu sprechen, leider aber könne er sich nicht erheben. Ich ließ ihn nicht weiterreden, sondern fiel ihm in das Wort. Ich sagte, wenn hier um Verzeihung gebeten werden solle, so sei gewiß nicht der Indianer, sondern das Bleichgesicht zuerst und zumeist hierzu verpflichtet, und dieses Bleichgesicht sei ich. Hierauf griff ich in die Vergangenheit und erzählte, wie das Bleichgesicht über das Meer gekommen sei, um seinem ‚roten Bruder' alle seine ‚Medizinen' zu rauben. Ich ging hierauf der Geschichte nach. Ich übertrieb nichts und bemäntelte nichts. Ich erzählte die Wahrheit, nackt und ungeschminkt, wie sie wirklich, wirklich war. Ich sprach von den Fehlern der roten Rasse, von ihren Tugenden, von ihren Leiden, vor allen Dingen von ihrer bisherigen Zukunftslosigkeit. Das alles habe man vornehmlich dem Bleichgesicht zu verdanken. Aber dieses Bleichgesicht sei zur besseren Erkenntnis gekommen. Es wünsche, daß sein roter Bruder leben bleibe und zum Volke werde, wie es ihm von Anfang an beschieden sei. Dieses Bleichgesicht sei bereit, alle seine Irrtümer einzugestehen und wiedergutzumachen. Es fühle vor allen Dingen, daß es verpflichtet sei, sein Herz und sein Gewissen zu reinigen, indem es seine roten Brüder um Verzeihung bitte.

Indem ich dies sagte, trat ich zu ihnen hin und streckte meine Hände aus, sie ihnen zur Abbitte zu reichen. Einige Augenblicke lang waren alle still; dann aber wurden mir alle Hände entgegengereicht, und alle Stämme versicherten mir, daß sie ebenso gesündigt und ebenso um Verzeihung zu bitten hätten, wie ich, das Bleichgesicht.

„Einander verzeihen! Ihr uns und wir euch!" rief Tangua. „Und dann einander helfen! Ich habe dich gehaßt, nun aber werde ich dich lieben! Wenn ich sterbe, soll Friede sein über meinem Grab! Sind wir noch eure Gefangenen?"

„Nein!" erklang die Stimme Tatellah-Satahs, noch ehe ich antworten konnte.

„Uff!" rief Kiktahan Schonka. „Wer spricht da?"

„Der ‚Bewahrer der großen Medizin'."

„Wo?"

„Drüben auf der Teufelskanzel."

„So sind wir hier auch auf einer Kanzel?"

„Ja. Ich belauschte euch auf der nördlichen Teufelskanzel, die man das ‚Ohr Gottes' nennt. Dort hört der gute Mensch, was die bösen Menschen sagen, und kann sich darum retten. Und nun belauschten wir euch hier auf der südlichen Teufelskanzel, die man das ‚Ohr des Teufels' nennt. Da hören die bösen Menschen, was die guten sagen, und sehen sich dann gerettet. Der Häuptling Tangua hat gefragt, ob ihr noch gefangen seid. Er mag weiter fragen!"

Das ließ er sich nicht zweimal sagen, sondern tat es sofort:

„Kommen wir an den Marterpfahl?"

„Nein", antwortete Tatellah-Satah von drüben herüber.

„Wir müssen also nicht sterben?"

„Nein."

„Wir behalten unsere Waffen und unsere Pferde?"

„Ja."

„Dürfen hier bleiben und ‚Winnetous' werden?"

„Ja."

„Sind alle eure Häuptlinge einverstanden?"

„Alle, alle, alle, alle!" ertönten so viele Stimmen, wie Häuptlinge sich jetzt bei Tatellah-Satah befanden.

„Und was wird mit unseren Medizinen?"

„Schau zum Himmel auf! — Wen siehst du da?"

Es dämmerte jetzt so, daß der Ingenieur den Apparat

schloß. Winnetou verschwand vom Schleierfall. Dafür aber erschien hoch oben der ‚junge Adler', ließ sich tiefer und tiefer herab, flog dreimal um den Platz und landete dann so, daß er genau vor der Kanzel, auf der ich mich jetzt befand, den Boden berührte. Da stieg er aus, kam herauf und sprach:

„Old Shatterhand gibt euch durch mich eure Medizinen zurück. Ihr seid also frei!"

Wie hastig sie zugriffen, um sie sich umzuhängen! Sie jubelten laut, und dieser ihr Jubel verbreitete sich weiter und weiter. Dazwischen hinein aber rief Tatellah-Satah zu ihnen herüber:

„Ihr seid unsere Freunde! Morgen wird ein neues Komitee gebildet, das über den ‚Clan Winnetou' zu beraten hat. Und übermorgen reiten sämtliche Häuptlinge und Unterhäuptlinge nach dem ‚Berg der Königsgräber', um nach der Geschichte unserer Vergangenheit zu suchen. Howgh!"

Durch diese Nachricht wurde der Jubel verdoppelt. Der ‚junge Adler' flog wieder nach seinem Turm zurück. Ich aber beschloß, mit meinem Herzle einen Rundgang durch das Tal und all die verschiedenen Gruppen zu machen, die sich da gebildet hatten. Wir kamen da bis hinauf nach der Kantine, in deren Nähe die Brüder Enters noch lagen, sorgfältig zugedeckt und von zwei Komantschen bewacht. Niemand hatte Zeit gehabt, sich mit ihnen zu beschäftigen. Nun aber war es unsere Pflicht, in ernster, humaner Weise für ihr Begräbnis zu sorgen. Wir erfüllten ihren letzten Willen: wir suchten nach den Namen in ihren Winnetou-Sternen. Hariman hatte meinen Namen, Sebulon den Namen meiner Frau geschrieben. So waren sie, die uns erst nach dem Leben trachteten, durch innere Wandlung zu unseren Beschützern geworden und für uns in den Tod gegangen!

NACHWORT

Das ist der Schluß dieses vierten Bandes. Während ich ihn jetzt, Ostern 1910, beende, kommt das Herzle und legt mir eine deutsche Zeitung vom 23. März dieses Jahres vor, in der unter dem Titel ‚Ein Denkmal für die Indianer‘ folgendes zu lesen ist:

„Aus New York wird berichtet: Das große Standbild der Columbia in der New Yorker Hafeneinfahrt wird voraussichtlich in kurzer Zeit ein Gegenstück erhalten. Am Hafen der amerikanischen Metropole soll ein großes, mächtiges Denkmal entstehen, das bestimmt ist, kommenden Generationen die Erinnerung an die rote Rasse aufrecht zu erhalten, die vielleicht in wenigen Menschenaltern als solche ausgestorben sein wird. Der Plan dieses Denkmals geht auf Mr. Rodman Wanamaker zurück und hat im ganzen Land sofort lebhaften Widerhall gefunden. Auch Präsident Taft hat der Idee zugestimmt. An der Hafeneinfahrt soll das Standbild eines riesigen Indianers errichtet werden, als ein Sinnbild dafür, daß das Volk Amerikas trotz aller der roten Rasse zugefügten Ungerechtigkeiten die edlen Eigenschaften der Ureinwohner Amerikas vollauf würdigt. Es soll die Schuld des Landes gegen die aussterbende Rasse der ‚ersten Amerikaner‘ symbolisieren und künftigen Geschlechtern die schönen Charakterzüge der roten Rasse vor Augen führen. Der Indianer wird mit ausgestreckten Händen dargestellt, wie er die ersten weißen Männer willkommen hieß, die Amerikas Küste betraten.“

Ich frage: Ist das nicht interessant?

DAS ALTERSWERK KARL MAYS, zu dem auch das vorliegende Buch gehört, liegt fernab von allen anderen Schöpfungen des Dichters. Mit ihm betritt er eine Bühne, auf der die Vorgänge nur noch scheinbar der wirklichen Welt angehören, in Wahrheit aber Ereignisse einer höheren Wirklichkeit sind. Das ist die Welt der Gleichnisse und Märchen, über deren Bedeutung für sich und sein Werk Karl May in seiner Selbstbiographie *Mein Leben und Streben* ausführlich gesprochen hat.

Bereits das erste Werk der Altersperiode, *Am Jenseits* (1899; Ges. Werke Bd. 25), sonst in vielerlei Hinsicht noch ein Vorläufer des eigentlichen Spätwerks, bringt solche Menschheitsgleichnisse vor dem gewaltigen Bildhintergrund der Arabischen Wüste, in deren geistiger Dürre sich die menschlichen Strebungen und Leidenschaften begegnen. Die größtenteils auf der Orientreise entstandenen *Himmelsgedanken,* religiöse Gedankenlyrik (1900; enthalten in Bd. 49 ‚Lichte Höhen'), spiegeln etwas von der inneren Wandlung und Erschütterung wider, die der Dichter auf dieser Reise erfuhr und die für sein ferneres Werk so erstaunlich fruchtbar wurde. Unmittelbar als Frucht der großen Orientreise darf man *Und Friede auf Erden* ansehen (1901/03; Bd. 30), ein bildgewaltiges, fesselndes Werk, das den Gedanken der Völkerversöhnung und des Völkerfriedens gewidmet ist und Wege der Verständigung zwischen Europa, Asien und dem Orient zu zeigen versucht.

Ein erster unvergleichlicher Höhepunkt dieser Schaffenszeit ist die Reiseerzählung *Die Schatten des Ahriman* (1902/03; Bd. 28 *Im Reiche des Silbernen Löwen* und Bd. 29 *Das versteinerte Gebet;* früher *Im Reiche des Silbernen Löwen* Bd. III und IV). In kunstvoller Form verbindet sie eine spannungsreiche Handlung mit einem höheren Mysterienspiel der Gleichnisse und zugleich mit einer verschlüsselten Selbstbiographie des Dichters, der darin Abrechnung mit seinem bisherigen Leben hält.

Die ‚arabische Fantasia' *Babel und Bibel* (1906; enthalten in Bd. 49 ‚Lichte Höhen') ist das einzige Drama, das Karl May vollständig hinterließ. Es steht in engem Zusammenhang mit dem ‚Märchen von Sitara' und schildert mit hoher dichterischer Kraft die Entwicklung des Gewaltmenschen Abu Kital zum Edelmenschen der Zukunft. Die Novelle *Abdahn Effendi*

(1908; enthalten in Bd. 48 ‚Das Zauberwasser') beschäftigt sich mit dem menschlichen Seelenleben und zeigt im scheinbar schlichten Gewand einer Schmugglergeschichte packende Erkenntnisse.

Überragende Krönung des Alterswerkes stellt der Roman *Ardistan und Dschinnistan* dar (1907/09; Bd. 31 *Ardistan* und Bd. 32 *Der Mir von Dschinnistan)*, in dem Karl May den Schauplatz der irdischen Welt verläßt, um im Spiegel einer höheren gerade diese irdische Welt abzubilden. Die Entwicklung der ganzen Menschheit wird in dieser hintergründigen Reiseerzählung geschildert, an deren Ende als leuchtende Verheißung der ersehnte Ewige Friede steht. In der Novelle *Merhameh* (1910, enthalten in Bd. 48 ‚Das Zauberwasser') greift der Dichter das Friedensthema noch einmal gesondert auf; ebenfalls ihm gewidmet ist die letzte große Reiseerzählung *Winnetous Erben* (1909; Bd. 33), die sich, entstanden ganz aus den Eindrücken der Amerikareise von 1908, mit Geschichte und Aufgaben der indianischen Rasse auseinandersetzt.

Mit der Selbstbiographie *Mein Leben und Streben* (1910; enthalten in Bd. 34 ‚Ich') schließt das Werk Karl Mays: eine erschütternde Lebensbeichte gibt Auskunft und Antwort auf die brennenden Fragen eines einzigartigen Lebens.

KARL MAY
GESAMMELTE WERKE

1 Durch die Wüste
2 Durchs wilde Kurdistan
3 Von Bagdad nach Stambul
4 In den Schluchten des Balkan
5 Durch das Land der Skipetaren
6 Der Schut

7 Winnetou I
8 Winnetou II
9 Winnetou III

10 Sand des Verderbens

11 Am Stillen Ozean

12 Am Rio de la Plata
13 In den Kordilleren

14 Old Surehand I
15 Old Surehand II

16 Menschenjäger
17 Der Mahdi
18 Im Sudan

19 Kapitän Kaiman

20 Die Felsenburg
21 Krüger Bei
22 Satan und Ischariot

23 Auf fremden Pfaden

24 Weihnacht

25 Am Jenseits

26 Der Löwe der Blutrache

27 Bei den Trümmern von Babylon

28 Im Reiche des silbernen Löwen
29 Das versteinerte Gebet

30 Und Friede auf Erden

31 Ardistan
32 Der Mir von Dschinnistan

33 Winnetous Erben

34 „ICH"

35 Unter Geiern

36 Der Schatz im Silbersee

37 Der Ölprinz

38 Halbblut

39 Das Vermächtnis des Inka

40 Der blaurote Methusalem

41 Die Sklavenkarawane

42 Der alte Dessauer

43 Aus dunklem Tann

44 Der Waldschwarze

45 Zepter und Hammer
46 Die Juweleninsel

47 Professor Vitzliputzli

48 Das Zauberwasser

49 Lichte Höhen

50 In Mekka

51 Schloß Rodriganda
52 Die Pyramide des Sonnengottes
53 Benito Juarez
54 Trapper Geierschnabel
55 Der sterbende Kaiser

56 Der Weg nach Waterloo
57 Das Geheimnis des Marabut
58 Der Spion von Ortry
59 Die Herren von Greifenklau

60 Allah il Allah!

61 Der Derwisch
62 Im Tal des Todes
63 Zobeljäger und Kosak

64 Das Buschgespenst

65 Der Fremde aus Indien

66 Der Peitschenmüller
67 Der Silberbauer

68 Der Wurzelsepp

69 Ritter und Rebellen

70 Der Waldläufer

71 Old Firehand

72 Schacht und Hütte

73 Der Habicht

74 Der Verlorene Sohn

KARL-MAY-VERLAG BAMBERG

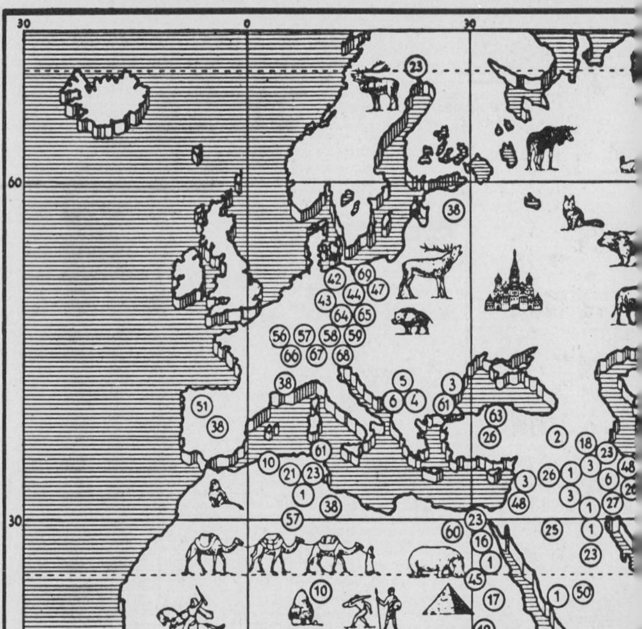
30
0
30
60
30
0
30
30
0
30
23
38
42 69
43 44 47
64 65
56 57 58 59
66 67 68
38
5
3
6 4
61
51
38
63
26
61
2
18
23
10
21 23
3
48
26 1
6
1
3
1
27
38
48
57
23
25
1
60
16
23
1
45
10
17
1 50
10
18
41
23